Síntomas de locura. De carne y hueso, 1

Síntomas de locura. De carne y hueso, 1

Mimmi Kass

Esencia/Planeta

Avda. Diagonal, 662-664, 08034 Barcelona (España)
www.esenciaeditorial.com
www.planetadelibros.com

Primera edición: marzo de 2022
ISBN: 978-84-08-25484-3
Depósito legal: B. 1601-2022
Composición: Realización Planeta
Impresión y encuadernación: Romanyà Valls, S. A.
Printed in Spain - Impreso en España

A las voluntarias del Hogar de Cristo, que me enseñaron lo que era la vocación antes de saber siquiera lo que era la medicina.

A mis compañeros de carrera.

Empieza de una vez a ser quien eres,
en vez de calcular quién serás.

Franz Kafka

Talismanes

Sobre el escritorio de mi habitación estaba todo en orden: la mochila con los libros, el estuche y los cuadernos, el móvil con el cargador y los cascos de cancelación de ruido, que me permitirían aislarme en caso de emergencia.

Y mis talismanes.

Magnus asomó su cabeza rubia, todavía mojada por la ducha, y lanzó una mirada dubitativa a los enseres dispuestos sobre la mesa.

—Hermanita, ¿estás segura de que llevar a Unicornio Bebé es una buena idea?

Ignoré su insinuación mientras forcejeaba con la arandela que él mismo le había puesto a la pobre oreja de mi peluche favorito. La idea era reconvertirlo en una especie de llavero gigante. Esa era la solución que se le había ocurrido para no esconderlo, porque, si me pillaban mis compañeros, me hundiría en la miseria; en la total y completa humillación. Mejor mostrarlo como una más de mis peculiaridades, como el gorro azul de lana con nubes blancas que llevaría sobre mi pelo, pese a ser pleno verano.

—Ve a vestirte. ¡Llegaremos tarde! —protesté al ver que no se iba. Me ponía nerviosa, con sus ojos azules clavados en mis dedos torpes que intentaban colocar mi unicornio en el asa de la mochila—. Si llegamos tarde, ya sabes lo que pasará. ¡Vete!

Dudó desde el quicio de la puerta, pero al final entró, con las caderas envueltas en la toalla y aún empapado, y me arrebató mochila y peluche sin miramientos.

—¡Eh!

—Nervioso me pones tú a mí, Martina —gruñó, exasperado. Por supuesto, en siete segundos abrió la arandela, la giró y la enganchó en la tela. El unicornio blanco con crines de arcoíris y ojos de purpurina colgaba de la oreja izquierda para acompañarme en mi primer día en la Facultad de Medicina de la Universidad Internacional—. Toma. Ya está.

Sonreí, agradecida. Lo abracé y le di un beso en la mejilla. En momentos como aquel, tenía la certeza de que Magnus era el mejor hermano del mundo.

—Tienes unas manos muy hábiles. Serás cirujano cardiaco, como papá. O neurocirujano —dije con seguridad. Pese a que a veces fuera un poco imbécil y se empeñara en esconder lo inteligente que era con comportamientos... digamos que erráticos, yo confiaba en él. Magnus sería un médico increíble.

—Ni siquiera estoy muy seguro de haber hecho bien metiéndome a estudiar Medicina, joder —respondió en voz baja, más para sí mismo que para mí. Negó con la cabeza y mil gotas me regaron por aspersión. Le quitó importancia a sus palabras con un gesto de la mano—. Y, además, ¡faltan años para eso!

Me quedé helada. Él evitó mi mirada de sorpresa y quiso escabullirse con la excusa de prepararse, pero lo retuve por la muñeca.

—¿Qué dices, Magne? Con lo mucho que te costó tomar la decisión, ¿ahora tienes dudas? —pregunté, preocupada. Él me regaló una sonrisa torcida y se encogió de hombros.

—En realidad, no tomé una decisión, hermanita. Más bien me vi empujado por los acontecimientos. Estaba tirado en la India, sin blanca —confesó sin ambages. Vaya. No era esa la versión que había manejado yo hasta el momento—. Papá y mamá me habían apoyado hasta entonces, pero ya no estaban dispuestos a seguir financiando mi crisis existencial posbachillerato. Me lo dejaron bien claro: «Magnus, un año sabático es suficiente: o estudias o trabajas».

—¡Vaya! Y yo que pensaba que el viaje espiritual al Tíbet te había hecho reconsiderar tu camino —dije con un poco de sorna. Él soltó una carcajada.

—No. Todo fue mucho más prosaico, joder. Y dudé mucho si

no sería mejor una ingeniería. —Soltó un suspiro, me acarició el pelo, tan parecido en el tono rubio claro al suyo, y después me dio un tirón con mala leche—. Pero mamá es médica, papá es médico, tú quieres ser médica desde que naciste... ¡Yo qué sé! Parecía lo más lógico.

—Pero, Magnus, es la decisión más importante de nuestras vidas —sostuve con tono reverencial. Era así. Así lo pensaba. En cambio, él se lo tomaba todo como un maldito juego; todavía recordaba la manera en que soltó la bomba de que no seguiría estudiando después del colegio y que se iría de viaje por el mundo. Creí que a mi padre le daba un derrame cerebral. Menos mal que mi madre medió en aquel momento, porque, si no, habría ocurrido una de estas dos cosas: o mi padre hubiese muerto o a mi hermano lo habrían matado.

Soltó una carcajada de esas suyas, en las que su enorme boca enseñaba su dentadura casi perfecta y sus ojos refulgían con alegría y luz interior.

—Pues yo lo he hecho para copiarte a ti, para salir del paso o porque quizá pueda ser un buen médico. No lo sé, Martina —replicó, ya más serio. Me apretó la nariz entre el índice y el pulgar, en un gesto que hacía desde el día en que nací. Mi madre me lo había contado y me parecía muy tierno—. Habrá que verlo sobre la marcha... y, si no me da resultado esto de la Medicina, ¡siempre nos quedarán los millones de Industrias Thoresen!

Me guiñó un ojo, con su sonrisa más traviesa, esa que pulverizaba bragas en la franja de edad comprendida entre los quince y los setenta y cinco años, y se marchó corriendo antes de que le propinara una buena bofetada por caradura.

De acuerdo.

Respiré hondo un par de veces para recuperar la calma. ¿Por dónde iba? Mis talismanes. Auriculares. Unicornio. Gorro. ¿Goma del pelo especial? Qué raro. Yo era muy ordenada y meticulosa y estaba segura de que la había dejado donde siempre, en el pequeño arbolito de cristal donde colgaba mis joyas y complementos del pelo, situado sobre el escritorio. Ahí había multitud de gomas, pincitas y broches. Pero no «la» goma. Empecé a respirar un poco más rápido.

—Martina, serénate. Tiene que estar aquí.

Empecé a abrir cajones.

Yo era un ser racional en extremo. Cultivaba el método científico desde que tenía cinco años. Siempre había preferido jugar al ajedrez que con otros niños y fabricar mis propios robots antes que las muñecas. Cuando tenía ocho años, construí una maqueta del cuerpo humano que era capaz de comer, hacer una digestión primitiva y defecar, y gané una visita a la NASA en Cabo Cañaveral.

Pero, por algún extraño motivo, había tres o cuatro cosas, total y absolutamente irracionales, a las que me aferraba como si mi vida dependiera de ello.

Y una de ellas era la puta... goma... de pelo... de la suerte.

Y no aparecía por ninguna parte.

Mi corazón empezó a latir en un *crescendo* de tambor en el pecho.

La hiperventilación hizo que el nivel de dióxido de carbono descendiese en mi sangre; la psicóloga infantil me lo había explicado hacía tiempo, porque, para mí, era importante saber lo que me pasaba. Aunque no servía de mucho si no podía controlarlo. Empecé a notar que se me iba la cabeza.

—Martina, hija, ¿se puede saber qué haces? ¡Estamos todos esperándote para desayunar! —Mamá irrumpió en mi habitación y me descubrió en pleno ataque de ansiedad. Ya tenía las manos agarrotadas frente a mi rostro. Los ojos, desorbitados. Veía mi imagen en el espejo situado encima del escritorio. Qué patética. Esa sensación de que me iba a morir, de que perdía el control. Recordé la primera vez que me ocurrió, cuando me perdí en el aeropuerto de Oslo. Tenía cinco años.

—La goma. La goma. La goma. Mamá. Mamá. Mamá —solté en *staccato* al mismo ritmo de mi respiración descontrolada. Me iba a morir por una maldita goma de pelo. Si no llego a estar ahogándome, me hubiese reído de mí misma—. Goma. Goma. Goma.

Mi madre me abrazó con fuerza. Me acogió en su pecho. Le dio igual que su estilismo de directora médica con camisa de lazo de seda recién planchada se estropease. Ya sabía lo que había, mi ansiedad había empeorado desde la pandemia. Aunque, como estábamos a finales de verano, hacía tiempo que no me pasaba. Se quitó de un par de patadas los zapatos de tacón.

—Respira, hija. Respira tranquila. Vamos a sentarnos en el suelo, contra la pared, ¿vale? —Su voz, dulce y firme, me consolaba, no tenía que pensar. Estaba rígida y mis músculos, contraídos por la alcalosis, me impedían por completo el movimiento, pero asentí. Intenté hacer un esfuerzo—. Vamos. Flexiona las rodillas.

—No. No. No puedo. No puedo. No puedo. —Volví a hiperventilar a mayor velocidad. Iban a soltarse los últimos hilos de voluntad que sujetaban mis brazos y piernas. Mis manos se agarrotaron todavía más y mis dedos se retorcieron en rizos grotescos—. Goma. Goma. Goma.

Mi cuerpo no respondía. Cuando se llega a la fase de los espasmos, es muy difícil volver atrás. La acidez de mi sangre tardaría unos minutos en corregirse. Mi madre me arrastró hacia el puf en el que solía leer y escaneó la habitación. Yo sabía lo que buscaba, pero allí no había ninguna bolsa para respirar. Quise pedirle perdón. Era parte de mi desafío ecológico: nada de bolsas de plástico, y las de tela no servían para recircular el dióxido de carbono. «Lo siento, mamá.» El silbido anacrónico de una locomotora de vapor se cebó con mis pobres tímpanos. Era mi tensión arterial, que se disparaba.

—¡Erik! Erik, *kom hit, vaer så snill!** —gritó mi madre con toda la potencia de sus pulmones. ¡Qué inteligente! Llamaba a mi padre en noruego porque sabía que así vendría a la velocidad de la luz; parte de su código secreto de comunicación.

Mientras tanto, me recostó como pudo sobre ella en el enorme puf. Yo estaba en tensión. Seguía hiperventilando y además había perdido la visión, como preludio del síncope. Por eso mi madre me había tumbado. Todo estaba negro y se reducía a un punto de luz.

* «Erik, ¡ven aquí, por favor!», en noruego estándar, el *bokmål*.

Era curioso cómo mi cerebro lo analizaba todo con una lucidez apabullante y, a la vez, era incapaz de controlar mis emociones o mis funciones motoras. Analizar. Analizar. No servía en absoluto. Sabía lo que me pasaba con exactitud, segundo a segundo, pero no podía hacer nada por evitarlo.

—Estamos en Tromsø. En el lago. Llevas puestos los patines de cuchilla. Te deslizas sobre el hielo. Hace frío, pero no te importa, porque tienes toda la pista para ti sola —dijo mi madre en voz muy baja y con el tono monocorde que empleaba siempre en esos casos. Vaya. Tromsø. Esa vez me había llevado lejos. Mi mente destelló con los recuerdos de la ciudad en el Círculo Polar Ártico. El lago, rodeado de roca gris y nieve; la placa reluciente bajo mis pies. Cerré los ojos, el punto ominoso de luz desapareció y mis recuerdos lo sustituyeron por el paisaje amado—. Un pie, tres metros. Otro pie, tres metros. Hace sol, pero mucho frío, así que la película más superficial está suave y las cuchillas resbalan como sobre mantequilla. Avanzas en línea recta sin esfuerzo. —El tempo de sus palabras guio mis exhalaciones y las acunaron poco a poco hacia una respiración cada vez más sosegada. Noté que mis dedos cosquilleaban a medida que la circulación se normalizaba y mis músculos se relajaban.

—¿Qué pasa? ¿Por qué no bajáis a desayunar? —Mi padre solía entrar en tromba donde quiera que fuese con dos notables excepciones: en presencia de mi madre y de su hija, o sea, yo—. Inés, *kjaereste*,* ¿qué ocurre? ¿Martina? *Nei, mine lille datter!*** ¡Ahora no! —exclamó al ver el panorama que se extendía ante él. Se arrodilló junto a nosotras y traté de enfocar la mirada en sus ojos alarmados. Cubrió mis manos, unidas a las de mi madre, con las suyas y las hizo desaparecer entre la enormidad de sus dedos cálidos.

No los veía, pero sabía lo que ocurría entre ellos. Solo les hacía falta una mirada para intercambiar la información de lo que estaba pasando. Mi madre señaló algo con su cabeza mientras continuaba su

* «Cariño», en noruego.

** «¡No, mi pequeñina!», en noruego.

relato sobre una de las cosas que más podían gustarme en este mundo: patinar sobre hielo.

—Pero ¿qué has hecho con...? —masculló.

Me pudo la curiosidad y abrí los ojos ante su exabrupto, que me desvió por un momento de la voz dulce y femenina de mi madre. No me quedó otra que sonreír. Papá había cogido a Unicornio Bebé de la mesa, arrastrando consigo la mochila, que pesaba dos toneladas. El pobre casi sufrió una amputación del *piercing* de su oreja.

—Tráelo con mochila y todo —pidió mi madre.

Y eso hizo él, lo puso en mi regazo con mochila y todo.

Me abracé al muñeco de veinte centímetros que me acompañaba desde que tenía cinco años, me perdí en el aeropuerto de Oslo y me dio mi primer ataque de ansiedad. Una anciana de origen alemán, maravillosa, y que resultó ser profesora jubilada, me llevó a la tienda Relay, me compró aquel peluche de unicornio, me abrazó muy fuerte y me consoló hasta que mi madre apareció, desesperada, con un ataque de ansiedad igual al mío y deshecha en lágrimas, casi una hora después.

Desde entonces, Unicornio Bebé era mi talismán principal.

Por supuesto que era una buena idea llevarlo a mi primer día de universidad.

Nos abrazamos los tres durante unos minutos, hasta que recuperé una frecuencia cardiaca y respiratoria normales y mis piernas empezaron a desentumecerse. Llegaba el bajón y, con el llanto, el alivio.

—¿Todo bien, Martina? ¿Qué ha pasado? —preguntó mi padre por fin, cuando vio que lo peor quedaba atrás.

—He perdido mi goma de la suerte. No puedo ir a clase sin mi goma especial —sollocé muy bajito. Odiaba esa fase, porque seguía sin poder controlar mis emociones, aunque ya hubiera retomado el control de mis músculos. El surtidor de lágrimas duraría un buen rato sin que yo pudiera hacer nada por evitarlo.

Me miró con sus ojos azules de mil matices. Una vez intenté contar los distintos tonos y tuve que rendirme, porque me perdí y no supe si los puntitos de un lado los había contado ya o no. Tenía que ser difícil para él... un hombre hecho y derecho, cirujano, jefe de la Unidad del Corazón del Hospital San Lucas, gerente general de las Norsk Klinikk. Fruncí el ceño, porque creí leer una chispa de diversión en sus ojos.

—¿Te estás riendo de mí, papá? —pregunté, ofendida. Aferré con fuerza a Unicornio Bebé y mi mochila. Tenía que plantearme ponerle un mosquetón o algo así para desengancharlo con mayor facilidad.

—Martina, no me digas que la goma que buscas es esa que llevas ahí —dijo, a medias divertido, a medias exasperado.

Dirigí los ojos a mi antebrazo izquierdo, donde nunca solía llevar nada porque soy zurda y me molesta todo al escribir.

—*Svarte helvete!** —exclamé, sorprendida—. ¡Lo siento muchísimo!

Mi goma de la suerte, una espiral de silicona de color rosa, perfecta para hacerme un moño y que ningún pelo escapase de él, rodeaba con primor mi muñeca.

—Hija, creo que tu vena dramática se va a perder en la Facultad de Medicina. ¿Estás segura de no querer probar suerte en Broadway o en Hollywood? —dijo con cierto tono irónico. Nos tendió una mano como ayuda para levantarnos del puf.

Mi madre soltó una carcajada, me empujó para que saliera del puf y se agarró a la fuerte mano de mi padre. Yo me levanté de un salto, avergonzada y también divertida por lo que acababa de pasar.

—Bueno, ¡crisis superada! —exclamó ella tras un suspiro de alivio. Estiró el lazo de su camisa blanca de seda, se calzó los tacones negros de charol y recompuso su peinado en un par de movimientos frente al espejo—. Todo el mundo a desayunar.

* * *

* Literalmente significa «infierno negro», en noruego. Es una expresión muy malsonante, que se podría traducir por «no jodas», «maldita sea», «manda huevos» o «puta mierda».

La Costanera Norte* nos permitía estar en el San Lucas en unos veinte minutos de trayecto en coche. Magnus y yo nos bajaríamos en el semáforo de la avenida Andrés Bello para ir a la facultad. Era cómodo, pero yo sabía que mi hermano tenía otros planes; planes ambiciosos de independencia y libertad; planes que involucraban el ático de soltero de mi padre en Isidora Goyenechea, a poco más de diez minutos a pie del campus.

Esperó a que mi madre alcanzara velocidad de crucero y, antes de que mi padre comenzara a leer papeles del hospital, inició la negociación. Puse todos mis sentidos en alerta, porque a mí también me interesaba mucho aquello. Los dos teníamos mucho que ganar.

—Papá, mamá, ¿sois conscientes de que vamos a llegar a la facultad poco después de las siete de la mañana? —dijo Magnus con voz seria y circunspecta.

Mi padre no se inmutó. Sacó sus gafas de la funda y empezó a limpiar los cristales.

—Os viene muy bien madrugar. Lleváis todo el verano levantándoos a las tantas. En especial tú, Magne —replicó, sin recoger el guante—. Aprovechad para reconocer el terreno y ved bien dónde os tocan las clases, porque cambian según la asignatura.

—Lo sé, lo sé. Many y Adriana serán nuestros padrinos y nos lo han explicado, nos harán el *tour* después —respondió Magnus, un poco impaciente ante los pocos resultados obtenidos—. Pero ¿esto va a ser todos los días así? Mamá, ahora, en marzo, con el buen tiempo, no importa tanto, pero...

Mi madre interrumpió sus divagaciones con un gesto de la mano como si espantara una mosca molesta.

—Hijo, tu padre entra en quirófano a las ocho en punto y le gusta revisar que todo esté en orden antes de empezar. Yo tengo mil temas que resolver de la dirección médica, además de la con-

* Autopista urbana de Chile, inaugurada en 2005. Se extiende de este a oeste de la capital, conectando el sector alto de Santiago de Chile con el aeropuerto y la ruta 68 que une la ciudad con Valparaíso, Viña del Mar y otras localidades del litoral central.

sulta, y agradezco una hora de paz antes de que me arrastre la vorágine de la mañana —dijo sin piedad. Lo fulminó a través del espejo retrovisor, pero sonrió, divertida—. Estoy segura de que esa horita libre sabréis emplearla con sabiduría.

Magnus escondió la cabeza entre los hombros, enfurruñado, y se hundió en el asiento de atrás del Audi e-Tron de mi padre. Yo suspiré. ¡Hombres! Siempre se daban por vencidos antes de tiempo. Además, solo había un modo de hacer eso... lo que yo llamaba «la manera noruega de hacer las cosas»: de frente y sin prolegómenos. Y nunca, nunca, había que apelar a mi madre, porque siempre tendría argumentos para rebatir cualquiera que tú tuvieses para quitarte la razón. Mi padre era más blando, había que atacar por ahí.

—Papá, lo que Magnus quiere decir, y lo hemos pensado detenidamente —expliqué en un tanteo, con los ojos clavados en los suyos, batiendo mis pestañas con suavidad un par de veces y una enorme sonrisa; mi amigo Many lo había bautizado como «el parpadeo Bambi» y era catalogado en nuestra pandilla como infalible. Siempre me mandaban a mí de avanzadilla con los adultos cuando había algo que conseguir—, es que el ático de Isidora Goyenechea está ahí, sin usar, al lado de la facultad. ¡Sería perfecto para nosotros! Tiene dos habitaciones, podríamos ir a mediodía a comer allí, evitar trayectos en coche...

—Martina, somos tu madre y yo los que hacemos de chóferes, pagamos la gasolina y los peajes de las vías rápidas —replicó mi padre con su lógica aplastante, pero algo en el modo que se giró hacia mí y la atención que me prestó me indicó que no iba por mal camino. Mi madre escuchaba con interés—. No veo qué grandes dificultades son esas que insinúas que tenéis que superar.

Magnus me lanzó una mirada de advertencia, pero yo lo tenía todo controlado.

—Papá, no se trata de dificultades, sabemos que nuestra vida es muy fácil. Sin embargo, no dependeríamos de vosotros para las idas y venidas —añadí con generosidad. No es que me importase demasiado madrugar, pero ¿y después?—. Por las tardes, a veces, tus quirófanos se alargan hasta la noche, y mamá tiene reuniones que la entretienen en el hospital hasta muy tarde también.

Hice una pausa efectista para que mis palabras permeasen en su entendimiento. Mi hermano me miró, esperanzado.

—Sí, lo de las tardes es verdad —añadió Magnus, pensativo. Estuve a punto de darle una patada en la pierna para hacerlo callar, pero tuve que reconocer que lo que dijo fue magistral—. Tendréis que dejarnos el Volvo de mamá, al menos, algunos días. Cuando haya seminarios por la tarde, o vosotros os quedéis en el hospital, o tengamos distinta hora de...

—¡Por encima de mi cadáver! ¡Y menos a ti! —rugió mi padre, envuelto en indignación al escuchar la mención del utilitario que usábamos de vez en cuando mi hermano y yo—. ¡No han pasado ni dos semanas desde tu última multa por exceso de velocidad, Magnus Thoresen Morán! Si piensas que voy a prestarte el coche o a financiar tu estilo de vida de Lewis Hamilton, estás muy equivocado.

Se me escapó una risita, divertida, que camuflé con un ronquido-tos. Magne llevaba, desde que había llegado de su viaje por el mundo, unos mil dólares en multas por pisar demasiado el acelerador. Algunas eran despistes estúpidos de ir a más de cien por vías con un máximo de ochenta, en túneles y cosas así, pero en otra lo había cazado el radar yendo a Ranco por la Autopista 5 Sur, a casa de mis abuelos maternos, a más de doscientos kilómetros por hora.

—Papá, mamá, ¡pensadlo! Quizá sea el momento de que Magnus y yo adquiramos un poco de independencia —dije cuando las aguas se calmaron un poco. Mi madre llegó al semáforo, y nosotros nos preparamos para bajar—. Él va a cumplir diecinueve y yo ya tengo diecisiete años. ¿No creéis que es un buen momento?

Tuve claro que mi padre se lo estaba pensando, porque tenía el ceño fruncido, la frente surcada de arrugas y casi se podían oír los engranajes de su cerebro rodar, pero mi madre acabó por negar con la cabeza.

—No, Martina. Prueba de ello es lo que ha pasado en casa esta mañana. ¿Y si te ocurre estando sola en el ático? —Entiendo por qué lo hizo, pero me dolió el golpe bajo—. Quizá estéis preparados para la universidad, que lo dudo, pero estoy segura de que no estáis preparados para vivir solos, y menos para la vida. Ya lo hablaremos más adelante. ¡Que tengáis un buen día!

Mierda. Casi lo habíamos logrado.

Aula magna

No había nadie en las amplias explanadas de césped entre las arboledas y los edificios del campus, y la cafetería no abría hasta las ocho, así que entramos en el bloque principal de Medicina. Localizamos la sala donde se impartían las clases magistrales más importantes, entre ellas, la asignatura reina de primer año: Anatomía.

—Aula magna —Mi hermano leyó en voz alta la placa de metacrilato situada junto a la doble puerta batiente de color crema—. ¿Estará cerrada? Es muy pronto.

Miré mi reloj: recién pasadas las siete y media. Solo había una manera de saberlo y accioné el picaporte. La puerta se abrió y sonreí con satisfacción. Un olor penetrante a productos químicos me picó en la nariz.

Alguien había limpiado la sala, las largas mesas todavía estaban húmedas, y las ventanas generaron una corriente de aire frío que me hizo estremecer. Magnus ascendió hasta la penúltima fila, descargó su mochila y se puso a matar el rato con el móvil.

Yo tenía algo mucho más importante que hacer: localizar las salidas de emergencia.

Era una sala de tipo auditorio, con pendiente, aunque no demasiada, e imaginaba que buena acústica. Me alegré al ver las ventanas entreabiertas, por las que entraba luz natural. Subí hasta ellas y empujé el enorme cristal templado que limitaba las vistas, y por tanto, las distracciones.

—Vaya... no se pueden abrir del todo —murmuré. Eso no me gustaba. No me gustaba nada. Me hacía sentir encerrada.

Magnus se acercó a mí. Supongo que años de ser el hermano de una loca del control lo habían alertado ante esas pequeñas pistas.

—Claro. Quieren impedir que nos escapemos por la ventana o nos tiremos en caso de que la clase sea un tostón —soltó en tono jocoso. Yo le di un golpe en el pecho. A veces era muy bruto—. No te pierdas en tonterías, Martina. Hoy es un día importante. Permítete a ti misma disfrutar un poco, ¿de acuerdo?

Posó sus manos en mis hombros, buscó mis ojos con los suyos y, cuando los encontró, sonrió. Yo esbocé una sonrisa trémula.

—Vale. Tienes razón.

Sin embargo, no pude evitar seguir con mi inspección.

Además de las dos entradas, había dos salidas de emergencia, justo a la mitad de la sala, en los dos pasillos laterales. Empujé la barra antipánico y comprobé, satisfecha, que se abrían sin esfuerzo. Bien. Después de todo, estábamos en Chile. En cualquier momento podía haber un terremoto. Total de salidas de evacuación: cuatro. Cualquier silla cercana a alguna de ellas era perfecta para mí. Tendría espacio de sobra a mi alrededor para no sentirme agobiada.

Escogí la posición de la primera fila a la derecha, más cerca del profesor. Cuando mi mano izquierda escribiese, sería una especie de muro que diría «no me molestes» a quien se sentara a mi lado. Y, a la derecha, tendría el pasillo... mi vía de escape en caso de que me diera una crisis de pánico.

—¿En serio vas a dejarme solo? —protestó Magnus al verme sentada y muy tiesa frente a la pantalla de proyección—. ¡Vente aquí atrás, Martina! Es mucho más seguro. No sabemos con lo que nos vamos a encontrar.

Me di la vuelta y lo miré en silencio. Seguro que lo hacía a propósito para fastidiarme.

—No, sabes que no. Si voy ahí arriba, tendré doscientas cabezas delante de mí y me dará un ataque de ansiedad —contesté con rotundidad. Miré al frente y me concentré en respirar. Una vez que se apagaran las luces y empezara la clase, sería distinto. Tendría algo en qué pensar—. Si tengo a la gente detrás y no la veo, me resultará mucho más fácil. ¡Ya sabes que más de cinco personas es mucho para mí si me siento encerrada!

Y llegó el momento de la verdad, porque pasaron dos cosas.

Primero: me puse nerviosa, porque visualizar doscientas personas en el espacio de un aula que se me antojó demasiado pequeña era como para provocarle ansiedad a cualquiera, pero sobre todo a mí.

Segundo, porque, en ese momento, tres desconocidos, dos chicas y un chico, entraron a engrosar de manera peligrosa el número que se acercaba a mi límite de tolerancia de humanidad.

—¡Hola! ¿Esta es el aula magna de primer año de Medicina? Me refiero a que no hay un aula magna de la Facultad de Enfermería o de Odontología o algo así, ¿no? —preguntó un chico moreno y bajito con aparato en los dientes.

Mi único consuelo fue que parecían tan perdidos y atemorizados como yo. Menos mal que estaba Magnus como relaciones públicas y maestro de ceremonias y los interceptó antes de que se acercaran a mí.

—Hola. Espero que sí, o mi hermana y yo llevamos haciendo el idiota aquí media hora. Soy Magnus, ella es Martina. ¿Qué tal? —dijo mientras desplegaba sus dotes de dios nórdico con sonrisa de colmillos un poco torcidos, su metro noventa y mirada azul glaciar—. ¿De qué colegio venís?

Perfecto. Mientras ellos observaban fascinados a mi hermano, yo saqué mi talismán número tres. Mi gorro azul celeste con nubes blancas. Desde pequeña tenía la creencia —absurda, lo sabía muy bien— de que, si me ponía aquel gorrito, estaría protegida de los insultos y la mala intención de cualquier persona.

La culpa era de mamá, que me lo había regalado en una época un poco difícil para mí en la escuela. Cuando todas las chicas empezaron a cambiar las líneas de su cuerpo por curvas sinuosas, a descubrir los misterios de la regla, de los chicos y del sexo, en torno a los doce o trece años, yo seguí plana como una tabla y sin menstruación hasta los quince. Mi escaso círculo de amigos se redujo aún más y me pasaba las horas con la nariz metida en los libros y mi portátil, y la cabeza protegida por aquel gorro, que se convirtió en mi escudo. Me lo puse. Lo cierto era que me quedaba genial; todo el mundo me lo decía.

—Oye, ¿por qué tu hermana lleva un gorro si estamos en verano? —inquirió una de las chicas con extrañeza. Magnus se encogió de hombros y sonrió.

—¿Por qué no se lo preguntas a ella?

Me acerqué. Llevaba un rato observándolos y parecían inofensivos. De hecho, se habían unido varios más. Como seguían cerca de la puerta, era un sitio seguro desde donde podría escapar con cualquier excusa.

—Hola. Llevo el gorro por culpa del aire acondicionado. ¿No lo notáis? —dije mientras me frotaba los brazos desnudos—. Dentro de un rato estaremos en un maldito invierno nuclear.

Sonrisa de plástico. Ojos de Bambi. Miré a Magnus para buscar reafirmación. ¡Bingo! «Bien hecho, hermana», me transmitió su gesto casi imperceptible de asentimiento. Me infundió valor, así como las risas de compañerismo que arranqué del grupo.

—Joder, ¡es verdad! No son las ocho de la mañana y ya han puesto el puto aire acondicionado —comentó uno de los chicos, que se llamaba Rodrigo. Había estado muy atenta a las presentaciones—. En vez de Santiago de Chile, cualquiera diría que estamos en Siberia.

—Yo no me he sacado la chaqueta —intervino una de las chicas. Pronto dejaron de darle importancia a mi gorro y las conversaciones siguieron otros derroteros. Si alguien me preguntaba, volvería a sacar el tema del aire acondicionado y ya.

Solo hubo un momento de desconcierto. Un chico, muy atractivo, se acercó a mí cuando ya había vuelto a mi sitio, porque la hora del comienzo de la clase se acercaba. Alto, musculado, de ojos verdes y pelo rizado y negro. Se apoyó en mi mesa y me sonrió con aires de quien se sabe ganador.

—Hola. Tú eres Martina Thoresen, ¿verdad?

Lo observé con extrañeza, porque no lo conocía de nada, y entorné los ojos con suspicacia.

—Eh... sí, soy yo. ¿Por qué lo preguntas?

Me tendió la mano y yo, después de tres o cuatro segundos muy incómodos, porque no me gustaba el contacto con desconocidos, acabé por estrechársela sin ganas. Él a mí me la trituró.

—¡Oh, por nada! Quería conocerte en persona. Tú eres la número uno de este año —soltó con una mezcla entre admiración y cierta... ¿envidia?—. Soy Denis Arellano.

Se me daba muy mal interpretar a las personas. Tendía a aceptar siempre el significado literal de palabras y gestos. Mamá me había explicado mil veces que debía ir más allá, aprender a leer entre líneas, sondear el verdadero sentido de lo que la gente quería comunicarme. En ese caso, intuí una sonrisa forzada y muchas ganas de agradar.

—Hola, Denis. Encantada.

La sala se había llenado, había bastante follón. Eran más de las ocho, pero el profesor todavía no había llegado y eso no me gustó. ¿Por qué no había aparecido? Según el horario, que me sabía de memoria, tocaba clase de Anatomía durante cuatro largas horas; dos de teoría y dos de práctica, en el aula conocida como pabellón. Y Denis no se callaba.

—... y estudié el bachillerato en Estados Unidos, pero pensé que Medicina, en Chile, estaba mejor. Por el aspecto práctico, ya sabes. Allá no te dejan tocar nada por el tema de las denuncias. —Me reconecté a su conversación, en la que me relataba su periplo académico desde el preescolar hasta su llegada a la universidad—. ¿Tú de dónde eres? Thoresen no es un apellido muy chileno. He oído por ahí que eres medio noruega.

Lo miré sin entender. ¿Cómo medio noruega?

—En realidad, soy noruega entera, pero he nacido en Chile —contesté sin saber muy bien a qué se refería—. Mi padre es noruego y mi madre es nacida en España, aunque ha vivido gran parte de su vida aquí. —De pronto lo entendí. Mi madre era medio chilena. Me reí. Ese tipo de cosas me pasaban todo el rato.

—¡Oh! ¡Qué interesante! —Me miró con fascinación. En ese momento no solo se apoyaba en la mesa; medio cuerpo se recostaba en ella, con el mentón sobre la mano—. Entonces, ¿has vivido en Noruega toda tu vida?

Volví a parpadear. A veces, las personas eran más estúpidas de lo que parecían. ¿Qué pensaba, que yo era una especie de espectro?

—Eh... no.

Denis me miró, incómodo.

—¿No? En Chile, entonces. No. En España. ¿Tampoco?

Negué muy despacio con la cabeza ante cada afirmación que él aventuraba. Al final, tuve que ayudarlo. Pobrecillo.

—No he vivido toda mi vida en Noruega porque todavía no estoy muerta —aclaré con los ojos muy abiertos. Quizá el color de mis iris plateados, que tan raro le resultaba a la gente, se lo dejase claro—. Me quedan muchos años de vida... o al menos eso espero. Además, tengo doble nacionalidad.

—¡Bueno, bueno, bueno! Denis has dicho que te llamas, ¿verdad? Yo soy Magnus Thoresen, hermano de Martina. Encantado de conocerte. —Magnus había salido de la nada y cogió al chico por los hombros, con cara de que iba a darle una apoplejía en cualquier momento, y lo alejó de mi mesa—. ¿Así que número dos? Yo soy el último, si te sirve de consuelo.

Denis miró hacia mí con horror durante unos segundos, pero yo no le presté atención. Había llegado el profesor de Anatomía: bata blanca, pelo canoso, gafas de pasta negra, por encima de los sesenta y rostro adusto. Se hizo el silencio; estaba claro que no se andaba con tonterías.

—Buenos días, alumnos. Pónganse todos de pie.

Alguien soltó un ronquido. Hubo risitas disimuladas y otras no tanto.

—¿Qué es esto? ¿Una academia militar? —protestó una voz masculina, anónima y bastante enfadada.

—Oh, no, ¡en absoluto! —respondió el profesor. Encendió el proyector y apareció el listado de los doscientos matriculados en la pantalla, en dos centenares: columna A y columna B—. Esto es una cuestión práctica, mi querido alumno reivindicativo. Por motivos de espacio, tendremos que dividirlos en dos mitades: hasta Raquel Martínez incluida, están en el grupo A, y se desplazarán hasta el pabellón de Anatomía para realizar la parte práctica de la clase en primer lugar. —Pulsó el mando y apareció una lista donde se podían leer los nombres con mayor claridad—. Vamos, ¡vamos! Salgan de la sala. Los ayudantes esperan y están perdiendo un tiempo precioso de aprendizaje. Eso es. Eso es.

Le faltó poco para empujarlos con sus propias manos y necesitó sus buenos cinco minutos para desalojar de la sala a esos alumnos. Después, se dirigió a nosotros, los que quedábamos desperdigados en la monstruosa aula magna como manzanitas perdidas en un árbol a las que han arrancado su otra mitad.

—Muy bien, alumnos del grupo B, ustedes se quedarán conmigo para la primera clase. —Preparé mi cuaderno nuevo. Usaba aquellos Clairefontaine de tapa dura y líneas horizontales desde la secundaria; así no se me estropeaban los apuntes. Saqué mis marcadores y Pilots de colores, y la regla por si había que hacer alguna tabla—. Conceptos básicos. Pasaremos por encima de este tema en esta primera clase, así que les sugiero que estudien la teoría en el Cunningham, el Grey, el Latarjet o cualquiera de los tratados clásicos. Iniciaremos nuestro aprendizaje con el tórax...

Continuó con su disertación y yo no podía estar más feliz. Empezaba mi nuevo camino... aquel que me convertiría en lo que siempre había soñado... en médica, y trabajaría sin descanso para ser la mejor del mundo.

* * *

Nos cruzamos con el grupo A cuando venían de vuelta de las prácticas de Anatomía. Me fijé en sus caras, más o menos neutras... algunas con risitas nerviosas: otras, con aspecto de ponerse a vomitar en cualquier momento.

—¡Eh, Borja! —Magnus se acercó a una de las amistades recién adquiridas por la mañana, desesperado por obtener información de primera mano—. ¿Qué tal ha ido?

—Asqueroso. Es asqueroso. No quiero volver a entrar ahí jamás —contestó con un hilo de voz—. El olor. Joder. El olor es indescriptible. No voy a poder comer carne en lo que me queda de vida.

—¡Ya será menos! —dije yo, sorprendida por lo afectado que parecía.

Él me lanzó una mirada penetrante y continuó su marcha espectral hacia los pupitres. El profesor Guiraldes arengaba ya a los recién llegados, con impaciencia, para que se sentaran, y empujé a Magnus con prisas.

—Vamos. No puede ser para tanto.

Y no lo fue. De verdad.

Nos dividieron en veinte grupitos de cinco; diez se fueron a las mesas con cadáveres y, los otros diez, a las mesas de material complementario. A nosotros nos tocó disección.

El hedor a formol resultaba algo desagradable al principio, pero, una vez que te acostumbrabas, dejabas de notarlo. Para cuando habíamos terminado de colocarnos gorros, mascarillas, delantales y guantes en una antesala sin puerta, se había amortiguado bastante. Justo después, diez mesas de mármol con patas de hierro forjado, herencia de una época antigua, se aposentaban sobre un suelo con pendiente que terminaba en sumideros para recoger los restos de formol.

—¿Dónde guardarán los cadáveres? —formulé en voz alta. Uno de mis compañeros señaló hacia el fondo, donde se veían las puertas de acero de lo que a todas luces eran unas cámaras frigoríficas—. Ah, claro. Vaya...

—Todo esto es bastante siniestro. ¿Quién se encarga de levantar las sabanillas de plástico? —preguntó una compañera; Graciela, creo que se llamaba. Completábamos el quinteto Rodrigo, Diego, Magnus y yo. Al final de la clase creamos un grupo de WhatsApp: «Por Anato, mato». Teníamos el *gore* subido, qué se le iba a hacer—. Ahí viene el ayudante.

Era bastante majo. Descubrió el cadáver y no me impresionó. Sé que a Magnus tampoco, pero sí que vi miradas sorprendidas por encima de las mascarillas en mis otros compañeros. El ayudante nos contó su historia: un médico, del que no diría el nombre para respetar su anonimato, había donado su cuerpo a la facultad tras fallecer por un cáncer de estómago. Quizá por eso estaba tan delgado. Reprimí el impulso de preguntar más, por ejemplo por qué su piel presentaba ese color verdoso tan extraño. Miré su rostro con curiosidad. Parecía dormido, sereno, conforme con su elección. Tuve que hacer un esfuerzo para impedir que mi cerebro divagase y prestar atención.

—Rodrigo. Oiga... alumno Tapia, ¿se encuentra bien? —El ayudante detuvo su explicación sobre nomenclatura anatómica tras unos minutos al ver cómo nuestro compañero se alejaba un paso atrás, luego otro, y luego otro, cada vez más pálido.

—No. No me encuentro bien. Necesito salir —dijo con voz temblorosa.

Nos miramos sin saber qué hacer. Rodrigo había encontrado apoyo en la pared e intentaba respirar. Pobre. La mascarilla quirúrgica se hundía en el centro, humedecida ya por el vapor de agua. Por su frente descendían goterones de sudor.

—A ver, usted, acompáñelo fuera. —Señaló a Graciela y después hacia la salida—. Que respire un poco de aire fresco. No hace falta que vuelva, esta clase no es esencial.

El murmullo de conversaciones y las voces más sonoras de los ayudantes se apagaron, y las miradas convergieron en las dos figuras mientras abandonaban el pabellón. El silencio quedó varios segundos suspendido en el ambiente como un velo desagradable.

—¿Alguien más necesita tomar un poco de aire? —preguntó con impaciencia. Todos nos volvimos hacia lo que estábamos haciendo. Nadie respondió—. Vamos. Usted misma. Distinga en el cadáver, con la pinza, las localizaciones básicas en relación con el tórax: cefálico, caudal, ventral, dorsal, medial, lateral, proximal y distal. Proceda.

Por un segundo, mi imaginación se descontroló y me visualicé como si fuera una cirujana a punto de iniciar una operación. Me faltó muy poco para decir «¡bisturí!», y solté una risita de lo más inconveniente. Magnus me dio un codazo y la transformé, más o menos, en una tos.

—¿Le hace gracia, alumna Thoresen? ¿Quiere usted abandonar el pabellón con sus compañeros? —se dirigió a mí el ayudante. Estaba segura de que tenía que hacer algo muchísimo más gratificante que enseñar a unos novatos los secretos de la toponimia anatómica, así que reaccioné con rapidez.

—No, profesor. Lateral, medial, cefálico...

Nombré todos los puntos tomando como referencia el esternón

del tórax y apacigüé un poco su enfado. Después lo hicieron los demás.

* * *

Un poco antes de la una de la tarde, salíamos al patio principal, con sus grandes árboles y sus explanadas de césped. Fue una auténtica liberación. Diego se despidió para reencontrarse con Graciela y Rodrigo. Nosotros esperamos al resto del núcleo duro de nuestros amigos de la infancia.

—Joder. No me he dado cuenta de lo cargado que estaba el ambiente ahí dentro hasta que hemos salido —comentó Magnus, tan expresivo como siempre. Se tiró en la hierba, bajo la sombra de una de las moreras, e inhaló y exhaló despacio—. Creo que voy a tardar un rato en recuperar el apetito.

—Pues yo no. —Saqué la bolsa de tela con mi almuerzo y mi botella de agua de la mochila—. Me muero de hambre. ¿Puedes mirar si alguien de la tropa ha dado señales de vida?

Un gruñido poco prometedor salió de su garganta, pero acabó por mirar el móvil y, por su sonrisa juguetona, supe quién.

—Dile a Dana que traiga un par de Coca-Colas Zero, tengo un poco de sueño —pedí antes de que dejaran de mensajearse.

—Vale. ¿Cómo sabes que es Adriana?

—Esa cara de tonto no la pones con los demás —contesté con tono pragmático entre mordiscos a mi ensalada de pollo y quinoa—. Te juro que no entiendo este tonteo crónico que os traéis.

Magnus soltó una carcajada y me robó la bolsita de papel con mis pistachos. Lo consentí, ya le quitaría yo a él sus nueces; lo hacía solo por no mover el culo hasta su mochila.

—No significa nada, ya lo sabes, pero es divertido. —Se metió en la boca a lo bestia los frutos secos; no podía comerlos de uno en uno, tenía que devorarlos de diez en diez, como lo hacía todo en la vida—. Dana no sabe relacionarse. Coquetea, y no es conmigo, es con todos.

—¡Mentira!, y lo sabes —lo acusé. Me estiré hasta él y le arrebaté la bolsa de pistachos o me hubiese quedado sin ninguno—. Dime la verdad. Sé que no ha pasado nada entre vosotros. Se supone que hicimos una promesa: los del núcleo nunca nos liaríamos, nunca echaríamos a perder nuestra amistad. —Magnus se incorporó y quedó sentado como los indios frente a mí. Sus ojos azules me miraron con intensidad—. ¿Y ahora? ¿Te enrollarías con Adriana?

—¡Hola, chicos!

Una voz masculina, entusiasmada y que nos saludaba desde lejos, lo salvó de contestar. Tony se acercó a la carrera por la hierba con la mochila al hombro. Divisé que Dana y Many venían detrás. Solo faltaba Lena, que siempre iba a su aire.

Mi hermano se puso de pie y se sacudió la hierba del culo de los pantalones.

—No lo sé. No puedo asegurarlo —dijo mientras saludaba con la mano y con su sonrisa involuntariamente depredadora, de colmillos torcidos, y mirada azul irreal.

El núcleo duro

Las chicas del núcleo eran mi hermana Martina, o Tina, junto con Dana y Lena, que a su vez eran hermanas.

Los chicos éramos Tony y Many, que también eran hermanos, y yo, Magnus, alias Magne.

Un triángulo equilátero de tres lados fraternales. Tres chicas y tres chicos. El núcleo duro. Se podía afirmar que nos conocíamos desde antes de nacer.

Adriana y Many estaban en segundo de Medicina. Si no me hubiese dedicado a hacer el tonto el año anterior, en ese momento seríamos compañeros. Tony también quería entrar, pero no le dio la nota y acabó por meterse a Kinesiología y Fisioterapia, siguiendo los pasos su madre. Lena estudiaba Enfermería.

El campus de las Ciencias de la Salud estaba enclavado en los antiguos terrenos de la embajada de Estados Unidos. Incluía todas las carreras sanitarias —Medicina, Odontología, Enfermería y Kinesiología y Fisioterapia—, así que también veríamos a Lena y a Tony por allí.

Era curioso cómo todos nos habíamos quedado en el área de confort de la tradición de nuestros padres. La única hereje era la tía Nacha, madre de Adriana y Lena, que trabajaba como empleada de banca; el tío Juan era veterinario, y Lena había dudado mucho entre Enfermería y Veterinaria. Lo único que tenía claro era que «Medicina, NO», así, recalcado con cara de loca y con mayúsculas, pese a que, con su nota, le habría dado de sobra. Por cierto, los padres de unos eran tíos putativos de los otros, heredados por la amistad que los unía desde hacía ya décadas. Entre ellos tenían una relación más estrecha que con algunos de sus parientes de sangre.

En mi caso, el ser hijo y nieto de cirujano cardiaco parecía sostener un bisturí de Damocles sobre mi cabeza, y que mi madre fuese cardióloga infantil tampoco ayudaba. Para mi hermana, era un motivo de orgullo; para mí, de continua presión.

Sonreí al ver que la tropa se acercaba como en una coreografía ensayada. Estábamos todos, incluso Lena a lo lejos, que iba siempre a su bola. Magne, Tina, Dana, Lena, Many y Tony.

A mi padre le cabreaban sobremanera nuestros apelativos cariñosos, porque decía que nos hacían parecer una banda de gilipollas con tanto diminutivo, pero nosotros nos llamábamos así desde que nos quitábamos los chupetes los unos a los otros y correteábamos por ahí en pañales, joder. Era imposible perder la costumbre.

Tony me saludó con un apretón de manos de esos de palmada al aire y choque de pectorales. Después le dio un beso a mi hermana. Hubo un minuto de caos, porque en ese mismo momento llegaron Many y Dana, juntos desde su clase de segundo. Aterrizaron sobre mi pecho unas latas de Coca-Cola Zero sin previo aviso, lanzadas por mi mejor amigo, mientras asistíamos al ritual de salutación femenina entre Martina y Adriana, que cacareaban como gallinas.

Lena apareció un poco más tarde, como siempre la última, y puso un poco de orden. Sonreí al verla con un vestidito de flores de colores y las Converse blancas destrozadas, que debían de tener tres o cuatro años. Ya teníamos uno de sus regalos de cumpleaños.

—¿A alguien más le parece que se nos ha acabado la buena vida para siempre? —dijo con voz dramática. Tiró su mochila junto a las nuestras, se dejó caer al suelo y reclamó una de las latas de refresco—. ¡Menuda mierda de horario! Tengo un millón de cosas para estudiar y solo he tenido tres asignaturas esta mañana. Por la tarde tengo clases en El Arrayán. ¡En el puto maldito Arrayán, en la otra punta de la ciudad!

Tony la abrazó, le dio un beso en el pelo y soltó una carcajada.

—Primer día duro, ¿eh? Lo de la sobrecarga de estudio me suena. Y, si quieres, vamos juntos, yo también tengo clase en la Facultad de Química. —Lena asintió y le dio un beso de agradecimiento en la mejilla. Excepto Martina, que era un poco distante a veces, todos éramos muy besucones—. Es una lata, pero al menos iremos en coche. Y vosotros, los novatos de Medicina, ¿qué tal el primer día? ¿Cómo ha ido?

Tony se volvió hacia Martina y hacia mí casi con ansiedad, con unas ganas penosas de saber cada detalle. Reía y celebraba cada historieta, se burló de Rodrigo cuando le contamos el incidente de su ahogo en Anatomía y quiso saber todo lo que habíamos aprendido. No paraba de hacer preguntas. En algún momento, Lena se hartó.

—¡Oye! Medicina no es lo único que existe en el mundo, ¿sabes? —soltó con los brazos en jarras y tono guerrillero. Tony cerró la boca y nosotros nos quedamos en silencio ante su mala leche, aunque sospeché que pensábamos un poco igual—. Fisioterapia también está genial. Seguro que tu día también ha sido increíble, ¡cuéntanos! Yo ya tengo suficiente con Adriana. «Medicina esto, Medicina lo otro...» —Puso una voz burlona tan graciosa que nos hizo reír a todos, con su naricita respingona llena de pecas, sus ojos verdes de gatita furiosa y su melena corta y disparada. Aquel verano le había sentado bien a Lena. Había dejado atrás las formas de niña—. ¡Y mi carrera tiene tela también! ¡Ya me gustaría a mí veros aguantando a la vieja de Fundamentos de enfermería!

La bronca de Lena cortó un poco a Tony, que no volvió a preguntar nada más... o quizá se debió a que todos estábamos muertos de hambre. Yo solo había comido unos pocos pistachos y abrí mi bocadillo de jamón. Le envié un agradecimiento silencioso a mis abuelos maternos, que curaban cerdos en Ranco al estilo español. Me dediqué a observar a Dana, que abrió su táper de verduras cortadas en trocitos y las aliñó con aceite y limón.

—¿Qué miras, vikingo? —preguntó con tono antipático. Sus ojos negros, entornados y recelosos, se clavaron en mí.

—Miro lo triste de tu comida. ¿Dónde está la proteína?

Ella resopló, enfadada, y alzó la nariz en un gesto muy parecido al de su hermana, pero con una nariz recta, afilada, aristocrática. El rostro de Adriana, cincelado en mármol, tenía un matiz oliváceo, y era delgado y anguloso como su carácter. Te podías cortar.

—Sabes muy bien que soy vegetariana desde hace años. ¡Quita ese cerdo de mi vista! —exclamó, molesta, cuando le acerqué mi bocadillo para hacerla cabrear todavía más.

—Sois peores que niños pequeños —dijo Martina mientras movía la cabeza como si estuviera por encima de nuestros juegos... pero a mí me encantaban. Parte de la sal de mi vida era hacer rabiar a Dana.

Nos perdimos en los detalles de nuestras clases y disfrutamos un rato juntos, como lo habríamos hecho en el jardín de cualquiera de nuestras casas. Hablamos de la rotación que Many haría en España de abril a junio en la Universidad Autónoma de Madrid; de los chicos que se peleaban por Adriana en segundo, cosa que me generó un interés malsano, o de la vieja sádica de Fundamentos de enfermería que torturaba a la pobre Lenucha.

Tony fue el primero en levantarse. Se estiró con su metro ochenta bien musculado y se apartó el flequillo castaño de la frente. Miró a Lena con cara de circunstancias.

—Lena, tenemos media hora de coche. Será mejor que vayamos tirando —dijo, reacio a tocarle ni un pelo a nuestra amiga, tirada sobre la hierba y ajena a los deberes universitarios mientras canturreaba ensimismada, fiel a su estilo de pasar de todo—. Todavía tenemos que ir hasta el aparcamiento del San Lucas.

Un gruñido penetrante emergió de su garganta. Parecía mentira que un sonido tan agresivo saliera de un cuerpecito tan pequeño.

—Argh... ¡Vamos! —exclamó, enfadada con el mundo y, en especial, con los que quedábamos tumbados en la hierba.

—¡Adiós, reina del drama! —dije entre risas. Ella me ofreció un dedo corazón al tiempo que se alejaba y me dio por reír aún más fuerte—. ¡Qué carácter, joder!

—No le hagas caso, Magnus. —Dana tiró de mi camiseta para atraer mi atención—. ¿Qué tal el primer día? Cuéntame, ahora que estamos más tranquilos.

Esbozó una sonrisa seductora y percibí un matiz distinto... cierta seguridad que antes no estaba ahí. ¿Sería porque ella estaba en segundo y yo en primero? Como cuando me miraba con superioridad al creerse mucho mayor que yo porque me sacaba siete meses.

—Me siento un poco perdido, abrumado con tanto estudio. Si es así el primer día —miré al suelo, fingí sentirme muy desvalido y me puse a arrancar briznas de hierba—, no quiero imaginar cómo será todo esto dentro de un mes. Y no quiero ni pensar cuando mi padre empiece a presionarme con las notas.

Y picó. Deslizó su mano sobre mi espalda y me consoló con un masaje entre los omóplatos. Chasqueó la lengua y negó con la cabeza.

—No te agobies, Magne. Tú puedes con esto y mucho más —afirmó de forma alentadora—. Many será un padrino estupendo, ¡ya lo verás! Y, mientras esté en España, yo te ayudaré en todo lo que pueda, ¿de acuerdo?

Asentí con cara de pena y compuse un puchero. ¡Era tan tan fácil tomarle el pelo!

—¿Y puedes seguir con el masaje hasta que sea la hora de irnos? Me da que la clase de Física va a ser muy dura también. —No pude aguantar más y la boca se me tensó sola en una sonrisa canalla—. ¡Auu, fiera! —exclamé cuando lo que me cayó en la espalda fue un guantazo descomunal que me dejó la piel ardiendo—. ¡Pero qué poco sentido del humor!

—¡Magnus! ¿Tú te crees que puedes reírte así de mí? —se indignó, porque se lo había creído a pies juntillas. Yo solté una carcajada y me defendí, porque hizo el amago de darme más tortas—. Estaba dispuesta a ayudarte cuando Many no esté, pero ahora ya puedes buscarte la vida.

—¡Pero no te enfades, Adriana! —dije, sin poder parar de reír. La atrapé entre mis brazos. No podía hacer nada contra mi fuerza y eso la cabreó todavía más. Me llamó la atención el olor de su pelo, a perfume francés y sofisticado. La besé en el cuello y dio un gritito ridículo lleno de indignación.

—¡Suéltame ahora mismo, Magnus Thoresen Morán!

—Te suelto solo si me perdonas.

—¡No!

—Entonces, no te suelto y, además, te hago cosquillas. —Me tumbé de lado sobre la hierba y la arrastré conmigo. Gritaba tanto que por un momento pensé en liberarla. A ver si todo el campus iba a pensar que la estaba desollando o algo así—. ¡Ríndete y perdóname!

—¡Jamás! ¡Ja, ja, ja! ¡Para, Magnus! —Resoplaba, se retorcía, lloraba de la risa y pataleaba. Me gustó tener su cuerpo pegado al mío. Era definitivo, algo estaba cambiando entre nosotros—. ¡Me voy a hacer pis!

Me puse encima de ella y plaqué sus antebrazos con los míos. Aferré sus muñecas con mis manos. Calculé que yo debía de pesar unos treinta kilos más. Boqueó en busca de aire.

—Ríndete —ordené, esta vez sin juegos ni risas ni coñas de ningún tipo.

Sus pechos estaban aplastados contra mi torso. Más me valía que se rindiera rapidito, porque comenzaba a notar una tensión muy incómoda ombligo abajo y no sabía muy bien qué significaba. Había fotos de ella de bebé encima de la barriga embarazada de mi madre, preñada de mí, joder.

—Vale. Me rindo —dijo con timidez—. Te perdono.

—¿Habéis terminado, malditos preescolares? —La voz de Martina interrumpió el momento de tensión entre nosotros. Miré a la izquierda y cuatro pantorrillas, dos peludas y fuertes y dos doradas y delgadas, estaban plantadas muy cerca de nosotros—. ¡Hay que ir a clase ya!

Me aparté de Adriana emitiendo una carcajada victoriosa y le tendí la mano para ayudarla a ponerse de pie. Primero me dio un manotazo, pero luego me agarró y tiré de ella hasta estrellarla contra mi pecho.

—Eres un imbécil, Magnus —me dedicó con voz petulante, pero sentir sus tetas pegadas a mí valió la pena. Además, se tomó su tiempo en apartarse. Me pregunté a qué jugábamos.

* * *

Por la tarde, después de la clase de Física aplicada a la medicina, que me pareció normal y corriente, teníamos la ceremonia de asignación de padrinos. Cada alumno de primero recibiría como mentor a un alumno de segundo, que lo guiaría a lo largo de la carrera. Many tuvo una magnífica idea.

—Oye, como nosotros ya estamos asignados, ¿por qué no nos vamos a tomar algo por ahí? —propuso al ver que, con el apellido Thoresen, quedaban más de ciento cincuenta alumnos delante para llegar a nuestro turno—. No nos perderemos nada muy divertido.

Martina observó el sencillo ritual y, aunque estaba decidida a disfrutar la experiencia universitaria al máximo y no perderse nada, estuvo de acuerdo. Nos fugamos y lo celebramos con unas *pizzas* en el Tiramisú.

—Es una pena que Lena y Tony no estén —comentó ella cuando llegó la primera parmesana. Mi bocadillo de jamón se había volatilizado hacía rato y el aroma del queso, el orégano y las berenjenas al horno me hicieron la boca agua—, con lo que les gusta esta *pizza*.

—Que hubieran estudiado Medicina —soltó Dana, que le hincó el diente al primer trozo con ganas. Al parecer las verduritas tampoco le habían quitado el hambre.

—¡Bruja! —Many rio.

—¡Es cierto! —se defendió ella—. Nos tratan mejor. De todas las carreras de ciencias sanitarias, somos los únicos que no tenemos que movernos para las clases de Química, Física y Matemáticas, las tenemos todas aquí en el campus —rebatió con lógica aplastante. Masticó el bocado de *pizza* y se reacomodó en la silla, lista para la pelea—. El resto tiene que desplazarse hasta El Arrayán.

—Ya, pero nosotros tenemos los créditos infravalorados. Pasamos muchas más horas metidos en la facultad —replicó Many sin inmutarse. Bien por mi amigo. No se dejaba avasallar por Dana y eso me encantaba—. Tony tiene dos tardes libres a la semana, una de ellas los viernes, y una mañana entra a las once. Eso sí que es vida.

—¡Joder, qué suerte! —dije con envidia auténtica—. Eso alarga todos sus fines de semana.

Many asintió con la boca llena. Martina le pasó la servilleta para limpiarle los restos de salsa de tomate.

—Nosotros estaremos encerrados durante siete años en el hospital antes de empezar a plantearnos trabajar —prosiguió, implacable.

Tuve que reprimir una sonrisa al ver la cara de fastidio de Adriana, que sabía que perdía el debate—. ¡Y ni siquiera!, porque sin especialidad no somos nada. Necesitamos seguir formándonos. Lena, al acabar Enfermería en cinco años, saldrá colocada. Y Tony, lo mismo.

—Da igual. Nosotros somos mejores. —Se cruzó de brazos, enfurruñada—. Y tendremos mejores sueldos.

—Vaya, Adrianita. ¡Y yo que pensaba que estudiábamos Medicina por vocación! —la pinché con toda la malicia que fui capaz de reunir teniendo en cuenta que mi boca estaba llena de *pizza*—. Y resulta que tú solo piensas en el sucio dinero. Me decepcionas.

—Por supuesto que es por vocación —respondió, ofendida—. Yo solo digo la verdad.

—Se te enfría la comida, Dana —dijo Martina con voz monocorde, con ese tono que usaba cuando estaba cansada de nuestra estupidez general y sus cuarenta puntos de cociente intelectual por encima del nuestro le pesaban demasiado.

Comimos en silencio durante un rato. Yo pensé en lo que Many acababa de decir. Era un bonito baño de realidad. A nosotros no nos importaba, teníamos un futuro económico asegurado con independencia de la medicina gracias a Industrias Thoresen, pero sabía que la situación de Adriana y Lena no era tan fácil. Dana se rompía los cuernos estudiando porque tenía que mantener media beca de excelencia académica. Lena había dejado bien claro que pasaba de quemarse las pestañas siete años, y una de las razones era porque quería ponerse a trabajar cuanto antes. No disfrutaban de la vida que teníamos nosotros, la situación económica de su familia era muy distinta... además de que vivían en el quinto coño. No, no lo tenían nada fácil, era cierto.

Fui al cuarto de baño y aproveché para pagar la cuenta. Tuve claro que se cabrearían conmigo, pero me dio igual. Al volver, habían pedido postres y más bebidas. Me uní, encantado, a la segunda tanda. Tuvimos que acabarlos un poco a la carrera, había llegado la hora de marcharnos.

Acompañamos a Adriana y a Many hasta el metro y nosotros volvimos andando hasta el hospital San Lucas, donde habíamos quedado con nuestros padres. Nos tocaba esperar.

—¿Para esto me he atragantado con la cerveza? —protesté al ver que mi madre seguía con la bata puesta y sentada frente al ordenador en su despacho—. ¡Hola, mamá!

—Hola, hola —dijo con ese tono apresurado de cuando estaba ocupada y no quería que la molestásemos. Puso la mejilla para que le diéramos un beso y señaló las sillas frente a ella—. Poneos a estudiar. Papá está en quirófano.

—¿Puedo ir a ver? —preguntó Martina, con un entusiasmo desmedido para la hora que era. A veces daban ganas de estrangularla.

—Genial —gruñí yo.

Mi madre nos observó a los dos con cara de querer cometer un asesinato. Justo entonces sonó el teléfono y tuvo que contestar. Martina abrió su armario, sacó uno de los uniformes pediátricos y empezó a cambiarse ahí mismo.

—Hija, ¡ahora no es el momento! —siseó mi madre con la mano sobre el micrófono del teléfono—. No, doctor López, no hablaba con usted. Discúlpeme.

—¡Ya sé dónde están los quirófanos! Yo me ocupo de localizarlo, no te preocupes, mamá —dijo Martina, con las zapatillas deportivas a medio abrochar. Esprintó hacia la puerta al tiempo que terminaba de abotonarse los pantalones—. ¡Gracias, mami!

Acabó de hablar con el doctor López un poco apurada y me miró con la boca abierta. Yo me eché a reír y me encogí de hombros.

—Ya lo sabes. Es una fuerza de la naturaleza.

—A ver qué opina tu padre de su iniciativa. A estas horas no suele estar de muy buen humor.

Cada cosa a su tiempo

Corrí por el pasillo y me metí en el ascensor justo cuando se cerraban las puertas, con una indescriptible sensación de triunfo. Ya pediría perdón después; la perspectiva de presenciar una cirugía cardiaca valía la pena. La impaciencia me devoraba mientras llegaba a la segunda planta.

Cuando salí al vestíbulo, estaba todo vacío y me intimidó un poco. Había una señal de «prohibido el paso» bien clara en las puertas de acero que daban acceso al interior de los quirófanos, pero, al acercar la mano al sensor electrónico, se abrieron, y mi corazón comenzó a latir a mayor velocidad.

Primer obstáculo superado. Avancé por el aséptico pasillo emocionada, pero a la vez me sentía como una delincuente.

—¡Doctora! ¡Doctora, oiga! —Tardé un instante en comprender que esa voz masculina se dirigía a mí. Me quedé helada en el sitio—. ¡El gorro y las calzas, que no se le olviden! ¡Y la mascarilla! —añadió con tono amable.

Me volví y me di cuenta de que había pasado junto a una estación encastrada en la pared donde había alcohol en gel para el aseo de manos y los equipos de protección individual que mencionaba el sanitario. ¿Un enfermero, quizá?

—¡Oh, claro! ¡Qué tonta! —Me puse roja como un tomate. Menos mal que el uniforme de mi madre no iba bordado con su nombre—. Muchas gracias por recordármelo.

—¿Interna de sexto? Siempre se olvidan cuando empiezan —comentó, indulgente.

—Je, je... —Reí, sin comprometerme. Cogí las calzas y el gorro que me ofrecía y me coloqué la mascarilla en la cara, aunque el resto del personal la llevaba colgada del cuello por el pasillo. Nadie tenía por qué reconocerme, pero no podía arriesgarme a que me viese el tío Boris, que era traumatólogo, o incluso el tío Dan.

Me asomé por el primer ojo de buey. Nada. Vacío. Qué enormes y frías eran aquellas salas. Miré con curiosidad las lámparas articuladas y los monitores de aspecto sofisticado. Intenté visualizarme ahí dentro, como una gran cirujana. A veces podía llegar a ser muy ridícula. Siguiente puerta. La joya de la corona del San Lucas: el enorme quirófano de cirugía robótica que generaba envidia nacional e internacional, pero papá tampoco estaba allí. Una mujer pasó a toda prisa a mi lado con una bolsa de sangre entre las manos y me apreté contra la pared para no estorbar. La seguí. Entró en otro quirófano y yo, detrás.

Y no debí hacerlo.

Los pitidos ensordecedores de unas alarmas me hicieron saber enseguida que algo no iba bien. Mi padre, el tío Dan y dos mujeres desconocidas se inclinaban sobre lo que supuse que era el tórax abierto de un paciente, porque yo no veía nada desde donde estaba. Parecían forcejear.

—Doctor Thoresen, el concentrado de glóbulos rojos ya está pasando, la tensión arterial empieza a remontar —informó alguien por detrás de una especie de cortinilla. El anestesista parecía estresado y se pasó la mano por la frente, perlada de sudor a causa de la tensión.

—Perfecto. Succión. Aquí. Más. —Mi padre daba órdenes concisas y tajantes, pero su voz estaba revestida de tal autoridad que hasta yo pude sentir la calma que transmitía—. Falta menos para terminar la sutura del parche. Limpie el campo quirúrgico con más suero, necesito ver lo que estoy haciendo. Más. ¿Acaso paga usted la factura? ¡Más suero!

Me acerqué un poco. ¡No distinguía nada! Me puse de puntillas justo detrás de mi padre y conseguí ver que se trataba de un adulto. ¡Estaba todo lleno de sangre! Mi corazón se aceleró y me emocioné.

—¡Vamos! El sangrado disminuye. ¿Cómo está el paciente? —preguntó el tío Dan, que asistía a mi padre con la misma expresión crispada.

—La tensión sigue baja, pero se ha estabilizado. Se mantiene taquicárdico para compensar. El resto de los parámetros son normales —dijo el anestesista, aliviado—. Le está sentando bien la transfusión urgente y el soporte con aminas vasoactivas.

—Perfecto. Diez minutos y termino con el parche... *Fy faen!** —rugió mi padre en su lengua materna. De verdad que yo solo me apoyé en su antebrazo un segundo porque estaba a punto de ver el corazón latiendo en vivo y en directo y quería apartarlo un poco. ¡Nada más!—. ¿Quién coño me acaba de contaminar?

—Perdón, papá. ¡Hola, papá! —No se me ocurrió otra cosa más inteligente que decir.

—Doctor Thoresen, tiene que salir del campo quirúrgico —le indicó una de las mujeres. Después me explicaron que era la enfermera instrumentista.

—¡Infierno negro! ¡Martina! ¿Se puede saber qué demonios haces aquí? —me gritó, furioso. Se apartó de la mesa de operaciones y se arrancó del cuerpo, literalmente, la bata cubierta de sangre, junto con los guantes, y lo tiró todo al suelo hecho un gurruño, en un gesto cargado de ira—. ¡Acabas de sacarme de una cirugía de reparación de una laceración cardiaca y aórtica gravísimas! ¡Esta es la razón por la que ningún alumno puede entrar en un quirófano antes del sexto año! —Intenté hacerme muy pequeña y desaparecer, pero eso resulta imposible cuando tu padre te está gritando, con toda la potencia de sus pulmones, en noruego; al menos los demás no se enteraron del contenido de la recriminación—. ¡No se tocan jamás, JAMÁS, los brazos ni las manos de un cirujano cuando está operando!

»Pero ¿cómo has llegado tú hasta aquí? ¿Quién la ha dejado entrar? —preguntó al fin en español. Respiré, aliviada, porque el foco de atención se había desviado de mi persona. Menudo rapapolvo.

* «¡Maldita sea!», en noruego.

—Erik, el parche de la aorta ya está listo. ¿Quieres que cerremos el residente y yo? —inquirió el tío Dan, divertido por la situación.

—Yo solo quería ver lo que estabais haciendo. Parecía muy emocionante —balbuceé, en un intento de excusarme. Todo el quirófano se echó a reír. Mi padre, todavía rojo y con las venas del cuello hinchadas de manera peligrosa, clavó los ojos azules en mí.

—¿Emocionante? Emocionante. Traigan un escabel y el sistema especial de internos contaminantes para la señorita Thoresen —dijo mi padre con un tono que no me gustó demasiado—. Vamos a ver si te parece tan emocionante quedarte hasta el final.

—Erik, no seas así. ¡Solo quería mirar! —intentó mediar el tío Dan—. Además, me ha permitido llevarme unos minutos de gloria, que eres siempre un acaparador. ¡Gracias, Martina!

—De nada —respondí con educación. Mi padre me fulminó con la mirada. Era uno de esos momentos en los que debía mantener la boca cerrada, pero que yo no terminaba de detectar.

Una enfermera me trajo una bata verde de esas que se atan por detrás y me miró con rostro compungido a la vez que aguantaba la risa.

—Lo siento, ¿Martina? —Asentí y fruncí el ceño—. Lo siento, Martina. Te ayudaré con esto.

Extendí los brazos para meterlos por las mangas, pero ella negó con la cabeza.

—No. El doctor Thoresen, tu padre, tiene un sistema especial para que los internos y los alumnos que contaminan el campo quirúrgico no vuelvan a cometer ese error —explicó la enfermera con tono cariñoso. Miré a mi padre, boquiabierta. Él asintió mientras terminaba de colocarse los guantes y volvía a su posición de primer cirujano—. Puedes dejar las manos delante de ti, cruzadas, sin tocar nada, por debajo de la bata. Yo te la ataré por detrás, las mangas también te las dejaré amarradas a la espalda. ¿De acuerdo?

—¿Podré mirar más de cerca? —pregunté, con los ojos clavados en mi padre.

—Sí. Ponte aquí, a mi lado. Si te cansas, avisa, y te retirarás de la cirugía —dijo mi padre con severidad. Estaba muy muy enfadado conmigo y yo no acababa de comprender por qué. ¡Solo le había tocado unos segundos el antebrazo!—. Date prisa, antes de que me arrepienta. Te advierto que nos quedan aún un par de horas. Ya verás qué emocionante es.

La última frase estuvo revestida de mordacidad, pero, pese a ello, a la bronca humillante delante de todo el quirófano y que parecía una loca inmovilizada recién salida del psiquiátrico, no podía ser más feliz. Estaba frente a un paciente, con una cirugía a corazón abierto, y yo, en primera fila.

Al principio, mi padre me ignoró y se concentró en lo que tenía que hacer, pero la residente empezó a hacer preguntas, y me quedó claro que lo hizo por mí, porque me guiñó un ojo. Y a papá le encantaba la docencia.

Aprendí anatomía del tórax en vivo y en directo, no en un cadáver. Vi, con mis propios ojos, las venas, arterias y nervios; cómo latía el corazón; cómo eran las coronarias; la grasa que lo recubría; el pericardio; cómo los pulmones se llenaban de aire y lo tapaban. El paciente era fumador y esos órganos tenían un tinte negruzco. Cuando por fin cerraron la esternotomía, que así es cómo se llama la incisión quirúrgica del tórax que se había practicado, tuve que reprimir una exclamación de desilusión.

—Bien hecho. Dejemos que la residente se encargue de cerrar la piel con la enfermera. Voy a informar a los familiares —comentó mi padre, con aspecto cansado. Yo no podía apartar los ojos de las manos enguantadas de la cirujana, que suturaba la piel de tal manera que los puntos no se veían—. Vete a casa, Dan.

El tío Dan se despidió con prisas. Eran casi las nueve de la noche, pero yo habría acampado allí.

—¿Eso es una intradérmica? —pregunté. Por fin entendía de lo que hablaba papá cuando se vanagloriaba de sus resultados estéticos.

—Así es —contestó la residente, con una sonrisa bajo la mascarilla.

—¿Puedo quedarme a ver cómo terminan? —rogué, con mis mejores ojitos de Bambi.

—No.

—¡Gracias por todo! —dije antes de que mi padre me liberara

de la bata y me dirigiese con firmeza fuera del quirófano. Las risas y las despedidas de los que quedaban dentro me acompañaron por el pasillo.

—Voy a informar. —Su voz y su mirada me clavaron en el sitio—. No te muevas de aquí.

Señaló las puertas de acero y se fue. Ni se me pasó por la cabeza desobedecer, pero en ese momento me di cuenta de que tenía unas terribles ganas de orinar, y de que el uniforme de quirófano no abrigaba demasiado, por lo que echaba de menos la bata verde que había cubierto mis brazos. Y, pese a los trozos de *pizza* y el tiramisú, me habría venido bien comer algo. Cuando llevaba un cuarto de hora de pie en el pasillo, comencé a planificar mi evasión a los cuartos de baño, y entonces papá regresó.

—Vamos. Ya he avisado a tu madre; ella y tu hermano nos esperan.

Caminamos en silencio hacia la Unidad del Corazón. Mi padre posó su manaza en mi cuello y lo apretó con cariño. Era un gesto que hacía con Magnus y conmigo desde siempre.

—¿Sigues enfadado? —inquirí, con tono arrepentido.

Soltó un gruñido de mala gana y me acarició el pelo.

—No. Ya se me ha pasado, hija. Pero ¿entiendes la gravedad de lo que has hecho? Un corazón expuesto es muy vulnerable —explicó con voz calmada—. No podemos cometer errores así.

—¡Pero si solo te he tocado el brazo tres segundos! —protesté, ofendida. Me había dolido mucho la bronca que me había echado frente al personal—. Me has reprendido delante de todos como si fuera una niña pequeña.

—No, Martina. Te he llamado la atención como a cualquier otro interno o residente que comete ese error en mi quirófano —aclaró con seriedad—. Al principio ni siquiera sabía que eras tú... lo que me lleva al meollo de todo este asunto. —Me agarró de los hombros y me miró a los ojos—. No puedes entrar a los quirófanos así. Que seas mi hija no te da el derecho de pasearte libremente por el hospital como si fuera tuyo, ¿queda claro? Cada cosa a su tiempo, y tú ahora tienes que estudiar.

—¡Pero se supone que en primero no vamos a pisar el hospital! —Sé que fue una reacción infantil, pero no pude evitarlo. Mi padre soltó una carcajada.

—Y pasarán *¡años!* antes de que puedas tratar a un paciente, porque para ello tienes que prepararte, hija —recalcó la palabra con su alzamiento de cejas Thoresen marca de fábrica—. Fin de la discusión. No quiero volver a verte al otro lado de esas puertas de acero, ¿entendido?

—Entendido.

—Y —añadió cuando echamos de nuevo a andar— quiero que hagas un pequeño trabajo de investigación. —Ignoró mi mirada interrogante y volvió a dirigirme del cuello hacia los despachos—. Quiero que me entregues una exposición sobre la importancia de las infecciones intraoperatorias en el quirófano cardiaco. Así aprenderás por qué es tan grave lo que has hecho y el motivo del rapapolvo que te has llevado.

—Vale.

Eso me animó. Por fin algo de estudio que tenía que ver con la medicina de verdad.

—¡Ya era hora, joder! —soltó Magnus en cuanto empujamos la puerta de cristal, con la misma cara de cabreo de mi padre un rato antes. A veces era increíble lo mucho que se parecían—. Mamá, ¿ves a lo que me refiero? ¡Son más de las nueve de la noche! ¡Llevamos aquí esperando casi cuatro horas!

Mi madre se estiró sobre la butaca y lo ignoró con alevosía. Se había soltado el moño y estaba descalza. Miró a mi padre con resignación.

—¿Todo bien, grandullón?

—¿Aparte de la pequeña invasora contaminante? —respondió con tono mordaz. Yo lo miré con mala cara y él se echó a reír—. Martina me ha sacado de la cirugía porque me ha tocado el antebrazo. Ya te puedes imaginar la que le ha caído.

—¡Le está bien empleado! —dijo mi madre, usando un tono entre el enfado y el cansancio—. Se ha aprovechado de que estaba en medio de una llamada importante para fugarse. Vámonos, por favor. Y, Magnus, si vuelves a sacar el tema del ático de tu padre, te juro por Dios que no te independizarás hasta que tengas treinta años. Deja ya el tema, te lo pido por favor.

Mis padres se abrazaron y se besaron, metiéndose en esa burbuja en la que mi hermano y yo quedábamos por completo excluidos. Me acerqué a Magnus.

—Traidora. ¿Cómo se te ocurre abandonarme así? —Seguía furioso conmigo.

—He estado en una cirugía a corazón abierto. Ha sido espectacular —contesté, entusiasmada—, pero papá me ha echado la bronca del siglo. Y tú, ¿qué tal?

—He intentado convencer a mamá de lo de mudarnos al piso, pero me rindo. Creo que ha sido peor. —Puso los ojos en blanco ante el despliegue de carantoñas de nuestros progenitores. A veces daban náuseas—. La culpa es tuya. La has puesto de mal humor.

—Esperemos unos días. Y déjame a mí, tengo un plan.

La ecuación

Pasaron los días. Me di cuenta con rapidez, y asumí con algo más de lentitud, de que la carrera no iba a ser lo que yo había esperado. Aquello parecía más bien una ingeniería: Física, Matemáticas, Bioestadística... Al menos, en Anatomía nos poníamos una mascarilla y aprendíamos a sostener un bisturí, pero tenía una sensación muy próxima a la estafa.

Por otro lado, Magnus había dado por fracasado nuestro plan de independencia, pero yo no pensaba rendirme tan fácilmente. Mi próxima estrategia era hacer esperar a mis padres y fastidiarles algún plan de pareja, una de esas cenas íntimas en casa, con su tabla de quesos con vinito especial, en las que teníamos prohibido entrar en el salón. Ya no volveríamos a sacar el tema por la mañana, lo sacarían ellos cuando tuvieran que quedarse tirados durante horas en el hospital. Maquiavélico. Era consciente.

—Chicos, hay algo que queremos hablar con vosotros —dijo mi padre con expresión circunspecta tras aclararse la voz aquella mañana de viernes. Mi hermano y yo nos miramos con extrañeza y un destello de esperanza atravesó sus ojos azules. Era raro que mi padre diese tantos rodeos para abordar un tema—. Mamá y yo ya lo hemos hablado, pero queremos contar también con vuestra opinión.

—¿Vais a autorizar que nos mudemos al piso de Isidora Goyenechea? —preguntó Magnus con entusiasmo infantil. Me dieron ganas de darle una palmada en la nuca. ¿Acaso jamás iba a aprender que todo tenía su momento?

—No —negó mi padre, lacónico—. Si vuelves a preguntármelo, el tema quedará clausurado hasta el año 2050, te lo advierto.

—Vale, papá.

—Se trata de que vendrá a vivir a casa durante una temporada el hijo de un colega de papá —interrumpió mi madre la pequeña disputa antes de que los dos se enzarzaran más. Mi hermano y yo la miramos con los ojos muy abiertos—. Es cirujano general y quiere especializarse en cirugía cardiaca. Necesita cambiar de aires y le hemos ofrecido sitio aquí.

—¿Un extraño? ¿En casa?

Vaya.

Mi cerebro asimiló la información con dificultad. Me crucé de brazos y comencé a rascarme la piel de los codos.

—Martina, no es un desconocido. De hecho, conocemos a Gorka desde que tenía diez años y fuimos a Bilbao a visitar a sus padres —dijo mi madre en un intento de aplacarme al ver que mi angustia iba en aumento—. Su padre fue tutor de papá cuando estudió en España, así que su amistad viene de muchos años.

—¿Por qué tiene que venir a nuestra casa? —Podía llegar a entender que fueran amigos de mis padres, pero no tenía ningún sentido. Según la edad que le calculaba, sería un hombre hecho y derecho—. Puede compartir un piso, irse a una pensión o a un hotel, alquilar un Airbnb. Existen decenas de alternativas.

—Se trata de acoger al hijo de un hombre que hizo lo mismo conmigo cuando yo llegué de Noruega a España y me sentía perdido en un país extraño —sentenció mi padre en un tono que no admitía discusión. Me quedó claro que nos incluían en la conversación por pertenecer a la familia, pero que la decisión estaba tomada. Agaché la cabeza al asimilarlo por fin—. Será solo mientras se adapte y busque un lugar en el que quedarse de manera definitiva.

—Además —añadió mi madre, con un tono de voz un poco más dulce—, Gorka lo ha pasado muy mal tras la muerte de su madre y de su hermana, y lo mínimo que podemos hacer es recibirlo con cariño en nuestra casa. ¿Algo más que decir?

—No, mamá —susurré muy bajito. Magnus me apretó los dedos en señal de apoyo.

—¿Cuándo llega? —preguntó mi hermano. Lo miré, agradecida; seguro que lo hizo porque sabía que yo necesitaba más información.

Me costaba. Me costaba mucho asumir que tendríamos a alguien de fuera de la familia en nuestro hogar que rompería nuestras rutinas, que invadiría nuestra intimidad y que supondría un quiebre en el orden establecido de nuestras vidas; en especial, de la mía. Hice un esfuerzo por controlar el ritmo de mi respiración.

—Este fin de semana, no, el siguiente. El sábado, a primera hora de la mañana, iré a buscarlo al aeropuerto y después subiremos a Farellones a reunirnos con vosotros —anunció mi padre con rotundidad.

Solté un suspiro de resignación. Tendría que prepararme mentalmente para la llegada del tal Gorka. Ya le pediría más adelante informes a mamá.

* * *

Pasé descentrada toda la mañana. A mediodía, en vez de unirme al núcleo, preferí aislarme con los cascos y comer en compañía del libro de Anatomía, tirada en la hierba. Ellos ya sabían que, cuando estaba así, era mejor dejarme en paz. Por la tarde tocaba clase de Cálculo y estaba intrigada por descubrir cómo serían las matemáticas aplicadas a la medicina. Cuando llegamos al aula magna, el profesor, un tipo alto, flaco y con cara de pocos amigos, ya estaba allí.

—Buenas tardes. No se acomoden, alumnos —dijo después de soplar de manera desagradable sobre el micrófono—. Permanezcan ahí de pie. Solo quiero recordarles que los móviles están prohibidos en mi clase y que su uso será motivo de expulsión.

Nos miramos unos a otros mientras quedábamos agolpados en torno a las puertas del aula, en espera de ver qué quería hacer. Supuse que sería algo parecido a lo que había hecho el de Anatomía. Pero no; nada que ver.

—Joder —barbotó Magnus a mi lado al ver que me llamaba a mí en primer lugar.

—Número uno: Martina Thoresen Morán. Póngase aquí. —Señaló el lugar más próximo a la tarima del profesor, el que yo misma había escogido el primer día—. Número dos: Denis Arellano Lorenzo, a continuación. Número tres...

Un murmullo de estupefacción recorrió a todos mis compañeros. Varias voces indignadas se alzaron ante semejante despropósito: el profesor de Cálculo nos distribuía por la puntuación de entrada a la carrera. Pasó casi media hora hasta que llegó al nombre final.

—Por último, Magnus Thoresen Morán. Curioso. ¿Son ustedes hermanos mellizos? —dijo tras echarme un vistazo en la primera fila—. El parecido es obvio.

—No. Yo soy el mayor —aclaró Magnus, sin demasiadas ganas de dar explicaciones. Su cara lo decía todo—. He entrado ahora porque me tomé un año sabático.

—¿No será usted un alumno *window*? —preguntó con cierto tonillo de burla que no me gustó y que no supe interpretar. Y al parecer no era la única. Magnus también frunció el ceño. Sentí una necesidad acuciante de estar a su lado y darle apoyo ante la animadversión que desprendía aquel profesor—. Alumno *window*: que ha entrado por la ventana. Lo digo por su apellido y porque ha sido usted el último en acceder —añadió el tipo, que cada vez me caía peor. Volvió a mirarme y compuso una mueca que podría llamarse sonrisa—. No dudo de los méritos de su hermana, porque ostenta dos puntuaciones nacionales, pero ¿usted?

Lo bueno de Magnus era que tenía unos nervios de acero y un carácter a prueba de bomba. No le entraban las balas. Lo malo de ello era que, a veces, se ganaba muchos enemigos. Se encogió de hombros y sonrió, resignado.

—Todos los años entran a la facultad doscientos alumnos. He tenido, por suerte o por desgracia, la puntuación necesaria para hacerme con la última plaza —dijo con sencillez—. Lo siento por el doscientos uno, pero he entrado por la puerta de mis propios méritos.

Un silencio sepulcral invadió el aula magna. Me giré y sonreí. Asentí con la cabeza y articulé, sin voz, «bien dicho». Hubo alguien que fue un poco más entusiasta.

—¡Zasca! —se oyó con claridad. No todos se atrevieron, pero media clase se echó a reír.

—¡Es suficiente! —cortó el profesor con brusquedad—. Ustedes no son universitarios, son escolares que avanzan en el colegio un año más; unos niños mimados. —Miré a Denis a mi lado y vi que estaba tan alucinado como yo. Ese hombre era un amargado de manual—. Dicen que son la elite del país, las mentes más selectas... la flor y nata de lo intelectual. —Soltó una risita mordaz y comenzó a escribir una ecuación en la pizarra blanca con un rotulador azul—. A ver si es verdad. Veamos cómo está el nivel de este curso de Medicina, que se supone que reúne a los mejores estudiantes del país, los más inteligentes. Demuéstrenlo.

En ese momento ya no se oían risas. Nos mirábamos unos a otros. Yo estudié la ecuación con curiosidad. ¿Por qué decía que era un reto? No era más que una ecuación de tercer grado. Me volví hacia Magnus con cara de interrogación. Él mismo podría resolverla.

«No», articuló con claridad con sus labios. También negó con énfasis, agitando su melena rubia.

Pero ¿por qué no? Otros compañeros se agitaban, incómodos, en los asientos. Seguro que había más que sabían resolverla. El profesor nos miraba con el trasero apoyado en la mesa, cruzado de brazos y una sonrisita irónica.

—¿Nadie? ¿Ninguno de ustedes se atreve? Veo que el nivel de este año es más bajo que nunca. —Denis, a mi lado, estaba a punto de levantarse y mi espíritu competitivo se revolvió al pensar que podría ganarme la mano—. Me decepcionan. El año pasado, a estas alturas de la clase, el problema estaba ya a medio resolver.

Empecé a retorcer los dedos sobre mis muslos. Nadie se movía. Miré de nuevo hacia atrás, pero Magnus hablaba con una compañera y no me prestaba ninguna atención. A la mierda. ¿Por qué no demostrar de lo que era capaz? Me puse de pie y el murmullo soterrado de la sala se silenció.

—¡Ah, bien! La número uno. Alumna Thoresen, veamos lo que sabe hacer.

Varias quejas y abucheos se alzaron a mi espalda, pero yo me concentré, feliz, en el desarrollo numérico mientras en el aula se desataba un pequeño apocalipsis.

Cuando me sumergía en un ejercicio, en un puzle, en una partida de ajedrez, en algo que requería atención, era capaz de desconectar hasta límites en los que me evadía del mundo. Así que, cuando terminé y tapé el rotulador, fue como enchufarme otra vez de golpe. Me sobresaltó el tono del profesor, que mandaba callar a gritos a mis compañeros.

—¡Silencio! ¡Silencio! Quien no quiera participar de la clase, está invitado a abandonar el aula —decía con la voz aguda y ya fuera de control. Yo miré, boquiabierta, el panorama de anarquía que reinaba a mi alrededor—. ¡Silencio! ¿Ha terminado, alumna Thoresen? Siéntese.

Alcé los ojos hacia Magnus, que me miraba con expresión resignada, como si fuera un caso perdido. ¿Acaso yo tenía la culpa de todo aquello?

—¡Siéntate, número uno! —se burló alguien mientras caminaba hacia mi silla.

—¿Es que no podías haberte quedado en tu sitio?

—¿Qué tienes que demostrar, Thoresen?

Varias frases así cayeron sobre mí, junto con bolitas de papel lanzadas con bastante puntería sobre mi cabeza y mi espalda. Me di la vuelta, desconcertada, pero, aparte de malas caras y sonrisas burlonas, no saqué nada en claro.

Denis sonrió y me quitó uno de los proyectiles enredados en mi pelo.

—No les hagas ni caso. Te tienen envidia porque lo has clavado. Mira al viejo. —Señaló al profesor, que iba poniendo vistos en cada paso y ya llegaba al final—. Es difícil ser el mejor de la clase, yo lo sé muy bien, porque lo he vivido durante años en el colegio.

—Ya. Gracias —dije, un poco angustiada. No me esperaba aquella reacción de mis compañeros. Si ya me consideraban un poco rarita, mi popularidad acababa de descender varios niveles en picado—. Solo quería cerrarle la boca a este tipo. ¿Por qué nos trata tan mal?

—¿No lo sabes? —Denis me miró como si yo fuera de verdad de otro planeta—. No se ha hablado de otra cosa en la cafetería. Los de segundo nos han pasado información de primera mano. —Vaya. Mal momento para escoger comer sola—. Dicen los rumores que quiso estudiar Medicina y que la nota no le dio. Lo intentó hasta tres veces, y al final acabó en la Facultad de Matemáticas. —Sonrió con malicia y yo reí con él. Qué malo era el karma—. Ahora, su manera de vengarse es enseñar Fundamentos matemáticos a los estudiantes de Medicina. Yo creo que es un bulo, pero ¿quién sabe?

—Tiene sentido.

—La ecuación está perfecta, alumna Thoresen. Por otro lado, es puntaje nacional,* no esperaba menos de usted —dijo, como si fuera lo mínimo que tuviera que hacer. Echó un vistazo a su reloj y, aunque aún faltaban diez minutos, comenzó a recoger sus cosas—. Es todo por hoy. En la pantalla tienen el tema que abordaremos en la próxima clase. Espero que estudien para seguir las explicaciones sin dificultad la próxima vez. Buenas tardes. —Hizo el amago de echar a andar hacia la puerta, pero se detuvo en el último momento—. ¡Ah! Conservarán ustedes las posiciones asignadas hoy. He comprobado que la puntuación de entrada a la carrera se corresponde con bastante exactitud con el interés que muestran aquí.

Copié con cuidado la información de la diapositiva. Título principal, en color rojo y con mayúsculas; además, lo subrayé con la regla. Subtítulos, en verde, subrayados con una espiral. Cuerpo del texto en azul, y alguna palabra importante resaltada en negro. Alguien esperaba a mi lado, de pie, y miré con irritación.

—Ah, eres tú. Un segundo.

—¿Por qué no le sacas una foto con el móvil y ya? —dijo Magnus con impaciencia.

—Los móviles están prohibidos en clase.

* Los mejores alumnos en las pruebas de acceso a la universidad, la Prueba de Selección Universitaria (PSU), en Chile.

—El viejo ya se ha ido. Martina, ¿de verdad crees que vas a cumplir así tu objetivo de ser más popular? —preguntó con un tono cargado de sarcasmo. Yo acabé la elaboración de mis preciados apuntes y lo miré un poco ofendida—. Porque, si es así, ya te digo que vas mal.

—¿En serio crees que no debería haberlo hecho?

—Te lo he dicho —respondió él, abatido. Miraba hacia el suelo mientras apretábamos el paso hacia el hospital, donde nos reuniríamos con papá y mamá—. Ha dejado claro que era para ver el nivel general de la clase y no todos tenemos tu mente lógico-matemática. ¡A mí también me han entrado ganas de tirarte bolitas de papel! A veces es muy difícil ser tu hermano, joder.

No quiso decirme nada más y yo tampoco insistí... porque tenía razón. ¿Cuántas veces había dado la cara por mí? Y no solo sacándome de situaciones embarazosas porque yo no entendía un doble sentido o no sabía leer entre líneas, o porque decía algo sin filtro o demasiado cruel, o porque me protegía de algún matón de patio de colegio. Gracias a Magnus había pasado una infancia y una adolescencia mucho más tranquila de lo que me tocaba por mi carácter y mis peculiaridades. Y yo no le facilitaba las cosas.

—Perdóname, Magne —le pedí con sinceridad cuando llegamos a las puertas del San Lucas—. De verdad que no me he dado cuenta.

—Ese es el problema, Tina, que no te das cuenta. Y tienes que empezar a abrir los ojos, porque yo no voy a estar siempre ahí. —Se frotó la cara con una mano y luego metió los dedos entre su melena, emitiendo un suspiro—. Sé que no es fácil para ti, pero ¿no puedes ser una alumna más? ¿Al menos por un tiempo?

—Sabes que eso va en contra de mis principios. Otro de mis objetivos es ser delegada, como Adriana. —Me sentí un poco culpable, pero era la verdad. Y si había algo que odiaba con todas mis fuerzas, además de la estupidez, era la mentira—. Si quiero serlo, tengo que destacar por encima de los demás.

—Martina, hermanita... ¿más todavía? —Envolvió mi rostro con sus manos y me obligó a mirarlo a los ojos, algo que siempre me incomodaba, porque los ojos de Magnus eran iguales a los de papá—.

Ya destacas con solo entrar en clase. Es tu aura, el color de tu pelo rubio, tus ojos especiales, tu manera de hablar. Eres la número uno y todos lo saben. ¡No tienes nada que demostrar, mételo en la cabeza!

—Pues el profesor de Cálculo ha dicho que tú habías entrado en Medicina por llevar el apellido Thoresen —recordé, preocupada. Era algo que me había enfadado mucho, muchísimo, sobre todo porque sabía lo que le había costado a Magnus preparar los exámenes de acceso a la universidad después de un año de no tocar un libro—. ¿Quién dice que no van a pensar que yo tampoco estoy aquí por mis propios méritos? No puedo permitirlo. ¡Claro que tengo mucho que demostrar!

Magnus me soltó y se apoyó en la barandilla de acero de la entrada del hospital. No había mucha gente a esa hora. Nuestros padres se demoraban más de lo habitual, pero a mí no me importó, así teníamos tiempo para hablar.

—Mira, Martina, yo ya sabía que esto podía pasar. Lo pensé mucho antes de optar por la Internacional —dijo tras una larga pausa. Yo lo miré con curiosidad—. Me planteé matricularme en la Católica o en la Chile, e incluso se me pasó por la cabeza ir a España o a Noruega a estudiar, porque papá y mamá tienen demasiado peso en el San Lucas, y eso significa que nos puede perjudicar.

—¡Pero si no vamos a pisar el hospital hasta tercero o cuarto de carrera! —protesté, airada. Era cierto. Nos saldrían canas antes de ver a nuestro primer paciente. En ese momento lo tenía claro—. ¿Qué tiene que ver el hospital con la universidad?

—Tiene que ver, y mucho, porque los apellidos Thoresen Morán están, lo queramos o no, muy ligados a la medicina. Y tendrás que tomártelo con calma, como lo hago yo —añadió Magnus con precaución. Sabía que sus palabras me iban a molestar—, o vas a ganarte muchos enemigos, entre profesores y alumnos.

—¿Enemigos? —Parpadeé sin entender—. Exageras, Magnus. Solo he resuelto una maldita ecuación.

—No es solo la ecuación. Es la manera en que contestas siempre la primera a todas las preguntas en Anatomía, en Química, o cómo te ofreces voluntaria para todo —dijo Magnus, con un tono de voz que me fastidió por lo condescendiente—. ¿No podrías relajarte un poco? Intenta al menos no lanzarte a responder todas y cada una de las preguntas de los viejos —rogó, con las manos unidas en una súplica que me pareció casi infantil—. ¡Hazlo por mí!

Permanecí en silencio mientras esperábamos a que llegasen nuestros padres. Lo que me pedía era algo que iba en contra de mi naturaleza, no solo porque me gustaba destacar en lo académico, sino porque era en lo único en lo que era buena de verdad.

Si me quitaban eso, ¿qué me quedaba?

Ritos de iniciación

*J*oder. Pues sí que se tomaban en serio los de segundo eso del «novateo». Dejaron pasar una semana más antes de someternos al ritual de iniciación. Cuando ya nos habíamos olvidado del tema, teníamos estudio acumulado hasta las cejas tras dos semanas de infierno y andábamos bastante estresados, el viernes descubrimos que no teníamos clase.

Nos pusieron a todos en cuatro largas filas de cincuenta y nos unieron por las presillas de los pantalones con una cuerda para que nadie se escapara. Adriana, como delegada de segundo, dirigía a sus compañeros, que patrullaban a lo largo de las filas.

—¿Qué lleváis ahí? —pregunté, suspicaz. Tenían cubos de plástico, bolsas de rafia, garrafas de cinco litros y hasta dos carritos de supermercado—. ¡Eh, Dana!

—¡Nada que te importe, novato! —respondió con petulancia, aunque me guiñó un ojo. Se alejó de mí con rapidez y yo intenté localizar a Many, al que no había visto en toda la mañana.

—Al menos nos hemos librado de Anatomía —dijo Rodrigo con alivio. Todavía se le hacía jodido aguantar las prácticas.

—A mí no me parece bien. Vamos a perder un día entero de clases. —Por supuesto, fue Martina la que habló, preocupada y bastante aburrida—. ¿Cuánto dura esto? Llevamos aquí de pie más de media hora.

Las filas frente a nosotros se pusieron en marcha y salimos a la avenida Andrés Bello, al fresco de las nueve de la mañana. Menuda mierda.

—Parecemos presos —solté entre risas.

—Locos de psiquiátrico, más bien —señaló mi hermana, siempre más certera que yo.

Many pasó por mi lado con una bolsa de supermercado.

—¡Eh, Many! —Me ignoró a propósito; lo sé porque me miró—. ¡Padrino! ¿Dónde nos lleváis? ¡Joder, contéstame!

Me pilló por sorpresa. Un huevo estalló en mi camiseta. La clara y la yema resbalaron, pegajosas, por mi pecho y las cáscaras cayeron al suelo. ¡Qué puto asco!

—¡Silencio, novatos! ¡Al que hable, le caerá su merecido!

—¡Many, joder! —protesté, sin acabar de creerme lo que había pasado.

De pronto, desde cuatro direcciones distintas, aterrizó sobre mí el pastel entero: otro huevo, harina, pescado y algo más que preferí no identificar. Martina también salió perjudicada, pero permaneció en silencio porque era más lista que yo, no como mi compañero de delante, que lanzó un grito agudo y también recibió una buena ración.

La fila aceleró entre risas, gritos y protestas. Durante un buen rato, recibimos una lluvia de mierdas variadas consistentes en alimentos medio descompuestos, huevos y harina, aunque también agua con jabón disparada desde pistolas de agua.

—¿Estás bien, Tina? —Me di la vuelta para comprobar el estado de mi hermana, que me lanzó una mirada estoica y se encogió de hombros, con su camiseta negra con la bandera de Noruega llena de pegotes sospechosos y el pelo recogido en un moño austero—. Disfruta. ¡Pásatelo bien! Esto es una experiencia que forma parte de la universidad.

—¡Cállate, Thoresen! —gritó otro de los de segundo. Me lanzó tres huevos a la vez en la espalda; uno le cayó a Martina en el pantalón vaquero—. ¡Apretando el paso, que hay que llegar al Bicentenario!

Uno de los nuestros se soltó de una de las filas delanteras y echó a correr. Todos gritamos con ganas de juerga. Se nos quitaron de golpe al ver la lluvia de basura que le cayó encima. El olor comenzaba a ser repulsivo. Menos mal que llegamos al parque Bicentenario por fin. Los corredores y los paseantes que estaban por allí se esfumaron al vernos.

—Muy bien, novatos —intervino Dana por el megáfono—. ¡Vamos a divertirnos un poco con la elección del rey y la reina de este año! De cada fila, escogeremos dos candidatos y dos candidatas que tendrán que pelear a muerte por el galardón.

Joder con Adriana. Se tomaba su papel muy en serio. Unos de segundo recorrieron nuestra fila con caras de asco. Many y Adriana hablaban entre ellos y se acercaron a Martina y a mí.

—De esta fila —ordenó Dana a sus adeptos—; los vikingos rubios de ahí y otros dos más.

—Este se va a escapar en cuanto lo soltemos —comentó el chico que me había lanzado los últimos tres huevos—. No ha parado de quejarse y fastidiar.

Adriana se acercó a mí con su caminar sinuoso y provocador y me lanzó una sonrisa retadora.

—Magnus, ¿te vas a portar bien o te vas a portar mal?

Yo me eché a reír ante la escenita que montaba. ¿Sería posible que se dirigiera a mí alguna vez en su vida de manera normal? No hablaba, seducía. Era su manera de ser.

—Depende. ¿Qué hay que hacer? —inquirí, suspicaz.

Ella puso los brazos en jarras y endureció el gesto.

—¡Magnus Thoresen Morán!, como se te ocurra escapar, agarro a Martina y la meto dentro del cubo de pescado podrido —soltó, sin bromear en absoluto.

—¡Eh, que yo no he hecho nada! —protestó mi hermana, asustada por la amenaza.

—¡Ya me habéis oído! Que vayan a lavarse a la fuente con los demás.

Martina se quitó la camiseta y le dio igual quedarse en sujetador delante de todos. Ella era así. La lavó con Fairy, entre silbidos y obscenidades. Supuse que el hecho de que dentro de las bolsas de supermercado también rularan cervezas y otras bebidas alcohólicas, pese a no ser más allá de media mañana y sin acompañarlas de nada sólido, tendría algo que ver.

—Martina, ya sé que quieres subir tus índices de popularidad, pero ¿no te estás pasando un poco? —dije en voz baja cuando aquellos imbéciles de segundo empezaron a aullar y a hacer movimientos pélvicos al tiempo que se agarraban el paquete—. ¿Quieres que les meta una hostia?

—No. Ya me ocupo yo.

Se volvió hacia ellos y los miró, inexpresiva. Se quedó inmóvil durante un par de largos minutos sin reaccionar a su despliegue de gilipolleces. Cuando se ponía así, con esos ojos grises casi plateados, daba miedo. Poco a poco, su actitud los intimidó y el comportamiento neandertal fue sustituido por risitas nerviosas hasta que se alejaron, humillados. Las chicas junto a ella soltaron una carcajada.

—¡Bien hecho, Martina! ¡Les has tapado la boca pero bien!

—Pero si esto cubre más que cualquier bikini —dijo ella, y miró su sujetador deportivo de color negro con tiras blancas de Calvin Klein. Se puso la camiseta, bien escurrida y limpia, y nos acercamos al resto del grupo. El sol pegaba ya sin piedad.

Sonaba música bailable por los altavoces industriales a toda potencia y nos subieron a un escenario bastante sofisticado. Había que reconocer que los de segundo se lo habían currado. Dana daba las instrucciones por un micrófono y se oía su voz por todo el parque. Además de los de primero y los de segundo, lo que hacía cerca de cuatrocientos estudiantes, comenzaron a agruparse algunos curiosos. Menos mal que estábamos al aire libre o Martina lo habría pasado mal. Casi todos tenían bebidas en la mano y el ambiente empezaba a caldearse y a tomar el aspecto de una *rave*.

Los chicos, aquí. Las chicas, acá. Bailecito sexy, primeros dos descalificados. Mostrar el ombligo, dos fuera. Estallar globos con el culo, otros dos. Martina y yo íbamos pasando las pruebas. Con la cuarta, «El pechito», quedamos entre los cuatro chicos y cuatro chicas finalistas. Yo me quité la camiseta como el resto de los compañeros y pude presumir de torso; me lo estaba pasando bien. Martina no hizo falta que volviese a quitársela. Tenía una delantera que hacía que los hombres se dieran la vuelta por la calle.

La última prueba de méritos fue el «Pelo peluquería», y mi hermana desató una serie de exclamaciones admiradas cuando soltó su moño apretado y dejó la melena rubia nórdica, casi hasta la cintura, en libertad. Yo también llevaba el pelo largo hasta los hombros. Los dos quedamos entre los tres finalistas.

—Bueno, esto se pone de lo más interesante —canturreó Adriana por el micrófono. Era un animal escénico y, además, disfrutaba de ser el centro de atención—. Ahora, pasaremos a las pruebas prácticas. ¡Un poquito de interacción entre nuestros novatos, a ver qué química hay!

Le eché un vistazo a mi hermana, algo inquieto, pero casi habría jurado que también lo estaba disfrutando. Sonreía y hasta se exhibía un poco. Parecían gustarle las miradas masculinas y femeninas que atraía, y eso no pasaba con frecuencia. Para mí, era inexplicable cómo un bellezón como ella seguía virgen. Por mucho que espantase a los tíos con bastante eficacia con sus comportamientos marcianos, la rondaban a todas horas. Era como si no se enterase de la atención que suscitaba, como si no le interesase el sexo. También era cierto que tenía diecisiete años y a los quince aún jugaba con los pequeños Pony. ¡Qué sabía yo! Yo era todo lo contrario. Desde que me había acostado en Noruega con mi primer ligue a los catorce, no perdía oportunidad de mojar.

La música cambió.

Oh, no. No, por favor, ¡no! Casi incumplo mi promesa y salgo corriendo. ¡Puto reguetón! Me tapé los oídos y miré a Adriana, que me lanzó una sonrisa malvada. Todos mis compañeros empezaron a moverse, Martina entre ellos, quien, por cierto, bailaba genial. Había heredado los genes de mi madre en ese sentido. Yo era mucho más tieso y tuve la seguridad de que me eliminarían en aquella ronda.

La prueba parecía no terminar nunca. Cambiamos de pareja varias veces. Decidí quedarme con Martina, porque no quería que ninguna de mis compañeras volviera a tocarme el culo con la excusa del bailecito.

Cuando pensé que mis tímpanos empezarían a sangrar, paró la tortura por fin. Lo hice lo mejor que pude. Y debí de hacerlo más o menos bien, porque el eliminado no fui yo.

—¡Muy bien, novatos! Ahora, prueba final. Para escoger al rey y a la reina, deberán besarse con pasión. La pareja que se dé el mejor beso, ¡será la que reinará primero de Medicina de la generación de este año de la Universidad Internacional! —gritó Adriana con gesto triunfante. Todo el primer y el segundo curso que nos rodeaban, que ya se había calentado bastante con el bailecito obsceno acompañado de un surtido de bebidas alcohólicas que parecía sin fin, aullaban y gritaban como si estuvieran en un concierto. Joder. Y yo no me había tomado ni una mísera cervecita.

—Oye, Adriana —dijo uno de los chicos que la ayudaban con la organización—. ¿Y qué hacemos con estos dos, que son hermanos?

—Ay, es verdad. ¿A vosotros os da igual? —nos preguntó ella, insegura.

Martina y yo nos miramos y nos encogimos de hombros a la vez. ¿Qué más daba? Solo era un beso.

—¡Muy bien! Seguimos adelante con la prueba, entonces; primero, vosotros dos y vosotros dos. —Adriana nos separó a Martina y a mí y nos emparejó con los otros. La chica era del A, no me sonaba de nada. Sonreí y ella correspondió con timidez—. ¡Tres, dos, uno... bésala!

Sonó una canción más estúpida todavía que todas las anteriores y, durante unos pocos segundos, puse todo mi empeño en besar a mi compañera, pero ella era muy tímida o yo muy entusiasta, y se escapó de mí, roja como un tomate, se cubrió la cara y le dio un ataque de risa. Yo me eché a reír también ante lo absurdo de la situación.

—¡Muy bien! Ahora, ¡veamos con qué nos sorprenden las nuevas parejas! —dijo Dana, que esperó a que nos cambiáramos de sitio mientras nos recordaba las reglas de la prueba.

Martina se inclinó hacia mí con cara de querer arrasar con todo.

—Magne, tenemos todas las de ganar. Creo que es nuestra oportunidad.

—¿Sí? ¿Tú crees?

—Mi beso con el otro ha sido una mierda, ¿y el tuyo?

—También.

—Pues entonces vamos a darles lo que quieren. ¿Te atreves?

Solté un ronquido. ¡Órdagos a mí! Adriana seguía recitando el mismo discurso anterior, y vi cómo Martina lanzaba una mirada calculadora hacia nuestros competidores. Para ella era importante. Era su momento de gloria. Supongo que ninguno de los dos lo calibramos bien.

—¡Tres, dos, uno... bésala!

Martina y yo teníamos mucha confianza, así que, cuando ella me abrazó por el cuello, yo la cogí por el culo y me pareció de lo más natural. Nos miramos una décima de segundo, asentimos, y sellamos nuestros labios con suavidad. No había por qué tener prisa ni mostrar avidez. Los besos de antes habían sido un asco, así que podíamos regodearnos un poco.

Alguien soltó un «¡joder con los vikingos!», y nos envalentonamos. Jugamos un poco con nuestros labios y yo vi, con los ojos entrecerrados, que, a nuestro lado, la otra pareja también quería ganar, aunque solo se sostenían de la cintura e iban con miedo. Pegué a mi hermana a mi cuerpo y ella dramatizó hundiendo los dedos en mi pelo. Me entraron ganas de descojonarme y supe que a ella también. De hecho, se estaba riendo, lo sé porque la sentía convulsionar entre mis brazos y me entró la risa a mí también. Solo que los demás no podían saberlo.

Los compañeros a nuestro alrededor alucinaban con nuestra escenificación. Los gritos, gruñidos, jadeos y obscenidades empezaban a hacerme sentir incómodo, pero abrí la boca y Martina también. Sin lengua, fingimos morrearnos apasionadamente. Y se desató la locura en el parque Bicentenario.

—¿Se puede saber qué mierda hacéis? —se acercó Adriana, escandalizada. Se metió entre nosotros, nos agarró de la mano y las levantó en señal de triunfo—. ¡He aquí al rey y a la reina de la generación novata de Medicina de este año! ¡Martina y Magnus Thoresen! ¡Los vikingos de primero!

La otra pareja de compañeros nos miraba como si fuéramos unos degenerados. El escenario vibraba. Era eso, o que había un terremoto grado cinco, por lo menos, en la escala de Richter. La gente se había vuelto loca con nuestra actuación. Joder. ¡Habíamos ganado!

Nos llevaron a hombros hasta unos tronos improvisados mientras nos jaleaban. Me sentía como una jodida estrella de *rock*. Martina me miraba un poco asustada, pero con una sonrisa que no le cabía en la cara. Nos pusieron unas coronas ridículas, unas batas blancas impecables y unos fonendoscopios de juguete. La fiesta no había hecho más que empezar, porque siguió con una barbacoa en el parque que se prolongó hasta bien entrada la noche. Comer, beber, reír y... digamos que confraternizar.

En algún momento perdí de vista a mi hermana, pero sabía que quedaba en buenas manos con Adriana; además, Martina era lo más cercano que yo conocía a un ser abstemio. Decía que el alcohol era tóxico para sus preciadas neuronas. Yo, entretanto, me había dedicado a conquistar a Mónica; así se llamaba la tímida finalista que había huido de mí al darle el beso.

—¿Tan malo soy al besar? —le pregunté al tiempo que le ofrecía un botellín de cerveza—. Por un momento he pensado que ibas a soltarme una bofetada.

Era preciosa. Una melena castaña y una sonrisa de labios generosos, lo mismo que sus curvas.

—No es eso. Para nada. Es que no todos los días te toca besar a Magnus Thoresen —replicó con picardía. No sabía si era el alcohol o que por fin se había soltado un poco conmigo—. Me ha entrado pánico escénico... con todos ahí mirando. ¡Qué horror!

Se echó a reír y me contagió con su naturalidad. Caía la noche y todos estábamos un poco borrachos. Supongo que formaba parte de la vida universitaria, como lo era que ella acabase atrapada entre mis brazos.

—Entonces, en un lugar más tranquilo, quizá nos iría mejor. —Me incliné muy despacio. No quería asustarla—. ¿Te apetece?

—Aquí mismo está bien.

Alzó el rostro hacia mí. Sus labios quedaron muy cerca de los míos. Estábamos apoyados en el tronco de un árbol que nos protegía un poco de las miradas de los demás. Aparté la melena de su cara y, entonces sí, la besé... despacio, con calma, sin música machacona, sin Adriana gritando por megafonía lo que teníamos que hacer, sin cientos de pares de ojos mirándonos.

Me gustaba sentir el calor de otro cuerpo y nos besamos en la boca con ganas. Mi polla rugía, indignada porque no se le hacía caso, pero ella no parecía querer ir más allá. Ya resolvería el problema en casa después. Nos quedamos así largo rato y tuve que reconocer que me empezaba a doler la espalda por la postura forzada al tener que inclinarme tanto, además de que me hubiera venido bien comer algo. Cuando su móvil sonó en el bolsillo, me alegré.

—Hola, mamá. Sí, sí... —Se desperezó y miró su reloj. Aproveché para mirar la hora también. Me sorprendió ver que no eran más que las once menos diez de la noche—. Sí, voy para allá. Pillaré un taxi, no te preocupes. Chao, mamá.

Cortó la llamada y me miró con expresión culpable. Yo sonreí.

—¿Tienes que irte?

Ella asintió.

—Es tarde. La verdad es que no contaba hoy con volver tan de noche y se me ha olvidado avisar —dijo mientras se estiraba. Se frotó los brazos. Aunque no hacía demasiado frío, no estaba la temperatura como para andar en camiseta—. Nos veremos el lunes en clase.

—Sí, claro. Nos vemos.

Los dos nos separamos con cara de circunstancias. Nos despedimos con un gesto rápido de la mano y una sonrisa. Ella miró un par de veces hacia atrás mientras se alejaba en dirección a la salida del parque, y yo me pregunté si quizá debí acompañarla. Me despreocupé cuando a los pocos metros se encontró con unas amigas y se marcharon juntas. Llegué a la conclusión de que había sido lo mejor.

Los apellidos Thoresen Morán

—¡Hola, pervertidor de niñitas! —dijo a mi lado la voz maliciosa de Adriana. Casi me da un infarto al corazón—. ¿Qué? ¿Te has quedado sin polvo para esta noche?

—¡Qué susto me has dado, bruja de mierda! —Atrapé al vuelo un paquete de patatas fritas y una lata de refresco. Por supuesto, tuve que hacer malabarismos, porque las lanzó con mala leche y casi acabaron en el suelo—. Perdona, pero aquí nadie ha pervertido a nadie. Un momento... ¿acaso me estabas espiando?

Clavé la mirada en ella, que soltó una carcajada burlona.

—Sí, claro... como si no tuviera otra cosa que hacer. ¿Qué tal lo has pasado, mi rey? —cambió de tema, con voz melosa—. ¡Sabía que no me defraudarías! Aunque lo del beso no me lo esperaba. Dame patatas.

Le pasé la bolsa, no sin antes coger una buena ración. Dana era peligrosa con las patatas fritas. Si no comía primero, me quedaría sin ellas con toda seguridad.

—Lo del beso ha sido una chorrada. ¡Estábamos actuando!

—Pues que sepas que ya lo sabe toda la universidad y, por lo tanto, todo el hospital —comentó, un poco preocupada—. Creo que os habéis hecho famosos si es que no lo erais ya.

—Bah. Todo el mundo nos conoce. —Le quité importancia con un gesto y le di un trago al refresco—. ¿Quieres? ¿Has visto a Martina?

—¡No! ¡A saber las babas de quiénes tienes en esa boca! Martina está con Many. Mira, ahí vienen.

Obvié los dardos envenenados de mi querida amiga y llevé los ojos hacia donde señalaba. Many arrastraba de la mano a mi hermana, que venía quejándose, por supuesto.

—Quiero irme a casa. Es tarde. Cogeré un taxi y me iré sola —decía con voz monocorde. Many miró al cielo con cara de mártir católico de la época de los romanos—. No hace falta que me lleves tú. Pero quiero irme ya. Quiero dormir. Hoy me he levantado a las seis de la mañana. Necesito mis horas de sueño.

—Bambi, por favor. ¿Te das cuenta de que eres un ser insoportable cuando te pones así? —Many se sentó en el suelo junto a nosotros y tiró de ella para que hiciera lo mismo—. Vamos. Sé buena. Siéntate.

Martina se dejó caer junto a él, más que nada porque Many la tenía agarrada de la muñeca como una abrazadera industrial y era incapaz de soltarse.

—Y tengo hambre. Unas salchichas precocinadas y unos trozos de carne de origen desconocido no son comida —siguió con su tono más machacacerebros. Dana se echó a reír—. Me va a bajar el azúcar. Y me va a dar un ataque de ansiedad. Y necesito beber de algún sitio donde ninguna otra persona haya puesto su boca antes. Tengo dinero. Quiero ir a la gasolinera a comprar agua y comida. Te prometo que voy a volver.

—Martina, no empieces con tus cosas raras —la riñó Many al ver que balanceaba el cuerpo adelante y atrás al tiempo que soltaba su retahíla de peticiones. Se volvió hacia nosotros con cara de cansancio infinito—. Por favor, dime que quedan patatas fritas en esa bolsa.

Adriana se la pasó de mala gana. También rebuscó en su mochila otra lata de Coca-Cola. Era la puta maleta de Mary Poppins.

—Toma. ¿Ves? ¿Para qué están los amigos? —El rostro de mi hermana se iluminó al ver las patatillas—. Aquí tienes un poco de cafeína. Come. Bebe. Y tú, Magnus, haz el favor de llamar a tus padres y decirles que vengan a buscaros y metan a Martina en la cama antes de que haya que ingresarla en... el hospital.

No se corrigió a tiempo. Adriana abrió los ojos como platos en advertencia, porque no sería la primera vez que teníamos que acompañar a Martina a Urgencias por un ataque de ansiedad y no le gustaba demasiado que se lo recordáramos, lo que, por otro lado, era lógico. Una vez, a los trece años, nos fumamos un porro y ella quiso probar. Desde entonces, le tenía terminantemente prohibido acercarse a cualquier cosa parecida a una droga. Pensé que se iba a morir de verdad. La llevamos entre todos a un punto de atención continuada, en Palma de Mallorca. Una tarde para olvidar.

—¿Sabes algo de papá y mamá? ¿Los has avisado? No tenemos nuestros móviles, ni nuestras mochilas —dijo Martina, saliendo de un trance. Masticó a toda velocidad y tragó con esfuerzo—. Hay que volver a la universidad y recuperar mis cosas para el fin de semana. Tengo mucho que estudiar.

—Para. Bambi, ¡tranquila! —A Many había que hacerle un monumento por la paciencia que tenía siempre con ella, mucho más que cualquiera de nosotros, desde que era un bebé. Dana se echó a reír—. No sé cuándo eres peor, si cuando te falta azúcar y cafeína o cuando te recuperas y entras en fase maniaca. Vuestras mochilas están en mi coche.

—Y yo he avisado a vuestros padres. Están de cenita romántica aquí al lado, en el Pinpilinpausha, así que podéis ir caminando hasta Isidora Goyenechea si queréis —añadió Adriana con una sonrisa. Señaló hacia el parque, la mayoría ya se había dispersado—. Llevamos de juerga desde las ocho de la mañana, yo creo que es hora de dar la jornada por concluida, ¿no?

Nos levantamos como respuesta. Many nos condujo hacia donde estaba su coche y pudimos recuperar nuestras pertenencias. Cuando Martina vio su mochila y abrazó a Unicornio Bebé y después a nuestro amigo, fue imposible no descojonarnos.

—¡No os riais! Pensaba que no volvería a verlo —dijo con los labios fruncidos en un puchero y la mirada alzada con adoración hacia él, que sonrió—. Gracias por guardármela, Many.

—No hay problema.

—La mía me la podrías haber dado el lunes, así hubiera tenido una excusa para no estudiar —gruñí con enfado fingido. Le di un abrazo también, pero me apartó con cara de asco—. ¿Qué pasa?

—Joder, Magne. ¡Hueles fatal!

—¡Y cómo voy a oler si me has bombardeado con mierda podrida! —exclamé, ofendido.

—¿Y por qué Bambi huele bien? Anda, toma. Quítate eso y tíralo a la basura. —Sacó del maletero su bolsa del gimnasio y me dio una camiseta blanca—. Hazlo por el bien de la humanidad.

—Porque está loca y se ha quedado en sujetador en mitad del Bicentenario para lavar la camiseta —recordó Adriana entre risas—. Se ha hecho muy famosa hoy entre los de segundo curso.

—¿En serio? ¿Y cómo me he perdido yo eso? —Many la miró, divertido.

—¡Bah! Pero si tú me has visto mil veces peor.

—También es verdad.

Nos despedimos entre risas hasta el lunes. No nos veríamos el fin de semana. Llegaba nuestro nuevo inquilino desde España y no podíamos quedar.

Mandé un mensaje rápido a mis padres, para que el primero que lo viese informase al otro, diciéndoles que íbamos para allá.

—Vamos —le dije a Martina—. Si nos damos prisa, igual nos invitan a un postre.

Apretamos el paso ante la posibilidad de zamparnos en uno de los mejores restaurantes de comida española de la ciudad una tarta de chocolate de la abuela, unas natillas o una crema catalana.

* * *

El camarero del Pinpilinpausha nos miró con mala cara cuando entramos al restaurante, y eso que nuestra ropa estaba más o menos limpia.

—Nos están esperando —anunció Martina cuando hizo el amago de no dejarnos entrar—, en la mesa del doctor Thoresen.

Mis padres eran clientes asiduos y no le quedó otra que permitirnos el paso.

Estaban donde siempre, en un rincón discreto junto al ventanal que daba al patio interior. Las pequeñas luces entre los arbolitos y las plantas creaban una ambientación romántica. Me gustó ver sus manos entrelazadas sobre el mantel; después de todo, mi padre tenía sesenta años y mi madre, cincuenta, llevaban muchos años juntos, y siempre les veías gestos de cariños como ese.

—*Pappaer!** —dijo Martina con entusiasmo al tiempo que se dejaba caer en la silla—. ¡Magnus y yo somos rey y reina de los novatos!

—Sí, sí. Enhorabuena. ¿Algo más que tengáis que contarnos? —preguntó mi padre, con un tono demasiado casual para no ser deliberado.

De pronto, la carta de los postres me pareció la cosa más interesante del mundo. Miré de reojo a mi hermana y, al parecer, a ella le pasaba igual.

—Porque, por lo que hemos oído, disteis un buen espectáculo —añadió mi madre, con el mismo tono peligrosamente suave y como por accidente.

Durante unos segundos muy muy incómodos, los cuatro permanecimos en silencio. Martina salió al paso y la dejé hacer. Ella era mucho más inteligente que yo.

—No sé qué habréis oído, pero seguro que suena mucho peor de lo que fue —afirmó, con su manera directa y sin rodeos. A veces era lo mejor—. Una de las pruebas consistía en darse un beso en la boca. La pareja que mejor lo hiciera, sería la ganadora. Y ganamos Magnus y yo. Fin del asunto.

Mis padres intercambiaron una mirada muy extraña y luego clavaron los ojos en nosotros.

—Inés, si teníamos alguna duda de que nuestros hijos son idiotas, aquí tenemos la prueba. Pero ¿se puede saber en qué demonios estabais pensando? —Mi padre alzó la voz y en las mesas de al lado se giraron varias cabezas. Eso lo obligó a moderarse un poco, pero se notaba que no estaba muy contento—. *Svarte helvete*** ¡Hay vídeos hechos con móviles circulando por todo el hospital! Yo entiendo lo que dices, Martina. Sé que es una escenificación. Sé que es una prueba. Sé que, probablemente, tú y Magnus estabais muertos de la risa mientras hacíais el ganso en el escenario —dijo, exas-

* «Papás», en noruego.

** «Diablos negros», en noruego.

perado, mientras mi madre acariciaba su antebrazo en un intento de tranquilizarlo—. Pero, a medida que vuestra hazaña se acercaba al San Lucas, cada persona ha añadido malicia e invención de su propia cosecha hasta que han llegado a nuestros oídos las barbaridades más horribles que os podáis imaginar.

Martina y yo nos miramos, horrorizados.

—¿Qué barbaridades? —pregunté, aunque sin querer saber más, en realidad.

—Incesto, tríos, orgías... ponle imaginación, Magnus —intervino mi madre con expresión de disgusto—. A nosotros nos da igual lo que hagáis con vuestra vida sexual, pero ¿no podríais ser un poquito más discretos, por favor?

—Ser un Thoresen Morán no ha supuesto más que ventajas y privilegios para vosotros —dijo mi padre, nada jocoso. Clavó sus ojos glaciales primero en Martina, pero luego los dejó fijos en mí. Supuse que me hacía responsable, porque ella no era del todo consciente de las implicaciones de ciertos actos, y todos lo sabíamos—. Es hora de que entendáis que conlleva ciertas responsabilidades también, ¿entendido?

Menudo rapapolvo.

Hora de agachar la cabeza. Se nos quitaron de golpe las ganas de postre.

—Entendido, papá. Entendido, mamá.

—No queremos volver a ver algo así. Confiamos en vosotros —dijo mi madre, con un suspiro al final. Mi padre tenía las venas del cuello hinchadas, aunque no añadió nada más—. Todos hemos sido jóvenes y hemos hecho tonterías... pero, de verdad, hijos, tenéis que empezar a madurar.

De camino al coche, aparcado en el Hotel W, Martina se quedó a propósito conmigo un poco atrás.

—Creo que con esto hemos terminado de dinamitar todas nuestras opciones de independencia —susurró, por completo derrotada.

Me dio una rabia atroz. Si ella se rendía, ¿qué podía hacer yo?

—Supongo que sí. Tendremos que dejarlo para el año que viene.

Gorka

El sábado tenía la idea de levantarme tarde, como siempre que pasábamos el fin de semana en la casa de la montaña. Mi cerebro y mi cuerpo necesitaban mínimo siete horas de sueño para funcionar a pleno rendimiento, y no había conseguido dormirme hasta más tarde de la una por culpa de la cafeína tardía, el disgusto que les habíamos dado a mis padres y la inminente llegada del desconocido.

Acabé por levantarme a las nueve, porque el sol entraba a raudales por la ventana y yo no paraba de dar vueltas en la cama... y porque me llamaba el olor del café.

—Buenos días, mamá. —Le di un beso y un abrazo. Hundí la nariz en su pelo. Me encantaba su aroma por las mañanas: a tostadas, a su perfume y un poco a papá—. ¿Sigues enfadada con nosotros?

—No estoy enfadada, hija. Estoy preocupada. A ninguna madre le gusta escuchar las aventuras sexuales de sus hijos —dijo, divertida. Puso en mis manos el mantel, los platos y los cubiertos—. Y a tu padre casi le da algo cuando vio el vídeo... aunque creo que fue lo mejor; así al menos supo lo que ocurrió en realidad, y no los rumores que le llegaron al principio.

—¡Qué asquerosa es la gente! ¿Por qué tienen que inventar? —Salí de la cocina, indignada. No necesitaba contestación, porque era retórico. Inventaban por malicia, para hacer daño... a mis padres, a mi hermano, a mí, porque sí, sin razón alguna, por deporte, por el mero hecho de fastidiar.

Me di cuenta de que debía añadir otro cubierto, lo que rompía la simetría de la mesa, y aquello me molestó todavía más. ¿En qué cabecera lo situaba?, ¿mejor la que estaba más cerca de la salida? Pero eso lo colocaba cerca de mí y yo no quería tenerlo al lado. Mejor en la cabecera situada junto a Magnus y papá. Qué masculino, todos los hombres en un extremo, pero no lo quería junto a mí.

Magnus, ¡cómo no!, llegó cuando ya lo teníamos todo listo y nos sentamos los tres a desayunar. Papá y el desconocido estaban de camino y se nos unirían después. Valoramos varios planes para la tarde; teníamos que entretener a nuestro inquilino y algo había que hacer. Many y Tony estaban en casa de sus abuelos, en Farellones también, así que podíamos quedar con ellos y ampliar el grupo. La ayuda del núcleo duro siempre era bienvenida. Además, había que aprovechar los últimos días de verano, que se escapaban demasiado rápido, aunque eso significaba que quedaba menos para la llegada de la nieve, lo que tampoco estaba mal.

El ruido de las ruedas sobre la piedra laja y un bocinazo escandaloso anunciaron su llegada. No nos movimos. La pereza del sábado y el café nos ataron a la mesa del desayuno.

—¡Buenos días, familia! ¡Aquí estamos! —exclamó mi padre con voz triunfante.

Mi madre miró al techo con paciencia y se levantó como comité de bienvenida, seguida de Magnus. Yo me dediqué a observar.

Gorka me pareció muy alto. Era lo primero en lo que me fijaba en los especímenes del género masculino. Yo ya medía un metro setenta y cinco, así que me llamaban la atención los hombres de estatura elevada. Era como Magnus, casi metro noventa, y eso no era habitual. Y además era corpulento, ancho como mi padre. Magnus aún tenía formas infantiles, por mucho que se trabajara en el gimnasio; el desconocido, no. Tenía un pecho fornido bajo el jersey gris, que me dio calor en cuanto lo vi. Llevaba una pequeña cruz de oro colgada al cuello. Venía pálido del invierno de Europa y su piel contrastaba con unas cejas negras y fuertes, un rastro de barba por el largo viaje y unos rizos oscuros que se espesaban en su cabeza.

—Martina, hija, no seas maleducada. Ven a saludar.

—Oh. Sí. Perdón. —Me levanté y le di un beso a mi padre, que me miró ceñudo, con la advertencia de que me comportara. Había perdido la noción del tiempo con mi escrutinio y el desconocido parecía un poco incómodo—. Soy Martina. Bienvenido al clan de los Thoresen Morán.

Se inclinó para besarme, pero yo lo atajé e interpuse mi mano con rapidez. Odiaba, pero odiaba con todas mis fuerzas, el contacto físico con los extraños. Esperaba que mi padre se lo hubiese explicado. Él reaccionó con amabilidad y estrechó mi mano con la suya; una mano enorme, cálida, en la que mis dedos desaparecieron envueltos en un puño lleno de venas y un poco peludo.

—Gracias, Martina. Soy Gorka. Me siento bendecido y feliz de estar aquí —contestó con una sonrisa.

Arrugué la nariz. ¿Cómo? Por un lado, tenía la sonrisa más bonita que había visto en mucho tiempo, que pedía permiso para salir de su boca, como si tuviera miedo de sonreír y mostrar los dientes blancos y fuertes entre los labios algo secos. Por otro lado, ¿a qué venía esa frase de predicador? Me entraron ganas de decir «amén» o de santiguarme o algo así.

—Ven, Gorka. Siéntate aquí —dijo mi madre, la perfecta anfitriona de siempre, y señaló la silla de la cabecera—. Come algo, seguro que tienes hambre. ¿Café, té? Sírvete lo que quieras.

Al principio parecía un poco cohibido, pero mis padres eran expertos en hacer que cualquiera se sintiese como en casa y, entre embutirlo con bollos de canela y acosarlo a preguntas sobre su recorrido académico, pronto estuvo más cómodo. Yo no podía dejar de mirarlo. Tenía gestos pausados, sonreía mucho, pero reía muy muy poco. Y detecté un ademán nervioso en el que llevaba la mano a la pequeña cruz y la acariciaba entre los dedos.

—¡Ay! —exclamé cuando recibí una patada de Magnus por debajo de la mesa—. ¿Se puede saber qué haces, imbécil?

—Martina, pareces una psicópata —siseó mi hermano. Los demás no se habían dado cuenta de nuestro pequeño intercambio—. ¡Deja de mirarlo como si fueras a diseccionarlo en la mesa de Anatomía!

—¡Solo lo estoy observando! —me defendí, también en voz baja. Magnus sabía que yo necesitaba conocer bien a las personas antes de dejarlas entrar en mi círculo y, si Gorka iba a vivir con nosotros en la familia, tenía que dejar de ser un extraño.

—¡Pues disimula un poco!

Pero era incapaz de hacerlo. En un momento dado, se levantó a atender una llamada telefónica de su padre. Tras disculparse, azorado, se alejó hacia el ventanal y pude estudiarlo por detrás. Tenía una espalda enorme —el jersey se le adhería como si le quedara pequeño—, un trasero firme y redondo bajo los vaqueros y unas piernas bien torneadas. Ladeé la cabeza y le miré los pies con curiosidad. Llevaba unos calcetines negros de lana. Tenía que estar muerto de calor.

—Martina —me distrajo mi madre—, Magnus, ¿qué os parece Gorka? —Nos miró, divertida, en especial a mí—. Parece que os ha causado buena impresión.

—No lo sé. No lo conozco todavía. Me parece muy alto y grande. ¿Cuántos años tiene? —Era una de las decenas de preguntas que empezaba a acumular para completar mi expediente.

—No lo sé, hija. Tendrás que preguntárselo a él, ¡pero no ahora! —dijo entre risas al ver que yo ya me levantaba y cogía aire—. ¿Y tú, Magnus?

Mi hermano miró a Gorka. Su silueta se recortaba contra la luz que entraba por el ventanal del salón. Movió la cabeza con aire preocupado.

—Eh... Me reservo mi opinión por el momento.

Gorka se fue a descansar después del desayuno. Mis padres lo ayudaron a instalarse en la habitación del piso de abajo, donde gozaría de más privacidad. Yo logré concentrarme en el estudio tras recuperar la rutina de la mañana: hacer la cama, ducha, vestirme y tabla de yoga. Hice una pausa tras dos horas para llamar a Dana y contarle las novedades.

—Martina Thoresen Morán —dijo con tono acusador y jovial tras mi relato—, ¡no me digas que te gusta el tal Gorka!

Lo analicé durante unos segundos, tirada sobre la cama. Adriana nunca se equivocaba sobre esas cosas.

—Es un poco prematuro para decirlo, acabo de conocerlo, pero sí. Me ha causado una profunda impresión.

—Vaya, vaya, vaya con el vasco. ¡Qué ganas tengo de conocerlo yo también! —Dana estaba sorprendida, porque yo jamás había mostrado interés por un hombre hasta ese instante—. Sácale una foto a escondidas si puedes y me la mandas. Te daré mi veredicto y el de Lena. ¡Y disfruta todo lo que puedas de las vistas!

—¡Adriana! —exclamé, indignada—. Te he dicho que solo me llama la atención.

—Martina, princesa... te conozco desde antes de que nacieras —me interrumpió con brusquedad—. A veces eres como un tempanito de hielo y ahora puedo oler tus feromonas desde aquí. Hasta te ha cambiado el tono de voz, aunque tú no te hayas dado cuenta.

—¿Qué dices?

—¡Lo que oyes! —soltó ella entre risas—. Quiero esa foto, así que mándamela por WhatsApp. Y dile a Magnus que estudie, que Many no creo que se lo recuerde. A ti no hace falta que te lo diga.

—No. Estoy en ello ahora.

—¡Esa es mi ahijada! Hablamos esta noche o cuando me mandes la foto. ¡Cuéntame más! Martina encoñada... ¡Je! Verás cuando se lo cuente a Lena.

Nos despedimos y me di cuenta de que el corazón me latía a mil por hora. Adriana era mi mejor amiga y, a veces, tenía la sensación de que me conocía mejor que yo misma. Me costó volver a centrarme en el estudio.

Despegué la nariz del atlas de anatomía cuando mi padre nos llamó a comer. Gorka parecía perdido en nuestra dinámica de poner la mesa, pero mi madre lo incluyó sin piedad en el baile de la cocina al salón entre platos, vasos, cubiertos y fuentes mientras papá supervisaba el salmón en el horno. Tardamos un poco más de lo habitual en sentarnos.

—¡Buen provecho! —dijo mi madre cuando se puso la servilleta en el regazo y dio por inaugurada la sesión del almuerzo.

Y entonces Gorka hizo algo, con suma discreción, eso sí, pero, si se hubiera puesto a bailar encima de la mesa, no nos habría chocado más.

Se santiguó y movió los labios con los ojos cerrados en lo que parecía una corta plegaria.

—*On egin!* —exclamó con su vozarrón después, sin hacer caso de nuestra sorpresa—. Significa «buen provecho» en euskera. Este salmón tiene una pinta buenísima, Inés. ¿Puedo servirte primero?

—Claro, gracias —dijo mi madre, que salió del trance con una sonrisa.

Aquello nos movilizó a todos y las fuentes de comida pasaron de mano en mano. Hubo un buen rato de silencio, en el que todos engullimos. Después, la conversación se desvió a qué tal había ido el viaje mientras yo analizaba que tenía buenos modales en la mesa, cosa que me gustó. Odiaba a la gente que comía con la boca abierta, chupaba el cuchillo o abría los codos como si fuera a echar a volar.

—Esto está muy bueno, Inés. De verdad —comentó con énfasis.

Cómo comía el vasco... Mi madre se echó a reír al verlo rebañar el plato con el pan. La fuente del horno quedó limpia. Mi padre y mi hermano no lo hacían nada mal, pero es que él repitió pescado tres veces. Se disculpó diciendo que en el avión casi no había comido, y eso que en el desayuno tampoco se había cortado un pelo.

—Martina, come —ordenó mi padre al ver que mi plato aún estaba por la mitad—. No te distraigas.

Era cierto. No podía parar de mirarlo, así que hice un esfuerzo y me centré.

Magnus trajo la leche asada, uno de los postres estrella de Casa Vivanco, receta de mi abuela materna. Ahí sí que hasta hubo peleas por el último trozo. Gorka se echó hacia atrás en la silla y se palmeó el abdomen, con un gesto universal de satisfacción.

—¡Qué bien se come aquí! Inés, de corazón, tengo que felicitarte —dijo por tercera o cuarta vez. Yo ya había perdido la cuenta.

Mi padre lo miraba con expresión socarrona y mi madre aguantaba la risa a duras penas—. Me dijeron que echaría de menos la comida española, pero debo decirte que hasta ahora... Perdona, ¿he dicho algo malo?

Se detuvo al ver que Magnus soltaba una risita, y por la cara de mi padre, que alzaba las cejas al más puro estilo irónico Thoresen. Mi madre acudió en su rescate al ver que nadie decía nada.

—No, Gorka. Es solo un pequeño malentendido. El mérito no es mío, es de Erik —aclaró entre risas. Mi padre también se echó a reír al ver la expresión de nuestro invitado—. El cocinero de este fin de semana es él. Esta es una receta noruega de salmón al horno con verduras que le queda de miedo, ¡así que las felicitaciones son para él! Yo solo he hecho el postre... y a medias con Magnus.

—Joder —barbotó Gorka, sin saber dónde meterse—. No lo sabía. Felicidades al cocinero, pues. En mi familia, mi padre no ha tocado una olla en su vida. Vamos, que era mi madre la que se encargaba de la cocina y la casa, y mi hermana la ayudaba —intentó excusarse mientras todos reíamos ante su vergüenza manifiesta.

—Pues qué machistas —opiné, incapaz de callarme, abriendo la boca por primera vez.

—¡Martina! —me reprendieron mi padre, mi madre y mi hermano al mismo tiempo.

Gorka me lanzó una mirada entre herida y airada. Cerró la boca en seco.

—¿Qué? ¡Es verdad! —me defendí. Me parecía increíble que, bien avanzado el siglo XXI, todavía quedasen familias así, en las que el padre no pisaba la cocina y eran las mujeres las encargadas de las labores del hogar.

—Gracias por tus felicitaciones —cortó papá la discusión—. Aquí verás que las cosas son un poco distintas. Para empezar, nada de religión. Sé que tu padre es muy católico y tuvimos largas y muy constructivas conversaciones sobre ello. —Le sonrió con cariño y él no tuvo otra opción que corresponder—. Tú quizá no lo recuerdas, pero en una de ellas estabas presente. Me dijiste que el infierno era vivir en ausencia de Dios. Tendrías unos diez años. Me sorprendió tu madurez.

Él negó muy despacio, parecía sorprendido de no acordarse.

—Espero que no os haya molestado mi pequeña oración de bendecir los alimentos —dijo con tono contrito—. Y mañana me gustaría asistir al oficio si es posible. A misa, quiero decir —aclaró al ver nuestras caras de interrogación.

—Claro que no, Gorka —se apresuró a decir mi madre con tono dulce al ver su preocupación—. Y en el pueblo hay una pequeña ermita donde podrás asistir al oficio religioso.

—Gracias, Inés.

Pareció aliviado. Me llamó la atención la manera en la que buscaba a mi madre con la mirada y recordé que la suya había fallecido... y su hermana también. Deduje que habría sido un accidente de coche o algo por el estilo; un final trágico y muy doloroso. Por eso mi padre no quería que sacáramos el tema a colación, estaba claro. No nos lo había dicho con todas las palabras, pero lo había dado a entender.

Magnus y yo nos levantamos para recoger. Gorka no se movió, y mi padre aprovechó para continuar su inciso sobre la familia.

—Además de las diferencias sobre la religión, en esta casa todos ayudamos. Hombres y mujeres por igual. Si unos cocinan, otros recogen y lavan. —Clavó la mirada azul y glacial, un poco burlona pero llena de cariño, en él—. Inés y yo hemos cocinado toda la mañana. Le dije a tu padre que te trataría como a un hijo, y eso voy a hacer. Te toca trabajar con Magnus y Martina. ¡Vamos, muévete!

Magnus y yo nos echamos a reír al ver que se ponía rojo y se levantaba como accionado por un resorte.

—¡Explotador! —soltó mi hermano, que se llevó la fuente vacía de leche asada.

Gorka reaccionó por fin y empezó a recoger con una torpeza inusitada para un hombre de su edad. De verdad parecía que no había recogido muchos platos en su vida. Cuando llegó a la cocina, no sabía qué hacer con ellos.

—Mételos en el lavavajillas, no hace falta enjuagarlos —sugerí, pero ni siquiera sabía cuál era el electrodoméstico y lo abrí para él—. Ahí van los platos pequeños.

—Vale. Gracias.

Estaba más fuera de lugar que un pulpo en un garaje. Magnus y yo intercambiamos una mirada jocosa. Menudo aterrizaje en el clan Thoresen Morán.

Espíritu competitivo

Por la tarde, mis padres desaparecieron escaleras arriba a su «siesta». Yo necesitaba un poco de aire libre después de pasar toda la mañana encerrada entre libros y llamé a los Suárez para ver qué planes tenían.

—Hola, Bambi. ¿Niveles de cafeína y glucosa en sangre normales? —contestó Many al teléfono. Solté una carcajada. Siempre me hacía reír.

—Homeostasis estable. ¿Qué hacéis? ¿Subimos a Valle Nevado?

—Uff... hace mucho calor para eso. ¿Por qué no vamos en bici al bosque, mejor?

Lo sopesé un momento. La sombra de las coníferas haría el paseo mucho más agradable y hacía meses que no cogía la bicicleta de montaña.

—Perfecto. ¿Nos encontramos en el desvío en media hora?

—En una hora. Tengo que sacar a Tony de la cama —dijo riendo.

—¡Y yo, convencer a Magnus y a Gorka!

—¿Gorka? ¿Ya está ahí? ¿Qué tal es?

Me hizo gracia la curiosidad que el recién llegado suscitaba en toda la pandilla. Todavía no había tenido la oportunidad de sacar la foto que Adriana me había pedido, y ya tenía wasaps de ella y de Lena haciendo presión.

—Ahora lo verás.

* * *

Me puse unas mallas cortas de licra y un *top*, me embadurné de factor cincuenta y saqué a Magnus a empujones del sofá para que se cambiara. No aceptaría un no por respuesta.

—¿Invitamos a Gorka? —pregunté a mi hermano cuando ya nos dirigíamos al garaje. Él se encogió de hombros.

—Prueba. Puede coger la bici vieja de papá.

—¿Puedes ir tú?

—No.

Eso me pasaba por preguntar. Me acerqué hasta la puerta cerrada y golpeé con los nudillos. Como no recibí respuesta, abrí y entré. Igual no me había oído o estaba durmiendo. Alzó los ojos, sorprendido, sobre un libro. Estaba en bóxer y camiseta sobre la cama, y con unos auriculares puestos.

—¿Quieres venir con nosotros a dar una vuelta en bici? —solté a bocajarro.

—¿Podrías llamar a la puerta antes de entrar, por favor? —dijo él a su vez, incómodo por estar en calzoncillos. Intentó taparse, con torpeza, las piernas.

Yo lo miré sin entender muy bien su reacción.

—Gorka, convivo en casa con un padre de origen escandinavo y un hermano con espíritu exhibicionista. Nada de lo que tengas es nuevo para mí —le aseguré con calma. Ni que lo hubiera pillado en un desnudo frontal—. Vamos a un bosque precioso aquí cerca, con unos amigos. ¿Quieres venir?

Forcejeó un poco más con el cobertor y se le cayó el libro al suelo. Pobre.

—Vale. Esperadme fuera. Ya voy.

Cerré la puerta y me fui. Me entró la risa floja. Me quedó claro que era muy, pero que muy, conservador... pero tenía buenas piernas, al menos eso me había dado tiempo a verlo.

Se unió a nosotros en el porche, mientras hinchábamos las ruedas. Sí, pantorrillas musculadas y peludas, sin caer en la categoría osezno, como diría Adriana. Nada de depiladas, que me daban bastante grima.

—Comprueba si te vale la bici de mi padre y nos vamos. Martina lleva agua y frutos secos, y yo, repuestos. ¡Venga, vámonos ya!

—dijo Magnus impaciente. Primero no quería ir, y nos metía prisa—. Many y Tony ya están allí.

Pedaleamos cuesta arriba camino al bosque por la carretera maltrecha. Agradecí el casco con visera y las gafas. El sol caía implacable y el sudor se deslizaba por mi espalda ya antes de llegar al cruce.

—¡Por fin! ¡Menos mal que te he dicho una hora! —exclamó Many, un poco enfadado, mientras señalaba su reloj—. ¿Culpa de quién?

—Culpa mía, perdona —se adelantó Gorka cuando yo ya iba a soltarle una buena retahíla de insultos—. Soy Gorka Gorostiza, amigo de la familia.

Tendió la mano y Manuel se la apretó con fuerza. Sonrieron e intercambiaron una mirada ponderativa. Me hacía mucha gracia cómo los hombres veían siempre en el otro a un competidor. Tony fue mucho más natural y le dio una palmada en la espalda. Hechas las presentaciones, nos adentramos en el pinar... y empezó el pique.

Lo malo de criarme en igualdad de condiciones con un hermano mayor y tener mi espíritu competitivo era que no asumía mis limitaciones. A mí ningún machito iba a dejarme atrás. Además, contaba con la ventaja de que tanto yo como mi bicicleta pesábamos bastante menos, y me mantuve a la par con ellos durante varios kilómetros. Mis pulmones iban como un fuelle, los cuádriceps me ardían por el esfuerzo y cuadré los hombros para enfrentar la última cuesta arriba al verme rezagada. Ellos pararon a disfrutar de las vistas.

Yo los alcancé por fin, llegué a la cima y me lancé como una kamikaze cuesta abajo para sacarles ventaja y no volver a quedarme atrás.

—¡Martina, loca, ¿qué haces?! —gritó Magnus al verme pasar a su lado como una exhalación.

Solté una carcajada triunfante y me dejé llevar. Era una recta interminable y los árboles se convirtieron en un borrón verdoso a ambos lados del camino. En mis brazos se enfrió el sudor y la piel se me erizó. Paladeé el pelotazo de adrenalina, lo necesitaba, pero la pendiente era muy pronunciada y el manillar comenzó a temblar. Tenía que disminuir la velocidad y accioné con cuidado el freno delantero. La bicicleta cabeceó hacia delante y tuve que soltar el freno porque casi me doy de bruces.

—Joder —mascullé entre dientes, e hice algo que nunca nunca hay que hacer. Apreté en un acto reflejo el freno trasero con fuerza y la bici derrapó, y me di un trompazo descomunal.

Rodé por el suelo. Los codos y las rodillas fueron los grandes damnificados y sentí un dolor agudo. Oí gritos a lo lejos, pero solo me preocupaba proteger mi cabeza, aunque llevaba puesto el casco. Me hice un ovillo y en algún momento mi cuerpo dejó de dar tumbos a un lado del camino, sobre un lecho de agujas de pino que olían muy bien y que amortiguaron un poco mi caída.

Magnus llegó corriendo, asustado, hasta mí cuando yo todavía comprobaba si podía mover las extremidades.

—Joder, Martina, ¿estás bien? ¡Menuda hostia! —soltó, preocupado. Se agachó junto a mí y se dispuso a ayudarme a incorporarme, pero Gorka lo detuvo.

—¡Espera, Magnus! No la muevas. Martina, ¿te has dado en la cabeza? ¿En el cuello?

Intenté recordar dónde me había golpeado.

—No. En la espalda y luego he rodado de lado.

Se inclinó sobre mi casco y me giró la cabeza con cuidado. Los chicos nos rodearon en silencio.

—¿Te duele?

—No.

—Voy a quitarte esto. Apoya la cabeza aquí. —Dobló una prenda de ropa que llevaba en su mochila y la puso en el suelo—. Parece que el casco solo tiene rozaduras leves. —Cogió el móvil y me examinó las pupilas con destreza—. Mira aquí.

Obedecí sus indicaciones. Lo que vio pareció aliviarlo y, por lo tanto, a mí también.

—¿Te duele algo? —preguntó con diligencia mientras me examinaba.

—¿Además del orgullo? —intervino Magnus, con tono burlón. Como el susto había pasado, volvían las ganas de bromear.

—Solo las rodillas y los codos —dije en un siseo. Lo cierto era que me ardían como si me hubieran desollado.

—Esa herida tiene mala pinta —opinó Many, con la cara muy cerca de la mía.

—Pues la bicicleta ni te cuento —añadió Tony, pegado a mí también.

Los aparté a todos. Me estaban agobiando. Gorka me sostuvo de los hombros, porque me mareé al incorporarme con tanta rapidez.

—Vaya.

Una línea roja y gruesa atravesaba mi rodilla derecha. La dividía en dos mitades casi perfectas de manera oblicua; la de abajo, color rojo, y la de arriba, color piel. Sangraba de manera abundante y no pude evitar llevar la mano al sitio de donde brotaba.

—No toques. Déjame a mí —dijo Gorka en voz baja. Me apartó y apretó la herida. Sentí un dolor lejano, pero la presión que aplicó hizo cesar la hemorragia. Mi rodilla desapareció entre sus enormes manos—. ¿Me dejáis una botella de agua?

Uno de los chicos le alargó una y me limpió con delicadeza. Era raro verlo arrodillado ante mí. Todos mirábamos en silencio la seguridad de sus movimientos. Vació dos botellas de agua y mi rodilla recuperó su aspecto normal salvo por la raya diagonal que la partía en dos.

—Yo creo que ya habrá parado de sangrar —dije tras un buen rato en el que Gorka no había parado de presionar la herida. Los chicos daban patadas a las piñas, ya aburridos. Tony había puesto mi bicicleta en pie y parecía más o menos indemne.

Retiró las manos con cuidado, pero la piel se volvió a abrir y empezó de nuevo a sangrar. Negó con la cabeza.

—Necesitas puntos, chiquitina. Tenemos que ir al hospital. —Se levantó y rebuscó en su mochila. Sacó un pequeño botiquín—. Esto aguantará hasta que vengan tus padres con el coche. —Me hizo un apaño con tiritas un poco aparatoso, pero al menos dejé de sangrar—. Venga, pues. Llámalos. Pueden llegar hasta aquí.

—No. Puedo volver a casa sin problema.

—Martina, acabas de darte un buen golpe, deberías hacer reposo —me rebatió Gorka con severidad.

Magnus, Many y Tony se echaron a reír y yo con ellos.

—¡Esto no es nada, créeme! —le aseguré con énfasis.

—Es cierto —corroboró mi hermano, que hizo un intento de ponerse serio—. Martina ha sobrevivido a caídas a caballo, en tabla de *snowboard*, haciendo escalada en hielo... no sé muy bien cómo sigue viva, en realidad.

—¡Tienes la rodilla destrozada! —insistió Gorka, desconcertado—. Si te subes a la bicicleta, esas tiritas no van a aguantar.

Me encogí de hombros, arrebaté la bici de manos de Tony y la llevé al camino.

—No pienso subir pedaleando por aquí. Estoy hecha polvo. ¡Pero no voy a llamar a papá y mamá! —repliqué con terquedad. Según mi reloj deportivo, solo habíamos avanzado ocho kilómetros. Lo malo eran las pendientes, pero, después de aquella cuesta arriba, todo sería mucho más fácil. Me concentré en la cima, apreté los dientes y empujé la bicicleta por el manillar.

* * *

Cuando llegamos a casa tenía la tibia cubierta de sangre y el calcetín empezaba a empaparse ya. Mi madre se echó las manos a la cabeza.

—¡Pero, hija, ¿por qué no nos has llamado para que fuésemos a buscarte?!

Magnus la miró con expresión resignada y se encogió de hombros. Gorka estaba muy disgustado y sin duda se sentía culpable.

—Se lo he dicho una y mil veces, Inés, pero tu hija es terca como una mula —dijo nada más dejar la bicicleta en el garaje. Entró detrás de nosotras, consternado.

—Tampoco es para tanto. —Yo cojeaba hacia el baño, detrás de mi madre, que quería quitarme el amasijo de sangre y tiritas sobre la rodilla para ver bien la magnitud de la herida.

—Necesita puntos de sutura, ¡ya se lo he dicho! Tenemos que ir al hospital, pero me queda claro que no tengo ninguna autoridad sobre tu hija —añadió al ver cómo mi madre retiraba la asquerosidad en la que se había convertido su apaño. Cada vez estaba más enfadado.

—No te preocupes, Gorka. Si te sirve de consuelo, yo tampoco tengo muy claro ejercer sobre ella ningún tipo de autoridad —respondió con tono ligero. Aplicó unas compresas con clorhexidina y presionó la herida—. No creo que haga falta ir al hospital. Erik lo hará.

—Menos mal. Odio los hospitales —solté en una confesión involuntaria. Él me miró, divertido.

—¡Qué bonito, pues! ¡Menuda médica vas a ser!

—Yo puedo cortarle una pierna a alguien si hace falta y me dicen cómo hacerlo —aclaré. Lo fulminé con la mirada. No me conocía de nada, no podía juzgarme así—. Eso es muy diferente a ir como paciente a un hospital. ¿Lo has vivido tú, acaso?

Endureció la mirada, pero apretó los labios y no me contestó. Mi madre no intervino en nuestra pequeña riña y se dedicó a quitarme la zapatilla y el calcetín manchados de sangre y a lavarme bien la pierna con agua y jabón. Magnus llegó seguido de mi padre poco después.

—A ver, ¿a quién hay que amputar? —preguntó en tono de broma.

—Muy gracioso. Hay demasiada gente en este baño —dije en un tono de voz más que audible. Gorka sobraba, para empezar. Y olía a sudor del esfuerzo hecho, y a sangre, y yo era muy maniática con los olores—. Mamá o quien sea, ¿podéis abrir la ventana?

Gorka se batió en retirada, pero mi padre lo interceptó.

—Hum... no. Gorka, no te vayas. Voy a necesitar ayudante para esta cirugía. ¿Qué opinas? ¿Una intradérmica para no dejar cicatriz?

—No. Mejor puntos sueltos para distribuir mejor la tensión y que no le moleste al flexionar la rodilla —contestó Gorka con decisión—. Además, la herida estaba llena de tierra y ha pasado más de una hora. Si se infecta un punto, no contaminará los demás.

—Buena idea —coincidió mi padre—. Vamos allá.

* * *

Me sentí como una niña pequeña. Gorka y papá parecían pasárselo en grande mientras yo aferraba la mano de mi madre, tumbada en el sofá. Al menos habían echado a Magnus, a Many y a Tony, que estaban demasiado contentos de ser espectadores de mi desgracia. Salvo un minúsculo pinchazo de anestesia local, no sentí ningún dolor. Yo quería ver lo que hacían, cómo suturaban, pero mamá me sujetó.

—¡Pero quiero saber! —protesté cuando intenté incorporarme y mirar el movimiento armonioso del portaagujas y las pinzas sobre mi rodilla—. ¡Es mi herida!

—Por eso mismo es mejor que no —dijo ella sin admitir discusión—. Tus reacciones son a veces impredecibles, hija. ¿O quieres que Gorka te vea con un ataque de ansiedad? —añadió más bajito.

Clavó los ojos en mí y yo cerré la boca de golpe y volví a tumbarme en el sofá. ¿Qué podía hacer frente a semejante argumento? Miré de reojo por si él había oído algo, pero estaba demasiado concentrado en suturar. Tras unos cinco minutos de inmovilidad, los dos se retiraron hacia atrás.

—Ya. Lista. ¡Mira qué obra de arte! —se pavoneó mi padre.

—A ver —gruñí yo, bastante harta de tantos aspavientos—. ¡Pues vaya decepción!

Mi herida se había transformado en una línea roja casi imperceptible, atravesada por siete pequeños puntos perpendiculares que tiraban un poco. Nada más. Gorka y mi padre se echaron a reír a carcajadas ante mi valoración. Qué corporativistas.

—¿Eso es todo lo que tienes que decir? ¡Al menos danos las gracias! —dijo mi padre con indignación fingida. Me abrazó con fuerza y me dio un beso en la frente y otro en la mejilla—. Anda, dale las gracias al otro cirujano.

Gorka sonrió y me tendió la mano con corrección. Yo rodeé su cuello con mis brazos, lo estreché contra mi cuerpo y estampé un beso en su cara también. Se lo había ganado.

Desde aquel momento, pasó a pertenecer de manera oficial a nuestra familia.

Abril, aguas mil

El otoño llegó peleón y sacó con un par de patadas al verano. Para cuando se acercó mi cumpleaños, que era el 5 de abril, el buen tiempo se había esfumado y se puso a llover en plan diluvio universal. Estar encerrados en casa favorecía el ambiente de estudio, pero, al no hacer nada por las tardes, empezaron a generarse situaciones divertidas con Gorka por allí. Ya llevaba una semana con nosotros. Al principio casi no salía de su habitación. En ese momento, ya era uno más de la familia.

—Inés, perdona, ¿dónde puedo recuperar mi ropa limpia? —preguntó aquella mañana de sábado. Habíamos terminado de desayunar, y yo al menos no quería ponerme con los libros todavía—. Me faltan algunas cosas, imagino que estarán para planchar.

Mi madre lo miró con cara de interrogación y asintió. Le hizo un gesto para que la siguiera. Yo no tenía nada que hacer, así que fui detrás. Cualquier excusa era buena para holgazanear.

—Es raro. Berta lo tiene todo siempre al día. En todo caso, si alguna vez necesitas algo, la habitación de la plancha está aquí. —Lo llevó a la estancia donde estaban la lavadora, la secadora y los armarios con la ropa blanca. Un aroma a detergente y suavizante me hizo sonreír—. Aquí no hay nada, Gorka. ¿No se habrá colado entre las cosas de Erik o de Magnus?

—No lo había pensado —dijo con el ceño fruncido.

—Ven. Miramos en mi cuarto y, si no está, en el de mi padre —dije, feliz de encontrar otro motivo de entretenimiento. Subimos a las habitaciones y, al pasar delante de la de Martina, nos miró con curiosidad—. ¿Qué te falta?

Entramos a mi vestidor. Gorka abrió los ojos con sorpresa ante el despliegue y yo solté una carcajada. No es que fuera muy presumido, pero ahí había ropa, zapatos, complementos y material deportivo para montar un centro comercial.

—Me faltan una camisa blanca, un par de camisetas y un bóxer negro.

—No te asustes, está todo aquí metido. Ropa de verano, invierno, lo de hace diez años. Sufro de un pequeño síndrome de Diógenes —comenté mientras señalaba las baldas donde estaba lo más reciente—. Dudo que la camisa esté aquí, Berta sabe que yo no me las pongo casi nunca. ¿Son estas? —Identifiqué un par de prendas, una camiseta de color verde y otra negra, que no reconocí.

—Sí. Gracias. Son estas dos.

—¿Qué hacéis? —La voz curiosa de Martina dentro del vestidor nos sobresaltó a los dos. Su presencia y su aroma a colonia de bebé inundaron el armario.

—Buscamos ropa de Gorka perdida. ¿Tú no tendrás una camisa blanca de hombre entre tus vestidos? —dije en broma. Ella se echó a reír, divertida.

—Estará con las de papá —respondió—. Vamos a ver.

Salimos los tres en misión de rescate. Era interesante ver el impacto que Gorka tenía en mi hermana. Además de que se lo comía con los ojos, la notaba más sensual, si es que algo así era posible en alguien como Martina, tan fría y analítica. Y lo genial era que lo hacía de manera inconsciente. Lamerse los labios, tocarse el pelo, sonreír... cosas que eran comportamientos típicos de Adriana, los veía de pronto en ella cuando Gorka estaba cerca. No resultaban tan evidentes como para que él se sintiera incómodo, pero tampoco tan sutiles como para que a mí, que soy su hermano, me pasaran desapercibidos.

Recuperamos la camisa también, pero lo del bóxer era un misterio. Revisamos en todos los cajones y nada. Tampoco en el cubo de la ropa sucia.

—¿No te los habrás dejado en alguna guardia o en la casa de

Farellones? —preguntó mi madre cuando el tema comenzó a tomar proporciones de novela negra.

—No, no. Los eché a lavar hace dos días, tienen que estar aquí.

—Voy a mirar otra vez en los cajones de Erik —respondió, ya con un tono cercano al fastidio. Nos dejó de vuelta en mi habitación y se fue hacia la suya a paso rápido, dispuesta a zanjar el asunto.

—¿De qué color son? —dijo Martina, que había seguido toda nuestra labor de investigación con interés pero sin intervenir.

—Negros, con una goma blanca —contestó Gorka. No parecía muy contento al tener que describir su ropa interior—. Normales y corrientes.

—Oh. ¿Y de qué marca?

—Impetus, una marca portuguesa. No creo que los haya aquí en Chile —dijo más incómodo todavía. Mi hermana y yo nos miramos y ella reprimió una risita. Yo, no; me reí con ganas.

—¿Impetus? ¿En serio?

Miramos uno por uno mis calzoncillos. Martina se descojonó al ver un tanga de tiras de leopardo con un receptáculo especial para la polla que me había tocado en la despedida de soltero del primo Julio.

—Interesante elección. Si no encontramos el tuyo, te puede prestar este, Gorka —dijo al tiempo que estiraba la prenda entre sus índices con una sonrisa pícara. Era raro ver ese gesto en ella—. Se ve muy impetuoso.

El vasco soltó un gruñido de fastidio y continuó la búsqueda conmigo. Y entonces se me ocurrió una cosa. Mi hermana tenía la maldita costumbre de cogerme la ropa porque decía que era más cómoda.

—¿Qué llevas puesto?

—¿Yo? Ropa de andar por casa. —Se encogió de hombros y señaló su camiseta vieja, una sudadera gris con cremallera, calcetines antideslizantes... y un bóxer negro.

—¿A ver el bóxer?

Gorka dejó de revolver en mi cajón de ropa interior y se quedó mirando a Martina.

—No me jodas que esos son mis calzoncillos, pues...

Ella se levantó la camiseta y ahí estaban los famosos Impetus que llevábamos buscando casi una hora. Me dio un ataque de risa.

—Oh. Pensaba que eran tuyos, Magnus. O de papá.

El pobre Gorka parpadeó, alucinado, al ver su prenda perdida enmarcada entre las largas piernas de mi hermana y su abdomen plano.

—Esta es la desventaja de vivir en un clan que tiene complejo de comuna *hippy* —solté con tono resignado—. Venga, Martina. ¡Cámbiate y devuélveselos!

—Lo siento, Gorka.

Y, como es así de marciana, antes de que ninguno de los dos pudiese hacer nada por evitarlo, se los quitó ahí mismo con un movimiento ágil. Menos mal que la camiseta le llegaba a medio muslo.

—Toma, aquí tienes —dijo, y se los tendió, agarrados por el elástico blanco. Creí, literalmente, que a Gorka le iba a dar un infarto.

—¡Pero no me los des así, joder! —exclamó él, que se los devolvió como si quemaran.

—¡Vale, vale! —se defendió Martina—. ¡Y luego soy yo la maniática! —Los dobló con sumo cuidado, en un cuadrado perfecto y con ceremonia. El vasco no lo podía creer. Y yo lo permití. Lo reconozco, a veces soy mala persona, pero es que me estaba descojonando por dentro y no lo podía evitar. Planchó la prenda entre las dos manos y se los dio otra vez—. Hala. ¿Así está bien?

—Pero ¿de verdad me los vas a devolver tal cual?

Gorka me miró para comprobar que no estaba loco, sin aceptar los calzoncillos. Martina se los acercó a la cara más aún y yo decidí apiadarme de los dos.

—Ya los echo yo a lavar. Trae, Martina.

—¡Pero si me los acabo de poner! ¡Y me he duchado esta mañana! —protestó, ofendida. Por fin entendió a lo que se refería Gorka: los quería limpios—. No te voy a pegar ninguna enfermedad ni nada parecido, ¡a ver qué te vas a pensar!

—No se trata de eso, Martina. ¡Es mera cortesía, pues! Si usas algo que es mío, y por favor, no lo hagas —dijo con tono de advertencia y bastante ofuscado—, lo mínimo es que me lo devuelvas limpio. ¡Y vete a poner unas bragas o algo, que estás medio desnuda!

Martina abrió la boca y lo miró como si el que estuviera loco fuera él.

—¡Oye, que esta es mi casa! ¡Y yo en mi casa voy en pelotas si me da la gana! Pero ¿tú qué te has creído? —contestó a gritos. Martina y su genio de mil demonios. Le salía la vena Vivanco que daba gusto verla.

Me quedé flipando por la reacción de ambos. Ya decía yo que esa tensión sexual que se respiraba desde que Gorka había llegado a casa iba a estallar por alguna parte, pero nunca imaginé que iba a ser por algo así. Si seguían gritando, mis padres aparecerían en escena en cualquier momento.

—A ver, a ver, ¡haya paz! Martina, se te pasa la hora de tu módulo de estudio —dije al ver que eran las doce y tres minutos. Eso la atajaría por el momento—. Gorka, ya te he dicho que yo me ocupo de llevarlos a la lavadora. Déjala en paz. Es un consejo que te doy.

—¿Cómo en paz? ¡Hace lo que le da la gana! ¿Te parece normal, pues? —Pobre Gorka, me dio pena de verdad. Jugaba con fuego—. ¿Tu padre te permite hablar así? ¡Eres una niña malcriada!

Joder.

Martina ya caminaba por el pasillo hacia su habitación, pero hizo un giro lento de ciento ochenta grados y clavó una mirada impasible en él. Se quedó inmóvil durante un par de segundos, con esa expresión que decía que su cerebro de coeficiente intelectual de ciento sesenta y siete puntos estaba en plena efervescencia. Además, Gorka había tocado un tema que se acercaba de manera peligrosa al feminismo y la libertad de la mujer, y eso era una bomba de relojería con ella. Por primera vez, cualquier dulzura en Martina desapareció y creo que eso lo descolocó.

—Perdona, ¿qué has dicho? Creo que no te he entendido bien.

Si era solo un poco listo, cerraría la boca. Yo apreté los dientes, sin intervenir. Después de todo, era un hombre hecho y derecho de veintiocho años. Esbozó esa sonrisa tenue que a Martina la traía loca, estaba claro, e hizo un gesto conciliador con la mano.

—Nada. No he dicho nada. ¿Quieres que te pregunte después?

Hice en mi mente el gesto de provocarme el vómito. Pero qué fácil era comprar a mi hermana. Gorka había cogido la costumbre de preguntarle la lección cual colegiala, de vez en cuando, para aliviar la carga a mis padres cuando Martina los perseguía para recitarles el contenido del tórax o las moléculas de azúcares y alcoholes. Por supuesto, a ella le pareció fenomenal.

* * *

El episodio del bóxer de Gorka, o tal vez la llegada de abril, precipitó movimientos en casa como los de la teoría del caos, esa que decía que un batir de alas de mariposa en Japón podía provocar un tornado en Florida. La semana siguiente, durante una cena, el vasco nos sorprendió con una petición que mis padres no esperaban.

Hablábamos sobre la asignatura de Orientación a los estudios médicos; las clases magistrales habían terminado y nos habían dividido en grupos pequeños de cinco para una mentoría más personalizada. Gorka iba a ser nuestro tutor.

—Inés, me ha comentado una residente de pediatría que alquilas tu piso no muy lejos del hospital y que queda libre —dijo en la transición entre la ensalada y el segundo plato. La cara de Martina era un poema—. ¿Crees que podría alquilártelo yo?

Mis padres intercambiaron una mirada rápida que no supe muy bien qué significaba.

—Claro, Gorka. La chica que lo tenía arrendado ha terminado la residencia y se marcha a Concepción a trabajar; creo que queda libre a mediados de este mes —contestó mamá, un poco perpleja—. ¿Es que no estás a gusto con nosotros?

Otra que se derretía con su sonrisa tímida. Puse los ojos en blanco y miré a mi padre, que ocultó la suya tras los dedos entrecruzados. Al menos él tampoco se dejaba engañar.

—¡No, no! ¡Nada de eso, pues! —Si seguía viviendo en nuestra casa un mes más, acabaríamos todos con el «pues» de Bilbao incorporado en nuestras frases. Fijo—. Ya he abusado demasiado de vuestra hospitalidad, y cada vez estoy más sobrecargado de trabajo y de guardias. Os lío mucho los horarios. Ya llevo aquí mucho tiempo.

Martina y yo nos miramos. No le faltaba razón. El problema de Gorka era que estaba motivado en exceso y, entre guardias presenciales, guardias telefónicas, un voluntariado de no sé qué en el Hogar de Cristo y, a partir de entonces, eso de docencia, no tenía tiempo ni para respirar. Y resultaba que, además de esperar a mis padres, durante varias tardes habíamos tenido que esperarlo a él.

—Puedes quedarte con nosotros el tiempo que quieras, pero entendemos que necesites tu propio espacio —dijo mi padre, más dispuesto a entender su situación que mamá gallina Inés Morán—. ¿Has encontrado ya algún coche que te convenga?

Joder. ¿Gorka estaba buscando coche? ¡No nos había dicho ni pío! Se ve que no tenía una amistad con nosotros tan estrecha como pensábamos. Martina me miró, confundida, y yo me encogí de hombros. Para nosotros era una especie de hermano mayor; lo incluíamos en nuestras vidas siempre que había algo interesante, pero lo cierto era que el vasco hacía una vida casi monacal. Vivía por y para el hospital y sus colaterales.

—Sí, he mirado un Toyota cuatro por cuatro que está a buen precio y me irá bien —contestó sin darle mayor importancia—. Te agradezco todas las gestiones, Erik. Los dos estáis siendo unos verdaderos padres para mí.

Miró a papá y a mamá con auténtica devoción; con amor, joder... en especial a mi madre, que tendió la mano por encima de la mesa y acarició la manaza de Gorka con ternura. Alcé las cejas en señal de no entender nada cuando mi hermana me miró a mí en busca de una explicación.

—Entonces, el piso quedará para ti, Gorka. No te preocupes —aceptó mi madre, con una sonrisa cariñosa—. Es habitual que los residentes se pasen el dato unos a otros y esta vez has sido el primero en acudir a mí, así que ¡adjudicado!

—Tienes que decirme el importe del alquiler y qué papeles tenemos que formalizar. Quiero que todo esté en regla y no perjudicaros en nada —se apresuró a aclarar, con la corrección que siempre lo caracterizaba. Mis padres se echaron a reír—. En cuanto la antigua inquilina lo libere, trasladaré mis cosas allí.

—No hay prisa. Nosotros te ayudaremos. ¿O acaso quieres huir del clan Thoresen Morán? —preguntó mi padre con tono burlón. Gorka sonrió, un poco azorado—. No se hable más. Ahora, sirve el segundo plato. Fin de la discusión.

Martina no comió más.

Cuando llegó la hora de acostarse, vino a mi habitación. Me lo esperaba. Sentía el *hardware* de su cerebro trabajar a plena potencia desde que Gorka había soltado el bombazo de que se marchaba.

—¿Crees que lo hace por mí? ¿He hecho algo raro? Échate a un lado.

Suspiré, resignado. Adiós a mi rato de estudio tranquilo antes de dormir. Me quité los auriculares y dejé los apuntes en la mesilla. Abrí la ropa de cama y la dejé entrar junto a mí. Casi la mato. Tenía los pies al punto de la congelación y los pegó a los míos.

—¡Qué fría estás, joder!

—Perdón. ¿He hecho algo malo con Gorka? Aparte de lo de los calzoncillos, que tampoco creo que sea para tanto —identificó ella con rapidez.

—Veamos —dije yo, y fingí repasar con suma concentración sus movimientos. Era cierto que los primeros días lo había sometido a un marcaje estrecho, por no decir a un análisis microscópico, pero sabía que mis padres habían hablado con él para explicarle las peculiaridades de Martina. Después, estaba ese coqueteo inocente que quizá lo había hecho sentir incómodo en algún momento, pero ella era tan transparente y dulce, tenía tan poca experiencia, que Gorka la veía venir de lejos—. Yo creo que lo único que lo descoloca un poco son las costumbres un poco noruegas que tenemos. Lo de que nos paseemos en ropa interior, o que papá y mamá sean tan expresivos en sus muestras de afecto, o que hablemos de sexo o de porno o de temas así en la mesa. No eres tú, Tina. Es todo el clan. Yo creo que lo agobiamos todos.

—No quiero que se vaya. Me gusta que esté aquí. Ya me había

acostumbrado. —La rodeé con el brazo y la besé en la frente. ¿Era por su enamoramiento platónico no asumido o porque suponía un nuevo cambio en su rutina? Difícil decirlo—. ¿Ahora voy a tener que desacostumbrarme? Odio perder el tiempo así.

Se acurrucó en mi pecho. Siempre me sorprendía que su inteligencia no fuese capaz de preservarla de la intensidad de sus sentimientos, de su poca capacidad de gestionarlos. Many se marchaba en breve a España y no quería ni oír hablar de ello, por ejemplo. Cada vez que sacábamos el tema, se aislaba como si no fuera con ella. Se refugiaba en el estudio como si con sus calificaciones construyera un muro que la protegiese de las burlas por sus incompetencias emocionales.

—Todavía quedan un par de semanas, ¿no? Y lo tendremos de tutor en Orientación a los estudios médicos —dije a modo de consuelo—. Lo veremos todas las semanas. No te preocupes. No es que se vaya a volver a España. Y papá y mamá lo invitarán a casa, ya verás.

Se quedó un rato junto a mí mientras procesaba la información que le había dado, después sonrió, me dio un beso y un abrazo, y se fue con un «buenas-noches-gracias» susurrado a la carrera, con la mente ya puesta en otra cosa. Cogí mis apuntes y me puse a leer. Esperaba un sitio estupendo en el Valhalla. Me lo merecía por ser un buen hermano.

* * *

Los parciales del primer semestre se acercaban a una velocidad demasiado rápida para mi gusto y mis notas eran demasiado mediocres como para confiarme. Mi cumpleaños caía en martes, así que no tenía ganas de celebraciones. El sádico de Matemáticas había dejado caer que esa semana podía haber o no un control el jueves. Tocaba estudiar. Por eso, cuando mis padres me preguntaron qué quería de regalo, me pillaron sin ideas.

—¿De verdad no quieres nada? Eso sí que es una novedad —dijo mi padre, con un tono un poco burlón—. ¿Nada de guitarras eléctricas de colección? ¿Ni de cacharros electrónicos sofisticados? Lo del coche está fuera de discusión hasta que muestres un poco más de responsabilidad —añadió, rápido de reflejos, al ver que abría la boca para decir algo relacionado justo con ese tema; en realidad, una moto, pero tampoco iba a colar.

Me encogí de hombros.

—No necesito nada. Si queréis, dadme una sorpresa. Seguro que tú y mamá pensáis en algo bueno. —Me pilló volando bajo, agobiado. Tenía un huevo de cosas que estudiar—. Lo dejo a vuestra elección.

Alzó las cejas, se diría que estaba incluso impresionado. Asintió en silencio, dejó la puerta entornada y se fue. Yo no le di mayor importancia.

El martes por la mañana toda la familia vino a despertarme con un bollo de canela y una vela simbólica, el *Gratulerer med dagen** desafinado como solo los Thoresen Morán sabíamos cantarlo y el pobre Gorka, en segundo plano, flipando en colores.

Martina era la única con un regalo para mí. Rasgué con avidez el papel y sonreí, agradecido. Nunca fallaba. Eran unos auriculares de cancelación de ruido y me venían de perlas. Ni había pensado en ello.

—Son iguales a los míos, pero en negro, para que puedas aislarte también —dijo mientras buscaba las instrucciones para que los conectara con mi móvil—. Así no usas esos viejos, que no sé ni cómo funcionan.

—Son perfectos. Gracias, Tina. —Estaba feliz. Era un buen regalo.

Gorka me sorprendió con un libro. Joder, como si tuviera poco para leer.

—Es una biografía de San Ignacio de Loyola. —Cogí el librito, al menos no era muy grueso. La cubierta tenía un soldado a caballo, no parecía muy religioso—. Te sorprenderá, ya verás.

—Muchas gracias —respondí con educación. Lo hojeé con interés, pero creo que todos sabíamos que acabaría juntando polvo en la estantería.

* La canción del *Cumpleaños feliz*, en noruego.

—Vamos a desayunar. Nosotros te daremos nuestro regalo abajo —dijo mi madre, con tono enigmático. Mi padre esbozó una sonrisa misteriosa y la siguió fuera de la habitación.

Vaya... así que sí tendría regalo...

Nos sumergimos en la rutina de la mañana y más o menos en una hora nos sentamos a desayunar. No parecía inminente que fueran a sacar ningún paquete, así que me concentré en las tostadas y en el café mientras escuchábamos la radio, mis padres comentaban las noticias del iPad y nos pasábamos boles de fruta, la mantequilla o la miel.

—Hemos decidido que podéis mudaros al piso de Isidora Goyenechea —soltó mi padre de pronto, cual Enola Gay—. Los argumentos de Gorka para vivir solo y más cerca del San Lucas nos han hecho reflexionar. No son muy diferentes a los que vosotros habéis esgrimido desde el principio.

Martina y yo lo miramos como si fuera Papá Noel.

—Es un voto de confianza que papá y yo os regalamos —prosiguió mi madre con una sonrisa, al ver que todavía no terminábamos de creerlo—. Vemos cada día lo implicados que estáis en el estudio, las horas que le dedicáis. No está siendo fácil. Estar más cerca de la facultad lo hará un poquito menos complicado. —Estiró las manos por encima de la mesa y reclamó las nuestras con un gesto que ya conocíamos. Nos apresuramos a agarrar sus dedos con fuerza. Yo no lo podía creer—. Al menos tendréis una hora más para dormir.

—¡Wiiiiiiiiiiiii! —soltó Martina en un chillido agudo que nos perforó los tímpanos. Se levantó de la silla, que cayó al suelo de mármol blanco con estrépito, y se tiró al cuello de mi padre. Yo hice lo mismo con mi madre, pero un poco menos efusivo—. ¡Me pido la habitación de arriba!

—¡Eh! —dije, indignado con el adelantamiento por la derecha que acababa de hacerme la enana. Era la mejor habitación del dúplex con diferencia—. ¡Que el del cumpleaños soy yo!

Una propuesta

Orientación a los estudios médicos era una asignatura un poco abstracta. Todavía no tenía muy claro qué tenía que esperar de ella. En las ponencias magistrales nos habían hablado de la importancia del juramento hipocrático y nos habían dado un recorrido por la historia de la medicina a lo largo de los últimos dos mil años.

A partir de entonces, las clases no serían tales. Nos dividiríamos en los mismos grupos de cinco de las prácticas de Anatomía, y tendríamos una especie de mentorías para explorar nuestras inquietudes.

Todo sonaba muy bien, pero... ¿cuáles eran mis inquietudes? Llevábamos un mes en la facultad y me parecía un año más de bachillerato, solo que con menos recreo. Lo único que me daba cierta ilusión de dedicarme a la medicina era cuando diseccionábamos cadáveres en las prácticas de Anatomía.

—Hola, chicos —nos saludó Gorka cuando llegamos a la sala de seminario número cinco—. Poned las sillas en círculo, por favor.

Nos miramos unos a otros mientras nos colocábamos en las incómodas sillas con plataforma. Me senté frente a él y al lado de Magnus, llena de expectación.

—Soy Gorka Gorostiza, residente de primer año de cirugía cardiaca. Tengo veintiocho años y voy a ser vuestro tutor en Orientación a lo largo de este curso —explicó, con una sonrisa sencilla. Hizo un gesto que nos abarcaba a nosotros—. Me gustaría que, al margen de los contenidos que tenemos que pasar de la asignatura, estableciéramos un ambiente de confianza que nos permita hablar de nuestros sueños y nuestras aspiraciones. ¿Me contáis algo de vosotros?

Hicimos una ronda rápida de presentaciones. Lo típico: nombre, apellidos, edad, de qué colegio veníamos, de qué ciudad. A nosotros ya nos conocía, así que no nos explayamos mucho. Creo que en diez minutos hubo silencio de nuevo en la sala y lo miramos a la espera de que dirigiese la clase hacia alguna parte; al menos, a mí me parecía que iba a la deriva.

Aproveché para examinarlo mientras él tomaba unas notas con aspecto concentrado. Llevaba unos vaqueros oscuros, unas deportivas de color granate con las tiras blancas de Adidas y un jersey azul marino sobre una camisa azul claro. Me gustaba la manera en que la ropa se ceñía a su cuerpo, abrazándolo. Ahí estaba el gesto nervioso o de concentración, en el que sus dedos jugueteaban con la pequeña cruz. Alzó sus ojos oscuros y tensó solo un poco sus labios en una sonrisa tenue.

—¿Os dais cuenta de que no habéis dicho nada personal? Solo datos fríos que a nadie le importan y que seguro que ya sabíais —dijo con tono dulce. Nos echamos a reír, porque era verdad. Él ya tenía nuestras fichas estudiantiles—. Contadme algo vuestro, algo de dentro, pues. ¿Por qué estáis aquí? ¿Por qué queréis ser médicos? Rodrigo, venga. Empieza tú.

Se revolvió en la silla, un poco incómodo, y su sonrisa metalizada con *brackets* nos contagió con complicidad. Lo miramos con interés.

—Me gusta mucho la idea de salvar vidas, de hacer algo bueno por la gente —respondió con sencillez—. Nadie en mi familia es médico, y no sé muy bien de dónde me viene, pero siempre he sentido el deseo de ayudar a los demás. Es un poco tonto, un poco romántico —se puso rojo como la grana y Diego, a su lado, le dio un golpe amistoso en el brazo—, pero es la verdad. Necesito hacer algo y creo que la medicina me ofrece la oportunidad.

—No es ninguna tontería —aseguró Gorka—. «El amor se ha de poner más en las obras que en las palabras.» Esa necesidad de la que habla San Ignacio de Loyola, de hacer el bien, es vocación, Rodrigo, y se manifiesta de muchas maneras. ¿Alguien más se anima?

—Yo he vivido muy de cerca el alzhéimer de mi abuela. Murió el verano pasado y eso acabó de darme el empujón que necesitaba para decidirme —contó Graciela, con tristeza manifiesta. Se encogió de hombros y sonrió—. Me gustaría hacer geriatría y cuidar bien de los ancianos. Creo que se pueden hacer muchas cosas por ellos.

—¡Qué bonito, Graci! —exclamó Diego, con admiración. Todos sonreímos con aprobación. Me gustaba el enfoque que Gorka le había dado a las presentaciones, me permitía conocer un aspecto de mis compañeros que no me había molestado en indagar—. Yo reconozco que vengo de una familia de médicos desde hace generaciones. Mi bisabuelo, mi abuelo y mi padre lo son, y ahora lo seré yo. —Tomó el testigo con la naturalidad de saber que era su sitio, un poco como me sentía yo, así que entendí su postura a la perfección—. Dudé acerca de matricularme en la Universidad de Chile, porque era la facultad donde ellos habían estudiado y así seguir la tradición, pero mi padre me convenció de que la Internacional era mejor en estos tiempos, y aquí estoy. Me gustaría hacer medicina interna como ellos, eso sí.

Gorka asintió. También venía de una familia de larga tradición médica.

—Es algo muy común entre los estudiantes de Medicina continuar con una vocación familiar —dijo con una sonrisa evocadora. Seguro que pensaba en su padre en España, ya jubilado—. Está bien, siempre y cuando no sea condicionado y hayas tomado la decisión con libertad.

—¡Totalmente! —se indignó nuestro compañero—. Y mi trabajo me ha costado. No es fácil entrar a la Internacional. Este año las notas de corte para entrar se han ido muy elevadas, en parte por culpa de alumnos como Martina.

Me apretó con un dedo índice en el brazo con saña y yo me defendí con un golpe de mi estuche, entre risas. Ya había aprendido que se metía conmigo por mis calificaciones en broma. Era el primero en pedirme ayuda sin vacilar cuando tenía dudas.

—¿Y tú, Martina? ¿Por qué estás aquí?

Gorka me miró con una expresión inquisitiva; me sondeaba el alma con esos ojos líquidos, pero yo estaba preparada para responder esa pregunta desde que nací. Le devolví la mirada con seguridad.

—Porque es mi sitio. Porque tengo que estar. Estoy hecha para esto —afirmé sin vacilar. Giré la cabeza para ver si alguien ponía en duda mis palabras. Nadie se atrevió—. Desde que soy una niña, todo lo que he estudiado, todo lo que he aprendido, de manera consciente, me ha ido preparando para este momento... para entrar a la carrera y ser médica.

—Guau. Qué impresionante. Pero ¿qué sientes ahora que estás aquí?

Vaya.

Me descolocó un poco su pregunta.

Fruncí el ceño y me detuve un instante a pensarlo. Cuando por fin lo había conseguido, ¿qué sentía?

—Hum... frustración. No es lo que esperaba. Ni siquiera hemos entrado al hospital —dije con tono analítico. Él había preguntado, ¿no?—. Esto no es muy diferente de cualquier ingeniería: Física, Química, Cálculo, Estadística... ¡solo Anatomía y esta asignatura son un poco diferentes! ¿Cómo vamos a ser buenos médicos si ni siquiera sabemos lo que es un paciente? —Mi tono se elevó e hice un esfuerzo por controlarlo—. Y, por lo que me dicen los de segundo, para ellos tampoco mejora. Tengo una amiga en Enfermería que me ha contado que ellas ya han empezado a hacer pequeños procedimientos. —Me crucé de brazos y empecé a mover el pie con impaciencia, porque la contención se me acababa—. Y nosotros, ¿cuándo?

Cerré la boca de golpe al ver que mis compañeros me contemplaban desconcertados. Magnus reprimía las ganas de reírse, lo detecté en el brillo divertido de sus ojos azules. Gorka asentía, despacio, y tomaba notas con aires de psicólogo.

—¿Alguien comparte este sentimiento de frustración? ¿Magnus? Tú todavía no nos has dicho por qué estás aquí.

Todos se volvieron hacia él. Era curioso, porque fue el único reacio a decir lo que sentía. Los demás casi nos quitábamos la palabra de la boca los unos a los otros, ávidos por compartir esa parte de nosotros que tanto esfuerzo nos había costado. Magne hundió en la silla su metro noventa en un intento infructuoso de pasar desapercibido.

—Yo no sé muy bien por qué estoy aquí —acabó por soltar. Gorka lo miró con extrañeza y se oyó algún ronquido incrédulo—. ¡No lo tengo claro, joder! —se defendió.

—¿Por qué, Magnus? ¿Qué es lo que no tienes claro? —Gorka cambió de posición en la silla y lo miró con interés.

Mi hermano miró al techo unos segundos y emitió un suspiro. Estaba claro que no tenía ningunas ganas de contestar.

—Cuando salí del colegio, decidí cogerme un año sabático. Necesitaba pensar —empezó a explicar de mala gana—. Me fui de viaje. Trabajaba en lo que pillaba y mis padres me ayudaban también. Ver un poco la realidad del mundo me ayudó a saber lo que no quería hacer. —No aclaró qué era eso, pero, por la cara que puso, debió de ver cosas muy desagradables, porque sus ojos azules, llenos de luz, se velaron por unos segundos. No hablaba mucho de lo malo, aunque a mí me había contado que le robaron una vez en Moscú, y que le dieron una paliza y pasó una noche en una cárcel en Bagdad. Papá tuvo que intervenir—. Estuve un tiempo de limpiador en un ambulatorio en Calcuta y me gustó mucho lo que hacían los sanitarios allí. Eso me hizo pensar en que yo podría hacer lo mismo. —Sonrió con sus recuerdos, guardados en su memoria, reacio siempre a mostrar a los demás—. Pero no es igual el trabajo del médico que quemarse las pestañas estudiando durante diez o doce años para llegar hasta ahí. Eso es lo que me echa para atrás —confesó al fin.

—«Alcanza la excelencia y, después, compártela.» Si has leído el libro que te regalé, sabrás de lo que hablo —dijo Gorka, con el ceño fruncido y la expresión cargada de extrañeza ante las palabras de Magnus—. Ser médico conlleva una enorme responsabilidad. Hay que estudiar y estar muy seguro de lo que se hace antes de entrar en harina. —Yo solté un gemido. Lo que me faltaba, un predicador con el espíritu vikingo de mi padre—. Entiendo lo que tú y tu hermana sentís, que al final es lo mismo, expresado de manera distinta... pero primero hay que formarse, adquirir competencias, quemarse las pestañas estudiando, como tú dices. Después, cuando estéis preparados, entraréis al hospital.

—Yo sé que quiero ser médico. Sé que tengo madera —aseguró Magnus con convencimiento—, solo que no estoy muy seguro de si vale la pena el sacrificio para llegar hasta ahí.

Conversamos un poco más sobre aquel primer mes, la carga de estudio y el estrés, pero yo me desconecté de lo que hablaban. Para mí no era tal. Me gustaba estudiar, y de hecho había leído varios temas más allá de lo que correspondía. Estaba más preocupada por la mudanza del día siguiente, en que trasladaríamos parte de nuestras pertenencias al dúplex de Isidora Goyenechea, lo que significaba que Gorka también se marcharía al piso de mi madre en Las Lilas. Todo se había precipitado.

—Antes de marcharnos, me gustaría que leyerais este documento, aquí tenéis el enlace. —Volví a conectarme a la clase mientras Gorka repartía un par de hojas grapadas con unas pocas líneas impresas—. Tenéis las instrucciones para responder unas sencillas preguntas sobre lo que esperáis en los próximos meses de mí y de esta asignatura. —Cuando llegó delante de mí, sonrió levemente y yo sentí una bola de algodón, blandita y de color rosa, crecer en mi pecho.

Era viernes. Era la última hora. Todos estábamos agotados después de la sobrecarga de la semana y nos agolpamos frente a la puerta del seminario. Nos despedimos de Gorka un poco apresurados.

—¡Una cosa más! —Se echó a reír al ver nuestras caras impacientes. Diego ya se había ido, le daríamos el recado el lunes—. Si de verdad queréis hacer algo que se parezca un poco a la medicina real, podéis venir conmigo a hacer voluntariado al Hogar de Cristo.

Rodrigo y Graciela se marcharon. Sé que Magnus se quedó por esperarme, pero yo me metí de nuevo en la sala y lo miré con interés.

—¿Hogar de Cristo? ¿Qué es eso? ¿Un convento?

—No, Martina. Es una asociación de caridad que busca ayudar a los más necesitados. Forma parte de la Iglesia, fue fundada por la Compañía de Jesús —explicó con paciencia ante mi suspicacia más que manifiesta—. Entre sus muchas labores, hay un consultorio de medicina general y una sala cuna* para bebés y niños pequeños en el que echo una mano pasando consulta. Si queréis participar alguna vez, las puertas están abiertas.

—Pero ¿son pacientes de verdad?

—¿Qué van a ser, pues? ¿Pacientes de mentira? —replicó, divertido. Empezó a meter sus cosas en la mochila del ordenador y reprimió un bostezo tras el puño—. No tienen mucha complejidad. Vemos pacientes adultos en la hospedería** de Estación Central, y bebés de la sala cuna de La Pintana. Un par de manos más siempre son bienvenidas.

—¿Qué tendría que hacer?

Gorka me tocó la nariz con el índice y me dio un poco de rabia. Siempre me trataba como a una niña pequeña.

—Al principio, ver, oír, aprender y callar. Si vienes, trae la bata, el fonendoscopio y ganas. —Me empujó con suavidad para que abandonase la estancia delante de él y después cerró la puerta con llave—. Si cualquiera de vosotros quiere ir, avisadme con tiempo.

Quizá era la oportunidad que estaba esperando desde que empecé la carrera.

—Me lo pensaré.

* * *

Y empezó oficialmente el camino hacia nuestra independencia.

Llevaba toda la semana clasificando la ropa que me llevaría, así que no tardé demasiado en hacer las maletas. Aun así, mi padre me miró como si estuviera loca cuando hice el cuarto viaje escaleras abajo.

—Martina, hija, ¿no te parece que exageras? —Posó los ojos en

* En Chile se considera sala cuna, sinónimo de jardín de infancia, a todo establecimiento que reciba durante el día a niños y niñas desde los 84 días hasta la edad de su ingreso a la Educación General Básica.

** Servicios de hospedaje nocturno, alimentación y apoyo básico a personas en situación de calle. Funcionan como lugares de encuentro entre las personas más excluidas y los voluntarios individuales y grupales que desarrollan un trabajo solidario.

el equipaje alineado junto a la puerta que conducía al garaje, cuatro maletas grandes y una multitud de pequeñas mochilas y bolsas—. ¿Qué llevas ahí? ¿Tu cama? ¿El puf? ¿Los cojines?

—No había pensado en el puf. Leo mucho ahí. ¡Voy a buscarlo! —dije en serio, y mi padre me atajó por la cintura cuando me dirigía de nuevo arriba.

—No, no, no. El piso no necesita nada. Mira Magnus. ¡Una maleta y una mochila! —dijo con una sonrisa llena de orgullo al ver a mi hermano bajar con cara de interrogación—. ¿Eso es todo?

—Claro. ¿Qué más voy a necesitar? Si se me ha olvidado algo, ya vendré a por ello el próximo fin de semana. ¿Quién va con mamá y quién con papá?

Gorka fue en su propio coche, que ya le habían entregado. Después de una despedida un poco extraña, en la que lo abracé durante un largo rato porque me parecía raro no volver a estar con él después de haber compartido más de dos semanas durante veinticuatro horas siete días a la semana, por mucho que él fuera reservado y discreto en grado sumo, se marchó.

—Martina, lo veremos los fines de semana y en Orientación —comentó Magnus al verme la cara. Y eso que no dejé escapar ni una sola lágrima. Sin embargo, tenía el corazón apretado en una garra negra y helada muy desagradable... y olía muy fuerte a metal—. ¡No seas dramática! ¡Y nos vamos al ático! ¡La vida nos sonríe! ¡Alégrate!

El coche se alejó hacia el portalón de entrada y él me obligó a bailar entre sus brazos y a dar unas vueltas ridículas sobre mí misma. No me quedó otra que reír. Magnus era así. Le salía la vida a borbotones por la piel.

Nos llevó un rato descargar las maletas cuando llegamos. El apartamento estaba impecable gracias a Berta y, aunque fuera llovía con proporciones apocalípticas, el ambiente estaba caldeado, la iluminación era cálida y la decoración, moderna y funcional, de estilo noruego, toque de la tía Maia y el tío Corbyn, ideal. Sonreí al percibir el aroma del ambientador a azahar que usaba mi madre en todas nuestras casas. En adelante, sería nuestro hogar.

Pedimos comida china en el Danubio azul para celebrarlo y mi madre nos regaló una plantita de orquídea con una preciosa flor que pasó a adornar la mesa del salón como símbolo de nuestra nueva vida.

Tras un breve debate para adjudicarnos las habitaciones, en el que Magnus alegó que era el mayor y, además, mudarse había sido su regalo de cumpleaños, yo gané por mayoría absoluta con mis argumentos: la habitación de arriba no tenía puertas, se veía desde el piso de abajo y yo era mucho más ordenada y limpia. Además, la de abajo tenía puerta y pestillo, con lo que Magnus podría follar tranquilo cuando trajese a sus conquistas a casa, lo que suponía que era el motivo número uno de sus ansias de libertad.

¡Bien! Los dominios del segundo piso eran para mí.

Nos despedimos con un beso y un abrazo de mis padres, y nos dispusimos a tomar posesión de nuestro nuevo hogar. Magnus me ayudó a trasladar mis maletas a la segunda planta.

—Tú vas a acabar enseguida —dije al ver todo lo que yo tenía que hacer. Mi padre tenía razón, no debí traer tanta ropa.

—¿Esto? ¡Puede esperar! Voy a llamar a la tropa —contestó Magnus. Se tiró sobre mi cama con el móvil en manos libres—. ¿Many? Mañana inauguramos nuestra independencia. Ven con Tony. A las cuatro. Trae cervezas.

Y eso solo acababa de empezar.

El frasco maldito

Como todos los cambios en su rutina, la mudanza al dúplex alteró a mi hermana. Por unos días, fue convivir con la jodida niña del exorcista. Hubo algún momento en el que me planteé pedirle a mi madre un sedante, aunque quizá hubiera sido mejor hablar con el tío Juan y conseguir uno de esos dardos que les disparan a las fieras en el zoo. Yo adoraba a Martina, pero a veces se comportaba como una maldita chiflada.

—¡Magnus! ¡Magnus Thoresen Morán! ¡Vamos a llegar tarde! —gritó en plan hidra desde la puerta de entrada, con la mochila al hombro—. ¡Me voy sin ti!

Inhalé aire con serenidad y salí de la cocina con mi taza de café. Definitivamente, el dardo del zoo; con dosis para rinoceronte furioso.

—Tina, no son ni las ocho de la mañana. Las clases empiezan en media hora. Tardamos diez minutos en llegar —dije con toda la calma que fui capaz de reunir, pese a mis ganas de inyectarle el tranquilizante para animales—. Hay tiempo de sobra.

—¡No quiero llegar tarde! ¡No quiero que me quiten el sitio! ¡Mi sitio es al lado derecho de clase, no quiero cambiar de sitio! —Estaba muy alterada. Se rascaba los codos y se había puesto otra vez el gorro azul de nubes. Al menos ya hacía frío y estaba justificado—. Date prisa. ¡Date prisa! ¡Date prisa!

Identifiqué la hiperventilación y el tono agudo que se le ponía cuando empezaban sus ataques de ansiedad. Joder. Qué difícil era en ocasiones ser su hermano. Me bebí de un trago lo que quedaba del café y me limpié los labios con la manga. La abracé cuando de lo que tenía ganas era de que abriera la puta puerta y se fuera a la universidad mientras yo terminaba de desayunar en paz. La llevé entre mis brazos hacia el ascensor y pulsé la clave.

—Venga. Vámonos. Me pongo la cazadora, cojo la mochila y nos largamos.

—Gracias —dijo muy bajito—. Ya sé que soy una pesada, pero no quiero llegar tarde.

—No pasa nada.

Estuve a punto de preguntarle si prefería ir en bici en vez de a pie, pero el agobio reflejado en su rostro me hizo cerrar la boca. La seguí sin decir nada y, por supuesto, llegamos con mucha antelación. Para ella, eso era llegar a tiempo. Para mí, perder veinte minutos preciosos de mi vida.

Mi proyecto de celebración de fiesta de cumpleaños tendría que esperar. Quería hacer algo antes de que Many se marchara a España, pero ya no sería posible. Teníamos pensado despedirlo en el aeropuerto el sábado por la mañana, pero él se negaba en redondo; después de todo, nos reencontraríamos en Mallorca en vacaciones. Habría estado bien hacer algo especial, aprovechando que por fin teníamos el dúplex, pero no quería desestabilizar más a Martina. Tenía la sensación de que la cuerda estaba demasiado tensa y que en cualquier momento se rompería.

No atendí demasiado a la clase magistral de Anatomía, el café no se había cargado en mi sistema, y me sorprendió comprobar que mis compañeros se movían ya hacia el pabellón. Bajé para reunirme con Martina y los demás.

—¿Más tranquila?

Me sonrió y supe que así era. Se había quitado el gorro y eso siempre era buena señal. Graciela y el resto se agruparon con nosotros.

—Sí. Las clases me centran y me calman. Vamos.

Ya era rutinario y todos, hasta Rodrigo, nos habíamos acostumbrado al olor penetrante del formol y al aspecto tétrico de la sala. Tétrico para todos menos para Martina, que parecía hasta disfrutarlo. Solíamos bromear con que a lo mejor acababa siendo forense. Ella se reía, porque decía que no lo descartaba.

—Hoy nos toca práctica con láminas y muestras, no cadáver —anunció al ver la distribución de aquel día en el tablón. Estaba un poco decepcionada, porque era la que más tiempo le dedicaba al bisturí en la disección—. Tenemos que ir a buscar las muestras y los huesos numerados del veinte al cuarenta. ¿Quién viene conmigo?

Rodrigo y yo la acompañamos mientras Graciela y Diego se ocupaban de preparar la superficie de la gran mesa. En el grupo «Por Anato, mato», lo teníamos todo ya bien controlado. Martina empezó a pasarnos frascos de cristal con lóbulos pulmonares, segmentos aórticos y de vena cava y otros del sistema venoso del tórax para que los llevásemos a la mesa.

—*Fy, faen! Svarte helvete!* —Esos gritos en noruego solo podía haberlos soltado ella, pero fue en un tono agudo infernal tan intenso que Rodrigo se tapó los oídos a mi lado—. ¡Aaaaiiiiiissshhhhh! —El estallido del cristal contra el suelo asustó a todo el grupo. Mi hermana empezó a saltar hacia atrás como si el suelo quemara y acabó encaramada a la silla del ayudante, que la miró, perplejo.

—Alumna Thoresen, ¿se da cuenta de que ha dejado usted caer una valiosísima muestra de una vía bronquial? —preguntó, enfadado. Otro de los ayudantes se agachó y rescató la pieza, que goteaba formol—. ¿Se puede saber qué ha pasado para montar semejante escándalo? ¡Y haga el favor de bajarse de ahí!

Martina señalaba las estanterías con el dedo y los ojos grises abiertos en puro pánico.

—¡No! —gritó. Ante la mirada estupefacta del profesor, hizo un esfuerzo por controlarse—. No. No lo entiende, doctor. Está infestado, hay que llamar a Sanidad —dijo, con la respiración entrecortada.

—¿Qué, alumna? ¿Qué es lo que hay? —Se plantó delante de mi hermana con cara de pocos amigos, pero ella no estaba por la labor de bajarse de la silla y me acerqué, por si acaso. El ayudante se exponía a un peligro que no sabía calibrar.

—¡Cucarachas! ¡La estantería está llena de cucarachas! —exclamó con cara de haber visto una plaga bíblica y expresión aterrorizada. El doctor Guiraldes la miró, alucinado, luego echó un vistazo a la estantería y agarró entre sus dedos uno de los bicharracos—. ¡Puaj! ¡Qué asco! ¿Lo ve? ¡Hay una plaga!

Al ver que el profesor se acercaba a ella, se echó a llorar entre las risas de nuestros compañeros, se bajó de la silla y se escondió detrás de mi espalda. Martina tenía fobia a los insectos de todo tipo. Fobia de verdad. Una más entre sus tantas rarezas. Sentía una aversión especial por las avispas, porque era alérgica y casi se muere por una anafilaxia tras una picadura cuando era niña, pero ningún insecto le hacía gracia.

—¿Plaga? ¡Pero si solo son un par de cucarachas inofensivas! ¿No me diga que le dan miedo? —Se la acercó a la cara en plan broma, pero ella reaccionó con auténtico terror y esprintó hacia la salida—. ¡Pero si la he visto manejar los cadáveres sin ningún tipo de escrúpulo! ¿Y le dan pánico unos insectos? —El profesor soltó una carcajada inesperada y el pabellón entero rompió a reír.

La cuerda de Martina se rompió por fin. Abandonó la clase sin más.

Guiraldes lo tomó como una más de sus excentricidades y no le dio mayor importancia. Una vez más, sus altas calificaciones la protegían de sus comportamientos marcianos. Pero yo tuve que ir después de las prácticas a buscarla, y me costó sacarla de casa. Tuve que pedir refuerzos.

Estaba hecha un ovillo en la cama y envuelta en su mantita suave de color turquesa.

—Martina, tienes que volver a clase.

—¡No quiero volver a entrar nunca en la vida en esa sala! —lloriqueó.

—Tina... sé que no te gustan esos bichos, pero el doctor Guiraldes se ha asegurado de que ya no haya más cucarachas —dije con calma. Me entraron ganas de darle unos cuantos azotes en el culo—. Vamos. ¿Vas a perderte las clases de la tarde? Eso es muy irregular para ti.

—Déjame en paz. Quiero dormir.

Bajé a la cocina. Yo necesitaba comer. Papá y mamá habían dejado la nevera y las alacenas bien aprovisionadas y me hice un bocadillo. No me molesté en preguntar si ella quería algo, sabía que no probaría bocado. Mandé un wasap al grupo del núcleo.

Martina ha entrado en bucle. Está en la cama. Necesito ayuda y prefiero no llamar a mis padres.

Me bebí una Coca-Cola Zero de tres tragos. Yo también empezaba a ponerme nervioso. No me importaba cuidar de mi hermana, pero ella tenía que dejarse cuidar, joder.

Tony y yo estamos en El Arrayán, hemos venido a comer aquí.

Lena contestó la primera, con un emoticono de carita triste.

Le agradecí que fuese tan rápida. El resto todavía no había visto el mensaje. ¡Joder! Las clases empezaban en tres cuartos de hora. ¿Tendría que avisar a mamá?

Me comí el bocadillo de mala gana y pendiente del móvil. Subí a los diez minutos, cuando acabé. Mi hermana estaba frita, quizá solo era agotamiento. Los cambios en la rutina también la hacían dormir mal. Media hora para las clases.

Voy para allá.

Eso lo escribió Dana.

Cerré los ojos y suspiré con alivio. La caballería pesada acudía en mi ayuda. Menos mal.

Les habíamos dado a todos los de la tropa la clave de acceso a casa, pese a que mis padres nos habían dicho que era solo para la familia. Para nosotros, ellos lo eran.

—¿Dónde está? ¿Y qué ha pasado? —Me dio un beso rápido en la mejilla y el perfume dulce de diosa permaneció prendido a mi nariz cuando se alejó. Me quedé con las ganas de estrecharla contra mi cuerpo, pero ella venía centrada en su misión.

Le conté una versión resumida de lo sucedido con la cucaracha y el frasco de cristal. Su cara de asco me hizo reír.

—No me extraña que haya salido corriendo. Esa sala es un vertedero. ¡Cualquier día de estos aparecerán ratas! —soltó, envuelta en indignación. Subió las escaleras a toda prisa con su andar elástico y elegante—. Martina, princesa, despierta. Hay que ir a clase. Es casi la hora. Vamos.

—¿Dana? ¿Qué haces aquí? —Se incorporó, desorientada al ver a nuestra amiga allí. No le dio mucho margen para hacer otra cosa que no fuera salir de la cama, porque la empujó en dirección al baño. Yo las observaba desde el escritorio—. ¿Qué hora es?

—Faltan veinte minutos para las dos. Vamos, que no llegamos. Lávate la cara. —Salieron a los pocos minutos. Martina llevaba una coleta tirante, la cara húmeda y aspecto de desconcertada—. Seguro que no has comido nada. Venga, coge una fruta para el camino.

—Pero no quiero ir. Había cucarachas en el pabellón y era muy asqueroso.

—Sí. Y hay hambre en el mundo, y guerras... y pobreza, y prostitución infantil —replicó Adriana, sin piedad. Se detuvo en mitad de las escaleras y la miró cuando Martina quiso volver a su reino sagrado—. ¿Algún otro problema del primer mundo que te impida volver a tu carrera de Medicina en la Universidad Internacional, Martina Thoresen? Porque he venido hasta aquí a buscarte y yo preferiría no llegar tarde, si no te importa.

Dana tenía la cualidad de aterrizarte en la realidad de una sola y perfecta hostia. No hizo falta que mencionara su propia situación; mi hermana la conocía muy bien, y quedó flotando en el aire. Porque nuestra amiga tenía una beca que pagaba la mitad de su matrícula universitaria anual gracias a la excelencia académica, y a ella sí se le exigían ciertos parámetros de asistencia y mínimos de calificaciones. Se hizo a un lado y la invitó a bajar con un gesto de la mano. Martina descendió los escalones que faltaban sin protestar. Le estaba bien empleado.

Cuando subimos al ascensor, se aisló de nosotros con los auriculares, pero se comió el plátano que Adriana le había dado, con expresión enfurruñada.

—Gracias, Dana. A veces se me acaban las ideas cuando hace estas cosas. Sé que lo pasa mal, pero joder... —Me pasé la mano por la cara con cierta desesperación y la abracé en un gesto espontáneo—. Gracias.

Ella se echó a reír y se aferró a mi espalda. Me hizo gracia la manera en la que abría las palmas de las manos y las deslizaba por mis hombros. No era un abrazo amistoso. Era... un puto abrazo pornográfico. Me besó en el cuello y reapareció la tensión ombligo abajo. Cerré los ojos y me concentré. Agradecer a Dana el haberme ayudado con Martina. Dejar de pensar en follármela.

—De nada, Magne. Es mi mejor amiga, la conozco bien. Todos lo hacemos —le quitó importancia. Sonrió y hundió los dedos en mi pelo en una caricia que podría haber sido inocente en cualquier otra persona, pero en ella era una puñetera provocación, así que la agarré de la muñeca y sostuve su mano. La besé para disimular mi turbación y luego se la aparté. Me estaba poniendo malo con sus uñas en mi cuero cabelludo—. Estoy segura de que Many lo habría hecho igual que yo.

—No sé si ha visto el mensaje —dije, agradecido de ocupar mis manos en coger mi móvil. Tenerla cerca empezaba a suponerme un problema... grave. El día menos pensado se me irían a donde no debían—. Sí, mira. Dice que lo acaba de ver, que estaba estudiando en la cafetería.

—Está agobiado, tiene que hacer un examen el viernes antes de irse. Todo a última hora. —Me abrazó sin importarle que yo estuviera pendiente del móvil, me rodeó el cuello con los brazos y me estrechó contra su cuerpo. Cerré los ojos y exhalé despacio. «Calma, Magnus»—. Todos andamos un poco estresados. Sé que tú también. Martina es complicada y a ti te toca hacer de hermano mayor, y más ahora que vivís los dos solos.

—No me importa protegerla. Lo he hecho siempre y siempre lo haré.

—Lo sabemos, Magne, pero es mi amiga, y os quiero mucho a los dos. Si necesitas ayuda, como ha pasado hoy, puedes contar conmigo, ¿de acuerdo? —comentó con voz dulce. Buscó mis ojos con los suyos, su expresión era de preocupación. La estrujé con ganas. El sentimiento de amistad desplazó al deseo y la excitación. Me sentí aliviado—. Puedes contar con todos, ya lo sabes. Los pequeños andan más dispersos, y Many se va por unos meses, pero yo estoy aquí.

—Lo sé, joder. Gracias, Dana. —Estrellé mis labios sobre su frente y la besé mil veces. Se lo agradecí de corazón. No era fácil lidiar con Martina, y ella sabía llevarla muy bien.

—Magne...

—¿Qué?

—Me vas a romper una costilla —dijo, riendo.

—Oh, perdón.

La solté y nos reímos mientras salíamos a la recepción del complejo. Sacamos a Martina de su trance musical y apretamos el paso hacia la facultad. Eran diez minutos a buen paso. Mudarnos había sido maravilloso, al menos en lo que a desplazamientos se refería.

Un roce de dedos y una sonrisa cómplice fue todo lo que me quedó de Adriana cuando ella se marchó a su clase y nosotros, a la nuestra. A Martina se le habían calmado los monos, pero yo me quedé desazonado toda la tarde. Cuando Dana estaba cerca de mí, era un problema, pero sus ausencias empezaban a ser otro mucho peor.

* * *

Al final convencimos a Many y nos reunimos en casa para una merienda informal el viernes. No le gustaban las despedidas, estaba agotado por los preparativos y porque adelantó dos exámenes parciales antes de su marcha. Llegó al dúplex en estado de piltrafa, acompañado de Adriana.

—¿Quieres dormir un rato en mi cama? —ofreció Martina cuando llegó con un *pack* de latas de cervezas y una bolsa de supermercado con algo para picar—. No tenías que traer nada.

—No, Bambi. —Le dio un beso y chocamos puños a modo de saludo por encima de la barra americana—. Si me meto en la cama, creo que dormiré hasta el día del juicio final. ¿Y los pequeños?

—Vendrán un poco más tarde —dijo Dana, que colaboró con una botella de Lambrusco y unos aguacates—. ¿Quién me ayuda con el guacamole? ¿Magnus?

Pensaba que diría Martina, era su pinche habitual en temas de cocina, pero ¿era una impresión mía o en los últimos tiempos mostraba cierta fijación por mí?

—Vale, te echo una mano, aunque ya sabes que soy negado para estas cosas. —Solté un gruñido de protesta cuando empezó a mangonearme. Por otro lado, Martina estaba ocupada con boles y platos para poner las patatas y los frutos secos, y Many cortaba los quesos—. Los pequeños son los más listos. Siempre llegan a mesa puesta.

Nos sentamos a comer. En cuanto apoyé el culo en el asiento, entraron Tony y Lenucha. No fallaba, tenían el don de la oportunidad.

—¡No os levantéis! —dijo la muy caradura, que hizo la ronda de besos y se dejó caer en la silla con su desparpajo habitual—. Es genial que os hayáis venido a vivir aquí. ¡Está tan cerca del campus! —Suspiró con anhelo. Normal. Ella y Dana tenían algo más de una hora de ida por la mañana y otro tanto de vuelta por la tarde hasta Pirque. Se levantaban todos los días a las seis y llegaban siempre con el tiempo justo.

—Si algún día necesitáis quedaros, en el sofá se duerme de maravilla —les ofreció Martina, que me leyó el pensamiento. Iba a decirlo casi con las mismas palabras—. O en mi cama, que es enorme.

—O en la mía —añadí, y clavé los ojos en Adriana. Ella me lanzó un beso por el aire, soltó una risita y no me dio ni la hora. Ja, ja, ja.

—Many, ¿listo para el viaje? ¿Dónde vas a vivir en Madrid? ¿Qué plan de estudios hay allí? —desvió la atención Dana.

Nos contó, a grandes rasgos, lo que haría allí. No sería muy diferente del segundo curso de Medicina en Chile; las asignaturas eran parecidas y por eso se permitía la rotación. Después hablamos sobre nuestro encuentro en Mallorca para pasar nuestras vacaciones de invierno en el verano español, aunque no estaba muy claro quiénes irían y quiénes no.

—Nosotras no tenemos la economía Thoresen, Martina —comentó Lenucha, sin rodeos, cuando mi hermana empezó a presionar para que confirmasen su presencia. Ella quería que fuese el núcleo al completo—. Un viaje a España, aunque luego estemos en vuestra casa sin coste alguno, supone mucha pasta, y encima somos Dana y yo.

—Yo creo que no voy a ir —confesó Tony con expresión culpable. Lo miramos, alucinados. Mallorca era un caramelito muy apetecible y resultaba raro que todos pudiésemos ir al mismo tiempo; por tanto, aquel era nuestro año—. Mi grupo de Anatomía está organizando un viaje a las termas de Chillán, a esquiar, y creo que voy a apuntarme.

Martina abrió los ojos como platos.

—¡Tony! Llevamos planeando este viaje desde el verano pasado, ¡Many va a estar allí! ¿Y tú te desmarcas así como así? —replicó, indignada, la adalid del núcleo duro y sagrado, la defensora de la promesa de pureza e incorruptibilidad entre nosotros. Solo le faltó acusarlo de alta traición—. ¡Ingrato!

Nos concentramos en el picoteo y las bebidas mientras charlábamos de todo y nada hasta que Many empezó a bostezar más que hablar y nos dio pena de verdad. El avión salía al día siguiente, a las once de la mañana, y tenía que realizar el *check in* a las nueve. Se negó en redondo a que fuésemos a despedirlo al aeropuerto y le pasó a Tony las llaves del coche.

—Vámonos, tengo un millón de cosas que hacer todavía —dijo al tiempo que se estiraba cuan largo era. Lenucha y Martina se le pegaron cada una por un lado en modo dramático y él las estrechó entre sus brazos—. Ahora me hacéis caso, ahora que me voy. Y, antes, ¿qué?

—Antes te veíamos todos los días —contestó Lena con lógica aplastante—. ¡Ahora no te vamos a ver en tres meses!

—Tres meses es mucho tiempo. El núcleo se desmorona —añadió Martina, con tono de catástrofe inminente. Estaba rodeado de aspirantes al Óscar a mejor actriz.

—Oye, que yo estuve fuera un año y aquí todo el mundo sigue vivo, ¿eh? —me piqué, a ver si Many iba a ser de repente más importante que yo.

—¡Ya sabes a lo que me refiero!

No profundicé. Mi hermana lo había pasado fatal cuando yo me marché y no quise recordárselo. Mis padres tuvieron que hacer una intensa labor de contención.

—Bueno, bueno... —dijo Many, ya cansado de tanto teatro. Empezó una ronda de besos y abrazos rápidos. Se notaba que estaba hasta los huevos y tenía unas ojeras que le llegaban hasta los pómulos—. Chicos, de verdad, son solo tres meses.

—Pásalo genial... y protégete, no vayas a dejar Manuelitos sembrados por ahí —susurró Adriana cuando le tocó el turno. Él se echó a reír con ganas.

—Voy bien aprovisionado, no te preocupes. Tendré cuidado. —La besó en la frente, que era un gesto de cariño marca de fábrica entre nosotros. Me gustaba que fuéramos tan besucones, tan de piel. Incluso Martina, que solía ser brusca con todo el mundo, con los del núcleo se dejaba querer—. Tú no estudies demasiado. Y vigila a Magnus, que no se descarríe mucho.

—Lo haré.

Cuando llegó hasta mí, no dijimos nada, solo nos abrazamos. Hasta que nos crujieron las costillas; hasta que sentí un nudo en la garganta; hasta que se me encogió el corazón.

—Solo son tres meses —dije con la voz un poco trémula. Por si acaso, no hablé más. Él solo asintió.

Martina se quedó para el final. Tenía los morros fruncidos en un mohín enfadado y se rascaba los codos como una loca por encima del jersey. Many le sujetó las manos y le apretó los dedos.

—Bambi, oye, ¿vas a comer y a dormir y a mantener tus cosas raras al mínimo? —preguntó con tono serio. Ella se echó a reír.

—Sí.

—Ven aquí. Nos vemos en junio.

—En julio, en realidad —puntualizó ella. Many puso los ojos en blanco, pero no dijo nada mientras la abrazaba. Me hizo gracia ver cómo cogía la punta de su trenza y la hacía girar entre los dedos, en un gesto que me pareció de una intimidad curiosa.

—En vacaciones. Si quieres hablar, llámame, ¿de acuerdo?

—Sabes que odio hablar por teléfono. Me gusta verte la cara

—dijo Martina mientras escondía la suya en el hueco de la clavícula de él. Todos reímos mientras los rodeábamos.

—Yo solo lo digo por si acaso. —Acabamos por abrazarnos todos en un nudo de endorfinas y exaltación de la amistad. Permanecimos de ese modo un buen rato; aun así, después de soltarnos, Martina seguía en modo koala agarrada a él—. Bambi, tengo que irme. Bambi...

—Vale. Adiós.

Se desenganchó con un puchero fingido solo a medias.

Después de que todos se marcharan, se aisló en su habitación, encerrada en su burbuja de apuntes perfectos de mil colores y diagramas de Anatomía. Me metí en la cama, agotado. Después de semanas como aquella, me entraban ganas de mandársela de vuelta a mis padres por UPS o cualquier otro servicio de paquetería exprés.

La inauguración

Pobre Magnus. Pasó toda la semana muy nervioso porque estaba seguro de que me daría un ataque de pánico el día de su fiesta. Hasta había insinuado que quizá sería mejor que yo no asistiese y que me marchara esa tarde a casa de papá y mamá, pero no me la perdería por nada del mundo. Además, habíamos quedado en que sería algo manejable: algunos amigos del colegio, nuestro grupo de Anatomía, el núcleo duro y otros compañeros con los que Magnus se llevaba bien. En total, no más de veinte personas.

Para mí, resultaba todo un triunfo, porque había aprendido a lidiar con éxito el hecho de estar en un grupo cuatro veces mayor a lo habitual sin sufrir mis crisis de agorafobia. Además, estaríamos en casa. Me sentía segura. Y estaba convencida de que mi popularidad aumentaría varios enteros con aquella fiesta gracias a él.

Y vendría Gorka. Suspiré.

Me tiré en la cama y cerré los ojos mientras recordaba su voz grave y acariciadora en clase, su estilo envolvente de predicador, la sonrisa casi imperceptible. Su carisma me fascinaba, a pesar de las continuas alusiones a la religión, que yo intentaba rebatir. Además, estaba muy nerviosa porque el lunes siguiente iría por primera vez a la sala cuna de La Pintana, al Control del niño sano, fuera lo que fuese eso, lo que significaba que pasaría un poco más de tiempo con él. También me atraía su inteligencia; sus argumentos contundentes me dejaban muchas veces con la boca cerrada. Eso no me gustaba demasiado, pero a la vez me resultaba sexy.

En todo caso, como tenía muy claro que Gorka era platónico y que yo no sería para él nada más que una hermana pequeña, había invitado al único de la clase que parecía sentir un mínimo interés en mí y que no me tenía miedo: Denis Arellano. Se había mostrado muy halagado de ser el único del grupo A que iría a la fiesta de mi hermano. Y lo había invitado con un objetivo muy concreto: enrollarme con él. Lo tenía todo planificado.

—¡Hola, Martina! Guau. Este edificio es espectacular —dijo Denis cuando entró en el dúplex—. Había estado en la parte del hotel, pero nunca en la zona de residencias. ¿Y tu hermano? Lo saludo y luego vuelvo contigo.

Sonreí. Qué galante. La tarde prometía y yo me había esmerado en estar guapa, con un poco de ayuda de Dana; un poco, porque, si hubiese puesto en sus manos mi estilismo, habría dejado de ser yo para convertirme en Adriana Dos, y tampoco era plan.

El resto de la tropa y el grupo de Anatomía ya estaban distribuidos por los sofás de cuero blanco. Sonaba buena música, aunque un poco viejuna, tal y como le gustaba a Magnus. Sobre las mesas, embutidos, salmón, frutos secos... y vegetales cortados en tiras, porque Adriana había insistido. Había sillas dispuestas de manera estratégica. Me dio un poco de envidia comprobar por qué mi hermano era tan popular. Se movía entre todos con una sonrisa al tiempo que ofrecía bebidas. Siempre tenía una palabra amable para todo el mundo, y encima le salía natural.

Además, estaba guapísimo. No era porque fuese mi hermano, pero había heredado en la proporción perfecta los genes vikingos de papá y la dulzura y buen humor de mamá. Sabía que ya había llevado a más de una compañera a su habitación... y, a juzgar por las miraditas, había más de una candidata a acompañarlo aquella noche, aunque él se prodigaba con todos y todas por igual.

—He visto que también tenéis terraza. ¿Hay vistas a la cordillera? —me preguntó Denis cuando volvió a mi lado.

—Sí, hay unas vistas preciosas. Ven, te las enseño.

Lo cogí de la mano y empecé a maquinar un plan. «También hay una escalera que conduce al piso de arriba, ¿quieres ver mi habitación?» ¿Demasiado frontal? Me pareció un buen abordaje. Lo que sí me llamó la atención mientras llevaba a Denis fuera fue que, en el amplio espacio del *loft*, había más gente de la que Magnus me había dicho. Hice un cálculo rápido y me pareció que eran bastantes más personas, pero quizá lo había hecho mal.

Abrí el amplio ventanal de suelo a techo y el aire gélido de la cordillera nos golpeó. Me encogí ante la ráfaga inesperada de viento y Denis me protegió entre sus brazos. Perfecto. Yo le lancé mi mirada Bambi más desvalida, pese a que me agarró del cuello como si fuera a estrangularme en vez de cogerme de los hombros, pero bueno. Al menos su cuerpo era cálido y me proporcionaba protección.

—Ven. Rodea toda la mitad del edificio. Ahí tienes el Costanera Center y unas vistas del Sanhattan —comenté mientras señalaba con el índice los edificios emblemáticos de acero y cristal. Él soltó un murmullo de admiración mientras me apretaba del cuello. No era muy atinado en su afán conquistador. Acabé por dirigirle la mano hacia mi hombro en un ademán casual. Mucho mejor—. Y aquí... la cordillera. Aún no está muy nevada, pero en invierno, cuando ya está cubierta de blanco, es espectacular.

—Puedo imaginármelo. Espectacular —repitió, y volvió a enroscar su brazo en mi cuello y me giró hacia él. Al principio no entendí lo que quería hacer, hasta que me dio un beso rápido y algo tieso en los labios. Sonrió y me miró a los ojos—. Muy espectacular.

Sonreí, desconcertada. No se parecía en nada a los besos que me describía Adriana con sus parejas, húmedos, mullidos y esponjosos, que tenían que hacerte arder de pasión. Quizá era que me había pillado desprevenida, así que intenté relajarme cuando volvió a inclinarse hacia mí. Esa vez fue un poco mejor... no tan tieso, más blandito, aunque hizo un ruido raro, como de succión, que me provocó la risa. Me eché hacia atrás cuando intentó meterme la lengua entre los labios, más que nada porque me entró un poco de frío.

—Denis, ¿te parece bien que entremos? Con esto, estoy helada —dije mientras me frotaba los brazos. Llevaba un vestido de lana muy finita de cuello de cisne, corto por encima de las rodillas, de color negro, y *leggins* grises. Además, iba descalza al modo noruego, con lo que tenía los pies congelados. El hecho de que hubiésemos obligado a todos a descalzarse había generado una pequeña oleada de indignación.

—Sí, sí. Hace mucho frío. Vamos dentro. ¿No podemos ponernos un poco más cómodos tú y yo? —preguntó, con una expresión muy rara.

Vaya.

Yo no estaba acostumbrada a eso. Lo tenía donde quería. ¿Había conseguido seducirlo o era que él también me tenía ganas? Intenté desentrañar las señales de su expresión corporal y facial, y me pareció que estaba nervioso, ávido y con frío. Igual que yo. Y solté mi frase ensayada.

—También hay una escalera que conduce al piso de arriba, ¿quieres verlo?

—¿Estaremos más tranquilos? —Asentí, sin añadir nada más, porque solo había elaborado mi plan hasta ahí. Nunca creí que me atreviese a pronunciarlo—. Entonces, sí.

Entramos de la mano. La tenía sudada, pero no me importó. Aluciné, porque, en el poco rato que habíamos estado en la terraza, unos veinte minutos, el dúplex se había llenado de gente.

—Espera un momento, Denis —dije, preocupada. Conté con calma, esa vez de dos en dos, y lo dejé cuando llegué a cuarenta personas... y todavía había más gente en la cocina. Cacé a Magnus al vuelo, con cara de no estar demasiado contento—. ¡Magne!

—Martina. Lo sé. El boca a boca se ha ido un poco de las manos —se adelantó antes de que yo dijese nada—. Ha venido más gente del colegio de la que pensaba, y los de la facultad han venido con pareja o con amigos, ¡ya sabes cómo es!

—No. No sé cómo es. —Empecé a hiperventilar. La música estaba muy alta y me llevé las manos a las orejas—. Hay mucha gente. Dijimos veinte personas. ¡Hay más del doble!

Mi hermano soltó un gruñido exasperado y me abrazó.

—Martina, por favor. Te juro por todos los dioses del Valhalla que yo no tengo nada que ver con esto y que lo arreglaré, pero necesito que te controles, ¿de acuerdo? —Sus ojos azules destilaban ansiedad. Echó una mirada preocupada hacia las voces y las risas de los que bebían, comían y bailaban en el amplio espacio del *loft*—. ¿Puedes hacerlo? ¿Quieres que te envíe a Dana y a Lena para que vayan contigo a dar un paseo a la calle?

Recordé que Denis me esperaba y negué con energía. Podía hacerlo. Y así cumpliría mi misión. En cierto modo, era perfecto.

—Puedo hacerlo. Me voy con Denis a mi cuarto. Pon unas sillas para que nadie suba al piso de arriba, nada más —le pedí, después de inhalar y exhalar un par de veces con calma. Había estado cerca, pero cada vez llevaba mejor las multitudes en espacios cerrados. Dos meses yendo a clase con otras doscientas personas constituía un excelente entrenamiento—. No te preocupes por mí y disfruta de la fiesta. Pon la barricada y ya está.

Hasta le di un abrazo y un beso. Él se marchó con expresión sorprendida y una enorme sonrisa. Creo que estaba orgulloso de mí. Y, ¡qué demonios!, ¡yo estaba orgullosa de mí!

—Vamos, Denis. Subamos. —Tiré de él por la escalera de caracol de acero y metacrilato, pero él se quedó a medias—. ¿Qué pasa?

—¿Qué hace tu hermano cortándonos la retirada?

Me di la vuelta y me entró un ataque de risa al ver a Magnus instalar un parapeto de cojines gigantes en la escalera, pertenecientes a los muebles de terraza que, por supuesto, nadie usaría con ese frío.

—No te preocupes. Así nadie nos molestará.

Me devolvió una sonrisa cómplice y fue él quien me llevó hasta mi habitación. Cuando llegó a mis dominios, se quedó cohibido. Me generaba cierta incomodidad que mis compañeros se quedaran impresionados cuando nos encontrábamos por casualidad con mis padres o alguien mencionaba los millones de Industrias Thoresen. Por eso Magnus y yo éramos sencillos hasta el punto de, a veces, ser un poco descuidados. Sobre todo mi hermano, por ejemplo, a la hora de vestir.

Prueba de ello eran los agujeros de sus camisetas. Aunque eso también obedecía al amor injustificado que desarrollaba por algunas prendas adquiridas en sus viajes o con las que había tenido alguna vivencia especial. Mi madre a veces le tiraba alguna a la basura a sus espaldas y era un drama.

—¡Guau! —exclamó. Avanzó unos pasos y dio una vuelta sobre sí mismo para admirar mejor la enormidad de la estancia—. ¿Todo esto es tu cuarto? Qué pasada.

Cogió uno de los tomos del Latarjet de *Anatomía Humana,* que no llevaba a la facultad porque eran demasiado pesados, y se puso a ojearlo. Carraspeé para llamar su atención. Llevaba un buen rato sentada en la cama, más aburrida que una ostra.

—¿Por qué no lo lees aquí conmigo?

Me miró como si acabara de darse cuenta de que yo estaba allí. Sonreí, un poco desinflada, pero él se acercó con el enorme volumen entre las manos. Me dio por pensar que era un poco estúpido, más pendiente de los libros que de mí. Y luego la que no sabía tratar a la gente era yo. Le cogí el libro y busqué una fotografía que me había llamado mucho la atención.

—Mira, esta es una imagen de una tomografía por emisión de positrones de una mujer teniendo un orgasmo. ¿No es preciosa? —Señalé la explosión de colores que iluminaba el cerebro de la participante del estudio, similar a un estallido de fuegos artificiales—. Es muy gráfica, ¿verdad?

Él se echó a reír con ganas y yo con él. Creo que al menos conseguí un poco de interés por su parte.

—Pero qué rara eres, Thoresen. Solo tú podrías encontrar sexy esto. Dame el libro, por favor —pidió con educación. Se lo entregué y él lo dejó en una de las sillas Vasili que utilizaba a modo de mesillas de noche—. A mí me parece que tú eres mucho más sexy.

Vaya. Por fin. Me entraron ganas de aplaudir.

Se inclinó sobre mí y, al menos, no me pilló de sorpresa. Sonrió un instante antes de besarme, y yo lo recibí en mis labios con ganas de seguir donde lo habíamos dejado en la terraza, con ganas de avanzar y de explorar. Ya había besado antes a otros chicos, pero no tenía demasiada experiencia y quería ir más allá de un intercambio de babas. Moví mi boca para probar la suya, pero por un momento tuve la sensación de estar frente a un pez caliente. Glup, glup, glup. Lo malo de tener una imaginación tan vívida es que enseguida tu mente te traiciona con visualizaciones de lo más pintorescas sobre las situaciones que vives en un momento. Metió su lengua entre mis dientes y me eché a reír.

—Espera, vamos a ponernos cómodos —dije en un intento de reconducir la situación. Quizá tumbados sobre la cama nos iría mejor. Se oía la música a toda potencia procedente de abajo y le dediqué un pensamiento de cierta pena a mi hermano; estaba claro que había perdido el control de la fiesta, porque Magnus jamás habría puesto reguetón. Antes se arrancaría los tímpanos—. ¿Te parece bien?

Denis salió de una especie de sopor con los labios aún fruncidos con la forma de un beso y esbozó una sonrisa tonta.

—Claro. ¿Así está bien? —Me hizo gracia que me preguntara a mí. Se tumbó bocarriba, con las manos y las piernas muy rectas, y la mirada clavada en el techo. Exhaló con suavidad y volvió a sonreír—. Estoy un poco nervioso, perdón.

Me enterneció. A veces daba por sentado que los demás lo tenían más fácil y no tenía por qué ser cierto. Me tendí de lado junto a él y dibujé el óvalo de su rostro con un dedo. Era atractivo, pese a sus formas infantiles. Me dejé caer despacito sobre sus labios, sin asustarlo, y tomé las riendas del beso.

Sabía cómo era la mecánica, y resultaba agradable, pero no sentía nada de eso que Dana y Lenucha me habían explicado, aunque él sí parecía estar más entusiasmado, porque un pequeño gemido escapó de su garganta y sus manos viajaron a mi cintura. ¡Y me tocó un pecho! Fue un poco brusco, pero lo tomé como otro pequeño triunfo. Me desconcentré un poco de la técnica del beso, porque sentí cómo mi pezón se endurecía. El problema era que lo retorcía como si fuera una gominola de esas recubiertas de azúcar y me hizo un poco de daño.

—¿No te lo estás pasando bien? —preguntó desconcertado cuando acabé por apartarle la mano. Me di cuenta de que su bragueta abultaba de manera muy satisfactoria. El problema era yo, que no sentía nada.

—No. Lo siento —solté a la noruega. Llevaba un rato con la cabeza puesta en que quizá Gorka había llegado y yo me lo había perdido, o en que quizá mis padres estaban abajo. Y algo me decía que aquello no iba bien. Yo quería lo que sentían Adriana y Lena, no un pez—. ¿Te importa si bajamos?

—¿Me vas a dejar así? —Se señaló la entrepierna con expresión indignada, pero yo no entendí muy bien a qué se refería. Esperé para ver si elaboraba un poco más esa queja, pero solo levantó un poco las cejas, con gesto ofendido.

—Oh. —Creí entender lo que quería decir—. Te dejaré un poco de privacidad. Si quieres masturbarte tranquilo, el cuarto de baño está detrás de esa pared de ahí, la de gresites de color crema.

Me levanté de la cama y señalé el doble fondo tras el que se ocultaba el baño, que no siempre era muy intuitivo de ver, e hice un gesto de despedida con la mano. Lo cierto era que el follón que se oía procedente de abajo empezaba a preocuparme un poco. Él me miraba con la boca abierta y yo no sabía por qué. Cuando ya estaba por la mitad de las escaleras, un grito me sobresaltó.

—¡No eres rara, eres una maldita friki, Thoresen! ¡No he conocido a nadie más fría que tú! ¿Qué eres, la Virgen del Hielo?

Me llamó la atención la agresividad de su tono y la creatividad del insulto, pero lo cierto era que tenía asuntos más importantes de los que preocuparme. Mientras yo retozaba con Denis, la fiesta se había desmadrado. En serio. ¿De dónde había salido toda aquella gente? A algunos ni siquiera los conocía de vista.

Dejé de lado mi angustia para localizar a Magne y esquivé a chicos que bailaban, reían y bebían. Mis calcetines de andar por casa pisaron patatas fritas, entre otros alimentos esparcidos por el suelo. Me quedé pegada con alguna sustancia de origen desconocido. Qué asco. Descubrí a Magnus, con cara de furia de berserker,* al fondo del salón, con un cubo de basura en la mano. Su sonrisa de anfitrión perfecto había desaparecido, e intentaba despejar los muebles de botellines de cerveza.

—Magne, ¿qué ha pasado? Papá y mamá van a llegar en cual-

* Los guerreros vikingos más letales; se los distinguía por ir semidesnudos y vestidos con pieles de animales. Entraban en combate bajo cierto trance de perfil psicótico, a menudo bajo los efectos del alcohol, lo que los hacía casi insensibles al dolor.

quier momento —grité para hacerme oír por encima de la música estridente. Pobre. La fiesta moría de su propio éxito—. ¿Qué hacemos?

—Joder, no tengo ni idea. Adriana y Lena se han llevado a algunos a la terraza en un intento de despejar esta mierda, pero no soy capaz de echarlos. Dije que esto acababa a las once, pero son y cuarto y aquí nadie se pira. —El móvil vibró en su bolsillo y su nivel de agobio aumentó, pero en su rostro se reflejó el alivio—. Menos mal, es Gorka. Pensaba que eran papá y mamá. Está en la puerta, se ve que no oímos el timbre con el follón. ¿Puedes abrir tú, Martina? Voy a recoger un poco esto.

No hacía falta que me lo dijera dos veces. Casi corrí hacia la entrada.

—¡Hola, Gorka! —Lo abracé un poco efusiva de más, pero él me acogió con una sonrisa y con ese beso en la frente, como si fuera su hermana pequeña, que me encantaba y a la vez me dolía—. Esto está un poco descontrolado.

Avanzó hasta el vestíbulo y lanzó una mirada circular para valorar el panorama. Frunció el ceño e hizo un gesto de saludo a Magnus, que respondió con cara de circunstancias mientras se acercaba a nosotros.

—Y que lo digas, pues —soltó, preocupado—. Hola, Magne. ¿Qué ha pasado aquí? Creía que sería algo tranquilo.

—Yo también, Gorka. No sé muy bien qué ha ocurrido. Gente que invitó a gente que invitó a gente sin molestarse en preguntar. —Magnus estaba agobiado y enfadado. No era eso lo que había planeado. Un olor a tabaco llegó hasta nosotros y se apresuró a interceptar al sacrílego al que se le había ocurrido encender un cigarrillo en nuestra casa—. ¡Eh, joder! ¡He dicho que nada de fumar aquí! ¡Vete a la terraza!

Gorka estudió durante unos segundos más el panorama y negó con la cabeza. Por allí casi todos lo conocían, al menos los de primero y los del núcleo, que intentaban ayudar a Magnus en lo que podían. Tony tiraba de dos idiotas que se habían subido a los sofás de cuero blanco y se habían puesto a saltar; al menos estaban descalzos.

—Martina, ¿dónde está el equipo de sonido? Lo primero que vamos a hacer es quitar esta música del infierno —dijo, resuelto. Yo me pegué a él. Notaba que empezaba a angustiarme al ver la ansiedad de Magnus.

Lo llevé hasta el mueble del salón y le señalé el sistema Harman Kardon de última generación de mi padre, pero Gorka no se complicó la vida. Cogió el cable y lo desenchufó sin miramientos. El efecto anticlimático al cesar la música fue espectacular. Un silencio brusco se instaló en el *loft*.

—¡Eh! ¿Qué pasa con la música? —se quejó alguien, con la voz arrastrada por el alcohol.

Gorka avanzó hasta la mitad del salón. Su metro noventa y sus cien kilos de cuerpo masivo se impusieron a todos aquellos niñatos. Los más cercanos retrocedieron, intimidados, y eso que no hizo ningún aspaviento. Solo se cruzó de brazos y elevó la voz.

—Se acabó la fiesta. Todo el mundo a su casa. Magnus dijo a las once y son pasadas las once y media —ordenó sin rodeos. Cogió una de las bolsas de basura que se habían ido acumulando en la cocina y le hizo un nudo—. Y cogéis una bolsa y la bajáis al contenedor de vidrio para colaborar. Venga. Andando. Vosotros, que estáis calzados. —Señaló a un grupito de tres que estaba cerca de la entrada y puso en las manos de uno de ellos la bolsa. Los empujó con amabilidad, pero con firmeza, hacia la puerta—. Hala, pues. Coged las cazadoras.

—¡Pero si acabamos de llegar! —se atrevió a protestar uno.

—Mala suerte —contestó Gorka.

Abrió la puerta y esperó a que salieran. No la cerró.

Empezó la procesión de compañeros, y la montaña de zapatos de la entrada poco a poco se despejó. Dana, Tony y Lenucha se encargaron de limpiar el salón mientras Magnus y Gorka echaban a los más rezagados. Yo hice revisión de las habitaciones. Cuando subí a la mía, Denis ya se había ido. Reconozco que miré bien mi estantería por si faltaba algo y también eché un vistazo en el vestidor y en el cuarto de baño. Todo estaba en orden. Estiré la cama por costumbre y me eché a reír yo sola. Estaba claro que no había nacido para conquistar más que buenos registros académicos.

Mis padres llegaron en ese momento. La cara de mi padre se tiñó de un rojo purpúreo especial y la mano tranquilizadora de mi madre sobre su brazo no le pasó desapercibida a nadie. Las venas de su cuello se hincharon y su mirada azul se endureció.

—¿Qué demonios ha pasado? —preguntó, en tono bajo y letal.

Prefería mil veces los gritos que esa contención peligrosa que auguraba el proceso cerebral frío y calculador de un castigo elaborado. Menos mal que Gorka intercedió.

—Erik, yo estaba aquí. No ha sido culpa de Magnus, unos amigos han abierto la fiesta sin su consentimiento y la cosa se ha descontrolado un poco, pero ya ves que hemos podido pararlo a tiempo —explicó con una sonrisa condescendiente mientras pasaba un brazo por los hombros de mi hermano—. Cosas que pasan cuando eres joven, pues. Ahora terminamos de arreglar el desastre.

Mi padre bajó revoluciones. Su torso se ensanchó en un par de respiraciones profundas y acabó por cerrar los ojos unos segundos. Mi madre lo abrazó y lo besó, y empezó a dirigirnos mejor en las labores de limpieza.

—Magnus, ven aquí. Tú no vas a librarte con tanta facilidad —dijo cuando todos nos escabullimos de su mirada severa a recoger refrescos, restos de comida y pegotes esparcidos por el dúplex—. Se suponía que os dábamos un voto de confianza al dejaros esta casa. No has tardado ni un mes en montar un follón que se te ha ido de las manos. Queda terminantemente prohibido hacer fiestas aquí, ¿me has oído? —No alzó la voz ni hizo ningún gesto. Magnus bajó la mirada, y yo sabía lo mucho que le costaba someterse a la voluntad de mi padre en cosas como esa, en las que no creía tener una responsabilidad completa.

—Sí, papá. Lo entiendo.

Todos colaboramos en limpiar. Tardamos más de una hora en dejarlo todo presentable.

Cuando Magnus volvió a la cocina para bajar con Gorka el resto de las bolsas de basura, bien pasada la una de la madrugada, nos desplomamos todos en los sofás del salón.

—Os quedáis a dormir, ¿no? —dije mirando al núcleo. Todos asintieron, estaban derrengados.

—Gracias, chicos. —Magne estaba cariacontecido—. Siento que esto no haya resultado como había esperado. Siento la paliza de limpieza. Lo siento.

Gorka se echó a reír y se encogió de hombros. Se levantó del sofá con gesto cansado.

—Me habéis hecho sentir joven otra vez, pero ¿sabéis qué os digo?, que me alegro mucho ahora mismo de no tener diecinueve años. Me voy a casa, pues. —Nos besó a todos, incluido a mi padre, lo que me generó una ternura especial. Gorka de verdad había pasado a ser uno más de la familia—. Descansad.

—¿Qué hacemos, Inés? ¿Nos quedamos en el hotel? —tentó mi padre con una caricia sobre el muslo de mi madre. A veces me ponía nerviosa que hicieran esas cosas. Eran tan... explícitos. Ella negó con la cabeza y sonrió.

—Ni hablar. Vámonos a casa, grandullón. Yo conduzco.

Una inauguración por todo lo alto a punto de acabar en desastre. Adriana y yo intercambiamos una mirada rápida antes de subir a mi habitación. Había sostenido durante toda la conversación un cojín sobre dos quemaduras de cigarrillo en el cuero blanco maravilloso de uno de los carísimos sofás de Roche Bobois.

Bebé cochino

Se habló durante semanas de la fiesta de Magnus, pese al abrupto final, del que en realidad culparon a Gorka. La popularidad de mi hermano se elevó a la estratosfera; la mía, no tanto. De hecho, me pareció que un grupo de compañeros empezaba a mirarme de manera extraña. A mí me dio igual, estaba más que acostumbrada. Además, eran del grupo A, así que no tenía que relacionarme demasiado con ellos.

—¡Eh, Magnus! ¿Para cuándo la próxima fiesta en tu casa? Lo pasamos sensacional el viernes —dijo Rodrigo, entusiasmado. Inclinamos las cabezas en torno a la pantalla de su móvil y reímos con ganas al ver las fotos.

—Más adelante. Ya veremos —contestó con una sonrisa y sin comprometerse. Chico listo. ¿Para qué dar una negativa frontal? Tenía que aprender de él.

Durante las prácticas de Anatomía, no pararon de compartir anécdotas entre risas y susurros en cuanto el ayudante se daba la vuelta. Yo intenté concentrarme en la disección del pericardio y me di cuenta de que era el mismo abordaje quirúrgico que requería una cirugía de corazón, como en la que había contaminado a mi padre. La gran diferencia estaba en que el corazón no latía. Paciencia.

—Fijaos. Estas son las dos hojas del pericardio: visceral y parietal. Alumna Thoresen, diseccione el pericardio parietal y acceda a la cavidad cardiaca. Graciela, abra el campo con los separadores —ordenó el ayudante. Se sumergió en las explicaciones que yo ya me sabía de memoria. El corazón del ser humano; el motor de su existencia. Mi mente se evadió hacia otras cuestiones.

La eterna pregunta: ¿qué era más importante, el cerebro o el corazón? Sin duda, el comando central de nuestro cuerpo era el sistema nervioso central y, sin él, no existiría ni siquiera la definición de ser humano. Pero, por otro lado, si el corazón no latía, el cerebro no podría sobrevivir. Cuando había muerte cerebral, la bomba del cuerpo seguía funcionando infatigable y permitía, por ejemplo, que los órganos se conservaran para dar vida a otras vidas en los trasplantes.

—¡Alumna Thoresen! ¡Martina! —El ayudante elevó la voz para llamar mi atención y yo salí de mi trance—. Es suficiente. Tiene que dejar paso a sus compañeros. Vamos. Suelte el bisturí de una vez. Vaya a trabajar con las muestras en formol.

Mis compañeros se burlaron de mí con cariño y me empujaron para repasar las estructuras. Yo me separé del tórax abierto casi reticente, pero entendía que no podía acaparar. Magnus se acercó a mí y me dio un golpe leve con el hombro.

—¿Estás bien, Tina? Hoy te veo más marciana de lo habitual.

—Estoy bien. Solo un poco nerviosa. Hoy voy a la sala cuna con Gorka y no sé con qué me voy a encontrar —confesé, preocupada. Además, tenía que ir sola, porque Magnus se negaba a dedicarle más horas de las que ya empleaba en la facultad, y Gorka no sabía a ciencia cierta a qué hora saldría del quirófano—. No sé si llevarme el coche o ir en metro hasta La Pintana.

—Es un poco lejos... y es una zona un poco peligrosa. Pensaba que ibas a la hospedería de Estación Central —dijo Magnus. No le hizo ninguna gracia y me lo hizo saber con la expresión adusta que disparaban sus instintos protectores—. Llévate el coche.

—Pero en el metro puedo estudiar. Es una hora larga hasta allí y así aprovecho el tiempo —rebatí. A mí me parecía una buenísima opción—. A la vuelta, Gorka me acompañará a casa sin problema, pero a la ida tengo que arreglarme yo. ¡Ya tengo diecisiete años, Magne! —repliqué, un poco fastidiada. Me encantaba que ejerciera conmigo de hermano mayor, pero a veces era un pesado.

—De acuerdo. Solo ten cuidado, ¿vale? Agarra bien la mochila y ojo con el móvil y los cascos, que no te los vayan a robar —me advirtió. Solté una risita. Era igual a mi padre, aunque renegara de ello. Una fotocopia física y emocional.

Tuve suerte. Varios asientos libres me esperaban en el vagón en el que me subí en la estación de Tobalaba. Una vez hice el primer transbordo, a la línea 2, pude ponerme a leer tranquila mis apuntes.

Dos estaciones antes de llegar, guardé mis cosas, agarré bien mi mochila contra el pecho y me acerqué a la puerta para salir. Había aprendido hacía tiempo que eras más vulnerable a los tirones de los ladrones que pululaban por el metro de Santiago en las transiciones de entradas y salidas, en las escaleras y en los tornos. Me habían robado la mochila escolar un par de veces y, desde entonces, andaba con cien mil ojos. A Magnus no le pasaban esas cosas y me daba rabia. No solo era porque era un armario ropero. Era un chico.

Al salir, estaba oscuro. Los días se hacían cada vez más cortos y eso me deprimió un poco. Me consolé con el pensamiento de que en el círculo polar ártico pronto dejarían de tener horas de luz solar, aunque, por otro lado, ellos disfrutaban de auroras boreales. Suspiré. Odiaba esos meses de otoño, fríos y húmedos, en los que mi ánimo parecía languidecer igual que las hojas de los árboles caducos. Prefería el invierno, frío e implacable, pero con las montañas cargadas de nieve para esquiar. Ya casi estábamos en mayo.

Divisé los colores algo desvaídos de la pequeña escuela y apreté el paso. Aquella zona estaba bastante desangelada. No había ningún arbolito, solo cemento y edificios tristes de ventanas ciegas. La basura se amontonaba junto a los contenedores y aumentaba la sensación de abandono y dejadez. Santiago era próspera, vanguardista y avanzada... pero solo en algunas partes, de plaza Italia hacia arriba, y a mí a veces se me olvidaba.

—¡Buenas tardes! —saludé a voces, porque había una reja de hierro que me impedía el paso. Un guardia de seguridad se apresuró a abrirme con una sonrisa amable—. ¿El operativo de Control del niño sano del Hogar de Cristo? —pregunté, un poco intimidada al ver que una puerta tan carcelaria cerrase un recinto tan inocente como un jardín de infancia.

—Sí, señorita. Pase, adelante. Atraviese el patio y siga el griterío y el llanto —contestó mientras señalaba hacia el interior—. No tiene pérdida.

Caminé hacia donde me había indicado y me encantó. El patio tenía un círculo de arena rodeado de ruedas de coche semienterradas y pintadas de colores. Los columpios de madera eran viejos, pero alguien se ocupaba de mantenerlos, saltaba a la vista. Las cuerdas eran nuevas y de buena calidad. Seguro que Gorka estaba detrás de eso. Unos toboganes de hierro un poco antiguos, pero con la superficie bruñida, delataban que por ahí se deslizaban niños con frecuencia. Lo mejor era una enorme higuera que proporcionaba cobijo y calidez entre tanto hormigón. Me hizo sonreír.

—¡Ahí vienen refuerzos! ¿Qué es usted? ¿Enfermera? ¿Interna? ¿Estudiante de Enfermería? —me ametralló una mujer bajita y gruesa con bata blanca, ojos verdes muy despiertos y pinta de ser la jefa—. ¡Hable, niñita! ¡No se quede ahí parada, que tenemos mucho que hacer!

Abrí la boca, pero no fui capaz de articular ningún sonido. Allí había al menos cincuenta bebés de edades comprendidas entre un par de meses y un par de años, además de algunos niños mayores que jugaban a patada y torta limpia por ahí. Sus madres intentaban mantener el orden a grito pelado sin mucho éxito. Pero, sobre todo, me impresionó el olor... a cerrado, a comida pasada, a ceras escolares, a lejía barata y a carbón mal quemado.

—¿Puedo abrir la ventana para ventilar? —pregunté con toda mi buena intención.

—A ver. Usted, ¿cómo se llama? Yo soy Juanita Díaz, enfermera jefa del Hogar —dijo con los brazos en jarras. Creo que le sacaba veinte centímetros de altura.

—Soy Martina Thoresen, y soy alumna de Medicina —añadí al recordar su primera pregunta.

—¿Alumna de Medicina? ¡Pero si ustedes no sirven para nada

hasta que no llegan, como mínimo, a cuarto año! —Se echó las manos a la cabeza y yo omití la información que iba a decir a continuación, que era de primero—. ¿Qué hace usted aquí?

—Vengo de voluntaria con el doctor Gorka Gorostiza. Ayudaré en lo que pueda, aunque no sea muy útil. —Alcé el mentón, un poco ofendida. Estaba allí y quería colaborar—. Dígame qué hay que hacer y lo haré.

Pareció calibrar mi ofrecimiento con la mirada y asintió. Echó a andar y me hizo un gesto para que la siguiera.

—Muy bien, doctora Martina. Si la manda el doctor Gorka, es que para algo servirá. Venga por aquí. —Me llevó a una sala donde habían apartado juguetes y mesas para poner unos enormes plásticos en el suelo y unas bañeritas con agua caliente. La humedad y el vapor aumentaron la sensación de ahogo, pero al menos no había tanta gente, aunque los niños nunca habían supuesto un problema para mí. Me encantaban. Me entendía bien con ellos... o quizá era que ellos me entendían a mí—. Hoy tenemos una charla de aseo e higiene de los bebés. Enseñamos a las mamás algunos trucos para mantener en buenas condiciones la piel, las uñas y el pelo de sus hijos, y aprovechamos para controlar algunas parasitosis.

—Ah, qué bien.

¿Parasitosis? Un momento. ¿No se suponía que eran niños sanos? Me puse un poco nerviosa.

—¿Sabes reconocer sarna, piojos, hongos del pañal y de los pliegues? —Me miró con atención y yo me sentí como una completa inútil. Negué con la cabeza.

—No, pero aprendo rápido. Dígame qué hacer.

—¡Ay, Señor! —Miró al cielo y se santiguó tres veces muy rápido—. A ver si viene el doctor Gorka y se ocupa de ti, ¡que yo tengo mucho que hacer! Te vas a encargar de los piojos. Mira, ven aquí.

Me llevó a unas sillas minúsculas donde había una niña con un pelo negro precioso y liso, y unos ojitos almendrados y alegres.

—¿Ves algo raro en su pelo? Fíjate bien —dijo Juanita con una sonrisa pícara. Yo acerqué mis manos a la frondosa cabellera, pero ella me detuvo y me dio unos guantes de látex junto con un peine de púas largas, apretadas y finas—. Mejor usa esto. Y ponte la bata.

Busqué en algunos mechones con cuidado. Tenía unas gotitas blancas pegadas; costaba verlas, algunas eran más bien amarillas y otras verdosas.

—¿Se refiere a esto? ¿Son los huevos? —Sentí bastante asco, pero me contuve. La niña era una preciosidad y ella no tenía la culpa.

—Sí. ¿No ves nada más? Trae aquí.

Me arrebató de la mano la liendrera y la pasó sin demasiados miramientos por la melena de la pequeña desde la raíz.

¡Qué-as-co!

Un escalofrío me recorrió desde el cuero cabelludo, que empezó a picarme en ese preciso instante, hasta la planta de los pies. Unos piojos, no tan pequeños, se movían entre las púas metálicas del peine. Empecé a hiperventilar, porque se parecían un poco a las cucarachas, solo que de menor tamaño, pero Juanita no me dejó pensar demasiado en ello.

—Doctora Martina, aquí, en esta palangana, hay solución de permetrina. Tiene que impregnarle bien la cabeza a la niña y ponerle film transparente para que esté durante media hora con la solución —soltó con rapidez. Puso en mis manos una jeringa de veinte mililitros, un rollo de papel film, una toalla y una caja de guantes. Yo solo podía pensar en que me picaba la cabeza y en salir corriendo de allí—. Estos cuatro niños de aquí ya están revisados. Hay que ponérselo a sus madres también. A los padres les diremos que se rapen la cabeza, así es más rápido. Luego se les dará un papel con instrucciones de lo que tienen que hacer en la casa con sábanas y demás.

—Yo no soy doctora todavía —fue lo único que atiné a decir, era la segunda vez que me llamaba así, con mi bata blanca, mi fonendo turquesa iridiscente y mis brazos llenos de aquel operativo antipiojos.

—¿Está usted en la carrera de Medicina?

—Sí.

—¿Pretende usted acabar la carrera? —preguntó con un rastro de duda en sus ojos.

—¡Pues claro que sí! —contesté ofendida.

—Entonces es usted la doctora Martina. Apresúrese. Van a ser las seis y tenemos mucho que hacer.

Y ahí me quedé. La niñita me miró y sonrió con timidez.

—¿Cuántos años tienes? —pregunté, un poco brusca. Ella buscó a su mamá con los ojos, preocupada, y luego volvió a sonreír.

—Doctora, es sorda. Se llama Miranda. Nació así. Tiene dos años.

Vaya. Me pareció minúscula para tener esa edad, pero yo no sabía mucho de bebés. Primero le puse la loción a su madre, me pareció más fácil. La mujer se dejó hacer con docilidad. Reconocí en su ropa el olor a carbón que me había chocado al entrar y me pregunté cuántas de aquellas familias utilizarían todavía los braseros para calentarse durante el otoño y el invierno. En Chile era un método de calefacción muy común. Tragué saliva al recordar que todos los años había varias víctimas por inhalación de monóxido de carbono; entre ellas, siempre algún niño.

—Ahora tú, Miranda. Quieta, ¿de acuerdo? —Sonreí y la sujeté por los hombros en la sillita. Pareció entenderme, con aquellos ojos oscuros y maduros. Vio que le hacía lo mismo que a su madre y se quedó tranquila. Mientras irrigaba la solución de olor penetrante entre los mechones de su pelo, cogió uno de mis bolígrafos de colores, uno rosa fluorescente, y lo miró con fascinación. Como se portó muy bien, se lo regalé.

—Mil gracias, doctora —dijo la madre, con una felicidad que me pareció desproporcionada para el pequeño gesto que había tenido con su hija.

—¡Siguiente! —llamé, tras despedirme de ellas un poco desconcertada.

Llegó otra mamá con otra cría, algo más pequeña, que no se portó tan bien, pero tenía más bolígrafos fluorescentes y la tenté con que sería suyo si se estaba quieta. Conseguí ponerle la loción sin regar demasiado su ropa. Gorka llegó cuando envolvía su cabecita con el papel film en un turbante de princesa oriental. Al menos ese era el cuento que le contaba.

—¡Hola, Gorka!

—Veo que ya estás en plena faena. ¡Juanita!, ¿se ha portado bien Martina? —dijo en broma mientras se ponía la bata. Se arremangó y yo no pude evitar fijarme en sus antebrazos torneados y surcados por venas prominentes, por los que latía esa vida y esa fuerza que irradiaba. Intercambiamos un beso en la mejilla y tuve que arrancarme de su aroma a piel masculina.

—Haremos algo de ella, estoy segura. ¡Experta en piojos, por lo menos! —se burló la enfermera con una sonrisa, divertida. Me guiñó un ojo y sentó ante mí a la siguiente dupla de mamá y bebé.

—Vamos a ver... pero ¿tú tienes piojos? ¡Si eres muy chiquito! —Era un bebé en edad de gatear. No podía tener ni ocho meses. Sonrió y vi que solo tenía los dos dientecillos de abajo, y entonces me volví hacia Gorka, insegura—. ¿Esto no es tóxico para él?

—Tiene piojos. Grandes como cocodrilos. Bebé o no bebé, hay que quitárselos —intervino Juanita, implacable. Inmovilizó el pequeño cráneo entre sus manos e hizo caso omiso de los chillidos agudos de protesta. Atrapó entre sus dedos regordetes un ejemplar asqueroso y nos lo enseñó—. ¿Lo veis? Ponle la loción, doctora, o no servirá de nada que se la pongas a su madre.

—Hola.

Miré a la madre, atribulada. Empezaría por ella. Me di cuenta de que tenía mi edad, o tal vez un poco más joven.

—Hola. Ponte esta toalla en los hombros para no mancharte la ropa. Huele un poco mal, pero no escuece ni te hará daño —la informé para tranquilizarla de algún modo. Ella sonrió, apocada. Tenía cara de cansada—. Tienes poco pelo, así que terminaré pronto.

Me puse manos a la obra. Casi no la oí cuando ella me habló. Tuve que pedirle que me repitiera lo que había dicho.

—Fue por el pecho... por la lactancia del niño. Se me cayó mucho el pelo —dijo, y llevó una mirada cargada de amor a su retoño, tranquilo en sus brazos—. Ahora ya come puré y no se me cae tanto el pelo. Por eso tengo poco.

—Le pediré al doctor Gorostiza que te recete un complejo vitamínico para fortalecerlo.

Ella no contestó, pero se echó a reír. Yo seguí con mi trabajo. Cuántos peajes se cobraba el ser madre. Si ella tenía mi edad, habría estado embarazada en el colegio. ¿Habría terminado de estudiar? Sentí ganas de preguntárselo, pero la algarabía de gritos y llantos hacía imposible cualquier conversación. Su rostro, demacrado, delataba noches de insomnio, y su ropa, maltrecha, penurias que yo no era capaz ni siquiera de imaginar. Aun así, ella tenía el rastro de coquetería de pensar en su pelo, en ese momento plagado de piojos. A ella también le puse un turbante de princesa oriental.

—Ahora tu bebé. ¿Cómo se llama?

—Joel. Yo soy Jenny. ¿No es tóxico, verdad?

—Si el doctor Gorostiza dice que es seguro, es seguro —contesté sin vacilar.

El bebecito llevaba un traje de lana un poco sucio y decidí quitárselo. No quería estropearlo con la solución tan fuerte, que quizá dañara el tejido. Desabroché con cuidado los botones y descubrí un body manchado con restos de orina y heces en los bordes de las piernitas... pero lo peor era el olor... ácido, penetrante. Cerré los ojos con fuerza porque se me saltaron las lágrimas por aquel bebé.

—¿Tienes otro body? Este está un poco sucio —solté, sin poder evitar cierto reproche en mis palabras. Ella se echó a reír.

—¿Otro? No, doctora. Lo lavo cada noche, lo seco cerca del brasero y luego se lo pongo por la mañana de nuevo —explicó con sencillez. Dobló con cuidado la ropita de lana—. Por la noche le pongo un pijamita y, cuando hace mucho frío, se lo dejo puesto también de día, pero hoy no hacía falta.

—¿Tienes al menos otro pañal? —El que llevaba puesto Joel estaba pasado de caca y pis, y algo iba mal con sus ingles y su culito, porque los tenía de un color rojo que no era normal. Busqué a Gorka con la mirada; estaba rodeado de niños pequeños que reían y jugaban mientras él les ponía algo en sus manitas y en sus pies—. ¡Gorka! ¿Puedes venir, por favor? —Me hice oír por encima del follón y le hice un gesto impaciente con la mano enguantada. Lo llamé a él porque Juanita parecía estar hasta las cejas de trabajo mientras que él se lo pasaba pipa.

—¿Qué ocurre, chiquitina? —Odiaba que me llamara así, me hacía sentir como una niña pequeña, pero era una batalla perdida. Miré sus manos enguantadas tintadas de color azul y, por un momento, me desconcertó—. Es azul de metileno, para la sarna. Un remedio un poco antiguo, pero muy efectivo para los casos rebeldes y para ciertas áreas. ¿Qué pasa con este bebé?

¿Azul de metileno? ¿En serio? Encapsulé la información para analizarla más tarde y le enseñé el estado de los genitales del pobre Joel.

—No lo sé, pero algo aquí va mal. La piel está muy roja y llena de puntitos. Fíjate en el culo. —Le levanté los pies y expuse sus nalgas, en las que había un pegote de caca marrón—. ¿Tienes toallitas, Jenny?

—No, doctora. Lo lavo solo con agüita, y, si tengo, también con jabón. —Parecía aburrida con mis peticiones.

—Bien, Martina. Este bebé tiene una candidiasis del pañal. Hongos. Es bastante frecuente cuando hay cierta falta de higiene en los cambios de pañal —dijo para enseñarme a mí, pero yo sabía que también lo hacía para educar a su madre. La chica no se dio por aludida—. Jenny, ¿cuántas veces al día le cambias el pañal?

—Dos. Un pañal a la mañana y otro a la noche. No puedo cambiarle más, doctor.

Por primera vez, noté que el tono afectuoso de Gorka le generaba una intensa humillación. Jenny se puso roja y miró al suelo. Se apresuró a ponerle de nuevo el pañal sucio a su bebé, que, pese a todo, gorjeaba y reía, feliz. Al menos recibía amor... o eso quise pensar.

—Espera, Jenny. No pasa nada. ¿No quieres aprovechar para bañarlo con Juanita? Tenemos bañeras de agua caliente aquí al lado —ofreció Gorka con esa sonrisa humana, imperceptible, revestida de cierto dolor que algún día descubriría de dónde venía—. Seguro que alguna mamá te regalará un pañal. No pasa nada —repitió. Los ojos de Jenny brillaron con lágrimas de alivio, pero también de cierto resentimiento.

—Yo quiero darle lo mejor, doctor, pero no siempre se puede

—murmuró, con los dientes apretados—. Estoy sola y mi madre es muy mayor. No le llega la pensión para mantenernos a los tres.

—Nadie te juzga. Solo Dios sabe las condiciones que cada uno tiene en la intimidad de su hogar, Jenny —la consoló Gorka. La ayudó a incorporarse y ella se secó las lágrimas con un gesto que me impresionó, cargado de rabia—. Vamos. ¡Juanita! ¿Bañamos a este bebé?

Gorka tenía una voz que se alzaba sobre las demás con un tono perentorio, que hacía imposible no obedecer. La enfermera alzó la cabeza en un ademán divertido, como una gacela alerta, y zapateó los zuecos a toda prisa hacia nosotros.

—¡Ay, Señor! ¡Un bebé cochino! —Se santiguó una vez y lo cogió de los brazos de su madre. Lo abrazó con cariño contra su enorme pecho maternal. Lo dijo de tal manera que hasta Jenny se echó a reír—. Vamos a dejarte como un príncipe. Ven, mamá. Te voy a enseñar cómo bañar a tu bebé.

—¿No quieres aprender cómo bañar a los bebés? Te advierto que tiene su técnica —me ofreció Gorka, con una sonrisa, al ver que no me movía.

—No. Quiero ir a una farmacia. ¿Hay alguna cerca de aquí?

—Martina, Tina, chiquitina... Sé lo que pasa por tu cabecita ahora mismo. Sé lo que quieres hacer, pero no puedes resolver los problemas del mundo a golpe de talonario —dijo al tiempo que puso sus manazas sobre mis hombros. Pesaban una tonelada y su calor me confortó. Buscó mis ojos y me miró con intensidad—. Es mucho más valioso que estés aquí, echando una mano, que vengas de voluntaria. Y que vuelvas lo será todavía más.

—Mentira —rebatí, implacable, con una sonrisa triste—. Soy alumna de primero, Juanita lo ha dicho muy claro: no sirvo para nada. Y voy a volver, pero este bebé necesita pañales, un par de bodys, crema para los hongos. Jabón. —Eran cosas tan básicas que me entraron ganas de llorar—. Y no pretendo resolver nada a golpe de talonario. Solo quiero ayudar.

Me dispuse a decir algo un poco más contundente, pero la bola de pinchos se había instalado en mi garganta y no quería bajar de ahí. Alcé el mentón, más que nada porque así controlaba mejor las lágrimas que pugnaban por salir de mis ojos. Quería irme a casa. Me picaban los ojos por la permetrina y quería rascarme la cabeza. Pero primero tenía que ir a la maldita farmacia. Gorka suspiró y terminó por rendirse.

—Ven. Te acompañaré. No es muy conveniente que salgas sola por este barrio y a estas horas.

Caminamos hasta una farmacia no muy grande pero bien surtida. Tenía la persiana metálica bajada, pero, cuando le explicamos a lo que veníamos, nos dejó entrar y la volvió a bajar.

—Es por los robos. Suelo despachar solo con receta a partir de las ocho de la tarde —se disculpó la farmacéutica. Nos mostró unos cristales resquebrajados en el lateral del local—. Los del seguro vienen a cambiarlo esta semana. Son blindados y no pudieron echarlos abajo. Aun así, tratan de entrar a robar al menos una vez al mes.

Gorka y yo intercambiamos una mirada. ¡Qué difícil era la vida en algunas zonas de la capital!

Reconozco que me entusiasmé un poco. No pude evitarlo. ¡Había tantas cosas bonitas para bebés! Compré un paquete grande de pañales de la talla tres, que eran los que Joel llevaba, crema para la dermatitis, dos tubos de crema para la candidiasis del pañal, un par de pastillas de jabón neutro, una para la piel y otra para su ropa, una esponja. No había ropita, pero sí conseguí un *pack* de tres bodys blancos perfectos para él. Cuando iba a añadir un peine y un cepillito, Gorka me sujetó la mano.

—No, Martina. Su madre se va a ofender. Está bien que la ayudes con cosas que necesita, pero no compres chorradas —dijo con severidad.

Yo suspiré y tampoco me llevé el botecito de colonia. Sí cogí un tubo con un complejo vitamínico especial para el pelo de Jenny, aunque le conté una mentira piadosa a Gorka y le dije que era para mí.

Cuando volvimos, Juanita había mandado recoger todo el operativo. Tardamos casi una hora en ir y venir de la farmacia y me entró un poco de cargo de conciencia, pero, cuando le entregué a Jenny las dos bolsas y le expliqué lo que había dentro, su reacción me abrumó.

Me echó los brazos al cuello y me besó. Yo me quedé inmóvil, sin saber qué hacer, porque odiaba las muestras de afecto de desconocidos... y más aún de desconocidas que llevan una loción antipiojos y huelen a humo de carbón mal combustionado. Pero, a la vez, una esfera cálida de color rosa se instaló en mi pecho y me llenó de una alegría infinita. Era un sentimiento que no recordaba haber experimentado nunca y que no supe definir. ¿Era gratitud? ¡Pero si era Jenny quien me daba las gracias a mí! Miré a Gorka en busca de ayuda, pero él sonreía con una expresión parecida a la del orgullo.

—Bueno. Gracias a ti, Jenny. No te olvides de ponerle la crema sobre la piel bien limpia y seca cuatro veces al día, al menos durante dos semanas —repetí las instrucciones de él respecto a la candidiasis del pañal—. Espero que no vuelvan los piojos. En una semana hay que repetir el tratamiento.

—Gracias, doctora. ¡Dios la bendiga!

Me chirrió más todavía aquello que el abrazo, las lágrimas y el bebé cochino. Para mí todo aquello no tenía nada que ver con Dios.

Pensé en ello mientras íbamos de vuelta a casa en el metro. No era capaz de estudiar, así que intenté analizarlo. ¿Por qué Dios? ¿Acaso había algo más humano que la enfermedad? Gorka leía un librito, *Los ejercicios espirituales de San Ignacio de Loyola*. ¡Qué fijación tenía con el famoso Nacho! Pero quizá él podría responder a mi pregunta.

—Oye, Gorka, ¿qué relación tiene para ti la medicina con Dios?

Él me miró unos segundos, sorprendido, y dejó caer de sus labios esa sonrisa tenue que yo ya amaba.

—Muy fácil, chiquitina. «En todo, amar y servir.» Si esa es la máxima aspiración del hombre, el mandato de Dios que todos debemos seguir, ¿qué mejor manera de amar y servir que la medicina?

No le pregunté de quién era la frase, porque ya se la había oído decir varias veces. Asentí en silencio y analicé sus palabras... pero no. Para mí no era un acto de amor; de servicio, sí, tal vez lo era. Pero se trataba de superación, de triunfo. Y era de la humanidad y la ciencia sobre la enfermedad y la muerte. No tenía nada que ver con Dios. En mi concepción de la realidad cabían la pobreza y la injusticia, porque el mundo estaba regido por seres humanos y para seres humanos. Si era Dios quien llevaba la batuta, ¿por qué permitía injusticias tan dolorosas como la pobreza de Jenny y Joel?

El reino del hielo

Los parciales fueron la primera hostia de realidad para mí, el primer momento en el que pensé que quizá no podría con la carrera. Había llevado el estudio con más o menos dignidad y no tenía malas notas, solo mediocres, incluso contaba con algún sobresaliente. Pero con la llegada de mayo teníamos exámenes con los contenidos de dos meses de todas y cada una de las asignaturas, y empecé a agobiarme.

Martina, que lo llevaba todo al día con disciplina, no tenía de qué preocuparse; yo sí. Si querías eximirte de alguno de los finales, tenías que sacar sobresaliente en el parcial... y yo iba de culo y cuesta abajo.

Quedamos para estudiar Anatomía en La Cafeta. La tensión se palpaba en el ambiente. Grupos de cuatro, seis, incluso diez novatos se reunían en torno a las mesas de la cafetería, huyendo del frío del campus, para repasar. Dana nos lo había advertido, que el viejo Guiraldes apretaba en ese momento y aflojaba en el final para no hacerte sufrir antes de las vacaciones de invierno. Yo casi hubiera preferido que fuera al revés.

—¿Y mi hermana? —pregunté al llegar con los míos y ver que ella no estaba.

—Está aislada a su bola por allí, en el rincón. Dice que vamos muy lentos y le da el ataque. Preferimos que sea así, Magne. Cuando le funciona el cerebro a toda leche, se pone inaguantable —contestó Rodrigo, con un gesto nervioso y algo culpable. Luego siguió sumergido en preguntas y respuestas rápidas en las tarjetas de repaso que, por cierto, eran idea y elaboración de Martina—. ¿Comes algo y te unes?

—Ahora vengo.

Divisé el pelo rubio claro de mi hermana. Sonreí al ver su mirada espacial, brillante por la concentración. Murmuraba a toda velocidad, así que estaba memorizando algo. Me vio sin verme, como si mirase a través de mí, y tardó varios segundos en darse cuenta de que era yo.

—Hola, Magne. Creo que los he hartado. Pero, por otro lado, casi prefiero estudiar sola. —Se encogió de hombros y señaló un sitio a su lado. Martina pasaba demasiado tiempo sola en la universidad y eso me preocupaba un poco. Pero, bueno, en ese momento no podía arreglarlo; lo hablaría con papá y mamá—. ¿Has comido algo? ¿Has traído el táper?

Negué con la cabeza, fastidiado. En los últimos días se me pegaban las sábanas y salía siempre con la hora justa. Martina solía prepararme la comida, no le importaba, pero yo tenía que acordarme de, al menos, meterla en la puta mochila.

—Voy un momento a pedir un churrasco con aguacate y queso. ¿Tú quieres algo?

—*Nein, takk.**

Me puse a la cola, siempre petada de alumnos, y no hice nada por socializar. En mi mente, intenté hacer una distribución racional del tiempo que quedaba de semana para sacarle el máximo jugo y enfrentar los exámenes, que empezaban la siguiente, lo más preparado posible. Martina había hecho eso un mes atrás. Corrección: lo llevaba haciendo desde el día uno que empezó la universidad.

—Me he arrepentido. ¡Necesito cafeína! —Me sobresaltó como una aparición a mi lado, llena de luz. No tuve otra que soltar una carcajada. Llevaba un vestido gris clarito con flores rosas, un jersey con botones, desabrochado y largo, y las botas australianas calentitas que tanto le gustaban y que le robaba a mamá. Le di un abrazo,

* «No, gracias», en noruego.

porque, marciana o no, era el bebé que siempre me daba alegría—. ¡Pídeme una Coca Zero!

Esperamos mi pedido juntos y volvimos a la mesa donde estaban sus cosas. Mientras yo me zampaba el bocadillo de carne con aguacate y queso, ella se sirvió el refresco y volvió a sacar sus cosas de la mochila.

—Qué raro —dijo preocupada—. Mi cuaderno de apuntes no está.

—Mira bien. Seguro que lo encuentras por ahí —contesté con la boca llena. No hay nada más satisfactorio que una buena panzada de proteínas, hidratos y grasas en su justa medida.

—No. No está. Dejé mis cascos, el estuche, el Netter y el Cunningham para repasar junto con el cuaderno, ya sabes... el Clairefontaine turquesa, y ha desaparecido. —Empezó a buscar en las sillas de al lado, en el suelo, en las mesas—. ¿Habéis visto un cuaderno como este pero color turquesa y más grande, tamaño Din-A4?

Repitió la pregunta por toda la cafetería. Yo la ayudé. Llegó el momento de irnos a clase y me vi en la obligación de enfrentarla a la verdad que yo supe desde que me dijo que le había desaparecido el puto cuaderno. Ella quería preguntárselo a los camareros, y que tomaran nota por si alguien lo encontraba y lo dejaba allí, pero la retuve y envolví su rostro entre mis manos.

—Eh, Martina. ¡Tina! Escúchame.

—Espera. Tengo que recuperarlo. Son mis apuntes. He trabajado muy duro en ellos, les he dedicado muchas horas, Magne —dijo angustiada. Intentó fugarse, pero yo la atrapé y la obligué a mirarme a los ojos—. Por favor.

—Martina. Te han robado los apuntes. ¡Te los han robado!

—¡No!

—Te los han robado por eso mismo, porque están currados con todo detalle, tienen todas las perlitas de Guiraldes y tú lo bordas en Anatomía, hermanita —solté de golpe, a la noruega. Era la única manera de que lo entendiera. Me dio una pena atroz—. Lo siento, pequeña. Es el precio a pagar por ser la mejor.

—¡Pero ¿por qué?! ¡Si yo se los presto a cualquiera que me

los pida! —Se quedó inmóvil un momento y parpadeó varias veces, desconcertada. Empezó a rascarse los codos y yo blasfemé en todos los idiomas conocidos, porque hacía semanas que no la veía hacer ese gesto nervioso—. ¿Por qué me quieren robar?

—Creo que lo que quieren no es robarte, quieren... fastidiarte. Vamos. Llegaremos tarde a clase. —Tiré de su mano y la arrastré hacia el aula magna mientras ella intentaba analizar la información que le había dado.

Y eso no fue todo. Alguien, o más bien algunos, la tenían tomada con mi hermana. Desaparecieron todos sus apuntes en dos días, no solo los de Anatomía. Tuvo que seguir estudiando de copias de sus propias fotocopias. Sin embargo, lo peor fue lo que ocurrió el jueves después de Cálculo, y ni siquiera lo vi venir.

* * *

La culpa la tuve yo, andaba con la guardia baja. Me desconcertaba que me hubieran robado los apuntes. Si hubiera tenido más tiempo, los habría pasado a limpio. Todos. Pero los parciales eran en una semana y tenía que estudiar. Supongo que fue una de esas adversidades que forjan el carácter, como decía mi padre.

—Martina, se necesita ayuda en el pabellón de Anatomía —dijo un compañero, no presté atención a quién—. Pregunta el doctor Guiraldes si puedes bajar.

Tenía que recuperar puntos después del episodio de las cucarachas y tras haberme cargado el frasco de la pieza con el árbol bronquial, así que, sin pensármelo, fui para allá. El pabellón estaba abierto y las luces encendidas al fondo me indicaron dónde debían estar. Me entusiasmé, porque era una zona en la que no se nos solía permitir la entrada. Las cámaras frigoríficas donde se guardaban los cadáveres estaban vetadas a los alumnos, no entendía muy bien por qué.

—Buenas tardes, alumna Thoresen. Muchas gracias por ofrecerse a ayudar. ¿Puede entrar, por favor, a la cámara y echarnos una mano? —dijo una voz oculta que me pareció conocida, quizá de uno de los ayudantes, pero el techo abovedado distorsionaba el sonido, amplificando el tono grave.

—Claro, sin problema.

La pesada puerta de acero estaba entreabierta y tiré. Qué raro. Allí no había nadie. Abrí un poco más y me asomé. Me pudo la curiosidad, ahí radicó mi error.

—¡Bienvenida a tu reino del hielo, Martina Frozen! —oí la voz de Denis Arellano detrás de mí, al tiempo que recibí un empujón que me hizo caer de rodillas en el interior refrigerado y con un penetrante olor a antiséptico. La puerta se cerró, con los retazos de unas carcajadas triunfantes.

Y ahí me quedé.

Me puse de pie en la oscuridad. Me froté las rodillas sin hacer demasiado caso al dolor por el choque de mis rótulas contra el suelo. Al menos llevaba vaqueros, pero sabía que en un par de días me saldría un moratón en las dos. Me sacudí las manos, el sitio estaba impecable, así que no me encontraría cucarachas ni ningún insecto, y aquello me reconfortó. No tenía miedo. Si pensaban que encerrarme allí me generaría algún tipo de pánico, se habían equivocado. El problema principal sería el frío, al menos pasado un rato. La cámara estaba a cuatro grados centígrados y yo llevaba un jersey de lana merina de cuello vuelto, pero no cazadora. Al menos los pies los tenía calientes, con mis botas Ugg.

—Soy idiota —solté en voz alta.

Si alguno de los espíritus de los cadáveres que descansaban allí pudiese oírme, seguro que estaría de acuerdo conmigo. Me quedé quieta durante unos largos minutos, y me froté los brazos. Menos mal que aguantaba bien las bajas temperaturas.

Agradecí que mis compañeros me conocieran tan poco. Hubiera sido mucho peor que me empujaran dentro de un bar pequeño lleno de gente, por ejemplo, o en un supermercado. Los odiaba. En Navidades evitaba ir de compras; lo encargaba todo por Internet o iba a los mercadillos al aire libre.

Mis ojos, poco a poco, se acostumbraron a la oscuridad y descubrí que cerca de la puerta había unos indicadores de temperatura y humedad que iluminaban, aunque de manera tenue, la entrada a la cámara. Me acerqué. Tenía que haber algún mecanismo de apertura de seguridad... por si alguien se quedaba encerrado por accidente, claro.

Tardé un par de minutos en encontrarlo, porque no era muy intuitivo, y otro par más en accionarlo, porque estaba muy duro y yo no tenía fuerzas, pero acabé por dar con el pestillo vertical que se empujaba con el pie. La puerta se abrió y una bocanada de aire caliente y húmedo, con un desagradable olor a formol, me golpeó. Qué curioso. Era peor el ambiente fuera que en el interior de la cámara.

Primer obstáculo superado, pero aún me quedaba salir del pabellón, y no tuve tanta suerte. La vetusta puerta de madera estaba cerrada con llave y, por mucho que la aporreé, grité y pataleé, no logré abrirla y nadie me oyó.

Vaya.

Me agobié, en aquel momento sí, porque era oficial que estaba encerrada y no me gusta nada nada estar en sitios de los que no puedo salir. Al menos pude encender las luces. Di una vuelta de reconocimiento. Había una salida de emergencia, pero, por supuesto, la barra antipánico estaba bloqueada.

Me dio rabia, porque, una vez más, tenía que esperar a que Magnus me rescatase. Arrastré una de las sillas que usaban los ayudantes hasta la puerta, cogí las láminas de tórax y me puse a estudiar mientras luchaba por mantener a raya el pánico.

* * *

—La mochila y la cazadora están aquí, no se ha ido a ninguna parte, de eso estoy seguro —dije, frenético. Llevábamos más de una hora buscando a Martina, y se acercaba el momento de tener que avisar a mis padres. Dana me miró, preocupada. Yo no sabía muy bien qué hacer—. Lleva unos días jodidos. No. Llevan puteándola toda la semana y no entiendo el motivo.

Me senté en el sitio donde ella solía estar, en un intento de ponerme en su piel. Joder. Su vida era a veces un puto infierno. ¿Por qué no la dejaban en paz? ¡No le hacía daño a nadie!

—¿Por qué? ¿Qué le han hecho? ¿Por qué no me ha dicho nada? —preguntó Dana, escandalizada—. ¡Magne! —Me quitó las manos de la cara y me miró a los ojos—. ¿Qué ha pasado?

—Le han robado todos los apuntes... de todas las asignaturas. Y ella no entiende por qué. Se los presta a quien se los pida y da clases de apoyo a todo el mundo —añadí, cabreado. Dana chasqueó la lengua y me confortó con un masaje sobre los hombros—. Y ese es el puto problema. No se da cuenta de que se aprovechan de ella.

—Martina tiene que empezar a sacar las garras. Igual esto le sirve de lección —comentó ella, pensativa.

Y quizá tenía razón.

La buscamos por el campus durante una hora y llegó el momento de aceptarlo. Mi nivel de angustia se acercaba a niveles de Martina, y Adriana tomó la iniciativa y llamó a mamá. Menos mal, porque estaban a punto de marcharse del San Lucas, y yo, a punto de echarme a llorar.

Cuando mis padres aparecieron en la puerta de la Facultad de Medicina, como si fuera un puto niño pequeño, me tiré a sus brazos.

—No sé dónde está. Hace dos horas que la perdí de vista, justo después de la clase de Cálculo, pero sus cosas están aquí —ametrallé a toda prisa, con angustia. Mis padres besaron a Dana, que me cogió de la mano y ya no me soltó. Tuve que hacer un esfuerzo por controlar mi tono de voz—. He preguntado a mis compañeros, y solo me han dicho que la habían llamado para ayudar en algo, pero nadie sabía en qué. La he esperado en clase, pero no ha vuelto. La he buscado con Dana por todo el campus. Y, finalmente, ella os ha llamado.

—Has hecho bien, Adriana. La próxima vez, no esperéis tanto tiempo. Tranquilo, Magnus, hijo —dijo mi padre, que atrapó mi cuello con fuerza entre sus manos, apoyó su frente en la mía y me clavó sus ojos con intensidad—. Tranquilo. Todo está bien. La encontraremos enseguida. Tranquilo.

La seguridad con la que mi padre lo afirmó me generó una calma infinita. Mi madre me abrazó por un lado y Adriana por otro y me contuvieron entre las dos. Yo ya no podía hablar.

—¿Te fijaste en si Martina llevaba en la muñeca su reloj deportivo? —preguntó papá mientras sacaba su móvil, un iPhone de última generación al que ya le tenía echado el ojo para cuando lo cambiara.

—Sí, claro. Siempre lo lleva puesto, le tiene mucho cariño. —Mis padres se lo habían regalado por su décimo quinto cumpleaños y lo adoraba.

—Perfecto.

Abrió una aplicación y quise preguntarle para qué era, pero pronto me quedó claro. Tragué saliva. Era una App de geolocalización por satélite de alta precisión. Quise decir algo y mi madre me fulminó con la mirada.

—Vamos. Está aquí cerca, creo que en el edificio de Anatomía.

A medida que nos acercábamos, supe dónde estaba... en el pabellón. Hijos de puta. La habían encerrado allí por lo de las cucarachas, estuve seguro. Me imaginé a mi hermana en pleno ataque de ansiedad y corrí hasta la puerta los últimos metros. Según el mapa, estábamos justo encima del punto rojo que señalaba sus iniciales.

—¿Martina? *Liten jente?** —Mi padre golpeó la puerta y casi la echa abajo—. ¿Estás ahí? Hija, ¿me oyes?

—¡Papá! ¡Qué alegría! Pensaba que tendría que dormir aquí, ¡qué bien oírte! Por favor, avisad a Magnus, que debe de estar muerto de la preocupación. —Me eché a reír al ver que su primer pensamiento había sido para mí—. ¿Podéis sacarme de aquí? ¡Tengo hambre y hace mucho frío!

—Estamos todos aquí, Tina —dije, sin poder contenerme. Oír su voz me generó un alivio infinito. Dana pareció darse cuenta, porque de nuevo su mano acariciaba mis hombros. Me giré hacia ella y sonreí—. Papá y mamá, y también Adriana.

—Conseguiremos la llave enseguida, Martina. No te preocupes

* «Chiquitina», en noruego.

—la tranquilizó mi madre, siempre práctica y al grano, mientras sacaba su móvil—. En un ratito estarás con nosotros y nos iremos a cenar por ahí, ¿de acuerdo?

—¡Me parece perfecto, mamá! —La risa cristalina e infantil de Martina nos contagió a todos. Mi madre se puso en modo directora médica y llamó a Seguridad. Mi padre estaba rojo y tenía toda la pinta de entrar en barrena, así que Adriana, con sus dotes de diplomática y nervios de acero, lo cogió del brazo y ejerció de ahijada, alejándolo unos metros de allí mientras mi madre y yo esperábamos.

A los pocos minutos un guardia abrió la puerta y Martina salió escopetada a los brazos de mi madre. Casi la tira al suelo con su efusividad. Hay que tener en cuenta que era diez centímetros más alta.

—¡Mi pequeña! —exclamó mamá, riendo, y la besó mil veces en la cara—. ¡Estás congelada! ¿Estás bien?

—Lo estoy, mamá. ¡He repasado todo Anatomía durante estas dos horas! —dijo, y soltó una risita, divertida—. ¡Magnus! ¡Lo siento! He debido decirte a dónde iba, pero me han metido prisa y he pensado que sería cuestión de minutos. —Me abrazó y luego a Dana. Estaba eufórica y no paraba de reír. Lo vivía todo como una gran aventura, así era su enorme resiliencia; su manera de olvidarse de las cosas malas que le ocurrían, de pasar página y de seguir hacia delante.

Pero mi padre no estaba por la labor de dejarlo pasar. La abrazó con expresión adusta y con los labios apretados en una línea fina. La sujetó por los hombros y la miró a los ojos.

—Martina, ¿quién te ha hecho esto?

—No lo sé, papá. Alguien me dio el recado de que preguntaban por mí en el pabellón de Anatomía para echar una mano. —Sostuvo su mirada sin pestañear, y yo sabía muy bien que era imposible mentirle a mi padre cuando te sondeaba con esa profundidad—. Cuando llegué allí, me pidieron que entrara en la cámara frigorífica. Yo solo me asomé, pero alguien me empujó dentro, y me encerraron allí...

—¡¡¿Qué?!! *Svarte helvete!* —Mi padre cerró los ojos y soltó una retahíla de juramentos en noruego. Martina hundió la cabeza entre los hombros y me lanzó una mirada—. ¡Tienes que decirme quién ha sido!

—¡Salí enseguida! Tiene una palanca para abrir desde dentro. Solo ha sido una broma pesada —se apresuró a aclarar ella. Enlazó sus brazos al cuello de papá y resultó casi divertido, porque parecía que era mi hermana quien consolaba a mi padre y no al revés—. Ha sido peor esperar a que me encontrarais y saber que estaba encerrada. Me he agobiado un poco... ya me conocéis —dijo con expresión culpable. Miró a Dana y sonrió—. Gracias por llamar a mamá.

—Magnus estaba bloqueado y muy preocupado. Era lo que había que hacer, princesa —dijo ella. Mi mano seguía en su mano. Fui muy consciente de ello—. Ahora ya estás con nosotros.

Fuimos a cenar al Tiramisú. Mi madre se encargó de llevar la conversación entre todos, mientras que mi padre guardaba un silencio obstinado y engullía *pizza,* de mal humor. Martina hablaba y reía como la que más, mimada por todos nosotros. Yo logré acorralar a Dana en un pasillo del restaurante cuando ya nos íbamos a casa. Quería estar a solas con ella, aunque fuera un par de minutos.

—Adriana, espera.

Ella se volvió, interrogante. Su rostro anguloso, dulcificado por la mirada de ojos oscuros y la sonrisa sorprendida. La tenía sujeta de la mano e intentó desprenderse, pero no la dejé ir. Echaba de menos el contacto de sus dedos.

—Dime, Magne.

—¿Por qué no te quedas a dormir? Es tarde. Así charlamos un poco.

Quería a toda costa que se quedara. Necesitaba precipitar algo a lo que todavía no conseguía dar forma, pero que significaba cercanía, tenerla en mis brazos, bajo mi cuerpo y piel con piel.

—No, no. Me esperan en casa. Lena tendría que irse sola mañana a la facultad. —Me despachó con un movimiento aristocrático de mano, como quien aparta un insecto molesto—. Además, Tito va a recogernos a las siete y media en coche en el cruce de Américo Vespucio y no quiero dejarlo plantado.

Mierda. Me aclaré la garganta. Salían tantos nombres masculinos de boca de Adriana, de supuestos admiradores, que solo sentía por ellos una curiosidad lejana. Ese lo había pronunciado con un tono especial.

—¿Tito? —Imprimí el grado de interés adecuado a un buen amigo que hace una pregunta cortés.

—El interno de sexto con el que salgo ahora, ¡ya os lo conté la semana pasada! —dijo con cierta impaciencia—. No es nada serio; a ver a dónde va.

—Ah, bueno. Te llevo a casa, entonces. Le pediré el coche a papá —ofrecí con generosidad, teniendo en cuenta que, mis aspiraciones de «no sé muy bien qué, pero quiero algo con ella», acababan de ser dinamitadas antes de despegar.

—Sí, te lo agradezco. Es tarde. ¿Nos vamos? —preguntó, un poco agobiada al ver que eran pasadas las diez de la noche.

—Sí. Y gracias a ti. Me templas los nervios cuando pasan estas cosas.

Ella se echó a reír, me dio uno de sus abrazos pornográficos que me hizo apartarla con suavidad a los pocos segundos debido a los efectos sobre mi polla, y me besó en el cuello. Cabrona.

—Magne, soy tu amiga. Os adoro a los dos —comentó con seriedad—. Sabes que me tienes a tu lado siempre, para lo que quieras.

Asentí y forcé una sonrisa un poco trémula. El problema era que yo ya no sabía si solo quería una amistad.

Papá y mamá se fueron con Martina al dúplex. Yo llevé a Dana a Pirque en el coche. Aprovechamos para charlar, pero todo se mantuvo en la zona de confort de las clases, los exámenes, el estrés del estudio, las últimas noticias de Many... Al menos había alguien de la tropa que se lo pasaba en grande y disfrutaba de la vida. Los pequeños estaban cada vez más desaparecidos, sumergidos en la propia rutina de sus carreras y su círculo de nuevos amigos. Los veíamos muy poco. Mi hermana tenía razón: el núcleo comenzaba a desintegrarse, a cambiar.

Cuando los temas comenzaron a agotarse, se instaló entre nosotros un silencio cómodo, que llenamos con música de Nina Simone. Se hacía innecesario hablar cuando su voz desgarradora ocupaba el ambiente. Llegamos a Pirque casi a las once.

Me despedí de ella y me fui con el pensamiento puesto en que al día siguiente, a la siete y media de la mañana, estaría en el coche de Tito y quizá yo no era más que un buen amigo *pagafantas*. Puse AC/DC a todo volumen, más de acuerdo con mi ánimo destructivo de ese momento.

Al llegar a casa todo estaba en silencio. No muy seguro de cómo se habrían distribuido para dormir, abrí con cuidado la puerta de mi habitación, pero estaba vacía. Tampoco en el salón había nadie y subí con cuidado las escaleras hacia los dominios de Martina. Joder. Casi suelto una carcajada. Estaba frita, como cuando era un bebé, entre mi padre y mi madre. Las dos dormían abrazadas, con sus melenas, la rubia casi platino y la castaña, entremezcladas sobre las almohadas. Papá leía algo con la luz tenue de la lámpara de pie.

—Hola. Te esperaba. ¿Todo bien? —dijo en voz baja.

—Todo bien. Adriana en casa sin problemas. No me he pasado ningún límite de velocidad —anuncié con ceremonia y con la palma de la mano derecha alzada a modo de juramento solemne—. ¿Voy a poder coger el coche con más frecuencia ahora?

—No.

—Tenía que intentarlo —suspiré.

Mi padre reprimió una sonrisa. Se la cacé en el brillo de los ojos.

—Oye, Magne, ¿tú sabes quién ha podido hacerle esto a Martina? Estoy preocupado —preguntó en un susurro. Le echó un vistazo, pero dormía desmadejada en brazos de mi madre—. Sé que ha tenido una escuela dura con estas cosas, pero no tiene por qué pasarlo mal. No me gustaría que se repitiera y hay maneras de atajarlo.

Abrí las manos, envuelto en impotencia.

—No tengo ni idea, papá. Hay cierta competitividad entre el grupo A y el B por las notas y nosotros tenemos a Martina, que los barre a todos en los exámenes —contesté a modo de hipótesis, pero no sabía de nadie en concreto—. Le han desaparecido unos apuntes esta semana también.

—*Fy faen*... —gruñó, fastidiado. Llevó la mirada hasta ella y deslizó los dedos en una caricia imperceptible por su pelo rubio—. Tendrá que aguantar. Es dura. Aguantará.

—Aguantará. Nosotros la ayudaremos —repetí como un mantra.

—Magnus, ¿te pesa? ¿Se te hace duro protegerla a veces? —indagó, en una pregunta que me pilló en pelotas. Nunca me lo había planteado y me cogió desprevenido. Era mi hermana, joder, no una misión de salvamento. Lo miré, un poco descolocado—. Sé que a veces tu madre y yo te pedimos excesiva responsabilidad con ella. Si es demasiado, tienes que decirlo.

Le dediqué un pensamiento. ¿Me pesaba? No. Me eché a reír y mi padre siseó para hacerme callar, aunque también con una sonrisa.

—Reconozco que más de una vez he querido lanzarle un dardo tranquilizante de esos del zoo, pero no me pesa, papá —afirmé con sinceridad. Martina me daba mucho más de lo que yo podía darle a ella—. Ya sabes cómo es. Puro corazón, aunque ella crea que es cerebro.

No hizo falta que dijésemos más. Exigió que me acercara para darme un beso en la frente y me mandó a la cama con un gesto apresurado. Cuando llegué a la escalera, me volví. Solo quería despejar una duda, aunque sabía que me exponía a un cabreo.

—Papá...

—¿Qué?

—¿También me tienes geolocalizado a mí? —Me mordí la lengua en cuanto las palabras salieron de mi boca.

Mi padre me miró con calma y bajó los papeles que tenía en la mano. Yo me encogí un poco, pero no me achanté. Tenía derecho a saberlo.

—Claro. Y a mamá también. Por supuesto, ella tiene la aplicación y nos tiene a todos localizados por si a mí me pasa algo —me explicó con seriedad. Mi primera reacción fue indignarme ante la invasión de mi privacidad, pero, saber que también ellos lo estaban, me hizo cerrar la boca y reconsiderarlo. Supuse que Industrias Thoresen y sus miles de millones de euros, a los que yo no terminaba de tomar la medida, tendrían mucho que ver—. Mañana descargaré la aplicación en tu teléfono y te enseñaré a usarla. ¿Te parece bien?

Asentí. Joder. Eso sí que era una responsabilidad y no cuidar de mi hermana.

Martina Frozen

Avisé a Gorka de que, aunque me moría de ganas de pasar consulta con él en la hospedería del Hogar, tenía el parcial de Anatomía y me tocaba estudiar.

—No pasa nada, chiquitina. Es lo que te toca: estudiar. Lo hiciste muy bien la semana pasada —me consoló, al verme mortificada de verdad por no acompañarlo—. Estoy muy orgulloso de ti.

Me rozó la mejilla con los dedos y yo me derretí. Era un poco patético cómo me deshacía con cualquier muestra de afecto por su parte, pero no podía evitarlo. Aquel amor platónico mío con Gorka de tintes cuasi incestuosos no tenía ningún futuro, pero al menos había encontrado una manera de pasar más tiempo juntos y eso me hacía feliz.

Los exámenes no me generaban ningún estrés. Es más, disfrutaba del ambiente de silencio y recogimiento que se respiraba aquella semana en el campus. Por las tardes, si había organizado alguna clase de repaso con los del grupo, intentaba no perder la paciencia y repetir conocimientos hasta que parecían seguros de lo que decían.

A veces me daban ganas de exterminarlos a todos con una manguera de napalm.

Era una manera de hablar y jamás lo diría en alto, por supuesto. Era solo que me ponían de los nervios sus dificultades para asir los conceptos más simples. «Si el paquete vasculonervioso discurre por el borde inferior de la costilla, ¿por dónde hay que acceder con una punción de toracocentesis?» ¡Era obvio! Aunque nadie nos lo hubiese enseñado, si teníamos clara la anatomía, había que saberlo. Pero hacía muchos años que me había dado cuenta de que mi cerebro no funcionaba del todo igual al de los demás... para bien y para mal.

Llegamos al jueves derrengados, Magnus sobre todo, porque yo lo había perseguido con un látigo para que repasásemos por las tardes la asignatura del examen correspondiente. Al día siguiente no había ninguno, así que disfrutamos de un pequeño respiro. Cuando di unos golpecitos en su puerta para adelantar trabajo de la semana siguiente, no me abrió.

—¡Vete a la mierda, Martina! —gritó desde dentro. Me mordí la lengua para no reír—. ¡No quiero estudiar, ni repasar, ni verte la cara! ¡No quiero ni comer! —Vaya. Era grave. Le acercaría un sándwich o una ensalada más tarde—. ¡Voy a dormir hasta mañana, así que déjame en paz!

Hasta la mañana siguiente no amaneció, con la cara hinchada y los ojos enrojecidos. Empujé hacia él la taza de café.

—Era en serio que necesitabas descansar. ¿Tostadas? He hecho huevos revueltos.

Algo parecido a un gruñido de ultratumba emergió de su garganta, se frotó el pelo y empezó a comer. De hecho, engulló toda la sartén de huevos con jamón y no me dejó ni las migas, pero no se lo tuve en cuenta. Yo comí mis tostadas con mantequilla y miel.

Cuando llegamos al aula magna faltaban un montón de compañeros.

—Qué raro —comentó Magnus. Se sentó junto a mí al ver que su grupo habitual de renegados de la última fila no había venido a clase—. ¿Por qué está esto medio vacío?

—Como ya hemos hecho el examen de Anatomía, Guiraldes nos ha dado el día libre. ¿No te acuerdas? —dije yo, sorprendida de que hubiera dejado escapar una oportunidad así. Yo me había olvidado por completo; si no, se lo hubiese dicho—. Así tenemos unas horas más para estudiar. Tenemos pensado ir a la biblioteca en un rato. He venido aquí siguiéndote a ti.

—¡Joder! No me lo puedo creer, ¡qué gilipollas soy! —exclamó, cabreado. Rodrigo, Diego y Graciela, que habían quedado conmigo para un repaso de Física, se echaron a reír ante su desesperación—. Entonces, ¿por qué está puesto el proyector? Parece que va a haber clase.

Me volví hacia la tarima del profesorado. Alguien apagó las luces y los pocos que éramos nos acomodamos en los asientos y guardamos silencio. Unas risitas incómodas recorrieron el aula cuando sonó la melodía inconfundible de apertura acompañada del castillo de Disney, el logo y Campanilla con su varita. Empezó la banda sonora de *Frozen*, la reconocí enseguida porque me encantaba esa película cuando era pequeña.

—¡Hijos de puta! —soltó Magnus en voz perfectamente audible para todos, pese a la carcajada generalizada en la que estallaron mis compañeros cuando la animación empezó.

Alguien había utilizado una de esas aplicaciones digitales para sustituir la cara de Elsa por la mía. Vaya.

Se sucedieron varias secuencias en las que Martina Frozen, así habían bautizado a la nueva creación con mi rostro, utilizaba sus poderes para congelarlo todo a su paso. Alguien se puso a aplaudir en un momento de especial tensión, en el que lanzaba un monstruo helado contra su propia hermana. Unos cuantos, muchos en realidad, lo siguieron. Me confortó ver que parte de mis compañeros del B los abucheaban en respuesta.

—¡Martina Frozen! ¡Es que es tal cual! —soltó Denis Arellano.

Lo miré, inexpresiva. ¿Habría sido cosa de él? Yo no había abierto la boca respecto a su pequeño empujón para meterme en la cámara de los cadáveres, a ver si así me dejaba en paz, pero me quedaba claro que no había escogido la estrategia correcta.

Magnus hizo el amago de levantarse, pero lo contuve. Me levanté yo. Me acerqué a la pantalla y la analicé con atención. Lo cierto era que habían hecho un buen trabajo. Ladeé la cabeza y busqué alguna mejora con la que contribuir en la siguiente entrega. Quizá afilar un poco más el rostro, para que el parecido fuera mayor. No podía añadir mucho más.

El vídeo acabó y se encendieron las luces. Me aclaré la voz entre aplausos.

—Está genial. ¡Muy bien conseguido! Felicitaciones a la producción ejecutiva, porque no puedo encontrarle ninguna pega —dije, con el nivel justo de entusiasmo y cortesía de una crítica de cine profesional. Varias risitas irónicas se frenaron en seco. Lo vi en el rostro desencajado de Denis, que me lanzó una mirada de odio que me pareció injustificado. Lo ignoré—. Quizá lo único que se podría mejorar sería adelgazar un poco las facciones de Martina Frozen para acentuar su parecido conmigo. Por lo demás, somos clavadas. Que sepáis que soy fan de estas películas desde que tenía cuatro años, así que espero con ansias la segunda entrega. ¡Ya me avisaréis! —Me bajé de la tarima rodeada de un silencio sepulcral, pero me detuve a medio camino al recordar una cosa importante—. ¡Oh! Se me olvidaba. Mi correo ya lo tenéis, pero, por si acaso, es martina.thoresen.moran@uninternacional.cl. Si podéis, mandádmelo en alta resolución, para colgarlo en mis redes sociales. ¡Esto va a arrasar en mi Instagram!

Volví a mi sitio presa de una agitación ambigua. Por un lado, estaba desconcertada. ¿Qué había hecho yo para que me fastidiaran con tanta insistencia las últimas semanas? No podía ser por mi revolcón con Denis, ¿o sí? Cuando se lo había contado a Adriana, las dos acabamos muertas de la risa y ella, que era mi gurú en materia amorosa y sexual, no le dio mayor importancia. No me gustaba, no tenía ni idea de cómo tratar a una chica y besaba fatal. Punto. A otra cosa. ¿Quizá era porque no había conseguido superarme en las notas de ninguna asignatura? Sospechaba que el tema iba más bien por ahí.

Por otro lado, me sentía poderosa por plantarles cara, fuera quien fuese el autor del vídeo, sin escudarme en Magnus y con un toque de humor. Martina Frozen. Je. Tenía que reconocer que me pegaba mucho.

—Qué imbéciles, Martina —dijo Graciela detrás de mí. Magnus estaba poseído por la furia berserker; Rodrigo y Diego todavía lo sujetaban. El resto de los compañeros abandonaban el aula mientras comentaban la jugada—. Has hecho bien en callarles la boca.

—No pasa nada. Es una tontería. La verdad es que me ha hecho gracia. —Era mi especialidad: hacer de tripas corazón—. Martina Frozen. Cuando era pequeña, tenía un disfraz de Elsa y tuve una época en la que no me lo quitaba ni para dormir. Tengo unas fotos por ahí —dije entre risas un poco sintéticas y un nudo raro en la tripa.

—Sí que pasa. ¡Sí que pasa! —estalló Magnus de repente. Dio un puñetazo en la mesa y nos sobresaltó a los cuatro—. ¡Voy a matar a Arellano!

—*Magne, ro deg ned!** —le pedí, alarmada ante su exabrupto. El grupo lo miró, asustado. Cuando se enfadaba, era muy intimidante. Su metro noventa y sus más de ochenta kilos de puro músculo imponían más que respeto. Daban miedo—. Tranquilízate. No vale la pena ni gastar saliva en esos idiotas.

—Martina, ¿ese cretino ha tenido algo que ver con lo de la semana pasada?

Tardé una milésima de segundo más de lo requerido en contestar. Era lo malo de ser tan transparente y sincera. Magnus volvió a entrar en modo asesino a sueldo y yo le intercepté el paso cuando salía de la fila de sillas.

—Magne, *stop!* —exclamé—. ¡No quiero que te metas en líos por ese cretino! Luego te cuento lo que pasó. ¿Podemos irnos a estudiar ya?

Su cuerpo pareció desinflarse después de tres o cuatro respiraciones. Me abracé a su torso aún en tensión y le agarré la cara para que me mirase, como él hacía conmigo. Eso era una novedad.

—Te prometo que te lo contaré todo, pero no ahora. Cuando estemos solos, ¿de acuerdo? —Sentí que los demás apartaban los ojos de nosotros e intentaban hacerse invisibles. Les sonreí para agradecérselo. Éramos amigos difíciles de aguantar en los últimos tiempos—. Vamos a estudiar... o vete a casa si lo prefieres, aunque tienes el sobresaliente en Física al alcance de la mano.

Lo tenté con la asignatura que mejor llevaba y acabó por venir con nosotros entre gruñidos y protestas. Lo cierto era que Magne tenía una mente despierta para los números, a veces más aguda que la mía, más rápida y deductiva. Todos aprendimos de todos y

* «Magne, cálmate», en noruego.

me gustaba que trabajásemos en equipo y no ser yo una especie de profesora. Aquella mañana me lo pasé bien en el grupo de estudio.

Por la tarde, Gorka también nos liberó. Por primera vez desde que empecé el curso, me alegré de perder de vista la facultad.

Me duró poco la alegría. Mi querido hermano me sometió al tercer grado en cuanto llegamos a casa y se abrieron las puertas del ascensor.

—¿Fue Arellano? ¿Fue Denis el que te encerró en la cámara frigorífica? —me preguntó a bocajarro, con bastante mala leche.

Un escalofrío me recorrió de pies a cabeza. Si había algo que aborrecía era que las personas a las que amaba me gritasen. No lo soportaba. Me tapé las orejas y cerré los ojos un instante. Inhalé y exhalé despacito. Las lágrimas pugnaban por escapar de mis ojos y no sabía por cuánto tiempo sería capaz de contenerlas.

—Oye, Magne, sé que ahora mismo quieres arrancarle la cabeza... yo también, créeme —dije con voz dulce, en un intento de bajar revoluciones—, pero yo no tengo la culpa de lo que está pasando. No me trates así, ¿vale? No me grites. Me haces daño. Y ya tengo bastante.

Cerró la boca y me miró, desconcertado. Se quedó como un pasmarote, y me hubiera reído si no fuese porque estaba bastante angustiada. Llevaba semanas con los nervios a flor de piel. Y aunque frente a mis compañeros había mantenido el tipo, una vez en casa, tenía unas ganas de llorar inmensas. Magnus me presionaba y me presionaba y yo ya no podía más.

—Perdona, Tina. Lo siento. *Beklager, liten jente.** —Me abrazó con fuerza y me quebré. No pude más. Y el surtidor de mis ojos se abrió y ya no paró.

Odiaba compadecerme de mí misma, no era mi estilo, pero necesitaba llorar. Encima, alguien entró al poco rato. Adriana y Lena, acompañadas de Tony, llegaron con bolsas de supermercado para una merienda improvisada.

—¿Qué hacéis aquí? —dijo Magne, sorprendido. Me tenía he-

* «Lo siento, chiquitina», en noruego.

cha un ovillo y envuelta en una mantita de forro polar en plena debacle emocional, y llegaba la caballería al completo.

—Hemos visto el vídeo en Instagram. Se ha hecho viral. ¿Se puede saber por qué lo has colgado, loca? —preguntó Adriana. Se dejó caer al otro lado del sofá, con expresión disgustada. Me acarició el pelo y me besó en la cabeza—. Sé que lo has hecho para atacar primero, y es una manera perfecta de neutralizarlos, pero nadie tenía por qué enterarse, princesa.

—Ahora te conoce por Martina Frozen toda la universidad —dijo Lena a modo informativo, pero sin rodeos—. Eso sí, has llegado a los diez mil seguidores. Entre tú y la tía Loreto, tenemos dos *influencers* en la familia. Cuando empiecen a llegarte los bolsos de Luis Vuitton, regálame alguno, ¿vale?

Solté una risita, divertida. Toda la situación era surrealista.

—Hay que reconocer que está superlogrado —comentó Tony. Me abrió una Coca Zero y un Toblerone y me los puso delante de la nariz—. Hemos pedido comida china, estará al llegar. ¿Os parece bien? Nos conectaremos con Many por Skype para charlar un rato.

Me hizo sonreír. El núcleo duro al completo. Me sorbí los mocos, me sequé las lágrimas y me desenrosqué de la posición fetal. No me pasó desapercibido el suspiro aliviado de Magnus.

Les relaté a todos, sin entrar demasiado en detalle, la conquista fracasada de Denis y por qué yo creía que era la causa de todo aquello.

—Cuando oí el reguetón a toda potencia por el sistema de sonido, supe que la fiesta se había salido de madre y terminé por desconectarme de lo que Denis intentaba hacerme. —En ese momento, visto con un poco de distancia, me pareció que había sido muy cómico—. Le dije que no estaba funcionando y que volviésemos. Me preguntó, indignadísimo, si iba a dejarlo así, con la tienda de campaña montada.

Hice una pequeña carpa con la mantita y mi mano sobre la pelvis para ilustrar la escena, y la tropa rompió en carcajadas.

—¿Y tú qué le dijiste? —preguntó Tony con cara de cachondeo. Todos los demás me miraban, expectantes. Me encogí de hombros.

—Fui muy pragmática y educada. Le cedí con gentileza la privacidad del baño de mi habitación para que se masturbara tranquilo y lo resolviera. —Era obvio, ¿no? Para mí estaba muy claro—. ¿Qué otra cosa iba a hacer? Yo tenía que rescatar a Magnus.

Se hizo un silencio extraño y luego Lenucha aplaudió una vez, dos veces, tres veces. Se puso de pie y me dedicó una ovación. El resto la siguió entre risas, y yo me puse roja.

—¿Qué? ¿Qué pasa?

—¡Eres muy grande, Bambi! —exclamó Tony, muerto de la risa—. ¡Es que eres muy grande, joder! No me extraña que te la tenga jurada. Menuda humillación.

—Ay, Martina... —Magnus lloraba de la risa y no podía parar. Lenucha me abrazó y me besó en la frente.

La única que no parecía compartir el ánimo festivo era Adriana, que me lanzó una mirada de preocupación. Cuando llegó la comida china, fue ella quien se levantó a buscarla. Sospechaba que me daría un sermón y no me equivoqué.

Nos sentamos en el suelo, en torno a la mesita auxiliar del salón, mientras nos pasábamos cajas de cartón con rollos de primavera, arroz chaufán, cerdo agridulce, pato a la naranja, tallarines fritos con verdura y otras delicias. En la pantalla de Skype, Many estaba en pleno paseo del Prado y nos enseñaba los enormes árboles bajo el sol implacable de mayo en Madrid mientras reía con nuestras aventuras y quería saberlo todo de nosotros. Se lo veía feliz. La conexión no era muy buena, así que pronto desconectamos la llamada. Yo quería hablar de los parciales, pero estaba claro que Dana no quería cambiar de tema.

—Martina, ¿qué vas a hacer?

Dejó los tallarines a un lado del sofá y se rodeó las rodillas con los brazos. Me miró con atención, esperando una respuesta.

—¿A qué te refieres? —Le dediqué mi sonrisa más angelical.

—Llevan semanas de puteo contigo. Si no respondes de alguna manera, no van a dejarte en paz. Tienes que sacar las uñas, princesa —contestó, con tono preocupado. Yo puse los ojos en blanco—. ¡En serio, Martina! Tienes que reaccionar, o serás la diana de todas las bromas de aquí al final de la carrera.

—Venga ya, Dana. Estamos en la universidad, ¡esto no es el colegio! —me defendí. No podía creer que eso pasara entre personas adultas de alto cociente intelectual. Tenía que ser una broma—. Además, no es mi estilo. ¿Qué pretendes que haga? ¿Liarme a tortas con Denis Arellano?

—Tienes que pararlo, Martina —insistió Adriana. Yo arrugué la nariz en señal de fastidio—. No te digo que le mandes a Magnus y a Tony para que le den una paliza, aunque sé que estarían dispuestos, pero sí que tendrás que ponerlo en su sitio de alguna manera.

—No suelo estar de acuerdo con Dana y lo sabes —dijo Magnus. Era raro que se alinearan, eso era cierto—, pero lo estoy. El encierro en la cámara frigorífica fue peligroso; si no hubieses encontrado rápido la salida, podrías haber sufrido una hipotermia. Respecto al robo de los apuntes, todos sospechamos que su grupito del A estuvo detrás. —Tuve que darle la razón. Mis cuadernos eran muy apreciados entre los de la otra mitad del curso, porque no tenían tanta oportunidad de acceder a ellos—. Y lo del vídeo de Frozen no ha tenido ninguna gracia, por mucho que tú te empeñes en ocultar lo mal que te ha sentado. Todos te conocemos, Tina. Tienes que sacar las uñas.

—¡Ruahhh! ¡Saca la pantera que hay en ti! —Tony hizo un gesto tonto de rugir, menear la melena y dar un zarpazo afeminado que echó por tierra el discurso serio y circunspecto de Magnus y provocó el jolgorio del grupo.

La conversación se desvió por otros cauces, pero yo mantuve las palabras de Dana dando vueltas en mi cabeza durante toda la tarde. ¿De verdad quedaba como una tonta si no hacía nada? De pronto sentí la necesidad de hablar con Gorka. Me recosté en el sofá con el móvil para llamarlo, y se me ocurrió echarle un vistazo a Instagram.

Tragué saliva.

El vídeo de Martina Frozen tenía dos mil setecientos cuarenta corazoncitos. Empecé a leer los comentarios y quizá no debí haberlo hecho, pero me hicieron sonreír. «Estás total, Martina!» «Brillante, ¿quién lo ha hecho?» «Esto me recuerda a cuando no te quitabas nunca el maldito disfraz», escribió mi prima Emma desde Noruega. Pero entonces leí el comentario de Gorka.

Un momento.

¿Gorka me seguía en Instagram?

Me reacomodé en el sofá y se dispararon todas mis alertas. Ay. Había fotos que no estaba muy segura de querer que él viese, aunque mi perfil estaba abierto para todo el mundo. Por un momento calibré el impacto que tenían las redes sociales en las personas que nos importaban, pero acabé por resignarme. Por supuesto, corrí a husmear en su cuenta. Privada. Vaya.

Tenía una máxima que solía cumplir a rajatabla: nunca seguir cuentas privadas; si sus propietarios eran tan celosos de su intimidad, sería por algo, ¿no? Sin embargo, la tentación era demasiado grande en el caso del vasco y le di a «Seguir también». Casi me arrepentí al ver el cartelito de «Pendiente», pero, por otra parte, era una manera de saber si él tenía algún interés en que yo lo conociera un poco más. Había más de mil fotos en aquel rinconcito virtual y babeé al pensar en acceder a esa porción privada de su vida.

Volví a leer el comentario, que me hizo aterrizar de vuelta a la realidad de lo que mis compañeros habían hecho.

> No tiene gracia, Martina. Es cruel. Deberías quitarlo. Ya hablaremos la semana que viene en Orientación.

Mi cerebro, en plena fuga de ideas, regresó al motivo original de por qué había cogido el móvil y busqué su contacto sin pensarlo demasiado. No teníamos que esperar para hablar. Era como mi hermano mayor, o al menos así me trataba siempre. Pasaron varios tonos antes de que me contestase.

—¡Aúpa, chiquitina! ¿Qué pasó, pues?

Se oía trasiego hospitalario de fondo y me insulté mil veces mentalmente. Debería haberlo imaginado.

—Lo siento. No sabía que estabas en el hospital —dije con tono contrito. Me golpeé la frente con el talón de la mano y cuatro pares de ojos se fijaron en mí. Me levanté del sofá y me alejé hacia mis dominios. Ya daría explicaciones después, porque en aquel momento los sentía clavados en mi nuca; en especial, los de Magnus.

—Estoy de guardia, sí... pero no tengo lío. De hecho, me estoy tomando un café. ¿Me llamas por el vídeo?

Vaya. Directo y al grano.

—Acabo de leer tu comentario en Instagram. Si tienes un rato, podemos hablar ahora. —Cerré los ojos y me mordí los labios. Así de tonta era.

—Puedes hablar conmigo siempre que quieras, Martina. No te olvides de que soy tu tutor de Orientación a los estudios médicos y estas cosas van incluidas en el paquete de asesoría —respondió con voz cálida y reconfortante. A mí me entraron ganas de colgar la llamada. No quería que fuese mi tutor. Quería que fuese mi amigo; mi confidente; mi amante. Deseché el pensamiento febril de inmediato. Me conformaba incluso con el hermano—. Esto es un caso claro de *bullying*, Martina.

—¡Qué dices, Gorka! —Solté una risita divertida, y recordé cuando en el colegio sí que me habían acosado de verdad. Eso no tenía nada que ver—. Son tonterías estúpidas. ¡A mí me ha encantado! ¿No es genial? ¡Martina Frozen! Me pega todo.

—Ese es el poder de tu resiliencia, que toma las riendas para superar el palo. Pones la otra mejilla y perdonas a tus compañeros porque estás por encima de todo esto, Martina —replicó, con voz suave y alentadora. Sus palabras ensancharon el óvalo rosa que siempre aparecía en mi pecho cuando hablaba con él—. Posees un corazón lleno de bondad, pero esto no está bien. Aprende a diferenciar, pequeña. No tienes por qué tragar toda esa mierda.

Me invadió una inmensa frustración.

—¿Y qué tendría que hacer? Los chicos me dicen que saque las uñas, pero yo no sé muy bien a qué se refieren con eso —confesé al fin. Con ellos no me atrevía. Parecían tenerlo todo tan claro que me avergonzaba el no saber por dónde tirar—. Tal y como se expresan, ¡ni que tuviese que liarme a tortas con ellos!

Gorka rio con suavidad al otro lado de la línea.

—No, no. No se trata de eso. Aléjate de quienes te hacen daño, eso es todo —sentenció con tono rotundo—. Eres fuerte, pero no tienes por qué aguantar cosas así. ¡Y haz el favor de quitar eso de tu Instagram! Tienes unas fotos y unos vídeos alegres, llenos de vida. —Me hizo una ilusión desproporcionada saber que los había mirado. Era la única red social a la que le ponía cariño—. No te hace justicia. Quítalo.

—Vale —acepté, apocada.

—Nos vemos pronto. *Agur!**

Me quedé sentada en la cama un buen rato, con el móvil en la mano. Gorka tenía razón, y mi manera de lidiar con todo aquello, el minimizar lo que mis compañeros habían hecho, no era más que un mecanismo de defensa. Me pregunté si el hecho de quitar el vídeo no provocaría que lo subiesen otros, así que lo dejé. Ya lo haría más adelante, pero sentí la necesidad de explicárselo a Gorka.

No pude resistir la tentación y fui a mirar en Instagram si había aceptado mi solicitud. Pues no. Vaya. O sea, que habíamos hablado solo como alumna y tutor. Me quedó claro. El óvalo se desvaneció.

Le mandé un wasap impersonal. No me quedaron ánimos para volver a llamarlo.

Quitaré el vídeo, pero más adelante. Si lo hago ahora, corro el riesgo de que alguien más lo suba para molestarme.

El doble visto apareció de inmediato. No lo entendía. Estaba pendiente de mí.

Tienes razón. Me parece bien. Hazlo más adelante, pero hazlo.

Ok.

Me quedé unos minutos con el WhatsApp abierto y el móvil entre los dedos. No debí hacerlo. Yo odiaba que me presionasen,

* «Adiós», en euskera.

pero necesitaba que me explicasen bien las cosas. Quizá había hecho algo incorrecto y no me había dado cuenta. A veces era así. Metía la pata y era marciana, como decían los de la tropa. Gorka no me conocía tan bien como ellos.

No has aceptado mi solicitud de amistad en Instagram. ¿Por qué?

Doble visto azul.

Un minuto. Dos minutos. Tres minutos. Nada.

«Escribiendo...»

«Escribiendo...»

«Escribiendo...»

«En línea.»

«Escribiendo...»

«Escribiendo...»

Vaya. Pues sí que le había hecho una pregunta complicada. Yo no creía que fuese tan difícil, pero, al parecer, Gorka tenía razones muy poderosas para no darme acceso a aquella porción digital de su existencia. Mi curiosidad se disparó hasta límites insospechados y me pregunté si Magnus o mi madre, porque papá no tenía más que un Facebook abandonado, tendrían acceso a su perfil para husmear.

Prefiero que no, chiquitina. No por ahora, al menos. ¿Por qué quieres saber más cosas de un tío aburrido como yo? 😊.

—Porque estoy enamorada de ti, imbécil —susurré a la habitación vacía.

Me hizo gracia la carita feliz, pero se me cayó el alma a los pies y me dolió la frialdad de su respuesta. No me decía la verdad. Me daba una respuesta enlatada.

Ok.

Cancelé mi solicitud para que no se viera en la tesitura de tenerme en el limbo, esperé unos minutos a que la bola de pinchos de mi garganta se desintegrara y bajé con una sonrisa sintética a unirme con los que me querían de verdad y no me daban una tutoría para resolver mis problemas.

Acción y reacción

Rodeé el tema en una cápsula mental y la pateé bien al fondo de mi cerebro. Era una técnica aprendida de mi madre, muy efectiva para no quedarse enganchada a lo mismo como un disco rayado. Y dado que tenía exámenes toda la semana, más valía que mis neuronas funcionaran al cien por cien.

Por otro lado, mi estrategia de colgar el vídeo de Martina Frozen en redes sociales había tenido éxito. Como todo lo virtual, fue efímero, y para el martes o el miércoles ya había pasado de moda. Si esperaba un par de semanas, podría quitarlo del perfil y nadie se daría cuenta. Además, pronto abrirían las pistas de esquí y era lo primero que haríamos en el clan Thoresen Morán en cuanto acabasen los exámenes: subir a Farellones y, como decía Magnus, petar nuestras redes sociales con fotos y vídeos para poner verdes de envidia a los noruegos con montañas de verdad y no las mierdecillas escandinavas que no superaban los dos mil quinientos metros.

Él y los mellizos se traían un pique insoportable para ver qué invierno era mejor para los deportes de nieve, pero así mi incursión en el universo Disney quedaría enterrada en el olvido por fin.

Al menos eso era lo que yo creía, porque había alguien muy concreto que no tenía ninguna intención de dejarlo enfriar.

—Mira, ahí va Martina Frozen —oí en un susurro a mi espalda mientras caminaba hacia mi sitio en clase, seguido de un coro de risas.

Un acceso de rabia me inundó y recordé las palabras de Adriana. «Tienes que sacar las uñas, princesa.» Mis compañeros solo conocían mi lado luminoso, mi lado bueno; a la empollona que les daba clase, que les prestaba los apuntes, que ponía la otra mejilla, como decía Gorka. Mi amiga tenía razón, si no tomaba cartas en el asunto, jamás me dejarían en paz.

¿Querían Martina Frozen?

Muy bien.

Me volví con un movimiento lento y estudiado. Clavé en Denis una mirada inexpresiva durante un par de segundos. Frente a mis ojos de Bambi, Many decía que yo ponía mi mirada espacial. Los ojos grises y opacos, sin vida. Una alienígena. Una replicante sin humanidad. Martina Frozen.

—¿Qué pasa? ¿Te has quedado helada? —Se rio con su propia broma y su grupito de adláteres con él.

No me moví ni un milímetro. Tenía más que comprobado que eso le resultaba muy incómodo a todo el mundo y, en ese caso, fue igual. Las risas se espaciaron hasta dejar paso a un silencio tenso. Recordé lo mucho que me había costado aprender a mirar a los ojos de las personas. Yo creo que era porque entendía el poder de aquel gesto y me daba miedo emplearlo y que lo empleasen conmigo. Suspiré.

—Tienes razón, Denis. Me dejaste helada la noche de la fiesta y sigo así. Es lo que pasa cuando un chico no sabe besar —solté la bomba, con tono monocorde—, que no te calienta. Besas como un pez. Glup, glup, glup... —Imité sus besos babosos sin ganas y alguien se echó a reír, pero yo hice un gesto con la mano y lo frené—. ¡No es gracioso! Es muy triste no saber besar... y no saber tocar. Eso es todavía peor.

—¡Cállate, Thoresen! —escupió Denis con rabia.

A nuestro alrededor sonaron algunas risitas, y a la vez se fueron agolpando compañeros curiosos ante nuestro intercambio.

—¿Por qué? ¿Ya no me llamas Martina Frozen? ¿Tienes miedo de quedar tú ahora como Denis el Pez? —Fruncí los labios y volví a moverlos como un pececito que se ahoga fuera del agua. Solté una risita irónica, pero nadie rio conmigo, porque me ocupé de destilar la suficiente crueldad como para frenar cualquier amago—. ¿Y qué tal Denis el Sintonizador de Radios? Porque eso era lo que hacías con mis pezones...

—Es suficiente, Tina —me interrumpió Magnus en voz baja, a mi lado. Ni me había dado cuenta de cuándo se puso ahí. Me agarró de la mano y tiró de mí con suavidad para alejarme de la zona cero del conflicto.

—No, Magne. Que mis compañeros tengan la película completa. Ya que vieron la parte de Frozen, que vean la del Sintonizador —añadí con voz letal, y junté el índice y el pulgar de mis manos en dos pinzas en el aire, e hice el gesto de girar dos botones de una radio—. ¿Hola? ¿Hola? ¿Es la emisora Placer? ¿No? ¡Oh, lo siento! ¡No encuentro la frecuencia del orgasmo! He fracasado. Mejor damos la noche por terminada —radié cual experta locutora, con tono mordaz. Esa vez sí que arranqué carcajadas de lo más satisfactorias y Denis se hundió en la silla. Yo no había terminado—. Pero no. Siempre es culpa de la chica: la mujer es la frígida, la mujer es la Frozen, la que no sabe sentir, aunque el tío no tenga ni la más mínima idea de cómo tocarla y sea un maldito patán. ¿Verdad, Denis el Pez?

—Martina...

Magnus volvió a tirar de mí, y yo me desasí de su agarre con un manotazo. Cuando por fin me había lanzado y tenía a toda el aula magna pendiente de mis palabras, resultaba de lo más satisfactorio. No. Era liberador desahogarme y soltar todo lo que llevaba dentro. Varias compañeras se pusieron a aplaudir.

—¡Tiene toda la razón!

—¡Toma manifiesto feminista!

—¡Chúpate esa, Arellano!

—¡Todas somos Frozen!

—La próxima vez que tú, específicamente, me llames Martina Frozen, publicaré en el periódico de la universidad, con pelos y señales, incluida tu tienda de campaña y su resolución, todo lo que pasó esa noche —amenacé, con el cuerpo inclinado hacia delante. Denis estaba hundido en la miseria, además de en la silla—. Nuestros compañeros ahora tienen una ligera idea, pero solo tú y yo sabemos la verdad. Yo puedo ser extremadamente creativa. Y no me hace falta ninguna App ni ninguna película infantil. Tengo todo lo que necesito aquí dentro —dije, y me señalé la sien izquierda.

Él solo asintió. Creí ver lágrimas y, seré cruel, pero me pareció de lo más justo. No me molestaría por una larga larga temporada. Eliminé el vídeo de mi perfil y no reapareció. Yo también podía ser una arpía despiadada si así lo decidía.

No volví a prestarle los apuntes a nadie.

Le puse un candado a mi mochila Kånken rosa, reconocible desde cualquier rincón de la facultad, porque tenía el peluche de Unicornio Bebé colgado del asa y estaba llena de parches con banderas de los países en los que había estado. Si alguien quería mis apuntes... bien, tendría que robarme en serio.

El viernes volví a contenerme para no destrozar mis codos por los nervios. Tocaba la ponencia de Orientación con Gorka. Tutor. Amigo. Hermano. Seguidor de Instagram que no me permitía acceder a su perfil. Predicador. Amor platónico. Me reí de mí misma al comprobar la manera en la que mi homeostasis reaccionaba tan solo con la anticipación: me sudaban las palmas de las manos, el corazón me latía a mil por hora, hiperventilaba. Estuve tentada de pedirle a mi madre una pastilla de propanolol, remedio conocido entre los universitarios para controlar el pánico escénico antes de las ponencias, pero yo jamás había tenido ese problema. Hice un esfuerzo por serenarme antes de entrar al seminario.

—*Kaixo*,* chicos. El proyector está preparado. Iremos por orden de lista, pero antes me gustaría comentar algo con vosotros.

Nos sentamos en círculo en torno a él, como siempre. Gorka se quedó de pie, con expresión seria. Parecía no saber muy bien qué decir. Con el control remoto en una mano, se golpeaba la otra con gesto nervioso. Tap, tap, tap.

—¿Ha pasado algo? —preguntó Magnus con precaución.

Nos miramos entre nosotros, sin saber muy bien de qué iba aquello.

—Quería hablar con vosotros de lo que le pasó a Martina; del famoso vídeo de Frozen.

—Ay, Gorka...

* «Hola», en euskera.

Miré al techo con fastidio. ¿Cuando ya todo estaba resuelto? Lo único que quería era pasar página y mi querido tutor se disponía a soltarnos un sermón. Si hacía cualquier analogía con San Ignacio de Loyola, la Virgen María o Jesucristo, saldría corriendo. En serio. Ya tenía bastante con las metáforas de Disney. Más fantasía, no, por favor.

—Quiero que entendáis hasta qué punto es incorrecto lo que ha ocurrido —soltó al fin. Emitió un suspiro de cansancio y apoyó las manos sobre la mesa, que nunca utilizaba, con un gesto cargado de derrota—, porque, entre compañeros que en un futuro serán vuestros colegas en una cirugía, en una reanimación o en una situación de emergencia, os debéis el máximo respeto...

—Gorka, estás predicando a los creyentes aquí, ¿eh? —dijo Magnus, en una alegoría brillante y con bastante mal humor—. ¿Tú crees que alguno de nosotros ha estado implicado en lo que le ha pasado a Martina? ¡Es mi hermana, joder!

—Lo sé. Lo sé, Magne.

—Para nosotros, es una tabla de salvación, además de nuestra amiga —añadió Graciela, con una sonrisa tímida—. Es tener una profe particular de lujo, ¡además de que jamás te aburres cuando estás a su lado!

—Eso desde luego —comentó Magne, que la miró con cierta sorpresa—. La vida junto a ella es una aventura. —Carraspeó con educación cuando Gorka intentó retomar la palabra. No lo dejó seguir y yo, aunque adoraba al vasco, amaba todavía más a mi hermano vikingo, políticamente incorrecto, que me quería de verdad y no canalizaba su afecto por mí a través de tutorías—. A lo que me refiero es que este discurso está genial, pero deberías dirigirlo a quien lo necesita, a los del grupo A, que son los gestores de toda esta gilipollez. Nosotros estamos a partir un piñón con Martina y ella lo sabe. Si te parece bien, podemos empezar con las presentaciones.

Hubo un momento de lucha de voluntades, pero Magne tenía la escuela de mi padre y, siendo sinceros, Gorka no le llegaba ni a la suela de los zapatos al doctor Erik Thoresen en lo que a intimidación se refería, así que acabó por ceder.

Todas las presentaciones fueron interesantes y enriquecedoras, pero la mía fue bastante más completa que la del resto. Todos rezongaron cuando yo me llevé el sobresaliente y, los demás, solo un notable.

—No es solo por la presentación. —Gorka tuvo que alzar la voz por encima de las protestas airadas—. ¡Eh! Martina ha sido la única en presentarse al voluntariado del Hogar. —Silencio sepulcral y alguna risita culpable—. Pensad que, a partir de aquí, tenéis la oportunidad de reconducir la nota para eximiros a fin de semestre. Venga. *Agur*. Buen fin de semana.

Me mantuve en un discreto segundo plano, pero no pensaba disculparme por ser la mejor; por esforzarme más; por quedarme durante horas frente al ordenador, buscando cada detalle de cada maldita diapositiva para que todo quedase perfecto, y menos por asistir al voluntariado, que era lo único parecido a la medicina que tendríamos en primero.

La hospedería

El lunes a primera hora, en el amplio y moderno vestíbulo del edificio principal de la facultad, cientos de alumnos de todos los cursos, ávidos por conocer sus calificaciones, se agolpaban frente al enorme tablón digital. Me puse un poco nerviosa con tanta gente.

—Yo me voy de aquí —le comuniqué a Magnus, y empujé como pude a los proyectos de médico con distintos niveles de satisfacción reflejados en sus rostros.

Cuando llegué a las escaleras que conducían al aula magna, me detuve a respirar un par de minutos y me rasqué detrás de las orejas. Una novedad. En vez de los codos, me rascaba la cabeza por los nervios. Hice un esfuerzo por controlarme al detectar que unas compañeras me miraban raro al ver el frenesí con el que hundía las uñas en mi cuero cabelludo.

—Enhorabuena, Martina —dijo Magne al pasar por mi lado de camino hacia su posición en la atalaya de las últimas filas—. Anatomía, Física, Cálculo y Química, todo sobresaliente.

—¿Cómo te ha ido a ti? —Me rasqué, desesperada.

—Sobresaliente en Física. Notable en Anatomía. El resto, bien. No me puedo quejar —dijo con cara de circunstancias—. ¡Deja de rascarte! Me estás poniendo de los nervios. ¿Esta tarde te llevas el coche?

Sonreí como una tonta y negué con la cabeza. Creo que estuvo a punto de caerme la baba de pura felicidad.

—No. Hoy me voy al Hogar de Cristo desde el San Lucas, con Gorka. ¡Voy a estrenar mi fonendoscopio! Volveré en metro con él, también —dije, emocionada. Era consciente de mi excesivo entusiasmo y Magnus parpadeó, sorprendido.

—Me alegra que estés tan contenta. El mío se quedará petrificado con la forma de la caja, a este paso. —Se echó a reír, con ese sortilegio de ojos azules, piel dorada y hoyuelos que dulcificaban su rostro esculpido a hachazos—. ¿Seguro que no quieres descansar después de la paliza de los exámenes?

«¿Y perderme la oportunidad de pasar más tiempo con Gorka?» Por supuesto, eso no lo expresé en alto. Sabía que Magne sospechaba de mi flechazo por él, pero no habíamos hablado de frente sobre ello. Y creo que no estaba preparada todavía para hacerlo. Aún se me ponía un nudo en la garganta al mencionar su nombre.

* * *

Me despedí de Magnus un poco apresurada, él me dijo adiós con la mano y una sonrisa divertida mientras salía escopetada hacia el San Lucas. Un frío húmedo hacía pesado el respirar, y, mezclado con la contaminación de Santiago, generaba un esmog espeso y desagradable. Me dio igual. Al llegar a la puerta de cristal de la entrada, me tomé unos minutos para colocarme la melena y pensé en ponerme brillo de labios, pero yo no solía maquillarme y no quería resultar tan obvia. Mejor no. Me puse más nerviosa aún, porque Gorka salió del ascensor en ese preciso momento. A punto estuvo de pillarme con el labial en la mano.

—*Kaixo*, chiquitina. ¿Vamos?

Me ofreció su mano y una sonrisa tenue. Yo lo habría seguido al fin del mundo. Entramos al metro en hora punta, con el trasiego de estudiantes abarrotando los vagones. Permanecimos de pie, sujetos a una barra, y yo, como una estúpida, era feliz cuando con cada frenazo la inercia me empujaba hacia su cuerpo. Hablamos, como siempre, dentro de nuestra zona de confort: los exámenes, lo bien que había hecho la presentación, lo poco que quedaba para las vacaciones de invierno en julio...

—¿Qué vamos a hacer esta tarde? —pregunté, un poco cansada

de que los temas de conversación con él siempre girasen en torno a lo mismo.

—¿Tú? Muy poco. Ver, oír y callar. Y aprender mucho —dijo con expresión seria.

—¡Pero, al menos, quiero estrenar el fonendoscopio! —protesté. Me cortaba las alas antes incluso de empezar—. No creo que me pongas a quitarles los piojos a los adultos, ¿o sí?

—Harás lo que haga falta, Martina. De eso se trata el voluntariado, de ayudar donde se necesite; no seas caprichosa —me regañó, como si fuera una niña pequeña.

Y me sentó fatal. No me gustaba que me tratase con tanta condescendencia. Entendía que, al ser de primero, no era de demasiada ayuda, pero aprendía rápido. Ya se lo había demostrado más de una vez. Y no le tenía miedo al trabajo duro.

Caminamos a paso rápido por las callejuelas en torno a la Estación Central. De manera instintiva, me pegué a él. Eran barrios un poco peligrosos y estaba muy oscuro. Se acercaba junio y, con él, los días más cortos del año. Gorka pasó un brazo sobre mis hombros y me estrechó contra su cuerpo.

—No pasa nada. Ya llegamos. Si vienes algún día sola por aquí, escoge siempre este camino y no otro, ¿de acuerdo? —dijo, con sus ojos oscuros clavados en los míos.

Asentí y puse mayor atención en grabar el recorrido hasta llegar a una puerta corredera de hierro vigilada por una garita. Gorka hizo una señal de saludo y se abrió. Un hombre regordete, vestido con un mono de trabajo azul y una gorra a juego, se acercó a nosotros con una expresión llena de curiosidad.

—Este es Lolo, el conserje del Hogar. Nadie entra ni sale sin que él lo sepa, y es el guardián de todos nosotros —comentó Gorka, que le guiñó un ojo con gesto cómplice. El hombre se ruborizó, encantado con la presentación, y se quitó la gorra—. Lolo, esta es Martina Thoresen, estudiante de Medicina. Vendrá como voluntaria de vez en cuando, así que déjala pasar si no estoy yo.

—Encantado de conocerla, doctora Martina. Creo que no se me va a olvidar su carita —dijo con una sonrisa amable—. Si necesita cualquier cosa, venga a la garita y yo se lo conseguiré. Por aquí no pasa nada ni nadie sin que yo me entere.

—Mil gracias, Lolo, aunque no soy doctora todavía. Soy estudiante —corregí, aunque me hacía feliz escuchar mi nombre al lado de mi futuro título—. Tendré muy en cuenta su ofrecimiento.

—Vamos. Te enseñaré dónde está la hospedería.

Miré el reloj, eran casi las seis de la tarde, y supuse que esa era la hora de inicio habitual. Gorka me condujo a paso rápido por una calzada estrecha de cemento. Me gustó la construcción moderna de hormigón armado. Las áreas verdes que la rodeaban dulcificaban el aspecto sobrio de la arquitectura del lugar con amplias extensiones de césped, algunos arriates de flores y grandes árboles. Me detuve frente a una de las frases sobre los muros que flanqueaban nuestros pasos.

—La caridad empieza donde termina la justicia —leí en alto.

—Es una frase del fundador del Hogar de Cristo, el padre Hurtado. Aquí está su tumba —dijo Gorka a mi lado—. Era jesuita, igual que San Ignacio de Loyola.

—Suena muy sindicalista, la frase. —No pude evitar cierta malicia.

—Bueno, escribió un libro que se llama *Humanismo social* y era un gran defensor de la igualdad. —Me miró con una sonrisa invitadora, pero yo no estaba por la labor. Tenía apuntadas referencias de libros de autoría de santos y similares de las clases de Orientación para llenar una balda completa de mi estantería—. Quizá te resultaría interesante leerlo.

—Mi problema con que tu Dios esté mezclado con conceptos como justicia y caridad es que ni me parece muy justo ni me parece muy caritativo —argumenté para que no insistiera. Me había comprado un ejemplar de *Los ejercicios espirituales* por pura curiosidad y no le había encontrado ningún sentido. Prefería el *mindfulness* y el yoga—. Conozco muy bien la Biblia, y en especial, en el Antiguo Testamento, tu Dios me parece vengativo, machista, castigador e injusto. Creo que hombres como San Ignacio o incluso el padre Hurtado son grandes personajes históricos, pero son eso, hombres... al margen de la religión.

Gorka me miró y soltó un suspiro, abatido.

—No voy a discutir, Martina. Eres mucho más inteligente que yo y llegamos tarde. Vamos. —Echó un vistazo rápido al reloj en su muñeca y retomó el camino hacia unos edificios de color rojo colonial—. Otro día debatiremos sobre el Dios de hace dos mil años versus el que yo llevo en mi corazón y me gustaría compartir contigo.

El vasco me soltaba cosas como esas y me dejaba fuera de combate. ¿No me aceptaba en su perfil de Instagram, pero quería compartir conmigo al Dios que llevaba en su corazón? Me quedé estupefacta un par de segundos sobre la acera y tuve que trotar para alcanzarlo.

La hospedería del Hogar de Cristo no tenía nada que ver con el edificio moderno y silencioso del santuario. Detecté una actividad inusitada de personas, sobre todo ancianos que se agolpaban a la entrada. Mujeres vestidas con unos mandiles con el distintivo del centro se afanaban en ordenarlos de alguna manera. Más viejecitos se acercaban con prisas, y me llamó la atención el aspecto descuidado y pobre de algunos de ellos.

—Gorka, esa señora no puede ni andar. ¿La ayudamos? —pregunté, insegura, al ver a una mujer que a duras penas se tenía en pie.

Él volvió a mirar el reloj, llegábamos tardísimo, pero asintió y nos acercamos a la abuelita, que no levantaba más allá de un metro y medio del suelo, pero no por ser bajita, sino porque se encorvaba bajo el peso de los años sobre un palo astillado.

—Señora, ¿la podemos ayudar?

—¡Doctor Gorka! ¡A usted vengo a verlo! ¡Por la espalda, hijo! —exclamó al ver que no daba señales de reconocerla. Él reaccionó con rapidez.

—Pero, viejita, esta es la cola para ir a la hospedería. La del consultorio está por el santuario —le indicó Gorka, con gesto cansado. Señaló en la dirección contraria—. Vamos, la acompaño.

—¡No, doctor! ¡Espéreme un poquito! Primero tengo que asegurarme plaza. —La mujer intentó apretar el paso, dentro de que casi no podía moverse, doblada en dos como estaba—. A las siete cierran la entrada para dormir y, si no, tendré que pasar la noche fuera. ¡Y eso le viene muy mal a mi espalda!

—Martina, ¿puedes ayudarla tú? Si no empiezo ya la consulta, saldremos de aquí tardísimo —me pidió, agobiado. Ya eran cerca de las seis y media—. ¿Sabrás cómo volver?

—Claro que sí.

Eran solo cinco minutos, al menos a mi paso. Apoyada como estaba en el improvisado bastón, era demasiado lenta, así que la cogí del brazo. No me hacía demasiada gracia, aborrecía el contacto con desconocidos. Además, un olor penetrante a suciedad, orina y algo que no supe muy bien cómo definir me generó un intenso rechazo. Pero la ancianita me miró con tal gratitud, y su sonrisa desdentada fue tan sincera, que cualquier rastro de repulsión desapareció.

—¡Así vamos como un avión! —exclamó, divertida. Las dos reímos ante su comparación.

Avanzamos a pasitos cortos pero rápidos y llegamos a la puerta, donde las voluntarias me dieron un paquete con ropa, una toalla, una pastilla de jabón y unas tarjetas que Violeta, así se llamaba mi abuelita, cambiaría por la cena y el desayuno de la mañana siguiente.

—¿Puede acompañarla hasta la hospedería de mujeres? —preguntó una de las voluntarias al depositarlo en mi brazo libre. No me dejaron mucho margen de maniobra. Ya eran casi las siete.

—Por favor, mi angelito, ¡ayúdeme!

—Me llamo Martina, y tengo que marcharme, Violeta.

—No, no. ¡Usted es mi angelito salvador! Acompáñeme, aunque sea a subir las escaleras.

Imposible decirle que no. Seguí sus indicaciones, aunque no había modo de perderse. Un nutrido grupo de personas caminaba, algunos sonriendo y en animada conversación, otros con expresión adusta y en silencio, hacia los edificios de color rojo colonial.

Hombres y mujeres se separaron hacia dos puertas distintas y comenzó el ascenso por las escaleras de madera. A Violeta le había tocado una habitación comunal en el tercer piso y tuvimos que detenernos para que recuperara el aliento, encogida por el dolor, en cada descansillo. Cada vez que exhalaba, dejaba escapar un quejido débil. La miré, preocupada. No estaba muy segura de que fuese capaz de desandar el recorrido hasta la consulta de Gorka.

Cada cama tenía un sencillo número sobre el cabecero de latón. La dejé tendida entre resuellos en la que tenía asignada y llamé al vasco por teléfono. No me contestó, debía de estar con un paciente. Dejé a los pies de la cama el paquete de ropa, pero ella lo reclamó.

—Angelito, no lo deje ahí. Pásemelo para acá. Me pueden robar las tarjetas y me quedaré sin comida, y sin ropa —dijo sin recuperar el ritmo normal de su respiración—. Yo lo vigilo, mejor.

Hice lo que me pidió, escandalizada. ¿Quién podía hacer algo así? Miré a mi alrededor y me di cuenta de que Violeta no era la única anciana con aspecto desamparado. En aquella habitación había veinte camas y sus ocupantes eran mujeres de edades diversas, pero todas tenían algo en común: el aspecto desolador y sin esperanza de la pobreza.

—Usted, que está ahí parada, ¿quiere ayudar? —dijo una voz perentoria a mi espalda.

Me volví, sorprendida. Una de las voluntarias de la puerta, a la que reconocí por el mandil de color rosa, me reclamó a su lado. Violeta dormitaba sobre la cama, así que me acerqué.

—Tengo que ir al consultorio médico del Hogar —intenté excusarme, sin demasiado convencimiento.

—Mejor ayúdeme en el comedor con las cacerolas de las lentejas, que estamos atrasadas.

—Pero Violeta va a perder su hora de atención —insistí. No estaba muy segura de querer meterme en un comedor comunitario. Lugar cerrado. Mucha gente. Mezcla de olores. No. Y lo de la hora de Violeta era verdad.

En ese instante sonó mi móvil. Gorka.

—¿Dónde estás, Martina? Me tienes preocupado —dijo al otro lado de la línea.

—Sigo en la hospedería. He tenido que acompañar a Violeta hasta la habitación, no podía subir sola las escaleras y no tiene fuerzas para volver hasta el consultorio —solté de corrido. La voluntaria me miraba con expresión iracunda y los brazos en jarras—. ¿Puedes venir a verla tú aquí? Tiene mucho dolor y le falta el aire al hacer cualquier esfuerzo.

Emitió un suspiro de resignación y soltó algo en vasco. Seguro que algo muy cristiano no era.

—De acuerdo. Menuda tarde, por Dios. Me acercaré cuando acabe aquí, pero todavía me quedan pacientes. —Miré la hora. Eran casi las ocho y Gorka debió de pensar lo mismo que yo—. Chiquitina, es tardísimo. No quiero que vengas sola hasta aquí. Quédate en la hospedería y nos vemos en la entrada dentro de una hora. La próxima vez nos organizaremos mejor, ¿de acuerdo?

—¡Son solo cinco minutos andando! —protesté, enfadada. Él solo llevaba unos meses en Chile, yo llevaba años viviendo en ese país. Sabía a lo que me enfrentaba—. ¡Si voy corriendo, llego en dos!

—Ni hablar. No te muevas de ahí. Era lo que me faltaba, que te pasara algo bajo mi responsabilidad. Nos vemos sobre las nueve.

Cortó la llamada. ¡Cortó la llamada! Me entraron ganas de correr hacia allí solo para demostrarle que era una mujer que pronto cumpliría los dieciocho años, capaz de desenvolverme en cualquier lugar del mundo, fuera en una ciudad cosmopolita como Oslo o en uno de los barrios más peligrosos de Santiago, y que él no tenía ninguna autoridad sobre mí. Por otro lado, su orden había sido tan tajante que no me atreví.

Sin embargo, no tenía por qué esperarlo sin hacer nada. Al menos haría algo productivo. La voluntaria se había alejado hacia las internas y las dirigía hacia el comedor para la cena.

—¿Todavía necesitas ayuda para las lentejas?

Animales, vegetales y minerales

Un intenso olor a comida mezclado con lejía y vapores calientes golpeó mis fosas nasales. Me detuve un momento para acostumbrarme y controlar el acceso de náuseas que me sobrecogió, pero el resto de las voluntarias seguían a buen paso entre las mesas de trabajo de acero inoxidable de la enorme cocina industrial, así que no me quedó otra que recuperarme.

—Ustedes cinco vayan al comedor masculino; ustedes cinco, vengan conmigo.

Las seguí, todavía atontada. Todas sabían qué hacer y a dónde ir menos yo, pero cumplir órdenes no me suponía más esfuerzo que el de dirigirme a donde me decían y controlar la repulsión que me generaba el hedor. Al menos allí no había demasiada gente.

—Cuidado con quemarse. Tú, angelito, coge la cesta del pan —me indicó la jefa. Todas la llamaban jefa, así que con ese nombre se me quedó. Y estaba claro que yo me quedaba con angelito—. Pongan las ollas en los carros y vayan sirviendo. ¡Solo dos raciones de pan por persona para empezar!

Una voluntaria empujaba el carro, la otra servía los platos, pero estaba yo sola para servir el pan entre las dos filas de largas mesas de ocho mujeres. En total, ochenta. Tenía que correr de un lado a otro con la enorme cesta de mimbre. Al principio me esmeraba en servirlo con unas pinzas metálicas, pero tardaba demasiado y las comensales me gritaban con impaciencia.

—¡Con la mano, angelito! ¡Con la mano, y listo!

Por supuesto, acabé pasando las hallullas* así, porque eran muy delgadas y costaba pillarlas con las pinzas.

Durante casi una hora, repartí pan para acompañar las lentejas, correteando entre todas las mesas. Me dolían los brazos por cargar con el enorme cesto de mimbre. Sospechaba que sufriría problemas de identidad en el futuro porque en ese momento creía llamarme «angelito» en vez de Martina, y mi estómago rugía de hambre, pero ver las expresiones de agradecimiento cada vez que recibían de mi mano una hallulla o una marraqueta** me llenó el pecho de una extraña sensación de felicidad.

—¡Coño, Martina! ¡Mira que te dije que quedábamos a las nueve en la entrada! —bramó Gorka, que irrumpió de manera intempestiva cuando ya terminábamos de fregar las mesas junto con un grupo de mujeres de la hospedería—. Casi me da un infarto cuando no te he visto allí. Menos mal que Violeta me ha dicho dónde estabas. Ya la he revisado, por cierto.

—¿Está bien? —pregunté con ansiedad al ver la hora en mi reloj. Con todo aquel trasiego se me había ido el santo al cielo por completo.

—Tiene un lumbago muy fuerte, pero le he inyectado un analgésico y pronto estará mejor —replicó con un gruñido. Pero estaba enfadado solo a medias. Al verme con un pañuelo en la cabeza, que la jefa nos había dado al entrar en la cocina, y el mandil del Hogar de Cristo, me miró intrigado... y creo que orgulloso.

—No la regañe, doctor Gorka, que nos ha ayudado mucho con la cena de las internas —me defendió la jefa, con una sonrisa. Ella y otra voluntaria sacaron un mantel y volvieron a poner la mesa. Ay—. ¿Quieren comer con nosotras un platito de lentejas?

—Anda, pues sí, que estoy muerto de hambre. Venga, Martina... unas lentejitas, que aquí las chiquillas las preparan de miedo, antes de irnos a casa. —Se sentaron todos a la mesa, donde antes estaban las internas. Se repartieron el pan sobrante de la cesta donde antes

* Pan de forma circular de masa relativamente delgada, elaborado con manteca.

** Pan pequeño y ancho con dos hendiduras transversales.

yo había metido las manos unas cien veces. Se sirvieron de la misma olla. Con los mismos platos. Y los mismos cubiertos—. Vamos, chiquitina. ¡Siéntate! No me vas a decir que no tienes hambre, ¡porque yo me comería un buey!

Soltó una carcajada estentórea, hundió la cuchara en las legumbres y se lanzó a comer.

Y yo no era más que una estúpida; una esnob; una niña caprichosa. ¿Por qué no me quería sentar a comer con ellos? ¿Por mis manías excéntricas, mis fobias dignas de psiquiátrico? ¿O porque me daba asco estar allí?

¿Esa era yo? ¿La Martina que quería ser médica, ayudar a los más necesitados, a los enfermos? Me entraron ganas de llorar ante esa parte mezquina y superficial de mí misma que estaba descubriendo y que no sabía que existía.

—Chiquitina —me llamó Gorka con suavidad. Creo que supo lo que me pasaba. Tendió sus dedos hacia mí y sonrió—. Ven a comer con nosotros.

Tomé su mano. Me tragué mis prejuicios. Yo no quería ser esa Martina. Quería ser «angelito», la salvadora de Violeta, la que echaba una mano donde fuese aunque no tuviera ni idea de por dónde empezar. La que comía lentejas con el equipo de voluntariado.

—Vale, pero solo un poquito, que no me gustan mucho las lentejas —dije con la boca pequeña.

Gorka ensanchó su sonrisa y apretó mis dedos antes de soltarme cuando me senté a su lado. Las chicas hablaban entre risas mientras servían cazos generosos. Yo miré espantada mi plato cuando me sirvieron dos. Cogí una hallulla y partí un trozo para metérmelo en la boca justo después de la cucharada del potaje, un truco que empleaba desde que era pequeña cuando no me gustaba algo de comer.

—Vaya. ¡Qué ricas! —exclamé, sorprendida.

Y con pan, también. No hablé mucho, porque, como tenía hambre, me zampé las puñeteras lentejas y preferí no mirar a nadie por si alguien se había dado cuenta de mi pequeña lucha interna. Sospechaba que solo el vasco había percibido mi rechazo inicial, pero él ya iba por el tercer plato, así que, cuando acabé, los dos estábamos satisfechos y felices.

—Barriga llena, corazón contento —dijo la jefa al ver nuestros platos vacíos. Yo hasta rebañé el resto de caldo con pan—. Me alegro de que les haya gustado. ¿Vienen la próxima semana?

—Tengo guardia. Para la otra, tal vez. Muchas gracias, jefaza. —Se levantó y yo lo imité. Eran más de las nueve y media de la noche, teníamos que irnos—. ¿Vamos, Martina?

—¿Martina? ¡Y nosotras todo el rato llamándote angelito porque Violeta te llamó así! —dijo la jefa tras soltar una carcajada—. ¿Por qué no nos has dicho nada?

Me encogí de hombros y solté una risita divertida.

—No había mucho tiempo para explicaciones, aquí no se para ni un segundo. Muchas gracias por todo —dije con sinceridad. Sentía que me llevaba mucho más de lo que había aportado.

—Vuelve cuando quieras. Te recibiremos con los brazos abiertos.

Salimos de la hospedería en silencio. Gorka volvió a cogerme de la mano en la calle y yo me dejé arrastrar. Hacía mucho frío. Entramos en la zona del santuario del padre Hurtado y yo frené un poco al ver que nos metíamos en el edificio de hormigón.

—Pero ¿qué hacemos aquí?

—Vamos a parar un momento en la consulta. Solo quince minutos.

—¿Por qué? —pregunté, sorprendida—. Acuérdate de que a las diez y media cierra el metro. ¡Se nos va a hacer muy tarde!

—Pues cogeremos un taxi, pero quiero echarte un vistazo en la cabeza.

—¿Cómo?

Lo miré como si se hubiera vuelto loco, pero él entró en un pequeño despacho con camilla que entendí que era la consulta y me señaló una silla frente al escritorio. Encendió una especie de flexo con lupa y lo acercó a mi melena.

—Estate quieta. No has parado de rascarte durante toda la tarde y ahora durante la cena, y tengo una terrible sospecha —dijo con una sonrisa divertida mientras deshacía el moño apretado con el que me había recogido el pelo—. ¡Deja las manos quietas, pequeña!

—¡No! —grité, escandalizada ante la mera posibilidad, mientras manoteaba para apartarlo—. No. No puede ser.

Me miró mechón por mechón. Sentir sus dedos recorrerme la cabeza, aunque fuera en busca de piojos, me resultó placentero. Durante unos segundos, cerré los ojos y me dejé hacer... hasta que una frase me aterrizó a la realidad.

—Mira, me temo que alguno de los niños te pegó los piojos, chiquitina. —Se echó a reír con ganas y me enseñó el parásito asqueroso entre los dedos—. Lo siento. ¡Gajes del oficio!

—¡Qué asco! —lloriqueé. Dejé escapar un gemido de protesta y Gorka soltó una carcajada ante mi indignación—. ¡No me lo puedo creer! ¡Voy a raparme el pelo al cero en cuanto llegue a casa con la máquina de Magnus!

—¡No hagas eso, loca! —exclamó él, alarmado por mi convicción. Estaba más que dispuesta a hacerlo. En ese momento, empezó a picarme todo el cuerpo, no solo el cuero cabelludo. Me rasqué los codos y me estremecí de la repugnancia—. Quédate quieta. ¡No te muevas! Tengo solución de permetrina aquí mismo. Si no te mueves, te la pongo ahora, te la dejas durante el viaje a casa y, cuando llegues, ¡piojos muertos! No será necesario que hagas nada drástico, ¿de acuerdo?

—¿Tú te crees que voy a pasearme por todo el metro de Santiago apestando a loción antipiojos? ¡El loco eres tú, Gorka Gorostiza! —repliqué, furiosa. Lancé una mirada desesperada a mi alrededor y vi que entre el material quirúrgico de la mesa junto a la camilla había un vasito con cuchillas para rasurar la piel—. Mira. Eso mismo me vale. Primero me corto el pelo con las tijeras y luego me paso la cuchilla. ¡Problema solucionado!

Gorka se quedó inmóvil y parpadeó un par de veces.

—No lo dices en serio.

—¡Pues claro que sí! —grité yo. Me dio un ataque de picor y me rasqué la cabeza como una desquiciada. Estaba dispuesta a cortármela también si así acababa con los puñeteros piojos.

—¡Pero vamos a ver, pues! ¿Te da lo mismo colgar un vídeo en Instagram donde sales como Martina Frozen, te importa un pito raparte la cabeza al estilo Hare Krishna, pero no quieres oler a permetrina? —Abrió los brazos en un gesto de impotencia y me miró con cara de cabreo—. ¡Muévete! Vamos a buscar la loción.

—¡Vete tú! ¡Yo te espero aquí! —Me sujeté con las dos manos a la silla.

—De eso nada. En cuanto salga por la puerta, eres capaz de cortarte el pelo y afeitarte la cabeza. —Me cogió de la muñeca y me arrastró fuera de la consulta—. Vamos.

—¡Suéltame!

La cabeza me ardía, no sé si por el cabreo, por los piojos o porque, de rascarme, tenía el cuero cabelludo en carne viva.

A mitad del pasillo me soltó. Lo seguí, bastante enfadada, hasta una pequeña habitación llena de medicamentos y productos de limpieza. Cogió un bote de loción antipiojos como la que habíamos usado en la sala cuna para los niños. Me detuve unos minutos para admirar el orden con el que estaba todo dispuesto. Reconocí la letra redonda e inclinada hacia la derecha de la enfermera y sonreí.

—Juanita ha preguntado por ti —dijo Gorka, más calmado.

—Dale un beso de mi parte la próxima vez que la veas.

—Lo haré.

Quería estar cabreada con él, pero ya no lo estaba. Era algo típico de nosotros. Encendernos como la pólvora y desinflarnos igual de rápido. Me sacaba de mis casillas que fuera tan mandón y, a la vez, le perdonaba cualquier cosa porque era mi debilidad.

—Vamos. Déjame ponerte esto. Ese pañuelo que llevas en el cuello servirá para recogerte el pelo y disimular un poco la loción.

Volví a sentarme tras el escritorio y me sometí con paciencia al baño de antipiojos. Mis ojos lagrimearon. Mi nariz empezó a moquear. Recibir el tratamiento era mucho peor que ponerlo, y Gorka tuvo que parar unos minutos para limpiar mi rostro con unas gasas empapadas en suero fisiológico, porque mis conjuntivas enrojecieron de manera preocupante, pero, tras imbuir bien todo mi pelo, espeso y largo casi hasta la cintura, me puso un gorro de ducha de plástico y, por encima, me ató el fular de tela.

—Estoy horrible —gemí al ver mi cara en el espejo. Hinchada, con la nariz roja como un pimiento, con un olor intenso a antipiojos y un turbante de plástico y otro de tela en la cabeza. Arrebatadora.

—Martina, eres preciosa. Aunque fueras por ahí vestida con una tela de saco, llamarías igual la atención y serías igual de bonita —dijo Gorka con esa sonrisa que dejaba caer de vez en cuando en sus labios.

Se la devolví con gratitud. Vaya. Era la primera vez que demostraba hacia mí un mínimo de apreciación. *Preciosa. Bonita.* Paladeé las palabras y disfruté todavía más la mirada que me dedicó.

—Gracias. ¿Nos vamos? Tenemos que correr o perderemos el último metro.

—¡Vámonos!

Llegamos justo a tiempo. Las puertas se cerraron tras nosotros, que tuvimos que meternos a presión en el vagón abarrotado. Estación Central era un punto neurálgico de comunicación en la ciudad y muchos trabajadores volvían a sus casas a esas horas. Gorka y yo nos apretamos en un intento de dejar algo de espacio entre los demás y nosotros. Resultó imposible.

Yo pensé que el olor de la permetrina sería molesto, pero los tufos de humanidad que se mezclaban a última hora del día hicieron que pasara desapercibido: cuerpos extenuados, trabajadores agotados, sucios, que arrastraban vestigios de sus labores. Un par de obreros con restos de cemento y polvo gris en sus botas y sus ropas de trabajo. Una panadera, que destacaba entre los pasajeros con su uniforme blanco, con el aroma a hogaza aún impregnado en su delantal y que rociaba harina a quien se acercara a ella, como un regalo. El olor ácido del sudor sucio de quien no disfrutaba de una buena higiene personal por falta de oportunidad o de hábito. La sorpresa bienvenida de una florista que llevaba apretado en su pecho las flores marchitas y aún bellas de los restos del día, con aroma a nardos.

—Gorka, necesito bajar. Me estoy agobiando —dije en un hilo de voz. Había hecho todo lo posible por controlarlo, pero la ansiedad ascendía por mi garganta y clavaba sus garras en la base de mi cuello—. Quiero bajar. Quiero bajar en la próxima estación —gemí. Perdía el control a pasos agigantados. No podía aislarme con mis auriculares. No podía moverme. Empecé a hiperventilar. Estábamos en mitad del vagón, agarrados a una de las barras, enterrados en el mar humano.

—Tranquila, Martina. Tú puedes hacerlo. Mírame. Mírame, chiquitina.

Fijé la vista en el café espeso de sus ojos. Él también estaba angustiado, por mí. El tren frenó y yo hice el intento de moverme hacia las puertas, pero estaba atrapada. Atrapada. Atrapada. Dejé escapar un gemido desvalido.

—No, Tina. ¡Mírame!

Volví a centrarme en él haciendo un esfuerzo titánico y Gorka me reclamó entre sus brazos. Me moví como una autómata y enterré mi rostro en su pecho. Me encerró en su cazadora y me besó en la frente, húmeda de loción de piojos.

—Calma. Estás aquí, conmigo. No va a pasar nada. —Su voz grave retumbó en mis oídos, a través del conducto auditivo y también por la cámara de resonancia de su tórax—. Cierra los ojos. Estamos solos, tú y yo. No va a pasar nada.

El latido de su corazón me llamó la atención. Era lento... casi bradicárdico. ¿Cuál era la frecuencia cardiaca normal de un adulto sano? ¿Sesenta latidos por minuto? Intenté calcularla. Uno. Dos. Tres. Cuatro... Me reconfortaba escucharlo, sentía el poder de la bomba de sus ventrículos empujar con fuerza y me di cuenta de que nunca habíamos estado tan cerca el uno del otro.

Me aferré a su espalda, así como estábamos, él de frente y yo de medio lado. Mi angustia desapareció; me sentía segura y en calma, y acomodé mi cabeza en el hueco de su hombro. Mi nariz recibió el regalo del aroma de su piel. Mis labios rozaron su cuello y sentí que ya no querría bajarme nunca de aquel vagón. Sonreí ante aquel pensamiento intruso y debí de hacerle cosquillas en el cuello, porque Gorka se envaró.

—Martina, Tina, chiquitina... aparta —dijo con suavidad.

—No —murmuré sobre su cuello—. He conseguido tranquilizarme. No pienso moverme de donde estoy.

Para consolidar mi afirmación, reforcé el agarre que tenía sobre su espalda. Él se revolvió, incómodo.

—Martina... no soy de piedra.

Me hizo gracia su afirmación y alcé mi rostro hacia él. Rocé su mandíbula con los labios. El tacto áspero de su piel madura era distinto a otros que yo hubiera percibido antes. Inhalé y grabé cada matiz de su aroma masculino en la corteza primitiva de mi cerebro: el trazo lejano de su perfume sobrio, lentejas especiadas, jabón de Marsella en el cuello de la camisa, sudor limpio que ascendía desde sus axilas. Creí estar a punto de caer por la cornisa de una montaña y dejé que la adrenalina me intoxicara. Jamás olvidaría su olor y la calidez de su cuerpo.

Y se inclinó hacia mí. Su boca quedó suspendida a escasos milímetros de la mía. El aliento ardiente que intercambiamos en el estrecho espacio entre ellas nos pertenecía a ambos y a la vez no era de ninguno. Era ahora o nunca. Me sorprendió comprobar que él también avanzaba y nos encontramos en medio de un estallido de fuego. Y por primera vez ardí en llamas, perdí la noción del tiempo y supe de lo que hablaban Adriana y Lena; mi sangre se transmutó en lava y un vacío se abrió en el centro de mi sexo. Gemí. Gorka intensificó la exigencia del contacto y me invitó a abrirme para él con la lengua.

Desconcertada, me sometí. ¿Por qué sentía un anhelo imposible entre mis piernas? ¿Por qué quería que su lengua llenara ese vacío doloroso que nunca había percibido dentro de mí? Respondí por instinto y paladeé el sabor de su saliva. Un hambre infinita, animal, inundó mi pecho, y me entraron ganas de llorar. El frenazo brusco del vagón del metro deshizo el nudo de nuestros labios.

—No te alejes —susurré, casi inaudible.

Todas las células de mi cuerpo se pusieron a gritar cuando se apartó de mí. Intenté pegarme a él de nuevo, pero me sujetó de los hombros y una mirada triste relampagueó en sus ojos.

—No, chiquitina. Quieta. —Cerró los párpados con fuerza y su rostro se contrajo en un rictus de sufrimiento. Yo quise borrar las líneas de tensión que se dibujaron en su frente, pero él me sujetó los dedos y los apretó—. Martina, no. No soy de piedra.

—Y yo no soy una planta —repliqué, desconcertada cuando me soltó y retrocedió un par de pasos hasta apoyarse en la puerta del vagón—. Siento. Sufro. No entiendo. ¡Explícamelo bien! ¿Por qué no?

—Hay tantas razones que no sé ni por dónde empezar. ¿Entiendes que esto no puede volver a pasar? Martina, ¡mírame! —exigió cuando aparté mis ojos de él, más que nada porque las ganas de llorar se habían transformado en una congoja indescriptible y tenía que controlar el vacío desconcertante entre mis piernas, el cambio de marchas que había supuesto el abandono de mi piel y que me quedaba sin un porqué concreto—. Y tienes que respetar mi voluntad. Por mí, pero sobre todo por ti. Eres una niña.

Hice lo que me decía, inexpresiva. Mi cerebro analizaba con la potencia de todas sus neuronas lo que acababa de pasar. Separé la magia del dolor, el frenesí del desconcierto, el placer y la maravilla de la realidad de saber que Gorka seguiría siendo platónico y lo sería siempre. El metro volvió a frenar y tomé conciencia de dónde estábamos.

—Estación Tobalaba, aquí haces el transbordo a la línea 4 para irte a casa —dije con voz monocorde. Hablar hizo un poco más fácil tragarme la bola de pinchos—. Date prisa.

—No. Ni loco te dejo marchar sola a casa. Te acompaño.

Me quedé inmóvil. No lo entendía. ¿Por qué las personas le daban importancia a hechos que no significaban nada y luego te destrozaban con otros a los que parecían no dar ningún peso? Me eché a reír.

—Gorka, es una sola estación de metro, estamos en la zona más rica de Santiago. El vagón está vacío —repliqué mientras señalaba con un gesto a mi alrededor. Era increíble cómo había perdido la noción del espacio y el tiempo entre sus brazos. Como un agujero negro en la tierra donde aparecías en otro instante vital, en el que te habías convertido en otra persona.

—Me da igual. Voy contigo. Al menos hasta el portal.

Me encogí de hombros. Entre nosotros, un abismo de alrededor de unos sesenta centímetros y una pose formal. No me agarró de la mano como hacía antes. No nos dimos un beso en la mejilla de despedida.

—Toma, una liendrera. Lávate la cabeza como siempre y desenrédate el pelo —dijo sin mirarme a los ojos. Alargó la mano hacia mí con una peineta de largas púas de acero—. Luego tienes que pasarte esto para quitarte los huevos. Y no olvides repetir el tratamiento en una semana para que no te vuelvan a salir.

Asentí. La bola de pinchos había vuelto, en gloria y majestad, a mi garganta. Me guardé su regalo en el bolsillo e hice un gesto de despedida con la mano, junto con una sonrisa trémula.

—*Agur*, chiquitina.

Me entró un ataque de risa-llanto en el ascensor. El espejo me devolvió, desde cuatro ángulos distintos y en un reflejo infinito, el aspecto ridículo de mi cabeza envuelta en el fular de colores y anudado en lo alto de la frente. Mis ojos hinchados tenían una almohadilla roja a su alrededor, a excepción de en el párpado inferior, donde destacaban unas fabulosas ojeras violáceas, producto de las dos semanas de exámenes. Cerré los ojos y mi mente me recompensó con el recuerdo del aroma de Gorka, pero enseguida el olor intruso de la loción antipiojos me devolvió con una bofetada a la realidad. La historia de mi vida.

—¿Qué te ha pasado en la cabeza, Martina? —dijo Magnus, alarmado al verme llegar así—. ¿Estás bien? ¿Quieres cenar algo? Son más de las once de la noche.

Negué con la cabeza. Me descalcé y subí las escaleras hacia mi habitación por pura disciplina, porque me habría quedado feliz a dormir en el suelo del vestíbulo sin más.

—Voy a la ducha. He cogido piojos y llevo puesto un tratamiento. No estoy bien, Gorka me ha besado, luego te cuento, ahora necesito procesar —lo solté todo de golpe, en respuestas cortas. Después de todo, él me había preguntado—. Ya sabes lo que significa. Dame un par de días. No. Igual mejor un par de semanas y hablamos. He cenado lentejas. Después me voy a dormir.

Magnus se echó a reír, divertido, con la palabra *piojos*, pero soltó un «svarte helvete» y salió disparado del sofá con mi bomba sobre Gorka. Me siguió en silencio hasta la habitación y me miró, preocupado.

—Estoy aquí, para cuando quieras hablar.

—Lo sé.

Nos abrazamos con fuerza hasta que lo empujé, un poco impaciente. Quería quitarme aquel olor asqueroso.

—Oye... ¿crees que yo también debo ponerme tratamiento para los piojos? —preguntó de pronto. Comenzó a rascarse la cabeza.

No pude evitar una sonrisa pese a mi profunda tristeza.

—En cuanto salga de la ducha, te miro. Ahora soy experta en plagas de piojos y sarna.

Preguntas difíciles

Los putos piojos provocaron una crisis familiar. Al final, Martina me los había pegado a mí también.

Pasamos toda la semana en labores de desparasitación por las tardes mientras estudiábamos. Acabé siendo el amo de la liendrera. Aun así, mi hermana insistió en que el fin de semana, papá y mamá, cada uno por separado, nos revisaran las cabezas.

—Papá, ¿no podrías mirarnos también con las lupas de microcirugía, por si acaso? —rogó Martina el domingo, cuando ya pensábamos que el tema estaba superado por fin.

El despioje había incluido la noche del viernes con el pelo en vinagre, repetir la solución de permetrina la del sábado y esconder las máquinas de afeitar y las maquinillas de toda la casa, porque seguía considerando seriamente raparse la cabeza, tal era la obsesión que le había entrado con los malditos bichos. Para acabar con su neura y evitar que se convirtiera en una más de sus obsesiones, mi padre cedió. A veces había que levantarles un altar tipo San Pedro del Vaticano.

—Ven, *liten jente* —dijo con el maletín del sofisticado material de quirófano ya preparado junto al sofá. Se colocó las lupas y encendió la luz LED.

Martina se sentó en el suelo, entre sus piernas, y se entretenía con su móvil mientras mi padre examinaba el cuero cabelludo de mi hermana por tercera vez en aquel fin de semana.

—Chicos, ¿un café? —ofreció mi madre tras soltar un enorme

suspiro de resignación. Mi padre contestó con algo parecido a un gruñido y yo también.

Estábamos todos tranquilos en torno a la chimenea, disfrutando de aquel café tardío acompañado de chocolates, cuando soltó la bomba.

—Mamá, los orgasmos con sexo penetrativo, ¿son iguales a los que tienes cuando te masturbas?

Juro que a mi padre se le salió el café por la nariz al atragantarse. Comenzó a toser y se puso rojo como la grana. Tosía, tosía y tosía.

—*Svarte helvete, Martina!* —farfulló mientras mi madre le daba golpes en la espalda.

—¡Papá! ¡Me has salpicado de café! —protestó, airada. Se pasó la mano por el pelo, muerta de la risa.

—De verdad, Tina... —La miré entre gestos de negación con la cabeza; todavía, después de diecisiete años, era capaz de sorprenderme. Tuve que reírme también—. No sé cómo sobreviven a tus ocurrencias.

—¿Qué? —preguntó con cara de no darse cuenta del impacto que sus palabras habían tenido en nuestro pobre padre—. A ver, en esta casa se supone que somos abiertos para estas cosas, ¿no? Además, ¡la culpa la tienes tú, papá!

—¿Yo? ¿Por qué yo? —Su cara recuperó el color, recolocó las lupas, que se le habían caído de la nariz con el exabrupto, y continuó con la búsqueda.

—Mentalidad escandinava y todo eso. Siempre andas en pelotas por casa. ¡Si hasta yo sé que tienes un testículo más grande que otro! —soltó Martina, con su precisión clínica de siempre. Yo me mordí la lengua, descojonado—. Y no es que tú y mamá seáis muy discretos que digamos cuando tenéis sexo.

Se cruzó de brazos y clavó los ojos en mi madre, que lo observaba todo con una sonrisa divertida a su lado en el sofá.

—A ver, mamá, esto es importante para mí. ¡Contéstame!

Yo escuché con atención. Supuse que la pregunta venía por el beso que ella y Gorka habían intercambiado. Me lo había contado como si hubiera sido la única persona en el mundo que hubiese besado a otro ser humano. Veía unicornios y arcoíris sin parar de suspirar por las esquinas al tiempo que sufríamos la crisis de los piojos. Martina en plena fase maniaca.

—Bueno —dijo mamá tras pensárselo un momento—, supongo que será diferente para cada persona, pero, para mí, no es lo mismo.

—¿A qué te refieres? —presionó ella.

—A que un orgasmo siempre es placentero, pero, en mi caso, y esto es una percepción personal, la penetración aporta un extra de placer.

—¿Es necesario que tus hijos estén escuchando esto? —gruñó mi padre.

—¡Cállate, papá! —dijimos Martina y yo al unísono, muy interesados en lo que fuera que nuestra madre tuviese que decir.

—En realidad, lo que yo opine da igual. Cada uno tiene que encontrar la manera de que el sexo sea más satisfactorio dentro y fuera de la pareja, hija —prosiguió mi madre, sin darle demasiada importancia. Acarició los mechones rubios que enmarcaban el rostro anguloso de mi hermana y sonrió—, tanto en los momentos en los que lo disfrutas en soledad como en aquellos en los que lo compartes con alguien. Sois jóvenes y aún tenéis mucho que aprender y descubrir.

—Pero no tiene mucha ciencia, ¿no? ¿Cuánto más hay que aprender y descubrir? —preguntó Martina, insegura—. Se supone que la mecánica es sencilla.

En ese momento, identifiqué una de esas miradas misteriosas que intercambiaban mis padres a veces y que tanto me intrigaban. Los ojos azules de papá se engarzaban con los de mamá con una complicidad infinita y se decían tantas cosas, dejándonos a mí y a mi hermana totalmente excluidos, tanto que parecían confinados en un mundo aparte.

Mi padre soltó una carcajada y se quitó las lupas. Le dio un beso a Martina en el pelo.

—Hija, el sexo es el mayor campo de juegos del que podemos disfrutar los adultos. Puede que, desde el punto de vista mecánico, como tú dices, no tenga mucha ciencia —admitió con una sonrisa.

Se levantó del sofá y dio la revisión de su cabeza por terminada—, pero te aseguro que encierra posibilidades infinitas. Espero que jamás te aburras de disfrutar de él.

Se llevó la taza a la cocina y yo ocupé su lugar en el sofá. El fuego crepitaba en llamas naranjas, amarillas y violáceas, y su baile acabó por adormecerme. Martina retomó la conversación donde la había dejado.

—Mamá...

—Dime, hija.

—La razón por la que te he preguntado esto es porque a veces... —titubeó, y eso me hizo espabilar. Martina era certera como un bisturí y sus preguntas siempre hacían diana. No era habitual que dudase. Me quedé quieto y con los ojos cerrados, sintiéndome un poco culpable por violar la intimidad del momento madre e hija—. A veces no sé qué sentir cuando estoy con un chico. Quiero decir, que me tocan y no siento nada. Es agradable, pero no es apoteósico. ¿No se supone que hay que ver fuegos artificiales y esas cosas?

Tuve que morderme la lengua para no echarme a reír. Menos mal que mi madre ya lo hizo por mí, con esa risa suave y acariciadora que invitaba a reposar la cabeza en su hombro y dejarse acariciar el pelo como cuando éramos unos niños.

—Ay, Martina. ¿Quién no te ha hecho ver fuegos artificiales?

—¡Mamá, eso no se pregunta! —exclamó, toda indignada; se escapó por la tangente. Recordé el episodio de Denis el Pez. ¿Todavía le daba vueltas a aquello? Sentí dolor por mi hermana—. El caso es que me besan o me tocan y sí, está bien, pero no es nada del otro mundo. No sé. Igual es que me pasa algo raro.

—Anda, ven aquí. —Estaba casi seguro, por el ruido sonoro de un beso, que mi madre la estaba achuchando. Ella gruñó y yo reprimí una sonrisa—. ¡Qué te va a pasar! Lo más probable es que no haya sido con la persona correcta, que no te gustase lo suficiente o que te fuera indiferente. ¿Es así?

Silencio de Martina. Mi madre era una persona inteligente en extremo y nos conocía muy bien.

—Puede ser —contestó ella.

—Ahí lo tienes —dijo mamá, con tono triunfante—. Hija, no

puedes pretender, siendo como eres de racional, desconectar lo que eres de lo que sientes.

—¿Qué tendrá que ver una cosa con la otra?

Hasta yo, tumbado como estaba en el sofá, sentí ganas de darle un par de bofetadas.

—¡Tiene mucho que ver! No desprecies el deseo y la atracción, hija. Por mucha curiosidad que tengas a la hora de sentir un beso o una caricia —explicó mi madre, con una paciencia digna de un premio Nobel—, si la persona con la que compartes ese momento tan especial no te gusta, ¿cómo va a ser algo placentero?

—Pero, mamá, si me tocan un pezón o el clítoris, es una zona erógena y se supone que me tengo que excitar —terció ella, terca como una mula. Yo tuve que taparme la boca con la mano y fingir un ronquido. Me quedé inmóvil un rato y no me prestaron atención, pero casi descubrí mi labor de espionaje—. ¿Cuál es el problema?

—El problema es que la excitación y el deseo no son mecánicos, intervienen muchos más factores —le aclaró con cariño. Lo del premio Nobel se quedaba corto. Debería ascender directamente al Valhalla o a los altares católicos de santidad—. Intervienen la atracción, la provocación, el anhelo, la respuesta física, sí, pero también la mental. La reciprocidad. La causa y el efecto, Martina. Tú provocas algo en él y él provoca algo en ti. —Hubo un silencio de unos segundos—. ¿Entiendes lo que quiero decir?

—No. La verdad es que no.

—Ya lo entenderás, hija. Cuando des con la persona correcta, lo harás.

Al cabo de un momento oí las pisadas ligeras de mi madre subir las escaleras y mi hermana se dejó caer a mi lado en el sofá. Soltó un suspiro.

—Me estás triturando un pie.

—Oh, perdón —murmuró, y levantó el culo lo mínimo para que yo pudiera sacar la parte de mi anatomía atrapada entre sus posaderas y el asiento.

—¿De qué hablabais? —pregunté, haciéndome el loco mientras me incorporaba para sentarme a su lado.

Ella se encogió de hombros y alzó las cejas en una mueca de expresión incierta.

—Si te digo la verdad, no lo sé. A veces tengo la sensación de que me habla en chino.

—¿Y eso?

—Hablábamos de chicos; de sexo; de lo que se supone que tengo que sentir. Y yo no siento nada de eso que se supone que hay que sentir —dijo, preocupada—, hasta ahora.

La miré durante un instante para calibrar qué decir sin delatar que las había estado escuchando.

—¿Qué se supone que tienes que sentir, Martina? Si te sientes bien, a gusto...

—Es que ese es el problema, que no siento ni frío ni calor. No siento nada. Hasta ahora. Ya sabes...

—Con Gorka.

—Con Gorka. Pero me ha dejado bien claro que no puede volver a pasar. Y con los otros chicos nunca he sentido nada. ¡Nada! —comentó, con desaliento—. Y yo quiero sentir todas esas cosas otra vez, Magne. Ese beso me voló la cabeza. Yo creo que hay algo raro en mí.

—Y yo creo que es lo que dice mamá. Sí, lo siento. He escuchado la conversación —salí como pude del paso, pero odiaba verla así, tan perdida, tan confundida y agobiada—. Aún no has encontrado a la persona adecuada. A veces, y sobre todo las primeras veces, son un asco, Martina. No te presiones. No siempre tiene que ser bueno, ni tienes por qué ver fuegos artificiales. Dale tiempo. Y permítete conocer a alguien que realmente valga la pena. Cuando lo vivas, te darás cuenta de la diferencia. Gorka no es el único hombre de la tierra. Ya lo verás.

Me regaló su sonrisa de aurora boreal y sus ojos de Bambi. No se lo dije, porque sabía cuánto odiaba ese apelativo por muy cariñoso que fuera, pero la besé en la mejilla y me repantingué de nuevo en el sofá. Nos quedamos en silencio, mirando embobados las llamas. Sonreía y la preocupación había desaparecido de su rostro. Con eso me bastaba.

* * *

La charla entre mi madre y mi hermana me hizo pensar en cómo, cuando la persona era la adecuada, lo que sentías se multiplicaba y se vivía con mayor intensidad. Me pregunté cómo sería tener bajo mi cuerpo por fin a Adriana. Tenía que hacer algo; hablar con ella o lanzarme; cristalizar aquella tensión entre nosotros en al menos un beso y ver qué pasaba. Tomar una decisión.

Utilicé los piojos como excusa.

—¡Eh, Dana! —la intercepté a la salida de clase. Se dio la vuelta, alarmada por mi tono de urgencia—. Necesito hablar contigo.

Se despidió de su grupito de amigas, que intercambiaron risas tontas mientras me saludaba con esa manera suya, sensual y envolvente.

—¿Qué pasa, Magnus? ¿Martina está bien? ¿Hay algún problema?

—Nada grave, pero sí, hay un pequeño, minúsculo, problema. Martina y yo cogimos piojos —anuncié con una enorme sonrisa. Adriana abrió los ojos como platos.

—¡¡¿Qué?!!

—No te habrá picado la cabeza en los últimos días, ¿verdad?

—¡No me lo puedo creer! —Soltó un gemido angustioso y salimos al patio—. ¡Recuerdo con horror cuando mi madre nos ponía vinagre y nos pasaba la liendrera cuando éramos pequeñas! ¡No me puede estar pasando ahora!

—Acompáñame a casa y déjame revisarte. Estoy hecho un experto —ofrecí con generosidad. No tenía muy claro cuáles eran mis intenciones con el ofrecimiento, pero no eran desparasitarla—. Tengo loción y liendrera preparadas.

—De acuerdo. No puedo creerlo. ¡Me muero!

Tuvo suerte. Revisé con sumo cuidado su espesa cabellera negra y ondulada. Sentir entre las manos las guedejas largas y brillantes me puso a mil. Yo estaba excitado. Ella no paraba de preguntarme si tenía algo.

—No tienes nada, Adriana. Te has salvado —dije con la voz un poco ronca. Quiso levantarse y la retuve—. Espera. Déjame peinártelo.

Le desenredé el pelo con los dedos; ella se quedó inmóvil y en silencio durante unos minutos en que la tensión entre nosotros creció hasta hacerse insoportable.

—¿Qué estás haciendo, Magnus?

Supe que no se refería a su melena.

—No lo sé con certeza, Adriana. Solo sé que, de un tiempo a esta parte, algo entre nosotros ha cambiado... al menos, para mí. —Por un momento tuve la sensación de que me estaba inmolando, pero ya no había vuelta atrás—. Este juego eterno que nos traemos entre manos, este tira y afloja que no llega a ningún sitio... Empiezo a cansarme. Tú, ¿no?

Dividí su cabello en tres partes iguales y empecé a trenzarlas. Era hábil con los dedos. Siempre lo había sido. Rocé su cuello y ella emitió un gemido casi imperceptible. No contestó.

—Cuando estás cerca de mí, ya no quiero risas y bromas. Quiero otras cosas, y no sé si tú quieres lo mismo. Cuando estás lejos, me duele y no paro de pensar en ti —dije con ambigüedad. Su falta de respuesta me impidió hablar con mayor contundencia. Busqué protegerme de alguna manera en mi desnudo frontal mientras tejía su larga trenza—. Siento que camino por el filo de un cuchillo y no sé en qué lado del borde voy a terminar.

Adriana seguía callada, con la mirada fija hacia delante. Estaba sentada entre mis muslos, donde se había colocado para que le revisara el pelo. Estábamos muy cerca el uno del otro. Terminé mi trabajo. Aferré su trenza y la obligué a girar la cabeza y mirarme a los ojos. Tenía los iris más oscuros que había visto en mi vida. Tanto, que sus pupilas eran muy difíciles de distinguir. Sus labios, entreabiertos, quedaron a escasos centímetros de los míos, y tuve que contenerme para no abalanzarme sobre ellos y besarla. Sabía que, si lo hacía, sería fácil para mí rendirla, pero no quería hacerlo de esa manera.

—¿No vas a decir nada? —presioné.

Dana tragó saliva. Por un instante, el aire entre nosotros se cargó de una energía potente. Mi nivel de excitación se disparó. Tiré de su trenza y la forcé a extender más el cuello. Quería someterla a mis deseos, que se rindiera a mis designios, que cediera al fin ante mí. Pero una risa cristalina y amable echó por tierra todas mis intenciones.

—Ay, Magnus... ¡Qué intenso eres! —Se apartó de mí y rompió la magia. Se puso de pie y me dio un beso en la mejilla. Yo sacudí la cabeza, como si despertara de un sueño—. ¿De qué cosas me hablas? ¡Somos amigos!

Se alejó unos pasos, deshizo la trenza que le había hecho y se sacudió el pelo en un gesto tan sexy y despreocupado que me dolió. Me sentó como una patada en el estómago.

De acuerdo.

Menuda hostia.

Compuse como pude una sonrisa de circunstancias.

—Sí, es cierto. No sé en qué estaba pensando. Perdona —dije con un tono de voz normal. Me encogí de hombros y me levanté del sofá también. Ella me miró con curiosidad—. A veces me da por confundir las cosas. No me lo tengas en cuenta.

—Además, estoy saliendo con Tito, ¿recuerdas? ¿El interno de sexto?

—Sí, sí. Es cierto. —Eché un vistazo al reloj—. Vamos, se hace tarde. Hablamos de camino a la universidad.

Caminar hacia la facultad hizo que la humillación se diluyera un poco con el movimiento. Así al menos dejábamos atrás el momento extraño que habíamos vivido en el salón de casa.

—Estamos bien. Es maduro, me da lo que necesito. Esos años se notan, Magnus. Lo entiendes, ¿verdad? —dijo con tono condescendiente.

Joder, no hacía falta hurgar en la herida. Parecía que lo hacía a propósito. Quizá así era y decidí que Dana tenía que dejar de ser un problema. Solo necesitaría un poco de tiempo y de espacio para cicatrizar.

—Claro. Lógico. Cinco años, ¿no? —Ella asintió y puso una expresión de traviesa complicidad que me hizo reír por no llorar—. Esas cosas se notan, como tú dices.

—Me alegra que lo entiendas. Esto no estropeará nuestra amistad, ¿verdad? —terminó de rematarme ella cuando ya nos separábamos para ir cada uno a su clase.

—Para nada, Dana. Ya me conoces. Funciono por impulsos. Nos vemos.

Hizo el amago de echarme los brazos al cuello, pero me hice el tonto y me giré hacia la puerta del aula magna y entré sin tocarla. Necesitaba un periodo de desintoxicación. Y ella era inteligente y sabía que lo iba a entender sin tener que explicárselo.

Maniobras de evasión

Tardé un par de semanas en entender que Gorka me evitaba. El primer viernes de Orientación tras el beso en el metro, nos encontramos con la feliz sorpresa de que la clase se suspendía porque tuvo un problema personal. Todos menos yo suspiraron aliviados por marcharse a casa una hora antes de lo previsto. Cuando el lunes le mandé un wasap para coordinar la consulta en el Hogar de Cristo, me contestó con brusquedad que tenía guardia. Perfecto. Lo entendía.

Sin embargo, cuando el viernes siguiente la clase de Orientación volvió a suspenderse porque tenía quirófano cardiaco, intercambié con Magnus una mirada suspicaz.

—¿Sabes qué te digo? Que me voy a acercar al hospital —solté, resuelta. Tal vez no era por mí, pero, entonces, algo le pasaba. Quizá ese «problema personal» era más grave de lo esperado y no podía evitar preocuparme por él. Después de todo, seguía siendo mi tutor. Y yo seguía colgada de él, aunque de pronto casi no me hablara.

—Martina, ¡déjalo en paz! —replicó mi hermano—. ¿Por qué no aprovechas las horas de libertad y haces algo productivo? —Él se preparaba para irse a Farellones a esquiar durante todo el fin de semana. Bien por él. Yo tenía que estudiar.

—No. Tengo que resolver esto. Y tú deberías hacer lo mismo con Dana —aproveché para presionarlo, pero él solo sonrió y negó con la cabeza.

Debía de ser una técnica masculina generalizada, lo de huir de nosotras. Magnus hacía lo mismo que Gorka estaba haciendo conmigo: una maniobra de evasión. Me había contado el fracaso de su intentona y su necesidad de poner un poco de distancia con Adriana, al menos durante una temporada, así que las cosas estaban muy raras en el núcleo: Many, en España; Tony y Lena, a lo suyo, dedicados a sus carreras y bastante desconectados de nosotros, y, por el momento, Dana en cuarentena. Yo la echaba de menos, pero Magnus era mi hermano.

Papá me había prohibido entrar al área de los quirófanos cardiacos, así que cero posibilidad de asomarme por allí. No me quedaba otra que pedirle ayuda a mamá, aunque no tenía muy claro cómo hacerlo sin tener que dar explicaciones un poco incómodas.

Además, mi madre estaba ocupada en la consulta y tuve que esperar casi una hora antes de que volviese a su despacho. Al menos pude estudiar un poco. Me sacó de bioestadística con un beso y un abrazo a traición desde atrás.

—¡Hola, hija! ¿Y esta visita?

—Mamá, necesito hablar con Gorka por un tema de tutoría de Orientación —contesté, sin decir ni una verdad ni una mentira—. ¿Sabes si está en quirófano ahora? No quisiera molestarlo. Ha suspendido la clase de hoy.

—Vaya. Pues no tengo ni idea. Supongo que estará en la programación. —Se sentó delante del ordenador y tecleó con rapidez frente a la pantalla. Yo me levanté de la butaca y me instalé junto a ella, sin delatar mi curiosidad—. Humm... Gorostiza... Gorostiza... Quirófanos programados por la mañana. Sí, aquí está. Toda la mañana ocupada. Quirófanos programados por la tarde... solo uno. Pero debería haber terminado, la segunda cirugía de la tarde empieza cuando él tiene la clase de Orientación, y él no está. ¿Se habrá alargado la operación por algún motivo? —se preguntó mi madre. Cogió el teléfono y a mí me entró un nudo en la tripa, porque tuve la certeza de que estaba metiendo a Gorka en un lío por una estupidez infantil—. ¡Hola, Bettina! Necesito localizar a Gorka. ¿Está por ahí?

—...

—Oh... entiendo. Gracias, Bettina.

Mi madre colgó y me miró a los ojos con expresión desconcertada.

—Gorka no está en quirófano. Se supone que tenía clase de Orientación y que se marchó nada más terminar la primera cirugía de la tarde —informó mi madre. Se colocó la melena tras las orejas, con expresión preocupada—. Es extraño, ¿no? Gorka es muy responsable.

—¿Estará bien, mamá? El viernes pasado también suspendió la clase. Dijo que había tenido un problema personal. —Me angustié. A lo mejor le había pasado algo—. ¿Por qué no lo llamas? ¿Por qué no le dices a papá que lo llame?

—Tu padre está operando ahora, pero tienes razón. Lo haré yo.

—Mamá, no le digas que he sido yo quien ha tratado de localizarlo, por favor —supliqué. No quería que supiera que estaba preocupada por él. Ni tampoco que había sido yo quien lo había delatado—. Por favor.

Mi madre me miró a los ojos durante unos largos segundos. Intuyó que había algo más. Seguro. Pero no indagó. Asintió, despacio, y buscó en el móvil su contacto. Yo esperé, angustiada, mientras sonaron varios tonos, hasta que por fin contestó. Mi madre me hizo un gesto con el índice sobre los labios para que permaneciera callada y lo puso en altavoz.

—¡Hola, Gorka! Perdona por llamarte, pero he tratado de localizarte en el hospital y no he podido dar contigo. ¿Va todo bien?

—Hola, Inés. Todo bien. Solo necesitaba... necesitaba descansar. Eso es todo —respondió con voz arrastrada, como si emergiera de un sueño profundo.

—Te llamaba para invitarte mañana a un asadito en Farellones, hace tiempo que no vienes a vernos —improvisó sobre la marcha. Sonreí. Mi madre era genial—. Estaremos solo los de la familia. ¿Te animas?

Un silencio, que parecía contener una duda entusiasmada, llegó desde el otro lado de la línea.

—Mil gracias por la invitación, Inés. Te lo agradezco en el alma, pero, de verdad, necesito descansar —acabó por decir, con una risa lenta y tenue, exhausta como si le costara sacarla de su interior—. Voy a hacer una cura de sueño en casa. En otra ocasión.

—¿Va todo bien, Gorka? ¿Seguro? —presionó mi madre de nuevo.

Otra vez me pareció que tardaba más de lo debido en contestar. Quizá solo era el agotamiento.

—Todo bien. Algunos días son más difíciles que otros, pero está todo bien —contestó de manera críptica—. Gracias por llamar, Inés. Un beso para toda la familia.

—Un beso, Gorka. Sabes que estamos aquí para lo que necesites.

—Lo sé. Gracias, Inés.

Mi madre colgó la llamada y se sumió en un silencio, preocupada, durante un momento. Yo intenté respetar sus pensamientos, pero al final me pudo la curiosidad.

—Mamá, ¿qué le pasa a Gorka? ¿A qué se refiere? ¿Por qué tiene días difíciles? ¿Es por lo del accidente? —disparé a bocajarro. Necesitaba saber, pero me detuve de golpe al ver la mirada seria que me dedicó.

—Martina, deja a Gorka tranquilo, ¿de acuerdo? No está siendo fácil para él superar la pérdida de su madre y de su hermana y, a veces, necesita un poco de tiempo para recomponerse y seguir adelante —me pidió con gravedad. Intenté replicar algo, pero ella sujetó mi mano por encima del escritorio y me interrumpió—. Papá y yo estaremos pendientes de él. No te preocupes... pero déjalo en paz.

—Pero, mamá, ¿qué les pasó? ¿Por qué tuvo que venir a Chile? —No entendía nada. No era lógico—. Si pierdes a alguien que quieres, ¿no es mejor quedarte con tu familia?

—A veces lo que dejas atrás es demasiado doloroso y necesitas un cambio de aires para superar la pérdida —dijo con una sonrisa triste—. Gorka necesitaba salir del ambiente donde estaba, alejarse un poco de los recuerdos dolorosos. Por eso está aquí.

—No lo entiendo —insistí.

—No tienes nada que entender. Venga, tengo que volver a la consulta. ¿Puedo confiar en que lo dejarás en paz? —Mi madre me fulminó con la mirada y me pregunté si no tendría de verdad poderes para leer la mente, porque yo ya estaba urdiendo un plan para acercarme hasta su casa.

—Sí, mamá.

La miré a los ojos y no mentí.

Porque no sería yo quien lo hiciera. Mandé a Magnus de emisario.

* * *

Martina me puso sus ojos de Bambi. Alegó todos los favores que le debía desde que empezamos la carrera, que eran muchos, y luego me manipuló diciendo que Gorka estaba hecho polvo por la muerte de su madre y de su hermana y que necesitaba apoyo moral. Sin embargo, lo que me empujó a desaparecer de allí a toda prisa fue la presencia de Adriana.

—¡Hola, Martina! ¡Hola, Magnus! —nos saludó con un beso y un abrazo, como si no hubiera pasado nada. Quiso incluirse en la conversación con el entusiasmo de siempre y enroscó su brazo en el de mi hermana e hizo lo mismo con el mío, pero yo me aparté—. ¿Qué te pasa? ¿Te vas? ¿No vamos al Tiramisú a tomar algo?

Solíamos quedar por las tardes si no teníamos nada que estudiar, pero a mí se me habían quitado las ganas. Tony y Lena no tardarían en llegar y, aunque me apetecía estar con ellos, serían un daño colateral. No quería estar cerca de Dana. Me hacía daño.

—No. Tengo una emergencia familiar —dije sin especificar. Martina estaba al corriente de todo y sabía que podía contar con su lealtad, por mucho que no estuviera de acuerdo con mi manera de enfrentar el asunto—. Voy un rato a casa de Gorka. Os llamo después.

Le di un beso a Martina en la mejilla y la dejé a ella con la cara estirada hacia mí y expresión ofendida cuando me marché sin más. Tal vez era infantil, pero también era un buen mecanismo de defensa.

Cogí la línea 4 del metro y después caminé hasta el antiguo piso de soltera de mi madre. El barrio de Las Lilas es muy agradable, una zona residencial con amplias avenidas y árboles grandes, menos transitada que el Sanhattan, donde vivíamos nosotros. Podías asociar la personalidad de papá y mamá con los lugares donde habían vivido.

Tuve suerte. La puerta del edificio estaba abierta, pero el conserje no parecía estar por allí, así que entré. Me pregunté qué diría mi padre ante tamaña falta de seguridad, aunque a mí me venía de perlas para evitar que me anunciara y pusiera a Gorka sobre aviso. Cuando abrió la puerta tras tocar el timbre un par de veces con insistencia, su expresión de sorpresa me hizo reír.

—¡Magnus! Pero ¿qué haces tú aquí, pues?

Entré un poco a la fuerza, porque abrió, pero no mucho. No pudo hacer nada cuando me colé en el estrecho espacio entre él y la pared y me planté en el interior del piso. Se oía música clásica, no sé cuál; eso era terreno de Martina.

—Qué poca luz tienes aquí, ¿no? —pregunté, extrañado. Estaba muy oscuro para ser las seis de la tarde.

—Estaba durmiendo una siesta. He tenido un día de quirófanos de mierda —comentó, desabrido. Me quedó claro que le molestaba que estuviera allí. Encendió la luz. Yo abrí las persianas y dejé entrar la claridad gris de la tarde—. Oye, ya sé que este piso es de tu madre, pero soy yo quien vive aquí ahora.

—Lo sé, pero te vendrá bien un poco de aire fresco. —De hecho, allí dentro olía bastante a cerrado y abrí las ventanas. El aroma a las lilas que daban nombre a la plaza entró por la ventana; aquella variedad florecía todo el año; mi madre me había dicho el nombre, pero yo no la recordaba—. Gorka, ¿estás bien?

—¿Qué te hace pensar que no lo estoy? —se defendió con suspicacia.

Me armé de paciencia. Tenía mucha práctica con Martina y todo el tiempo del mundo.

—La semana pasada nos dijiste que tenías un problema personal y suspendiste la clase. Esta semana, que tenías una cirugía urgente y resulta que no es verdad. —Decidí hacerlo a la noruega. Él no movió ni un solo músculo—. Para nosotros eres de la familia. Y nosotros nos preocupamos por los nuestros.

—El clan Thoresen Morán —dijo, en un tono que me pareció un poco despectivo.

—Exacto. No solo se trata de poner la mesa o de cocinar —aclaré ante su sonrisa torcida—. Somos un frente unido.

—¿Esto es cosa de tu madre?

Negué con la cabeza.

—No. Mi madre nos ha dicho que te dejemos en paz.

—Pues deberías hacerle caso.

Se asomó a la ventana del salón y se apoyó en el alféizar con un gesto cargado de derrota. Hundió la cabeza entre los hombros y después se volvió, enfadado.

—Entonces es cosa de tu hermana, ¿verdad?

—Sí. Y la única razón por la que no ha venido es por lo que pasó entre vosotros. Porque ha querido guardar las distancias y respetar tus deseos y porque mi madre se lo ha pedido a ella, no a mí —solté, un poco cabreado por la manera en que me trataba—. Pero ya me voy. Ya veo que estás bien. Solo quería decirte que estamos aquí para lo que necesites. Para hablar, para una borrachera, para subir al monte... lo que sea.

Me levanté del sofá para marcharme ante la nula respuesta por parte de Gorka. Yo más no podía hacer. No era cerrado, era hermético.

—Espera, Magne —me pidió cuando ya tenía el picaporte en la mano—. Perdona. Tómate una cerveza conmigo. Soy un maleducado. Siéntate.

Suspiré y volví sobre mis pasos. Imaginé que el hecho de ser tratado por nosotros como un príncipe lo hizo reaccionar. Cada vez que venía a casa, nos desvivíamos por él, y a mí no me había ofrecido ni un vaso de agua. Sonreí en agradecimiento cuando me abrió una lata de Estrella Galicia y se sentó frente a mí en el sofá. Bebimos la cerveza en silencio hasta que él se decidió a abrir la boca. Yo ya había dicho suficiente. Le tocaba a él.

—¿Qué tal está Martina?

—Confundida.

No iba a ponérselo fácil. Y él había preguntado. Solo decía la verdad.

—Joder...

Dejó caer la cabeza y se frotó la cara con la mano.

—No vas a poder evitarla para siempre. Quiere volver al Hogar de Cristo. Y va a seguir yendo a la universidad —razoné. Él emitió un gruñido desagradable—. ¿Qué plan tienes con ella? Porque Martina vive ahora mismo en el mundo de los unicornios y los arcoíris con el beso que le diste.

—Me equivoqué, ¿vale? ¡Me equivoqué! Es una niña —dijo con tono desesperado. Chasqueó la lengua y dejó la cerveza con gesto brusco encima de la mesa auxiliar—. Tu hermana tiene una manera de ser que deslumbra, que brilla de tal manera que te hace olvidar su edad; una madurez que conforta en contraste con una candidez que descoloca...

—Nos descoloca a todos, incluso a quienes la conocemos desde que nació —contesté con una sonrisa. Entendía lo que Gorka intentaba explicar—. Tienes que dejárselo claro. Si la evitas, ella se monta películas. Es mejor que la enfrentes y se lo digas.

—Lo sé... pero no estoy en mi mejor momento. Hace seis meses que murió mi hermana —confesó en un hilo de voz.

—Joder. Lo siento.

Me levanté hasta el pequeño mueble bar que tenía mi madre. Sí. Ahí seguía. Y Gorka tenía un buen surtido. Saqué una botella de Chivas y se la enseñé.

—¿Te parece que pasemos a algo un poco más fuerte? ¿Brindamos por tu hermana y por tu madre?

Él asintió.

* * *

Nos cogimos una buena borrachera, de esas silenciosas, en las que la botella baja sin palabras, compartes pocas frases, pero significativas, y adquieres compromisos que jamás pensaste que irías a adquirir.

—¿Quieres que hable yo con Martina? —ofrecí cuando ya me marchaba a casa. Si me daba prisa, podría coger el último metro de las diez y media de la noche.

—No. Ya hablaré yo con ella. Tengo que hacerlo yo, Magnus. —Titubeó antes de seguir—. Pero primero debo recomponerme un poco, no estoy en mi mejor momento...

Lo interrumpí. No hacía falta que me diese explicaciones. Sonreí, bastante perjudicado por el whisky, y lo abracé con ganas. Él correspondió con una calidez que no le había notado hasta ese momento... y no fue por el alcohol.

—Gracias, Magnus.

—Para eso está la familia.

La última cena

Se acercaba el final de semestre. Podías sentirlo en cada rincón; en el frío y el esmog, que cortaban la cara y te cerraban los bronquios al respirar el aire gélido de la mañana. Llevábamos casi cinco meses dejándonos la piel y no sabía muy bien qué pensar. La medicina no era lo que esperaba, y el voluntariado en el Hogar era un consuelo mínimo.

Nos pasábamos el tiempo con la nariz metida en los libros. Me confortaba al pensar en mi padre y una de sus frases preferidas: «Si no eres capaz de sacrificarte para estudiar un mísero examen, ¿cómo pretendes trabajar con la enfermedad, la necesidad e incluso con la miseria?». Según él, quemarnos las corneas estudiando era una manera de prepararnos para lo que venía.

Aunque no todo era malo. Aquella noche teníamos la cena de celebración de fin de semestre en casa de Gorka. Estaba determinada a pasármelo bien... ponerme guapa, cocinar algo rico para llevar y quizá charlar un ratito con él. Casi no habíamos hablado desde el beso en el metro.

Gorka.

—Gorka —lo dije en alto, paladeando su nombre. Me tiré en la cama, sobre los almohadones. ¿Alguna vez me vería como algo más que esa «chiquitina»? Por más que me esforzaba, no era así. Y ya había sentido sus labios. Había sentido su calor. ¿Qué lo retenía?

Suspiré, frustrada. No tenía ni idea de chicos, menos de hombres. Envidiaba a Adriana y su seguridad aplastante a la hora de seducir y llevar de cabeza al que se le ponía a tiro. Yo ni siquiera me daba cuenta cuando un chico mostraba interés por mí. «¡Estate atenta a las señales!», decían Dana y Lena, como si ellos llevaran un cartel informativo que anunciara sus intenciones.

Hacía frío y me arrebujé en el pijama de franela a cuadros. Me entraron ganas de masturbarme con mis pensamientos fijos en aquel beso. Sus labios expertos, el tacto de sus rizos negros entre mis dedos, esos ojos oscuros y brillantes, las manos cálidas en mi cintura, la sonrisa llena de bondad...

Solo que yo no quería que me mirase con bondad. Quería ver deseo. Cerré los ojos y acaricié el interior de mis muslos con suavidad. Ojalá fuera él.

—Hola, Tina. Joder, qué frío hace ahí fuera. Hazme un sitio. ¡Qué calentita estás!

—¿Es que no sabes avisar de que vas a subir? —Era Magnus. ¡Cómo no! Siempre tan oportuno. Se acabó mi rato de paz. Me aparté a un lado para hacerle un sitio y se dejó caer en la cama—. ¡Estás empapado! ¿Vienes de la piscina? Deberías estar estudiando.

Se encogió de hombros y me regaló su preciosa sonrisa, tan parecida a la de mi padre, con los ojos azules de mil matices refulgiendo, divertidos. En ese momento entendí a mamá y la rabia que le daba que hiciera eso, desviar los temas serios con risas y seducción.

—No todo es estudiar, hermanita. Ya estudiaré el fin de semana. Y, tú, ¿tienes pensado algo para esta noche? —dijo al tiempo que me daba un empujón en el brazo, lleno de complicidad. Y yo, como una tonta, me puse roja—. Sé que sigues loca por Gorka.

—Ya hemos hablado de esto. —Suspiré y dejé caer la cabeza en el almohadón. Estaba resignada a mi destino—. Ya sé que Gorka no me ve así. Me da besos en la frente, me tira del pelo y me pone el brazo en el hombro como si fuera su hermana pequeña. Ahora, ni eso. Desde que nos besamos, ni me roza.

—Lo sé, Martina. Sé lo que hablamos, pero he visto cómo te mira. Y así no se mira a una hermanita pequeña, te lo digo yo. —Se incorporó un poco sobre la cama y apartó los mechones que escapaban de mi coleta. ¿Por qué de pronto cambiaba de discurso? No lo entendía—. Lo he pillado mirándote las tetas y el culo. Algo le pasa contigo, aunque lo niegue.

—No soy de piedra —susurré, mientras recordaba la única vez que sentí que podía ocurrir algo de verdad entre nosotros.

—Me voy a la ducha.

Me dio un beso sonoro en la frente, me apretó la nariz como cuando éramos críos y se marchó. Sonreí un poquito y me permití tener algo de esperanza. Miré la hora, Adriana no tardaría en llegar. Le había pedido que me ayudase; quería verme bien y ella tenía una manera de hacerme brillar que solo era comparable a la de mamá.

—¡Yo abro! —gritó Magnus cuando el timbre sonó media hora después. Oí sus pasos rápidos en el piso de abajo. Esperaba que se hubiese puesto algo encima si acababa de salir de la ducha. Aunque, pensándolo bien, no había nada que Adriana o cualquiera de la pandilla no hubiese visto ya. Cogí un libro mientras ella subía.

—Magnus está muy raro. Casi no me habla. ¿Se puede saber qué mosca le ha picado? —se quejó al tiempo que se tumbaba a mi lado. Nos dimos la mano sobre la cama y apretamos con fuerza. Y quedaron así, enlazadas. Me encantaba ese gesto de intimidad entre nosotras. Lo teníamos desde siempre. Nos llevábamos solo dos años de diferencia, pero ella me cuidaba cuando yo era un bebé y, en cuanto la edad dejó de ser importante, nos convertimos en inseparables—. Cada vez está más gruñón y se parece más al tío Erik... en lo bueno y en lo malo.

Yo dudé. Era mi hermano, la persona que más adoraba sobre la faz de la tierra, creo que por encima de papá y mamá. Me hubiese encantado soltarle a Adriana lo que pasaba por la cabeza de Magnus, pero no podía. No podía traicionarlo así.

—Está estresado, igual que yo. Y tiene motivos, lleva muy justas varias asignaturas y ahora ha tenido que meterle caña —lo disculpé con algo que, además, era verdad—. Será mejor que nos pongamos en marcha. ¿Me ayudas a hacer las magdalenas?

—¿Esas que le gustan a Gorka? —dijo ella, con toda la malicia de la que era capaz.

—Pues sí. A ver si así me hace un poco de caso.

Ella me miró con esos ojos que parecían comerse el mundo y asintió con un gesto brusco.

—Tina, esta noche vas a estar tan espectacular que Gorka va a caer de rodillas a tus pies, como me llamo Adriana.

Lo pasamos pipa. Pusimos música en el sistema de sonido mientras amasamos y espolvoreamos harina por toda la cocina. Me gustaría ser tan cuidadosa como la abuela Victoria, pero siempre acababa montando un desastre. Magnus salió de la habitación para acompañarnos un rato y nos miró como si estuviéramos chaladas.

—¿Qué miras, aguafiestas? —lo provocó Adriana. Era curioso observar cómo interactuaban en su coqueteo crónico de años de duración.

* * *

Sí, las miraba. ¿Cómo no mirarlas? Martina era una provocadora nata, pero era mi hermana y la veía más infantil... pero Dana... era otra cosa. Metió un dedo en el chocolate y se lo chupó mirándome a los ojos. Me planteaba un reto. Tenía harina sobre la curva de los pechos, que se insinuaban sobre su jersey.

—Sois como dos niñas pequeñas. Me voy. —Seguía con mi política de mínimo contacto. Estaba harto de que sus provocaciones quedaran luego en humo—. Le prometí a Gorka que le echaría una mano. Nos vemos allí.

—¡Adiós, hermanito! —Martina me hizo un gesto con la mano llena de harina mientras bailaba al ritmo de la música. Adriana no dijo nada. Se quedó en silencio, con la cara tensa, los labios apretados. ¿Seguiría con el tal Tito, el interno de sexto? Me había mordido la lengua varias veces, con ganas de preguntárselo. Era una pena que Many no estuviese para hacer de globo sonda—. No te lleves el coche, ¿eh?, que me toca usarlo a mí.

—No te preocupes. Sé que sigo castigado. —Mi padre no me

levantaría el castigo hasta que no cumpliese veintiún años. Estaba resignado. Les mandé un beso por el aire y me marché. Nos veríamos en el apartamento de Gorka más tarde.

* * *

Los *muffins* por fin estaban en el horno. Tocaba arreglarse. Dana sacudió su ropa de harina y volvió a ponérsela, pero para mí tenía otros planes.

—Quiero ver ese vestido que nunca te pones y que te queda tan bien —dijo mientras entraba en el vestidor y comenzaba a pasar las perchas—. Hum... Este no está mal, podría servir. Y escoge un conjunto bonito de lencería.

Saqué mis bragas rosa chicle de la suerte y se las enseñé.

—¡No! Ni hablar. Encaje. Tul. Broderie. ¡Nada de algodón!

—De acuerdo, ¡pero que sepas que estas me encantan!

—No tienen que gustarte a ti, tonta —replicó mientras revolvía mis cajones de ropa interior en busca de algo adecuado—. ¡Tienen que gustarle a él! Este. Vamos. Date prisa, que tengo todavía que ponerme con tu pelo.

Había escogido un conjunto de tul negro con pequeñas flores. La braga era cómoda, no tanga, que los odiaba. El sujetador era de triángulo y no sujetaba mucho, pero me lo puse ante su insistencia de que no se marcaría bajo el vestido. Después, dejé que hiciera su magia en mi pelo con las planchas.

—Son las ocho. Deberíamos irnos —dije un poco preocupada—. Sabes que no soporto llegar tarde.

—Un momento. —Estaba muy concentrada mientras me ponía un poco de rímel, color en los pómulos y un toque de *gloss*—. Ya.

Se alejó para contemplar su obra y sonrió, satisfecha.

—Tina, si Gorka no cae hoy a tus pies, es que sí que es de piedra.

Me miré al espejo y di una vuelta, muy despacio, dándome tiempo a asimilar lo que veía. No estaba acostumbrada a verme guapa. Siempre era muy crítica conmigo misma, pero ese día me veía bien.

Era yo, pero mejor. Quiero decir que seguía siendo yo, porque, otras veces que Dana me había arreglado, parecía que iba disfrazada de otra persona.

—Mi pelo... ¿Qué me has echado? ¡Tengo el pelo precioso! —Moví la melena, que estaba lisa, muy suave y olía genial—. Gracias, Dana.

Nos abrazamos, y quedamos suspendidas una en los brazos de la otra durante unos segundos. No sé qué haría sin ella. Mi madrina, mi amiga... era como mi hermana.

—Suerte, princesa. Vámonos.

* * *

Llegamos al piso de mamá. Todavía no me acostumbraba a que fuese Gorka quien viviera allí. Había hecho varios cambios. Se veían muchísimos libros y fotos que podían darme un poco más de información sobre él, así que las examiné con avidez.

Ya sabía que su padre era médico y que uno de sus hermanos también. En una foto aparecía un hombre, algo mayor que él, muy parecido, pero con unos intensos ojos verdes y alzacuellos de sacerdote; no podía ser otro que su hermano Ignacio, el que era cura en una misión de Nigeria. Nos había hablado de él en Orientación. Otra foto, de una mujer guapísima, morena y con los mismos ojos de Gorka, con una chica de unos catorce años. De ellas no hablaba casi nunca; de hecho, lo poco que sabía era lo que me había contado papá, que fallecieron ambas unos meses antes de que Gorka viniera a Chile.

—Hola, pequeña.

Era él. Menos mal que le daba la espalda, porque noté el rubor en mi cara. Me giré y sonreí. Hacía semanas que no estábamos tan cerca.

—Hola, Gorka. Miraba tus fotos, tienes una familia muy bonita. —Desde aquel beso en el vagón de metro. No pude evitar ponerme nerviosa, pero era cierto. Todas las fotos transmitían amor y serenidad—. ¿Puedo ayudar en algo?

Él me miró con una sonrisa. Al menos no huía de mí, aunque yo seguía sin descubrir en sus ojos lo que anhelaba. Como mucho, había cariño. Intenté discernir si se posaban en mis pechos o en mis labios, como Magnus me había comentado, pero él me trataba con la cortesía lejana de siempre. Señaló la terraza, sin darme un beso de bienvenida, sin siquiera rozarme.

—No, tranquila. Tu hermano ha llegado pronto y me ha ayudado con todo. ¿Quieres tomar algo?

—Una cerveza estaría bien —contesté, resignada. Al menos mis compañeros me lanzaban miradas apreciativas. Algo era algo. Los saludé con la mano, pero Gorka me miró con el ceño fruncido.

—¿Cerveza? A ver, pues... ¿Has traído tú el coche? —Asentí y él negó con la cabeza en un gesto condescendiente—. No deberías beber. Mejor te traigo una Coca-Cola. —Se alejó hacia la cocina y a mí me dio tiempo a evaluar la situación.

Ya había llegado casi todo el mundo. Entre padrinos y ahijados, éramos diez, una cena más que manejable. La música, un grupo español que no conocía, no estaba demasiado alta. En general, el ambiente era agradable. Sin embargo, me sentía mal. Otra fiesta que fracasaba antes de empezar. Gorka ni siquiera se había dignado decirme, como otras veces, que estaba bonita. Nunca me decía que estaba guapa, decía «bonita», como si yo tuviera seis años.

Dana intercambió conmigo una mirada interrogante cuando me acerqué al grupo, y señalé con el pulgar hacia abajo. Esa noche no iba a ocurrir nada y lo más probable era que en el futuro tampoco. Gorka me lo había dejado más que claro aquel día en el vagón.

Por supuesto, el vasco volvió con una Coca Zero con hielo y, la verdad, me dio un poco de rabia. Tenía diecisiete años y, por una vez, quería pasármelo bien. ¡Todos tenían cervezas menos yo!

—No, no. ¡Una cerveza! No te preocupes, ya me sirvo sola.

Lo dejé con el refresco en la mano y tres pares de narices. Estaba harta de que me tratase como si fuera un bebé.

Cogí un botellín de la cubitera y le pedí a mi hermano que me la abriese. Ellos no usaban vaso, pues yo tampoco, aunque limpié la boca con el borde del vestido por si acaso. Me daba un poco de asco, para qué negarlo.

—*Skal!* —brindó Magnus al estilo vikingo. Hacía una noche preciosa pese al frío y, aunque estábamos un poco apretados, era agradable estar todos allí. Era un soplo de aire fresco antes de los exámenes de fin de semestre, que parecían haberse echado encima demasiado rápido. Sonaba Coldplay en el pequeño altavoz, había comida para picar y la cerveza estaba fría. No necesitábamos nada más.

—Bueno, chicos... ¡esto se acaba! —exclamó Dana. Ay. Se iba a poner melancólica. Seguro que empezaba con batallitas de alumna veteranísima de segundo—. ¿Tenéis planes para las vacaciones?

Gorka buscó dónde sentarse, pero no había mucho sitio y terminó a mi lado; no tenía otro lugar. Percibí su aroma, grabado en mi memoria. Su muslo y el mío estaban pegados; su brazo y el mío también, y noté el calor de su piel pese a las capas de tela. Llevaba unos vaqueros, una camisa blanca y un jersey de color verde oliva que resaltaba su tono moreno. Me concentré en lo que mis compañeros nos contaban. La mayoría se quedaría con sus familias, y unos pocos harían escapadas de una o las dos semanas.

—Nosotros iremos a Mallorca, ¡al verano de España! —dijo Dana, feliz de compartir sus planes—. Con Magnus y Martina.

—¡Qué suerte! ¿Quiénes vais? —preguntó un compañero, con evidente envidia.

—Tina, Dana y yo —respondió Magnus por ella, que tenía la boca llena de nachos en ese momento—. Nos encontraremos con Many allí, que viajará desde Madrid. Gorka, ¿tú al final vienes con nosotros?

Me giré hacia él y lo miré, expectante. Mi estómago se apretó un poco; tenía la esperanza de que se uniera a nuestro viaje, que, por lo que estábamos organizando, pintaba que iba a ser inolvidable. Sin embargo, él negó con la cabeza y esbozó una sonrisa culpable. Esa sonrisa suave, casi imperceptible, que parecía necesitar permiso cada vez que quería mostrarse.

—No. No puedo. Iré a ver a mi familia a Bilbao. —Lo dijo así, como quien decía que iba a comprar el pan, y yo tuve que hacer un esfuerzo para que no se me descolgase la mandíbula. ¡Se suponía que vendría con nosotros! Un nudo de angustia se instaló en mi garganta—. Hace más de cuatro meses que no los veo.

—¿Lo sabe mi padre? —pregunté, incapaz de contenerme.

—Sí, claro —contestó, con una sonrisa más ancha y entregada. Sus labios, gruesos y generosos, me llamaban. Si no fuera porque lo que acababa de decir me había dejado con el alma por los suelos, los mordería—. Cogeré el mismo avión que vosotros hasta Madrid. Luego nos separaremos en Barajas.

Por supuesto, todos lo bombardearon con preguntas... menos Dana. Ella sabía lo que me pasaba. Sus ojos me pedían que aguantase, pero yo no sabía si iba a conseguirlo.

Mi vieja compañera en la angustia, la bola de pinchos, volvió a mi garganta, y tenía también agua con sal en los ojos.

—¡Qué hambre! ¿No hay nada más que nachos y alcohol en esta casa? Voy a la cocina a buscar algo de comer —dijo tras levantarse. Yo se lo agradecí en el alma, porque sabía lo que diría a continuación—. ¿Me ayudas, Tina?

Solo tuve fuerzas para asentir y componer una sonrisa trémula. Gorka me lanzó una mirada extraña, pero todos lo estaban acosando con preguntas y a los pocos segundos ya no me prestó atención. Normal. Yo estaba loca por él, pero es que para los demás era lo más parecido a una estrella de cine versión cirujano.

—¿Estás bien? —susurró Dana mientras caminábamos hacia la cocina.

—Sí. No me lo esperaba, eso es todo —mentí como una bellaca, y Dana lo sabía. Las encimeras tenían fuentes con film o papel de aluminio y las destapamos para ver si había algo apetecible. Nos decidimos por una bandeja de sándwiches y un plato con tiras de zanahoria y apio con una salsa que parecía apetitosa.

—¿Qué te ha dicho? —me señaló con la barbilla y compuso una expresión de picardía cómplice, pero se desinfló al ver mi cara.

—Nada. Ni una mirada. Mejor me concentro en disfrutar.

Dana murmuró algo así como «cabrón sin sangre», y volvimos junto al grupo. La gente se movía entre la terraza y el salón. Más cerveza. Más comida. Bilbao, las cirugías, los próximos años de la carrera y Gorka en modo tutor mientras resolvía dudas de todos, que lo miraban con admiración y escuchaban, arrobados, cada palabra de su prédica.

Pese a todo, logré pasármelo bien. Repasamos anécdotas de ese primer semestre, las horas interminables de estudio, el misterio de la desaparición de mis preciados apuntes, Martina Frozen, el ayudante de Cálculo, que estaba cañón, y el de Química, que era un digno secuaz de la Gestapo. Reímos, charlamos. El nudo de mi estómago y la bola de pinchos se diluyeron... y con ellos, la ilusión de que algo pasara esa noche.

Me hubiera conformado con otro beso.

Patatas fritas en el bolso

Empecé a bostezar y a mirar hacia la puerta alrededor de la una. Coincidió con que la gente comenzó a marcharse también. Un batallón de botellines y latas vacías aguardaba repartido por la cocina, el salón y la terraza. Uno de los padrinos nos daba información esencial sobre lo que nos esperaba el semestre siguiente y atendí con los cinco sentidos. A quién evitar, qué clases eran buenas y cuales prescindibles. No me di cuenta de que Magnus me hablaba hasta que acabó por tirarme del pelo. ¡Qué irritante era a veces!

—Eh, Martina. Necesito que me des las llaves.

Lo miré con extrañeza... y vi a Dana a su lado, que escondió un bostezo tras los dedos y sonrió. Estaba que se caía de sueño. Se me cortó la respiración al darme cuenta de que tenía el brazo enroscado en el de Magnus y sus manos estaban entrelazadas. ¿Qué estaba pasando ahí?

—¿Las llaves? ¿Qué llaves?

—Las llaves del coche. Voy a llevar a Dana a casa, está cansada, y yo también. —Había un ruego en su mirada, pero él sabía muy bien cuáles eran las reglas. Estaba castigado. Llevaba una millonada en multas por exceso de velocidad—. Por favor.

—Papá nos mata —dije con cierta ansiedad.

—*Vaer sa snill...** —me rogó. Luego me hablaba a mí de ojitos de Bambi.

* «Por favor», en noruego.

Rebusqué las llaves en mi bolso y se las di junto con una súplica muda de que no hiciese el tonto. Y entonces caí en la cuenta de que no había bebido más que una cerveza, después había seguido con agua. Reprimí una sonrisa al verlos salir del apartamento abrazados por la cintura. Le deseé suerte a mi hermano, fuera lo que fuese que tuviera en mente para ese trayecto en coche hasta la casa de Adriana; supuse que les esperaba una larga conversación.

—¡Eh, eh! ¡Un momento! —exclamé cuando ya era demasiado tarde. Ya se habían marchado y me alegraba mucho por ellos, pero de pronto era yo la que no tenía cómo irme a casa.

—¿Qué ocurre? —preguntó Gorka al verme un poco alterada.

—Magnus se lleva el coche y yo no tengo cómo volver —respondí, un poco enfadada por no haber pensado en ello antes de darle las llaves con tanta alegría—. No pasa nada. Pediré un taxi.

—Ni hablar, pequeña. Yo te llevo cuando se hayan ido todos.

—No hace falta, estamos cerca. —Lo dije por compromiso. El óvalo de mi pecho refulgió de ilusión al saber que pasaríamos un poco de tiempo a solas.

—En cuanto todos se vayan, te llevo. No se hable más.

No insistí, era inútil, así que asentí y me abrí otra cerveza. Al menos podía beber. Lo cierto era que me notaba un poco ida. Me reía con cualquier tontería y me daba la sensación de que caminaba unos veinte centímetros por encima del suelo. ¿Era la tercera o la cuarta?

Se fueron los últimos compañeros por fin.

—Pobre, te ha quedado todo hecho un desastre —comenté al ver los restos de comida, los platos esparcidos por los muebles y las latas y botellas. Me apiadé de Gorka—. Vamos a recoger un poco.

Saqué el cubo de basura de la cocina y empezamos a separar plástico, cristal y orgánico. Me preguntó por el yoga, por cómo llevaba los exámenes... era muy tierno. Se preocupaba por mí. Contesté, distraída, mientras metía en la bolsa amarilla las latas. Me encantaba ordenar. Esa era yo: una máquina de la organización y el orden.

—Eh, Martina.

Detuve lo que estaba haciendo y lo miré. Era raro que me llamase por mi nombre. Siempre era pequeña, chiquitina, Tina, Titina.

—Dime, Gorka.

—Estás muy guapa hoy.

Oh.

Vaya.

Me lo dijo con una media sonrisa, con los ojos oscuros clavados en un punto indefinido entre mis labios y mis pechos. No era apreciativa. Diría que era, si yo en realidad supiera algo de eso, insinuante. Y, como una loca, solté una carcajada. Me dio por reír.

—Ay... Gracias, Gorka —respondí al fin, sin creérmelo demasiado—. Venga, terminemos, que estarás cansado y aún tienes que llevarme a casa.

Seguí con mi misión recolectora, la bolsa estaba llena y me dispuse a llevarla a la cocina, pero me retuvo de la muñeca y yo me volví hacia él, sorprendida.

—Lo digo en serio. Estás preciosa.

Primero me dio la risa, pero después me cabreó un poco su actitud. Sacudí la cabeza en un gesto desconcertado y cerré los ojos unos segundos. Apreté los labios con fastidio antes de soltárselo, aunque sabía que no tenía ningún derecho.

—Ah, ¿sí? ¿Y por qué has tardado tanto en decírmelo? Porque he llegado hace ya cinco horas —dije con tono mordaz. Él me miró un poco descolocado. No supo qué responder, y yo tampoco—. Esto ya casi está.

Cerré la bolsa de basura con un nudo y él hizo lo mismo con la suya. Las dejamos en un rincón de la cocina y me apoyé en la encimera, ya cansada. Gorka se puso a mi lado y tamborileó los dedos en el borde. Parecía querer decir algo, pero no se decidía. Tomé la iniciativa.

—¿Me llevas a casa, por favor? —pregunté sin fuerzas. Quería irme y meterme en la cama. La mierda de lencería me picaba en los pechos y estaba muy nerviosa.

—Un momento, Martina. Hablemos. Hace tiempo que no hablamos —me pidió. Se tomó unos segundos para pensar lo que iba a decir y mi nivel de alerta subió un par de puntos. El ambiente pareció cargarse de una energía extraña. Había una tensión soterrada pero más que palpable, y él la acentuó cuando posó una mano sobre la mía—. ¿Qué te pasa?

—Estoy cansada, eso es todo. El final de semestre, los exámenes... —Sacudí la melena en un intento de alejar la ansiedad de mí—. Lo siento. Estoy angustiada con todo.

Él rodeó mis dedos, que desaparecieron en el interior de su enorme palma, y apretó. Hice un intento por soltarme, pero me retuvo. Me estaba poniendo muy nerviosa por momentos. Clavó en mí esos ojos oscuros e insondables, que destilaban bondad y preocupación.

—No es eso. Estás triste. Llevas así semanas. ¿Dónde está tu sonrisa? —Me lo dijo regalándome una de las suyas, tan solo esbozada en sus labios—. Echo de menos verte sonreír... tus tonterías; cuando pones los ojos bizcos y haces tus muecas.

Miré al techo. Quería contestar, pero no podía darle una respuesta completa. Me daba miedo decir con palabras lo que de verdad sentía por él.

—Creo que medicina no es lo que esperaba —solté al fin.

Yo también sabía decir medias verdades y huir por la tangente cuando quería. Lo desafié con una mirada directa a los ojos. Él, el perfecto cirujano, que hasta mi padre admiraba, que se desvivía por sus pacientes, que se iba a la otra punta de la ciudad a atender viejecitos desamparados, seguro que estaba decepcionado. Ya no había tensión entre nosotros y se creó un ambiente de extraña intimidad. Estábamos muy cerca y nuestros dedos seguían enlazados.

—¿Sabes que en primero estuve a punto de dejar la carrera? No me gusta mucho contarlo —confesó, y rehuyó mi mirada; de pronto, la punta de sus deportivas era muy interesante—. Era demasiado duro. Todos mis amigos se dedicaban a disfrutar de la vida mientras yo lo único que hacía era estudiar y echar horas en la facultad.

No pude evitar un ronquido incrédulo y me crucé de brazos en un gesto irónico. Me arrepentí en el acto. Echaba de menos su mano alrededor de la mía.

—¿Tú? ¿El gran Gorka Gorostiza? Imposible —repliqué con un

tonillo bastante repelente—. ¡Pero si no hay un médico en todo el San Lucas más entregado que tú!

Él se encogió de hombros y se cruzó de brazos también. Estábamos uno al lado de otro, con el trasero apoyado en la encimera de la cocina. La música seguía a su aire en la terraza y nos llegaba lejana pero vívida. Eran casi las dos de la mañana ya.

—Le pedí ayuda a Dios, que me diera fuerzas. Me esforcé en sacar las asignaturas lo mejor posible, aunque no era un alumno brillante como tú —dijo, y me guiñó un ojo. Yo me quedé un poco pegada en lo de la ayuda de Dios. No escondía nunca que era católico; de su cuello colgaba siempre esa finísima cadena con la pequeña cruz de oro—. En segundo mejoró un poco y en tercero, cuando llega Semiología y empezamos las asignaturas clínicas, fue infinitamente mejor. Ten paciencia, Martina. Te he visto con los pacientes. Tienes madera para esto, un corazón de oro, buen ojo para saber lo que va mal y el deseo ferviente de ayudar y entregarte. Solo tienes que esperar.

Lo dijo convencido. Confiaba en mí mucho más que yo. Sus palabras me emocionaron y, como una tonta, se me llenaron los ojos de lágrimas. Él me dio un abrazo espontáneo.

—Gracias, Gorka. Voy a echarte de menos cuando te marches a Bilbao —confesé, con el rostro enterrado en su pecho—. Necesitaba oír esto.

Nos abandonamos en los brazos del otro durante unos minutos; fue un abrazo reconfortante y cálido. Ninguno de los dos se apartó esa vez. Yo me dejé contener, me fascinaba su contacto. Pero en algún momento, la calidez dio paso al deseo. Me acariciaba la melena, sentí su mano abierta deslizarse por mi pelo y después por mi espalda. Me dio un beso en la frente y yo me aferré a su torso. No quería soltarlo. Él no hizo nada tampoco por desasirse. Elevé mis ojos hacia los suyos y entreabrí los labios. En ellos deposité una ofrenda, una súplica muda.

—Martina, Tina, chiquitina —susurró. Yo estaba temblando, pero no me arredré. Él descendió su mirada hasta mí. Estaba serio, muy serio—. No soy de piedra, ¿lo sabes? Dijimos que esto no podía volver a pasar. ¿Por qué te has quedado?

Esa vez no iba a apartarme. No lo haría. No pensaba ponérselo fácil. Me había mantenido lejos de él ante la petición tácita de sus palabras en aquel vagón de metro. Esa vez me enfrenté a él. Clavé la mirada en sus ojos oscuros y le lancé un reto, una provocación.

—Si no eres de piedra, demuéstramelo.

Y cayó. Su boca se cernió sobre la mía durante un instante que me pareció eterno. Respiramos el aliento del otro, pude sentir el calor húmedo de sus labios hasta que los posó sobre los míos... suaves, blandos, entregados. Me tantearon con cuidado, pero yo respondí con avidez. Era mayor el deseo que la curiosidad de averiguar a qué sabían sus besos esa vez, quería ir más allá y exigí con la lengua. Se apartó un segundo y me estudió en silencio. Su mirada se endureció, sus hombros parecieron ensancharse y tomó una decisión.

—Ven aquí —ordenó sin darme opción.

Me giró y quedé entre él y la encimera. Me levantó por los muslos y me sentó en la superficie fría de mármol. Abrí las rodillas y él se acomodó entre mis piernas; entonces ya no dudó en rozar mi boca y volver a besarme. Me buscaba él... también con las manos. Me envaré al sentirlas ascender y llevarse con ellas la tela de mi vestido hasta aferrarme por las caderas. Con fuerza, me apretó contra su cuerpo y, por primera vez, mi entrepierna acogió el bulto duro, casi incómodo, de su poderosa erección. No sabía qué sentir. La cabeza me daba vueltas. El roce me llevó al delirio y solté un pequeño gemido. No tenía ningún control sobre las sensaciones que se cebaban en mí; era arcilla caliente entre sus manos. Yo no había movido las mías de su cuello, tenía los dedos perdidos entre los rizos de su nuca; no quería moverlos de ahí por miedo a que se alejara, a perder su contacto.

—¿Estás segura de esto? —me preguntó con voz ronca y separándose tan solo unos centímetros de mis labios. Su respiración era un jadeo rápido. Mis labios temblaron, hinchados. Se abrió de nuevo ese vacío físico dentro de mí, doloroso, tenso. Necesitaba algo y no sabía bien qué era. Quizá sus dedos. Quizá su lengua. Quizá su pene. No lo sabía. Mi voz no respondía las órdenes de mi cerebro, de modo que lo miré a los ojos y asentí.

Me quitó las medias y después las bragas. Yo me dejé hacer y retuve el aliento, a la expectativa. Mi corazón emprendió una carrera enloquecida hacia un precipicio y yo había perdido las riendas. Solo lo besé, lo besé y lo besé, porque sus labios carnosos y dulces me llevaban al delirio y jamás pensé que besar podría ser algo tan placentero. Lo besaba en la boca pero lo sentía en mi vientre, en el centro mismo de mi cuerpo. Sus manos acariciaron el interior de mis muslos y yo quise llorar del frenesí.

—Tranquila, pequeña —me apaciguó cuando di un respingo. Había rozado con la punta de sus dedos mi sexo. Creí que no formaba parte de mí, como si sufriera una disociación. Ese trozo de carne tierna y palpitante no me pertenecía, no podía provocarme tanto placer, no era yo, ¡no era posible! Gemí y él sonrió cuando dejé caer mi cabeza hacia atrás en puro éxtasis y él me besó el cuello—. Seré suave.

Insinuó entre los labios de mi vulva las yemas de dos dedos en un movimiento circular. Mi boca se anegó en saliva al tiempo que un aroma asalmonado inundaba el ambiente. Gorka dejó escapar un gruñido primitivo que me asustó y a la vez disparó aún más mi excitación. Ya no pude controlar los gemidos.

Con la otra mano abrió uno a uno los pequeños botones de mi vestido. Yo grabé en mis retinas la expresión abandonada de su rostro, sus ojos líquidos, el brillo húmedo de sus labios, la mirada salvaje cuando el escote se abrió por fin y mis sujetador quedó expuesto. Dejé escapar un grito de sorpresa cuando me tocó los pezones tras apartar la tela y supe la diferencia del roce experto de quien sabía lo que hacía. Perdí el control de mis manos, que buscaron un asidero en el borde de la encimera, cuando los lamió y los besó. Sentí el sabor metálico de la sangre al morderme los labios, la única manera de reprimir los gritos cuando también los succionó.

—Despacio, chiquitina. Voy a enterrarme en ti —susurró con voz ronca. Sollocé, excitada y desvalida, cuando volvió a besarme. Sus manos aferraron mis caderas y sentí un contacto distinto, más delicioso, más cálido y duro a la vez. Se abrió paso con infinita ternura los primeros centímetros a través de mi carne con su pene y yo abrí los ojos, alucinada. Iba a pasar. ¡Iba a pasar! Iba a tener a

Gorka dentro de mí. Lo miré a los ojos. Su mirada oscura tenía un matiz salvaje y violento que nunca había leído en él. Sentí pánico. Y confesé.

—Ten piedad de mí, Gorka —dije en un susurro, con un hilo de voz. Casi no tenía fuerzas. Mis huesos se deshacían entre sus brazos. Mi cuerpo levitaba envuelto en placer—. Soy virgen.

—¿Cómo?

Parpadeó, confundido. Se retiró de mi interior y yo sentí frío. Frío y dolor. Intenté retenerlo, porque mi sexo lo echaba de menos aunque solo se había alejado unos pocos centímetros.

—¡No te vayas! No pasa nada —dije con una sonrisa apocada. Lo aferré de las manos, pero él se apartó como si lo hubiese quemado. Vale. Se había puesto pálido. Su erección había desaparecido y su pene se transformó en un colgajo flácido. No sabía que fisiológicamente eso podía ocurrir tan rápido.

—Pasa. Sí que pasa, joder. ¿Por qué no me lo has dicho antes? —dijo, enfadado. Se dio la vuelta y se subió el bóxer y los vaqueros. Se abrochó el cinturón con movimientos bruscos. Cuando se dio la vuelta, sus ojos echaban chispas de furia.

—¡Pues porque no voy aireando esa información así como así! —repliqué, más enfadada todavía—. ¡No sé por qué te he dicho nada! —Me bajé de la encimera y acomodé mi vestido como pude. Me sentí sucia, incómoda. El interior de mis muslos estaba empapado y me dolía entre las piernas por la tensión.

—Dios, ¡pero si eres todavía más pequeña de lo que sería mi hermana si viviera! —exclamó Gorka, con la cara escondida entre las manos. Ni siquiera se dignaba mirarme.

—Tu hermana está muerta, Gorka. Yo estoy aquí. ¡Contigo! —No entendía nada, ¿qué tenía que ver su hermana en eso? Él se puso pálido de repente, cogió mis bragas, mis bailarinas y mi bolso y me los tiró de mala manera al pecho—. ¿Y ahora qué te pasa?

—¡A mi hermana no la nombres! Voy a llamarte un taxi. Vete de aquí, pequeña.

Casi me empujó hacia la puerta. Yo no quería irme, pero no me dejaba otra opción. Se me saltaron las lágrimas, porque no entendía nada.

—¿Es por esto que cuelga de tu cuello? —Hice un gesto despectivo con los dedos y saqué el crucifijo de entre la tela de su camisa, pero él se alejó, cabreado. Se dejó caer en el sofá y se agarró la cabeza entre las manos. Soltó un gruñido impaciente.

—Entre otras cosas.

—Pero ¿qué es lo que he hecho mal? —Empecé a llorar en serio, con lágrimas y mocos, con sollozos y espasmos. Él me trajo la cazadora y me la puso. Otra vez me trataba como a una niña, pero yo ya no podía más, no era capaz de apartarlo.

—Tina... chiquitina... no has hecho nada mal. ¿No ves que estoy cabreado conmigo mismo? —Chasqueó la lengua y dijo algo que no entendí, supongo que en vasco—. Soy un patán. Debí saberlo. No puedo hacerlo, no puedo ser yo. Tiene que ser algo especial, con amor, ¡con alguien que te quiera! Es un momento muy bonito e importante. No puede ser así. Vete a casa, Martina. Vamos, baja. Tu taxi te espera.

Lo miré, inexpresiva. Busqué alguna manera de consolar la inmensa desolación que sentía y llené a puñados mi bolso con patatas fritas abandonadas en un plato sobre la mesa mientras las lágrimas surcaban mi rostro. Era imposible pararlas.

—Tenías que ser tú, Gorka —conseguí articular con dificultad. Me ahogué con mis propias palabras.

Él cerró los ojos con fuerza y negó con la cabeza una vez más.

—No, chiquitina. Tienes que vivir muchas cosas antes de estar con alguien como yo.

Me empujó hacia la salida con cariño, pero con firmeza, me dejó sobre el felpudo y cerró la puerta a mi espalda.

Deconstrucción

El taxista me miró varias veces con expresión preocupada por el espejo retrovisor. Yo comía patatas fritas de manera compulsiva mientras en mi cara se mezclaban los churretes de rímel y el colorete por culpa del surtidor incontenible de lágrimas, junto con los mocos. Tenía frío porque no me había puesto las medias.

—No se preocupe, señorita. No le cobro la carrera —dijo cuando llegamos a la entrada del portal.

—Cómo se le ocurre. Mil disculpas por las migas, tome. —Le dejé un billete de dos mil pesos que cubría un poco más del valor, porque había dejado el asiento de atrás regado de patatas fritas—. No debería haber comido, pero... tenía un poco de hambre.

—No se preocupe —repitió, con expresión atribulada—. No hay nada mejor como las patatas fritas bien saladas para tapar el sabor de las lágrimas.

Me pareció una reflexión brillante y sonreí pese a mi angustia.

Atravesé la recepción a paso rápido. No quería preguntas incómodas. En el ascensor, intenté recomponer el aspecto de mi rostro a base de restregarme con la manga, pero fue peor. Por la hora, imaginé que Magnus habría vuelto de llevar a Adriana a casa, así que me acerqué a la puerta de su habitación para pedirle las llaves del coche. Sé que era una locura, pero necesitaba estar con papá y mamá. Unos gruñidos rítmicos me sobresaltaron, ¿estaría teniendo pesadillas? Abrí la puerta con cuidado, preocupada. Las pesadillas eran muy angustiosas.

En un principio no comprendí la imagen que se extendía ante

mí. Mis ojos tuvieron que adaptarse a la penumbra. Luego mi cerebro cuajó la visión en alta definición de mi querido hermano follándose a mi mejor amiga. Vaya. Ladeé la cabeza. Su trasero desnudo, encuadrado por las pantorrillas femeninas, empujaba como un soplador las brasas de las entrañas de Adriana y avivaba el fuego de su interior con cada arremetida entusiasta.

Cerré la puerta, cohibida por casi haber interrumpido un momento tan importante entre los dos, y esperé unos minutos sin saber qué hacer, pero ellos no parecían haberse inmutado. Los jadeos, gemidos y gruñidos comenzaron a molestarme cada vez más. ¿Es que no iban a terminar nunca? ¡Las llaves del coche tendrían que estar en el mueble de la entrada, donde le había dicho mil veces que tenía que dejarlas! ¿Es que nadie respetaba nada? Me entraron ganas de gritar y darle una patada. En la encimera de la cocina tampoco estaban. ¿Ni siquiera las promesas de amistad? ¡Habíamos hecho un juramento!

Revolví entre sus cosas tiradas de cualquier manera en la mesa del salón, pero tampoco había rastro de ellas. Unos gritos desesperados, que supuse anunciaban el orgasmo, me provocaron ganas de prenderle fuego al ático. Ya no aguantaba más. Les di treinta segundos de tregua y entré en la habitación hecha una fiera.

—¿Dónde están las llaves del coche?

La cara estúpida de satisfacción mientras flotaba en endorfinas de mi hermano me provocó ganas de romperle los dientes. Adriana reaccionó con más rapidez. Se puso la camiseta de Magnus y trató de mantener la compostura, pero todavía respiraba entrecortado. Era patético.

—Las llaves del coche, Magnus. Me quiero ir a Farellones. ¡Dame las putas llaves!

Adriana se dio cuenta de que algo pasaba y se acercó a mí, pero me aparté. Apestaba a Magnus, a sudor. A un olor que me repugnó y me fascinó a la vez.

—¿Qué ha pasado con Gorka? ¿Ha pasado algo? Martina... ¿te ha hecho algo malo? —Me hizo un repaso general de arriba abajo y abrió los ojos, alarmada—. ¿Por qué no llevas puestas las medias?

Su tono se puso serio y en cierto modo me consoló, porque vi que estaba preocupada por mí, pero yo negué con la cabeza, mis ojos se inundaron de nuevo con lágrimas y dejé escapar un sollozo.

—Nada. Absolutamente nada. Me ha pedido un taxi, me ha mandado a casa y me ha dejado comiéndome los mocos. ¿Quieres algún detalle más? —Y me quebré de nuevo en un llanto descontrolado. Yo no lloraba nunca así. Magnus no sabía dónde meterse, pero Dana, pese a mis reticencias, me abrazó por los hombros y me sacó de la habitación.

—Es un imbécil, no sabe lo que se pierde. ¡Hoy estabas preciosa, Tina! Todos los chicos de la fiesta no paraban de mirarte —dijo mientras me acariciaba el pelo. Cogió su bolso y sacó unas toallitas desmaquillantes. Me limpió la cara con delicadeza y salieron churretes negros y rosas de rímel y colorete.

—Ha sido tan humillante, Dana... —Necesitaba sincerarme, contarle todo lo que me había ocurrido, cómo me sentía—. He pensado que era el momento, que de verdad iba a pasar. ¡Hemos estado tan cerca, tan cerca!

—¡Mi niña! —Después de todo, sentir su abrazo me resultó reconfortante—. ¡Qué cabrón! Los hombres no deberían empezar cosas que no están preparados para terminar.

Yo asentí, era cierto. ¡Había sido muy injusto!

—Estaba casi desnuda en sus brazos, Dana. Sus dedos han estado dentro de mí. Su pene empezaba a entrar en mi cuerpo —conté, mortificada, con la voz atenazada por las lágrimas—. Me ha podido el pánico y solo he querido advertirlo de que era virgen para que fuese un poco más despacio. —Solté un sollozo cargado de humillación—. Y me ha apartado como si le diese asco, ¡me ha comparado con su hermana muerta! Jamás he pasado tanta vergüenza en toda mi vida.

Pensaba que no me quedarían lágrimas. Llevaba llorando desde que había salido del piso de Gorka, pero nació un nuevo surtidor. Dana me abrazaba y me besaba en la frente, en la nariz, en las mejillas, en el pelo... y susurraba frases de aliento que yo escuchaba solo a medias. Excepto una, que cacé al vuelo.

—No sabe follar. No vale la pena, Tina. ¡Olvídate de él!

Me quedé helada. Me envaré entre sus brazos y las lágrimas se detuvieron en el acto. Clavé mis ojos grises en los oscuros de Dana y mi voz recuperó su acero habitual.

—Y tú, ¿cómo lo sabes?

Sostuvo mi mirada durante un solo segundo, en el que le advertí que era mejor que no me mintiera. Ella mesuró en ese instante qué sería peor para nuestra amistad, si la traición o la mentira. Fueron muchas cosas las que se fueron a la mierda aquella noche, pero la deconstrucción de la amistad de nuestra infancia fue la más significativa. Optó por decir la verdad.

—Tina, fue al poco tiempo de llegar.

—No puedo creerlo —dije con voz glacial. Intenté regresar a la habitación de mi hermano, pero me retuvo por los hombros—. Dana, déjame pasar.

—Tina, ¡yo no sabía que te gustaba! ¡Hacía muy poco que había llegado de España!

—Claro. Carne fresca. Era lo que te tocaba —solté con una risotada amarga. Me encogí de hombros con indiferencia, aunque me desangraba por dentro—. No sé de qué me sorprendo.

Ella encajó con deportividad mi insulto; un relámpago de dolor atravesó sus ojos, pero no replicó. Solo soltó mis hombros. Yo pasé por su lado y retomé mi camino para recuperar las malditas llaves del coche. Pero las orejas me ardían y la rabia hizo ascender una bocanada de bilis hasta mi boca. Ya con el picaporte en la mano, me di la vuelta.

—Dime una cosa, *amiga* —dije con sorna—: si no era importante, ¿por qué nunca me lo dijiste? Tú y yo nos lo contamos todo, Adriana. ¿Por qué esto no? —Mi tono de voz se elevaba con cada palabra en un *crescendo* acusador—. Porque lo sabías. Claro que lo sabías. ¡Porque yo sí te lo comenté! —Dije adiós a mi fachada digna con un grito desgarrado y me eché de nuevo a llorar—. ¡En cuanto Gorka apareció por la puerta de mi casa, te llamé por teléfono y te hablé de él! Te conté lo mucho que me gustaban sus ojos oscuros, sus rizos negros, su espalda ancha...

Magnus salió en ese momento, alterado por mis gritos, con su cara sexilona de recién follado, envuelto aún en endorfinas y apestando a sexo y sudor. Me entraron ganas de vomitar.

—¿Qué os pasa? ¡Son las tres de la mañana! ¿Os habéis vuelto locas las dos? —preguntó, confuso, al vernos enfrentadas en el pasillo, con las caras desencajadas y los ojos llenos de lágrimas.

—Martina, princesa, ¡no es así! —intentó convencerme Adriana, con la voz trémula. Extendió una mano temblorosa hacia mí, pero me aparté de ella con asco, como si fuera un trozo de carne podrida.

—¡Claro que es así! ¡Porque no respetáis nada! ¡Ni siquiera tú, que eres mi hermano! —Magnus se echó hacia atrás, desconcertado al verme arremeter contra él—. ¡Dame las putas llaves del coche, porque es mi turno de conducir y me quiero ir a Farellones con papá y mamá! ¡Dámelas, dámelas, dámelas! ¡Ya, ya, ya! ¡¡¡Ya!!!

Como una loca, me puse a gritar como una loca. Y él sabía lo que eso significaba. O me daba las llaves o sufriría un ataque de ansiedad de los épicos y acabaríamos todos en Urgencias.

En cuanto depositó las llaves con la correa de cuero en mi mano, cerré la boca y no añadí ni una sola palabra más. Desaparecí de allí, me subí al coche y conduje hacia la cordillera como una suicida. Conocía cada una de las curvas como si yo misma hubiera trazado el mapa de su construcción. Sin embargo, cuando en una de ellas el vehículo patinó sobre una placa de hielo, saltó el sistema de seguridad del ESP, el control eléctrico de estabilidad, y pegué un frenazo para no acabar empotrada en la nieve, volví en mis cabales y recuperé la serenidad. No iba a arriesgarme a un accidente por Gorka ni por nada de lo que había sucedido. Fuera la temperatura era de diecisiete grados bajo cero y miré mis pintas. Seguía con aquel estúpido vestidito, la cazadora y las bailarinas. Las medias supuse que estarían en su casa. Me entró la risa floja. Tendría que tirarlas a la basura y, al menos, se acordaría de mí.

Cuando divisé el muro de piedra que circundaba la casa, un nudo de alivio y de angustia se apoderó de mi garganta. Las luces indirectas espantaban la oscuridad de la noche y el letrero de cerámica blanca con letras azules que rezaba Tromsø me hizo sonreír. Estaba en casa, papá y mamá estaban allí. Era de nuevo la niña de cinco años que nunca dejaría de ser cuando me sentía sola y vulnerable. Desconecté la alarma y abrí el portalón con los mandos automáticos y me preparé para que mi padre estuviera esperándome, siempre vigilante frente a cualquier anomalía durante la noche.

—*Hvem går der?** —atronó su voz en noruego desde la escalera.

—Soy yo, papá, Martina. Necesito hablar con mamá.

Descendió hasta el rellano y encendió la luz con cara de no entender nada. Eran cerca de las cinco de la mañana. Mis pintas debían de ser, cuanto menos, preocupantes, con la ropa de la fiesta y envuelta en la manta de lana del coche. Me abrazó sin hacer preguntas, no al menos con palabras, y me condujo hasta el piso superior.

Entrar en la habitación de mis padres seguía resultándome a la vez mágico y violento. Era como vulnerar su intimidad, más aún en Farellones. Distinguí el pelo castaño dorado de mi madre, revuelto sobre los amplios almohadones de plumas, y la congoja me invadió al ver la ternura y delicadeza con la que mi padre se acercó a ella para despertarla.

—*Liten jente*... Inés, despierta.

—Hum, ¿qué ocurre? —Mi madre pareció emerger de las profundidades del océano en vez de salir de un sueño—. ¿Qué pasa, grandullón?

—Martina está aquí. No sé muy bien por qué. Mejor te lo explica ella. —Me miró de reojo con esa mirada con la que parecía calibrar cada una de mis emociones durante los diecisiete años en los que llevaba siendo mi padre—. Creo que son cosas de chicas.

—Oh... vaya.

A mi madre le bastó echarme un vistazo a la cara para confirmar su teoría. Le dio un beso en los labios, se puso un salto de cama mientras mi padre ocupaba su lugar, ronroneando de gusto por la calidez de las sábanas, y me acompañó a mi habitación.

—¿Qué ha pasado, Martina? ¿Cómo ha ido la fiesta?

Yo había encendido la luz del techo y empecé a desvestirme, pero ella la cambió por la de la lamparita de la mesilla e instaló un clima de mayor intimidad. Se tendió de lado sobre la cama y se cubrió las piernas con la misma mantita que yo había llevado sobre

* «¿Quién anda ahí?», en noruego.

los hombros mientras me ponía el pijama; me daba espacio para que pusiera en orden mis pensamientos y me animase a hablar.

Hasta que no tuve mi pijama de manga larga de unicornios puesto, y nos metimos en la cama, no fui capaz de abrir la boca.

—Mamá...

—¿Qué, hija?

—Creo que hay algo que no funciona muy bien dentro de mi cabeza.

—¿Qué quieres decir?

—Que no reacciono igual que el resto de la gente cuando me pasan cosas.

—¿Puedes ser un poco más específica? Dame un ejemplo.

—Cuando un chico me toca, por ejemplo, o me da un beso. —Clavé mis ojos en mi madre para ver su reacción, para identificar rechazo, asco o repulsión, pero solo vi cierto interés desapasionado que me animó a seguir—. No siento nada. No me genera nada. Hubo un tiempo en que pensé que era lesbiana y le pedí a Dana que me besara para averiguarlo.

Mi madre se echó a reír y yo me reí con ella.

—¿Y cómo fue el experimento?

—Fue muy divertido, pero tampoco sentí nada. Pensé que estaba mal hecha, hasta que, hace un tiempo, Gorka me besó, mamá —dije en un tono ceremonioso, atávico—. Sentí como si todo el deseo y la excitación contenidos en todos los besos de la humanidad se hubieran concentrado en aquel contacto entre nosotros, y por primera vez supe lo que sentían los demás.

—Guau. Me alegro, hija. ¿Y pasó algo más entre vosotros?

Negué con pesar y mi madre compuso un mohín apenado envuelto en pura solidaridad. Las dos reímos.

—Nada. Absolutamente nada... hasta hoy.

Le relaté con pelos y señales lo que había pasado desde la tarde anterior, desde los preparativos repletos de expectativas e ilusión con Dana hasta el viaje en taxi comiendo patatas fritas llena de ansiedad. Por supuesto, llegado ese momento, yo lloraba entre los brazos de mi madre, con la cabeza apoyada en su pecho. No le relaté el encuentro con Magnus y Dana, no quería seguir humillándome ni delatar a mi hermano. Tampoco quería poner a mi madre en contra de Adriana, porque sabía que tomaría partido por mí. De momento lo dejaría correr. Además, quería ser yo la única depositaria de sus preocupaciones.

—¿Te das cuenta, mamá? Hay algo malo en mí. ¡Ni siquiera fui capaz de retenerlo!, de conseguir que tuviera sexo conmigo. Su pene se desinfló como si fuera el de un viejo, como si me tuviera asco, como si yo fuera algo malo —sollocé, aferrada a su brazo—. ¡Me comparó con su hermana muerta! Hasta esgrimió el amor por Dios y no sé qué más chorradas por el estilo cuando a mí me consta que se folla a quien se le pone a tiro —dije con rencor, pensando en Adriana—. He estado leyendo... En los libros... hay algo, un diagnóstico.

—¿Qué libros, hija? ¿De qué diagnóstico hablas?

Sé que cuando empiezo así, con esta fuga de ideas, es difícil seguir mi línea de pensamientos.

—Los saqué de la biblioteca de la universidad. Libros de psiquiatría. Hay una cosa que se llama Asperger. Gente como yo, que tiene los mismos problemas que yo para socializar, para entender los segundos sentidos, la resistencia para aceptar el cambio, que prefieren estar solos...

—Martina, que compartas algunas características compatibles no quiere decir que seas Asperger, si acaso, puedes tener algún rasgo. ¡No te pongas etiquetas! —dijo mi madre, abrazándome con fuerza—. ¿Sabes qué es lo que creo yo? Creo que la vida te depara algo especial, que tú eres un ser humano fuera de serie; siempre lo has sido... con una inteligencia que es difícil de llevar para el resto, incluso para tu padre, para tu hermano y para mí. El hombre que camine a tu lado tendrá que estar a tu altura, Martina, y eso incluye el sexo.

—¿Y eso a mí de qué me sirve, mamá? ¿Qué puedo hacer yo? —pregunté, desconcertada.

—Lo primero es quererte a ti misma. No dudes jamás de que eres una persona extraordinaria, maravillosa, fuera de lo normal. Martina, tienes un cociente intelectual altísimo, pero vas más allá de un número. He visto cómo ayudas a tus compañeros, a tu hermano, a Dana y Lena; cómo desvías tensiones con tu buen humor; cómo te esfuerzas por adaptarte, aunque te cueste. —Acarició mis mejillas como si fuera un bebé y borró mis lágrimas con la yema de sus dedos—. Y en el sexo, lo primero es conocer tu cuerpo, conocerte a ti misma y escuchar lo que sientes, escuchar tu piel. Dices que no sientes nada, pero ¿te has molestado en vivirlo? La próxima vez que te toquen o te besen, ¡no dejes que venza el pánico, que no te dé miedo sentir!

—Pero, mamá, ¡ya sabes lo que me pasa cuando pierdo el control! —protesté, preocupada—. ¡Imagínate que me da un ataque de ansiedad y me tengo que poner a respirar dentro de una bolsa mientras estoy follando!

Mi madre soltó una carcajada y yo me visualicé en un escenario muy parecido al que había compartido con Gorka, en pelota picada, con las piernas abiertas y un hombre entre los muslos, en plena crisis de pánico. Tuve que reírme yo también. Nos metimos en la cama y nos abrazamos bajo el edredón y apoyé la cabeza sobre su pecho. Cerré los ojos y me refugié en ella mientras el efecto sedante de su contacto terminaba de eliminar el malestar de aquel día de mierda.

—Hija, tienes que aprender a soltar, a no querer controlarlo todo. La vida no es una sucesión de asignaturas ni de exámenes en los que hay que sacar matrícula de honor —dijo mi madre con la voz cargada de pasión, casi de angustia. Encerró mi cara entre las manos y me obligó a mirarla a los ojos. Odiaba que hiciera eso, me daba la impresión de que sondeaba mi alma, de que leía mis pensamientos y me dejaba desnuda—. La vida es para vivirla, para disfrutarla, aprender sobre la marcha, equivocarse y sentir. ¡Sentir, Martina!

No contesté. Me dejé consolar por su abrazo y el calor de su pecho mientras el significado de sus palabras permeaba poco a poco en mi entendimiento. Me sentía segura con ella, con papá y mamá. En medio de la modorra, se me escapó una sonrisa.

—Mamá...

—¿Hum? —contestó ella, también adormilada.

—¿Puedo irme a Mallorca con papá y contigo? —Ellos se marchaban dos semanas antes que nosotros. Me vendría bien poner en orden el caos de mi cabeza y alejarme de todo—. Me he eximido de todos los exámenes del semestre, solo quiero subir la nota de Anatomía.

—Claro, hija. Mañana se lo decimos a papá.

Agradecí que se quedara conmigo en vez de volver a su habitación. Sus brazos siguieron acunándome y en algún momento me quedé dormida.

Por la mañana, cuando desperté, había tomado una determinación: las cosas iban a cambiar para mí. Iba a dejar de ser Martina Frozen, la Virgen del Hielo, Bambi y todos esos apelativos ridículos que me llamaban a mis espaldas.

Gorka había despertado en mi cuerpo emociones y sensaciones que jamás había experimentado antes. Y quería sentirlas de nuevo. Lo conseguiría en aquellas vacaciones en Mallorca, como me llamaba Martina Thoresen Morán.

Operación Mallorca

Pasé el fin de semana en Farellones y agradecí que ni Gorka ni Magnus apareciesen por allí. Adriana dejó de llamarme y de mandarme wasaps el domingo por la noche. Supuse que bloquearla en redes sociales después de más de veinte intentos de ponerse en contacto conmigo le dejó claro que estaba enfadada y no quería hablar con ella. No quería saber nada de ella. Se había acostado con Gorka, ¡y me lo había ocultado! Y después se había follado a mi hermano. Lo pensaba y me daban ganas de coger una manguera de napalm y exterminarlos a todos. Como no podía hacer eso, opté por la vía más efectiva: eliminarla de mi vida por la vía social virtual y real.

Cuando regresamos el domingo por la noche a Santiago, decidí quedarme también en casa con mis padres y posponer un poco más el encuentro con Magnus. Era un comportamiento infantil, lo sé, pero no tenía ningunas ganas de enfrentarme a una charla de hermano mayor, no cuando Dana estaba por medio. En cuanto a Gorka... esperaba no tener que cruzarme siquiera con él. La clase de Orientación a los estudios médicos era los viernes y para entonces yo tenía planeado estar tomando el sol en Mallorca.

El lunes se respiraba la tensión de los exámenes. Cálculo y Estadística daban clases de repaso y yo no las necesitaba, así que, por primera vez en el semestre, me las salté. Tenía que hablar con el doctor Guiraldes, de Anatomía. No es que me importase demasiado tener un sobresaliente en vez de una matrícula de honor, pero algo en mi faceta de maniática del control quería redondear la cifra de un 6,8 a un 7. Quería ver mi examen y reclamar. Podía salirme el tiro por la culata, era bien consciente de ello, pero, si quería marcharme a Mallorca, no podía quedarme al examen para subir la nota.

Golpeé la puerta de su despacho envuelta en ansiedad y entré al oír la voz cascada del profesor indicándome que entrara.

—¡Buenos días, señorita Thoresen! ¿Usted no tiene clase? —preguntó, con el ceño fruncido por encima de las gruesas gafas de pasta negra.

Vaya. Esperaba que aquello no me granjease su antipatía.

—Buenos días, doctor. Hay repaso de Cálculo y estoy eximida del examen. Me preguntaba... —Carraspeé al ver que me temblaba algo la voz. De pronto me sentí un poco estúpida—. Me preguntaba si podría ver mi último examen, el del aparato digestivo. Quería ver en qué me equivoqué. Saqué un 6,8 en vez de un 7 —aclaré con una sonrisa, al ver que me miraba con cierto estupor—. A modo de aprendizaje, por supuesto.

—Estoy seguro de que su examen fue perfecto —masculló, fastidiado por la interrupción, mientras rebuscaba en una carpeta. Fue pasando los exámenes por orden alfabético mientras a mí se me iban los ojos en un intento de divisar los de algunos de mis compañeros. Alcancé a ver el 5,5 de Magnus y no pude evitar mirar al techo en busca de paciencia. La nota típica de mi hermano. Siempre en la mitad del medio—. Aquí está. Sin duda, un examen brillante. Tome, revíselo.

Me mordí la lengua para no replicar por esas dos décimas en plan destructivo y me puse a revisar pregunta por pregunta. La primera estaba perfecta. La segunda también. Fue en la tercera: «Describa con detalle la vesícula biliar», donde aparecía un tachón en rojo sobre la palabra «glándula», la que me había restado esas dos décimas. Con rapidez, busqué un alegato y me dispuse a defender mi opción a la matrícula.

—Doctor Guiraldes, ¿puedo molestarlo un momento? —El profesor me miró con impaciencia mientras daba golpecitos con el bolígrafo negro que tenía en la mano—. Ya veo por qué me han bajado la nota. Es porque he utilizado la palabra *glándula* para designar la vesícula.

—Así es. La vesícula no secreta la bilis, solo la almacena, de manera que puede definirse como un saco, o estructura sacular, pero no como una glándula —afirmó con rotundidad—. Me alegra que estemos de acuerdo. ¿Alguna otra pregunta?

—No, doctor. Es solo que el resto de la pregunta está perfecto y, solo por un detalle semántico, se me priva de la nota máxima cuando los pormenores anatómicos que he aportado son muchos. —No era el momento de ponerse humilde. Quería esa maldita matrícula en Anatomía e iba a conseguirla—. Tenga en cuenta que mi español no es perfecto. En mi casa se habla más noruego que otra cosa.

Guiraldes cerró el bolígrafo y me miró con intensidad. Se lo estaba pensando. Yo sabía que era una de sus alumnas favoritas.

—Martina, ¿por qué es tan importante un 7? Un 6,8 es una excelentísima nota también y debe usted acostumbrarse a que no siempre puede alcanzarse la perfección en la vida —dijo con tono de abuelito dando una gran lección—. Confórmese.

A mí casi me rechinaban los dientes de la rabia, pero, en vez de eso, esbocé una luminosa sonrisa, táctica aprendida de mi madre, y lancé una mirada a mi alrededor para cambiar mi estrategia. Había un cráneo encima de su mesa y me abalancé a por él.

—Entiendo su postura, doctor, pero para mí es un tema de orgullo, de desafío personal. —Adopté la postura de Hamlet y miré el cráneo como si fuese mi amante—. Voy a nombrar los forámenes de la base, empezando por el foramen magno. De medial a lateral son... —Empecé a nombrar los agujeritos uno a uno y las estructuras a las que daban paso sin ningún fallo ante la mirada asombrada del profesor, que no se esperaba ese abordaje tan agresivo por mi parte. Al terminar, le lancé una mirada retadora—. Si es preciso, haré el examen para subir la nota semestral.

El médico soltó un largo suspiro. Se quitó las gafas y las limpió con el borde de tela de su bata, no demasiado blanca, y volvió a ponérselas sobre la nariz aguileña. Comenzó a asentir con lentitud hasta que, poco a poco, el movimiento ganó en energía y yo me permití sonreír.

—De acuerdo. Usted gana, señorita Thoresen. —Tachó con una sola línea negra el 6,8 en el examen y puso a su lado un flamante 7 rodeado por un círculo—. No hace falta que se presente al examen. Tengo claros sus conocimientos. Le pongo la nota por su perseverancia. Ahora, ¡váyase y déjeme trabajar!

—*Tusen takk!* ¡Muchas gracias! —dije en noruego, aunque solo fuese para no hacerlo sentir culpable por su decisión, y luego en español.

Salí de allí dando saltitos. Una cosa menos en la que pensar. Ya tenía el camino despejado para marcharme a Mallorca el miércoles con todas las asignaturas con matrícula o sobresaliente. Me animé con la perspectiva de hacer la maleta con bikinis y vestidos de verano, mis lecturas pendientes y los libros de las asignaturas del semestre siguiente. Estaba tan contenta que hasta pensé en mandarle a Dana un mensaje en son de paz y eché mano a mi móvil en la mochila.

Y entonces vi su *email.*

Martina, de verdad, ¡estás exagerando!

Lo de Gorka no significó nada. Solo fue un polvo sin importancia. Él acababa de llegar de España, se sentía solo y yo lo único que hice fue ofrecerle compañía y enseñarle la ciudad. Una cosa llevó a la otra. ¡No sé por qué me echas la culpa a mí! Para tener sexo se necesitan dos personas y él es tan culpable como yo de esto, ¿por qué solo te enfadas conmigo? Creo que bloquearme es infantil. No sé, Martina... cuando quieras, hablamos. No creo haber hecho nada malo. Sabes que te quiero mucho, pero, cuando te pones así, eres insoportable.

Dana

Mi cabreo llegó a los niveles de ira del quinto círculo del infierno. Y lo digo con precisión, porque me sé muy bien la descripción de cada uno de los coloridos infiernos de Dante. De este modo puedo mandar a cada quien al que le corresponde con propiedad. Así que corrí el riesgo de condenarme a la rabia eterna de los pantanos de Estigia, porque, si llego a tenerla delante, creo que la hubiese estrangulado. ¿Era posible que tuviese tanto morro de trasladarme a mí la pelota?

Borré el *email* sin más, decidí que el primer semestre de la carrera de Medicina se había acabado para mí y me marché a casa a preparar la maleta. En vez de comunicarme con ella, llamé a mi padre. Su voz cortante no me apabulló, sabía que lo pillaría entre cirugías o con algo importante del hospital.

—Thoresen.

—Papá, soy Martina. Perdona que te moleste a estas horas. Es para que confirmes la reserva de mi vuelo —dije mientras notaba que, aunque fuese gélido, escucharlo me confortaba—. He arreglado lo de Anatomía y me marcho contigo y con mamá.

—*Så flott!** Me alegro de tenerte unos días solo para nosotros, *liten jente.* —Su voz se suavizó, y me encantaba que utilizase el apelativo cariñoso que empleaba solo con mamá—. Sé que las cosas no te han salido bien estos días, pero seguro que el viento sopla de nuevo a tu favor.

Mamá se lo habría soltado todo, estaba segura, pero él era lo suficientemente elegante como para no ponerme en un aprieto. Lo adoraba. No había ningún hombre como él. Suspiré.

—Lo sé, papá. Yo también tengo ganas de playa y veranito. ¡Nos vemos!

* * *

Preparar mi maleta de color morado y el capazo de rafia con lentejuelas me hizo constatar que era verdad, que por fin había acabado el semestre inicial, el primer contacto con la Facultad de Medicina, ese que ya se había llevado por delante a dos de mis compañeros porque no era lo suyo.

Equivocarse se cobraba un alto precio. Habíamos pasado horas y horas estudiando. Mientras amigos que habían entrado a otras carreras despertaban a una nueva vida, con mil posibilidades, amistades diferentes y mayor independencia, nosotros teníamos que acudir a prácticas, preparar presentaciones... y llenar de extraprogramáticas nuestras horas libres a lo largo del primer año, porque, a medida que

* «¡Genial!», «qué bien», en noruego.

avanzásemos, sería peor. Las amistades se resentían. Mis amigas del colegio me llamaban cada vez menos; ya no contaban conmigo, porque mis respuestas siempre eran las mismas: «tengo examen», «tengo que entregar un trabajo», «tengo una presentación», «tengo que estudiar». Y apenas había sacado mi fonendoscopio turquesa e iridiscente de la caja.

El timbre insistente del telefonillo me sobresaltó mientras decidía las prendas que me iba a llevar y las que no al ritmo de Rihanna a bastante volumen. Qué raro. Las únicas personas que venían a esa casa se sabían el código: mis padres, Berta, que ya se había marchado, y los del núcleo duro. Eché un vistazo al reloj mientras bajaba las escaleras a todo correr para contestar. ¿Quién sería?

—¿Diga? —pregunté, intrigada. Quizá avisaban de recepción por algún paquete.

—Señorita Thoresen, hay aquí un joven... el señor Gorka Gorostiza, que pregunta por usted. Dice si puede bajar un momento.

Gorka. ¿Gorka estaba allí? Fruncí el ceño. ¿Y quería que yo bajase? ¡Ja! Solté una carcajada ácida. No tenía ningún interés en verlo después de la humillación del viernes, pero no pude evitar cierta intriga. ¿Qué demonios querría? Negocié conmigo misma durante unos tres segundos.

—Dígale que suba si quiere. Yo no pienso bajar.

Y colgué. Y no debería haberlo hecho, porque entonces no podía saber qué decisión iba a tomar. Durante un par de angustiosos minutos me quedé de pie junto al telefonillo, sin saber qué hacer, hasta que oí el ascensor subir. Me metí con rapidez en la cocina para dar la sensación de que no estaba esperando como la tonta que era, hasta que me di cuenta de que no era el mejor sitio precisamente. La asociación de ideas resultaba demasiado obvia y dolorosa.

¡Ping! La puerta del ascensor se abrió y Gorka hizo su entrada con la sobriedad de siempre.

—¿Martina? —dijo, inseguro.

—Estoy aquí. Hola, Gorka —respondí mientras salía de la cocina con un paño en una mano y la taza del café que me había tomado en la otra. Un escudo de protección como otro cualquiera.

—Hola.

Uno, dos, tres, cuatro segundos incómodos en los que ambos miramos al techo, al suelo, a cualquier lado excepto a los ojos del otro. Yo fui la primera en enfrentar la situación; después de todo, había sido él quien me humilló y me trató como a una mierda.

—¿Qué quieres, Gorka? El miércoles temprano me marcho de viaje y me pillas haciendo el equipaje —dije, impaciente. Entré en la cocina un momento para dejar el paño y la taza, y, ante su aparente impasibilidad, subí las escaleras para continuar con mi tarea. Me daba igual si se quedaba allí o me seguía—. Tengo un montón de cosas que hacer.

—Sí. Ya me he enterado. —Vaya. Radio patio internacional funcionaba a las mil maravillas. Imaginé que había sido Magnus, ¿quién si no? Lo sentí subir tras de mí, pero lo ignoré olímpicamente—. De eso venía a hablarte.

Doblé el vestido que tenía entre las manos y lo coloqué con mimo en la maleta. Él no continuaba con la conversación, así que lo miré.

—¿A qué te refieres? —dije con voz cansada.

—A que lo único que pido en mi asignatura para la matrícula de honor es la plena asistencia, Martina. Si faltas el viernes, no podré calificarte con esa nota. —Clavó sus ojos oscuros en mí y apretó los labios en una línea fina—. Espero que lo entiendas.

Maldito cabrón. Sabía lo importante que eran para mí las calificaciones. Y me daba un golpe bajo, no tenía muy claro el porqué. Pero yo no era ninguna estúpida y, en ese momento, me acordé de Dana y sus lecciones sobre teatro femenino. «A veces, aunque te joda en el alma, vas a tener que fingir.» Y yo podía hacerlo muy bien si era necesario. No moví ni un solo músculo facial. Cogí la siguiente camiseta, blanca con una bandera de Noruega, y comencé a doblarla.

—Lo entiendo, Gorka. No te preocupes. Además —añadí con cierta displicencia y con el punto justo de desprecio para molestar—, hay asignaturas y asignaturas. Esta mañana he conseguido la matrícula que realmente me interesaba, la de Anatomía. Orientación tiene pocos créditos, es una asignatura menor. Con el sobresaliente me llega. —Me giré hacia él y clavé la mirada gélida en sus ojos oscuros en un desafío tácito—. Salvo que estimes conveniente para mí una nota menor, claro. En ese caso, sí valoraría quedarme.

Se lo pensó. Estaba segura. Lo supe porque no me dio una respuesta inmediata, así de cabrón era. Después de todo, era profesor... y cirujano. Disfrutaba de su pequeña parcelita de poder, aunque fuera una mierdecilla de asignatura que no servía para nada. Finalmente sonrió y elevó las manos en gesto de paz.

—No, claro que no. Mereces ese sobresaliente. Aunque me hubiera gustado verte el viernes en clase con los demás —dijo con tono más conciliador.

—Ya.

No le creía ni lo que rezaba.

Se generó otro momento incómodo, en el que yo quería seguir con lo que estaba haciendo y él no se marchaba, así que opté por la vía noruega, que tan útil resultaba para este tipo de cosas.

—Si no necesitas nada más de mí, te acompaño hasta la puerta —dije mientras rodeaba la cama y le señalaba las escaleras para que bajase delante de mí. Imprimí a mis gestos la misma intensidad que empleaba mi padre, y a Gorka no le quedó más remedio que mover el trasero y bajar. Reprimí una risita. Comenzaba a descubrir los secretos del doctor Erik Thoresen, ¡qué gran hombre era mi padre!—. Gracias por venir a avisarme, pero no era necesario.

Abrí la puerta de servicio y esperé de pie, con una sonrisa educada, a que saliera del dúplex. Él me contempló, desconcertado.

—¿No me vas a ofrecer nada de comer? ¿Ni siquiera una cerveza? —preguntó con extrañeza. Parecía incluso ofendido—. Me conformo con un café.

Lo entendí. Siempre que llegaba a vernos a casa de mis padres o a Farellones, yo corría a atenderlo, o mi madre, que era la perfecta anfitriona para todos. Eso se había acabado.

—No. Ya ves —dije con tono filosófico; no pude aguantarme, a veces soy así de infantil—. Yo me habría conformado el otro día con un orgasmo y me quedé con las ganas. La vida es así. Nos vemos, Gorka. Que lo pases bien en España.

No fue capaz de contestar. Se le había descolgado la mandíbula tras mis últimas declaraciones. Acabé por empujarlo fuera del apartamento y cerré la puerta de servicio tras él. Espero que no oyese la carcajada que se me escapó al pensar que la venganza se sirve en plato frío.

* * *

Joder, tenía la cabeza a punto de estallar. Que Adriana no parase de acosarme para que intercediera con Martina no ayudaba en nada. Estaba más preocupado por las consecuencias de habernos acostado al fin tras años de tonteo que de su pelea de gatas, pero ella se lo había tomado de manera muy natural. Yo me moría de ganas de preguntarle qué la había hecho cambiar de opinión. No necesité más que frenarla cuando quiso darme un beso para desatar una fiera. Éramos nosotros los que teníamos que hablar y ella me evitaba.

—Habla con Martina, ¡dile que me llame! —insistió por enésima vez cuando quedamos para comer juntos a mediodía. Yo intentaba concentrarme en los ejercicios de Química—. ¡Sabes que no tiene razón!

Acabé por cerrar el cuaderno con un suspiro resignado. Así no había Dios que estudiara. Además, Dana había posado su muslo encima de mis piernas y no pude resistirme a acariciar su interior cálido y rememorar lo que había pasado entre nosotros. Me besó en el cuello y yo correspondí con un mordisco suave en sus labios. La distraje por un momento de su discurso monotemático y nos besamos. Teníamos mucho tiempo perdido que recuperar. Me acarició con la punta de la lengua en un juego provocador y me aparté, castigando su atrevimiento. Ella me agarró de la nuca para retenerme y aplastó su boca contra la mía en un contacto experto, arrollador. La estreché por la cintura contra mi cuerpo y acabó por sentarse a horcajadas sobre mi regazo. Adiós a la Química, al almuerzo y a la discusión. Adriana era una droga, me intoxicaba con su seguridad.

Un carraspeo malintencionado y unas risitas interrumpieron

nuestro despliegue apasionado. Un par de compañeros de clase llamaron mi atención, haciendo que volviésemos a la tierra.

—Magnus, ¿está ocupada esa silla? ¿Podemos sacar la mochila? —preguntó alguien a mi lado. Me aparté de Dana de mala gana y apoyé mi frente en su frente mientras ella lanzaba una mirada de fastidio al irruptor.

—Claro. Es mía, pásamela. —Aproveché para guardar mis cosas, se había acabado el estudio antes de empezar. Le di una palmada en la cadera a Adriana—. ¿Qué haces esta tarde?

—Tengo clase de Histología y después práctica. No puedo faltar. La semana que viene es el examen —contestó ella con aprensión. Se rompía los cuernos estudiando para sacar notas tan mediocres como las mías, pero ella debía mantener un mínimo debido a la beca otorgada por la universidad—. ¿Hablarás con Martina? No quiero meterme en un avión catorce horas estando enfadadas.

Mejor decírselo cuanto antes. Se enteraría tarde o temprano y era preferible que lo hiciera por mí, aunque significase que mi hermana me pasara al bando enemigo por una buena temporada. Busqué su mano y la apreté.

—Dana, Martina no va a viajar con nosotros. Se marcha a Mallorca con mis padres —solté a bocajarro y sin anestesia. Así era mejor, sobre todo a juzgar por su cara de sorpresa, casi ofendida, con la boca abierta en pura indignación—. Ha conseguido, no sé cómo, subir la nota de Anatomía, así que se va el miércoles.

—Pero ¿y Orientación? ¡Necesita plena asistencia para la-la ma-matrícula! —insistió mientras tartamudeaba, en un intento de entender—. Se suponía que íbamos a ir todos juntos, ¡será traidora!

Me encogí de hombros. No tenía ni idea de qué pensaba hacer mi hermana con aquella asignatura, pero imaginaba que no querría ver ni en pintura al profesor.

—Tiene muy pocos créditos y lleva la nota máxima en todos los controles. No creo que tenga muchas ganas de ver a Gorka después de lo que pasó —contesté, en un intento de que Dana meditase por un momento la postura de mi hermana. Me parecía que, esa vez al menos, Martina era quien tenía razón—. Tienes que entenderla.

Adriana entornó los ojos y se apartó de mí. Mala elección de palabras, me di cuenta en cuanto las solté. Se cruzó de brazos y me miró como si fuera el enemigo público número uno.

—O sea, ¿también te vas a poner de su parte? No me lo puedo creer. —Se levantó, se colgó su mochila del hombro y cogió su Coca-Cola Zero con cara de no perdonármelo en la vida—. Ya veremos si se va antes o si tiene que esperar a viajar con nosotros. Voy a hablar ahora mismo con Gorka.

—Adriana, ¿qué vas a hacer? —pregunté, en un intento de detener el tsunami de energía que era aquella chica—. ¿No querías que hablase con Martina de tu parte?

—No. No hace falta. Está claro que es una cría, le mandaré un *email* —replicó con petulancia. Yo cerré los ojos mientras anticipaba una catástrofe inminente—. Nos vemos mañana. Y no pongas esa cara de desilusión. Si quieres follar conmigo, más vale que tengas claras tus lealtades.

Me entró un ataque de risa. No lo pude evitar. Por otro lado, seguí hipnotizado por el bamboleo de sus caderas al caminar mientras se alejaba toda digna hacia el San Lucas. Por la hora, Gorka debía de estar con mi padre en el quirófano de cirugía cardiaca, así que Adriana tardaría en cumplir su misión de informarlo sobre la evasión de Martina. Sería interesante asistir al culebrón que se traían las dos. ¿Por qué sería tan difícil tratar a veces con las mujeres? Eran mucho más fáciles los hombres. Por ejemplo, Manuel. Eché un vistazo a su último wasap.

> Contando los días para Mallorca. Madrid es genial, pero tengo ganas de playa y mar. Las españolas son lo mejor del mundo. Quiero detalles de lo de Dana. ¿Qué tal el resto del núcleo? ¿Qué tal Bambi?

Sonreí, porque llevaba desde esa mañana, cuando me levanté y vi el mensaje, dando vueltas a qué contestar. Entre el desfase horario, las clases, las horas de estudio y de sueño, no habíamos hablado demasiado, pero los wasaps siempre nos mantenían al día. Decidí darle la información justa para mantenerlo intrigado y con ganas de más.

> Martina llega con mis padres este jueves, sigue igual que siempre. Hubo intento con Gorka, pero no fraguó. Dana es terrible, pero me encanta. No creo que lleguemos muy lejos. Me alegro de lo tuyo con las españolas, ¡cuídate! A Lena y a Tony casi no los veo; por lo que sé, están bien. Dos semanas y estamos allí.

Atravesé el sendero rastrillado entre los rosales podados y tristes. Ni una flor, todo espinas. Sonreí al pensar que eran una metáfora muy acertada de lo que constituía la carrera de Medicina en ese momento para mí. ¿Dónde estaban los pacientes? ¿Dónde estaba la vocación? El arco de piedra del edificio que daba salida a la calle fue una tentación demasiado fuerte en mi estado de ánimo. A la mierda la clase de repaso de Química. Un notable era más que suficiente. Cuando estuviera en un quirófano, o pasando consulta, ¿a mi paciente le importaría mi calificación en Química I de primero de carrera? Yo creía que no. Desvié mi camino hacia Isidora Goyenechea. Ya estudiaría al día siguiente. En ese momento tenía demasiadas cosas en la cabeza en las que pensar.

Arena, sol y el mar azul

Esto sí que era vida. Me estiré sobre la hamaca y mi mano chocó con el factor 50. Buen momento para proteger mi piel. Ya llevaba más de cuatro horas, con dos... no, tres baños en las aguas cristalinas del Mediterráneo mientras me bronceaba vuelta y vuelta. Mi pelo había adquirido ese tono rubio casi blanco, que solo el sol de Mallorca me regalaba, y mi piel, ese dorado herencia de los Thoresen que hacía que las caras se volvieran a mirarme cuando salía de compras por Can Picafort. Mi madre sonreía, orgullosa, y me susurraba «Martina, ¿has visto cómo te miran?». Por primera vez, dejé de hacerme moños, de usar las enormes camisetas de mi padre y de esconder mi rostro tras muecas divertidas. Empecé a sonreír de vuelta a los chicos que me sonreían a mí.

—Voy a Alcudia a comprar unas cosas que me ha encargado mamá, ¿me acompañas? —oí la voz de mi padre entre la música de los auriculares, el barullo de la playa y las olas del mar mientras su sombra se proyectaba sobre mi rostro.

—Hummm... No, papá, prefiero quedarme. No te importa, ¿verdad?

—No, no pasa nada. Iré solo. Nos vemos después.

Ignoré el tono premeditado que buscaba hacerme sentir culpable. Había pasado más tiempo que nunca con él, incluida una escapada a Oslo, donde me había permitido entrar en quirófano a una complicada cirugía cardiaca, solo de espectadora, claro está, pero ¡eso era ser médico! Sostener un corazón enfermo entre tus manos, darle forma, ¡darle vida!, y cambiar por completo el futuro de una persona. Salí de allí fascinada.

También me había hecho dos tatuajes en el estudio de tía Peta en Tromsø, sin permiso de papá y mamá. Me había caído un buen rapapolvo, pero no por el pequeño fonendoscopio en mi muñeca izquierda, sino por la larga frase que adornaba toda la extensión de mi columna vertebral.

Beste fri skjoldpike enn lenket prinsess.

Mejor guerrera libre que princesa encadenada. Lo había necesitado como una especie de catarsis después de lo que me había pasado, para marcar un antes y un después. Tras dos semanas todavía no había terminado de cicatrizar, aunque al menos ya habían dejado de caerme trozos de piel impregnados en tinta negra, lo que era bastante asqueroso. Lo cubría con un apósito especial para protegerlo del sol.

Pasé la tarde desazonada, por no decir histérica. Tenía que reconocer que, aunque esos días sin el núcleo duro habían sido maravillosos, los había echado de menos. Menos mal que llegaban al día siguiente.

Me había mantenido firme, sin responder al bombardeo incesante de Adriana. No pensaba ceder hasta que me pidiese perdón.

En cuanto se levantó el viento, abandoné la playa y me fui a la piscina de casa, pero tampoco aguanté demasiado. Miré varias veces el móvil, pero la bruja de Adriana no me había escrito todavía. Al menos diez mensajes al día y, cuando por fin íbamos a vernos, cero. Nada. *Nothing*. Muy bien. Ni siquiera una despedida antes de embarcar. Si se estrellaba el avión, se arrepentiría.

* * *

Lo primero que hice al levantarme por la mañana fue mirar el móvil. Al menos mi hermano era un poco menos cretino.

En Madrid. Sin novedad. Todo bien.

Era increíble lo mucho que se parecía a mi padre hasta para eso. Los mensajes telegráficos pero informativos. Una emoción comenzó a cosquillear en mi abdomen al saber que ya estaban en suelo español. El siguiente mensaje me desconcertó un poco.

¡Primer encuentro superado!
Many ya está con nosotros.

Manuel. Me inundó cierto sentimiento de culpa, ni siquiera me había acordado de él. Estaba tan inmersa en mi cabreo con Adriana y, de rebote, también con Magnus, y por supuesto con Gorka, que Many había quedado en el olvido. ¿Cuánto tiempo llevaba en España? Hice un recuento rápido y me di cuenta, sorprendida, de que ya habían pasado los tres meses que tenía que estar allí.

Embarcando. Nos vemos en
un par de horas.

Me metí en la ducha. Si no me daba prisa, llegaríamos tarde al aeropuerto. Oía a mis padres en la cocina mientras preparaban el desayuno, con la canción *The chamber*, de Lenny Kravitz, de fondo. Respiré hondo y controlé las inspiraciones. Si no me tranquilizaba, me daría un ataque de ansiedad. Decidí ponerme algo bonito para recibirlos y escogí un vestido blanco de gasa y unas abarcas de cuero. Me cepillé el pelo hasta que quedó como un halo brillante y liso, y escogí el conjunto de pequeños pendientes de oro que mis padres me habían regalado cuando acabé el colegio, unas lunas, con un colgante al cuello y una pulsera a juego. Me había contenido desde que salí del baño, y volví a coger el móvil.

Me encontré con algo que no me esperaba. Un wasap de Gorka.

Escribo solo para avisar de que he
llegado bien a Bilbao. Un abrazo
grande a toda la familia, y un
beso para ti.

Me senté despacio en la cama. Necesitaba un momento para procesar lo que significaba aquel contacto. ¿Avisarme? ¿A mí? ¿Por qué? Negué con la cabeza, desconcertada. ¿Y mandaba abrazos para todos, pero un beso para mí? Fruncí el ceño, un poco molesta. Aquello comenzaba a parecerse sospechosamente al perro del hortelano, que ni come ni deja comer.

—¡Martina! ¿Vienes a desayunar o no? ¡Tenemos que irnos! —oí el grito atronador de mi padre procedente del piso de abajo. Pegué un respingo, inmersa como estaba en mis elucubraciones, y me eché a reír.

—¡Voy!

Le di vueltas al móvil en la mano... y estuve tentada de no contestar. Después de todo, aún me dolía la humillación, y el cuerpo también, al recordar el contacto de sus manos sobre mi piel, el calor de sus labios, el ardor de su sexo en el mío. Tuve que cerrar los ojos un segundo y apretar los muslos al sentir la excitación crecer como siempre que pensaba en él. Decidí dejar mis opciones abiertas. La nueva Martina jugaba todas sus cartas y tomaba la iniciativa, ¿no?

Me alegra que hayas llegado bien.
Manda saludos a tu familia,
transmitiré tu abrazo a los míos.
Un beso para ti también.

Miré con lupa el mensaje, y no encontré nada que objetar, así que lo envié. Y no le di más vueltas. Total, una vez que pulsas el botón, ya no hay vuelta atrás, ¿verdad?

El aeropuerto de Palma en julio era un hervidero de europeos del norte en busca de sol y calor, en especial gente joven con ganas de fiesta. La llegada a Mallorca marcaba el pistoletazo de salida de una carrera de desenfreno, y algunos parecían no poder esperar a llegar a su hotel. Unos ingleses con unas litronas de cerveza se nos acercaron a gritos, y mi padre puso su cara de asesino en serie de nuevo.

—*Svarte helvete*... Si lo sé, os espero en el coche —gruñó con fastidio evidente. Pasó un brazo por mis hombros y el otro por los de mi madre con gesto protector al ver que se instalaban al lado a esperar a alguien.

—Vamos, Erik. Tú has sido igual o peor en tu juventud —dijo mamá con una mirada irónica y cargada de reproches. No sé lo que escondería su pasado, pero se puso rojo y muy a la defensiva.

—No es cierto. Yo no me emborrachaba como una cuba ni iba medio desnudo por los aeropuertos montando escándalos —masculló sin demasiado convencimiento y con cara de no querer continuar la conversación. Yo miré a mi madre muy interesada en escuchar su réplica, pero justo mi padre divisó a Magnus entre los viajeros y soltó un grito de los suyos—. *Hei, Magne! Kom, vi er her!!**

Era una imagen que se repetía todos los años, varias veces. En Chile, en Noruega, en España, en China, en Italia, en Rusia... con toda la familia que teníamos esparcida a lo largo y ancho de todo el globo terráqueo. Magnus, como siempre, no se enteraba de nada. Medio aeropuerto se había dado la vuelta ante el grito vikingo de mi padre, pero él seguía más ocupado en sobetear el culo de Dana que en lo que ocurría alrededor. Resoplé con fastidio, llevé los dedos a la boca y pegué un buen chiflido... y llamé la atención de quien debía.

—¡Eh! ¡Manuel Suárez! —grité a voz en cuello, subida en la barrera de acero. Era imposible que no me viera. Agité los brazos cuando lo vi mover la cabeza en busca de la voz que lo llamaba hasta que sus ojos se iluminaron al identificarme. Correspondió a mi saludo frenético y avisó a Magnus y a Dana.

Misión cumplida.

Al poco rato, salían empujando el carrito de las maletas por la puerta de cristal.

Y vaya.

Vaya, vaya, vaya.

Los abracé a los tres. Primero, a Adriana, un trámite rápido y sin mirarla a los ojos. Después, a Magnus, que me fue arrebatado con rapidez por mis padres, ansiosos por disfrutar de él. Many es-

* «¡Eh, Magne! ¡¡Venid, estamos aquí!!», en noruego.

peraba paciente su turno, con una media sonrisa y un poco apartado. Me quedé sorprendida al verlo frente a mí.

—Pero ¿qué le has hecho a tu pelo? —pregunté con extrañeza. Lo tenía muy corto, casi rapado.

Él se frotó la coronilla y se encogió de hombros.

—Lo corté. Es más cómodo así. ¿No te gusta?

—No lo sé.

Él se echó a reír ante mi franqueza, pero era la verdad. Sus ondas castañas habían desaparecido y daban paso a una alfombrilla aterciopelada y a la vez áspera. Quise comprobar su textura y pasé la palma por donde antes habían estado sus dedos y le acaricié la cabeza. Él se sonrojó, no sé por qué. Me sujetó la mano y se apartó.

—Martina, no empieces con tus cosas raras.

—Me gusta. Pensé que iba a raspar, pero, en realidad, es muy suave. Te queda bien. —Lo estudié, siendo crítica de verdad. Su rostro se había vuelto más anguloso, sus pómulos y su nariz se habían afilado y el pelo así le quitaba dulzura a su rostro—. Estás muy guapo. Te hace parecer mayor. Bienvenido, por cierto.

Le eché los brazos al cuello y le di un beso en la mejilla. Al principio se envaró, pero acabó por soltar una carcajada y abrazarme.

—Ven aquí. Es bueno verte otra vez, Bambi. Echaba de menos tus cosas raras. —Me dio un beso en el cuello que me hizo cosquillas. Me encogí y solté un gritito indignado—. Vamos. Los demás ya se alejan.

Corrimos de la mano hasta alcanzarlos y nos unimos a la inevitable conversación de ponerse al día. Sí, el viaje bien. No, ningún problema. En menos de veinte minutos rodábamos de vuelta hacia Can Picafort mientras Dana acaparaba la conversación con su parloteo entusiasmado.

—Mamá te manda un bikini de crochet dorado y blanco, tía Inés —dijo sin poder esconder su felicidad—. Y Lena envía besos a todos desde Chillán junto con Tony.

—Juan y Nacha deben de estar muy tristes por el abandono de sus hijas. —El tono irónico de mi padre era tan ácido que la furgoneta al completo estalló en carcajadas—. Me muero de pena por ellos.

—¿Habéis llamado para avisar de que estáis bien? —intervino mi madre, siempre conciliadora.

—¡Claro que sí! Lo primero, nada más bajarnos del avión.

Puse los ojos en blanco y parodié a Adriana moviendo los labios. Many se echó a reír y me miró, sorprendido.

—¿Qué ha pasado entre vosotras? Magnus me ha dicho que estáis enfadadas, pero no me ha contado mucho más —me preguntó en voz baja mientras se inclinaba hacia mí.

—Después. —Lo despaché con un gesto de la mano y me volví hacia el paisaje que se veía tras el cristal. El coche no era el lugar para poner al día a Many de las últimas novedades del núcleo duro.

* * *

Yo me había agenciado ya la mejor habitación de la casa después de la de mis padres, así que el resto se distribuyó según las órdenes de Magnus. A mí me daba igual, hasta cierto punto. Le asignó a Adriana la habitación de al lado para que compartiésemos el cuarto de baño grande y eso me fastidió.

—¿Es que no vas a hablarme en todas las vacaciones? —preguntó, brusca, cuando nos encontramos justo en la puerta, antes de comer.

—Ni siquiera sé qué haces aquí. Yo no habría tenido la cara de venir —respondí sin piedad. Su rostro se contrajo en una mueca de dolor. Hasta yo lo vi. Así que había sido lo bastante cruel como para generar una reacción en ella. Bien.

—No me invitaste tú. Me invitaron tus padres, que te recuerdo que son mis padrinos, así que no tengo que darte explicaciones de nada —replicó con su tono más repelente. Se metió en el cuarto de baño delante de mis narices y cerró la puerta cuando en cualquier otro momento habríamos entrado juntas incluso para hacer caca. A los dos segundos volvió a abrir—. Si es así como quieres seguir, me parece bien. Si quieres guerra, la tendrás.

—Me voy al baño del pasillo.

¡Qué rabia! Adriana era odiosa. Nunca habíamos estado así. Me planteé pasar de sentarme a la mesa e ir a la playa a comer un bocadillo, pero no pensaba ceder espacios. Esa era mi casa. Magnus y Many estaban en la piscina, se oían los gritos. Me asomé a la ventana y los vi jugar y salpicarse como si tuvieran seis años. Me dieron un poco de envidia. A lo mejor tenía que intentar arreglar las cosas con Dana, pero sentía de verdad que era ella quien me debía una disculpa y una explicación.

La comida fue un poco tensa, pero por razones inesperadas. Mi padre no nos dio ni un solo día de respiro. En cuanto la ensaladera pasó por todas las manos, soltó la bomba.

—¿Qué tal los exámenes?

Un silencio ominoso se cernió sobre la mesa. Nadie habló por un instante hasta que Many carraspeó y decidió inmolarse.

—Mejor de lo esperado, Erik. He sacado a la primera todas las asignaturas, aunque he estado a punto de suspender Bioquímica —reconoció con cierta vergüenza. Reprimí una sonrisa al ver que bajaba la mirada ante la expresión reprobadora de mi padre—, pero aprobé. Por los pelos, pero aprobé.

—Bueno, peor es nada...

—¡Vikingo gruñón! —lo interrumpió mi madre, indignada—. Manuel, es difícil sacar un semestre en otro país, en un ambiente nuevo y sin el apoyo de los amigos y la familia. Enhorabuena —dijo, estirando la mano por encima de la mesa para apretar la suya en un gesto de aliento. Many sonrió—. Ahora, cuando vuelvas a Chile, aprovecha para ponerte las pilas en el segundo semestre.

—Lo haré, tía Inés.

—¿Y vosotros? ¿Adriana? ¿Cómo te ha ido? —Mi padre se dirigió a su próxima víctima, pero Dana no se dejaba intimidar y sonrió.

—Mi monstruo de este semestre ha sido Histología, me ha costado horrores y echarle horas y horas —dramatizó como la buena actriz que era. Hasta se llevó las manos al pecho y todo. Tenía mucho que aprender de ella—. Al final saqué un notable, no me puedo quejar. El resto todo notables, un sobresaliente y una matrícula en Patología.

Ni una sola mención a mi ayuda en Bioquímica. Muy bien. Tomé buena nota. Pues iba a ayudarla su abuela la próxima vez. Mi padre siguió la ronda mientras Adriana recibía las felicitaciones pertinentes. Me entraron ganas de vomitar. Allí, la que tenía mejores notas, es decir, notas brillantes, era yo. Me dispuse a recordárselo a todos, pero me frené porque no quise perjudicar a Magnus.

—¿Hijo?

Todos nos volvimos hacia Magne con expectación. Él nos regaló su sonrisa suave mientras aguantaba con entereza el escrutinio de mi padre. Qué difícil era a veces ser su hijo.

—Conseguí la matrícula en Anatomía, en Orientación y en Física. El resto, notables y sobresalientes. Salvo Cálculo, donde me han tumbado. —Se detuvo un segundo al ver que mi padre abría la boca para decir algo que al final no salió de sus labios—. Tengo que presentarme al examen de repesca, así que me toca estudiar.

—Ay, Magnus... —Fue mi madre la que llenó el silencio tenso que se instaló en la mesa—. ¿Qué ha pasado?

—Yo te diré lo que ha pasado —interrumpió mi padre cuando Magnus iba a contestar—. Que no se centra. No estudia. Se dedica a salir, a esquiar, a hacer de todo menos estudiar. Lo has visto, Inés. Tiene que madurar.

Magnus soltó un suspiro hastiado, y aquello cabreó todavía más a mi padre. Era de primero de familia Thoresen Morán: «No le toques las pelotas al jefe del clan cuando está cabreado, hazte pequeñito hasta desaparecer». Pero Magnus nunca lo hacía. Como buen alfa, se crecía y se enfrentaba. ¡Hombres!

—Papá, en realidad lo que pasó...

—No hace falta que lo expliques. Las matemáticas son mecánica pura. Si no has aprobado es porque te faltaba estudio —volvió a cortar, implacable—. Espero que aproveches las vacaciones para algo más que para comer, dormir y follar.

—¡Ya está bien, Erik! —Mi madre fulminó el enfrentamiento entre ellos.

—Voy a recoger la mesa. —Adriana se puso de pie con la elegancia de una bailarina y Many susurró un «te ayudo» incómodo, tan sutil como un elefante. En menos de cinco segundos, los dos habían desaparecido del comedor, dejándonos a nuestras anchas para la debacle familiar.

Miré a mi hermano, preparado para la discusión. Quise transmitirle mi apoyo de alguna manera, darle ánimos, pero no me miró. Acabé por recoger mi plato y retirarme también. Hay batallas que es mejor pelear solo, y él lo sabía mejor que nadie.

* * *

¿Cabreado?

No. No estaba cabreado. Estaba furioso. Frustrado. No llevaba ni cuatro horas en Mallorca y ya me había enganchado con mi padre en una discusión, y todo por ser sincero. Habría sido muy fácil decir que aún no sabía la nota, que había aprobado por los pelos, ¡cualquier cosa! Pero no era tan importante, ¿o sí? Aunque eso no era lo que más me jodía.

—Papá, no lo entiendo. Adriana y Manuel han sacado peores notas que yo y los has cubierto de felicitaciones —dije, dolido. No podía evitarlo, no paraba de reafirmar a todo el mundo menos a mí—. Es verdad que he suspendido el maldito Cálculo, pero he sacado matrícula en dos de las grandes y una de las pequeñas. ¡Y sobresaliente en Química, con lo que me cuesta!

—Son notas excelentes, Magne —intervino mi madre con dulzura—. Tu padre es demasiado duro.

Atrapó mi mano entre las suyas y su contacto me resultó reparador, pero no era eso lo que necesitaba. La retiré con delicadeza.

—No, Magne. No soy demasiado duro. Ellos no son mis hijos, tú sí. —Apoyó las manos sobre la mesa y se inclinó hacia mí. Me costó sostener su mirada, pero lo hice. No me iba a quebrar. No esa vez. Porque no tenía razón, joder. Me había roto los cuernos estudiando y, si se tomara la molestia de escucharme tan solo un par de minutos, podría explicárselo—. Puedes dar más. Sé de lo que eres capaz, y el resto de tus notas lo demuestra. Si quieres ser un buen médico, ¡tienes que perseguir la excelencia, Magnus! Si no eres capaz de dar lo mejor de ti mismo para un simple examen, ¿qué harás cuando sea la vida de un paciente la que esté entre tus manos?

Apreté los dientes y me quedé callado. ¿Qué cojones puedes replicar ante semejante argumento? Me dieron ganas de gritar... y de llorar. Pero hacía años que había decidido no darle aquella satisfacción. En el pulso de miradas, ganó él, pero porque mi madre me distrajo. Se levantó y me abrazó a traición, obligándome a hundir la cara en su pecho.

—Vamos. Fuera hace un día precioso. Tienes que estar agotado después del viaje. —La abracé con fuerza y solté un gruñido de pura frustración, pero tenía razón—. Ponte el traje de baño, id a la playa. Yo me encargaré de recoger lo que queda con tu padre. Tomaos un respiro.

Ya en las hamacas frente al mar turquesa y la brisa cálida de la playa, no conseguía deshacerme del malestar. Many había ido a echar una carrera y Martina, cómo no, nadaba cual sirena en el agua. Dana estaba a mi lado, sé que preocupada, pero no quise hacer demasiado caso de sus intentos de entablar una conversación. Le guardaba demasiado rencor a todo el mundo. Era mejor esperar a que se me pasara.

—Magne, ya sabemos todos cómo es tu padre. No le des más importancia —volvió a la carga por enésima vez. Acabé por ponerme las gafas de sol para proteger mis ojos de la claridad y me giré hacia ella. No me dejaría en paz hasta que hablásemos—. Yo he estado ahí. He visto tu esfuerzo. Has trabajado muy duro, no te mereces que te trate así.

Alargó la mano y me acarició los pectorales con suavidad. Mi piel se erizó, se me endurecieron los pezones y el bañador dio un pequeño salto. Nos echamos a reír.

—Es increíble lo que provocan en mí tus manos —dije, contento de escaparme por la tangente—. Espero que después podamos estar solos un rato.

—He pensado que quizá podríamos pasar la noche juntos —aventuró con más timidez de la que estaba dispuesto a creer, aunque quizá sí que era cierto que no sabía el terreno que pisaba. No habíamos definido nada. No le habíamos dicho nada a nadie. Seguíamos en ese limbo en el que, desde la cena en casa de Gorka, todo nuestro núcleo duro se había puesto patas arriba—. ¿Magnus? Te estoy hablando. —La voz de Dana transmitía fastidio y me di cuenta de que me había perdido de nuevo en mis pensamientos—. Te decía que es mejor así. No creo que a tus padres les haga gracia vernos en la misma habitación.

—Dana, a ellos eso les da lo mismo —contesté con sinceridad. Si había alguien liberal, a veces incluso demasiado en lo concerniente al sexo, esos eran mis padres—, pero tenemos que pensarlo bien. Y si... ¿Y si las cosas no salen bien entre nosotros? Me gustaría que nuestra amistad no se resintiera, que pudieras volver aquí siempre que quisieras como mi amiga, como amiga de Martina, como ahijada de mis padres. —Vi que el rostro de Adriana se ensombrecía y me jodió hablar de terminar algo de lo que ni siquiera habíamos definido un inicio, pero era mejor así. Deslicé la yema de los dedos por su mejilla—. Encontraremos maneras de pasar tiempo juntos. Tenemos el Drakkar en el puerto, las motos en el garaje. La furgoneta es amplia y cómoda...

—Y siempre queda el comodín de la playa —añadió ella, más animada ante la perspectiva de las distintas opciones.

—Si no te importa la arena en el culo y la posibilidad de que nos metan en la cárcel por escándalo público... —Tiré de ella hasta que quedó tumbada encima de mí y la besé con ganas. Llevábamos dos días sin tocarnos y mi cuerpo despertó con hambre al sentirla tan cerca. Ella ronroneó. No me lo ponía fácil con ese bikini de colores alegres, sus ojos oscuros y los labios sensuales. Suspiré. No iba a permitir que una mierda de nota me aguara las vacaciones—. ¿Sabes qué es lo peor?

Acaricié la curva de su trasero y planeé una escapada al velero de dos palos atracado en el puerto para aquella misma noche. Tenía que comprar condones y llevar algo de comer, aunque seguro que la nevera del barco estaba bien provista de cervezas, salmón y otras delicias. Mi madre era la mejor anfitriona del mundo y el Drakkar entraba dentro de su área de jurisdicción.

—¡Magnus! ¿Qué es lo peor? —Adriana casi me gritó mientras me agarraba el mentón entre los dedos.

—Perdón. Estaba pensando en esta noche. —Hice un esfuerzo por centrarme, pero la redondez de sus pechos sobre mi torso y la dureza de su pubis sobre mi erección estaban haciendo que se me fuera un poco la cabeza—. Lo peor es que me dejé una hoja completa en blanco.

—¿Cómo? —dijo, boquiabierta.

—Lo que oyes. No la vi. No me di cuenta. Estaba tan concentrado haciendo los ejercicios, prestando atención para no equivocarme, que no me di cuenta de que había una hoja completa con dos ejercicios más. El examen tenía seis ejercicios. —Solté un gruñido de pura frustración que Adriana amortiguó con un beso húmedo—. Dos en la primera página, dos en la segunda y dos en la tercera. Haz las cuentas.

—No me digas. Dos bien, dos mal y dos sin contestar —gimió ella. Yo asentí y me dejé acunar entre sus brazos. Lo necesitaba. Necesitaba ese polvo. Comenzábamos a entendernos bien Adriana y yo, aunque habíamos tenido pocas oportunidades para perfeccionar—. Joder, Magne...

—Ya.

Y la razón de que anduviese tan despistado estaba en ese momento justo sobre mí.

Al menos era un magnífico consuelo.

Plan maquiavélico

No estaba para nada convencida. Una salida en grupo. Ya. Solo que no éramos un grupo en realidad. Era la parejita de Magnus y Dana, que esperaban a que mis padres se dieran la vuelta para no quitarse las manos de encima, y Many y yo de chaperonas. Muy prometedor.

Quise entrar en el cuarto de baño y me encontré con la puerta cerrada con pestillo.

—Adriana, ¡llevas ahí una hora! —Accioné con furia el picaporte como si así fuese a conseguir algo, me llevaban los demonios. Lo hacía a propósito. Estaba segura—. ¡Déjame entrar!

Abrió y se hizo a un lado con cara de no haber roto un plato en su vida. Le eché una mirada valorativa, estaba preciosa. Había ondulado su pelo oscuro, su maquillaje era perfecto y se había vestido con ese estilo sexy y chic a la vez. No sabía cómo lo hacía. Si yo me pusiera esos *shorts* vaqueros y esa camisa negra de transparencias, parecería una zorra. Ella, una modelo de Victoria's Secret.

—Perdona. Como has estado usando el baño del pasillo...

—Uso el baño del pasillo porque tú te has adueñado de este.

—Cabemos las dos.

—Prefiero arreglarme sola.

—Tú misma. Vete al baño del pasillo.

—La luz aquí es mejor.

—Pues yo no he terminado —replicó ella, cogiendo el rizador de pelo. Fruncí el ceño, porque estaba casi segura de que lo tenía apagado y que acababa de encenderlo.

Solía tener imágenes muy vívidas en situaciones como esa, y me visualicé agarrando de los pelos a mi mejor amiga, en ese momento en suspensión de funciones, para arrastrarla fuera del baño. Medía diez centímetros más que ella y era mucho más fuerte. No me duraría ni tres segundos, pero me contuve. No tenía ninguna intención de ceder mi posición. Aquella era mi casa... y aquel era mi baño, donde estaban mis cosas.

Me planté frente al espejo y empecé mi rutina de limpieza facial. A veces nuestros codos chocaban. Empezó a tararear una canción estúpida y yo contraataqué poniendo música en el móvil.

—¡Me encanta esa canción! —dijo con entusiasmo. La ignoré, porque, además, era mentira. Había puesto la lista, según ella, viejuna de Magnus y sonaba *Born in the USA*, de Bruce Springsteen.

Yo no tenía tanta maña como ella para arreglarme, pero contaba con los días de playa y los genes Thoresen Morán. Eso tenía que valer de algo. En un cuarto de hora estuve lista. Solo me alisé un poco el pelo, me puse un poco de rímel, algo de iluminador en las mejillas y brillo en los labios. Si yo me maquillaba como Adriana, acababa pareciendo un payaso.

No me lo pensé demasiado. Escogí un vestidito ibicenco al azar. Tenía el armario lleno de ellos, pero me encantaba el tacto del algodón, la gasa y la bambula. Cuanto más sencillos, mejor. Ese era bastante corto, pero con una caída ancha, sin ceñirse demasiado al cuerpo, así que no resultaba muy provocativo. Me encogí de hombros. ¿A quién iba a provocar yo?

—¡Espera, Tina! —Me volví, sorprendida, al ver que Dana me llamaba justo antes de bajar las escaleras. Alargó la mano y recogí lo que me tendía—. Te has dejado tus joyas de lunita en el baño. Póntelas. Te quedarán perfectas con lo que llevas puesto.

Vaya. Se quedó mirándome mientras me colocaba los pendientes como si esperase algo. Era la primera vez que me hablaba con un tono de voz normal.

—Gracias —dije con la esperanza de darle pie a que iniciase la disculpa que me debía.

—¿Quieres que te arregle el pelo? Te quedó tan bonito la vez anterior... —dijo con su sonrisa más luminosa de «soy tu mejor amiga, la de siempre».

Pero no coló, por dos cosas. Número uno: no era lo que yo estaba esperando. Número dos: la vez anterior fue la noche en que Gorka me dejó virgen y comiéndome los mocos. Esa en la que me enteré de que mi mejor amiga, ella, se había acostado con dicho Gorka. Y en la que mi mejor amiga, ella, y mi hermano, se acostaron, rompiendo la promesa de no estropear nuestro núcleo duro de amistad.

—No.

Me di la vuelta y bajé las escaleras a toda prisa. Un muro de hielo volvió a alzarse entre nosotras. Magnus y Many ya nos esperaban y sus sonrisas al verme disminuyeron un poco mi desazón. Many me agarró de la mano y me hizo girar sobre mí misma.

—Estás preciosa, Martina.

—Siempre lo está —dijo Magnus, el aguafiestas—. ¿Qué pasa con Adriana?

—Las divas necesitan una entrada triunfal —solté, despectiva. Los chicos rieron mi ocurrencia, pero para mí no era algo cómico. Ella era así, le gustaba llamar la atención, ser el centro de las miradas, recibir un tratamiento especial.

No tenía ninguna intención de formar parte del comité de recepción, así que me fui a la cocina, entré enfurruñada y sin prestar atención. Mis padres estaban allí. Vaya.

Mi padre tenía a mi madre entre sus brazos y la besaba... pero no era cualquier beso. Aferraba su melena en un puño y con la otra mano empujaba su cuerpo de manera que parecía querer fundirla con el suyo propio. Ella estaba desvalida, entregada. Quise retroceder para dejarles intimidad, pero la fascinación de verlos amarse así, sabiendo que llevaban más de veinte años juntos, me sobrecogió. ¿Alguna vez podría vivir lo mismo? ¿Sería capaz de querer a alguien con la misma intensidad? Un gemido escapó de la garganta de mi madre y me sentí violenta.

Me marché de allí abatida mientras seguían ajenos a mi invasión, perdidos en aquel beso. A veces tenía la sensación de que yo jamás tendría la oportunidad de experimentar lo que para los demás parecía tan sencillo y natural. Volví al vestíbulo. Miss drama queen ya había hecho acto de presencia y me estaban esperando.

—Vamos —dije sin más.

Los seguí sin prestar atención por el paseo de la playa. La caída de la tarde teñía el cielo de celeste y rosado, y regalaba una brisa marina perfecta para sobrellevar los treinta grados de temperatura. Los pubs y restaurantes estaban a rebosar y a ninguno nos convencían, así que seguimos de largo. Al llegar al puerto, choqué con la espalda de Many sin darme cuenta de que se habían detenido de pronto.

—Nosotros nos quedamos aquí —anunció Magne. Rodeó a Dana por la cintura y sonrió con cara de circunstancias.

—Joder, Magnus. Vamos al menos a cenar todos juntos, que es el primer día —protestó Many, y con razón. Se quedaba de niñero conmigo—. Después hacéis lo que queráis, ¡pero no nos dejéis colgados a Tina y a mí!

—Necesitamos un ratito a solas. Tenéis que entenderlo. Nosotros lo haríamos por vosotros. —Adriana no sonreía. De hecho, parecía enfadada. Debía de tener bastantes ganas de sexo, o mucha hambre. No me quedaba claro—. Vamos, nos quedan todavía varios días para estar juntos.

—Vais al Drakkar, ¿verdad? —De pronto lo entendí. Dana llevaba una mochila en vez de bolso. Por eso no habíamos parado en ningún restaurante, pese a que a todos nos chirriaban las tripas. El egoísmo de esos dos era insuperable—. Vámonos, Many. Hay una trattoria cerca de aquí en la que hacen buenas *pizzas* e igual tenemos suerte.

—¡Hasta luego, chicos! —dijo mi hermano.

—¡Os podéis ir a la mierda los dos!

Agarré de la mano a Manuel y me lo llevé de allí. Entre que estaba famélica, mis disquisiciones filosóficas sobre el amor y que la dupla MagDana me tenía hasta el mismísimo moño, o comía algo o acabaría cometiendo un atentado contra el mobiliario urbano.

Tuvimos suerte. Conseguimos una mesa en la terraza del Ciao Ciao y me pedí una *pizza* margarita para mí sola. Me vendría bien la panzada de hidratos de carbono para combatir la ansiedad.

—No sé dónde lo metes —dijo Many con ojo crítico al ver que engullía el tercer trozo consecutivo.

—Hago deporte, y soy muy nerviosa. ¡Pero quién fue a hablar! —Señalé su fuente de ñoquis a la boloñesa, capaz de alimentar a una familia de cuatro—. ¿Están buenos?

—Prueba.

Pinchó un par con el tenedor y los embadurnó bien con salsa antes de ofrecérmelos. Me incliné hacia delante y, por supuesto, hizo la tontería de apartarlos en el último momento. Me incliné un poco más.

—¡Many, para! —protesté, fastidiada. Acabé por mancharme de salsa una de las tiras del vestido. Él se puso rojo de turbación y me metió en la boca el tenedor con demasiada brusquedad—. ¡Y ahora encima casi me ahogas!

—Perdona, Tina, pero es que no te das cuenta, ¿verdad?

Parpadeé, alucinada. Mastiqué y me tragué los ñoquis un poco a la fuerza.

—¿A qué te refieres? ¿Por qué te pones rojo?

—No tienes ni idea.

—Many, ya sabes que a mí tienes que explicarme las cosas porque no entiendo los dobles sentidos ni las bromitas tontas igual que los demás. —Una vez más, me estaba perdiendo algo. No sabía qué era, pero al menos me daba cuenta de ello. Me angustié. No tenía a Magnus o a Dana para que me lo explicaran con disimulo—. ¿Qué pasa?

El rostro de Many no estaba rojo, estaba purpúreo. Me lanzó una mirada encendida, a medias avergonzada, a medias... ¿lasciva? No supe cómo interpretarla.

—Mírate el escote, Martina. Lo llevas mal abrochado. Cuando te has echado hacia delante, no he podido resistirme —dijo con tono culpable, pero una sonrisa canalla comenzó a insinuarse en la comisura izquierda de sus labios—. Tengo un panorama de lo más espectacular... además de que me ha encantado tu sujetador de margaritas. ¡No he podido evitarlo! ¡No te enfades!

Se defendió con las manos cuando le lancé una artillería de migas de pan de ajo mientras nos daba un ataque de risa.

—Anda... ¿cómo me voy a enfadar? —Me cerré bien el vestido cuando se aplacaron las carcajadas—. En todo caso, me sentiría halagada.

—¡Uff! ¡Menos mal! —Hizo un gesto exagerado de alivio y se dejó caer en el respaldo de la silla—. A veces no sé qué decir cuando estoy contigo. Pensaba que me soltarías un discurso sobre el machismo y la cosificación de la mujer, así como la deconstrucción de la sociedad en decadencia de hoy en día.

Lo miré, boquiabierta. Vaya. ¿En serio era así de pedante e insoportable? Un silencio incómodo se cernió entre nosotros, hasta que él volvió a romper en carcajadas.

—¡Es broma, mujer! Por Dios, Bambi. ¡Tienes que aprender a leer entre líneas! —soltó entre gestos de negación y haciendo intentos vanos de retener sus risas.

Terminamos de comer. Al final necesité ayuda para acabarme la *pizza*. Compartimos un tiramisú y nos tomamos un café con hielo para bajar la cena. Era temprano y no teníamos muy claro qué hacer.

—Si volvemos antes que Magnus y Dana, no sé si mis padres estarán muy contentos —dije mirando el móvil por si los tortolitos habían dado señales de vida. Por supuesto que no—. Voy a mandarles un mensaje para que nos digan qué pretenden en caso de que se tomen un respiro en el maratón de sexo.

Esperamos unos minutos, sin demasiada esperanza, sentados en el muro que separaba la arena del paseo marítimo. Tuvimos suerte. Mi móvil vibró en mi mano.

Seguid vosotros. Volveremos tarde...
si es que volvemos. ¡Besos!

—El maratón de sexo continúa. ¿Regresamos a casa? —Le enseñé el wasap para que me diese su opinión. Asintió con gesto resignado.

—Me lo había imaginado. Estos dos tienen para rato —dijo Many con un tono un poco raro, amargo. ¿Celoso de su suerte? Decidí no quedarme con la duda.

—Many, ¿a ti te gusta Dana? ¿Te molesta que ella y Magnus estén juntos? —solté a bocajarro. Me planté frente a él y lo miré a los ojos.

Él sonrió con dulzura e hizo un gesto lento de negación.

—No. La verdad es que no. Dana, Lena y tú sois intocables. Es como si fuerais mis hermanas —dijo tras pensarlo un instante. Miró hacia la playa y me pasó un brazo por los hombros. Echamos a andar para dar un paseo y bajar las tres mil calorías de la cena—. La verdad es que, cuando Magnus me contó que Adriana y él habían follado, me quedé en *shock*. ¡Sacrilegio! —gritó con fingida cara de espanto.

—¿Verdad que sí? —Por fin alguien que me entendía.

—Por otro lado, creo que es algo que tenía que pasar. Magne y Dana llevan tonteando desde hace años —razonó, tomándolo como inevitable. Suspiró—. ¿Recuerdas el pacto de principios de verano? ¿La vez que nos juntamos todos en Farellones y juramos que no nos liaríamos entre nosotros, que conservaríamos nuestra amistad intacta para siempre?

—Ajá...

Empezó a hablar sobre lo lógico que le había parecido todo, pero no le presté mucha atención, porque sentir su brazo sobre mis hombros me pareció, de pronto, muy agradable, placentero. Estaba muy calentito y me estreché más contra su cuerpo. La noche no era fría, después de todo, estábamos en julio y en Mallorca, pero eran casi las doce y soplaba una brisa fresca. No llevaba más que el vestidito de algodón y la cazadora vaquera. Además, comencé a notar otra cosa. Su olor. Un aroma muy rico, a colonia y a piel caliente.

—¿Qué perfume usas? —lo interrumpí de repente; no tenía ni idea de qué estaba hablando, algo de que la amistad era muy importante y sagrada. Sí, estaba de acuerdo, pero quería saber qué colonia usaba. Su aroma me estaba poniendo nerviosa.

—¿Qué? Pues... Calvin Klein One, como la mitad de la población occidental masculina, creo —dijo él, sorprendido por la interrupción. Se detuvo en mitad del paseo y me miró con extrañeza—. ¿Por qué me lo preguntas?

—Porque hueles muy bien. Sigue, sigue. Me parece interesante lo que dices. —Lo empujé de la cintura para que siguiese caminando y volví a meterme bajo su brazo—. Es que tengo frío.

—Vale. Decía que todo se ha ido a la mierda. Adivina quiénes están haciendo tonterías también —dijo con un tono de expectación tal que contuve la respiración.

—No. No puede ser. ¿En serio? ¿Tony y Lena?

Asintió, con un suspiro de reprobación.

—Tony y Lena. ¿Qué te parece? Me lo ha contado mi hermano hoy mismo por teléfono, que se han enrollado —comentó, algo decepcionado, casi triste. Yo me alegré por ellos. Se habían quedado un poco descolgados desde que habíamos empezado la universidad, nos veíamos cada vez menos—. ¿Ves a lo que me refiero, Tina? Ya no se respeta nada.

—Vaya —susurré—. Ellos también.

Le di vueltas a todo el asunto mientras nos alejábamos de la zona de las terrazas llenas de gente para llegar a la más tranquila de los hoteles. Unas pocas parejas paseaban de la mano o abrazadas, igual que nosotros, a la luz de la luna. La noche estaba preciosa.

Many acariciaba mi pelo sin darse cuenta con la mano que tenía sobre mi hombro y un plan loco comenzó a tomar forma en mi mente. No fue premeditado. Una cosa llevó a la otra, de verdad. Quizá fue consecuencia natural de que Magnus y Dana estuviesen juntos y de lo que él acababa de contarme. Una asociación de ideas. A lo mejor era eso lo que tenía que pasar.

De hecho, cuanto más lo pensaba, más coherente me parecía todo. Solo quedábamos él y yo. ¡Era perfecto! Nos conocíamos desde niños. Teníamos confianza. Él lo sabía todo de mí y yo lo sabía todo sobre él. El hecho de que estaba buenísimo y que, además, había mejorado todavía más en aquellos últimos tres meses era un plus inesperado, no podía negarlo.

Cuando llegamos al final del paseo, ya lo tenía todo más o menos perfilado. Solo me faltaba reunir el valor suficiente para planteárselo.

—Oye, Many.

—Dime.

—He pensado una cosa. Le he dado algunas vueltas y...

—Dime, Martina —me dijo, intrigado.

Me planté frente a él, resuelta. La nueva Martina tomaba las riendas de su vida, ¿no? Lo miré a los ojos e intenté parecer una mujer de negocios. Pensé en la tía Loreto, abogada de renombre, e incluso en la tía Nacha, ejecutiva de banca; mujeres agresivas y que sabían lo que querían.

—A ver, tú y yo nos conocemos desde siempre... y creo que puedes ayudarme. Eres un buen chico —dije, valorando la mercancía con ojo crítico. Él entornó la mirada con suspicacia—. Sé que nunca me harías daño. Ni te aprovecharías de mí. Y tienes experiencia, eso lo sé por Magnus. —Me tembló un poco la voz, porque sus ojos castaños salpicados de verde y ámbar se endurecieron un poco, pero no me arredré. Era ahora o nunca—. No sé si lo sabes, pero soy virgen, y me gustaría resolverlo. Quiero decir... que quiero dejar de serlo. Y tú... podrías ayudarme... teniendo... sexo... conmigo. Si tú quieres... claro.

Ay.

Mierda.

A medida que iba soltando las palabras, mi perfecto plan se revelaba como la gran locura que era. No, como la gran mierda que era, mejor dicho. La cara del pobre Many se descompuso en un caleidoscopio cómico de varias expresiones de desconcierto, extrañeza, incredulidad, diversión, cabreo y estupor, hasta que al final estalló en los mil pedazos de una enorme carcajada.

—¡Je, je, je, je! —fingí reír yo, sin saber dónde meterme.

Me abrazó y me besó en la frente una y mil veces. Su cuerpo convulsionó de la risa mientras me apretaba contra su torso. Mi rostro se estampó contra su camiseta blanca, donde ponía «Universidad Internacional, Facultad de Medicina», y me quedé más tiesa que una estaca. Intentaba entender si tenía que reír o echarme a llorar, encima confundida porque, al abrazarme así, su aroma era todavía más delicioso y me entraron ganas de hacer algo muy estúpido.

Me apartó por los hombros y me miró a los ojos, con los suyos llenos de lágrimas, muerto de la risa, mientras que yo estaba por completo mortificada. Le costaba trabajo hasta hablar.

—Bambi, por favor. Dime una cosa, ¿alguna vez en tu vida has hecho algo, ¡lo que sea!, de manera espontánea? ¿Sin planificación? ¿Solo dejándote llevar?

Me enfurruñé al escuchar sus palabras.

—¿Qué quieres decir? ¡Yo soy muy espontánea!

Soltó otra carcajada y miró al cielo. Volvió a abrazarme, pero me aparté de él, bastante ofendida.

—Vamos a ver, Bambi. Acabas de enunciar las características de la idoneidad de mi candidatura a ser el ganador de tu virgo —dijo, ya más serio, encerrando mi rostro entre sus manos y con una sonrisa entre tierna y condescendiente que hizo que me entrasen ganas de llorar—. ¿Te parece eso muy espontáneo? A mí me parece que no.

—Olvida lo que te he dicho.

—No te enfades...

—¡Olvídalo, Manuel!

Me aparté de él mientras permeaba en mi entendimiento la enorme, apoteósica, estupidez que acababa de cometer. La humillación me caló hasta los huesos y eché a andar a toda prisa hacia casa. No estaba lejos.

—Martina... vamos. ¡Me siento halagado! No todos los días una diosa escandinava que parece una modelo de pasarela te hace una propuesta así —dijo con tono seductor. Claramente me estaba tomando el pelo y eso me dio más rabia todavía. Me di la vuelta y lo enfrenté con rabia.

—Ah, ¿sí? Y, entonces, ¿por qué no me contestas? —Me planté frente a él, que cerró la boca y clavó sus ojos desconcertados en mí—. Porque lo decía totalmente en serio, Many. Otro día te cuento por qué si es que no lo sabes ya. Porque estoy segura de que habrá llegado a tus oídos, gracias a Radio patio internacional, mi pequeña aventura con Gorka.

—¿Gorka? No, ¡qué va! Yo no sé nada... ¡Ay!

Se puso morado hasta la raíz del pelo. Le di una palmada en el pecho y le dolió, porque se sobó con ganas.

—¡Mentira! ¿Quién? ¿Magnus o Adriana?

—Magnus —confesó, reacio.

—¡Aaargh! —grité de la rabia y mi chillido retumbó por la calle vacía—. ¡No me lo puedo creer! Y ese traidor se autodenomina mi hermano. Se va a enterar de quién soy yo. Y tú todavía no me has respondido.

—Martina...

—¿Sabes qué? No me digas nada. No hace falta. —Pensé en el tatuaje que llevaba en mi espalda. «Mejor guerrera libre que princesa encadenada.» Para mí tenía más significado que para nadie. Jamás renuncies a tu esencia. Al menos lo había intentado—. Siento haberte puesto en un compromiso.

Eché a andar hacia la casa. Necesitaba estar sola. Estaba agotada... del día de playa, de todos esos sentimientos que me abrumaban, de lidiar con mis propias incompetencias emocionales. Many me retuvo del brazo.

—Martina, escúchame bien. Si alguna vez tú y yo follamos, que no digo que vaya a pasar —puntualizó con voz grave y los ojos clavados en mí—, será porque tú y yo queramos, porque lo sintamos así, porque nos lo pida el momento y el cuerpo. —Sus dedos se cerraron aún más en torno a mi brazo y su presencia ganó en intensidad. Tragué saliva al notar la fuerza de sus palabras—. No porque sea programado y parte de un plan, no porque busques un ejemplar que cumpla una puta lista de condiciones para perder tu virginidad. ¿Está claro? —Asentí en silencio, con las miradas aún engarzadas. Estábamos muy cerca; nuestros rostros, separados por unos pocos centímetros. Me sentí intimidada porque Many era más alto, más corpulento y, en ese momento, lo sentí más maduro y experimentado que yo. Acabé por bajar los ojos—. ¿Está claro, Martina?

—Está claro.

—Anda, vamos a dormir —dijo con un tono de voz un poco más dulce.

* * *

Me metí en la cama con los nervios de punta. Me insulté en todos los idiomas que conocía. Se suponía que era una persona con un cociente intelectual muy por encima de la media, ¿y hacía semejante estupidez? Usé la almohada para amortiguar el grito de frustración y vergüenza que escapó de mi garganta.

Ni siquiera fui capaz de masturbarme para lograr conciliar el sueño. Estaba frenética, histérica... *como-una-puta-cabra.* Acabé por bajar a la cocina con el móvil en la mano y me hice un té. Todo estaba en silencio y procuré no hacer ruido; no me apetecía dar explicaciones o que mi padre apareciese en plan comando para ver quién osaba interrumpir la paz de su clan. De pronto, el plan de vivir sola, rodeada de gatos y libros, no me pareció un futuro tan malo; al menos estaría tranquila.

Revisé notificaciones de redes sociales y recibí un wasap de Gorka. Lo que faltaba en la jaula de monos de mi cabeza.

¿Qué haces levantada a estas horas?

—¿A ti qué te importa? —susurré al aire.

Hablar sola. Síntoma número uno de empezar a volverme loca. Eran las tres de la mañana y no tenía nada mejor que hacer, así que me saqué una selfi con la taza de té en la mano y se la envié. Hasta me hizo ilusión.

No deberías mandar fotos ligera de ropa así como así, Martina. Menos mal que soy yo.

Fruncí el ceño. ¿Ligera de ropa? Miré la imagen con objetividad, preocupada. ¡No se veía nada! Llevaba puesto un pijama turquesa de verano con camiseta de tirantes y un pantalón corto. Nada más. Si se me veía más piel de lo tolerable por el páter Gorostiza, era su problema, no el mío.

Gorka, en serio, he tenido una noche muy difícil como para encima estar aguantando comentarios machistas por WhatsApp. Buenas noches.

Solté un gemido y cerré los ojos. De verdad, debía de haber hecho algo muy malo en otra vida para tener que soportar semejantes estupideces de los hombres. ¡De todos! El único ejemplar del sexo masculino que valía la pena estaba pillado y encima era mi padre. Solté un bostezo lo bastante grande como para tragarme la mesa de la cocina. Un escalofrío recorrió mi columna vertebral y un sueño denso me invadió. Necesitaba meterme en la cama, el té caliente me había sentado bien. Cuando volví a estar bajo las sábanas, vi el destello del wasap de Gorka y no pude resistir la tentación de leerlo, ya medio dormida.

No es machismo, chiquitina. Confundes las cosas. ¿No ves que me preocupo por ti?

Sonreí, soñolienta. No contesté.

A por todas

Las vacaciones pasaron volando entre días de playa, excursiones en barco y noches de juerga. Pero llegó el último fin de semana antes de volver a Chile y aún no había cumplido mi objetivo. Me había enrollado con un chico alemán muy mono en una noche de discoteca, pero no había sentido nada. Creo que fue porque él estaba demasiado borracho.

También acorralé una vez al chico que trabajaba en la playa, con el que me di unos besos furtivos en el cobertizo donde guardaba las tablas de *paddle surf*, pero, cuando intentó tocarme, me entró un ataque de risa y el pobre se cohibió. Creo que tampoco tenía mucha experiencia.

Tocaba sacar la artillería pesada.

Hacía un par de años, Dana me había regalado un vestido de los que yo califico como indecentes, de esos que llevan más tela en las etiquetas que en la prenda en sí. Jamás me había animado a ponérmelo, aunque ella decía que me quedaba de muerte. Aquella noche saldríamos por Alcudia, donde había algún club un poco más exclusivo. Perfecto.

—Mamá, ¿qué opinas? ¿Me atrevo con esto?

Fui a arreglarme a la habitación de mis padres, que tenía un enorme, amplio y bien iluminado cuarto de baño, además de toda la colección de zapatos de tacón de mi madre a mi disposición. Y lo que más me gustaba: un espejo a lo estrella de cine, rodeado con cientos de bombillas que te hacían sentir que eras Marilyn Monroe o Audrey Hepburn.

—Es... atrevido y extravagante, hija. No es la elección que yo haría, pero lo importante es que tú te sientas cómoda con él. —No la vi muy convencida cuando me lo puse. Lo estiré sobre mis muslos, me quedaba muy corto. Ella me mostró otras alternativas y me probé uno parecido de lamé dorado—. ¿De verdad quieres ir así vestida?

Me miró, consternada, y yo agité la cabeza y me quité la prenda. Parecía una Barbie y volví a mi plan inicial.

—No, mamá. Tiene que ser este. No te preocupes, ya termino yo de arreglarme. Baja con papá.

—¿Segura? ¿No quieres que te ayude a escoger? ¿Por qué no te pones uno de tus vestidos blancos? —Cogió el que había llevado por la tarde y me lo mostró—. ¡Te ves tan bonita con ellos, Martina!

—No. —Le di un beso y un abrazo—. No quiero verme bonita, mamá. Quiero verme imponente. Matadora. Me entiendes, ¿verdad?

Imprimí a mis últimas palabras un ruego y acabó por asentir, aunque me lanzó una mirada larga y preocupada antes de marcharse.

Me tomé mi tiempo. Quería estar espectacular. El vestido era de lúrex negro, con escote drapeado por delante y sin espalda por detrás, con falda de tubo. Y no es que fuese tan corto, en realidad. El problema eran mis piernas. Los diez centímetros que les sacaba al resto de chicas de mi edad me sobraban allí.

Analicé mi aspecto en el espejo. Necesitaba a Adriana, pero jamás me rebajaría a pedir su ayuda. Las cosas habían mejorado un poco entre nosotras, si es que pasar de no hablarnos a un trato de fría cortesía y desbloquearla de mis redes sociales era mejorar, pero no compartíamos nada. Primero, porque estaba abducida por el fenómeno MagDana. Segundo, porque seguía sin pedirme perdón.

¿Me veía espectacular o parecía una prostituta?

Le mandé una foto a Lena para pedirle opinión.

¿Princesa o prostituta?

Me envió la respuesta a los pocos segundos, con diez iconitos del grito de Munch.

LAS DOS. ¿Dónde vas así?

Gracias por contestar. Te echo de menos. Me gustaría que estuvieras aquí. Ya me contarás qué tal con Tony.

Contesté en un impulso, pero era cierto. Y su respuesta, exactamente el empujón que necesitaba. Escogí unos aros grandes de oro, mi cadenita de lunas con la pulsera, aunque no llevase los pendientes, y me maquillé como siempre, muy sencilla. No quería parecer disfrazada. La noche sería larga, así que metí en el bolso las bailarinas plegables de la boda de mi primo Julio, y me calcé unos Jimmy Choo de mi madre de tiras de charol y tachuelas metálicas. ¿Cazadora vaquera o cazadora de cuero? Me gustaba más la vaquera, pero la de cuero iba mejor, más rompedora.

Antes de salir de la habitación, tuve una revelación. Cada vez que subiese o bajase escaleras se me vería el culo. Segurísimo. Así que me puse un *culotte* de gimnasia de licra negra en vez de las bragas. Bastante era haberme atrevido a ponerme el vestido sin sujetador, pero era imposible de otra manera.

«Martina Killer», puse en la foto de Instagram. Enseñé los dientes en una pose un poco agresiva, lo reconozco, pero sentía que iba a comerme el mundo aquella noche, así que, ¿por qué no? Comenzaron a lloverme «Me gusta» y me animé.

—¡Martina! —gritó Magnus desde abajo con impaciencia—. ¿Es que no piensas bajar nunca? ¡Llevamos más de media hora esperando!

Miré la hora en el móvil. ¡Vaya! ¡Era cierto! Metí mis imprescindibles en el bolso, un Hall de menta extrafuerte en mi boca y me dispuse a bajar.

Así que eso era lo que se sentía.

Tres pares de ojos se clavaron en mí cuando descendí por la escalera.

Magnus escupió la cerveza cuando me vio, pero fue lo bastante inteligente como para no hacer ningún tipo de comentario.

—Joder, Martina. Estás impresionante —dijo Many con un tono de voz casi reverencial—. Estás... cañón.

Parecía querer decir algo más, pero Magnus lo fulminó con la mirada y cerró la boca. Adriana no fue tan comedida.

—¡Guau, Martina! ¡Martina Killer! Estás mejor aún en persona que en foto, te he visto en Instagram —dijo sin esconder su admiración. Se acercó a mí, me arregló el pelo con su magia y sonrió como si jamás nos hubiésemos peleado. Yo me permití sonreír también—. Jamás pensé que te atreverías a estrenar el vestido, la verdad. ¿Cuánto tiempo lleva colgado en el armario?

No podía ser tan bueno. El comentario me molestó un poco, pero más lo hizo su tonito petulante y lleno de suficiencia. Ensanché mi sonrisa porque no iba a permitir que me fastidiara la noche.

—Muchas gracias por tu regalo, Dana. He tardado un poco, pero ya estoy preparada para llevarlo por todo lo alto. Tú también estás muy guapa —dije al ver su vestido rosa, ceñido al cuerpo, la chaqueta vaquera y las sandalias plateadas—. Con el moreno de tu piel, te queda precioso.

—Sí, sí. Las dos preciosas, guapas, estupendas y maravillosas —parodió Magnus con voz de falsete y los ojos en blanco—. ¡Vamos! La reserva en el japonés es a las diez y llegaremos tarde.

—Me despido de papá y mamá y nos vamos.

Los tacones me obligaban a mover las caderas de manera exagerada y cuando entré en la cocina fue mi padre el que se atragantó. Y lo leí en su mirada. No le hacía ninguna gracia cómo iba vestida. Noté que mi madre se desplazaba con sutileza a su lado y posaba una mano sobre su antebrazo. Opté por hacerme la loca.

—Papá, mamá, nos vamos. Solo venía a despedirme —dije sin parecer demasiado entusiasmada ni demasiado desapegada. Martina cien por cien neutral. Lo clavé. Le di un beso a mi madre en la mejilla y reconozco que me temblaron las rodillas cuando me estiré para besar a mi padre también—. Cogeremos un taxi para volver.

Noté que mi padre se envaraba un poco y lo miré a los ojos. Tenía que aguantar. En menos de tres meses cumpliría dieciocho años, joder.

—Papá, ¿hay algún problema? —pregunté con voz angelical. Esa vez fue mi madre la que puso cara de querer asesinarme. Él apretó los labios en una línea fina y acabó por forzar la sonrisa más falsa de la historia de la paternidad. Pero aprecié el esfuerzo y lo amé todavía más.

—No, *liten jente*. Pasadlo bien. Y no volváis demasiado tarde.

—*God natt, pappaer!**—les deseé a ambos al tiempo que salía de la cocina como si flotara envuelta en las endorfinas del triunfo. ¿Qué mejor manera de empezar la noche? Primero hacía una entrada de diosa y, luego, comenzaba a afianzar mi posición de adulta entre mis progenitores. No pintaba nada mal.

Gracias al taxi llegamos solo con un cuarto de hora de retraso al japonés. El ambiente *chill out* del Cinco océanos y la música oriental estimulaba los sentidos. Yo estaba dispuesta a dejarme llevar y el *sushi* y el sake hicieron el resto. Pronto las risas desplazaron el humor tenso, aunque yo me dirigía más bien a los chicos y Dana hacía lo mismo. El muro que llevaba separándonos desde el fin del semestre no terminaba de derribarse. Ninguna cedía y yo no iba a dar mi brazo a torcer.

Próxima parada: disco Unik. Magnus, Dana y yo la conocíamos de otros años, pero Many alucinó. Los dos pisos de discoteca con un patio al aire libre en el centro, iluminados por las luces estroboscópicas, eran imponentes. La potente música *house* retumbaba en el interior de tu cuerpo e invitaba a bailar, pero los chicos nos arrastraron hacia la barra. En tiempos mejores, Dana y yo nos habríamos ido derechas a la pista, pero... las relaciones estaban rotas. Aunque, ¿por qué tenía que ir con ella? A mí no me gustaba beber alcohol. Cuidaba mis neuronas como oro en paño y con el sake estaba lo suficientemente envalentonada como para irme sola a bailar.

—Me voy. —Le di un golpecito en el hombro a Many, que era a quien tenía más cerca. Por supuesto, no me oyó. Me miró, interro-

* «¡Buenas noches, papás!», en noruego.

gante, por encima del estruendo de la gente y la música, y señalé hacia la marea ondulante que bailaba—. ¡Me voy a bailar! ¡Guárdame la cazadora! —grité de nuevo mientras le endilgaba la prenda sin demasiadas contemplaciones. Pobre.

Me abrí paso. No me costó trabajo. Entre los Jimmy Choo y mi metro setenta y cinco, mi cabeza sobresalía incluso por encima de muchos chicos. Me crucé la cadena del bolso en el pecho, alcé los brazos, cerré los ojos y me dejé llevar por la música. No tenía ni idea de quién sonaba por aquellos altavoces gigantes, pero era genial. La percusión retumbaba en los oídos y te empujaba a entrar en trance. El sudor comenzaba a resbalar por mi piel. Los cuerpos se movían al compás, presos de una energía extraña. Perdí la noción del tiempo.

Sentí unas manos en mi cintura y abrí los ojos, casi con esfuerzo, esperando encontrarme con Dana. Sonreí con extrañeza al ver a un desconocido.

—¿Puedo bailar contigo? Soy Lucas —dijo el chico con una expresión cortés.

Hice mi valoración rápida antipsicópatas y violadores. No estaba borracho. No parecía drogado. Bien vestido. No amenazador, aunque sí imponente. Bastante guapo, aunque un poco rudo. Moreno, muy moreno. Quizá surfista. ¿Unos veinticinco? Se me daba mal asignarles una edad a los chicos, solía quedarme corta.

—Soy Martina. Puedes bailar conmigo, Lucas.

Total, ¿qué más me daba? Volví a cerrar los ojos, apoyé los brazos en sus hombros en vez de dejarlos en el aire y seguí a lo mío.

Se movía bien. No era invasivo. No daba el coñazo. Después de unas cuantas canciones me invitó a una copa y yo ya tenía claro hasta dónde querría llegar. Posó su mano con delicadeza en mi espalda hasta la barra, así que calibré que al menos nos enrollaríamos. Estaba lanzada. Perfecto.

—¿Qué tomas, Martina?

Me lo pensé un momento. Estuve a punto de decir una Coca-Cola, pero quería repetir paso a paso lo que había vivido con Gorka. ¿Qué era lo que había faltado con los otros chicos? ¿Por qué no había sentido nada con aquel alemán y con el de la playa cuando me besaron? Repasé una y otra vez los hechos y el único factor ausente había sido el alcohol. Quizá necesitaba un poco de ayuda.

—Un vodka con naranja.

Él pidió un whisky con hielo, lo que añadió unos años más a mi cálculo de edad y me dio un soplo de esperanza.

Compartimos datos de nuestra biografía. Era de Barcelona, arquitecto, de vacaciones con unos amigos, le gustaba navegar. ¡Bien! Hablamos un buen rato de nudos marineros, algunas aventuras y de viajes por Europa.

—¿De dónde eres? No logro localizar tu acento —preguntó, intrigado.

—Vivo en Chile. Soy chilena de nacimiento, pero mi madre es española y mi padre, noruego. —Mejor no abrumarlo con detalles o acabaría por salir corriendo—. También estoy de vacaciones. Estudio Medicina.

—¿Estudias? —Me lanzó una mirada ponderativa—. ¿Cuántos años tienes?

Mierda. Compuse una sonrisa enigmática y batí las pestañas de mis ojos de Bambi.

—Eso no se pregunta, Lucas.

Se quedó cortado. Miró al frente y paladeó un trago de su whisky mientras yo hacía el gesto mental de retirar el sudor imaginario de mi frente. ¿Qué iba a decirle? ¿Soy menor de edad, pero no te preocupes, porque dentro de dos meses ya seré una adulta con plenos derechos? Solté una risa divertida y sorbí por la pajita de mi vodka con naranja.

Hablamos de todo y de nada. La música estaba muy alta y nos obligaba a acercarnos, a rozarnos. Nuestros muslos acabaron pegados. Apoyó una mano en el asiento de mi taburete y comencé a sentir... a sentir de verdad. El cosquilleo en los dedos por las ganas de tocarlo; cómo mis labios se hinchaban por las ganas de probar su boca. Ya no prestaba atención a lo que me decía, solo al calor de su aliento en mi oreja y la caricia sutil de sus labios cuando alcanzaban mi piel, que enviaban corrientes de excitación a mis pezones y mi vientre. Me giré. Nuestros rostros quedaron a un par de centímetros. Su discurso se detuvo en seco y yo dejé caer una sonrisa.

—Nunca había visto unos ojos como los tuyos —susurró. Yo noté humedad en mi ropa interior. Sí. Perfecto. Eso era lo que estaba buscando—. Parecen plateados.

Y clausuró la distancia entre nuestros labios. Si no fuera porque tenía la lengua ocupada, habría soltado un grito vikingo de triunfo. Fue suave, muy suave. Quise agarrarlo de la nuca y estrechar el cerco, pero, en vez de eso, me centré en disfrutar. El sabor a malta y a algo más amargo, quizá unas trazas de tabaco, me intrigó. El aroma de su perfume, masculino y almizclado. La mano que sostenía el whisky se movió hasta mi muslo y yo posé la mía sobre sus dedos. Estaba muy caliente. La otra se desplazó a mi cadera desde el asiento, abierta, posesiva, con los dedos hundidos hasta tocar hueso, y aquello me excito aún más.

Consideré en qué hacer yo con la mano que tenía libre. ¿Comprobar su erección? Me reí y él rio conmigo. Su lengua reverberó en el interior de mi boca y me gustó la sensación. Me hizo cosquillas. Era la segunda persona que me besaba así, como debía ser. Me sobraba todo. El vestido, los zapatos, el *culotte*, la gente, la música y, por encima de todo, la ropa de Lucas. Busqué su piel. Llevé la mano a su cuello y acaricié la barba de tres días en la línea de su mandíbula. Gruñó. Y fue de lo más satisfactorio, porque aquello provocó un tirón en mi sexo que me sorprendió.

—¿Quieres ir a un sitio más tranquilo, Martina? —ofreció con la voz ronca y un tono brusco. La mirada oscura de sus ojos era de un negro insondable.

—Sí. Claro. ¿En qué estás pensando?

—En mi hotel. Vámonos.

Habría dado un gritito de alegría, pero su boca volvió a hundirse en la mía. Aquellas malditas banquetas hacían imposible que nos acercásemos más; aun así, rodeé su nuca con mis manos y él, mi cintura con las suyas. Era genial. Era perfecto. ¡Estaba sintiendo lo correcto! Lo que tenía que sentir.

—¡Joder, Bambi! ¡Aquí estás! Llevamos buscándote más de una hora. —Una voz indignada arrancó la magia de cuajo. Lucas se apartó de mí, desconcertado—. Esto es un muermo. Nos cambiamos de local. Y este, ¿quién es?

—Many, este es Lucas. Y yo no me voy a ninguna parte. Por si no te has dado cuenta, estoy un poco ocupada —solté lo más digna que pude, teniendo en cuenta el calentón y la vergüenza que me invadió. Casi hubiera preferido que llegara Magnus, incluso Dana—. Mandadme un mensaje para decirme dónde estáis y ya os alcanzaré luego.

Lucas pareció conforme con mi respuesta, yo me incliné hacia él para continuar donde lo habíamos dejado, pero Many me cogió del brazo, no de malas maneras, pero sí de un modo que le habría soltado un guantazo. No me quedó otra que bajarme del taburete.

—¡Eh! ¿Qué haces? —dije, ultrajada. Lucas se puso de pie también. Vaya, de pronto me fijé mejor en él y era imponente; tan alto como Many, pero más ancho, más corpulento, más hombre. Tragué saliva. Ay.

—Oye, Martina te acaba de decir que no quiere ir contigo —dijo con educación, pero de manera intimidante. Me sentí bien. Alcé las cejas y clavé los ojos en mi amigo, a ver si así entendía que estaba haciendo el ridículo—. No quiero problemas. Déjanos en paz.

—Mira, ¿Lucas, te llamas? Será mejor que le preguntes aquí a Mata Hari qué edad tiene si no quieres meterte en un lío de verdad —replicó Many, implacable. Cogió mi bolso de encima de la barra—. Vamos, Bambi. Magnus te va a matar. Mueve el culo.

El moreno de Lucas descendió diez tonos de golpe. Su mandíbula se desencajó al tiempo que mis ojos se llenaron de lágrimas.

—Manuel, ¡eres un imbécil!

—¡Vamos, Martina! —Sacó el móvil, seguro que para avisar al dóberman que lo había enviado en mi busca. Adiós a mi noche perfecta.

Lucas se frotaba la barbilla, con gesto incrédulo. Me retuvo de la mano cuando yo ya había musitado un «chao, gracias por la copa» a la rápida para huir de allí y de la humillación que acababa de sufrir.

—Martina, por favor, ¿qué edad tienes?

—¿De verdad importa? —Pero ¡qué rabia me daban esas cosas!

—Importa. Importa mucho. Creo que he estado a punto de cometer un error.

—Tengo diecisiete.

Se quedó alucinado, mirándome. Parpadeó y negó muy despacio con la cabeza.

—Tengo diecisiete, pero debes saber que la edad de consentimiento para el sexo penetrativo en España es de dieciséis, así que no tenías de qué preocuparte —aclaré muy digna. No sabía a qué venía tanto teatro. Él resopló, desconcertado—. Sé muy bien lo que estaba haciendo, por si no te habías dado cuenta. A todo esto, ¿cuántos años tienes tú?

—Eres una rara avis, ¿lo sabías?

—Vámonos ya. ¡Ya, Bambi! —gritó Many por encima de la música. Tenía un cabreo considerable y no podía culparlo. Eran las tres de la mañana y, en vez de pasárselo bien, estaba haciendo de niñera de la hermana pequeña de su mejor amigo. El karma, amigo mío. Me volví hacia Lucas, estaba harta de que los hombres no contestasen a mis preguntas mientras que yo tenía siempre que darles toda mi información.

—¿No piensas contestar?

—Tengo treinta y un años.

—¡Joder! —se me escapó. Abrí mucho los ojos y me quedé mirándolo mientras Many me arrastraba hacia la salida sin demasiadas contemplaciones. Lucas me sonreía, me pareció identificar que con cierta tristeza, mientras yo me alejaba hacia la salida.

—¡Me gusta lo de Bambi! —alcancé a oír antes de que nos mezcláramos entre la gente y perdiese de vista su rostro anguloso y sus ojos negros.

Catorce años de diferencia. Vaya.

Martina Killer

Dana y yo esperábamos noticias en la terraza del Banana Club. El ambientazo del que se suponía era el mejor local nocturno de Alcudia no lograba contagiarme. Estaba preocupado por Martina. No sabía qué le pasaba, pero algo le ocurría a mi hermana. Algo malo. Dana decía que eran niñerías, que no superaba lo de Gorka, que no le gustaba que ella y yo estuviésemos juntos, que atravesaba un mal momento personal, pero nunca la había visto así. Llevaba en un *crescendo* fuera de control todas las vacaciones, haciendo tonterías como la del wasap que Manuel acababa de enviarme.

> Acabo de encontrar a Bambi, comiéndole la boca a un pavo que le doblaba la edad, por cierto.

—Magnus, intentemos pasarlo bien, ¿vale? —dijo Adriana a mi lado. Acarició mi espalda y me dio un beso en los labios, pero no logró animarme—. ¿Sabes algo de Martina y Many?

Asentí y le enseñé el mensaje en el móvil. Ella se mordió el labio y me miró de reojo sin decir nada. Aquello me llamó la atención.

—¿No tienes ningún comentario al respecto? —La miré, extrañado—. Sé que lleváis enfadadas desde hace semanas, pero una amistad como la vuestra no se tira por la borda así como así. ¿Tan mal le sienta a Martina que te acuestes conmigo?

Atrapé sus manos entre las mías al ver que desviaba la mirada con expresión culpable.

—Hay algo más, ¿verdad? ¿Qué es lo que no sé de toda esta historia? Algo pasó aquella noche en casa de Gorka que no me habéis contado —dije, exasperado. Estaba harto. Harto de enterarme siempre de la mitad del cuento—. Martina está fuera de control, Dana. ¿No lo ves? Tenemos que ayudarla. Pero si no sé lo que está pasando, no puedo hacer nada.

—¿No te lo ha dicho? —Adriana me miró, sorprendida.

Me encogí de hombros y negué con la cabeza. Ella no añadió nada más y se dedicó a remover su colorido cóctel con la pajita. Genial. Sospeché que tenía que ver con lealtades femeninas y mierdas incomprensibles para mí.

Me dediqué a mirar notificaciones en el móvil mientras ella me ignoraba. Entré en el perfil de Instagram de mi hermana, su última foto estaba arrasando. «Martina Killer»; reí con suavidad. Los comentarios no tenían desperdicio... excepto el de Gorka.

«Esa no eres tú», había escrito. No sé por qué, pero me jodió. ¿Juzgaba a mi hermana después de lo que le había hecho? Aunque no dejaba de ser verdad. Many no daba señales de vida. Paciencia.

—Es culpa mía —murmuró Dana de pronto. Creí haber oído mal.

—¿Cómo dices?

—Es culpa mía. Al menos, en parte. Martina está cabreada conmigo, pero no es por ti. Quiero decir —añadió con tono contrito mientras apretaba mis dedos con una mano y se colocaba la melena con la otra, preparándose para soltar lo que fuese que la atormentaba—, que no creo que le moleste que estemos juntos... o no creo que sea eso lo que la mantiene cabreada.

—¿Y entonces?

—Al poco tiempo de llegar a Chile, Gorka y yo nos acostamos. ¡Fue solo una vez! Él se sentía solo y fue cosa del momento —soltó Dana a bocajarro, muy deprisa y sin dejar que yo me manifestase ante aquella bomba nuclear—. No le dije nada a ella. No lo vi necesario. No quería hacerle daño y, además, no tengo por qué dar explicaciones a nadie de con quién me acuesto o no. ¡Y eso va también por ti, Magnus! —volvió a acallarme en cuanto cogí aire para replicar. La culpa destilaba por todos sus poros, eso sí. La temblaba la voz, tenía los ojos brillantes por las lágrimas y rehuía mi mirada—.

Sé perfectamente que tu hermana espera que le pida perdón. La conozco. Pero yo no creo que tenga que pedir perdón por nada... ni por haberme acostado con Gorka, que para el mambo se necesitan dos, ni por habérmelo callado, porque no le interesa a nadie. Y menos por acostarme contigo ahora.

Alzó el mentón en una postura desafiante. Estaba magnífica. Adriana era una mujer sensual, preciosa... segura de sí misma. Podías paladear todas las letras de la palabra *madura* en ella. Calibraba bien todas sus decisiones. Pero a veces también podía ser una hija de la gran puta. Me rasqué la cabeza sin saber muy bien qué hacer con toda la información que acababa de recibir, que además tenía que comerme yo solo, porque me quedó claro que ella no tenía ningún interés en recibir retroalimentación por mi parte. El amor por mi hermana me hacía pensar que le debía lealtad. Mi amistad con Adriana y, por supuesto, los últimos privilegios adquiridos con ella me lo ponían un poco difícil.

—Mira, ahí están —dijo Dana en un cambio de registro magistral. Se levantó con una sonrisa que parecía sincera a recibirlos—. ¡Hola, Many! ¡Hola, Martina!

—¡Oh, hola! ¡Tenéis mi cazadora! Menos mal —dijo ella, contenta de vernos, o al menos eso pensé. Ya no estaba seguro de nada—. Magnus, te has pasado. ¿En serio has enviado a Many en plan operativo de búsqueda y captura a por mí?

Tuve que reírme pese a todo. ¡Martina era siempre tan gráfica!

—¡No, enana! Se ofreció él mientras nosotros veníamos de avanzadilla. Ya tenemos las entradas y hemos compartido una copa y una charla de lo más interesante —dije, con la voz cargada de intención y bastante sorna, pero Adriana no se dio por aludida—. Me he enterado de muchas cosas de lo más instructivas.

Many me miró, intrigado, y Adriana soltó una risita, pero Martina no se enteraba de nada. Sacó su móvil del bolso y asintió.

—Sí, me ha llegado la notificación de la compra online. Perfecto. ¿Vais a quedaros en la terraza?

Miré a mi hermana como si fuera una extraterrestre. Acababa de llegar, ¿y ya se quería ir? Many y Dana también se revolvieron, incómodos.

—Ven, Martina. Vamos a tomar algo y decidimos qué hacer. Todos juntos —dijo mi amigo con una sonrisa conciliadora. Se sentó en la barra y palmeó el taburete a su lado—. Siéntate aquí, conmigo.

Martina sonrió. Ladeó la cabeza y la agitó en un gesto de negación tan cómico que se me escapó una sonrisa, pese a todo.

—No. Gracias, pero no. Yo me voy a bailar. —Señaló a Many con un índice con la uña pintada de rojo furioso, tieso y acusador—. Mira, Many, me acabas de reventar la noche, así que no. No quiero sentarme a tu lado, ni cerca ni lejos —dijo con una sonrisa angelical, pero que destilaba toda su mala leche—. Y, vosotros dos, buscaos una habitación de hotel y así terminéis con lo que habéis venido a hacer en realidad esta noche. No sé por qué perdéis el tiempo. Yo me voy a bailar. *Ha det!**

Dana retiró la mano de la parte alta de mi muslo con brusquedad, donde me acariciaba desde hacía un rato, y yo solté un ronquido, divertido. Martina, la apisonadora cruel, desapareció ante la mirada atónita de mis amigos y la mía.

—Fuera de control —murmuré. Clavé los ojos en Adriana, que me rehuyó una vez más, aunque, por las miradas que lanzaba hacia donde Martina se había ido, estaba tan preocupada como yo.

—No es mi problema —susurró sobre mis labios, seguido de un beso y una sonrisa que sería mi perdición.

—Oye, si os vais a poner en plan parejita, yo también me voy —dijo Many, interrumpiendo nuestro pequeño intercambio, bastante mosqueado—. Al final, Martina va a tener razón.

Prometimos comportarnos. Pedimos otra ronda de bebidas e intentamos fraguar algún tema de conversación, pero yo seguía jodido... por las declaraciones de Dana, por la reacción de Martina, porque notaba que nuestra amistad no era lo que debía ser. Hasta Lena y Tony habían faltado al pacto y a saber qué hacían en sus vacaciones en Chillán. Cuando Many me contó que se habían liado, solté una carcajada y brindé por ellos con cerveza. Me pareció casi inevitable, pero, al pensar en Lena, me puse un poco mustio. Ella y Antonio no me cuadraban. Pero ¿qué iba a saber yo?

* «¡Hasta luego!», en noruego.

—Magnus, ¿vamos a bailar? —La mano de Adriana bajo mi camiseta generó un escalofrío de placer por mi espalda—. Creo que Many quiere probar suerte con las mallorquinas del Banana —dijo con malicia al ver cómo nuestro amigo ponía su cara de francotirador de fin de semana cuando un grupo de chicas pasó por su lado y le regalaron sonrisas de tanteo.

—Vamos.

No me apasionaba demasiado bailar, pero igual tenía la oportunidad de echarle un vistazo a Martina. Porque, sí, quería vigilar un poco lo que hacía. Esa Martina me descolocaba. Lo normal era que protegiese sus neuronas del alcohol, mantuviese a los moscones a raya sin ayuda y buscara la seguridad del núcleo. Su comportamiento era errático por primera vez en casi dieciocho años de obsesión por el control.

El Banana era espectacular. Había fiesta temática mexicana, o algo parecido, y los bailarines sobre las plataformas salpicadas por la extensa pista de baile al aire libre lucían vestidos de catrinas y mariachis. Algunos tenían tocados de plumas y la piel pintada, emulando lo que imaginé que querían ser indígenas mayas, con perdón de la cultura ancestral. Dana comenzó a dar saltitos de entusiasmo al ritmo de la música y me arrastró por la pista. Many se esfumó con la eficacia de un ilusionista.

Yo lancé una mirada circular en busca de mi hermana, pero resultaba imposible identificar a alguien allí. Aquello era una locura. Sodoma y Gomorra. Cuerpos semidesnudos contoneándose con lujuria; disfraces y maquillaje; brillantina y lentejuelas; oro, plata, carcajadas, copas estilizadas de champán. Adriana se pegó a mi cuerpo y me besó con lascivia. Lo poco que quedaba de mi preocupación por Martina se evaporó.

—Vamos, Magnus. Estoy aquí. Hazme un poquito de caso —dijo sobre mi boca. Mordió mi labio inferior con fuerza y tiró de él hasta arrancarme un gemido. A la mierda todo—. Ven conmigo a bailar.

Lo dijo de tal manera que pudo haber dicho «follar». Dana me hacía perder el juicio, era puro fuego. Bailamos como el resto, desinhibidos, tocándonos donde no se debe tocar en público, pero allí daba igual. Cada uno iba a lo suyo, nadie estaba pendiente de lo que hacían los demás. La música nos trastornaba, nos hacía libres, nos empujaba a ser más audaces. Adriana metió la mano por dentro de mis vaqueros y se apretó contra mí. Sudábamos como si acabásemos de salir del mar, estábamos cubiertos de humedad salada. La rodeé con mis brazos.

—Estás loca, Dana —murmuré sobre sus labios. Ella sonrió, sensual, con sus ojos almendrados de pestañas infinitas y el pelo ensortijado pegado a las sienes. Jadeé cuando encerró mi erección entre los dedos.

—Lo que tengo que hacer para que me prestes atención —dijo, mimosa.

Comenzó a masturbarme... en medio de la marea de gente. Cerré los ojos y me dejé llevar, ¿qué más podía hacer? El ritmo frenético y perturbador de los tambores y timbales nos arrastraba sin control. Sus movimientos quedaban disimulados por el de nuestros cuerpos, unidos, delirantes, mientras bailábamos en trance junto con la marea de personas a nuestro alrededor. Pegué mi boca a la suya para amortiguar mis gruñidos y jadeos. No me daba tregua. Me iba a correr. Me iba a correr.

—*Svarte helvete...* —gemí sin poder evitarlo cuando al fin me liberé. Tuve que sostenerme en ella, porque me fallaron las rodillas. Ella tenía los labios entreabiertos, jadeaba; sus iris habían desaparecido de lo dilatadas que tenía las pupilas.

Nos quedamos inmóviles durante unos segundos, abrazados, mientras toda la pista reverberaba en una masa de energía y calor. Ella se apartó un poco y retiró la mano de mis pantalones. Mi polla se desperezó cuando Adriana se llevó los dedos a la boca y los chupó con fruición.

—Hummm. Rico —dijo con la mirada clavada en mí. Joder. Me relamí con las ganas de quitarle las bragas, arrodillarme y devolverle el favor... allí mismo.

—Adriana, ¿nos vamos? —La voz me salió tan ronca que no parecía yo. La besé y percibí el sabor de mi semen en su boca. Definitivamente, no necesitaría mucho para estar listo de nuevo para la acción.

—¡Por fin! —exclamó ella con un suspiro exagerado. Yo solté una carcajada ante su reacción espontánea. Tenía razón. Había estado un poco gruñón con ella. Tocaba compensarla y mi imaginación se disparó al pensar en mil y una maneras de cómo hacerlo.

—Vamos. Les mandaré un wasap a Many y a Martina por el camino.

Pero, como toda diva que se preciase, ella me hizo esperar.

—No. Necesito ir al cuarto de baño. Manda esos wasaps y busca un lugar al que podamos ir mientras vuelvo —replicó con una sonrisa por la que yo iría al infierno, o me metería en algún lío, o dejaría de contestar una página entera de un examen de Cálculo por estar pensando en mi cara metida entre sus muslos y mi lengua hundida en su sexo, con cada una de sus nalgas en una de mis manos. Suspiré.

—De acuerdo. No tardes. Te espero en la barra junto a la salida.

Ella asintió.

Primero busqué el lugar. Tiré de TripAdvisor. No quería llevarla a un motel cualquiera. Cuatro estrellas, con *spa*. A Adriana le iba a encantar. Bingo. Reserva online, con la opción de llegada a medianoche con cargo doble. Sin problema. Desayuno incluido. Todavía mejor. Se notaba que quería resolver rápido el trámite.

Para mí era un misterio por qué las mujeres tardaban tanto en el cuarto de baño. Cumplí mi segundo encargo y envié un wasap a Martina para informar de nuestra evasión. Fruncí el ceño al ver que no se conectaba desde antes de salir de casa. Qué raro. En vez de eso, tenía varios mensajes de Gorka. ¿De Gorka?

—¿Qué coño está pasando? —dije en alto.

> Magnus, os he llamado varias veces a ti y a Martina.
> Sé que no es de mi incumbencia, pero tu hermana está totalmente descontrolada.
> ¿No estás con ella?

Aquella noche empezaba a tomar visos surrealistas. Eran casi las seis de la mañana. Gorka estaba en la otra punta de España, pero aparecía «en línea», así que contesté.

No, ahora mismo no. ¿Se puede saber qué pasa?

Aproveché para escribirle también a Many, pero no me sentí mejor. Y Adriana no aparecía por ninguna parte y ya habían pasado más de veinte minutos. Si no se personaba en los próximos diez, iría a sacarla del baño yo mismo.

Mira su Instagram, joder.

Respiré hondo. Gorka se me empezaba a atragantar por varias razones aquella noche. Primero, porque había follado con Adriana. Segundo, porque parecía un maldito acosador. ¿A santo de qué se ponía a vigilar a Martina a las seis de la mañana desde el puto Bilbao después de lo que le había hecho? No repliqué, pero hice algo que no debí haber hecho: espiar a mi hermana en Instagram. Porque, si el puto Gorka no me lo hubiese dicho, jamás se me habría ocurrido mirar allí. ¡Joder!

—*Svarte helvete! Martina!* —gemí al ver la última foto que había colgado.

Cuatro... no, cinco tíos la rodeaban. Estaban bebiendo chupitos de tequila a su alrededor, con expresiones de salidos degenerados —para mí, perfectamente identificables, porque sabía reconocer la mía y la de mis amigos a kilómetros de distancia— que no dejaban ninguna duda de sus intenciones. Y ella, encantada de la vida, con el brazo sobre los hombros de uno con una pinta que me hizo contraer la cara de puro asco, y en la mano, un chupito de tequila. ¿Tenía los ojos vidriosos? Era difícil decirlo por la foto. Me odié a mí mismo, pero me fui a las historias... y me di de narices con la versión borracha de mi hermana en *full* HD y a pleno color en unos vídeos.

Hei! Hei! Velkommen til tequila shot-turneringen!

Se me cayó la mandíbula al suelo al oírla arrastrar las palabras en noruego. Iba pedo perdida.

«¡Hola! ¡Hola! ¡Bienvenidos al torneo de chupitos de tequila! ¡Venga, Paco! ¡Vamos!»

Los vídeos pasaban y yo no daba crédito. Martina tumbándose hacia atrás, sobre las manos y brazos de los tíos, que la sobaban todo lo que querían y más. Martina estirando el cuello. Los tíos jaleando con un «¡eh, eh, eh, eh!», como si fueran mandriles enardecidos. Una botella de Pepe Cuervo sobre el hueco entre sus clavículas, y un desconocido que sorbía el tequila del cuello de mi hermana mientras ella reía a carcajadas.

Aparté el teléfono, horrorizado. Me quedé bloqueado varios segundos, sin saber qué hacer. Había que sacar a Martina de allí, eso estaba claro, pero tenía que esperar a Adriana y localizar a Manuel, o acabaríamos todos perdidos en aquel maremágnum de gente alcoholizada y, sí, a esas horas, puesta hasta las cejas no se sabía de qué.

Many fue el primero en dar señales de vida y me sacó de mi inmovilidad. Su mensaje transmitía agobio y preocupación.

¿Dónde estáis? ¿Sabes dónde está Bambi? ¿¿¿Has visto los vídeos???

Me mandaba el enlace, por si me quedaba alguna duda. Le describí dónde estaba; pese a lo mastodóntico del local, no tenía pérdida. Justo encima de mi cabeza había un enorme letrero de luces LED que rezaba «Sexo en la playa» de color fucsia y turquesa. Muy apropiado.

Me entraron ganas de ir donde fuera que estuviese mi hermana y darle unos buenos azotes en el trasero... quizá los que mi padre y mi madre hubieran debido darle años atrás; ese era un pensamiento que me asaltaba de vez en cuando, por muy detestable que fuera. Pero no... educación Montessori, Waldorf, niños independientes, emocionales, inteligentes... Pensé en qué dirían el doctor Thoresen y la doctora Morán al ver a su hija montándoselo con un pavo de treinta años y borracha a tequilazos. Y luego la oveja negra de la familia era yo.

Many llegó con cara de sufrir una apoplejía en cualquier momento. Dos de cuatro. Se completaba la mitad de la misión. La otra que iba a recibir unas cuantas palmadas en el culo, y no de las placenteras, era Dana. Cuarenta minutos en el puto cuarto de baño.

—¿Y Martina? ¿La has sacado ya de allí? ¿Y Adriana? —resopló como si acabara de correr un esprint. Traía el pelo empapado, pero preferí no preguntar.

—En el baño. Vamos a buscarla. El que les gusta a las chicas está en ese lateral. —Señalé la zona de la discoteca junto a unas palmeras naturales y otras de color dorado, adornadas con lianas de luces y lentejuelas. Todo de un gusto exquisito, mi madre se arrancaría los ojos—. Cuando quiera estrangular a alguna de las dos, por favor, sé un buen amigo y sujétame.

Many alzó las cejas y me lanzó una mirada sardónica. Soltó una carcajada.

—¿Sujetarte? A Bambi déjamela a mí, que de ella me encargo yo —gruñó con voz amenazadora—. Encima, creo que todo esto es por mi culpa.

Un momento. Segunda persona aquella misma noche que cargaba con las culpas del numerito «Martina Killer». Me paré en seco y lo sujeté del hombro.

—Espera, espera. ¿A qué te refieres?

—¡No tenemos tiempo para esto, Magne! —protestó mientras intentaba deshacerse de mi agarre. Pero, cuando quiero, mis manos son como tornillos de banco, y Many no podía hacer nada contra mí por mucho que fuese un año mayor que yo.

—Many... Estoy harto de que me ocultéis cosas. Martina, Dana, ¿ahora tú también? —dije, casi desesperado. Era mi mejor amigo, mi padrino, como un hermano—. Por favor.

Aflojó todo el cuerpo. Soltó un suspiro cargado de derrota y me miró con expresión culpable. Al menos daba la cara y no me rehuía como había hecho Dana.

—Le dije que no era espontánea... que tenía que vivir la vida, dejar de controlar las cosas, soltarse un poco —respondió con tono contrito. No escondía ni por un segundo su preocupación—. Me dijo que quería perder su virginidad conmigo, que yo era el candidato perfecto según un plan maquiavélico de su mente brillante pero retorcida. ¡Obviamente le dije que no! —gritó, indignado al ver mi cara de horror. Era oficial: Martina se había chalado. El encuentro fallido con Gorka, su pelea con Dana, el desmoronamiento de nuestro núcleo de amistad... todo le había pasado más factura de lo que pensaba—. Creo que es eso lo que está haciendo, dejarse llevar. Pero, como es Martina, lo lleva todo al pie de la letra, lo hace sin matices, no entiende la escala de grises y lo vive al extremo, joder.

Contemplé a Many. Sufría. Había definido muy bien a Martina en muy pocas palabras. Todo o nada. Extremos. Blanco o negro. ¿Matices? ¿Sutilezas? Hablábamos de alguien capaz de decirte que eras estúpido sin ningún tipo de filtro, no porque no tuviese empatía, porque de hecho lo hacía con cariño, con una sonrisa, sino porque era la pura y dura verdad y era incapaz de mentir. Lo empujé hacia delante.

—Ya hablaremos de esto. Vamos a buscar a Dana.

* * *

Yo me lo estaba pasando en grande. Había perdido la cuenta de los chupitos de tequila que llevaba encima. Y, cuando digo encima, hablo en sentido figurado y literal. Recordaba haber ingerido unos seis, y me habían derramado encima otros tantos. Había sido divertido, aunque tenía el vestido empapado y apestando a alcohol, y la piel del cuello y del escote pegajosa, llena de sal y de zumo de limón. Y babas. Solté una risita etílica. Era asqueroso, en realidad.

—Necesito... ir al baño. Paco, joder. Qué asco.

Los Jimmy Choo no eran unos aliados muy inteligentes para cuando ibas un poco pasadita de alcohol. Necesitaba comer algo... pero el mero olor de los frutos secos resecos que me habían ofrecido me revolvió el estómago de tal manera que casi vomité en la barra. Creo que hasta tuve una arcada. Paco fue listo y los apartó muy lejos de mí.

—¿Puedes andar? ¿Quieres que te lleve?

Lo miré con atención, o con toda la atención que puedes prestar cuando te has bebido un vodka con naranja, otro vodka con naranja —mala decisión, por cierto— y alrededor de seis, porque no podía afirmarlo con seguridad, chupitos de tequila y solo habías comido *sushi*, *sashimi*... ¡y sake! Se me olvidaba que también había tomado sake. Oficialmente, aquella noche era la noche que más había bebido de toda mi vida. Tenía que anotarlo en mi diario.

—No, no. Gracias, Paco.

Paco era un cielo, un camarero muy atento... demasiado atento, con las manos un poco largas, además. Pero, bueno, allí a todo el mundo se le iban las manos. En la vida me habían tocado tanto el culo..., pero no había sido placentero, sino como cuando haces gimnasia o ballet y te elevan. Lástima de Lucas... Pensé en él mientras me dirigía hacia el baño que más limpio solía estar del Banana, el de las palmeras horteras de oro. Tenía que caminar apoyada en la pared para mantener el equilibrio, pero nadie me prestaba atención. Miré la hora con dificultad.

—Martina Killer. —Me reí sola al pensar en aquella noche. Qué raro. Estaba casi segura de que me había puesto la pulsera de lunitas. Me costó enfocar la esfera del reloj, el rímel de las pestañas se me pegaba. Eran más de las seis de la mañana y, quien más y quien menos, estábamos todos igual de mal. Ay. Tenía que cruzar el pasillo sin ayuda. Me concentré en llegar hasta la puerta del baño que exhibía una coqueta Betty Boop en la puerta. Respiré hondo y me lancé.

Por supuesto, trastabillé. Un brazo masculino me agarró de la cintura.

—¡Paco! —exclamé ante su gesto a lo príncipe valiente.

—Anda que no estás mal, tú —dijo con una risita, pero él no estaba mucho mejor. Olía a tabaco y a marihuana. De hecho, iba bastante pasado, pero agradecí que me condujera hasta la puerta. No me hizo tanta gracia cuando se metió conmigo dentro del cuarto de baño.

—Paco, gracias, pero ya puedo yo desde aquí —le dije, apoyándome en el lavabo. Ver los váteres tan cerca me generó unas intensas ganas de orinar. Es curioso cómo el cuerpo funciona guiado por las conductas aprendidas y los reflejos condicionados.

—Venga, mujer, que estás fatal. Te espero. Tú tómate tu tiempo. —Señaló una de las puertas abiertas—. O, si necesitas ayuda, me meto contigo, ¿eh?

No me gustó su sonrisa, ni su tono de voz, ni su mirada. Estaba demasiado cerca. Empecé a encontrarme mal y un agujero desagradable se instaló en la boca de mi estómago. Cerré los ojos y respiré profundo para contener una bocanada de bilis mezclada con alcohol.

—¡No digas tonterías! Vete, Paco, por favor —dije con voz temblorosa. Me invadieron las náuseas. Una arcada convulsionó mi cuerpo. Mi piel rompió a sudar.

—A ver, bonita, yo creo que lo que tú necesitas es un poco de cariño. Ven aquí.

Al principio no entendí lo que pretendía, pero, cuando se acercó y pegó su erección a mi trasero, me quedó claro.

—¿Estás loco? ¡Déjame en paz! Me encuentro fatal, imbécil. —Lo empujé con todas mis fuerzas, pero no estaba en mi mejor forma. Las piernas me temblaban. Creo que estaba sufriendo una hipoglucemia por el exceso de alcohol y la escasa ingesta. Tenía unos caramelos en el bolso e intenté abrir la cremallera, pero mis cristalinos eran incapaces de enfocar.

—¡Mira tú!, pero si la vikinga sabe sacar las uñas. Pues te encontrabas bien cuando los chupitos. —Se acercó otra vez mientras se bajaba la cremallera y desabrochaba el botón del pantalón. Aireó sus genitales ante mí y me entró la risa floja ante lo absurdo de la situación—. ¿Te ríes? Tienes una boca muy bonita. Una boca que quedaría preciosa alrededor de esto. ¿Te gusta?

Analicé con ojo crítico lo que me enseñaba: un pedazo de carne como una salchicha alemana Bratwurst. Había visto a Magnus y a mi padre desnudos, los veía con frecuencia, en mi familia no había tabúes de ningún tipo; a mis tíos, a mis primos... a Many y a Tony también, aunque no recientemente. Y tenía más que fresco el recuerdo de Gorka, así que fui sincera.

—La verdad es que la tienes pequeña. No me gusta. Además, el alcohol te está afectando —informé de la manera más cruda que pude. Era cierto que me encontraba mal. La visión de su patético trozo de carne trajo de vuelta las náuseas en todo su esplendor—. Paco, de verdad. No estoy para bromas.

Me aferré al borde del lavabo. Abrí el grifo y me mojé la nuca, a ver si así se me pasaba el malestar. No sirvió de nada. Me incliné para beber un poco de agua y me sentí un poco mejor. El empujón por detrás no me lo esperaba y el grifo me golpeó en la barbilla cuando subía la cabeza. Un dolor punzante me mareó aún más. Exhalé un quejido débil.

—Yo tampoco estoy para bromitas, puta calientapollas. ¿Te bebes mi tequila gratis y ni siquiera me das las gracias? Pues ya me lo cobro yo.

Me apretó contra el lavabo, me subió el vestido y pegó su boca apestosa a mi cuello, todo al mismo tiempo. Me inundó el pánico y me puse a gritar y patalear, pero las náuseas me debilitaban. Me tenía sujeta con el cuerpo, los brazos aprisionados a los lados y los muslos apretados contra el lavabo. No podía moverme, pero la adrenalina y la sensación de peligro que en ese momento sí que me embargaba me dieron fuerzas, y lancé chillidos a pleno pulmón para pedir ayuda. El muy cabrón no paraba de reír y de meterme la lengua por las orejas y por el cuello. Era asqueroso y me sentí sucia... y con miedo.

—Grita, grita. ¿Crees que alguien te va a oír? Están todos borrachos y drogados, ¡te deseo suerte! —Soltó una carcajada que me puso la piel de gallina—. Nadie te va a ayudar.

Tenía razón. La música, aunque amortiguada, sonaba atronadora incluso allí. Seguí retorciéndome como una anguila y gritando con toda la potencia de mis cuerdas vocales, aterrorizada, pero él era enorme, estaba puesto con algo y tenía los bíceps del tamaño de mis muslos.

Una puerta se abrió bruscamente y azotó la estructura de aglomerado que separaba los cubículos de los váteres, que tembló con la potencia del golpe.

—¿¡Qué está pasando aquí!?

—¡Adriana! —Nunca me había alegrado tanto de ver a alguien en toda mi vida. Me puse a llorar cuando empezó a sacarle fotos con el móvil por todos los ángulos. Paco se apartó de mí y su pene colgó todavía más patético.

—¡La voy a ayudar yo, cabrón de mierda! ¿Qué te crees que estás haciendo? ¡Porque lo voy a tener grabado todo aquí! —Se acercó como una banshee* enfurecida y lo fulminó con el *flash* mientras Paco se subía los pantalones y salía del baño a toda velocidad—. ¡Corre, cabrón, hijo de puta! ¡Corre rápido, que te grabo también por atrás! —Lo siguió unos metros, pero, en cuanto salió por la puerta, guardó el móvil en el bolso y corrió hacia mí. Me abrazó, me colocó el vestido y me alisó el pelo—. ¿Estás bien? Mi niña, mi Martina. ¡Lo siento! ¿Te ha hecho daño?

—No... —Casi no podía hablar. Temblaba—. No me ha hecho nada. Ha sido asqueroso, pero estoy bien. ¡Estoy bien! —Me dejé caer en sus brazos y me eché a llorar a moco tendido—. Oh, Dana. ¡Quiero irme a casa! ¡Quiero irme a casa con papá y mamá! ¡Por favor!

Me abrazó con fuerza, me besó en la frente y me acunó. No sé cuánto tiempo estuvimos en el cuarto de baño. Entraron un par de chicas que no nos hicieron ni caso, alguna nos miró con compañerismo femenino, pero el estado de cualquiera de ellas era tan deplorable como el mío... y como el de Dana, por cierto, que tiritaba igual que yo y sudaba.

—Dana, ¿te encuentras bien? Estás pálida.

Ella chasqueó la lengua y negó con la cabeza.

—El maldito *sushi*. Seguro que estaba podrido. Me ha entrado un apretón que casi me muero. —Se echó a reír y no pude evitar reírme también. Sacó una toallita desmaquillante y borró de mi cara los churretes de rímel hasta que estuve presentable y después hizo lo mismo con la suya. Me peinó con su minicepillo—. Martina, sé que quieres irte a casa, yo también... pero no podemos, por-

* Según la mitología celta, hadas y mensajeras del otro mundo. Este espíritu femenino, según la leyenda, se aparece a alguien para anunciarle, con llantos o gritos, la muerte de un pariente cercano.

que vamos a ir a buscar a Magnus y a Manuel, vamos a ir a la comisaría de Alcudia y vamos a hacer la denuncia, ¿de acuerdo?

Me eché a llorar por tercera vez, por culpa del alcohol y la situación, aunque en los últimos tiempos me preguntaba si no sería una nueva tara de mi carácter, por la frecuencia con que ese rasgo emocional y molesto se manifestaba en mí. Era desesperante. No quería, pero asentí. Era lo que tenía que hacer.

—¿Tienes otra toallita?

—La cara te ha quedado perfecta.

—Es para el escote. Lo tengo pegajoso.

Dana se echó a reír y sacó el paquetito de su bolso.

—Sí, ya he visto tu *performance* de los chupitos en Instagram. Has estado apoteósica.

—Anda, cállate —murmuré entre risas mientras me quitaba los pegotes de tequila, sal y limón de entre las tetas—. Vamos a por las cazadoras y nos juntamos con los chicos. Necesito un poco más de tiempo para recuperar mi dignidad y contarles lo que ha pasado.

No tuve suerte, porque, en cuanto salimos del baño, nos encontramos cara a cara con Magnus y Manuel o, lo que es lo mismo, con mi hermano en modo furia berserker y Many con un cabreo monumental. Adriana se puso delante de mí como muro de contención.

—Chicos, ¡chicos! Tenemos mucho que contaros, pero no ahora. ¡He dicho que ahora no, Magnus Thoresen Morán!

Mi hermano cerró la boca. Many fue prudente y se contuvo también. Yo apreté la mano de Dana, que apretó la mía en comunicación silenciosa. Necesitaba que tomase las riendas. Llevábamos tres semanas sin hablarnos, pero en aquel momento era ella, mi mejor amiga, la que entendía a la perfección lo que necesitaba y actuaba de hermana mayor.

—Más vale que sea algo gordo, Adriana, y que hayas pintado la puta Capilla Sixtina en el cuarto de baño en estos cuarenta y cinco minutos —gruñó Magnus entre dientes, con los ojos azules refulgiendo de rabia—, porque vamos a perder una reserva en el Hotel Fórum, que ya está pagada. ¿O se te ha olvidado que te tenía que devolver un favor?

Miré a Dana, sin saber de qué demonios hablaban, y ella se mordió el labio y cerró los ojos en un mohín de fastidio, pero negó con la cabeza.

—Tenemos que ir a la Policía a denunciar un intento de agresión.

* * *

Fue desagradable.

Hoy en día todavía guardo los recuerdos mezclados en una nebulosa de hipoglucemia, sueño, miedo y alcohol. Me cambié los zapatos por las bailarinas y me robaron los Jimmy Choo de mi madre en la comisaría, donde había tanta animación como en la discoteca. Fue la segunda pérdida de la noche. La primera fue mi pulsera de oro de lunitas, que imagino quedaría en el suelo del Banana o del Unik.

Dana montó un escándalo fenomenal, porque la médico forense no pudo consignar ninguna lesión en la exploración física en el informe. Paco no había dejado ninguna huella, ni un triste hematoma, solo un buen susto. Sí quedaron como prueba el vídeo y las fotos que Adriana envió en un archivo al *email* de la comisaría. Por otro lado, mis pasaportes noruego y chileno dificultarían la tramitación de la denuncia. Me dieron a entender que me esperaba un proceso largo y tedioso y aquello me deprimió aún más. Al menos, Magnus y Many habían traído las cazadoras.

Cuando acabamos, estaba muerta de hambre y de frío. Magnus paró un taxi y no protesté. Quería salir de allí y no volver nunca más. Adoraba aquel puerto, llevaba toda mi vida veraneando allí, y aquello no cambiaría. Pero nunca, jamás, volvería a entrar en aquella discoteca. Dormité entre Magnus y Many. Me sentí segura entre los dos. Además de la cazadora de cuero, llevaba puesto un jersey de Many, porque mi vestido ya no era tal, era un guiñapo.

El taxi nos dejó en el cruce y todos echaron a andar, aliviados. Yo me quedé clavada en el sitio.

—Espera, Magnus. Yo así no puedo volver. —Agarré a mi hermano de la camiseta y lo hice parar—. Necesito comer algo, recuperar la humanidad y llegar a casa como una persona.

Many se echó a reír, pero Dana soltó un gemido frustrado. Estábamos a dos números de llegar.

—Martina, estamos todos hechos polvo. Papá y mamá lo entenderán —dijo Magnus, conciliador. Hasta yo me daba cuenta del esfuerzo que hacía por mantener la calma—. Necesitas estar en casa, en terreno seguro, con papá y mamá. Tú misma lo has dicho.

—Ya. Pero no quiero que me vean así. —Mi voz se quebró—. Por favor.

—Martina, no te verán. Yo entro primero y te bajo un pijama. Me inventaré cualquier cosa si me los encuentro —dijo Dana en un intento de convencerme. Casi dio resultado—. Te cambias en el baño de abajo, puedes darte una ducha si quieres, un chapuzón en la piscina. Nadie va a enterarse de lo que ha pasado.

Eso fue lo que me convenció. Negué con la cabeza y sentí que el cerebro me estallaba. Siseé y me agarré las sienes con las manos. Necesitaba una tonelada de chocolate, un litro de cafeína y un paracetamol.

—No. Mis padres van a saber que me pasa algo malo en el momento que cruce esa puerta. —Magnus asintió con cara de circunstancias. Él sabía de lo que hablaba, mi madre tenía el gen Vivanco, que le otorgaba poderes esotéricos de machi, de chamán mapuche. Lo juro por todos los dioses del Valhalla. Cuando éramos pequeños, y no tan pequeños, creíamos que tenía ojos en la espalda y que veía a través de las paredes. A veces todavía lo creía—. Voy a comer algo al pueblo y a comprar una camiseta. Tiraré este maldito vestido a la basura. Espero que no os importe.

Miré de reojo a Dana, que soltó un suspiro al cielo.

—Martina, hace frío, son las ocho, estás todavía medio borracha. ¡Vamos a la camita! —Utilizó su voz más melosa y seductora, pero yo no era Magnus—. Te preparo unos panqueques con dulce de leche y te hago un cafecito, con un zumo de naranja. Es más, prepararé el desayuno para los cuatro, ¿os parece bien?

Eso era un golpe bajo, Magnus y Many empezaron a sonreír como dos bobos. Contaba con que por lo menos alguno me acompañase, pero lo entendía. Me envolví en la chaqueta de cuero y sorbí por la nariz. Estaba helada.

—Vale, no pasa nada. Voy al San Remo, aquí al lado —dije, y eché a andar a buen paso hacia la cafetería frente a la playa. Me vendría bien para despejarme. Magnus y Dana protestaron y me llamaron, pero no volví la vista atrás. No me seguirían.

—¡Espera! ¡Espera, Martina! Voy contigo.

Many echó una carrera para llegar hasta mí justo en el cruce. Sonreí. La verdad era que no quería estar sola.

—Gracias por acompañarme.

Me rodeó los hombros con el brazo y atravesamos la calle en dirección al paseo marítimo.

—Me apetece un gofre del San Remo. Vamos.

Mis niveles de azúcar, colesterol y triglicéridos en sangre se pusieron por las nubes. El gofre con Nutella caliente y trocitos de almendra, plátano y fresa, con dos bolas de helado de vainilla, era glorioso. ¡Glorioso! Many me contemplaba, fascinado, mientras engullía cucharada tras cucharada.

—El alcohol provoca hipoglucemia, ¿no lo sabías? —dije para excusar mi transgresión alimentaria.

Él me lanzó una mirada apreciativa y siguió con lo suyo. Al final se había decidido por una hamburguesa completa con patatas fritas, lo que tampoco estaba mal para desayunar. Solté un suspiro de satisfacción tal cuando acabé que los de la mesa de al lado me miraron raro. Palmeé mi barriga y me recosté en los cojines del silloncito de mimbre.

—¿Vamos a casa a dormir?

Asentí, pero aún quedaba por resolver el asunto de mi vestido. Salimos al paseo marítimo y me estremecí. El sol de la mañana todavía no había tomado fuerza y los rayos eran débiles. La acera estaba a la sombra.

—Voy al chino de la calle principal —advertí. Quedaba unas manzanas más abajo—. Si no quieres venir, lo entiendo.

—No, no. Voy contigo —dijo mientras se estiraba sin pudor. Reprimió un bostezo entre los dedos que acabó en un gruñido. Estaba muy sexy, pese a las ojeras y la cara de sueño—. Me vendrá bien bajar la hamburguesa.

Me reí. No solía ir de compras a aquellas horas y me sorprendió ver que casi todos los comercios estaban abiertos. No tuvimos que llegar al centro. La tienda de surf más cercana a la zona residencial tenía la persiana metálica mediada y asomé la cabeza al interior.

—¿Hola? ¿Está abierto?

Salí de allí con un vestido de Roxy un poco caro, una sudadera, un fular, unas hawaianas y un conjunto de ropa interior. Tiré toda mi ropa a la basura, hasta las bailarinas; todo, excepto la cazadora de cuero. Aunque me lo planteé, me gustaba demasiado.

—Toma. Tu jersey. —Le devolví la prenda a Many, un poco reacia. Quizá debí esperar a lavarla.

—Estás como una cabra, Bambi. ¿Cuánto te has gastado?

—Menos de lo que me costaría la terapia en el psiquiatra por conservar esas prendas como recuerdo de esta noche de mierda —solté con brusquedad—. Venga. Vámonos a casa.

Las chanclas nuevas siempre me hacían daño al principio y acabé por quitármelas. Nos fuimos a caminar por la playa. La claridad de la luz era cegadora, pero vivificaba. El aroma a salitre me calmó. El agua fría me lamía los pies y agradecí que me los lavara. Al menos así sentía que había algo limpio en mi cuerpo. Llegamos a la altura de casa.

—Vamos, Martina —dijo Many con suavidad. Tiró de mi mano, pero yo me resistí. No había ni una sola ola en el agua, estaba en calma. No había nadie en esa zona de la playa, el chiringuito aún no había abierto, el local de *paddle surf* tampoco, el chico de las hamacas no había llegado. El agua estaba cristalina con un leve matiz turquesa y moví los dedos de los pies en la arena blanca.

—Todavía no, Many. Vete tú.

—No voy a dejarte sola —rezongó él.

—Voy a darme un baño.

—Martina, ¡no empieces con tus cosas raras!

Debí comprarme un bikini, pero la ropa interior surfera no era muy diferente y Many me había visto en pelotas muchas veces. No le importaría. Me quité la ropa y estuve tentada de quitarme también las bragas y el sujetador, pero no estábamos en Noruega, así que me dejé el conjunto de color rosa con las gomas blancas anchas. Era como un bóxer de chico. Me metí en el mar.

—¡Martina, joder!

—El agua está buena —dije, temblando.

—¡Maldita vikinga loca de mierda! ¡No pienso meterme en el agua! ¡Son las ocho y media de la mañana! —gritaba Many desde la arena mientras recogía mi ropa tirada y la sacudía.

Me alejé hacia la línea de boyas. El mar estaba delicioso. Me sumergí y buceé, agradeciendo que el agua salada se llevase los restos de alcohol y saliva de desconocidos; de locura transitoria; del contacto asqueroso de Paco... incluso del sensual de Lucas. Mientras flotaba y me dejaba arrastrar por la corriente, hice un pacto con el Mediterráneo. Si él borraba de mi cuerpo los recuerdos de aquella noche, no volvería a cometer una estupidez así de nuevo. Buscaría la manera de cumplir mis objetivos sin exponerme de ese modo. Me hundí otra vez, braceé y braceé hasta que sentí que mis pulmones iban a explotar y emergí bastante más lejos de la costa de lo que esperaba.

—¡Bambi, joder! —Many estaba cabreado y agitaba los brazos justo en el borde del agua—. ¿Voy a tener que ir a buscarte? ¡Ven aquí ahora mismo!

Me eché a reír y empecé a nadar de vuelta. El pacto quedaba sellado y no quería que Manuel acabase metido en el agua.

—Ya voy, ya voy.

Desplegó el fular y me rodeó con él para secarme. Retorcí mi pelo, me sentía como nueva, limpia, aunque fuese con agua salada.

—De verdad, ¿por qué haces estas cosas? ¡Pensaba que te habías ahogado! —refunfuñaba mientras me frotaba el cuerpo para que entrase en calor. Tenía la piel de gallina. La verdad era que me castañeteaban los dientes y tiritaba. Me puse el vestido y la sudadera y me quité la ropa interior mojada. Many alzó las manos en un gesto desesperado—. ¡A estas cosas me refiero!

Lo miré de hito en hito.

—Many, me he quitado la ropa por debajo del vestido, ¡no se me ha visto nada!

—¡Ya! Pero te mueves, y se ve lo que estás haciendo. ¡Y me pones nervioso! —intentó explicarse, cabreado, pero yo no entendía nada—. Déjalo, Bambi. Vámonos a casa. Estoy agotado.

—Yo no quiero irme a casa, Many. Vete tú.

—Ya te he dicho que no pienso dejarte sola —dijo, obstinado. Se plantó frente a mí con los brazos cruzados, las piernas un poco abiertas y un mohín enfadado en los labios. No tenía ni idea de por qué se había erigido en mi guardián aquella mañana, pero supuse que se merecía una explicación por mi parte.

Respiré hondo y me senté en una de las hamacas azules bajo la sombrilla de paja. Él se sentó a mi lado, con cara de resignación, y solté un suspiro.

—Es verdad lo que he dicho antes. En cuanto entre por la puerta y me vea mi madre, voy a cantar ópera. Lo voy a soltar todo. —Me encogí de hombros, era así de sencillo. Tenía poderes de madre o lo que fuera—. Es más, necesito contárselo. Y a mi padre también, aunque preferiría que hubiese pasado primero por el filtro de alguien. De Magnus o de mamá... que se lo cuenten antes, me refiero —aclaré, al ver su cara de no entender nada—. Yo no soy como Magnus, que es más reservado. Yo necesito que me expliquen las cosas, a veces... la mayoría de las veces, que me interpreten lo que me ocurre. A veces no entiendo lo que siento, lo que pasa a mi alrededor. Es como lo de la salchicha de Bratwurst. Creo que no supe verlo hasta que fue demasiado tarde.

—Martina, te estás poniendo marciana. El que no te entiende ahora soy yo —dijo Many. Me miró a los ojos y me sujetó de las manos—. ¿De qué salchicha hablas?

—¿Ves? A esto me refiero. En el cuarto de baño, cuando se me tiró encima. —Me estremecí de asco con el recuerdo—. Se bajó la cremallera y me enseñó los genitales. Iba muy borracho y no conseguía una erección. Me preguntó si me gustaba lo que veía.

—Joder, Bambi... —Me abrazó por los hombros. Yo temblaba y lo agradecí. Así no tenía la sensación de que se me deshacían los huesos del cuerpo.

—Yo lo valoré con sinceridad. Me estaba haciendo una pregunta, ¿no? —Me eché a reír, pero él no me acompañó—. ¿Sabes las salchichas estas alemanas, las de color blancuzco, cuando no están cocidas, cuando están blanduchas? Así describí su pene. —Él asintió con seriedad, sus ojos me miraron, preocupados—. Además, la tenía pequeña. Se lo dije. Y se cabreó. No valoré que empeoraba la situación de peligro.

—Ay, Martina. El mundo no está preparado para alguien como tú. Eres demasiado especial —dijo al tiempo que yo me echaba a llorar entre sus brazos.

Me acunó durante un buen rato. Era agradable sentir el calor de su pecho. Además, el sol empezaba a calentar. La sudadera nueva era muy cálida también. En algún momento me quedé dormida del agotamiento.

Desperté con el graznido de las gaviotas. Se oían algunos gritos de los niños en la playa también. Estábamos tumbados y abrazados en la hamaca, muy apretados en el espacio estrecho. Me giré y sonreí. El rostro de Many estaba a centímetros del mío.

—Buenos días, Bella Durmiente.

—Empiezo a estar un poco harta —murmuré soñolienta—. Bambi, Bella Durmiente, Frozen... ¿De verdad parezco un personaje de Disney?

—Perdón.

—Da igual. Tengo que empezar a plantearme cómo me ven los demás. Hasta ahora nunca me ha importado —dije, refugiándome en su pecho. Era demasiado agradable para moverme, por mucho que me molestasen sus palabras—, pero está claro que algo tengo que modificar.

—Eres perfecta tal y como eres, Martina. No tienes que cambiar nada.

Solté un ronquido incrédulo. No necesitaba respuestas enlatadas.

—Voy a cumplir dieciocho años y soy virgen. Las únicas experiencias que he tenido han sido un fiasco: un compañero que me bautizó como la Virgen del Hielo, un coitus interruptus en toda regla, un chasco por tu culpa con un desconocido que casi doblaba mi edad y un intento de agresión —dije, destilando sarcasmo en cada una de mis palabras—. Ya me dirás.

—Martina, eres total y absolutamente deseable, ¿no te das cuenta? Pero también eres imponente —replicó Many. Buscó mi mandíbula con una mano y me obligó a elevar la cara. Clavó los ojos en mí—. Tienes que entender que eres difícil de manejar.

—¿Difícil de manejar? ¿Yo? ¡Pero si no tengo experiencia! —protesté, llena de frustración—. Explícamelo bien, Many. No entiendo nada.

—Eres preciosa. Lo eres. Por mucho que te empeñes a veces en vestirte de manera estrafalaria o infantil —dijo, abrazándome con fuerza. Sus ojos brillaban con un fulgor extraño—. Y lo que es más intimidante, eres inteligente, rápida... una apisonadora. No hablo de tus notas, que eso jode bastante también. Hablo de tus réplicas. Eres mordaz en tus respuestas, lista para encontrar soluciones a los problemas, no entiendes los chistes, pero tu ironía es terrible. Les das miedo a los chicos, Martina. Quizá por eso te resulte más fácil congeniar con hombres mayores. Solo necesitas crecer un poco. Cualquiera se volvería loco por ti.

—Ya... pero aquí sigo, igual que siempre, mientras que todos los demás ya tenéis experiencia. Lo que dices no me sirve de mucho —repliqué con un mohín infantil. Me sentí halagada solo un momento. Sus palabras me habían gustado más de lo que estaba dispuesta a admitir, pero solo las creí a medias—. Y sé que lo dices por pena, por lo que me ha pasado esta noche. Sé perfectamente que piensas que no soy más que una niña pequeña. Una princesa de Disney. Bambi, Bambi, ¡Bambi! No paras de llamármelo. No soy más que eso para ti...

Estrelló sus labios en los míos. Me pilló por sorpresa. Abrí los ojos, mucho, durante un par de segundos, pero él insistió. Su boca, carnosa y suave, presionó la mía y me instó a abrirla para él. Me dejé llevar. Giré en un vórtice cada vez más rápido. Sentí su lengua y me asusté un poco. Nunca me había pasado que lo que me hacían en una parte de mi cuerpo lo sintiese en otra, pero los toques suaves se replicaban en el interior de mi sexo con una precisión que me fascinó. Me quedé inmóvil para ver si pasaba de nuevo, aferrada a su espalda. Sí. Ocurría. Cuando deslizaba la punta de su lengua por mis labios, mi interior se contraía. Gemí.

Me estreché contra Many porque sentí que me deshacía como un castillo de arena que recibe los embates de las olas en la orilla.

Él intensificó la fuerza de su asedio. Su lengua me penetró. Mis pezones respondieron contrayéndose en un nudo doloroso de placer y quise pedirle que lo deshiciera con sus dedos, pero no quería apartarme de sus labios. No podía saciar la sed infinita que de pronto tenía de él. Y lo sentí. De nuevo. Pero más. Más intenso y desgarrador. Ese vacío en mi interior, entre mis piernas, en mi sexo, que me pedía a gritos algo que faltaba. Esa necesidad de sentirme penetrada, completada.

Me despegué de sus labios con dolor.

—Many, fóllame —supliqué en un hilo de voz.

—No.

—Hazme un dedo.

—¡No! —dijo, riendo sobre mi boca.

—Me has besado por pena —lo provoqué. Sabía que estaba siendo injusta, pero lo necesitaba en mi interior. De mis ojos brotaron un par de lágrimas—. Fóllame, por favor.

—¿Por pena, Martina? Dame tu mano —dijo con tono ronco y agresivo.

Acerqué una de mis manos hacia la suya. Mirándome a los ojos, la condujo entre nuestros cuerpos unidos y cerró mis dedos en torno a su erección por encima de la tela suelta de sus pantalones. Vaya. La aferré con fuerza, con curiosidad. Era enorme. Me relamí pensando en su envergadura y en lo bien que se sentiría colmando ese vacío que rabiaba en mi interior.

—¿Quieres que te toque? —ofrecí con timidez.

—No. —Me retiró la mano con suavidad y la besó—. Martina, ya te he dicho que, si tú y yo nos acostamos algún día, será porque los dos lo deseemos. Yo ahora no quiero.

—¿Cómo que no? —pregunté, alucinada. Acababa de tener en la mano su pene erecto en todo su apogeo.

—Mira dónde estamos. ¿De verdad quieres que sea aquí? ¿Después de todo lo que ha pasado? —Me abrazó y me besó en la frente. Yo estiré mis labios hacia él, pero me ignoró. Solo me sostuvo con fuerza—. Tenemos que volver. Y ahora no admito ninguna discusión.

Empecé una protesta, pero una sombra se cernió sobre nosotros.

—Chicos, es mejor que volváis a casa. Papá y mamá empiezan a estar preocupados. —La voz de Magnus nos sobresaltó a ambos. Su silueta se recortaba en la claridad de la mañana—. He esperado a... a que terminaseis, pero, como parecía que volvíais a empezar, he preferido avisaros. He tratado de contactaros por teléfono, pero los dos tenéis los móviles muertos.

—Joder... Martina, venga. Vamos —me apremió Many.

Me costó despegarme de su cuerpo. Magnus me echó una de sus miradas de «ya hablaremos más tarde» y asentí. Necesitaba que me explicase unas cuantas cosas desde el punto de vista masculino, porque yo en ese momento estaba más confundida que en ningún otro de mi vida. Ni siquiera después de lo de Gorka. No entendía nada.

Entramos en casa. Por supuesto, mi madre puso cara de pánico en cuanto me vio. Mi padre estaba desencajado entre el cabreo y la preocupación, pero hacía esfuerzos por contenerse.

—Martina, ¿dónde está tu ropa de ayer? —Miró a Manuel con pinta de querer asesinarlo.

Mamá, como siempre, salió al rescate.

—Buenos días, chicos. ¿Queréis desayunar? Parece que tienes mucho que contarnos, Martina —dijo con una sonrisa cómplice. Sirvió dos zumos de naranja y Many aprovechó el suyo de excusa para mantenerse ocupado después de corresponder a su saludo y evitar responder.

—Uf, mamá. ¡No lo sabes tú bien! —dije con expresión dramática. Ignoré a mi padre, que no paraba de mirar con suspicacia mi fular empapado, que escondía las bragas y el sujetador—. El vestido acabó en estado de guiñapo, tuve que hacer unas compras de emergencia. ¡Y Many no tiene la culpa de nada! Después os cuento. Ahora necesito dormir.

—Pues yo voy a echarme una carrerita. ¿Algún voluntario?

Mi padre estaba con la camiseta técnica y los pantalones sueltos que solía usar para correr. Sus brazos tatuados con el nombre de Magnus y el mío me encantaban. Perfecto. Así podría hablar tranquila con mamá. Magne ya estaba preparado junto a él, y, según mis cálculos, Dana dormiría hasta las dos de la tarde.

—Yo. ¡Yo voy también! ¿Me esperáis mientras me cambio? —nos sorprendió Many a todos. Dejó el vaso vacío sobre la isleta de la cocina y se dirigió hacia las escaleras—. Necesito quemar energía. Me he tomado un desayuno de unas cinco mil calorías, ¡tardo dos minutos!

—Más te vale —gruñó mi padre mientras programaba algo en su móvil y se ponía los cascos inalámbricos—. Te esperamos fuera.

Todavía mejor. Mi madre y yo solas. Esperé a que todos se marcharan para lanzarme a hablar. Me ofreció ir a darme una ducha antes, pero rehusé. Un café, que acepté, aunque no debí hacerlo, me puso todavía más frenética, porque ya me había tomado dos. Casi empujé fuera de la cocina a Many, aduciendo que había tardado siete minutos en vez de dos y que mi padre iba a desatar el Ragnarök* sobre él.

Se cerró la puerta y mi madre se apoyó sobre el mármol y me fulminó con la mirada.

—Martina Thoresen Morán, ¿vas a dejar de rondarme como un alma en pena y me vas a contar lo que te ha pasado?

—¡Mamá! —sollocé, sin poder aguantar ni un segundo más—. ¡He perdido tus tacones de Jimmy Choo! —fue lo primero que se me ocurrió decir.

Se lo solté todo, sin filtro. Mi enfado con Adriana y las razones; desde la cena en el japonés hasta el beso devastador con Many en la playa, pasando por la seducción peligrosa de Lucas y la agresión que terminó en comisaría. Por supuesto, acabé en brazos de mamá con un ataque de llanto... otra vez. Me irritaba la manera en que mi cuerpo necesitaba catalizar emociones a través de lágrimas más o menos dramáticas.

—Mi niña de las estrellas —se lamentó mi madre, a la que también se le escaparon algunas lágrimas—. Eres muy valiente. —Me secó la cara con el ruedo de la falda de su vestido de playa y yo sonreí.

* En la mitología nórdica, Ragnarök es la batalla del fin del mundo. Esta batalla se emprenderá entre los dioses, los gigantes de fuego y los monstruos, que perecerán en esa conflagración, igual que casi todo en el universo será destruido.

Había algunas cosas que nunca cambiarían—. Lo que te ha pasado con ese hombre en el baño, Martina, es una mierda. Es deplorable. Es increíble que en pleno siglo XXI siga pasando —dijo con un tono de voz que jamás le había oído; duro, cortante, cargado de ira y dolor—. Pero nos ha pasado a todas alguna vez. Y es probable que te vaya a pasar de nuevo. Me jode tener que decírtelo, porque os he educado a ti y a Magnus exactamente igual, en libertad, en igualdad. Y jamás he tenido que decirle algo así a él, pero es cierto. ¡Argh! —emitió un gruñido exasperado al tiempo que apretaba un puño en un gesto repleto de rabia—. Hay cosas que es mejor no hacer, Martina. Ir sola al cuarto de baño en una discoteca es una de ellas, y menos con un desconocido. ¿Y por qué te has empeñado tanto en beber alcohol? ¡No te estoy echando la culpa de lo que pasó! —me interrumpió en el momento en el que iba a protestar, envuelta en indignación ante sus palabras. Me abrazó con fuerza para contenerme—. Es puro sentido común en los tiempos que corren. Ojalá pudiésemos caminar solas por los callejones oscuros a las horas que nos diera la real gana, ojalá pudiésemos vestirnos con la ropa que nos saliera del coño...

Solté una carcajada. Me encantaba cuando le salía la vena castiza. Asentí. Tenía razón.

—Vivimos todavía en un mundo machista de mierda en el que los hombres pretenden coger lo que quieren cuando quieren —añadí, en un resumen pragmático. Era cierto, por mucho que me escociese lo que mi madre decía—. Mejor no ponérselo todavía más fácil. Creo que voy a apuntarme con Adriana a clases de krav magá. La próxima vez le meteré la maldita salchicha por el culo al imbécil que me acose.

Nos abrazamos y reímos por no llorar. Los chicos y mi padre volverían en cualquier momento, y quería desaparecer de allí antes de que lo hicieran. Cogí un trapo de cocina y me limpié la cara.

—Mamá, ¿puedes allanarme el camino con papá? —Eso ya era nivel avanzado de clan Thoresen Morán. Necesitaba ayuda, o me arriesgaba a que mi padre me encerrase en la torre de un castillo, me enviase a Noruega hasta que acabase la carrera o algo por el estilo—. Quiero contárselo, pero no que le dé un triple accidente cerebrovascular.

—Hablaré con él, pero no tardes en hacerlo tú. Está nervioso —aceptó con una sonrisa a la vez preocupada y divertida—. Cuando te ha visto entrar con Many, creo que le han entrado ganas de arrancarle la cabeza. Traía un letrero en el cara en el que ponía «CULPABLE» del tamaño de una catedral.

—Pobre Many. Si hay alguien que lo ha empujado a ese beso, esa he sido yo —confesé entre risas—. Voy a ver si Dana sigue respirando. Creo que le sentó mal el *sushi* de anoche. Me voy a dormir con ella un rato. Cuando hables con papá, ¿me cuentas?

—Lo haré. Y, pese a todo, me alegra que tú y Dana hayáis dejado de lado el pulso absurdo que os traíais —comentó mi madre. Me dio un beso en la frente y apoyó la suya sobre la mía—. Lo que hizo no está bien, pero no dejes que ningún hombre se interponga en la amistad que tienes con una mujer. Hasta que llegue el correcto, los hombres van y vienen, hija. Las amigas como Adriana son para siempre.

Asentí. Como siempre, tenía razón. Subí las escaleras corriendo y me metí en la cama junto a ella, que dormía desmadejada sobre las almohadas. La abracé y sonrió en sueños.

Sentí que todo iría bien.

Todo lo bueno se acaba

Lunes. Recién llegados desde el aeropuerto. Vaya hostia de realidad. Neuroanatomía era una tortura. La voz monocorde del doctor López mientras explicaba las meninges y la penumbra del aula magna a las ocho y media de la mañana, sumadas al *jet lag*, me acunaron directo a una siesta.

—Magnus, ¡despierta! —Recibí un codazo despiadado de Martina en las costillas—. Acabas de soltar un ronquido. Disimula un poco, por favor.

Me había sentado a su lado para eso, pero ya me estaba arrepintiendo. Puse la mochila sobre la mesa y hundí mi cara en ella. Necesitaba dormir. Entre la noche del viernes, exprimir el sábado y la paliza del viaje el domingo, no había tenido tiempo de recuperarme.

—La aracnoides es la membrana que se ubica entre la duramadre y la piamadre, separada de esta última por el denominado espacio subaracnoideo...

Lo intenté, por Odín que lo intenté, pero el viejo tenía una voz soporífera. Mi hermana volvió a castigarme la parrilla costal.

—No sueñes con que voy a pasarte mis apuntes —susurró, cabreada, mientras llenaba su cuaderno pijo con su letra de caligrafía francesa de colorines perfectos, diagramas de cerebros, dibujos y esquemas. A ver cuánto tardaban en robárselos esa vez—. Empieza el semestre, Magne. ¡Foja cero! Si te pones las pilas desde el principio, después te será más fácil mantener el ritmo.

Solté un gruñido. Tenía razón, pero estaba más preocupado por la recuperación de Cálculo que de aprenderme las capas de las meninges. El examen me esperaba a última hora de la tarde y lo tenía jodido. Entre el sol, la playa y Adriana, no había estudiado demasiado.

—Magnus, ¡mueve el culo! Nos vamos al pabellón. —Era la última vez que me sentaba al lado de aquella maldita sádica—. ¡Haz el favor de dejarme salir al menos!

Dedicamos una hora a respirar vapores de formol, vestidos con las ropas de protección, los guantes de látex y las mascarillas mientras identificábamos las estructuras en torno a las mesas de mármol. Al menos no se veían mis bostezos. Martina, como la apisonadora cruel que era, acaparaba las láminas de cristal mientras nuestros compañeros se apiñaban a su alrededor para *saprofitar* sus conocimientos en forma de una clase de repaso gratis. Yo echaba de menos a Dana.

—Suerte en el examen. Acuérdate de contestar todas las preguntas. Repasa los ejercicios hasta que acabe la hora completa, no te marches antes de tiempo —dijo mi hermana con la mochila en el hombro. Me puso en las manos una bolsita de tela y la miré con cara de interrogación—. Es un Red Bull, un Toblerone y un plátano, cretino. Si no comes algo, te vas a desmayar... y papá te va a desheredar de Industrias Thoresen si suspendes.

La abracé, con ganas. Por supuesto, me apartó a los cinco segundos, pero es que, aunque fuera una sádica y una maldita apisonadora sin escrúpulos, esos detalles hacían que solo pudieras adorarla.

—Gracias, *liten jente*. De verdad, me salvas la vida —dije mientras alcanzaba a darle un beso en la mejilla—. ¿Te vas a casa? Tú también tienes ojeras y estás hecha polvo.

Puso cara de fastidio y se arrebujó en la cazadora.

—No. No me apetece mucho, pero tengo que ir al Hogar.

* * *

Consideré volver a casa y coger el coche. No me apetecía lo más mínimo subirme al metro los cuarenta y cinco minutos de trayecto hasta la Estación Central, ni tampoco caminar sola por el barrio, en vista de los últimos acontecimientos. Pero tenía que retomar mi vida normal. Cuanto antes, mejor. No podía vivir con miedo.

Aproveché para consolidar los conocimientos recién adquiridos de neuroanatomía en el metro. Perfecto. Aguanté con estoicismo un comentario obsceno y un par de silbidos provenientes de una obra cercana al Hogar. Hasta que no traspasé la reja que cerraba el recinto, no respiré tranquila. Lolo, el conserje, me reconoció de inmediato.

—¡Buenas tardes! ¡Dios la guarde, doctora Martina! —Ya no me molestaba en decirles a todos que todavía no era médica. Era inútil—. El doctor Gorka está en el consultorio. ¿La acompaño y le cuento algunos chismes jugosos?

Me ofreció el brazo con galantería y lo acepté con entusiasmo. Reprimí una sonrisa al recordar la primera vez que visité el Hogar... cuando no podía contener la repugnancia y el rechazo. Me dio vergüenza saber que podía llegar a albergar aquellos sentimientos tan mezquinos. Caminamos juntos por la senda perfilada de álamos temblones.

El sonido insistente de un claxon interrumpió nuestro paseo y tuvo que volver a la carrera a abrir la puerta a la camioneta de los insumos. Vaya. Contaba con que me acompañase hasta el consultorio y no tener que enfrentarme a Gorka sola. Me encogí de hombros. Total, ¿qué más podía hacerme? La peor de las humillaciones ya la había sufrido. Nada podía ser peor que dejarme a medias de una relación sexual, nombrar a su hermana muerta y aducir motivos religiosos judeocristianos para no arrebatarme la virginidad.

En fin, hice de tripas corazón y me metí en el edificio de hormigón que intentaba ser bonito con unas vidrieras de colores. Me estremecí de frío. Entendía que había que ahorrar en calefacción y que los jesuitas tenían votos de pobreza y austeridad, pero aquello parecía un refrigerador y la sensación térmica era menor que la del exterior. Añoré el sol y la playa de Can Picafort mientras golpeaba la puerta.

—¡Adelante! —contestó la voz de barítono de Gorka.

Entré y su rostro se iluminó al verme. Correspondí a su sonrisa, pero algo me faltaba e hice un esfuerzo en identificar qué era.

—Buenas tardes. Disculpen la interrupción —murmuré mientras me posicionaba junto a él tras el escritorio.

Una ancianita, flaca y enteca, que desaparecía entre decenas de capas de ropa y un gorro de lana gris, esperaba paciente, con las manos nudosas cruzadas sobre una bolsita de plástico con unos medicamentos, a que Gorka terminase de escribir una receta.

—Aquí tiene. Una pastilla azul cada doce horas durante una semana. ¿Ha entendido, doña Flora?

—Sí, doctor Gorka —respondió con docilidad. Su cuerpecillo se estremeció con un acceso de tos violenta que intentó contener con sus dedos.

—Flora, tiene que curar bien esa neumonía. ¡Repítame lo que le acabo de decir! —Gorka era dulce y comprensivo con los pacientes del Hogar, pero también severo cuando hacía falta—. Si no, tendré que hospitalizarla.

—Una pastilla azul cada doce horas durante una semana, de Ciprofloxacino —repitió con precisión. Puso una expresión pícara cuando nombró el medicamento—. ¿Ve, doctor? ¡Me acuerdo!

Gorka se echó a reír y la acompañó hacia la puerta.

—Muy bien, señora Flora. ¡Así se habla! ¿Vendrá a verme la próxima semana para contarme cómo se encuentra?

—Sí, doctor Gorka. ¡No me lo perdería por nada del mundo!

Cerró la puerta tras ella con una sonrisa cálida y se volvió hacia mí. Y me di cuenta de qué era lo que faltaba: el cosquilleo, los nervios, la emoción que me embargaba cada vez que lo tenía delante. Solté una risita. Ya no estaban.

—Bienvenida de nuevo. No pensé que te vería por aquí otra vez —dijo con el ceño fruncido ante mi extraña reacción.

—Sube la nota de Orientación a los estudios médicos II, ¿no? —Era la explicación más segura y poco comprometida que podía dar en ese momento—. Sé que no empezamos la asignatura hasta el viernes, pero, como el semestre pasado venía los lunes, lo he tachado de la lista cuanto antes.

—Subir la nota, tachar de la lista. Muy loable —replicó Gorka. La expresión de su rostro cambió—. Ponte la bata y guarda tus cosas. Tengo que seguir con la consulta. Date prisa.

Qué desagradable. Le lancé una mirada de napalm, pero no se dio por aludido. Abrió la puerta y sacó la cabeza hacia el pasillo para llamar a Juanita, la enfermera. Mientras tanto, yo abrí la taquilla destinada a los alumnos. Esperaba que mis predecesores hubiesen sido civilizados y no hubiera restos de comida, ropa o material olvidado en su interior.

—¡Mi angelito lindo!

Noté que me abrazaban por detrás y me di la vuelta. Juanita y su metro cincuenta, zuecos incluidos, me sujetaron por la cintura y me apretaron contra su anatomía compuesta de múltiples circunferencias mullidas y risueñas.

—¡Hola, Juanita! ¿Cómo está mi enfermera favorita? —Me agaché porque tiraba de mi cuello para darme una docena de besos por toda la cara. Tuve que hacer un esfuerzo consciente para no apartarme—. Te he traído un regalito de España.

Era cierto, pero sobre todo se lo dije para que cesase su despliegue de afecto. Empezaba a agobiarme y no quería sufrir un ataque de ansiedad, y menos delante de Gorka.

—¿Sí? ¿Y qué es? —Sus enormes ojos verdes se abrieron con avaricia.

—Hay que hacer pasar al próximo paciente —dijo Gorka, desabrido.

—El próximo paciente no ha llegado, doctor —replicó Juanita, aunque no estuve muy segura de si lo que decía era verdad. Juanita hacía lo que le daba la gana con agendas, horarios y distribución de turnos—. ¿Qué me ha traído?

Saqué de la mochila una taza de Mallorca llena de chocolates y un broche para la colección de su bata. Dio un gritito de alegría para expresar su satisfacción y volvió a abrazarme. Gorka carraspeó.

—Ya voy, ya voy —gruñó la enfermera al tiempo que recogía de la mesa el historial y le lanzaba a Gorka una mirada asesina digna de mi napalm mental.

Se volvió hacia mí en cuanto salió por la puerta.

—¿A mí no me has traído nada?

—Tú acabas de volver de España. No necesitas un recuerdo de

tu propio país. —Lo miré con suspicacia. La expresión de su cara decía más cosas, pero no era capaz de descifrar el qué.

—¿Te has recuperado ya? —preguntó con tono cáustico.

—Sí, sí. El viaje siempre es una paliza, pero estoy acostumbrada. Y el *jet lag* siempre es peor hacia Europa que hacia aquí —dije, aliviada al ver que cambiaba de tema hacia algo tangible y que podía entender.

—Me refería a tu aventura del viernes. ¿Qué coño te pasó para convertirte en esa devorahombres que no eres, Martina? —estalló con una violencia que me hizo retroceder un par de pasos—. Te vi en Instagram. Ese vestido de furcia, esos tacones... No eras tú.

Contraje la cara y arrugué la nariz. ¡Qué reacción tan desproporcionada! ¿Devorahombres? ¿Furcia? Se me escapó un ronquido incrédulo y lo estudié con suspicacia. No tenía ni idea de si me tomaba el pelo o no. Me hubiera venido bien el traductor de situaciones de Magnus o de Dana.

—Si te refieres al concurso de chupitos de tequila, te aseguro que nadie se arrepiente más que yo. Y el vestido de furcia, como tú dices, me lo regaló Adriana, a la que, por lo que sé, tienes en gran estima y consideración. —Clavé mis ojos en los suyos y lancé el mensaje en letras de neón fluorescente en una vívida imagen mental, solo por si acaso poseía el don de leer la mente: «Sí, páter Gorostiza, ya sé que te la has tirado, maldito cabrón de mierda, mientras que a mí me dejaste a medias y comiéndome los mocos»—. Y esos tacones eran unos Jimmy Choo de cuatrocientos dólares y pertenecían a la doctora Inés Morán Vivanco, directora médica del Hospital San Lucas, a la que creo que también conoces. ¿Algo más que añadir sobre mi comportamiento o sobre mi aspecto?

No elevé ni media octava mi tono de voz. De hecho, no me moví ni un milímetro y la expresión de mi rostro se modificó lo mínimo para articular las palabras. Gorka palideció.

—Perdóname, Martina. Tienes razón. Mi comentario ha estado fuera de lugar —dijo de manera brusca, tras unos segundos de desconcierto.

No pude responder. En ese momento, Juanita entró con toda su luz y su ternura acompañando al siguiente abuelito de la consulta y tuvimos que concentrarnos en el trabajo. Vimos a varios pacientes. Infecciones pulmonares, piojos, sarna, desnutrición. Apuntaba con diligencia los diagnósticos para ir estudiando lo que Gorka me explicaba sin entender ni la cuarta parte, pero poniendo en ello toda mi voluntad.

El último paciente vino cojeando.

—Pedro Pérez. Setenta y ocho años. Diabético, hipertenso. Acude por herida en el pie desde... —Dudé al leer el motivo de consulta. No. No podía ser. Miré al hombrecillo mal vestido y afable, con los estigmas que ya sabía reconocer de los alcohólicos crónicos retratados en su rostro, y después a Gorka—. Aquí dice que tiene una herida en el pie desde hace cuatro meses, pero que ha empeorado en las últimas semanas.

—Vamos a ver ese pie. Juanita, tráigame el carro de curas, por favor. Doctora Thoresen, acérquese.

Me puse unos guantes de látex con la esperanza de poder hacer algo, lo que fuese, que se asemejara remotamente a la medicina que no estuviese escrito en un libro, en un cuaderno o en una pantalla electrónica. Hasta me emocioné.

El asunto no me entusiasmó tanto cuando Gorka terminó de ayudar al paciente a quitarse el calcetín, en un estado lamentable de higiene y conservación. La tela estaba adherida a la piel y se llevó con ella parte del tejido. Apreté dientes para no sisear de dolor con solo verlo. ¡Pobre viejecito! Varios centímetros del empeine quedaron expuestos en carne viva.

—¿Sabes el diagnóstico, Martina?

Negué con la cabeza.

—Esto es un pie diabético de libro. Y, además, está sobreinfectado. Le haremos una cura aquí, Pedro —dijo al levantar la pernera del pantalón. Creo que me puse un poco pálida. El aspecto del tobillo no era mucho mejor. Gorka me miró de reojo, creo que tampoco le gustó demasiado lo que vio—. Pero vamos a tener que hacer un aseo quirúrgico en el hospital. Y no me gusta nada el aspecto de estos dos dedos —explicó Gorka. Cogió uno de ellos con las pinzas anatómicas y lo movió. Si se hubiese desprendido del resto del pie no me hubiera extrañado en absoluto—. ¿Tiene a alguien que pueda acompañarlo?

—No, doctor. ¡Pero no es necesario! Llevo meses así —rezongó el hombre, al que la mención de la palabra *hospital* había disparado todas las alarmas. Recuperó el calcetín infecto, que estaba por jurar que se había movido varios centímetros con vida propia, e intentó ponérselo—. Ni siquiera me duele. Solo he venido porque no me sana la herida y usted me dijo que, si no lo hacía en un tiempito, volviera.

—Pedro, yo le había dicho en un par de semanas, no en cuatro meses —replicó Gorka con tono derrotado. Cerró los ojos un par de segundos, miró al techo otros tantos y después agarró la cruz que llevaba en el cuello con la mano izquierda, la que no tenía enguantada—. Si no tiene a nadie que lo acompañe, se quedará en la hospedería esta noche y mañana vendrá algún voluntario a llevarlo al hospital. No se puede marchar. Si se va, acabará por perder el pie. ¿Me ha entendido, Pedro?

—¡No diga tonterías! —El anciano se rio con ganas. Sacó una petaca envuelta en una bolsita de la Farmacia Ahumada y le pegó un lingotazo. A mí se me escapó un ronquido-risa—. ¡Cómo voy a perder un pie, si lo tengo pegado al cuerpo! ¡Qué cosas dice, doctor!

Juanita, que llevaba escuchando en silencio sin intervenir, irrumpió, resuelta y sin contemplaciones, en la escena.

—A ver, Pedrito. ¡Tiene el pie podrido! ¡Mire el calcetín! —Lo cogió entre los dedos enguantados y lo tiró a la basura sin miramientos. Me faltó poco para aplaudir—. ¡Tiene hasta gusanos! Le vamos a tener que cortar el pie si no se cuida. ¡Y acabarán por cortarle la pierna entera! ¿A que sí, doctor?

Me dio terror hasta a mí. A Gorka no le quedó otra que darle la razón.

—Así es, Pedro. Juanita te lo ha dicho de una manera un poco brusca, pero es un buen resumen. —Gorka alzó las cejas y le echó una mirada un poco asustada a la veterana enfermera, que asintió, satisfecha con su labor—. Eres diabético, hipertenso y le das bien al alcohol. Tienes muchas papeletas para acabar amputado. ¿Es eso lo que quieres?

—No tengo otros calcetines —dijo, enfurruñado, como respuesta, mientras volvía a sentarse en la camilla y se cruzaba de brazos.

Gorka lo tomó como un pequeño triunfo y se dispuso a hacer la cura. Estuvimos más de una hora para valorar bien la extensión del daño, y yo me sentí un poco culpable porque era feliz. También tenía que concentrarme para controlar el mareo y las náuseas por el olor penetrante de los antisépticos y la putrefacción, la visión de la sangre, la necrosis, la gangrena y el pus.

—¿Necesitas salir un poco a tomar el aire? —me ofreció Gorka al ver que me separaba un momento del campo quirúrgico y respiraba hondo un par de veces.

—No. Estoy bien. Es solo que no estoy acostumbrada a... —No quise describir lo que sentía. Me preparaba para ser médica, era lo que definiría mi vida en las próximas seis décadas. ¿Iba a reconocer que me costaba trabajo aguantar la enfermedad de una simple consulta médica? Pensé en mi padre operando a corazón abierto. En mi madre atendiendo bebés recién nacidos y enfermos del corazón—. No estoy acostumbrada.

Me incliné de nuevo, apreté los dientes y presté atención a lo que Gorka me explicaba. Cepillé bien con agua y jabón el pie del abuelito, sin miedo a causarle dolor. Primero, porque era lo que el paciente necesitaba: una buena limpieza. Segundo, porque el daño de los nervios que la diabetes había provocado protegía en una paradoja macabra a mi paciente del dolor.

Cuando acabamos, Juanita hizo desaparecer el material utilizado con una celeridad digna de Houdini mientras nos desprendíamos de guantes, batas y mascarillas. Llamamos a un celador para que trajese una silla de ruedas y llevase a Pedro a la hospedería.

—Lo has hecho bien —valoró Gorka una vez que la enfermera se fue, llevándose el carro de curas—. Ha habido un momento en el que he creído que te ibas a desmayar, pero has aguantado como una campeona. —Terminó de lavarse las manos hasta los codos con técnica quirúrgica y señaló el pequeño lavatorio con el mentón para que hiciese lo mismo.

—Gracias. He aprendido mucho hoy. Es lo más cerca que he estado de la medicina desde que empecé la carrera —dije con sinceridad. Me estremecí. El agua del pequeño grifo de latón salía tan solo a un par de grados por encima de la congelación y se me puso la piel de gallina—. ¿Los abuelitos se asean con agua fría? ¡Qué horror!

—Martina, no los infantilices. No son «abuelitos», son adultos con necesidades y carencias a los que el Hogar de Cristo les presta auxilio —replicó con cierto fastidio. Me tendió un poco de papel reciclado para que me secase las manos y yo se lo arrebaté—. Agradecen el agua, porque pueden lavarse. Lo que tú asumes como una obviedad y exiges como un derecho, para ellos es un privilegio... un regalo.

Puse los ojos en blanco. Estaba segura de que Dios, Jesucristo o algún apóstol iba a salir en el discurso en breve.

—La Compañía trabaja en el servicio y el amor a Dios. Las personas y sus necesidades son su eje central, el desarrollo de la sociedad y de la comunidad es la...

—¡A ver, páter Gorostiza! —interrumpí con ironía. Solté una risita, porque sabía qué iba a pasar—. Me he chupado un semestre entero escuchando la vida y obra de San Ignacio de Loyola, y me parece genial, pero yo no estoy interesada en convertirme al catolicismo. ¡No te pongas paternalista conmigo, Gorka! —¿Cómo era posible que antes escuchara con fascinación cada palabra que saliera de su boca? Algo había pasado en mi cerebro durante las vacaciones, una desconexión, un sistema de compuertas, que había hecho desaparecer toda su magia—. Estoy aquí, ¿no?, pero por las personas y sus necesidades, y no por Dios y su Compañía. ¡Porque voy a ser doctora!

Volvió a quedarse en silencio, cortado. Cerró la boca que tenía abierta y parpadeó dos o tres veces.

—Entendido.

Solté un suspiro. Habíamos terminado. Él se sentó tras la mesa a escribir algunas notas en la historia de Pedro y yo me quité la bata y la metí en una bolsa de plástico. Tuve que reprimir las ganas de tirarla a la basura. Recuperé mi móvil. ¿Ocho llamadas perdidas de mi padre?

—*Svarte helvete* —susurré. Eso nunca eran buenas noticias. Revisé con rapidez los wasaps.

Martina, tu padre ya lo sabe, pero, por mucho que he intentado contenerlo, está frenético. Lleva toda la tarde intentando localizarte. Por favor, llámalo por teléfono antes de que le dé un infarto.

Claro. No les había dicho que estaba en el Hogar, Magnus debía de estar todavía en el examen de Cálculo y yo había tardado más de lo habitual con el último paciente.

—Mierda, mierda, ¡mierda! —Pulsé el contacto de mi padre. Tuve que separar el móvil de la oreja cuando contestó.

—¡Martina Thoresen Morán! ¿Se puede saber por qué no contestas al teléfono? ¡No puedes desconectarte así! —Cerré los ojos y aguanté el chorreo de mi padre, producto de su preocupación y frustración, sin tener en cuenta los apelativos de irresponsable, egoísta, desconsiderada e infantil que vertió sobre mí. Sabía que no lo decía en serio. Solo cuando bajó unos cuantos megahercios el tono de su voz, empecé a escucharlo de verdad—. Tu madre me ha contado lo que pasó en Mallorca. ¡No puedo creer que no me llamaras por teléfono en el momento exacto en el que ocurrió! ¡No tenías que haber pasado por eso tú sola! ¿Para qué estamos los padres si no es para proteger a nuestros hijos? ¡En quince minutos tu madre y yo hubiésemos estado a tu lado!

—Papá, no estaba sola. Estaba con Magnus, con Dana y con Many —dije con paciencia, pero una enorme ternura me inundó al percibir la desesperación que incluso por teléfono dejaba traslucir—. Quedó todo en un susto. No fue para tanto, de verdad.

—¿Que no fue para tanto? —rugió. De acuerdo. Mala elección de palabras. Cerré los ojos y tuve que apartar de nuevo el móvil de mi cara—. Martina, pudiste ser víctima de una violación, ¿no te das cuenta de la gravedad de lo sucedido? Sé que a veces te cuesta calibrar e interpretar lo que ocurre a tu alrededor, pero quiero que te quede bien claro. ¡Lo que te pasó fue de extrema gravedad!

—Papá, no exageres. ¡Solo fue un intento de agresión y ni siqui...!

—¿¡Qué!? —Gorka soltó una exclamación desde el escritorio. Ay. Se me había olvidado por completo que estaba allí. Me volví hacia él, que me miraba, horrorizado. Mierda. Le di la espalda y pasé al noruego.

—Papá, ¿hablamos después? Tengo que volver a casa. Quédate tranquilo, estoy bien —aseguré con toda la calma, seguridad y asertividad del mundo. Al otro lado de la línea tenía una especie de mono chillón poseído por una mezcla de furia y amor paternal—. En cuanto llegue, te llamo y hablamos.

—¿Por qué? ¿Dónde estás?

Reconozco que, por una milésima de segundo, se me pasó por la cabeza mentirle a mi padre.

—En el Hogar de Cristo.

—¡No te muevas de ahí! Ahora mismo voy para allá.

—¡No, papá! ¡Vas a tardar un siglo en llegar y quiero irme a casa! —protesté, alarmada. Con todo el tráfico a esa hora, tardaría mínimo una hora en llegar—. ¡El metro está aquí al lado!

—¡He dicho que no te muevas de ahí!

—¡Papá, no! ¡Argh! —Me entraron ganas de llorar de la rabia y estampar el móvil contra el suelo. Lo sabía. Sabía que eso pasaría. Pensaba que mi madre sería más efectiva al hablar con él. Había subestimado la ira Thoresen. Malditos genes vikingos... Me sequé las lágrimas que rodaron por mis mejillas.

—Pásame el teléfono, Martina —dijo Gorka a mi lado. Otra vez se me había olvidado que estaba allí. Estaba demasiado nerviosa y enfadada para cuestionar nada y se lo di.

—Erik, soy Gorka. ¿Cuál es el problema?

—...

—Haber empezado por ahí. No tenía ni idea. Jamás hubiese dejado que Martina se fuera sola de aquí, y menos a estas horas. —Clavó una mirada acusadora en mí, pero yo estaba ocupada en contener el maldito surtidor de llanto que salía descontrolado de mis ojos.

—...

—No quiero meterme donde no me llaman, pero creo que estás demasiado ofuscado para conducir, y para hablar con tu hija —dijo Gorka. Puso cara de susto, como si fuera a recibir un mazazo en la cabeza, y tuve que reírme. Él también sonrió—. De acuerdo. Quedamos así. La dejo sana y salva en su casa, y te aviso.

—...

—Perfecto, pues. Por supuesto. Faltaría más. No te preocupes, Erik. Claro que sí, como oro en paño. —Alzó las cejas y me miró con expresión divertida; imaginé que mi padre le estaba dando un millón de instrucciones sobre cómo tenía que conducir mientras me depositaba sin ningún daño y perjuicio en mi domicilio—. En cuanto lleguemos, le digo que te llame. Ahora mismo te la paso.

Me alargó el móvil y no tuve más remedio que cogerlo, pese a que no tenía ningunas ganas de enfrentar de nuevo a mi padre.

—Gorka te lleva a casa. En cuanto llegues, me avisas. Tu madre, que me está hablando aquí en estéreo —dijo, cabreado, mientras se oía el bisbiseo de la voz femenina de mamá por detrás—, me ha convencido de que no vaya a buscarte, pero ya hablaremos tú y yo de todo esto. ¿Estás segura de que estás bien, *liten jente*?

Su tono cambió y se llenó de ansiedad. Me generó una inmensa ternura. Sonreí.

—*Ja, pappa!** Estoy bien. Fue una estupidez y prometo contártelo todo cuando nos veamos. —Solté un largo suspiro. Todo el agotamiento del viaje, de aquel día interminable y la tensión de las últimas horas se desplomó sobre mis hombros—. Pero ahora necesito llegar a casa y Gorka también tiene que marcharse. Es tarde. Os llamaré, lo prometo. ¡Adiós, papá!

Corté la llamada, guardé el móvil en la mochila y me puse la cazadora. Gorka me lanzó una mirada penetrante. Sus ojos exigían una explicación que yo no estaba dispuesta a darle.

—Vámonos, por favor. Ya no aguanto más —supliqué con un hilo de voz.

* «Sí, papá», en noruego.

El tráfico en la avenida Libertador Bernardo O'Higgins hacía la conducción pesada y densa, igual que el silencio que invadió el interior del vehículo. Encendí el sistema de sonido, confiando en que no tuviera programada alguna mierda religiosa, y las noticias de la tarde comenzaron a derramar sobre nosotros las catástrofes habituales. Un poco de música era demasiado pedir, pero cualquier cosa era mejor que aquel vacío incómodo.

Gorka apagó la radio a los cuatro segundos.

—¡Eh! ¡Yo quería saber quién es el nuevo presidente de Nicaragua! —protesté con indignación. Él soltó una risotada, divertido.

—Dudo siquiera que sepas cuál es la capital de Nicaragua —replicó con bastante mala leche. Yo abrí la boca ante su ultraje—, como para que estés interesada en quién es el candidato a presidente.

—Disculpa, la capital de Nicaragua es Managua. Me sé todas las capitales mundiales, incluidas las de los países de la antigua Unión Soviética, y los de la desaparecida Yugoslavia desde que tenía cinco años —solté, ofendida por el insulto a mi inteligencia—. Solo quería escuchar un poco de música, perdona por no pedirte permiso y tocar tu coche. ¡Se me olvidaba que, para los hombres, es una prolongación metafórica de su miembro viril!

Levanté las manos en el aire y abrí los ojos en un gesto exagerado. Por Odín que no volvería a rozar siquiera otra parte de su sagrado automóvil. ¿Qué demonios le pasaba a Gorka conmigo? Parecía que cualquier movimiento por mi parte era un agravio a su existencia. Me volví hacia él.

—Gorka, explícame una cosa, porque de verdad que no lo entiendo —dije entre gestos de negación mientras él mantenía la mirada fija en el atasco, enfadado por mi comentario—. ¿Por qué te ofreces a llevarme a casa si es obvio que te resulta desagradable pasar tiempo conmigo? Cada cosa que hago es intolerable para ti. Está claro.

—Eso no es cierto, Martina. He apagado la radio porque quería hablar contigo, nada más —me rebatió con tono arisco. Apretó la mandíbula y ni se dignó mirarme.

—¡Mentira! —espeté—. ¿Y el comentario de antes? ¿A qué venía? ¿Crees que no me interesa lo que ocurre a mi alrededor? —No iba a reconocer el motivo original ante él ni muerta, pero no era esa la razón de mi alegato—. Estoy harta de que me trates como si fuera una niña pequeña. ¡Ya tengo un padre y un hermano mayor!

El resto del viaje transcurrió en un silencio peor al anterior. Cuando aparcó frente al edificio del Hotel W, el guardia de seguridad se acercó con rapidez, pero hizo un gesto de reconocimiento en cuanto lo saludé con la mano. Me puse la cazadora y recogí la mochila, lista para marcharme.

—Gracias por traerme, la próxima vez que vaya al Hogar, llevaré mi coche. Es lo mejor —razoné, en vistas de cómo andaban las cosas.

—Martina, mira...

—Gorka, de verdad, ¡déjalo! Creo que cualquier cosa que digas va a ser peor —lo corté sin demasiadas contemplaciones, modo noruego.

—No seas cruel. Solo quería disculparme.

—Por tercera vez en la tarde de hoy. Déjalo estar —insistí. Abrí la puerta del coche para bajarme.

—Te has hecho un tatuaje en la muñeca. ¿Por qué? —dijo de manera totalmente inconexa con lo que hablábamos—. Tu cuerpo es precioso tal y como es.

Cerré la puerta del coche, me giré hacia él y respiré hondo. Solté el aire muy despacio.

—Mira, Gorka, ¿qué coño quieres de mí? Porque me parece que estamos ante un caso grave de perro del hortelano —solté, cabreada. Esa vez sí que dejé que lo notara. Con todo. Le grité con ganas, porque estaba más que harta de que cuestionara todos y cada uno de mis actos—. ¿No quieres estar conmigo porque soy virgen? ¡Perfecto! Lo entiendo, pero déjame en paz. ¡Es mi cuerpo! ¡Es mi vida! —Estaba bien soltarle unas cuantas verdades, pero hice un esfuerzo para no echarme a llorar otra vez delante de él. Una y no más—. ¿Que me quiero poner un vestido de furcia?, ¡lo hago si me da la gana! ¿Que me quiero poner unos tacones de catorce centímetros?, ¡lo mismo! —Le enseñé el dorso de mi muñeca izquierda en un movimiento brusco—. ¿Este dibujito minúsculo? ¡Deberías ver el que tengo en la espalda! ¡Me llega desde la nuca hasta el culo! ¡Pero te vas a quedar con las ganas, no sea que al verlo se te caigan las córneas, o te excomulgue tu Iglesia, o necesites un exorcismo de mí!

El portazo que di tras bajarme del vehículo hizo temblar toda la carrocería. ¿Furia berserker? Aquello era la pataleta de un bebé al lado de la rabia que me poseía en aquel momento. Subí corriendo por la escalera de incendios los veintinueve pisos hasta el ático en un intento de aplacar mis instintos. El corazón y los pulmones se me salían por la boca cuando irrumpí en el vestíbulo. Magnus me miró como si estuviera loca. A lo mejor lo estaba.

—¡Hola, enana! ¿De dónde vienes? Papá ha estado desesperado intentando localizarte.

Solté un gruñido. Napalm mental para todos. Era lo único que me daba un poco de consuelo, pero Magnus no tenía la culpa y el ejercicio me había aplacado bastante.

—Ya he hablado con todo el mundo. ¿Qué tal el examen de Cálculo? —La mención de mi padre me recordó que tenía que avisarlo si no quería que policías, bomberos, la Unidad Militar Especial y la Patrulla Montada de Canadá aparecieran en nuestra calle. Lo llamé por teléfono. Elevé el índice para hacer callar a mi hermano cuando contestó—. Papá. Sana y salva. Estoy con Magnus en casa. Todo bien.

—Gorka me ha avisado ya hace diez minutos. ¿Se puede saber por qué has tardado tanto en llamarme tú?

Tapé el micrófono del móvil, miré al techo y lancé una maldición sobre todos los ancestros vascos de Gorka.

—Porque me he entretenido un poco, pero ya estoy aquí —dije con voz angelical, pese a que la manguera de napalm se había transformado en un holocausto nuclear de proporciones de Chernóbil—. Papá, tengo que ir al baño, ¿vale? *Jeg elsker deg veldig mye.** ¡Te quiero mucho! Un besito para ti y para mamá. ¡Adiós! —Colgué sin demasiadas contemplaciones y dirigí la mirada hacia mi hermano.

* «Te quiero mucho», en noruego.

—El examen me ha ido bien, creo —dijo con precaución ante mi arranque. Eran muchos años de locura Martina Thoresen Morán. Pobre. Ya estaba acostumbrado.

—¡Odio a los hombres! ¡A todos sin excepción! ¡Me alegro de que te haya ido bien, pero déjame en paz! —estallé de nuevo, consciente de que Magnus era esa vez una víctima colateral.

Subí a mis dominios, maldiciendo por una vez la ausencia de una puerta que me aislara del universo, y me tiré sobre la cama. Una ducha; comida; música; sumergirme en algún libro... no pedía mucho. Y dormir. Magnus no apareció en mi habitación, era una persona inteligente.

Reconozco que el que no se acercara a preguntar qué me ocurría me alivió tanto como me dolió.

Las cuentas claras

Lo bueno de la rutina es que se apodera de ti con rapidez. Lo tenía jodido. En un par de semanas mi bronceado del Mediterráneo había desaparecido, estaba cabreado y estresado, y el estudio atrasado empezaba a acumularse de manera preocupante.

Y Dana y yo solo habíamos podido estar juntos un par de veces.

El primer fin de semana, sus padres la reclamaron en casa; al siguiente, tenía un examen en breve y tuvo que estudiar. Me escabullí después de clase para hablar con ella. Nada de móviles. Verla cara a cara. A veces tenía la sensación de que, si no alimentábamos con sexo y conversación de manera frecuente la... fuera lo que fuese que nos traíamos entre los dos, se enfriaba con demasiada rapidez. Yo, desde luego, perdía el interés. Y Dana se alejaba o fingía indiferencia. No lo sabía. Ojalá fuera capaz de interpretarla mejor, o que ella fuese más clara en decirme qué coño quería de mí.

Yo acepté por fin que quería pasar más tiempo con ella. O follar con ella. A lo mejor era lo mismo. Entré en su clase y la identifiqué de inmediato entre sus compañeros de segundo. Many me saludó desde las últimas filas y me tuve que reír. Era de los míos, de los que se aseguraban una posición estratégica por si había que echar un sueñecito. Puso cara de interrogación desde lejos y señalé a Adriana. Sonrió a su vez y me hizo un gesto de que ya nos veríamos en otro momento. Chico listo. Sabía bien cómo corrían las listas de prioridades.

—¡Hola, Magne! —Adriana se acercó a mí, melosa y dulce como siempre, y me dio un beso húmedo en los labios.

Me estremecí. Sus dedos se enredaron en mi nuca y una corriente de placer descendió por mi columna vertebral. Adriana no tocaba, tentaba; no acariciaba, excitaba; no era sensual, era lasciva.

—Hola, Adriana. Dios, te he echado de menos...

Era cierto. Se estrechó contra mí y sonrió con picardía cuando notó que mi cuerpo lo confirmaba sin género de dudas con una bonita erección bajo los vaqueros.

—Me doy cuenta. Y me encantaría corresponder, pero tengo clase —dijo, divertida. Clavó sus ojos oscuros en mí y se mordió los labios en un gesto tan sexy que me incliné sobre ella y la sustituí con mis propios dientes. Le arranqué un gemido breve que hizo girar la cabeza de algunos, escandalizados.

—Lo sé. Venía a invitarte a casa después de clase. ¿Tienes algo que hacer? —Yo conocía su horario y sabía que no. Por eso había ido hasta allí, pero ¿quién sabía? Quizá tenía otros planes o no le apetecía ir—. Ven a casa. Necesitamos pasar unas horas juntos. Luego te llevo en coche. Así ves a Martina, sé que te echa de menos también.

Me miró durante un par de segundos con sus cejas de alas de golondrina y una media sonrisa ladeada.

—De acuerdo. El que salga primero va a buscar al otro —aceptó, con los ojos brillantes de entusiasmo por la propuesta. Se inclinó hacia mi oreja para decirme algo y, en vez de eso, me metió la lengua y me mordió el lóbulo con disimulo. Mi polla dio un salto y vibró—. Compra condones. Y vete, que llega la Macrófago.

Me largué de allí a la velocidad de la luz mientras la profesora de Histología, con una arcada dental superior como la mitad de un estadio, preparaba el proyector para la clase.

Estaba eufórico. No me enteré de nada en las asignaturas de la tarde, ya le pediría a Martina los apuntes. Aunque quizá no me los dejase. Desde que había vuelto de Mallorca andaba insoportable, por decirlo suave. Siempre le costaban los cambios de rutina, como todo lo que se salía de su control. Y, además de la carga de estudio, había tenido la gran idea de ir al menos un día a la semana al Hogar de Cristo o a la sala cuna a ver a los bebés, de manera que llegaba a casa agotada. Y lo pagaba con los que tenía al lado, en especial conmigo.

Nos encontramos con Adriana a la salida del campus. Martina nos ignoró en cuanto apoyó los labios en mi boca. Caminamos hasta Isidora Goyenechea muy pegados, mi mano en su culo y la suya en el mío. Mi hermana iba diez pasos por delante con cara de resignación. Yo me relamía pensando en la tarde que nos esperaba, con la mochila cargada de condones recién comprados.

Pero en casa nos encontramos con una visita inesperada.

—¡Tío Erik, tía Inés, qué sorpresa! —exclamó Adriana, la primera en reaccionar al ver a mis padres en la mesa del salón, con toda la pinta de estar conspirando algo.

Yo me quedé mudo. Martina pegó un gritito y corrió hacia ellos. No los veíamos desde hacía varios días.

—*Mamma, Pappa! Hallo!** —Los abrazó y se sentó en su regazo hasta que le resultó demasiado y ella misma se despegó de ellos a empujones. Pero ahí se quedó, acosándolos a preguntas sobre la última nevada, si las mimosas habían florecido... cada detalle de la casa de Lo Barnechea, a la que no habíamos vuelto desde antes de vacaciones.

Dana y yo nos quedamos de pie, juntos, a la entrada del salón. La miré de reojo. Ella me devolvió la mirada con aprensión. Por el momento, nuestra tarde de sexo tórrido quedaba retrasada. Mis padres se levantaron a saludarnos en cuanto Martina dejó de acapararlos.

—Hola, Dana, cariño —dijo mi madre, que le dio un abrazo cálido y un beso—. Hola, Magnus. —Sonrió al abrazarme a mí también, pero con brevedad y sin que le llegase a los ojos. Su expresión auguraba tormenta—. Tenemos que hablar, hijos.

Adriana la miró, insegura. Después me miró a mí, y yo negué con la cabeza. No es que quedara retrasada; quedaba a todas luces cancelada. Casi me puse a gritar de la frustración.

—No quiero molestar, tía Inés. ¿Quieres que me vaya a la habitación de Martina o la de Magnus?

—No, mi niña. Me temo que esto va un poco más allá.

Fue mi padre el que dejó las cosas claras ante la excesiva delicadeza de mi madre. Se levantó, le dio un beso en la frente y posó las manos sobre sus hombros.

* «¡Mamá, papá! ¡Hola!», en noruego.

—Dana, cariño, tienes que irte a casa. Inés y yo tenemos una charla pendiente con Magnus y Martina y me temo que no será agradable. —El modo vikingo que tenía de hacer las cosas no se andaba con sutilezas. Directo y al grano. En momentos como ese, era tan parecido a Martina que, si no fuera por la cara de pánico de Dana, me habría echado a reír—. Espero que lo entiendas.

—Claro. No hay problema. Me iré ahora mismo, tío Erik —dijo, preocupada.

Dana miró su reloj, recogió su mochila del suelo y empezó a calzarse las botas con gestos bruscos. Yo sabía por qué.

—Papá, me había comprometido a llevar a Adriana hasta Pirque después de estudiar —improvisé como verdad a medias. No me gustaba dar explicaciones de mi vida personal—. Si se va en transporte público, tardará más de una hora y media en llegar.

Después nos decía a nosotros que vivíamos en los mundos del arcoíris. Frunció el ceño y pareció pensar un momento.

—No te preocupes, tío Erik —dijo Dana, con el abrigo y el gorro ya puestos, lista para irse a casa. Martina intentaba sonsacarle a mi madre en un segundo plano, sin resultados—. Todavía es temprano.

—No. De eso nada. —Cogió el móvil y pulsó un número—. Sí. Soy el doctor Thoresen. ¿Hay disponible algún taxi en la puerta del hotel? Perfecto. Apunten la matrícula. Va a llevar a la señorita Adriana Bold Antúnez a la dirección que le voy a facilitar, y anota la carrera en mi cuenta. ¿Queda claro?

Mi padre, en su modo cardiocirujano cabrón, se extendía también a áreas fuera del quirófano y fuera del hospital si hacía falta.

—Gracias —susurró mi madre, acercándose a él.

—Muchas gracias por su ayuda —añadió antes de dictarle la dirección y colgar. Se dirigió a Adriana—. Dana, cariño, siento mucho que no podamos acompañarte en esta ocasión. Abajo te está esperando un taxi. Está todo arreglado. Quiero que tu madre o tu padre me llamen en cuanto llegues a casa, ¿entendido?

—Sí, tío Erik —dijo ella con docilidad.

Mis padres la conocían desde que nació. Era su ahijada, casi una hija para ellos. Bajó los ojos, se despidió de todos con un beso y alcanzó a intercambiar conmigo una mirada cargada de frustración. Esperaron a que se hubiese marchado para dirigirse a nosotros.

—Vamos a merendar algo. Estas cosas se enfrentan mejor con el estómago lleno —propuso mi madre con un suspiro resignado. Mi padre comenzó a ordenar unas hojas encima de la mesa del salón. Nos acomodamos en ella en torno a unos sándwiches de jamón y queso y unos cafés.

—Bien. La razón de esta reunión es muy simple: vuestra cuenta de gastos se está disparando —soltó mi padre a bocajarro. Martina frunció el ceño con extrañeza y yo miré a mi madre, incrédulo. Ella asintió—. Y no hablo de unas pocas decenas de dólares. Hablo de gastos desorbitados y absurdos. En especial tú, Magnus.

—¿Yo? ¿Gastos desorbitados y absurdos? —Me recosté en el respaldo de la silla y me rasqué la cabeza. Intenté hacer memoria—. ¿Puedes decirme cuáles?

Se colocó las gafas sobre el puente de la nariz, cogió un marcador amarillo y subrayó al tiempo que leía.

—Hotel Fórum, habitación doble, con spa, una noche; Alcudia, alojamiento y desayuno. Trescientos cuatro dólares.

Casi me atraganté con el café.

—¿Cómo? ¡Pero si eran ciento cincuenta euros la noche con recargo por entrar después de medianoche! ¡No puede ser! —dije, indignado. Me levanté para ver la cifra y mi padre giró la hoja hacia mí. Comprobé que decía la verdad—. ¡Es imposible!

Volví a sentarme en la silla, con la boca abierta.

—Imagino que el cambio de euro a dólar, el IVA y la tasa turística por noche tendrán algo que ver —razonó él con seriedad. Asentí. Tenía razón. No era más que un pardillo, joder—. Pero no se trata de eso.

Lo contemplé un poco confundido y miré a mi madre en busca de un poco de apoyo, pero ella negó con la cabeza.

—Se trata de que tenías tu casa a veinte minutos de allí. No tenemos ningún problema en que Dana y tú estéis juntos, porque fue por eso, ¿no es cierto? —dijo ella con suavidad.

Creo que mi cara se puso del color de la cafetera italiana de encima de la mesa, rojo pasión.

—O sea, que lo sabíais. —No tenía sentido negarlo. Mi madre lo daba por hecho y la mirada azul glacial de mi padre, que mezclaba sorna y cierta pena por mí, también—. Pensaba que habíamos sido cuidadosos.

Se miraron entre ellos y mi padre acabó por soltar una carcajada. Martina había desarrollado la envidiable habilidad de hacerse invisible cuando le convenía en los momentos de conflicto. La muy cabrona no parecía estar allí.

—Hijo, yo también he tenido diecinueve años. Y habéis sido discretos, pero no tanto como para que tu madre y yo no nos enterásemos. Siento decírtelo —dijo él con la diversión aún bailando en sus ojos y su sonrisa—. En especial se te notaba a ti. Los ojos se te iban detrás de Dana en los momentos más inoportunos. En eso las mujeres son más listas que nosotros.

—Magne, las puertas de nuestra casa están abiertas para cualquier chica que quieras traer —comentó mi madre, con su voz dulce y a la vez directa—. Y lo mismo va por ti, Martina. ¿Cuándo os hemos limitado en este sentido?

Solté un gruñido culpable, porque tenía razón. Jamás nos habían coartado, más allá de lo que imponían por ser quienes eran, en especial en ese momento, entre nuestros compañeros de carrera.

—Tenéis razón, pero... —Intenté encontrar las palabras precisas para explicarme sin herirlos, porque estaba claro que no era lo mismo—. No es que no agradezca vuestra hospitalidad, pero a veces... a veces necesitamos un poco más de intimidad.

—Perfecto, pero no a costa de cargar en la tarjeta de crédito más de lo permitido al mes, Magnus —sentenció mi padre, que recondujo sin piedad el motivo de la reunión. El ambiente cálido que habíamos dado a la conversación se evaporó y volvió a centrarse en las líneas subrayadas de los muchos, múltiples, cargos de las tarjetas—. Recibes una mensualidad de quinientos dólares al mes. Vives al lado del hospital con todos los gastos pagados. Es más que suficiente.

Repasamos otros pagos y aluciné al ver lo que podía llegar a gastarme en copas en un fin de semana de juerga, tenía que bajar el ritmo. Llevábamos un buen rato, y mi madre y mi hermana desconectaron de la conversación y se pusieron a hablar de otra cosa, pero papá no se lo iba a poner tan fácil.

—Martina, ahora tú.

—¿Yo? Te aseguro que yo no me he gastado trescientos euros en noches de hotel —dijo muy seria.

—Qué graciosa —gruñí yo. Ten hermanas para esto.

—Es verdad —concedió mi padre. Sus gastos estaban subrayados en azul—. Pero en vez de eso tienes doscientos ochenta en Can Picafort Bikini Shop y doscientos veinte en dos calefactores en Autorradio de Estación Central. —Era la hora de que Martina caminara hasta el patíbulo y me recosté en la silla para disfrutar del espectáculo—. ¿Se puede saber por qué compraste ropa en una tienda a dos calles de tu casa? Eso para empezar.

Mirada de Bambi. ¡Qué cabrona! Empezaba fuerte. Batió sus largas pestañas y sus ojos plateados brillaron con ese fulgor dramático de que estaba a punto de llorar. ¡Vamos, hombre!

—Papá, esa noche... esa noche fue la que... ya sabes... la que mamá te contó. La de la agresión. —No supe decir si el temblor de voz era real o fingido. De acuerdo. Le otorgaría el beneficio de la duda—. No quería llegar a casa en las condiciones en las que estaba ni conservar la ropa de aquella noche, así que lo tiré todo a la basura. Todo. Busqué una tienda abierta y compré ropa de recambio. Nada más.

—Martina, ¡tenías un armario lleno de ropa en tu habitación! Podrías haber hecho exactamente lo mismo sin tirar ese dinero —dijo mi madre, sin dejarse embaucar demasiado por sus armas femeninas. Lo que era mi padre, estaba fuera de combate por completo—. Entiendo tu razonamiento, pero tendrías que haber ido a casa, a refugiarte con nosotros.

Mi hermana negó con la cabeza, obstinada. Se cruzó de brazos y alzó el mentón.

—No, mamá. No quería que me vieseis así. Asumo que no debí gastar ese dinero, y más cuando pocos días atrás tú y yo habíamos ido de compras —reconoció con valentía. Jugaba fuerte. Era más dura que yo—. Tenía mis razones. Le daré buen uso a todo. Lo prometo.

Me miró de reojo y yo abrí la boca. No. No sería capaz de delatarme solo para desviar la atención. Sé que se le pasó por la cabeza, pero al final no dijo nada. Si mis padres se enteraban de que encima ese dinero había sido un desperdicio y que Dana y yo ni siquiera habíamos pisado el hotel, ardería Troya.

—¿Y me puedes explicar qué demonios es esto de los calefactores? —preguntó mi padre con cara de no entender nada.

Martina puso su cara de ser una incomprendida por el mundo y se lanzó a una complicada explicación sobre los bebés, que se iban a congelar, y los abuelitos, que pasaban frío, y que no tenían agua caliente. Y que ella no era ninguna mimada burguesa, por mucho que Gorka la insultara, pero que todos se merecían tener un poco de confort en su vida.

Yo desconecté a los dos minutos y me puse a mirar el móvil.

Mi padre arrugaba la frente, en un intento de seguir el hilo de su discurso, pero creo que se perdió a los tres.

Mi madre la interrumpió a los cinco minutos de alegato encendido sobre los derechos de las personas cuando ya le faltaba poco para subirse encima de la mesa y empezar a reclutar un ejército al más puro estilo Juana de Arco.

—A ver, a ver, a ver... —la interrumpió mi madre. Tuvo que hacer aspavientos con las manos, porque Martina parecía no oírla; así de embalada iba con su discurso—. ¿Nos estás diciendo que compraste esos calefactores para el Hogar de Cristo?

—¡Sí! ¡Hace un frío terrible!

Mi padre se masajeó los globos oculares y miró a mi madre con una sonrisa a medias orgullosa y a medias acusadora.

—Esto es culpa tuya. Es igual que tú. No sé por qué me sorprendo. —Se giró hacia mi hermana y la contempló con expresión fastidiada—. Martina, ¿tú sabes cuánto dinero dona Industrias Thoresen al Hogar de Cristo?

—No.

—¡Te aseguro que no hace falta que te gastes el tuyo en calefactores, porque ya aportamos nosotros un buen montón! —soltó, enfadado.

—Erik, no reprimas la generosidad de tu hija. Es solo una muestra de su buen corazón —lo frenó mi madre, que hizo el típico gesto de aplacarlo con una caricia larga y profunda sobre el brazo o sobre el muslo.

—¡El problema es que todo lo que sobrepase su asignación lo estamos pagando nosotros! —gruñó mi padre, cabreado—. Así que la generosidad de la que hablas es nuestra, en realidad. Pero esto se acabó. Este mes está por terminar, pero a partir de agosto os vamos a cortar el grifo.

—¿Qué quieres decir? —pregunté yo, suspicaz. Abandoné mi postura relajada mientras asistía al juicio de mi hermana y me incliné hacia delante sobre la mesa.

—A que dispondréis de un límite de crédito de quinientos dólares, es decir, de trescientos cincuenta mil pesos mensuales en vuestras tarjetas —explicó mi madre, ya no tan dulce. Se puso de pie y se posicionó junto a mi padre como para cerrar su frente común contra nosotros. Martina, de manera instintiva, se acercó a mí—. Cuando lo superéis, la tarjeta no funcionará. No tendréis saldo.

—¿En serio? —Martina frunció el ceño con suspicacia—. ¿Eso se puede hacer?

Mi padre entró en barrena no solo por la pregunta, yo creo que más bien le tocó los cojones el tono acusador.

—¿Si se puede hacer? —Soltó una carcajada ácida—. Vamos a ver, hija. Por lo que a ti respecta, ni siquiera eres mayor de edad. Me están entrando ganas de llevarte de vuelta a casa —añadió con tono amenazador—. Si estáis viviendo aquí es porque tu madre y yo os dimos un voto de confianza y pensamos que os beneficiaría a la hora de enfrentar los estudios, pero creo que empezamos a arrepentirnos, ¿no es cierto, Inés?

—Es cierto. —Me volví hacia mi madre, anonadado. Me consta que Martina también. Ella solía ser nuestra aliada frente a las arremetidas de papá, pero en ese momento nos abandonaba a nuestra suerte—. Las veces que he venido a controlar, me ha dado vergüenza. ¡Esto parece una pocilga! Martina es un poco más ordenada, y, aun así, he tenido que recoger bragas y calzoncillos tirados por ahí porque me moría al saber que la pobre Berta tendría que recogerlos cuando llegara a ayudaros con la casa.

Martina y yo nos miramos. Y, por supuesto, ella demostró por qué es mucho más inteligente que yo. Enrojeció hasta la raíz de su pelo dorado y clavó la mirada en el suelo, hundida por la humillación. ¿Yo? Yo tartamudeé, indignado.

—¿Có... cómo? ¿Qué? ¿Has venido a controlarnos? —No podía creer la falta de confianza de mis padres hacia nosotros—. ¡Has invadido nuestra privacidad, mamá! ¡Has violado nuestra intimidad! —grité con todas mis fuerzas. Me temblaba la voz de la rabia y la ira—. ¡Jamás me habría esperado esto de ti!

—¡Tú, a mi mujer, no le hables así, niñato de mierda! —Mi padre se incorporó de la silla y pegó un golpe sobre la mesa con las palmas de las manos que hizo volar toda la vajilla varios centímetros por encima de la superficie—. ¡No voy a tolerar faltas de respeto en mi propia casa! Mi mujer, que, además, y no lo olvides nunca, ¡es tu madre! —rugió fuera de sí. El blanco de sus ojos era rojo, lo que hizo parecer el azul de sus iris de un color irreal. Las venas de su frente y de su cuello se hincharon. Su cara adquirió un tono purpúreo—. ¡Pídele perdón ahora mismo!

Por un momento, pensé que me iba a *hostiar.*

Y por un momento, pensé que me lo tenía merecido.

Había ocasiones en que era capaz de desafiar a mi padre. Sostener su mirada, plantarle cara e incluso, en algún momento puntual, doblegar su voluntad. Pero supe que me había equivocado. Y agaché la cabeza.

—Lo siento muchísimo, mamá. Mi reacción ha estado fuera de lugar. Me ha pillado por sorpresa y no he sabido encajarlo —dije con la mayor sinceridad que pude. Porque era cierto. Me había sentado como un tiro en un pie saber que nos habían espiado. Y el comentario sobre los calzoncillos tirados, todavía peor—. Lo siento.

Hubo un silencio tenso. Los ojos de mi madre estaban llenos de lágrimas. Todos sabíamos cómo la afectaban los gritos. Mi padre, que tenía un genio de mil demonios, era muy cuidadoso en su presencia y a veces era hasta cómico ver sus esfuerzos por controlar su temperamento para protegerla de sus arranques. Y, por mi culpa, sabía que los dos tendrían una discusión. Me odié por ello. Era motivo de peleas entre ellos con más frecuencia de lo que me hubiese gustado.

—Creo que estáis perdiendo la perspectiva —dijo mi padre al fin, con un tono de voz letal. Recogió los papeles y los metió en el portadocumentos—. Se acabaron los privilegios. Si queréis vivir solos, bien, pero estas son las condiciones: se acabó que Berta venga aquí dos veces a la semana a recogeros las bragas y los calzoncillos. —Martina y yo nos miramos, asustados. ¿Quién iba a dejarnos la comida hecha para toda la semana y la ropa limpia y planchada?—. Y ya os lo hemos advertido: quinientos dólares al mes cada uno. Ni más ni menos. En cuanto superéis esa cifra, la tarjeta se bloqueará. ¿Habéis entendido?

—Sí, papá —contestamos los dos a dúo. ¿Qué más podíamos hacer?

—¿Y si necesitamos un libro de medicina? ¡Son carísimos! —dijo Martina, preocupada.

—Hay unos maravillosos lugares en las universidades que se llaman bibliotecas —ironizó mi madre sin piedad. Se lo estaban pasando en grande, estaba seguro—. Tienes el carnet de alumna para todas esas cosas. Así puedes empezar a ahorrar.

—¡Pero están usados! —protestó, indignada. Mi padre soltó una carcajada en respuesta, recogió sus cosas y abrazó a mi madre por los hombros.

—Vamos, *kjaereste*.* Es tarde y nos queda aún un rato hasta casa. —La besó en los labios y la tensión de mi madre pareció suavizarse.

—Una cosa más. Magnus, esto te atañe a ti —dijo mi madre, que se dirigió a mí con el tono de voz cortante y con los ojos opacos. Seguía enfadada conmigo—. Pese a tu estupidez al volante, hemos decidido levantarte el castigo del coche. Puedes volver a conducir. Ahora bien, os recomiendo que utilicéis el transporte público. Así también ahorraréis.

—¡Aleluya! —exclamó Martina con alivio. Elevó los brazos al cielo en un gesto exagerado.

—Gracias, mamá. Gracias, papá.

Nos despedimos de ellos con un beso y un abrazo un poco ten-

* «Cariño», «dulzura», «tesoro», en noruego.

sos. En el clan Thoresen Morán había muchas reglas, pero una de las más importantes era jamás despedirnos enfadados: siempre un beso y un abrazo... aunque te dieran ganas de arrancarle el corazón, por ejemplo, a tu padre.

—Nosotros nos vamos. Esperamos que esta charla os sirva para reflexionar. Venga, recoged la mesa.

Yo hice caso, pero Martina hizo algo que me sorprendió. Salió a la terraza, con el frío que hacía, y desapareció. Cosas marcianas de mi hermana. Me puse a fregar, mientras intentaba ponderar el alcance de nuestra nueva situación. Mis padres charlaban en la entrada mientras se ponían los abrigos y los zapatos. Se marcharon al poco rato, despidiéndose algo más alegres. Martina apareció por la puerta de mi habitación un poco después.

—¿Y tú? ¿Cómo has llegado ahí? —pregunté, sorprendido.

—La puerta de la terraza de tu habitación cierra mal. He entrado a escondidas desde fuera para escuchar lo que hablaban papá y mamá —dijo con expresión preocupada.

—¡Joder! —Martina hacía cosas que a veces daban miedo—. ¿Y qué han dicho? ¿Algo interesante?

—Magnus, tenemos que aguantar. Como sea. Han dicho que no nos dan ni un mes —me contó, enfadada. Habían picado su amor propio—. Se estaban riendo de nosotros. Consideran que somos unos niños mimados y tienen miedo de estar criando un par de idiotas que no tienen ni idea de la vida. Vamos a demostrarles que no es cierto. —Puso su cara de valquiria vikinga y me ofreció la mano frente a su rostro. Yo la estreché con fuerza—. Como que somos los hermanos Thoresen Morán.

Técnicas de evitación

Mi cuenta tenía un saldo satisfactorio de ciento sesenta y dos dólares a falta de diez días para que acabase agosto. Creo que Magnus y yo lo estábamos haciendo bien. Era cierto que la ropa sucia se amontonaba en un rincón preocupante de mi habitación, porque aún no habíamos dilucidado el funcionamiento de la nueva lavadora-secadora, pero, por lo demás, todo controlado.

El ritmo incesante de estudio y trabajo en el Hogar había reducido mis gastos: se habían acabado las tardes de compras con Adriana y Lena. Además, el fenómeno MagDana la tenía abducida. La mitad de las veces que llegaba a casa, oía sus jadeos y gruñidos, y los crujidos de la cama, desde el vestíbulo a través de la puerta de su habitación. ¿Qué necesidad había de tener sexo como mandriles? No lo entendía. Las notas de Magnus serían peores que las del primer semestre. Allá él.

A otro que casi no había visto desde la vuelta de vacaciones era a Many.

Un nudo muy raro se apretó en mi estómago al pensar en él, porque había pasado casi un mes desde que volvimos de Mallorca y solo habíamos intercambiado un par de frases de forma rápida. Y no lo entendía. Después de aquel beso en la playa, esperaba que al menos hablásemos de ello. Éramos amigos, ¿no? Pero, siempre que nos cruzábamos a solas, me evitaba. Esa era la realidad. Hasta yo me daba cuenta.

* * *

Llegamos a casa después de una tarde dura. Magnus y Dana tardaron entre cinco y diez segundos en preparar una merienda ligera y meterse en la habitación. A mí me tocaba consulta en el Hogar de Cristo. ¡Cómo no!, las llaves del coche no estaban en su sitio.

—Magne, antes de que os pongáis a follar, ¡las llaves del coche! —aporreé la puerta. Si me marchaba ya, llegaría a tiempo para no tener problemas al aparcar.

Salió en bóxer. ¿En serio? Ojalá fuese tan eficiente para estudiar.

—Toma, hermanita. Lo siento: el depósito está en reserva —dijo con expresión culpable—. Te toca repostar.

Se me descolgó la mandíbula de pura indignación. Quiso cerrar la puerta, pero puse el pie para impedírselo.

—¡De eso nada! Esto tenemos que hablarlo. —Empujé la puerta y Dana se cubrió el cuerpo desnudo con la sábana hasta el cuello. Identifiqué un olor un poco raro. Rancio. Magnus tenía que cambiar las sábanas—. Perdona, Dana, pero aquí Schumacher pretende que pague yo la gasolina y el coche lo usamos los dos.

—Martina, eres tú la que va al Hogar de Cristo cada semana —replicó él, indignado. Intentó sacarme de su habitación, pero me resistí—. Tienes que apoquinar tú.

—¡Ja! ¿Cómo puedes ser tan caradura? ¡Tú llevas a Adriana hasta Pirque siempre que se queda y eso es el doble de lejos! —Estiré la mano y moví los dedos—. ¡Empieza a aflojar el setenta y cinco por ciento del dinero, mínimo sesenta dólares!

—La mitad. Y el próximo mes apuntaremos los kilómetros, porque creo que no es justo —refunfuñó mientras sacaba su cartera de la mochila—. Joder. Solo tengo veinte mil pesos. Te paso el resto después.

—Ni hablar. Que te lo preste Dana y se lo devuelves a ella, que seguro que será más efectiva que yo para saldar tus deudas —dije sin piedad. Preferí no seguir negociando, porque se me hacía tarde. Dana se echó a reír y, envuelta en la sábana, se inclinó sobre su mochila y le pasó el resto del dinero—. ¡Gracias, chicos! Disfrutad de vuestra tarde. Ah, Magnus... ven un momento.

—¿Qué pasa? —preguntó, intrigado.

Le hice un gesto para que se acercase a mí y bajé la voz hasta un susurro casi inaudible.

—Por favor, cambia las sábanas. No seas cerdo. Dana te quiere, pero todo tiene un límite —susurré con mi cara contraída con auténtico asco.

—Oh. Joder... —Se puso un poco rojo de vergüenza—. Gracias por avisar.

—De nada.

Tardé un poco más de lo previsto entre echar gasolina, aparcar y llegar hasta La Pintana. Me dio un poco de rabia, porque era justo día de revisiones y quería estar allí a las seis a más tardar. Llegué más de media hora tarde.

Dentro del jardín de infancia había una algarabía insoportable. Contuve el impulso de cerrar los ojos y taparme las orejas ante los llantos, las risas y los gritos de los niños. Sesenta bebés entre los tres meses y los dos años. Y estaba segura de que no había faltado ni uno a la revisión. Se hacía una vez al mes, en horario de tarde, y para las madres trabajadoras era un lujo poder acudir a esas horas, cuando recogían a sus hijos. Se los llevaban pesados, tallados, vacunados y, muchas veces, desparasitados.

Mi rabia se evaporó cuando, entre el personal de enfermería que trabajaba en aquel barullo, distinguí a Lena. Se me escapó un grito.

—¡Lenucha!

Corrí hasta ella y la abracé con ganas. No la veía desde antes de irme a Mallorca. Habíamos intercambiado algunos wasaps, pero estábamos un poco distanciadas desde que empezamos la carrera. Enfermería era también muy dura.

—¡Vikinga! —Fue ella la que se deshizo de mi abrazo, pero me cogió de la mano, me arrastró hacia donde trabajaban sus compañeras y me señaló un armario donde se apretaban varias mochilas y bolsos—. Deja tus cosas ahí y ponte la bata. Gorka y Laia todavía no han llegado, así que hemos empezado nosotras con las vacunas. Un par de manos más nos vienen genial.

—¿Yo? ¡Pero si no he puesto una vacuna en mi vida! —exclamé, presa del pánico. Obedecí sus órdenes y me fijé en la eficiente cadena de producción que habían montado las enfermeras.

Las madres tenían a sus retoños en brazos en una fila que intentaba ser ordenada. Por supuesto, a medida que se alejaba del control de las sanitarias, se sumía en el caos total. Una primera estación revisaba la cartilla y avisaba a la última, que sacaba la vacuna de una neverita y la dejaba temperar en una bandeja con el nombre del bebé en una pegatina. La segunda estación tallaba, pesaba y le medía el cráneo al bebé; la tercera le tomaba las constantes vitales, y la cuarta vacunaba a toda velocidad. Aluciné.

—¡Qué bien montado lo tenéis!

—Sí, pero yo estoy aquí sola para vacunar. ¿Me ayudas? —pidió Lena en tono suplicante—. No tiene ninguna ciencia, pero las mamás a veces no sujetan bien a sus hijos.

El primer pequeñajo de la cadena de producción llegaba al cambiador acolchado que hacía las veces de camilla. Me puse unos guantes y asentí.

—Por supuesto. Vamos allá.

Cogí la vacuna con el número siguiente, el nueve, y subí la voz.

—¡Ezequiel Lorenzo!

—Aquí, enfermera —respondió la mamá, que nos acercó un bebé moreno y rollizo de sonrisa sin dientes. ¿Qué más daba? Alumna, doctora, enfermera... lo importante era ayudar.

—Quieto, pequeño bicharraco. —En cuanto me acerqué, me miró con cara de pánico y empezó a berrear. La madre se desentendió de él y me dejó a mi suerte.

—¡Agárralo bien, Martina! —pidió Lena, un poco angustiada.

—¡Pero si solo tienes seis meses! ¿Cómo puedes tener tanta fuerza?

Acabé por abrazarlo y me llenó la bata de mocos, babas y lágrimas, pero Lena pudo ponerle la vacuna en el muslito. No estaba muy segura, pero creí ver que la madre se estaba aguantando la risa. Otro bebé esperaba impaciente.

—A ver, enfermera Bold y compañía. ¡Un poquito de agilidad! —nos llamó la atención una veterana. Lena se puso roja y yo me indigné por el acoso.

—Vamos, Martina. Llama al siguiente.

—¡Yurena Silva!

Bebé de dos meses. Menos mal. Venía durmiendo y ni se enteró. El siguiente era un niñito de dos años que montó una escandalera, pero Lenucha había traído consigo un pequeño botín de sobornos y, con una pegatina, lo aplacó. Tomé nota de sus trucos.

—¿Quieres probar tú?

Me enseñó con pericia a poner una inyección intramuscular, y lo hizo parecer muy fácil. Sonreí al empujar el émbolo de la jeringa para inocular aquellos mililitros de salud, pero ella lo hacía mil veces mejor.

—Esto es lo tuyo y lo haces genial, Lena. Estoy orgullosa de ti. —Su precioso rostro brilló con aquel pequeño elogio. Su sonrisa iluminó toda la estancia—. ¡Venga, que estamos esperando! —dije con sorna a las chicas de la estación anterior, que sudaban para tomarle la tensión arterial a un niño que se defendía a patada limpia. Seguimos a toda velocidad con nuestra cadena de procedimientos de enfermería, cada vez con mayor soltura y celeridad.

En algún momento llegaron Gorka y una desconocida. Tragué saliva. Era una chica preciosa; morena, de pelo rizado y melena corta, ojos oscuros y una sonrisa angelical. Llevaba una bata con dibujitos de globos y un vestido de color azul.

—Es Laia, la pediatra voluntaria que viene a pasar consulta a veces. Es un amor —me informo Lena, sin esconder su admiración. Por supuesto. Tenía que ser perfecta—. Es muy docente, explica todo genial. Pégate a ella y aprenderás un montón. Vete. Yo seguiré con esto con ayuda de las mamás. Gracias a ti me siento más segura y solo nos quedan doce niños.

—¿Ya habéis terminado vuestra parte?

Lena soltó una carcajada, divertida, y me empujó hacia el escritorio de las profesoras, que hacía las veces de consultorio pediátrico.

—¡Qué va! Esto acaba de empezar. Ahora tocan las extracciones de analíticas, sondajes vesicales para muestras de orina, enemas si se necesitan y vete a saber cuántas cosas más —respondió, alegre. Soltó un suspiro y se rehízo la coleta, que solo recogía la mitad de su melena salvaje—. Mira. La consulta ya está empezando. Prepárate para salir de aquí más allá de las diez de la noche. Hoy han llegado muy tarde, son más de las siete. —Miró el reloj de su muñeca y me guiñó el ojo con picardía—. Me encantaría saber el porqué. Vamos, ¡espabila!

Me acerqué, reacia. Gorka y yo nos comunicábamos lo mínimo para mantener la cortesía. Yo había bajado la guardia un poco y él mantenía sus explicaciones didácticas y me incluía con los pacientes hasta donde era lógico dentro de mi estatus de alumna de primero. Pero la aparición de la desconocida era un elemento desestabilizador. Casi prefería quedarme con Lena.

—Buenas tardes —saludé con pocas ganas—. Estaba ayudando a las enfermeras. Si veis que voy a ser más útil allí, vuelvo con ellas —dije en un intento de condicionar su respuesta.

La pediatra me miró con curiosidad y Gorka se adelantó a hacer las presentaciones.

—Laia, esta es Martina Thoresen Morán, una de mis alumnas de Orientación a los estudios médicos —dijo con una sonrisa un poco forzada. Al menos me miró a la cara—. Martina, Laia es pediatra del Hospital Padre Hurtado. Es voluntaria del Hogar de Cristo.

Laia me regaló una sonrisa maravillosa y encima dijo algo que derribó todas mis defensas. Era irresistible y me postró a sus pies desde el minuto cero.

—¿Eres hija de Inés? ¿De la doctora Inés Morán Vivanco? ¿La cardióloga pediátrica del San Lucas? —preguntó, sin esconder su admiración. Yo asentí sin saber muy bien qué decir. Nunca me había visto en esa situación—. Tu madre es una de las mejores especialistas de eco fetal de Chile, ¡es una máquina! Casi me decido por cardiología infantil cuando roté con ella. Una gran mujer.

—Gracias. Se lo diré cuando la vea. Seguro que se acuerda de ti. Tiene una memoria muy peligrosa. —Se echó a reír ante mi afirmación, pero yo no lo había dicho en broma. Era cierto. Me pudo la curiosidad y comencé un interrogatorio sutil—. ¿Qué especialidad escogiste al final?

—Soy neumóloga. Me dedico a los problemas del sistema respiratorio y las alergias. Me quedé en el tórax, pero no con el corazón

—dijo con una mano en el pecho. Me fijé en que llevaba las manos con una manicura en la que cada uña tenía un personaje de Disney. Ídola—. ¿Empezamos, Martina? Gorka, ¿tú qué vas a hacer? ¿Ponemos una mesa al lado y me consultas las dudas como siempre?

Él asintió y entre los tres movimos un escritorio aledaño. Y empezó una nueva cadena de producción. Tenía mi libreta en la mano e iba apuntando. A veces me preguntaba si servían de algo todas aquellas notas, muchas veces absurdas, que tomaba sin ton ni son. Gorka me lo había advertido un montón de veces: «Quieres volar antes de aprender a caminar.»

Aquella tarde hice mi primer diagnóstico.

Me movía entre las dos mesas de Laia y de Gorka, que me llamaba también cuando veía algo interesante. «Martina, mira. Fíjate en este exantema», «esto es una tiña», «así suena una neumonía». Absorbía con codicia todo lo que los dos querían enseñarme, en especial Laia, que mostraba una generosidad abrumadora a la hora de instruirme y no tenía esa irritante coletilla de Gorka de mandarte a estudiar cuando llegases a casa y explicarte lo mínimo para picar tu curiosidad.

—Martina, ven. Ausculta a este bebé. ¿Cuál sería tu diagnóstico? —me dijo él.

Me acerqué a la niña y a su madre, a la que pedí permiso con el gesto de levantar la campana de mi fonendoscopio. Ella asintió con una sonrisa que denotaba preocupación. Su hija parecía muy fatigada. Sus pequeñas costillas se hundían y su cuello parecía tirar del tórax para respirar. Los orificios de su nariz se abrían en un aleteo casi desesperado.

Al principio no escuché gran cosa. Tuve que cerrar los ojos para aislarme de los gritos y llantos a mi alrededor. Primero capté el silbido sutil al final de cada espiración; después, los crepitantes, como cuando separas un velcro muy despacio, con un burbujeo característico que ya había oído antes. En todo caso, el aire entraba muy mal.

—Esta bebé tiene una bronquiolitis. La ventilación de las bases es muy ineficaz —dije, mirando a Gorka con angustia.

Él frunció el ceño y me miró, enfadado.

—Martina, ya te he dicho que no tienes que utilizar un lenguaje tan científico para hablar con los... pacientes. ¿Qué ocurre?

Abrí los ojos como platos para hacerle entender. No quería que la madre supiera de la gravedad de su niña por mí. Tenía que verla un médico de verdad.

—Vamos a hablar con Laia. Prefiero que sea ella quien la valore.

Una ambulancia del Servicio de Atención Médica de Urgencias acabó por llevarse a Zoe y a su mamá al Hospital Padre Hurtado para que la atendieran allí. Al ser un jardín de infancia, no teníamos medicación ni oxígeno para poder tratar la obstrucción bronquial.

—Me dan ganas de coger el coche y salir detrás hasta Urgencias para ver cómo está —comenté, angustiada, al ver cómo la colocaban en la camilla en un sistema de retención, con una mascarilla de oxígeno. La bebita se dejaba hacer, entregada por el agotamiento, ocupada tan solo en respirar—. Deberíamos tener un maletín con medicación para estos casos.

Laia me abrazó por los hombros y me confortó frotándome el brazo. Gorka se acercó a nosotras mientras los tres observábamos desde la puerta alejarse la ambulancia.

—Cuando haces un diagnóstico, entregas una parte de ti al paciente, Martina —dijo sin mirarme—. Ellos y sus familias depositan su salud, sus vidas, las vidas de sus seres queridos en tus manos con confianza y fe ciegas en ti. A cambio, tú entregas, o al menos deberías intentarlo, lo mejor de ti mismo para curar o aliviar sus dolencias. Y eso se cobra un precio en tu corazón y en tu alma. Ya nada será igual.

Lo miré, desconcertada. Él sonrió, apocado. Aquellas palabras me habían afectado mucho más que cualquier monserga religiosa que hubiera soltado antes porque salían de él. De Gorka. No de Dios, de San Ignacio, de Jesucristo... Eran suyas propias y me conmovieron.

—Este Gorka es muy intenso —dijo Laia a su lado, con cara de adoración—. Por eso estoy tan enamorada de él. Y, además, tiene toda la razón, Martina. Acaba de definirte muy bien lo que es la vocación.

Pestañeé dos veces, alucinada por su afirmación. ¿Enamorada? ¿Cuánto tiempo llevarían juntos? Un malestar desagradable anidó en mi estómago, pero Laia lo besó con dulzura en los labios y acarició el contorno de su rostro con la yema de los dedos. Él me miró de reojo, algo turbado, pero yo asentí. En realidad, tenía todo el sentido del mundo. Hacían buena pareja. Sonreí al darme cuenta de que siempre he sido incapaz de sentir celos. Es un sentimiento que jamás he comprendido.

—Gracias a los dos por esta tarde. He aprendido mucho. ¿Cuándo hay revisión otra vez? —pregunté, con el móvil en la mano, dispuesta a anotar la fecha en mi agenda y no perdérmela por nada del mundo.

Laia soltó una carcajada mientras que Gorka seguía incómodo y rehuía mi mirada. Peor para él.

—No lo sé, Martina. Depende de mis guardias, las de Gorka, la disponibilidad de la sala cuna... Hagamos una cosa, anota. —Me recitó su número de móvil para que le hiciese una llamada perdida—. Así nos mantenemos en contacto. Te llamaré cuando tenga la próxima fecha, o te avisaré a través de Gorka. Y me has dado una idea con lo del maletín de medicación. Habla con tu madre para ver si el San Lucas puede colaborar, ¿de acuerdo?

Sonreí, feliz de ser útil. Una sensación muy rara, un óvalo de color dorado y caliente creciendo en mi pecho, comenzó a inundarme.

—De acuerdo. Te informaré en cuanto averigüe algo.

—¡Fenomenal! ¡Menuda manera de terminar el día! —Apoyó la cabeza en el hombro de Gorka y yo sentí que invadía su intimidad.

Me despedí un poco apresurada y volví a la sala donde las enfermeras ya lo habían recogido todo. *Eficiencia* no era la palabra. Eran unas máquinas. Lenucha me esperaba con mi cazadora y mi mochila en la mano.

—¡Iba a salir a buscarte! ¿Qué tal la bebé?

—La ambulancia se la ha llevado con oxígeno y broncodilatadores. Dicen que estará bien —informé con aprensión—. Gracias por coger mis cosas.

—¡Martina, espera! —Gorka irrumpió con un gesto casi cómico. Laia lo seguía detrás, un poco desconcertada—. ¿Tienes cómo irte a casa?

—He venido en coche. Lena, ¿y tú? —Me volví hacia mi amiga, preocupada. Eran casi las diez de la noche. Supe por su cara cuál era la respuesta—. Gorka, Lena vive en Pirque y no tiene cómo volver. Ya la llevo yo, que sé dónde es.

—No sé si me gusta que andéis solas a estas horas —replicó Gorka, con cara de fastidio. Lo vi sacar el móvil del bolsillo—, aunque sea en coche.

—¿Qué vas a hacer con ese móvil? —pregunté con suspicacia.

—Voy a llamar a tu padre.

—¿Que vas a llamar a quién? —Se acabó la tregua. Laia debió de alucinar. Pobre. Lo sentía por ella. Le tocaba presenciarme en versión furia berserker—. ¡No empecemos, Gorka, que nos conocemos! ¡Tú no vas a llamar a nadie, y menos a mi padre!

—Martina, tranquila. Creo que tengo la solución —dijo Lena en un intento de bajarme del Jörmundgander* en el que cabalgaba. Casi ni la escuché.

—Espera, Lena. ¡Tengo el coche aparcado aquí mismo! Tardo media hora en llegar a Pirque, dejo a mi amiga en su casa, aviso a mi hermano, ¡que NO a mi padre! —recalqué, señalando cada palabra con el índice apuntando con él a Gorka—, cuando salga, y en cuarenta y cinco minutos estoy de vuelta. ¡Fin de la discusión!

Laia nos miraba de manera alterna a mí y a Gorka, con la mandíbula descolgada y los ojos como platos. No entendía nada y lo buena y cariñosa que había sido conmigo me hizo sentir obligada a darle una explicación.

—Eh... Hum... —comencé a balbucear algo inconexo, pero me detuve un instante a considerar mis palabras. Cuidado, Martina. Laia era la pareja de Gorka. No podía meter la pata—. Laia, Gorka es más que mi profesor de Orientación. —Me pareció que el páter Gorostiza iba a ser víctima de un ictus cerebral al oír aquello, así que aceleré un poco mi explicación—. Es como una especie de

* En la mitología nórdica es una gigantesca serpiente marina que ronda Midgård hasta el día del Ragnarök.

hermano mayor. Su padre y mi padre se conocieron en la universidad y nuestras familias son amigas. Eso hace que se muestre excesivamente protector conmigo y me monte escenitas como esta.

Diría que el suspiro de alivio de Gorka se oyó hasta en San Petersburgo. Yo me eché a reír y Laia también. Lena nos miraba a todos como si estuviésemos locos.

—Pero, Martina, Gorka tiene razón, vas a llegar a Pirque casi a las once de la noche —dijo Laia con dulzura. A mí me dio una rabia atroz ver que se ponía de su parte y me entraron ganas de gritarles a todos que se fueran a la mierda—. Hasta allí vas a estar con Lena, pero ¿y a la vuelta? ¿Una hora sola?

—¡Encerrada en un maldito coche! —grité frustrada.

Lenucha me agarró de la mano.

—Martina, *plissssssss*. ¡Escúchame! —me rogó. Empecé a hiperventilar. Lo identifiqué agazapado en el rincón más lejano de la habitación. El ataque de ansiedad, con sus ganas de querer morirme, la taquicardia, la angustia, el nudo en el pecho, la ausencia de control de la situación. Lena buscó con los dedos mi otra mano y la apretó—. Mírame, Tina. Respira. ¡Respira!

No. Me negaba a tener un ataque de ansiedad delante de la pareja dorada. Fijé los ojos en los de mi amiga, apreté sus manos y me concentré en respirar.

—Respira. Eso es. Vamos a mi casa. —Asentí. Exhalé, despacio. Mi corazón martilleaba dentro de mi pecho—. Llamamos a Magnus para avisar. Te quedas a dormir conmigo. —La miré un par de segundos. ¿Por qué no se me había ocurrido a mí? Era una buena idea. Se me escapó una sonrisa y la ansiedad se desdibujó un poco—. Mañana tendrás que levantarte una hora antes para ir a clase, porque yo no vivo a quince minutos de la universidad —dijo con una mirada pícara. Solté una risita. La ansiedad se evaporó por completo—, pero podremos ponernos al día, que hace mil años que no nos vemos y seguro que a mi madre le gusta que te quedes, que no te ve desde hace todavía más.

Nos abrazamos. Y necesitaba ese abrazo. Sentí que mi cuerpo se desmembraba como siempre que me atenazaban emociones muy intensas y Lena me contuvo con fuerza durante un minuto largo. Quizá más.

—Vamos, Gorka. Lena ha sido más lista que tú y que yo —dijo Laia tirando de él hacia la salida del edificio—. Chicas, hay que irse. El guardia tiene que cerrar la puerta principal y son más de las diez y media de la noche. ¡Hasta la próxima!

Noche de confesiones

El viaje hasta Pirque se hizo corto entre risas y confidencias. Tan tarde, las calles estaban desiertas y en algún semáforo reconozco que sentí un poco de aprensión. Cuando llegamos a la casa de Lena, las dos respiramos tranquilas. Por supuesto, Adriana y Magnus habían hecho una fiesta al saber que tenían el ático para ellos solos.

Nacha, la madre de Lena y Adriana, nos esperaba con una cena tardía en la cocina. El aroma de los bocadillos Barros Luco, con carne y queso caliente, y las tazas de té humeante hicieron rugir mi estómago. Esperé a que Lena la abrazara.

—¡Mi turno! —dije, feliz de verla de nuevo.

Era la mejor amiga de mi madre, y de las pocas fuera del ambiente del hospital. Se habían conocido en la Escuela de danza hacía ya casi treinta años.

—Martina, preciosa, ¡dichosos los ojos! Sé que vivimos lejos, pero ¿cómo has sido tan ingrata de no venir ni a saludar? —me echó en cara sin contemplaciones mientras me estrechaba en su pecho maternal—. Gracias por traer a Lena. ¿Todo bien? ¿Alguna novedad? ¿Tus padres? ¿Tu hermano? Comed algo, que es tarde.

Así era ella. Te ametrallaba con preguntas sin dejar espacio para ninguna respuesta. A Lena le dio un ataque de risa y nos sentamos a cenar. Yo estaba famélica. El tío Juan asomó la cabeza.

—Hola, niñas. ¡Estáis sanas y salvas! —Nos saludó desde la puerta sin demasiados aspavientos—. Buenas noches. Me voy a dormir, que ya son horas. Nacha, ya se arreglan ellas solas. ¡Ven a la cama!

Nos guiñó un ojo, se arrebujó en la bata de lana que llevaba puesta y siguió a su marido fuera de la cocina. Al día siguiente, en el desayuno, los veríamos otra vez.

Primero devoramos la comida. Después nos llevamos el té al salón y pudimos hablar con un poco más de calma. Sí, la carrera de Enfermería iba bien. Las notas podían ser mejores, pero se le atragantaban las asignaturas con matemáticas. No, no seguía con Tony. Se habían liado durante las vacaciones en Chillán, pero Lena no quiso seguir.

—A ver... ¡Es Tony! Nos conocemos desde siempre. No digo que haya sido un error, pero prefiero tenerlo como amigo. Lo pasamos bien y él insinuó que podríamos tener algo más. Yo prefiero dejar las cosas como están —me explicó mientras se estiraba como un gato persa sobre el sofá. Sus ojos, rasgados y enigmáticos, brillaban, divertidos—. En realidad, es como si nunca hubiera pasado. Seguimos yendo juntos cuando coincidimos en el campus y me está ayudando mucho con el estudio. ¡Resulta que se le dan bien las mates!

Fruncí los labios en un mohín de tristeza fingida solo a medias.

—Antes era yo la que te daba clases particulares. Era una buena manera de vernos un poco más. ¿Qué nos pasó?

Lena soltó una carcajada que amortiguó con uno de los cojines y me lanzó una mirada culpable.

—Tina, pasó que eres demasiado inteligente para mí y no tienes paciencia —dijo sin ambages—. En cuanto no entiendo algo, en vez de explicármelo, te pones hecha una furia. Te entra el ataque, me pones nerviosa y me bloqueas. En vez de ayudarme, es peor.

—Oh. Vaya. —No tenía esa percepción de nuestras horas de estudio juntas. Bueno. Quizá sí. Pensaba que Lena era un poco lenta, pero creía que la ayudaba de verdad—. Lo siento mucho.

—No pasa nada. ¡Ahora he encontrado a mi compañero perfecto para estudiar! Aunque a veces me mire como a un cordero degollado —comentó con una sonrisa pícara—. Cuesta no acordarse de aquella noche a veces. ¿Te cuento un secreto? ¡Folla genial!

—¡Lenucha! —exclamé, fingiendo escandalizarme. Me santigüé cuatro veces seguidas y nos entró la risa floja. Ella me mandó callar. En cualquier momento aparecerían sus padres por la puerta—. ¿Quién eres y qué has hecho con mi amiga?

Bajó la voz y empezó a hablar en un susurro. Casi no la oía, así que me pegué a ella sobre el sofá. Acabamos bajo una mantita, con las piernas entrelazadas y las cabezas muy juntas.

—Tony es un cielo, un buen amigo, un buen compañero —dijo con expresión resignada. Le hablaba al aire más que a mí—, pero nada más.

—¿Qué es lo que te retiene? —pregunté con curiosidad. Ella agitó su melena corta de miel en un gesto enérgico de negación.

—Lo quiero mucho. ¡Es mi amigo! Pero me gusta otra persona —afirmó con rotundidad. Me dio envidia que, con la misma edad que yo, tuviese las cosas tan claras—. No voy a enrollarme con él solo porque es divertido y nos viene bien.

—¿Y quién es la otra persona? —Me moría por saberlo, pero Lena desvió la mirada y se echó a reír.

—Prefiero no decirlo. Además, no lo conoces —aseguró con excesiva rapidez; al menos, eso me pareció.

Insistí un poco más, pero ella se cerró en banda hasta que nos quedamos en silencio. Solté un bostezo y me estremecí, estrechándome contra su cuerpo cálido, muerta de sueño.

—De eso nada. ¡Ahora cuéntame tú! Y no me vengas con tu ristra de matrículas y sobresalientes —dijo mientras me empujaba sin contemplaciones—. Supe lo de Gorka.

Solté un ronquido despectivo. Cómo no.

—Lo sabéis todos. Debe de saberlo todo el San Lucas.

—A mí me lo contó Dana. Estaba furiosa contigo porque le hiciste la cruz —dijo, divertida. Apoyó el mentón en las rodillas y suspiró—. Quería saber mi opinión sobre lo que había pasado.

—Bueno, eres su hermana. Yo también le pido consejo a Magnus cuando tengo un problema. —Me encogí de hombros e hice un gesto displicente con la mano. Supongo que el tiempo me había dado perspectiva y ya no me dolía tanto lo que había pasado—. ¿Y qué opinas? Me encantaría tener una visión un poco más objetiva de todo esto.

La miré con atención. Lena se giró, me cogió de las manos y clavó sus ojos felinos en mí.

—Le dije la verdad, Martina. Que sabía perfectamente que Gorka te gustaba y eso lo convertía en intocable. Que, si se supone que sois mejores amigas, al menos debería haberse sincerado después de que pasó y no mantenerte en la inopia como si fueras idiota.

Así. Sin anestesia. Se me llenaron los ojos de lágrimas.

—Vaya.

—Sé que duele, pero es la verdad. Y sé que la has perdonado, cosa que me alegra y me da un poco de rabia a la vez —reconoció con una sinceridad tan aplastante que me dejó descolocada. Estaba tan acostumbrada a los subterfugios y manipulaciones de Adriana, a ese tira y afloja que nos traíamos, que la manera tan frontal de Lena me dejó fuera de combate. Sorbí por la nariz—. Dana es encantadora, es cariñosa y dulce, te envuelve y te atrapa en sus redes y no te suelta porque te quiere solo para ella. Siempre me he preguntado por qué tú y yo, que tenemos casi la misma edad, y somos más parecidas en la forma de ser, no hemos sido nunca íntimas.

—¡Somos muy amigas, Lenucha! —protesté, sorprendida por su alegato. Sin embargo, una revelación comenzó a forcejear en algún punto de mi entendimiento. Un destello fulgurante que iluminó con fuerza mi ceguera al respecto.

—Lo somos, pero no con la intensidad que lo eres con Dana. Cada vez que nos hemos acercado, ella se ha interpuesto —comentó, con su risa traviesa. Se apartó el flequillo de la cara y me miró, divertida—. ¿Recuerdas cuando cumpliste diez años? Te regalé un collar de cuentas de vidrio de colores que te chiflaba. Dejaste todos los otros regalos de lado y no te separaste de mí. Sabías lo mucho que me había costado desprenderme de él, porque yo lo adoraba, pero quería que fuese tuyo. Como era tan largo, nos lo pusimos en el cuello las dos.

—¡Lo recuerdo! —exclamé, rescatando la memoria de mi cerebro—. Adriana quería verlo a toda costa y no le hicimos caso. Tu madre le dijo varias veces que nos dejase en paz. Acabó por tirar de él y romperlo. ¡Cómo lloramos las dos! —dije con tristeza. Todavía lo guardaba en mi joyero infantil—. Muchas piezas se rompieron y el agujerito para meter el hilo era tan minúsculo que fue imposible enhebrarlo otra vez. Nunca pudimos arreglarlo.

—Yo me fui corriendo de allí muerta de la pena y la rabia. Guardo el momento en que las bolitas de colores rebotaron en una lluvia brillante sobre el parquet de tu salón como uno de mis recuerdos más tristes —dijo Lena con nostalgia.

Apreté su mano y comprendí lo que quería decirme.

—Y Adriana me abrazó, me consoló, y me dijo que no pasaba nada, que conseguiríamos otro collar y que mejor leíamos el libro que me había regalado ella. —La revelación se abrió paso en una epifanía con toda gloria y majestad—. Tú y yo no volvimos a hablar. Dana se quedó conmigo el resto del cumpleaños... y te desplazó del sitio que tú ocupabas junto a mí.

—Una de tantas veces, Martina.

Me pregunté si no era tarde para recuperar el tiempo perdido. Yo adoraba a Adriana, pero lo que decía Lena era cierto. Me acaparaba. Me retenía. Se apropiaba de mí. Y cada vez que tenía un drama en su vida, o un chico le gustaba, entonces yo era la perfecta confidente y depositaria de sus fascinantes historias, porque, y lo tenía muy claro, yo no tenía vida más allá de lo académico para ella. Si quería contarle algo sobre un viaje, algo interesante de mis vacaciones en Noruega o alguna de mis inquietudes, me escuchaba durante aproximadamente unos diez minutos, y volvía el foco de atención hacia su persona. Tendría que reflexionar sobre ello.

Miré la hora. Eran casi las dos de la mañana.

—¡Lenucha! —siseé, escandalizada—. ¿Has visto la hora que es? ¡Mañana me voy a dormir en clase! ¡Necesito mínimo siete horas de sueño para ser una persona normal!

Ella se echó a reír y me abrazó. Me dio un beso en la mejilla y las puntas de su melena corta y loca me hicieron cosquillas en la cara.

—En cuanto me cuentes cómo vas con la lista de objetivos que hiciste para este curso, nos vamos a la cama.

Solté otro ronquido de los míos. Eso era fácil.

—Pues puedes ir levantándote, porque es bastante corta. Vamos.

La seguí hasta su habitación. Sonreí porque era como entrar en un libro de cuentos. Apretó el interruptor y múltiples lucecitas iluminaron una pared de la que colgaban pequeñas fotos de la pandilla. Mientras buscaba un pijama para mí, estudié las imágenes. Había una de nosotras dos, de hacía algunos años, yo todavía con el aparato fijo en los dientes, y ella con las trenzas largas y la cara aún redonda.

Se acercó a mí y me pasó la ropa. Le señalé la foto.

—¿Puedo quedármela?

—No, pero te haré una copia. Y ahora desembucha. La lista. ¿Cuáles no y cuáles sí?

Nos desnudamos entre risas al contarle que no era más popular entre mis compañeros, por lo tanto no había conseguido ser delegada de clase; que el fiasco de Gorka me había gafado en mis relaciones con los hombres, y que seguía más virgen que la de la capilla del hospital.

—¡No seas sacrílega! —dijo, riendo—. ¿Qué más?

—Ahora un sí. Me he hecho dos tatuajes. Mira. —Le enseñé el pequeño fonendoscopio en mi muñeca e hizo un sonidito tierno con la boca—. Y este otro.

Terminé de desnudarme para enseñarle mi espalda y articuló otro sonido muy distinto. Un gemido que habría identificado como sexual.

—¡Joder, Martina! —Me di la vuelta, asustada por su reacción—. ¡Es espectacular!

—¿En serio te gusta? ¿No es un poco...?

—¡Es sexy, rompedor, impresionante y encima te queda de muerte en esa espalda! —Me hizo girar de nuevo y pasó los dedos por mi columna vertebral—. ¿Qué significa? Porque está en noruego, ¿verdad? La tipografía es extraordinaria. Delicada y a la vez poderosa y sensual.

—«Mejor guerrera libre que princesa encadenada» sería una traducción bastante exacta —dije un poco cortada y a la vez feliz por su reacción.

Me abrazó. Fue un poco raro, porque yo estaba con las tetas al aire, pero ella no me permitió alejarme. Sonreí. Todos me soltaban cuando me apartaba. Lena nunca, como Magnus, o mis padres.

—El significado es todavía mejor. ¡Te define a la perfección! ¿Y qué más? ¿Qué falta de tu lista?

Me puse su pijama negro de Victoria's Secret y me reí porque los pantalones me llegaban a la mitad de las pantorrillas.

—Nada más. Cinco objetivos antes de los dieciocho años: ser más popular, ser delegada de curso, sacar las mejores notas, hacerme un tatuaje y perder la virginidad. —Se me escapó una carcajada, divertida, y Lena me mandó callar poniéndome las manos en la boca—. Pensé que solo cinco serían una meta más que razonable y ya ves. Falta menos de un mes para que sea mi cumpleaños y no he cumplido ni la mitad.

Nacha se asomó por la puerta con el rostro soñoliento y toda la pinta de querer asesinarnos. Nos habló a las dos, pero fulminó con la mirada a su hija.

—¡Niñas! Son las tres de la mañana. ¿Qué hacéis despiertas? —susurró de manera que parecía que nos regañaba a gritos—. ¡Meteos en la cama ahora mismo! ¡Vamos!

Salió de la habitación y apagó la luz sin contemplaciones. Lena me empujó con un suspiro.

—Métete tú primero. Yo duermo del lado de la mesilla; tú, del lado de la pared.

Nos acomodamos entre risitas y susurros. Las sábanas olían a suavizante y a la colonia de Lena, un aroma a limpio, de bebé. Hacía frío. Pegué las plantas de los pies a los suyos y soltó un siseo. Me hizo cosquillas y yo me encogí, haciendo verdaderos esfuerzos para no romper en carcajadas. Tardamos varios minutos en serenarnos. Cuando ya se me cerraban los ojos y mi respiración se había acompasado, Lena me despertó.

—Los objetivos que has cumplido son los mejores. Lo de ser popular... ¿De verdad quieres ser popular? ¿Como Dana? Lo mismo con ser delegada —susurró de manera casi imperceptible en la oscuridad.

Lo pensé bien. Que me apreciaran por mi aspecto físico o por el éxito que tenía con los chicos no casaba con la idea que tenía de mí misma. Además, me quitaría tiempo para estudiar.

—No. Tienes razón. Además, no puedo evitarlo. —Suspiré con resignación y me hundí bajo las mantas—. Soy insoportable.

Lena se echó a reír y me cogió de la mano. Tenía los dedos tibios, pequeños y ágiles. Pensé que se habría quedado dormida, porque no dijo nada más durante un buen rato, pero, cuando mis ojos se cerraban de nuevo, volvió a hablar.

—En cuanto a perder la virginidad... —Me despejé de golpe. Ella se incorporó y buscó mis ojos en la oscuridad. Los suyos eran dos puntos brillantes una vez te acostumbrabas a la negrura—. Táchalo de tu lista, Martina. No lo tomes como un objetivo. Todo llegará.

—Eso me decís todos los que ya habéis tenido sexo —dije con lógica aplastante—. No conozco a nadie sin experiencia que me haya dicho lo mismo. ¡Corrección! No conozco a nadie sin experiencia —subrayé con amargura. Esa era la triste realidad. Yo era la única virgen del grupo.

—La primera vez suele ser un fiasco, Tina. En serio. Más vale que bajes tus expectativas. —Se diría que buscaba convencerme a toda costa. Se estrechó contra mi cuerpo y nos cubrió a ambas con las mantas—. No vas a sentir que has cambiado. Lo más probable es que sientas dolor, incomodidad en el mejor de los casos; en el peor, que sea todo una mierda.

Vaya. ¿Dónde quedaban los relatos de placer, orgasmos infinitos y caricias expertas de Dana? Tardé un buen rato en replicar a aquello.

—¿Fue así para ti? Explícamelo bien. Necesito saberlo.

Lena soltó un gemido.

—No es que me guste mucho recordarlo, pero sí. Fue una auténtica mierda —confesó tras unos segundos de silencio—. En una tarde de estudio, después del colegio. En último año.

—¿Con ese chico con el que salías? ¿Cómo se llamaba? ¿Ramón?

—Ramón. Ramón... ¡Mamón, más bien! Cero experiencia, cero cuidado, cero cariño —farfulló Lena, enfadada. Soltó una risita amarga—. Éramos dos adolescentes cachondos perdidos, con más curiosidad que cabeza, y lo hicimos todo demasiado rápido, más preocupados por el resultado final que por el camino para llegar hasta ello.

—Lo siento. Siento que haya sido así.

—No lo sientas. ¡Una y no más! Ahora sé lo que quiero, lo busco, ¡y lo pido! Bien clarito —dijo con una seguridad que me desconcertó. Aquella Lena, la que manejaba la situación mientras vacunábamos a los niños, la que me decía las cosas de frente y sin subterfugios, era una Lena desconocida para mí—. Por eso te lo digo. No lo busques. Vendrá solo, Martina. Y lo más probable es que no sea como esperas.

—Hum... pues gracias por avisar. No pensé que sería así, después de lo de Gorka y lo de Many. —Rememoré las sensaciones de mi cuerpo. El calor en mis labios. La electricidad que recorría mi piel. El placer intenso y punzante del vacío que clamaba por ser completado en el interior de mi sexo—. Ni con Lucas.

Lena se giró hacia mí y apoyó su rostro en el codo. Mis ojos ya se habían acostumbrado a la oscuridad y distinguía a la perfección sus facciones.

—Pero vamos a ver... ¿Lo de Gorka no había sido un chasco? ¿Y Many? ¿Qué demonios ha pasado con Many? —Me dio un manotazo en el hombro y tuve que sofocar una exclamación de dolor—. ¿Y quién mierda es Lucas?

Miré la hora. Pasadas las cuatro. Fuera como fuese, mañana era un día perdido, de manera que, ¿por qué no aprovechar aquella noche de confesiones y confidencias? El vínculo que Lena y yo compartíamos siempre había sido especial, pero, después de eso, las cosas cambiarían para siempre entre nosotras.

—Lo de Gorka fue increíble... hasta que se me ocurrió comentarle, así de pasada, mi condición virginal. Yo no sabía que una erección podía desaparecer tan rápido. —Lena se echó a reír y yo con ella, amortiguando nuestras risas con las almohadas de la cama—. En cuanto a Many, nos besamos una vez en Mallorca. ¡Solo una vez! —expliqué al ver la expresión atónita de mi amiga—, pero fue muy intenso. Tanto, que pensé que me deshacía entre sus brazos. Estábamos en la playa, a la vista de todos, creo que si hubiéramos estado en otro lugar quizá... —Suspiré. Quizá, quizá.

No valía de nada pensar en modo condicional—. El caso es que lleva evitándome desde que llegamos de vacaciones. Hace más de un mes que no hablamos. Y Lucas fue un rollo de una noche, ¡de unas horas, mejor dicho!, que Many reventó el día de los chupitos de tequila.

—Joder, Tina. ¿El día de la agresión? Eso sí que me lo contó Adriana, pero como lección de que podría pasarnos a nosotras en cualquier momento —dijo, buscando mi mano a tientas. La apretó—. Te llamé varias veces, pero desistí. Quería hablar contigo, no mandarte unos wasaps. Era un tema demasiado grave.

—Lo sé. Pero esos días evitaba el móvil todo lo que podía y más. Mis padres y Magnus me tenían muy vigilada —informé, algo culpable. Debí devolver esas llamadas. Nunca me acordaba de cuidar de las personas que me querían porque lo daba siempre por sentado, y eso tenía que cambiar—. El caso es que Lucas y yo nos besamos y sentí lo correcto. Lo que debía sentir. ¿Sabes que me había invitado a ir a su habitación de hotel? Si no llega a intervenir Many...

—Tina, estás como una cabra.

—Lo sé. Ahora lo pienso y me entran escalofríos. No sé qué se me pasó por la cabeza. —Recordé que estaba dispuesta a marcharme con aquel desconocido, meterme en su cama y acostarme con él. Y quizá aparecer en los periódicos al día siguiente—. Fue una noche muy rara. No era yo.

—No es solo eso. ¿Sentir lo correcto? ¿Lo que debías sentir? —Negó con suavidad y sonrió con dulzura—. No se trata de eso, Martina. No tienes que ponerle adjetivos.

—¿Cómo que no? Tú misma has dicho que follar puede llegar a ser una mierda, y que puede ser doloroso o incómodo. Eso son adjetivos.

—¡Hay que ver qué memoria tienes! —protestó, enfadada—. Me refería a la primera vez, no al sexo en general. ¡No puedes calibrar tus sensaciones mientras estás follando! *Esto-es-un-poco-correcto-me-está-tocando-una-teta* —dijo con voz mecánica, imitando con mucho acierto a un robot. Me reí entre dientes, ¡qué idiota!—. *Esto-es-correcto-me-voy-a-correr-esto-es-incorrecto-me-mete-un-dedo-por-el-culo...*

—¡Lenucha! —la interrumpí entre risas. Tuvimos que atenuar de nuevo las carcajadas con las almohadas. Hacía mucho tiempo que no me reía así... con ronquidos, con la alegría desbordando entre mis dedos, incapaz de contenerla, al tiempo que las lágrimas escapaban de mis ojos de felicidad y no por frustración, rabia o cualquier otra emoción negativa.

—Ya sabes lo que quiero decir. Eres inteligente —dijo ella en medio de un bostezo. Las palabras comenzaron a espaciarse y a hacerse inconexas a medida que hablábamos. El sueño nos vencía—. ¿Por qué no vienes este fin de semana con Tony y conmigo a esquiar? En Chillán me he hecho experta. ¡Pasaremos el fin de semana juntas!

—No. Tengo que estudiar neuroanatomía. El último examen fue una debacle —dije espesa y ya medio dormida.

—Many también estará allí... —canturreó para tantearme mientras se daba la vuelta y daba la conversación por finalizada.

Un destello de esperanza relampagueó en mi pecho.

Lo que somos

—Magne, no es por nada, pero tu hermana tiene razón. —Adriana arrugó la nariz de manera tan sexy y deliciosa que tuve que mordérsela. Ella se echó a reír y me apartó—. Estas sábanas apestan. ¿Cuánto hace que no las cambias?

Fruncí el ceño y me revolví el pelo. ¿Cuándo había sido la reunión con mis padres? ¿Tres semanas? Me dio asco hasta a mí.

—Un par de semanas —contesté, evasivo.

—¡Magnus! —Utilizó ese tono de voz acusador e infantil que me encantaba. Parecía una niña pequeña con una pataleta—. ¡No pienso follar contigo así! ¿Dónde tienes las sábanas limpias?

Apreté los labios y la miré sin tener ni idea de qué responder. Aventuré una respuesta que me pareció obvia.

—En el armario.

Adriana me echó una mirada penetrante y se levantó de la cama. Se vistió con mi camiseta y mi bóxer, tirados por el suelo, lo que me pareció muy sensual pese a su cara de cabreo, se amarró el pelo en un moño y se puso a rebuscar en mi armario.

—¿Por qué tienes tan poca ropa?

—Tengo un montón de ropa sucia para lavar.

—¿Y por qué no la lavas?

Me pareció demasiado patético confesar que no tenía ni idea de cómo se utilizaba el puto cacharro del demonio, con el que casi había provocado una inundación. Improvisé.

—Tenemos la lavadora estropeada.

—Pues llama a un técnico.

—Está todo controlado.

Adriana me miró con suspicacia.

—¿Estás seguro? Porque aquí no hay sábanas. Si no aparecen sábanas limpias, no follas. Así de sencillo.

Puse la casa patas arriba mientras Adriana sacaba sus libros. Tenía que estudiar y yo también, pero mis prioridades eran claras. Busqué en el armario de la entrada, pero solo había abrigos y zapatos. Lógico. En el del salón me encontré con un pequeño arsenal en caso de holocausto zombi: linternas, pilas de recambio y hasta velas. Era bueno saberlo. Pero nada de sábanas. Gruñí, frustrado, y me cabreé más todavía al captar la risita divertida de Dana, sentada con las piernas cruzadas sobre el sofá, estudiando.

Tenía prohibido entrar a los dominios de Martina, pero era una causa de fuerza mayor, así que subí al piso superior. Me picó un poco el amor propio comprobar que olía a limpio, que la cama estaba hecha y que... me incliné a olisquear las sábanas... sí. Aroma a suavizante, así que tenía acceso a ropa de cama lavada. Pensé en mandarle un wasap y preguntarle, pero me pareció demasiado humillante y ya había sido suficiente con el momento gasolina. Tenían que estar por allí.

Abrí todos los cajones de la enorme cómoda de mi hermana y al menos tuve la satisfacción de comprobar que tampoco le quedaba demasiada ropa, y eso que tenía un vestidor del tamaño de mi habitación. Busqué en su interior. Nada. Ni toallas ni sábanas. ¿De dónde cojones habría sacado aquellas? Estuve tentado en coger las de su cama y trasladarlas a la mía, el fin justificaba de sobra los medios, pero no quería desatar su ira sobre mí. Cuando llegaba cansada y con hambre a casa, se ponía muy peligrosa.

Me desplomé junto a Adriana en el sofá con aire dramático.

—¿Nada? ¿No has encontrado las sábanas?

Negué con la cabeza. Llevaba más de media hora buscando.

—¡Oh! ¡Pobrecito! ¿Te vas a quedar a dos velas hoy? —dijo con una sonrisa maliciosa. Cerró el libro de inmunología, tapó el marcador y se levantó del sofá—. ¡Qué pena!

—Dana, no seas mala. ¡He mirado por toda la casa! —protesté, airado. Ya no se me ocurría por dónde más buscar—. ¿De verdad vas a dejarme así por unas sábanas de nada? Podemos hacerlo en el sofá —ofrecí mientras posaba mis manos en sus caderas sensuales. Deslicé los dedos bajo los elásticos de mi bóxer y busqué las aristas de sus huesos—. O en la alfombra. O en la mesa. ¿Por qué tiene que ser en la cama?

Se dio la vuelta y sonrió. Creo que le gustaron mis propuestas. Antes de que se arrepintiera, la hice arrodillarse allí mismo, en la alfombra. Yo no me había molestado en vestirme y su rostro quedó a la altura perfecta frente a mi erección.

—¿No se supone que es el anfitrión quien tiene que agasajar a la invitada? —bromeó ella. Me besó muy despacio en el muslo y me estremecí.

—¿Quieres que te agasaje? —Mi voz sonó más amenazadora de lo que pretendía y los ojos de Adriana brillaron. Acaricié la línea angulosa de su rostro con la punta de los dedos y encerré su moño en la mano. La empujé con cierta impaciencia—. Abre la boca, Dana. Tengo un regalo para ti.

Y ella obedeció. Y yo me puse a mil.

Rodeó mi polla con sus labios dulces y comenzó a succionar con suavidad. Cerré los ojos y me dejé llevar. Necesitaba más, quería más. Penetrar su garganta, someterla con furia, poseerla con violencia. Pero ella era melosa, mimosa, tierna. Ronroneaba mientras me hacía salir y entrar de su boca a un ritmo lento y pausado y gruñí de frustración. Estaba muy excitado, pero no era suficiente. La sostuve de la nuca y empujé. Ella se defendió.

—Así es un poco incómodo —se quejó, frunciendo los labios con un mohín ofendido—. ¿No te gusta cómo lo hago?

—Claro que sí —gruñí—. Cambio de tornas.

Tiré de ella hasta que la tendí en la alfombra. Tenía razón, ¿cómo no iba a gustarme? Dejé de lado mi desazón para darle placer a ella. Gateé entre sus muslos y ella me reclamó con una sonrisa invitadora.

—Esto está mejor. ¿A que sí? —ronroneó sobre mis labios—. ¿Por qué no me quitas la camiseta?

—No hace falta —dije mientras levantaba la prenda por encima de sus pechos. Descendí en una hilera de besos que dibujaron su cuello hasta llegar a ellos y Dana me sujetó de la nuca—. Además, te queda a ti mucho mejor que a mí.

Me gustaba trabajar con dedicación sus pezones; castigarlos con succiones y mordiscos; tirar de ellos hasta arrancarle gritos de placer y sentir que se retorcía sin control bajo mi cuerpo. No me importaba posponer el mío.

—¡Fóllame, Magnus!

—¿No decías no sé qué de unas sábanas? —Le tomé un poco el pelo en venganza por haberme tenido dando vueltas por toda la casa—. Es que no me acuerdo.

—¡Argh! ¡No seas malo conmigo! —Buscó mi polla entre nuestros cuerpos sudorosos y quiso dirigirla a su interior. Hum. La apretó con fuerza. Nada mal. Aquello me gustó y me dejé hacer—. ¿No quieres metérmela?

Otra cosa que me encantaba de ella.

—Qué boquita más sucia. ¿Dónde están los condones?

—He empezado a tomar pastillas. A la mierda los condones. ¡Fóllame!

Abrí los ojos. Aquello empezaba a ponerse serio. Más destellos de que Adriana no pedía nada, no exigía nada, pero pronto tendríamos que sentarnos a ponerle nombre a lo que estábamos haciendo. Yo al menos no me había acostado con nadie desde que estaba con ella.

—¿Estás segura, Adriana?

—Por favor, Magnus —rogó con esa voz dulce y lasciva a la vez, de ángel y demonio, que encerraba todos los contrastes y claroscuros de su personalidad dual—. ¡Deja de pensar y métemela de una vez! Quiero sentir tu polla grande, gruesa y dura dentro de mí. Por favor. —Apretó con fuerza mi erección en su mano. Solté un gruñido. Ella gimió—. Por favor. ¿Por qué me haces esperar?

Me incorporé sobre las rodillas, le arranqué el bóxer de un tirón brusco y arremetí entre sus muslos, enterrándome en ella de una sola y violenta acometida. Soltó un grito ahogado.

—*Svarte helvete*, Adriana. Eres puro fuego —gruñí, a medias enfadado y más caliente que una chimenea. Ella se aferró a mi espalda entre sollozos, pero vislumbré una sonrisa triunfante—. ¿Es esto lo que quieres?

—¡Sí! ¡Sí! ¡Sí! —Acompañaba cada embestida con sus uñas en mi espalda y un jadeo ahogado—. ¡Magnus! —me nombró cuando se dejó caer en el orgasmo. Y yo con ella, en una carrera descontrolada al abismo. Me desplomé sobre su cuerpo, agotado.

Joder. Hubiera querido disfrutar de enterrarme en su carne sin condón. Nunca lo había hecho así, a pelo. Por otro lado, me temblaba el cuerpo por la furia con la que acabábamos de follar. Los dos jadeábamos de manera errática, estábamos empapados en sudor, nuestros corazones galopaban, enardecidos.

—¿Estás bien? —pregunté, preocupado al ver que ella seguía con los ojos cerrados y unas lágrimas se deslizaban por sus mejillas. Ella asintió y esbozó una sonrisa lánguida.

—En la gloria —susurró. Me empujó con un gesto desmayado—, pero pesas mucho.

Rodé a su lado y quedé tendido sobre la alfombra. Adriana era asombrosa. Aquello había sido un puto polvazo.

Pero entonces...

Fruncí el ceño. ¿Qué era lo que faltaba?

Pasamos la tarde en el sofá intentando estudiar y tocándonos. Ella me hizo olvidar lo que fuese que en algún momento eché de menos con una buena mamada y yo le devolví el favor. Empezaba a extrañarme que Martina no hubiese vuelto cuando recibí su llamada para avisarme de que se quedaría a dormir en Pirque con Lena. Casi hicimos una fiesta.

Tiré la casa por la ventana y encargamos comida china al Danubio azul. Adiós a ochenta dólares más de mi tarjeta. Esperaba que Martina hubiera sido más responsable que yo y pudiese financiarme los últimos diez días que quedaban de mes.

Dana propuso una escapada romántica para celebrar el final de agosto y puse cara de pánico mientras devoraba tallarines fritos.

—Imposible. Estoy sin blanca. ¿Podemos dejarlo para septiembre? —Adriana me miró con extrañeza y me apresuré a ofrecerle un plan alternativo—. Si quieres podemos subir a Farellones. Hace tiempo que no vamos a esquiar.

—¿Tú? ¿Sin blanca? Explícame eso.

Le conté la última ocurrencia de mis padres, jodido por la sonrisita divertida que iba dibujándose en su cara a medida que le relataba la reunión. Acabó por soltar una carcajada.

—Oye —dije bastante mosqueado—, esos trescientos dólares los gasté por nosotros, no sé si te acuerdas. Así que tú tienes un poco de culpa en todo esto —añadí mientras la señalaba con los palillos chinos—. Si no me hubieses pervertido en mitad del Banana, todo esto jamás habría pasado.

—¿Pervertirte? ¿Yo? Magnus Thoresen Morán, ¡tú naciste siendo un pervertido! —replicó Adriana, muerta de la risa, mientras recogía los cartones vacíos y cerraba los que aún tenían sobras—. Anda. Ordenemos esto un poco y vamos a hacer la cama. Lo del fin de semana en la nieve lo pensaré, en realidad debería estudiar —comentó, preocupada. Yo me chupé los dedos con fruición y me palmeé el estómago—. ¡Y tú deberías hacer lo mismo! ¡Últimamente no das un palo al agua!

—Me pregunto de quién coño será la culpa... ¿Y cómo demonios vamos a hacer la cama? —pregunté, enfurruñado—. Por si no te has dado cuenta, ¡no tengo sábanas!

Me miró como con tristeza. Ladeó la cabeza y compuso una expresión reprobadora que me hizo reír.

—De verdad que a veces los hombres dais pena.

—¿Los hombres? ¿Así, en general? ¿O yo en particular?

Echó a andar descalza hacia mi habitación. Las plantas de sus pies eran hipnotizantes, lo mismo que el bamboleo de sus nalgas cubiertas por la tela negra de mi bóxer, que se insinuaban bajo la camiseta también de mi propiedad.

—Tú, en particular, en este momento me pareces muy tierno. —Se giró y me agarró las mejillas como si fuera un bebé. Me besó en la cara varias veces, muerta de la risa—. ¿No sabes que tu cama tiene un canapé abatible? Seguro que las sábanas están ahí. Vamos.

—Un, ¿qué? —pregunté de mal humor. No me gustaba que se descojonase de mí.

La seguí hasta mi habitación. Se agachó con gesto dramático a los pies de mi cama y me miró con cara de cachondeo.

—Y... ¡magia!

Pegué un respingo al ver que el colchón de dos metros salía volando por los aires con suma facilidad.

—Pero ¿qué haces? —Las sábanas y las almohadas salieron despedidas y me abalancé a sujetarlas. Adriana reía a carcajada limpia, doblada en dos—. Oh. Ya entiendo. ¡Muy graciosa!

Joder. Qué gilipollas. Me asomé al efectivo espacio y ahí estaban. La miré de reojo, pero ahí seguía, llorando de la risa. Sábanas, toallas, mantas, un nórdico y varios tesoros más.

—¡Eureka! —dijo, triunfante, al tiempo que tironeaba de la ropa sucia—. Abre las ventanas, anda. Vamos a ventilar un poco, que aquí huele a adolescente que tira para atrás.

Era ya tarde. En cuanto hicimos la cama y nos metimos bajo la ropa limpia y con aroma a suavizante, noté la diferencia. Adriana exhaló un suspiro de placer.

—Mucho mejor así, ¿verdad?

—Tienes razón —gruñí con fastidio. En general, me gustaba muy poco reconocer que me había equivocado; en especial con ella, porque solía restregármelo durante días—. Pero van a durar muy poco limpias, eso te lo puedo asegurar.

La plaqué bajo mi peso, bocabajo, y comencé a morder y besar su cuello. Sus risitas pronto se transformaron en gemidos. Despejé su nuca y adoré sus hombros. Así era mucho mejor. Ella no podía apremiarme por mucho que se retorciera, me rogara y quisiese ir deprisa.

—¿Por qué? ¿Por qué tan rápido? —pregunté, desconcertado, cuando me pidió que la penetrase a gritos y aún no había recorrido con mis labios ni media espalda.

—Porque me vuelves loca, maldito cabrón —me insultó con la voz ronca—. Porque necesito correrme, ¿lo entiendes? —soltó, agresiva.

Se me escapó una carcajada. Adriana había puesto el culo en pompa, con las rodillas abiertas, y me miraba con cara de tomar por su cuenta lo que yo le negaba.

—Dana, el sexo es el campo de juegos más grande que tenemos los adultos, ¿por qué reducirlo tan solo a un mete y saca sin fin?

—me sorprendí parafraseando a mi padre. Vaya. Curioso momento para acordarme de él. Me arrodillé tras ella. Tenía unas nalgas redondas, firmes. Las apreté con fuerza entre mis dedos y ella gimió—. ¿No te gustaría probar otras cosas?

—Magnus. Si no me follas, te juro que me corro yo sola —me amenazó. Llevó una mano entre sus piernas y comenzó a frotarse con furia. Aquello me puso a mil.

—¡Estate quieta, Adriana!

—¡Ay!

La palmada resonó en toda la habitación. Me ardió la mano de lo fuerte que le di en el culo. Ella se giró, ultrajada, pero al menos conseguí que parara lo que estaba haciendo cuando ya empezaba a dejarse ir.

—¿Se puede saber qué mierda estás hacien... do?, oh, ¡oh! ¡¡Oh!! ¡¡Oh!! ¡Más! ¡Más!

La penetré para que se callase al ritmo de las cachetadas en las nalgas. ¡Así era imposible innovar! ¿Qué probar cosas ni qué experimentar? Me la follé como si no hubiese un mañana, cabreado como un mono y tan excitado que me dolía la polla, y la única manera de paliar el dolor era enterrarme en la calidez tierna de su carne. Me aferré a sus caderas porque se me iba la cabeza. Y encima se puso a gritar cuando se corrió. Dios... me encantaba que fuera tan escandalosa. Era una maldita fiera.

—Joder, Dana. Dana... —la llamé a gritos yo también. Cerré los ojos en caída libre. Sentía las contracciones de su coño en torno a mi polla y me derrumbé sobre su espalda.

Ella se echó a reír entre jadeos. Los dos estábamos empapados en sudor. Yo también tuve que reír.

—Adiós a las sábanas limpias —resopló.

Recuperamos el aliento. Repasamos lo que teníamos que hacer al día siguiente y se enfadó al saber que tenía examen de Neuroanatomía y ni siquiera me lo había mirado. Quise estrangularla cuando me obligó a repasar mis penosos apuntes y, durante una hora, como si fuera un maldito escolar, me tomó la lección. Dirigió mi estudio a lo que ella recordaba que le habían preguntado el año pasado. ¿Lo mejor? El premio a mis esfuerzos en forma de otra bonita felación... que nos llevó a follar como locos... otra vez... y otra...

Desperté como nuevo. Con una mezcla extraña de agotamiento y relax. Adriana y yo habíamos pasado una noche salvaje. La busqué a mi lado y sonreí al ver su melena ondulada desparramada sobre las sábanas. Decidí dejarla dormir un poco más, aún era pronto. Joder. Ver la línea desnuda de su hombro me calentó y tuve que contenerme para no despertarla y volver a hacerle el amor.

Hacer el amor. No follar. ¿Es que había alguna diferencia o era tan solo semántico? Me recosté en las almohadas, crucé las manos tras la nuca y clavé la mirada en el techo. Parte de julio y todo agosto. Y seguíamos en esa conveniente pero ya incómoda indefinición. Adriana no exigía nada, pero comenzaba a percibir que esperaba algo de mí. Y yo no estaba muy seguro de estar preparado. Ni siquiera de querer dárselo.

¿Y por qué no? Aquella noche había sido casi perfecta.

Hice desfilar en mis recuerdos las relaciones que había compartido en los últimos tres o cuatro años. Ninguna importante y, a la vez, todas significativas. ¡Tenía diecinueve años, joder! No quería nada estable, ni compromisos ni mierdas parecidas. Adriana y yo lo pasábamos bien y nos compenetrábamos en el sexo. ¿Para qué complicarnos la vida?

—Hum. ¿Qué hora es? —Se desperezó, soñolienta, como un gatito a mi lado. Su piel caliente y desnuda me llevó derecho a una bonita erección—. No tengo ni idea de dónde está mi teléfono.

—Es poco antes de las siete. Todavía es temprano.

—¿Temprano? ¡Mierda! ¡Voy a llegar tarde! ¡Hace un cuarto de hora que tendría que haber salido! —Se incorporó demasiado rápido y tuvo que sujetarse la cabeza—. ¡Me voy a la ducha! Levántate, necesito sacar una toalla limpia.

—Dana.

—Tengo que lavarme el pelo y no me dará tiempo... ¡Joder!

—¡Adriana! —La rodeé con los brazos. No conocía, no al menos de esa manera tan intensa, su faceta responsable y formal—. Estamos a quince minutos de la universidad. Relájate, fiera. Tranquila. —La besé en la frente y después en los labios. Un aroma almizclado y a la vez dulce me confortó—. Martina y yo solemos salir a las ocho y diez o así para llegar antes de y media a clase. Tenemos tiempo de sobra.

—Claro... Tienes razón —dijo, desconcertada. Nos abrazamos durante largo rato en la cama, pero ella se revolvió, inquieta.

—¿No te gusta estar así? —pregunté, sorprendido. Parecía que le molestaba aquel momento sin sexo; tan solo caricias distraídas y besos suaves.

—¡No, tonto! Pero me levanto todos los días a las seis de la mañana y mi reloj interno me empuja a moverme —contestó con una sonrisa mientras me daba un golpe con la almohada—. Para mí es un lujo no tener que ir con la hora pegada al culo.

Volvió a apropiarse de mi ropa, así que cogí un pijama. No quise ahondar en lo que acababa de pasar, pero me dio la sensación de que Dana huía del soplo de intimidad que habíamos compartido.

—¿Desayunamos? Ya que me obligas a madrugar, por lo menos comamos algo decente —protesté, enfurruñado.

—De acuerdo. Me apetecen tortitas. Anoche me dejaste exhausta.

—¿Yo te dejé a ti exhausta? ¡Pero si apenas puedo moverme! —exclamé con indignación fingida. Y no andaba muy lejos de la verdad. Por no decir que en mi espalda parecía haber ocurrido una pelea de gatos callejeros.

Lo pasamos pipa haciendo las tortitas. Exhibí mis artes culinarias haciéndolas girar en el aire y nos pusimos las botas. Al final, sí que se nos echó un poco la hora encima.

—En serio, Magnus. Tengo que lavarme el pelo. Más ahora que lo tengo lleno de pegotes de Nutella y dulce de leche por tu culpa —dijo a medias enfadada y entre risas—. Recoge tú este desastre mientras yo voy a la ducha. Vamos.

Empecé a fregar los cacharros mientras tarareaba *Magic*, de Coldplay. Disfrutaba cada minuto con Adriana. Entonces, ¿por qué? ¿Por qué no dar el paso? ¿Por qué no arriesgarme? ¿Por qué no salir de mi puta zona de confort e ir un poco más allá? Sabía que ella lo estaba esperando...

—¡Magnuuuuuuuuuuuuus! —lloriqueó a gritos.

Corrí como loco hasta el baño mientras se me pasaban por la cabeza las tragedias más horrorosas. Se había caído en la bañera y me esperaba un espectáculo de sangre y huesos rotos. 131 era el número de ambulancias, eso lo sabía.

—¿Qué? ¿Qué pasa? —pregunté, alarmado, al llegar.

—¡Eres un cerdo integral! —Me llovieron unas cuantas tortas en la cara y yo parpadeé, atontado—. ¿Qué mierda es toda esa montaña de ropa maloliente en la bañera? ¡Haz el favor de sacarla inmediatamente de ahí!

Me costó convencerla. Tuve que jurarle por mis tablas de *snowboard,* mi Stratocaster Fender del 63 y mi estación de juego de la PlayStation que la próxima vez que viniera a pasar la noche a casa las sábanas estarían cambiadas, el baño, prístino y reluciente, y mi ropa, limpia y planchada. Era eso o no volver a tener sexo con ella en lo que me quedaba de vida.

Cuando confesé que no tenía ni puta idea de poner la lavadora pensé que nuestra historia se acababa para siempre.

—Me tomas el pelo.

—No.

Me echó una mirada larga. Eterna. Tenía el pelo envuelto en una toalla y el cuerpo en otra. Quise decirle que estaba muy sexy, pero me mordí los labios. Igual me soltaba otro guantazo y todavía me ardía la cara.

—Anda, coge la ropa. Aunque no sé si decirte que mejor la tires toda a la basura. ¡Qué asco, joder!

La seguí en actitud de máxima sumisión. No era el momento de hacerme el gallito, porque, además, tenía toda la puta razón. Me señaló el tambor y metí ropa hasta donde ella me dijo. Me hizo apretar el resto de la ropa sucia en un cesto.

—¿No hay que echarle jabón?

—¡Jabón te voy a dar yo a ti! Este modelo es de los que tiene depósito para detergente y suavizante de dispensación automática. Aquí están los medidores. Los tenéis llenos. —Me señaló dos regletas, una de ellas tenía una flor. Lo recordaría—. No voy a desafiar tu inteligencia de ameba con nada muy complicado. Tienes que girar el botón hasta donde pone «mixto», ¿de acuerdo? En este lado de la rosca es solo para lavar. Aquí es para lavar y secar. Luego tienes que apretar este otro botón. ¿Entendido?

—Rosca en «mixto», apretar botón. Entendido. —Me acordé de mi madre y de todos sus ancestros irlandeses, españoles y chilenos por dejarme en la inopia—. Gracias, Adriana.

Me sentí un poco más exitoso en la vida.

—Deduzco que tampoco Martina sabe ponerla, entonces.

—Que yo sepa, no. Aunque su ropa de cama está limpia, así que no lo sé.

Se echó a reír, mirando al techo.

—Estos vikingos... Necesito un secador de pelo y algunas cosas más. ¿Dónde...? —Me miró como si fuera un caso perdido e hizo un gesto displicente con la mano. En momentos como aquel, los siete meses que me sacaba me hacían sentir como si fuese diez años menor—. Déjalo. Ya me apaño yo.

Ropa de esquiar

Menos mal que había cambiado el mes. Ver que el saldo de la tarjeta volvía a tener la preciosa y redonda cifra de quinientos dólares me hizo sentir millonaria. Además, Magnus me debía cincuenta dólares; sesenta, en realidad. Le había prestado dinero para sobrevivir la última semana con un interés del veinte por ciento, por su nula solidaridad a la hora de compartir su conocimiento del uso de la lavadora. Solo lo haría cuando terminase de lavar su montaña de ropa maloliente. Debí cobrarle todavía más caro.

¿Vienes el finde con Tony y conmigo a esquiar? ¡Di que sí, anda!

TE HE DICHO QUE NO LO SÉÉÉÉÉÉÉÉ.

Contesté el wasap de Lena número veinte de aquella semana sobre lo mismo y apagué el móvil. Me había propuesto prestar mi total y máxima atención en clase de Neuroanatomía, en vistas de la debacle del último examen. Había sacado un 6. El resto de la clase, excepto Magnus, que había aprobado con un 5 gracias a la ayuda de Adriana, y unos pocos más tan estudiosos como yo, se habían repartido entre los suspensos más humillantes a los aprobados más raspados. No sabía que existía la posibilidad matemática de un cero, pero sí. Varios de mis compañeros así lo atestiguaban.

Tenía que sacar el máximo provecho de las clases o dejar de ir al consultorio y a las revisiones del Hogar, y me negaba a esa segunda opción.

Porque no solo mis notas en neuro se estaban resistiendo. Aún mantenía la ventaja de haber asistido a un buen colegio, pero no podría vivir de rentas académicas eternamente. Así que estudiaba mientras me comía el táper con comida a mediodía, en los trayectos del metro, entre clase y clase mientras mis compañeros tenían algo de mísera vida social; incluso en el cuarto de baño. No me resignaba a perder el único contacto real que tenía con la medicina.

Cuando terminamos la parte práctica en el pabellón de Anatomía, nos retuvieron un momento agolpados frente a la salida.

—Alumnos, después de la hecatombe del último examen, queremos darles la oportunidad de subir la nota en un control de recuperación —dijo uno de los ayudantes de aquel día. Mi corazón dio un vuelco. Perfecto. Borraría aquella ignominia de mi historial—. El lunes próximo, después de la jornada, tendremos un examen de exposición escrita de cuatro horas de duración... —Se detuvo ante los gemidos de desilusión, las protestas e incluso las risotadas amplificadas por la bóveda del pabellón. ¿Cuatro horas de examen escrito? Me pareció cruel incluso a mí—... para que puedan demostrar sus conocimientos en vista de las múltiples quejas sobre la dificultad del examen pasado. ¡Pueden irse!

Los de nuestra mesa agrupamos cabezas en un pequeño conciliábulo.

—¿Qué hacemos? ¿Nos presentamos? Tenemos los apuntes de Martina —dijo Graciela, esperanzada. No había aprobado por muy poco y eso la tenía muy cabreada.

—Por supuesto. —Yo lo daba por hecho—. Es una oportunidad de oro.

—Hummm... no sé. Yo tengo un 5 —dijo Magnus. Cómo no. Miré al techo en busca de paciencia. El señor mediocre atacaba de nuevo—. Creo que paso.

Se creó un debate entre los que queríamos y los que no, hasta que Rodrigo, del que jamás me lo habría esperado porque era con el que mejor me llevaba del grupo, me pidió algo que me dejó en *shock*.

—Martina, tú no deberías presentarte. Por favor, esta vez no —dijo con una voz que era más bien un ruego.

—¿Te has vuelto loco? ¡Por supuesto que voy a presentarme! Quiero una matrícula en neuro al final de este semestre y la voy a tener —afirmé, tan segura como que el sol se iba a poner aquella tarde.

—Y la conseguirás. Pero, si te presentas al examen y arrasas, como haces siempre, subirás la escala de notas y nos perjudicarás a todos. —Clavó sus ojos oscuros y de largas pestañas en mí por encima de la mascarilla—. Por favor, hazlo por nosotros. Es solo por esta vez. La nota promediará con el examen anterior, con lo que seguirás teniendo la calificación más alta, hagas lo que hagas.

—¡Pero un notable es una nota de mierda! —exclamé, ofendida tan solo por la mera propuesta.

—Estoy seguro de que se lo pensará —intervino Magnus, tirando de mí hacia la salida mientras yo resoplaba envuelta en indignación—. Vosotros estudiad el fin de semana. Yo no voy a presentarme, lo tengo claro. ¡Vamos, Martina, tenemos que irnos!

Me arrastró fuera del pabellón mientras yo juraba en español, en noruego, en inglés, en francés y en ruso, que el tío Boris me había enseñado unas palabras de lo más malsonantes y yo era una alumna muy aplicada.

—Pero ¿tú te haces llamar mi hermano, maldito traidor? —grité con todas mis fuerzas cuando nos habíamos alejado unos doscientos metros de mis compañeros y no había nadie que pudiese salir herido.

—Martina. *Liten jente*. ¡Piénsalo bien! —intentó calmarme con el apelativo cariñoso que usaba mi padre, pero a él no le daba resultado. Mis ganas de depilarle las cejas y después los pelos de los huevos con pinzas de las malas se transformaron en una imagen tecnicolor y *full* HD—. ¡Rodrigo tiene razón! ¿Qué ganas tú? ¡Nada! La mayoría va a promediar una nota de mierda con una mediocre para aprobar, y unos pocos tendrán con suerte un 6. ¿Qué quieres? ¿Subir a sobresaliente como mucho? ¡Vamos!

—No puedo hacerlo. No puedo, Magnus. ¡Va en contra de todo

lo que soy! —Esto no tenía nada que ver con las matemáticas, ¡era una cuestión de honor!

—Martina...

—Me presentaré. Estudiaré todo el fin de semana. ¡Y sacaré mi maldita matrícula! —afirmé con obstinación.

—¡Está bien! Está bien. —Levantó las manos en señal de rendición—. ¿Vienes a comer algo?

—No. Tengo cosas que hacer —dije, enfadada.

No era por venganza. Era cierto. Los de segundo salían media hora después de nosotros y quería acorralar, sí, esa era la palabra exacta, a Many. Antes de tomar una decisión y darle una respuesta a Lena respecto a los planes del fin de semana, quería intercambiar aunque fuesen un par de frases a solas con él.

Debía darme prisa, con el temita del examen para subir nota era casi la hora, así que atravesé el patio hasta donde estaban las aulas. Vaya. Ya empezaban a salir, aunque la mayoría seguía dentro, recogiendo cuadernos entre charlas y risas. Entré. Solo quería preguntarle qué tal estaba. Me apetecía saber qué era de su vida. Más que nada, porque me sentía estúpida, porque mis tres wasaps enviados como globos sonda tras las vacaciones seguían ahí, en el limbo de los leídos y sin respuesta. «Hola, ¿cómo vas?» «Te he visto hoy en La Cafeta, ¿hablamos?», y el último, que había estado a punto de eliminar: «¿Te pasa algo conmigo?». De eso hacía ya más de un mes. Y con Magnus, esa vez, no podía contar. Ya lo había intentado y no soltaba prenda.

De pronto noté algo raro y salí de mi ensimismamiento. Frené en seco. Se había hecho el silencio y todos me miraban como si fuese una aparición. Hubo un par de segundos muy extraños. Alguien me identificó, pero me llamó algo que nunca había oído antes y me dio por reír.

—¡Joder! Pero si es Martina Psycho Terminator.

Me volví hacia la voz desconocida. En ese momento la actividad y las conversaciones se reanudaron de golpe y el propietario del apelativo se desvaneció en el anonimato de la masa.

—Es la hija de Erik Thoresen e Inés Morán, ¿no lo sabías? —identifiqué que decía otra voz. Me giré de nuevo.

—La llaman también Martina Frozen, la Virgen del Hielo. Imagínate por qué, aunque yo no lo creo...

—Es una máquina. Todo matrículas y sobresalientes. Por eso Terminator...

—Martina Thoresen. Martina Thor. Martinator. Terminator. ¡Es buenísimo!

Me llevé las manos a las orejas y empecé a hiperventilar. Yo pensaba que Martina Frozen había quedado atrás. No quería seguir escuchando. Identifiqué un movimiento periférico muy rápido a mi izquierda. Adriana se acercaba a toda velocidad hacia mí.

—¡Hola, Tina! —Me abrazó con fuerza y el monstruo verde de la ansiedad se alejó con un chillido agudo—. ¿Qué haces aquí? ¿Has venido a verme? ¿Por qué no me has avisado?

Me cogió de la mano y me sacó de mitad del aula hasta un lugar seguro, cerca de la puerta y lejos de los desconocidos que nos miraban con curiosidad mal disimulada.

Recompuse con rapidez la gelatina en que se había transformado mi cuerpo. Sacudí la cabeza, almacené toda aquella información para procesarla más adelante y sonreí sin que el gesto llegase a mis ojos.

—¡Hola, Adriana! Me alegro de verte. La verdad es que vengo a hablar con Many. Este fin de semana Lena y Tony suben a esquiar y me han invitado, pero quiero hablar primero con él —dije de un modo un poco mecánico. ¿Por qué psicópata? Lo de «Terminator» podía entenderlo—. ¿Sabes dónde está?

—¡Claro! Está por allí, suele sentarse en las últimas filas. —Se giró hacia el fondo de la clase y buscó con la mirada—. Seguro que todavía no se ha marcha... do a comer.

—No. Está claro que no.

Las dos nos paramos unos segundos a contemplar la escena. Many se entregaba con esmero a la acción de comerle la boca a una chica. Muy guapa, por cierto. Ladeé la cabeza con curiosidad. ¿Así sería cómo nos veríamos cuando nos besamos él y yo? Me llamó la atención el movimiento de vacío de las mejillas y cómo salían y entraban las lenguas en el interior de las bocas. Era bastante asqueroso así, en frío. Me dio un poco la risa.

—¿Estás bien? —preguntó Dana a mi lado, preocupada.

—Estoy bien, ya hablaré con él en otro momento. No hay prisa —dije, dispuesta a marcharme de allí a comer algo, olvidarme de Many y decirle a Lena que no contara conmigo—. Ya tengo mi respuesta.

—¿Vienes a comer con nosotros? Magnus me espera en la cafetería.

—Sí. Dame solo un minuto. Tengo que mandarle un wasap a Lena. —No me gustaba dejar cosas pendientes. Tecleé con rapidez.

> Acabo de ver a Many muy bien acompañado, así que ya tengo la razón de por qué me evitaba. No contéis conmigo para el finde en casa de Tony, aunque sí podemos vernos en Farellones. Hablamos luego.

No lo hice lo bastante rápido. Levanté la cabeza y me encontré de frente con Many y compañía morena, pelo largo y vestido muy corto pese al frío que hacía.

—¡Hola, Bambi! ¿Qué haces aquí?

Bambi. ¡Qué bien! La chica soltó una risita mal disimulada. Otro apelativo más para añadir a la saca. Solo permitía que los del núcleo me lo llamaran. Tenía que cortar aquello de raíz. Maldita la gracia que me hacía.

—Hemos quedado para comer. Ya nos íbamos, ¿verdad, Martina? —Adriana me rescataba como tantas veces.

—Sí. Magnus nos está esperando. —Lo que también era verdad.

—Oh, pues vamos nosotros también. Esta es Anita. Es compañera de clase —dijo a modo de presentación, muy muy incómodo—. Anita, esta es Martina Thoresen Morán. Ahijada de Adriana. Es hermana de Magnus y... bueno, con ese apellido es fácil situarla.

Anita forzó una sonrisa y le lanzó una mirada penetrante. Buscó su mano y se la agarró con ademán posesivo. La cara de Many se incendió.

—Hola, Martina. Encantada de conocerte. He oído hablar mucho de ti. —Me dio un beso en la mejilla y yo hice un esfuerzo por no apartarme. Estaba claro que no lo suficiente como para saber que aborrecía los besos de los desconocidos—. Soy la pareja de Many. Llevamos un mes juntos.

Adriana y yo nos giramos hacia él con un movimiento tan sincronizado que parecíamos bailar una coreografía.

—¿Pareja? ¿Estáis saliendo? Pero ¡qué calladito te lo tenías! —Mi amiga le dio un codazo acompañado de una sonrisa cómplice y un guiño cargado de picardía. Yo no moví ni un solo músculo de la cara. Mi corazón entró en estado de criogenización—. ¿Cómo ha sido? ¡Cuéntame!

Mientras Adriana intentaba sonsacar información que yo sabía que Many no iba a proporcionar, hacía mis propios cálculos. Juntos desde hacía un mes. Eso quería decir que llevaban tonteando al menos unas semanas previas. Lo más probable era que llevase fraguándose desde antes de vacaciones... quizá antes de su rotación en España, por lo que nuestro maravilloso beso significaba una sola cosa: que yo para él no era nada.

Mientras Many parecía cada vez más acorralado por Adriana, Anita se dirigió hacia mí. Yo sonreí con cara de circunstancias. Parecía buena chica.

—Eres noruega, ¿no?

—En realidad, nací en Chile, pero tengo doble nacionalidad —dije un poco tensa. Ella se echó a reír como si hubiera dicho algo divertido, pero yo tenía muchas cosas en la cabeza y estaba muy nerviosa. No correspondí.

—¿Por eso llevas puesta ropa de esquiar?

—¿Perdón?

Entonces sí que me perdí por completo. La miré con suspicacia. ¿Se estaba riendo de mí? No me lo pareció. Me volví hacia Adriana, que seguía inmersa en su interrogatorio, sonriendo como una maldita loca. Y luego la psicópata era yo.

—Me refiero a que vas vestida con ropa para ir a la nieve. Esas botas son de refugio. Esas mallas de colores son de esquiar —dijo mientras iba señalando las prendas que llevaba puestas—. La cazadora de Helly Hansen, el gorrito de la cabeza, que por cierto, ¡es ideal! Una vez vi un reportaje de Noruega y todos iban vestidos como tú, por eso lo digo.

Suspiré. No tenía ninguna intención de explicarle que ignoraba el funcionamiento de la lavadora de mi casa, que mi hermano a veces era un poco imbécil y que, en realidad, en Oslo los noruegos eran unos pijos insufribles y ostentosos que se vestían como si acudieran a una boda, así que asentí y le di la razón.

—Sí, sí. En Tromsø, la ciudad de mi padre, todos se visten así. Está en el Círculo Polar Ártico y, claro, hace mucho frío —dije, pensando en que quizá tenía que emplear el superávit de mi cuenta para pagar una colada de emergencia en la lavandería del hotel—. ¡Todos ropa de esquiar!

—¡Lo sabía! —exclamó, entusiasmada, dando saltos y palmaditas.

Parpadeé en silencio. Menuda joya. Lo dicho. Gatos, perros y libros, la mejor compañía.

* * *

La nieve iba a durar muy poco aquel año. El sol castigaba sin piedad las laderas de las montañas, que empezaban a mostrar sus aristas rocosas. Solo quedaban un par de semanas para que acabase el invierno y las pistas hervían de esquiadores apretando los últimos descensos.

—Debí aprovechar más la temporada —dije al ver el cielo azul resplandeciente sobre los picos nevados de Los Andes—. Esto va a estar hasta la bandera.

—Ya sabes —dijo mi padre con las manos en torno a la taza de café mientras contemplaba el paisaje imponente de la cordillera a través del ventanal del salón—, mueve el trasero y sube con los esquíes de travesía en vez de por los remontes. Sal de las rutas habituales.

Solté un gruñido de protesta. Él me abrazó por los hombros y me besó en la sien.

—Si cambias de opinión, ya sabes dónde estoy.

—¿No vas a subir? —pregunté, sorprendida. Negó con la cabeza.

—No. A estas alturas ya estoy harto. Tú no has venido, pero tu madre y yo hemos pasado aquí todos los fines de semana. —Señaló sus pantalones grises de algodón y su jersey de lana de motivos invernales. En otros tiempos hubiese estado como yo, a las ocho de la mañana ya listo con la ropa de esquiar puesta, preparado para abrir las pistas. Papá se hacía viejo y eso me sorprendió—. Prerrogativas de veteranos que ya no hacen guardias. La nieve ya no está en buenas condiciones. Además, Alma y Dan vienen a comer con Juan y con Nacha. ¿Te apuntas?

—No. Comeré en el Subzero. ¡Nos vemos!

Cogí mi mochila rosa inseparable, mi tabla de *snowboard* y me dispuse a caminar hasta la zona fuera de pista que permitía llegar a la góndola de acceso. Sabía que no podría contar con ninguno de mis amigos hasta bien pasadas las once de la mañana. Eran todos unos malditos vagos.

La nieve estaba todavía congelada porque era muy temprano.

Ya había demasiada gente y se pondría peor.

Hacía mucho calor.

Me dio igual todo.

—*Så flott!*—grité con toda la fuerza de mis pulmones mientras me deslizaba por una pista negra, por la que todavía nadie se había aventurado. Me hacía falta el pelotazo de adrenalina.

Me tiré en plan kamikaze. Acariciaba la nieve con la mano al trazar las curvas, levantando un surtidor de escarcha con un estilo tal que me dio pena que Magnus no estuviera allí para grabarme un vídeo. Recorrí la montaña desde la cima hasta el aparcamiento, hasta que los cuádriceps me ardieron y comencé a notar que me dolía la cabeza debido a la hipoglucemia. ¿Las doce de la mañana? Ay. Tragué saliva y me quité los guantes para recuperar mi teléfono.

Tenía un montón de mensajes de Lena intentando contactarme. El último desde el Subzero, donde habían parado a comer algo. Perfecto. La llamé.

—¡Perdón, perdón, perdón! ¡Me he dejado llevar y se me ha ido la hora! —solté de golpe en cuanto empezó a gritarme cuando respondió la llamada—. Voy para allá, tardo veinte minutos. ¿Me esperáis?

—¡Más te vale! ¡O nos iremos sin ti! ¡Traidora asquerosa de mierda! ¡Mala amiga! —me insultó sin miramientos. Oí la carcajada de Tony de fondo y otras voces. Many y... ¿Anita? Ay—. Ven. ¡Ya!

Me subí al telesilla que me dejaba directamente allí, estresada al ver que me pasaba de la hora siete minutos. La llamé de nuevo y un móvil sonó muy cerca. Los cuatro estaban desparramados en una de las mesas de la terraza.

—¡Hola! ¡Pero si estáis comiendo! —dije, sorprendida al verlos con un enorme desayuno desplegado y sin ninguna intención de moverse de allí en al menos una hora—. ¿Y este banquete?

Todos me respondieron con mayor o menor entusiasmo. Many y Anita también estaban allí. No me hizo demasiada ilusión.

—Anda, siéntate. Te he metido prisa porque, si no, hubieses llegado a la hora de comer —dijo Lena con voz de ultratumba—. Estamos de resaca. ¿Quieres comer algo? Hay un café para ti por ahí en alguna parte.

Tony sonrió mientras rebuscaba entre cruasanes, sándwiches y zumos, y me alargó un vaso de cartón con mi nombre.

—Hola, Martina. Estamos un poco perjudicados. ¿Qué tal estás? —Se incorporó con dificultad con las botas de *snowboard* y casi me da algo de la impresión. Al abrazarlo no pude abarcarlo del todo. Su espalda parecía haberse multiplicado por dos—. Hace un montón que no nos vemos.

—¡Tony! Pero ¿qué te ha pasado? ¿Estás tomando hormonas o qué?

Soltó una carcajada, divertido, y me dio un beso en la frente. Yo le eché una mirada rápida a Lena, que se encogió de hombros y sonrió, enigmática.

—¡No, no! Solo dieta y entrenamiento a tope. Estudiar para fisioterapeuta tiene sus ventajas. Tenemos nuestros trucos —dijo con una sonrisa capaz de derretir toda la montaña. Joder, cómo se había puesto nuestro Tony. Además, llevaba el pelo con un corte muy agresivo. No me emocionaba demasiado, era como esos futbolistas horteras, pero la verdad era que a él le quedaba de miedo—. ¿Y tú? Ya me ha dicho Lena que genial con la carrera. Enhorabuena. ¡Come algo! Hemos pedido para un regimiento.

Desayunamos mientras Many y Anita estaban en pleno despliegue de enamoramiento inicial. Risitas, besitos, cosquillitas. Tardamos una eternidad en lanzarnos a las pistas... y empezaron los problemas.

La primera bajada fue un fiasco.

Anita iba más sobre el culo que sobre los esquíes. Lena controlaba un poco más, pero yo me aburrí como una ostra mientras descendíamos por la pista azul. ¡Azul!

Many le explicaba con calma a Anita lo que tenía que hacer, que escuchaba muy aplicada y con cara de susto, aferrada a su cintura, sin bastones. Ese era el nivel. Tony y Lena iban despacio, pero seguros. Yo los seguía mientras miraba con nostalgia a los *riders* que bajaban por las laderas de la montaña por las pistas negras.

Cuando llegamos para coger de nuevo el telesilla, sentí que había perdido unas horas preciosas de mi vida.

—¿Lo intentamos otra vez, Anita? Esto es cosa de práctica —dijo Many en plan caballero andante.

—No lo sé, Manuel. Quizá debería probar lo que hacéis tú y Martina. Parece más fácil —replicó ella mientras señalaba nuestras tablas de *snowboard*. Miró con temor la fila atestada de gente que esperaba para subir—. ¿Qué opinas?

Many la miró, reacio. Yo me aclaré la garganta y contesté por él con una sonrisa.

—Anita, el *snowboard* suele ser bastante más difícil. Eso es lo que dice todo el mundo. Pero, si quieres probar, puedo prestarte mi tabla un rato. —Sería divertido. Y estaba segura de que no duraría ni una hora—. No malgastes el dinero en alquilar una tabla. Es caro y no vale la pena.

—¡Genial! —exclamó con una sonrisa radiante. Many me dio las gracias.

Buscamos una explanada un poco alejada, y Lena me retuvo de

un brazo y me apartó mientras Many le explicaba las nociones básicas con su propia tabla.

—Eres malvada, Martina. ¿Lo has hecho a propósito?

Yo la miré con los ojos muy abiertos.

—¿Qué quieres decir? No tiene sentido que tire el dinero. Que pruebe y ya está —respondí, desconcertada—. Estoy segura de que no le va a gustar.

—¿Lo dices en serio?

—Pues claro.

Me miró con suspicacia y yo fijé mis ojos en ella y asentí con convicción. ¿Por qué decía aquello? En cuanto nos cambiamos las botas y empezó la clase de Many, lo entendí.

—¡Ay! —gritó Anita. Se pegó una culada de campeonato cuando la tabla se deslizó unos pocos centímetros, y eso que ni siquiera había pendiente. Todos reímos a carcajadas, incluida ella. Las caídas del *snowboard*, cuando estabas aprendiendo, eran muy divertidas.

—¡No! —Otra culada más. Sí que era cómico.

—¡Esto es complicadísimo! —lloriqueó Anita cuando mordió la nieve por tercera vez, en esa ocasión de frente. Se sacudió el hielo de la cara y escupió hielo, cabreada.

—¡¡Joder!!

Many corrió a levantarla. Esa vez la tabla se había deslizado unos pocos metros y parecía haberse hecho daño. Ya no nos reímos. Anita lo empujó de malas maneras.

—¡Quítame esto! ¡Quiero irme a casa!

¿Una hora? No aguantó ni veinte minutos. Hicieron falta un montón de besos, abrazos y mimos para convencerla de que siguiera esquiando. Many le prometió que iría a su ritmo y que le daría clases particulares. Tony y Lena se miraban, divertidos. Y yo me harté. Ya eran más de las dos de la tarde.

—Chicos, si no os importa, voy a subir sola un rato —dije con mi sonrisa más radiante—. Quiero ir a unas negras, que hace meses que no vengo, y así vosotros vais a vuestro ritmo. ¿Os parece bien?

—Claro, no te preocupes —contestó Lena. Fue muy lista, yo

creo que me entendió a la perfección. Tony me miró con un poco de envidia—. ¿Nos vemos a las cinco en la góndola?

—Hum... no lo sé. Yo puedo bajar hasta mi casa con la tabla fuera de pista. ¿Cuál es el plan? —pregunté, sin querer comprometerme. En vista del despliegue afectivo de la parejita, prefería pasar tiempo con mis padres.

—Tenemos que estudiar. Yo tengo examen de Biofísica y Lena, de Cuidados de enfermería —respondió Tony con expresión de fastidio—. ¿Y vosotros?

—También estudiar. Hay que empezar a preparar los exámenes de mitad de semestre. Octubre está más cerca de lo que parece —dijo Anita, que se cobijó bajo el brazo de Many como si quisiera marcar territorio.

—Yo uno de neuro el lunes. —Quizá no era mal plan estudiar con ellos, pero acabé por negar con la cabeza—. Aun así tengo que ir a casa a buscar el material. Hagamos una cosa, sobre las seis y media, voy para allá en coche y estudio un par de horas con vosotras. ¿De acuerdo?

—¿Te quedas a cenar? —propuso Lena, esperanzada.

—Ya veremos.

Me alejé de allí dispuesta a exprimir la tarde. Descendieron las temperaturas y la nieve se endureció, las condiciones de las pistas mejoraron. Había hecho bien. No tenía por qué aguantar el ritmo de novata de Anita y menos sus arrumacos con Many. Era desesperante.

Me resarcí en las negras y en mis circuitos fuera de pista ya conocidos con una sonrisa perenne en la cara. Dos *riders* esperaban sentados en una cornisa, sin animarse a lanzarse al vacío. Al ver que yo me tiraba sin dilación, se apresuraron a seguirme. Se deslizaron tras la estela que dibujaba mi tabla y yo me esforcé en el juego de intentar dejarlos atrás, pero eran muy buenos. Cuando llegamos abajo, resollaba y tuve que apoyarme en las rodillas para recuperar la respiración.

—¡Eh, niña! ¡Eres buena, che! ¿Cómo te *llamás*? —preguntó uno de ellos, vestido entero de negro, que se acercó aprovechando que yo estaba sin aliento.

—Soy Martina. Vosotros no os quedáis cortos. ¿Y tú eres?

—Soy Facundo. Él es Tomás. Somos instructores de *snowboard*. Argentinos —dijo con una sonrisa enorme. Correspondí, encantada. Por eso eran tan buenos—. Terminamos la temporada y en breve nos vamos a Europa. ¿*Conocés* bien la montaña, Martina?

—La conozco bien. Llevo haciendo *snow* aquí desde que aprendí a caminar. —De acuerdo, aquello había sonado bastante prepotente, pero era exacto. Los dos se miraron e intercambiaron unas sonrisas depredadoras.

—¿*Conocés* más rutas fuera de pista?

Y entonces fui yo la que sonrió. Aquello me daba la oportunidad de meterme por sitios por los que no podría ir yo sola... porque era peligroso. Y no hablo de peligroso porque podías perderte. Hablo de peligroso porque podías partirte el cuello, provocar una avalancha, despeñarte por un barranco o desaparecer por una grieta. Facundo y Tomás eran los compañeros perfectos. Callaban y escuchaban. Cuando tenía dudas, aportaban su experiencia. Gracias a ellos, descubrí un par de nuevas rutas espectaculares.

Cuando volví a casa, eran casi las siete de la tarde, estaba agotada y no tenía ningunas ganas de coger el coche y menos de ponerme a estudiar. Arrastré a duras penas la tabla de *snowboard* hasta el garaje y la limpié con mimo. Me quité las botas y dejé el resto del equipo en la habitación calefaccionada que teníamos habilitada para ello, y entonces le mandé un mensaje a Lena.

> Esta vez me rajo. Acabo de llegar a casa. He conocido a un par de chicos argentinos y hemos estado arriba hasta ahora. Te mando un par de fotos.

Escogí dos de las mejores, testigos de la tarde alucinante que había pasado, y se las envié. Sonreía yo sola al pensar que al día siguiente había quedado con ellos para seguir peinando las montañas.

De acuerdo, te lo compro, pero mañana me cuentas todos los detalles. ¡Yo no puedo moverme! Y tenemos crisis Many-Anita. No creo que vuelva a esquiar con nosotros en su vida.

Me reí entre dientes. ¡Pobre Anita! Tendría que haber tomado clases particulares con un monitor antes de unirse a nosotros. Pensé en mantener la ilusión de Lena, pero acabé por ser sincera.

Mañana, en principio, no contéis conmigo. He quedado con Facundo y Tomás para mostrarles más rutas fuera de pista. ¡Hablamos! Besos.

Ignoré la retahíla de insultos, de traidora para arriba, que me dedicó en respuesta. Intentaría hacer un hueco para pasar con ellos un rato, pero, mientras me ponía las botas Ugg y marcaba la clave para entrar en casa, no podía parar de mirar las fotos que había sacado con el móvil y las que los chicos me habían mandado ya por WhatsApp. Eran increíbles. Los paisajes vírgenes. El sol radiante. Los picos de roca negra y agresiva contra el cielo azul. Me dolía la tripa de la emoción. Estaba tan absorta que las carcajadas me sobresaltaron cuando entré en el vestíbulo a oscuras.

—... nos iba a decir a nosotros que al final íbamos a acabar todos emparentados gracias a nuestros hijos?

Agucé el oído. ¿La comilona de mis padres todavía seguía de sobremesa? Me quedé inmóvil cuando volvieron a estallar en risas.

—Cuando Tony volvió emocionado y nos contó que él y Lena se habían liado, al principio no me lo podía creer —dijo Alma, la madre de Manuel y Antonio. Vaya. Interesante. Me moví con sigilo hacia la puerta de doble hoja que separaba el salón comedor del vestíbulo—, aunque parece que no van a seguir.

Más risas. Tuve que morderme los labios, ¿cómo era posible que estuviesen tan enterados de todo? Lo bueno de que las puertas estuvieran abiertas de par en par era que las voces llegaban amplificadas y perfectamente audibles hasta mí.

—¿Y qué me decís de Adriana y Magnus? ¿Alguien daba un dólar por que fuesen a durar tanto tiempo? —soltó mi madre con voz traviesa. Ahora las carcajadas tardaron en aplacarse—. Y ya llevan casi tres meses. ¿Cómo van las apuestas? ¿Llegarán hasta Navidad?

—Yo creo que no.

—Yo tampoco.

—Hum... no sé —dudó mi padre.

Las voces se mezclaron unas con otras en un galimatías difícil de entender entre gritos, bromas y pullas. Yo abrí la boca, envuelta en pura indignación. ¿Hacían apuestas? No podía creerlo. La voz de papá destacó entre las demás.

—No subestiméis a Adriana. Magnus está totalmente encoñado. Tu hija es canela fina, Nacha —dijo con tono divertido. Mi tía putativa soltó un gemido resignado con el que supongo que le daba la razón—. Lo tiene enredado en la falange distal de su dedo meñique. No hay más que ver cómo la mira. Es hasta doloroso de contemplar. Totalmente atontado.

Más risas. Mi padre tenía razón. Magnus pensaba con una parte de su anatomía que no era el cerebro.

—Me da un poco de pena Martina. Ha quedado un poco descolgada ahora que Many está saliendo con esa chica, ¿cómo se llama? ¿María? —comentó Nacha. Casi suelto una exclamación de protesta. ¿Pena? ¿Yo le daba pena? ¡Yo no tenía por qué darle pena a nadie! Casi descubro mi posición de la rabia que me entró, pero me contuve a tiempo. Aquello estaba demasiado interesante como para hacer una reivindicación sobre mi estatus perfectamente válido sin pareja.

—Anita. Es una compañera de clase. Muy maja. Muy simpática... pero no le llega a Martina ni a la suela de los zapatos —comentó Dan, el padre de Many y Tony. Ay. Casi se me derritió el corazón. Lo adoraba—. Pensé que, después de lo que había pasado entre ellos en Mallorca, podían haber llegado a algo, Inés.

¿Cómo? ¿Mamá les había contado lo del beso? No. No podía

ser. ¡No mi madre! Imposible. No podía creer semejante traición por su parte.

—No sé lo que pasó, solo sé que algo. Y yo también tenía la misma esperanza, pero está claro que nos equivocamos todos —contestó ella a la defensiva. Ya decía yo. Vaya. Así que no era la única decepcionada con el comportamiento de Many... también mis padres y los suyos. Ja. Qué ironía.

—Martina le impone demasiado. Le da miedo. Se ha buscado a alguien más fácil de manejar —afirmó Dan de forma rotunda.

—De todas maneras, ¡son muy jóvenes! Ninguna de estas relaciones durará demasiado —intervino mi padre con tono filosófico. Oí cómo vertía un líquido en cristal—. Y hay que brindar por eso. Porque, a su edad, nada es definitivo. ¡Y mejor que así sea! ¡Por la juventud! *Skal!*

—*Skal!*

—¡Salud!

Vaya. Vaya, vaya, vaya.

Me quedé unos minutos más, para ver si podía escuchar alguna otra revelación jugosa, pero la conversación siguió otros derroteros y me di cuenta de que estaba famélica. Me deslicé hasta la cocina y encendí la luz. Ya daba igual si me descubrían.

Engullía salmón con patatas y cebolla cuando mi madre entró a la cocina con una bandeja llena de copas vacías.

—¡Hola, hija! —dijo, sorprendida—. ¿Cuándo has llegado?

—¡Hola, mamá! Hace ya un rato, perdona por no avisar. Estaba muerta de hambre —respondí con la boca llena. No era mentira. Segundo plato que estaba en proceso de desaparecer—. ¿Queda postre?

Se echó a reír y me acercó una fuente con flan tras dejar la bandeja. No me serví una porción. Ataqué el dulce a cucharadas.

—¡Martina! —protestó, airada. Me puso un platito con cara de asesinato y me dio un abrazo, pero lo ignoré.

—*Beklager, mamma!**

* «Perdón, mamá», en noruego.

Tenía demasiada hambre, y aquello estaba de muerte. Los demás comenzaron a llenar la cocina en busca de café y dulces, en diversos grados de afectación por el alcohol. Era divertido contemplar a adultos a los que quieres y que conoces desde siempre en aquel estado.

Mi padre me dedicó algo más que un saludo cariñoso y se quedó conmigo mientras tomaba el café.

—¿Todo bien?

Me estudiaba con su mirada siempre imponente, tan solo un poco vidriosa por el whisky. Asentí. Le enseñé las fotos de las rutas fuera de pista. No hizo ningún comentario al verme en ellas con dos hombres desconocidos, aunque vi la línea apretada de sus labios y cómo se endurecieron sus ojos azules.

—Tendrás que llevarme a conocer esos nuevos recorridos.

—Mañana iremos a conocer algunos más... si estás de acuerdo —me apresuré a añadir al ver que volvía a poner cara de no gustarle nada lo que acababa de decir.

—De acuerdo. Es solo que... —Lo miré, interrogante. Se notaba que le costaba reprimir lo que de verdad quería decirme. Mi madre lo tenía bien aleccionado sobre los alegatos machistas, la coartación de la libertad y la educación en igualdad. Se lo había dicho mil veces: «No le digas a Martina nada que no le dirías a Magnus»—. No te expongas a peligros innecesarios, *liten jente*. Y no hablo de grietas en el hielo o avalanchas. Me entiendes, ¿verdad?

Me miró, preocupado, y deslizó su enorme mano, llena de asperezas, por mi rostro. Yo di un salto y le eché los brazos al cuello.

—*Jeg elsker deg, pappa!** No lo haré. Te lo prometo.

* «Te quiero, papá», en noruego.

Decisión difícil

Eché un vistazo a lo que me pondría aquella mañana. Había sido una buena idea llevar parte de la ropa sucia a Farellones. Magnus se había puesto muy celoso cuando, al llegar el domingo por la noche, aparecí con un montón de prendas recién lavadas y planchadas.

—¿Te lo ha hecho mamá?

—Solo me ha ayudado —dejé bien claro. Además, la lavadora era el mismo modelo que la del ático, así que ya no necesitaba que me revelase sus secretos. Había tomado buena nota de cómo lo hacía mi madre y aproveché para preguntarle todas mis dudas para controlarla a la perfección. Pero eso, por supuesto, no pensaba decírselo.

Así que ya contaba con ropa decente para varios días. No más Martina estrafalaria. Magnus se asomó a mi vestidor con una taza humeante en la mano para mí, única razón por la que no lo eché de mis dominios a patadas.

—¿Has decidido qué vas a hacer con el examen?

Acepté el café y reprimí el impulso de echarle la caballería encima. Solté un suspiro y me escudé tras la taza para no contestar de inmediato.

—No lo sé. La verdad es que no he estudiado mucho. Solo un poco el sábado y anoche cuando llegué. —Me sentía un poco culpable, pero había valido la pena cada segundo en la nieve—. Intentaré repasar algo más a lo largo del día.

—Estás a tiempo de hacer algo altruista por tus compañeros, hermana.

—¡Vete a la mierda!

No le tiré la taza porque le tenía mucho cariño. Me concentré en hacer lo que mi madre me había enseñado: empezar la semana con buen pie. «Los lunes son siempre difíciles. ¿Por qué hacerlos peores? Pon buena música, ¡baila!, ponte algo bonito. Píntate los labios. Rescata un recuerdo que te haga sonreír.»

Así que programé mi lista favorita en el móvil, escogí mi conjunto rosa de Victoria's Secret y el vestido gris con puntitos blancos de franela, que era cómodo y me quedaba genial. Y mientras me dejaba llevar en modo automático por la rutina de la mañana, rememoraba con una sonrisa el fin de semana.

Increíble. Esclarecedor. Frustrante.

Increíble, porque había recorrido kilómetros y kilómetros de montaña con la tabla, no solo enseñando mis secretos a Facu y Tomás, sino descubriendo lugares nuevos que rabiaba por enseñarles a los míos. Me dolían todos y cada uno de los músculos del cuerpo, tenía la cara curtida por el sol y el viento, y todavía me duraba el subidón de adrenalina y endorfinas.

Esclarecedor, porque me di cuenta de lo sobreprotegida que había estado siempre por mis amigos y mi familia. Fueron muchas cosas las que hablamos durante las horas compartidas en ese fin de semana. Me sorprendí confesando secretos y anhelos de los que no había hablado ni siquiera con Magnus: mi incapacidad de sentir, mis problemas para llegar a los chicos, mi fama de apisonadora cruel. Con los demás siempre minimizaba, hacía creer que no me importaba. Pero ¿cuántas noches me había pasado en blanco intentando entender qué era lo que hacía mal? Facu y Tomás se habían reído de lo lindo de mí. Me abrazaron, me contaron que me entendían, porque... «¿*Sabés*, Martina? Somos gais y conocemos bien lo que es ser incomprendido, más en un país donde las apariencias y el qué dirán importan más que cualquier cosa». Y luego, porque liaron un porro de hachís y, por segunda vez en mi vida, intoxiqué mi cerebro y, en esa ocasión, no acabé en Urgencias, aunque fuera un poco surrealista.

Unos golpes en la mampara de cristal me sacaron de mi ensueño. Magnus.

—¿Qué pasa? ¡Ya sabes que no me gusta que me molesten cuando me estoy duchando! —grité, cabreada. Por algo le tenía prohibido subir a mi espacio personal salvo gravedad extrema, y no me parecía que estuviese al borde de la muerte.

—Martina, son casi las ocho. ¿Te pasa algo? —preguntó, preocupado—. Tienes bollos de canela de los que mandó mamá en la cocina. Solo he subido porque llevas más de media hora en la ducha.

—¡Joder!

Le arrebaté la toalla de las manos y me sequé a toda velocidad. ¿Sería el efecto de la marihuana? No solía despistarme así. Mi hermano estaba listo y me miraba con cara de evaluar si me había vuelto loca.

—¿Todo bien?

—Sí, sí. Todo bien. Gracias por avisarme. En diez minutos estoy abajo. —Lo empujé con amabilidad hacia las escaleras y me vestí a la velocidad de la luz, me sequé el pelo lo mínimo para no pillar una neumonía y agradecí mi buena costumbre de dejarlo todo preparado la noche anterior.

—Martina, estás muy dispersa —dijo Magnus de camino a la facultad mientras yo devoraba un bollo—. ¿Seguro que estás bien? Hace tiempo que no hablamos.

Solté un ronquido divertido.

—Claro. Dana te tiene abducido. Creo que has bajado de peso y todo de tanto «ejercicio». —Agarré su michelín inexistente bajo el jersey—. Hasta se te notan las costillas.

—¡No digas tonterías! Y no solo follamos. También estudiamos, salimos por ahí y hacemos planes —replicó, indignado. Yo estaba dispuesta a darle el beneficio de la duda, pero no fui capaz de esconder la incredulidad—. Aunque no te lo creas, me ayuda. Sabe lo que ha caído en los exámenes de años anteriores. Sus apuntes no son tan buenos como los tuyos, pero sí identifican lo importante.

—Me alegro, Magne. De verdad. —Sonreí. Era cierto. Sus notas, poco a poco, mejoraban con discreción.

—En serio estás bien, entonces. Si pasara algo, me lo dirías.

No era una pregunta, era una afirmación. Porque sabía que era verdad. Era al primero al que acudía cuando algo no iba bien; cuando necesitaba interpretar lo que me ocurría; cuando mamá no estaba cerca, o no convenía que lo estuviese, o era algo que mejor no supiera jamás; como cuando hicimos desaparecer el móvil de papá porque se me cayó al suelo mientras peleábamos por él para llevárselo, y la pantalla se hizo trizas. Lo tiramos a la acequia de riego que está junto a la parcela de la casa de Lo Barnechea. Teníamos siete y nueve años. Magnus y yo hicimos un juramento de hermanos de no decir jamás ni una sola palabra... y hasta ahora.

Lo abracé con fuerza. Le di un beso en la mejilla impregnado de azúcar y canela. No merecía la pena contarle lo de Many. Era agua pasada.

—Sabes que sí.

Clase de Neuroanatomía a primera hora. Repaso para el examen de la tarde. Perfecto. Empleé mis cinco sentidos al máximo para aprovecharlo y llegar con todo bien fresco. No podía despistarme. Intenté ignorar las miradas inciertas que me lanzaban mis compañeros de mesa, a los que había respondido con evasivas amables sobre si iba o no a presentarme. ¡Qué obsesión! Graciela comentó que había pasado más de catorce horas al día estudiando y me entró cargo de conciencia. Quizá debí olvidarme de la montaña y ponerme a empollar... pero cada vez que pensaba en lo bien que lo había pasado...

Volví a sacar el móvil. Había visto aquellas fotos al menos cien veces y seguí con el análisis de mi fin de semana. Había sido increíble y esclarecedor, sí. Sin embargo, tras despedirnos como si nos conociéramos desde siempre en el aparcamiento, me marché a casa con una intensa sensación de pérdida, que se transformó en una frustración creciente. ¿Qué más me había perdido en todos esos años? ¿Qué otras cosas tenía el mundo para ofrecerme? Había pasado tanto tiempo colgada de mi hermano mayor, buscando siempre su protección, su refugio, que había vivido más su vida que la mía. Y todo por mi culpa; por miedo; por pereza; por comodidad. ¿Qué hubiera pasado si, en vez de pegarme siempre a él, me hubiese arriesgado? Tenía que empezar a volar sola de una vez.

A la hora de comer, conseguí aislarme de todos en un rincón de la cafetería. Llevaba mis auriculares enormes de color fucsia fosforescente, lo que en cualquier lugar del universo significaba: «Vete de aquí. Quiero estar sola», pero algún imbécil con cociente intelectual de ameba no entendía los mensajes subliminales y me los quitó de la cabeza. Casi le encajé el atlas de neuroanatomía entre los dientes.

Vaya.

Era Many.

—¡Hola, Bambi! Al final no nos vimos ayer, ¿qué tal tu día de *snowboard*?

Creo que me rompí un colmillo al rechinar los dientes. Aun así, conseguí corresponder a su sonrisa de cordero degollado. Lo miré con suspicacia.

—Hum... Hola, Many. Estuvo genial, todo el día en rutas fuera de pista con Facu y Tomás, los chicos argentinos —dije sin querer dar más detalles, pese a su expresión interesada—. Pero tengo examen para subir nota de neuro, ya sabes. Estoy repasando.

—¡Bah! Pero si tú no lo necesitas. Te echamos de menos ayer. Anita preguntó por ti.

—Sí, seguro que quería que volviese a prestarle la tabla de *snowboard*.

De verdad que no lo dije con mala intención. Solo quería que Many se fuera, pero él se echó a reír con ganas.

—¡Pobrecita! No es muy deportista que digamos, pero le pone empeño. Ayer le fue mejor. —Se sentó a mi lado en la mesa y apoyó la cabeza sobre el codo con expresión soñadora. ¿Qué parte de «tengo examen» y «estoy repasando» no había entendido? Se puso serio de repente—. ¿Qué te parece? Anita, digo. Sé que da la impresión de que es un poco superficial, pero eso es al principio.

Cerré el tocho de neuro y parpadeé un par de veces. ¿En serio me pedía opinión sobre su novieta? ¿A la que había visto dos veces en mi vida? Opté por la manera noruega de hacer las cosas.

—No la conozco. No puedo opinar. Tengo que estudiar.

Me coloqué los cascos de nuevo en la cabeza, le di un toque al auricular derecho y comprobé con placer que Mozart conseguía que me concentrase a los pocos segundos, en un reflejo condicionado que llevaba entrenando desde primaria.

—Pero ¿qué impresión te ha dado? ¿Qué te dice tu instinto femenino? —insistió Many, que volvió a quitármelos. Él no lo sabía, pero se estaba jugando la vida... o, al menos, una ortodoncia.

—Yo no tengo de eso.

—¡Venga ya, Bambi! ¡Eres mi amiga! ¿No me vas a dar tu opinión?

Uno, dos, tres, cuatro segundos en los que consideré mis opciones.

Volarle los dientes.

Decirle la verdad.

Dejarlo pasar.

Solté un suspiro cansado y estuve a punto de darle una respuesta enlatada tipo: «Es muy maja, seguro que seréis muy felices» o algo así. Probablemente Many sabría que estaba fingiendo, pero me dejaría en paz y yo podría estudiar tranquila para el maldito examen.

Pero llevaba casi dos meses sin hablarme, después de que nos habíamos dado un beso en Mallorca que, para mí, había significado muchas cosas; después de que me había dicho que me deseaba, y no con palabras, no... encerrando en mi mano su erección al punto de la fusión nuclear. Y, de pronto y sin venir a cuento, ¿resultaba que yo era su amiga del alma y me pedía consejos amorosos y mi intuición femenina sobre su nueva pareja?

Pues no.

Cogí mis cascos, los plegué y los guardé en su funda, y le presté mi plena atención.

—Mira, Many, ¿quieres saber mi opinión sobre Anita? ¿Con sinceridad?

—Sí. Por favor. Me encantaría —contestó con una mezcla de ilusión y entusiasmo. Pobre.

—A ver. Es muy mona. Muy bonita. Muy «tú» —dije al tiempo que apoyaba el índice sobre su pecho. Lo que iba a hacer no era muy justo, utilizar información privilegiada de una fuente no permitida, pero yo siempre jugaba en desventaja—. Te gustan las chicas agradables y complacientes, que puedas manejar y que no te compliquen demasiado la vida. —Su expresión se volvió un poco desconcertada, pero me pareció que mi disparo no había dado lejos del blanco—. Espero que compartáis otros intereses además de los deportes de montaña, porque por ahí no hay mucho que hacer. —Intenté imprimirle un tono jocoso, pero me quedó más bien burlón. Lo sentía mucho. Demasiados años de Martina Frozen—. Por otro lado, parece que hay mucha química sexual entre vosotros, y eso siempre suple muchas carencias. Y estáis empezando. Daos un margen. Ya lo puliréis por el camino.

Metí el atlas de neuroanatomía, los cascos y el táper vacío en la mochila a toda prisa. Mierda. Ya era la hora de volver a clase y no había repasado ni un veinte por ciento de lo programado. Cogí lo demás entre los brazos.

—A veces no tienes ni idea de lo cruel que puedes llegar a ser, ¿verdad? —dijo Many cuando ya me alejaba de la mesa.

Me di la vuelta, sorprendida por el tono agresivo y dolido de su voz. Su sonrisa de enamorado había desaparecido. Estaba tenso, cabreado. Yo me encogí de hombros.

—¿Cruel? Me has pedido sinceridad. Eso es lo que hacen los amigos —repliqué, y también me permití soltar un poco las riendas que sujetaban mi propio enfado y tristeza—. Los amigos no dejan de hablarte durante semanas, ¡qué digo!, meses. Los amigos enfrentan las situaciones si ha pasado algo entre ellos. Los amigos dicen la verdad, aunque duela.

Iba a decirme algo, pero, a medida que escuchaba, su postura de hombros cuadrados y mandíbula alzada se fue desinflando.

—Martina. Bambi...

—No quiero que me llames Bambi nunca más. Soy Martina. Si acaso, Tina. Pero no me llames Bambi. Jamás. Lo odio. A ti te lo toleraba, no sé muy bien por qué. —Era ahora o nunca. No sería capaz de reunir el valor de decírselo en ninguna otra ocasión—. Eso se acabó. ¿Me has oído? Martina o Tina.

—De acuerdo, Martina. O Tina.

Asentí. Estaba a punto de marcharme. Iba a llegar tarde a clase de Salud Pública. Pero entonces recordé mis cuentas y aproveché mi momento de valentía para salir de otra duda a la que llevaba dándole vueltas desde que lo vi con Anita en plan ventosa.

—Dime una cosa, Many. Cuando tú y yo nos besamos en Mallorca... ¿ya estabais juntos, Anita y tú? Antes de marcharte a España, ¿ya se fraguaba algo? —Lo contemplé con curiosidad. Quería ver su reacción. Había varias posibilidades y sonreí cuando se confirmaron mis sospechas. La ganadora fue la culpa. Culpa. Culpa.

—Martina...

—Los hombres sois todos unos cerdos. Lo siento por Anita. Qué manera más triste de empezar una relación.

—¡Martina, espera!

Me siguió mientras yo apretaba el paso hacia el aula magna. No eché a correr porque no quería darle la impresión de que su confesión me había afectado de alguna manera. Yo ya lo sabía. No tenías que ser Einstein para entender que su reacción tras el beso, unido al hecho de su reciente noviazgo o como demonios se llamara lo que tenía con Anita, era más que delatador.

—Many, vas a llegar tarde a clase, y yo también. No te preocupes, ¡no pasa nada, de verdad! —aseguré con una sonrisa luminosa que lo exoneraba de cualquier cargo—. Os deseo lo mejor a los dos.

Me retuvo del brazo y di un frenazo en seco. Se me cayó al suelo todo lo que llevaba entre los brazos y que con las prisas no había metido en la mochila.

—*Svarte helvete!*

Mi estuche mal cerrado con todos mis Pilots, marcadores, lápices, un par de Támpax de emergencia, unas pinzas del pelo, un paquete de caramelos Halls y el boli de inyectarme la adrenalina para la alergia. Todo desparramado por el suelo. Qué bien. Me entraron ganas de llorar.

—¿Te cabe todo esto en un estuche? No quiero ni pensar en lo que hay en tu mochila —dijo Many con miedo reverencial.

—No quieras saberlo.

Nos agachamos a recoger mis pertenencias. Tardamos varios minutos y sé que perdí algún marcador. Cuando metí todo en mi mochila y traté de escabullirme, aunque no sabía si a la profesora de Salud Pública le habría dado por bloquear la puerta, Many volvió a sujetarme del brazo.

—Many, por favor. ¡Voy a llegar tarde a clase! —le rogué en un sollozo reprimido—. ¿Qué más quieres de mí?

—Yo... lo siento, Tina. —Me soltó y cerró los ojos un par de segundos—. Lo siento, ¿vale?

Me entró un wasap en el móvil. Menos mal. La vibración me recordó que tenía que apagarlo antes de entrar a clase. Al ver quién escribía, mi humor cambió. Tomé una decisión que no pensé que tomaría jamás y decidí que Many tenía que dejar de ser un problema.

—No lo sientas. —Le di un abrazo, un beso en la mejilla y supe que había pasado página. El mensaje ayudó—. Cómprale unas flores y unos bombones a Anita. Y págale unas clases particulares con un monitor de esquí. Quiere complacerte y aprender.

—¿Tú crees? Todavía cojea de las caídas del sábado.

No pude evitar reírme.

—¡Claro que sí!, pero la presionaste demasiado y le entró pánico escénico —dije, nerviosa. No paraba de mirar el móvil una y otra vez—. El próximo fin de semana, id los dos solos y dedícaselo a ella.

—¡Tienes razón! ¡Gracias, Bam... Martina!

Y por fin se fue, en paz conmigo, consigo mismo y con el mundo.

El wasap era de Laia.

> Martina, vamos a vacunar a los niños que nos faltaron la semana pasada en La Pintana, y aprovecharemos para revisar a los bebés que tenían obstrucción bronquial, que eran muchos. ¿Te animas?

La sonrisa no me cabía en la cara.

Cuenta conmigo.

Tenía que afrontarlo. No había estudiado lo suficiente. Me arriesgaba a hacer el ridículo en el examen de recuperación. Y Magnus tenía razón: contaba con una oportunidad de oro para ser una buena compañera.

Antes de guardar el móvil, le envié un mensaje.

No voy a presentarme al examen de Neuroanatomía. Dile a los de la mesa que pueden estar tranquilos. Tampoco voy a ir a clase esta tarde, tengo algo que hacer. Me llevo el coche al jardín de infancia de La Pintana, aviso por si tienes pensado llevar a Adriana. Volveré tarde. Besos.

En vez de entrar en el aula magna, me di la vuelta y me dirigí hacia una parte de mi mundo por la que suspiraba y que apenas había pisado en ese primer año de carrera: el edificio principal del Hospital San Lucas.

Antes de subir por las elegantes escaleras de mármol y entrar en la enorme mole de acero y cristal, leí el mensaje de Magne, al que acompañaban ochenta emoticonos del grito de Munch. Solté una carcajada.

¿Quién eres tú y qué has hecho con mi hermana pequeña?

Mayoría de edad

Tenía unas horas para preparar el maletín de medicación. No esperaba que Laia me convocase tan pronto, pero poseía un arma secreta: mamá. Seguro que estaría liada con la consulta de cardio; también que me haría un hueco para ayudarme.

Llamé a la puerta y entré al oír su voz enérgica y femenina invitándome a entrar en su despacho. Tuve suerte, estaba sola. Alzó su mirada gris con sorpresa.

—¡Martina! ¿Tú por aquí? ¿No tienes clase? —Me abrazó y cerré los ojos al sentir sus labios en mi frente y su aroma fresco y dulce. Estaba en casa—. Pasa. Tengo un rato hasta el próximo paciente. ¿Quieres un cafecito?

Era una pregunta retórica, ya estaba con las tazas en su pequeña cafetera. Había muchas cosas que definían a mi madre, y la bebida fuerte, con un punto de leche y sin azúcar, era una de ellas.

—Esta tarde tengo algo importante que hacer y necesito que me ayudes: voy a la sala cuna de La Pintana, la del Hogar de Cristo, a pasar consulta de pediatría con Laia González —solté de golpe, a ver si así pasábamos rápido por encima del hecho de saltarme las clases, cosa que aún me daba cargo de conciencia—. Tengo la misión de preparar un maletín de medicación ambulatoria a medias con ella, pero no tengo ni idea de por dónde empezar. Vi muchas bronquiolitis, y fiebres, y piojos. Diarreas... —Saqué de la mochila mi preciada libreta de notas y repasé la consulta de la semana anterior—. A ver... dermatitis atópica, vómitos, tos, mocos, candidiasis del pañal. Problemas de higiene. Problemas de nutrición. Yo diría que, a grandes rasgos, eso.

Alcé la mirada y vi que tenía una sonrisa enorme y orgullosa.

—¿Qué?

—¡Oh, nada! —Apartó sus ojos, iguales a los míos, y pareció centrarse. Se acercó a un armario blanco y lo abrió de par en par—. Veamos. En casa guardo más muestras médicas, pero, por hoy, podemos apañarnos con esto. —Me acerqué y creo que me picaron las manos con ganas de robar todo lo que mamá guardaba allí. No solo las medicaciones, de las que no tenía ni idea, sino los juguetes, bolígrafos, bolsitas y demás regalitos de colores brillantes. Yo era peor que los niños pequeños. Veía colorines y purpurina y se me iban los ojos—. Lo primero, ¿tienes un maletín?

—No.

Vaya. La miré de reojo. Ella soltó una carcajada y negó con la cabeza. Revolvió entre varias mochilas y bolsones de congresos y sacó una enorme bolsa de Toshiba. La miré, interrogante.

—Es de los ecocardios. Así no les hacemos publicidad a las compañías de leches artificiales —dijo con un guiño travieso. Yo sabía que era una acérrima defensora de la lactancia materna, pero no pensé que hasta ese punto—. Tiene cremallera y varios bolsillos. Te servirá por el momento. Ponla en el suelo y ábrela. Empecemos por lo básico. Fiebre, gastroenteritis y bronquitis obstructivas... Cremas para la dermatitis y la candidiasis...

Cuando terminó, me sentía como si fuera el día de Navidad.

Casi no podía con la bolsa. Mi madre ofreció llevarme a casa en coche al acabar la consulta, pero no quería esperar. A veces se retrasaba más allá de las seis y yo quería estar a esa hora en La Pintana. La llené de besos en agradecimiento.

—¡Martina! —me llamó cuando ya abandonaba su despacho. Me giré con dificultad, con una piruleta de fresa en la boca. Hacía años que no probaba una de esas—. ¿Qué quieres hacer este fin de semana por tu cumpleaños? No nos has dicho nada.

—Oh. Mi cumpleaños. Mi mayoría de edad. —Solté una risita. Tanto cacareo y expectativa, y resultaba que a pocos días se me había olvidado. Recordé que quería hacer una fiesta apoteósica, con mucha gente, porque, para ese momento, habría cumplido mi objetivo de ser más popular—. Nada especial, mamá. Lo de siempre. Una merienda con el núcleo, quizá algunos más.

—¿No quieres hacer una fiesta? —preguntó mi madre, sorprendida de mi poco entusiasmo—. ¿Algo como lo de Magnus?

No. Definitivamente no algo como lo de Magnus, que había montado una bacanal que se le había ido de las manos y mi padre le había prohibido organizar fiestas durante un año.

—No, no. En casa, en Lo Barnechea. De tarde. Y no quiero que nadie se quede a dormir. —Quería dejarlo bien claro. Teníamos los exámenes de mitad de semestre al empezar octubre y nos esperaban dos semanas muy duras—. No ando muy entusiasmada con esto de mis dieciocho años y necesito estudiar.

Ella esbozó una sonrisa triste y me desnudó el alma con la mirada.

—Lo sé, mi niña. No es fácil. La carrera no es fácil, la vida no es fácil, ser una Thoresen Morán no es fácil... —El teléfono del despacho sonó y yo agradecí la interrupción, que me daba la oportunidad de tragarme el nudo que se había formado en mi garganta—. Tengo que volver a la consulta. El próximo paciente me espera desde hace un rato. ¿Quieres que quedemos algún día para pasar una tarde de chicas? —propuso justo después de colgar.

Mi madre me conocía demasiado bien.

—¡Sí! Será un buen regalo de cumpleaños y aprovecharemos para hablar. Gracias por esto —dije mientras levantaba con dificultad la bolsa—. Te cuento qué me dice Laia.

—Si necesitáis cualquier otra cosa, aquí estoy, hija. Ya lo sabes.

Solo sonreí.

* * *

Cuando llegué a La Pintana con mi botín de medicamentos, Laia me miró como si fuera Papá Noel. Abrió la enorme bolsa encima del escritorio y alineó todos los botecitos y cajas con una enorme sonrisa.

—Solo faltan cámaras espaciadoras para los inhaladores, pero eso puedo conseguirlo yo. ¡Está fenomenal, Martina! —me felicitó con un abrazo y yo me derretí, contenta de ser útil por fin—. ¿Preparada para la consulta de hoy? Mira que estamos tú y yo solas, sin enfermeras. ¡Tenemos que hacerlo todo nosotras!

Vaya que si noté la diferencia. Los bebés, y sus madres, me hicieron sudar la gota gorda. Eché de menos la eficiencia con la que desnudaban y manejaban a los niños pequeños y, sobre todo, eché de menos la compañía de Lena.

Había menos niños, y el resto de la consulta fue muy parecida a la vez anterior. Me había dado tiempo a revisar las bronquitis obstructivas y las gastroenteritis, así que al menos no me sentía tan ignorante sobre lo que las madres contaban y lo que Laia les decía. Un sentimiento intenso parecido a la felicidad, no sabía con exactitud qué era, me invadió al ver que Zoe, la pequeña que había ido en ambulancia a Urgencias por el problema respiratorio, seguía con inhaladores, pero estaba mucho mejor.

—Es un sentimiento de realización, Martina; de trabajo bien hecho; de deber cumplido —explicó Laia entre risas cuando intenté expresar lo que sentía—. Es normal que te cueste describirlo, ¡estás en primero de carrera!

—Es que no me gustan las imprecisiones. Me gusta definir bien lo que siento. Y esto es importante —dije emocionada. Era lo que buscaba al estudiar Medicina. Ayudar. Servir para algo—. Sé que debo tener paciencia, esmerarme en estudiar, rendir académicamente... pero necesito este rayito de esperanza.

Soltó una carcajada que me confortó el alma. Me abrazó. La ayudé a ordenar todo como estaba y dejamos que el guardia de seguridad cerrase el edificio. No era tan tarde como la vez anterior, solo las ocho y media. Me di cuenta de que los días empezaban a hacerse más largos y eso me hizo sonreír también.

—Oye, Laia, ¿tienes guardia este fin de semana?

—No, ¿por?

—Este sábado celebro mi cumpleaños. ¿Te gustaría venir? —Ella sonrió, sorprendida por mi invitación—. Puede acompañarte Gorka si quieres.

—¡Claro! Ahí estaré.

* * *

Amanecí igual que siempre. No me sentía diferente. De hecho, me encontraba regular porque me había bajado la regla para aguarme la fiesta de cumpleaños y me dolía un poco la cabeza. Por lo menos hacía buen día. Me fui a la cama de mis padres y me tumbé entre los dos.

—Bueno. Es oficial. Tengo dieciocho años —dije con un suspiro.

—*Gratulerer med dagen, lille datter!**

Me abrazaron y me cubrieron de besos, y, por una vez, no los aparté.

—¿Has pensado ya qué quieres de regalo? Es la primera vez que no nos has pedido nada. Se me hace raro no tener nada para ti —comentó mi padre. Era cierto. Les había insistido hasta la saciedad, de hecho, hasta amenazado. No quería que me comprasen nada—. Deberías tener un recuerdo bonito de tus dieciocho años.

—Sí. Quiero dinero —respondí muy seria. Empezaba a cogerle el truco a lo de los quinientos dólares de límite a la tarjeta, pero me vendría bien tener un poco de margen para los imprevistos.

Mi madre soltó una carcajada y mi padre arrugó la frente, desconcertado.

—¿No querías renovar tu portátil? Te quejabas de que iba un poco lento para los montajes de las presentaciones —comentó mi madre. Intentaba aguantar la risa, pero disimulaba fatal—. ¿Qué te parece un nuevo MacBook Pro? Es un buen regalo.

—No, mamá. Tony me formateó el mío y va perfectamente. Al parecer, tenía muchos archivos inservibles. —Mucha *mierda,* esa había sido la palabra exacta de Tony cuando le pasé el ordenador—. Pero ¿y si me dais el dinero de lo que cuesta? Podré administrarlo a mi manera y es una cantidad que os habéis planteado invertir en mi regalo.

Mis padres se miraron, así que lo consideraban razonable. Calculaba que un nuevo ordenador serían unos mil quinientos dólares, con lo que tenía varios meses de ahorro. Perfecto.

—De acuerdo, Martina. Si eso es lo que quieres, no hay problema —cedió mi padre.

* «Feliz cumpleaños, pequeñina», en noruego.

—Yo sí tengo un regalo para ti —me sorprendió mi madre. Sacó un pequeño estuche de terciopelo de su mesilla de noche.

—¡Mamá! Te dije que no me comprases nada —protesté, enfadada—. Ya sabes cómo soy. Si no me gustan, soy incapaz de callármelo y ocultarlo.

Era cierto, y otra de las cosas que me hacían muy poco popular entre mis compañeros de colegio y los que no me conocían bien. Sinceridad aplastante ante todo. Mi madre me había enseñado a aceptar los regalos y ser agradecida siempre, sin abrirlos, y hacerlo después, en la intimidad... por si acaso. Una vez dije que un estuche de ositos era horrible y a la propietaria del regalo, con cinco años, le dio un ataque de llanto y su madre tuvo que venir a buscarla a mi fiesta. Y no había mejorado con los años.

—Me da igual. Y no te he comprado nada. Mis padres me regalaron esto cuando me gradué en el colegio. —Puso en mis manos el pequeño cofre negro y sonrió—. Tu padre se me adelantó en ese momento con el conjunto de lunitas de oro, pero ahora me apetece que lo tengas tú, por tus dieciocho años. Ábrelo.

Cogí aire. Apreté el diminuto botón. Dentro estaban los pequeños pendientes de brillantes y oro blanco de mi madre, que ya me había prestado alguna vez, a juego con un colgante. Me encantaba.

—*Tusen takk, mamma.* Es precioso.

Me los puse, y ella me ayudó a abrocharme el colgante. Me miré en el espejo de su secreter y sonreí. Aquel día mejoraba a cada segundo.

—Hay otra cosa que tu padre y yo queremos que tengas. Lo hemos pensado mucho, y tiene que ver con algo que has manifestado con cierta frecuencia en este último tiempo en nuestras conversaciones —dijo mi madre. Los miré con extrañeza. Palmeó la cama para que volviese a sentarme a su lado y papá sacó del cajón de su mesilla una carpeta marrón con pinta de expediente clínico. Lo depositó en mis manos y abrí los ojos con sorpresa cuando descubrí que en la pegatina del frontal decía «MARTINA THORESEN MORÁN».

—¿Qué es esto? —pregunté con un hilo de voz.

—Cuando tú y Magnus erais pequeños, tuvimos algunas dificultades con vuestra crianza; en principio, sobre todo con Magne —explicó mi padre, con una sonrisa apocada—. Chocábamos una y otra vez, y pensamos que la situación podría irse de las manos en algún momento. Decidimos buscar ayuda antes de llegar a ese punto.

—La psicóloga infantil detectó enseguida que erais niños especiales, Martina. Se manejaron diagnósticos de altas capacidades casi desde el inicio, y fuimos capeando como pudimos los desafíos que nos planteasteis, que fueron muchos —añadió mamá, que sacó otra carpeta más, aún más abultada que la anterior, y la puso sobre la otra. En ese momento lo que se me abrió fue la boca, por completo—. ¿Tú te acuerdas de Sara Muñoz? Estuviste con ella cuando volvimos a Chile y empezaste el colegio en el Nido de Águilas.

—Claro que sí. Era genial —contesté con un hilo de voz al pensar en la psicopedagoga que me había orientado cuando se me hizo tan difícil adaptarme al volver de España a Chile—. Fue muy importante para mí.

Mi madre asintió con una sonrisa y señaló con el índice la primera carpeta.

—Fue ella la especialista que te vio por primera vez, cuando tenías poco más de un añito. Después nos movimos por Noruega y por España; llevábamos una vida que no fue fácil para ti. —Su rostro se contrajo en una mueca de dolor y mi padre la confortó con una caricia en su melena—. Eso no lo comprendimos hasta después, aunque nunca nos dieron un diagnóstico claro. Tú misma leerás el porqué. Tu capacidad de evolucionar y tu resiliencia es infinita, Martina, y eso te convierte en un ser humano maravilloso.

Me eché a reír. ¿Qué iban a decir unos padres de su hija? Los abracé a los dos.

—Gracias por esto. No sabía que lo teníais vosotros. Hubiera dado oro por leerlo hace algunos años —reconocí mientras echaba un vistazo a la carpeta más antigua. Sonreí al ver muchos dibujos de colores, algunos tests que me sonaban y anotaciones con una letra que sospeché que me costaría trabajo descifrar—. Ahora no sé si me ayudará demasiado. Creo conocerme muy bien.

—Léelo con calma, y te pedimos perdón si en algún momento te hemos fallado como padres. Siempre quisimos lo mejor para ti

—dijo mi padre con tono serio. Dirigí, sorprendida, mis ojos hacia él—. Lo que dicen esas páginas no pretenden ponerte etiquetas, nosotros nunca lo quisimos así. Pero quizá te ayuden a entenderte un poco mejor. Ahora eres mayor de edad y te pertenecen. Aunque debo reconocer que yo quería esperar unos años más... hasta los treinta o así —bromeó.

Solté una carcajada. Por supuesto que sí. Los abracé a los dos y los cubrí de besos en agradecimiento. Luego dejé las carpetas en el cajón con llave de mi habitación. Aquello merecía una lectura a solas y sin distracciones. Todavía no era el momento.

* * *

Desayunamos todos juntos. Magnus llegó a mesa puesta, como siempre, y me abrazó por la espalda, hundiendo su rostro en mi cuello. Me hizo cosquillas y me encogí, extrañada de que me raspara con la barba.

—¿Desde cuándo cultivas el estilo vikingo? ¡Rascas igual que papá! —Lo empujé hacia su sitio mientras mi padre servía el café y mi madre repartía fruta recién cortada.

Él se palpó las mejillas, como sorprendido de encontrar aquel rastrojo tan tupido en su cara.

—Vas a tener que empezar a afeitarte todos los días, hijo —dijo mi padre con mirada crítica. Mi madre se inclinó hacia él y le frotó el mentón.

—No, si quieres parecerte cada día más a tu padre. Estás guapísimo, Magnus.

Clan Thoresen Morán en su más pura esencia. Hacía tiempo que no estábamos así los cuatro, tranquilos, en familia.

—¿Os dais cuenta de que hace meses que no estábamos los cuatro juntos así? —comenté, sorprendida—. Eso sin contar la encerrona de las tarjetas de crédito, claro.

Mi padre dejó de masticar la tostada. Mi madre, de sorber el café.

—Joder, ¡es cierto! —exclamó Magnus.

—A partir de ahora, esto será cada vez más frecuente, hijos —dijo mi padre con voz resignada—. La carrera de Medicina será cada vez más exigente, vuestras escasas horas de ocio querréis compartirlas con otras personas, y tendréis cada vez menos tiempo para vuestros viejos padres...

—No pasa nada. Lo importante es que, el que pasemos juntos —interrumpió mi madre su alegato victimista—, sea de calidad. Martina, ¿alguna petición especial de menú? Creo que los chicos del núcleo vienen después de comer.

—¡Sí! Quiero carpacho de salmón y tortilla de patatas. —Después de todo, era mi cumpleaños. Magnus y mi padre aplaudieron mi elección.

—Tú mandas, pero necesitaré ayuda.

Nos pasamos media mañana cocinando mientras hablábamos a gritos por encima de la música. Mi padre comentaba sus últimas hazañas en el quirófano. Mi madre nos ponía al día de las últimas novedades de todas las Norsk Klinikk en Chile, Noruega y España. Y nosotros defendíamos a toda costa nuestra dignidad ante las acusaciones de mala gestión económica de nuestro presupuesto.

Casi me dio pena que la pandilla interrumpiera la dinámica familiar. Adriana, Lena, Many y Tony llegaron cuando todavía estábamos en la mesa y se unieron al café. Me saludaron y felicitaron con cariño y se abalanzaron como pirañas sobre los dulces que mi madre había preparado.

—¿Quieres tu regalo ahora o después? —preguntó Lena, abrazándome con fuerza. Me puse nerviosa.

—Sabes que, si no me gusta, lo diré.

—Martina, te conozco desde que compartíamos la cuna. Lo sé. Venga, salgamos del momento incómodo ya y así nos olvidamos. —Se levantó y yo me quedé en silencio—. Toma. Te lo hemos comprado entre todos, incluido Magnus.

—Y Anita, aunque no ha venido, también ha colaborado —añadió Many muy rápido mientras yo me quedaba inmóvil con un enorme paquete envuelto con papel de regalo rosa y un lazo plateado—. Como has dicho que solo el núcleo duro, he preferido no decirle nada.

—¡Bien hecho! —exclamó Adriana.

—No seas mala —dijo Lena, que le dio un codazo a su hermana.

Yo miraba el regalo sin saber qué hacer. Quería saber qué había dentro. Pesaba una tonelada, por cierto, y no quería decepcionarlos. Empecé a hiperventilar mientras los demás se entretenían en zamparse los bollos de canela, los gofres con chocolate y los panqueques.

—Martina, respira —dijo mi madre desde el otro lado de la mesa. Se había dado cuenta de que estaba al borde del ataque de ansiedad. Por eso odiaba que la gente me hiciera regalos. Lo odiaba. ¡Y ellos ya lo sabían! Lena me agarró de la mano.

—¡Tonta, ábrelo! ¿Te fías de mí? —Me obligó a mirarla a los ojos. Yo solo asentí, concentrada en controlar la respiración—. Vamos. ¡Ábrelo ya, que me va a dar un ataque de ansiedad a mí!

Me entró la risa ante su tono dramático y rasgué el lazo de un tirón. Era una caja de cartón de la librería médica y abrí los ojos.

—¿Es lo que yo creo...? —Terminé de romper todo el papel y quité la cinta de embalar que cerraba la caja. Solté un grito vikingo salvaje—. ¡El Guyton de Fisiología! ¡El Lehninger de Bioquímica! —Abracé los libros, nuevecitos y aún con el plástico transparente que los envolvía, y se me saltaron las lágrimas—. ¡Los libros del año que viene!

—¿Ves como sabía que te iba a gustar nuestro regalo? —dijo Lena, triunfante. Sacó el Abbas de Inmunología para completar el trío de asignaturas más importantes del segundo año mientras la mesa estallaba en carcajadas al verme aferrada a los tochos con cara de felicidad—. ¡Mujer de poca fe! Y tú te haces llamar nuestra amiga, hay que joderse...

Acaricié las cubiertas con reverencia. No tenían ni idea del regalazo que me habían hecho. Tenía la intención de gastar parte del dinero de mi cumpleaños en ellos, porque me negaba a estudiar con libros usados. Lo sé. Era estúpido, irracional y esnob. Podía ir a la biblioteca y sacarlos, tal y como me había dicho mi madre, pero yo tenía mi propio sistema de subrayado, anotación y marcado al estudiar, y eso no podía hacerlo con los libros de la universidad.

—Adiós a nuestro plan educativo —dijo mi padre con tono resignado. Mi madre se echó a reír.

Quise coger mis libros, llevármelos a mi habitación y ponerme a leerlos en ese mismo instante, pero alguien llamó al portalón de entrada y tuve que dejarlos a un lado.

—¿Quién más va a venir? —preguntó Adriana con curiosidad.

—Invité a Laia.

—¡Qué guay! —dijo Lena, que se levantó para abrir la puerta.

Mientras llegaba, expliqué a los demás quién era y cómo la había conocido. Mi madre estaba encantada de que alguien más viniese a celebrar el cumpleaños con nosotros.

—¡Hola, Laia! ¡Hola, Gorka! Pasad, estamos todos en el salón.

La voz aguda de Lena me advirtió de que no había venido sola. Vaya. Bueno, después de todo, había hecho la invitación extensible a su pareja. Y no me parecía mal que hubiese venido. Aunque desde aquel coitus interruptus entre nosotros, Gorka había disminuido al máximo el contacto con mi familia.

—¡Felicidades, Martina! —Laia me abrazó y depositó un paquetito pequeño en mis manos sin darle ninguna importancia—. Espero que te guste. No tenía ni idea de qué regalarte, así que te he comprado el que usaba yo cuando tenía tu edad.

La miré, interrogante, y ella me dio un beso en la mejilla, se encogió de hombros, y esperó a que lo abriese. Mierda. Pero estaba tan feliz por el exitazo de los libros y tenía tanta curiosidad que acabé por hacerlo sin pensármelo demasiado.

—¡Gracias! ¡Es precioso! —dije al ver el frasco de perfume transparente con tapón azul turquesa. Ralph, de Ralph Lauren. Ella se echó a reír.

—¡Pero huélelo, a ver si te gusta!

Ay. Me pareció un regalo arriesgado. Demasiado personal. Yo no tenía un aroma definido que me gustase. Todavía usaba la colonia Bulgary de bebés que mi madre me compraba cuando yo se lo pedía. Me habían regalado algún que otro perfume, pero nunca me habían entusiasmado.

Ella me quitó el frasco de las manos, le quitó el tapón y lo pulsó en el dorso de mi muñeca.

—¡Tienes un tatuaje de fonendoscopio! Lo tuyo es fanatismo —comentó mientras abanicaba la piel para que se difuminase un poco el aroma fresco y dulce que emanó del perfume.

Many se acercó a ver lo que hacíamos y sonrió. Todos se habían agrupado para cotillear y querían ser testigos de mi reacción. Qué malvados.

—¡Hum! ¡Huele a caramelos! —dijo, sorprendido.

Acerqué la nariz a mi muñeca y olfateé, suspicaz. Era cierto. Olía a caramelos, pero de una manera sensual, delicada... y un poco picante.

—Gracias, Laia. ¡Me encanta!

—Yo no te he traído regalo, Martina. Te lo debo para la próxima vez que nos veamos —intervino Gorka, esbozando una sonrisa reservada.

Lo miré con extrañeza.

—No hace falta, compartes regalo con Laia, ¿no? —Lo había dado por hecho; como eran pareja, no esperaba nada de él—. Con que hayas venido, ya es una buena sorpresa.

Él sonrió de nuevo, pero negó con la cabeza. No supe qué significaba esa negativa, tampoco le pregunté. Seguíamos guardando esa distancia cortés pero fría. Cada vez que intercambiábamos más de cuatro o cinco frases seguidas, acabábamos a gritos. Mejor dicho, yo acababa gritándole a él.

Hablamos con el resto de la familia por videollamada. La tía Loreto se dejó caer con Boris un ratito, y me regalaron un bolso que le adjudiqué a Adriana en cuanto se marcharon. No era mi estilo. El tío Boris tenía un gusto un poco especial... muy especial; muy ostentoso; muy... ruso. En todo caso, Adriana estuvo encantada de quedarse con aquel engendro de cuero blanco con cristales de Swarovski y adorno de plumas. Todo suyo.

Me cantaron el *Cumpleaños feliz* y el *Gratulerer meg dagen*. Comimos tarta de milhojas de la receta de mi abuela Victoria, y creo que nunca he visto un pastel de veinticuatro porciones desaparecer tan rápido en toda mi vida. Lo disfruté y me sentí querida por todos.

Laia y Gorka fueron los primeros en marcharse y marcaron el pistoletazo de salida para que el resto se fuera también. El estrés y la ansiedad por los exámenes nos sobrevolaban a todos, y pareció entrarnos una especie de prisa por ponernos a estudiar.

Many estaba muy raro conmigo. Casi no me había dirigido la palabra, pero, cuando se despidió, me retuvo entre sus brazos más tiempo del esperado... y no me soltaba. Tenía los labios en mi cuello y la nariz bajo mi oreja.

—¡Me haces cosquillas! ¡Suéltame! —protesté, y lo aparté para poner fin a su contacto, que comenzaba a ponerme nerviosa.

—Es que hueles bien. Nunca te había notado ese olor en la piel —dijo con una expresión muy rara en su rostro, una que se parecía mucho a la que tenía cuando nos habíamos besado en Mallorca.

Yo fruncí el ceño y le di un empujón.

—Es el perfume nuevo, regalo de Laia. Hala. A casa.

Me pregunté qué diría Anita de que su novio me agarrase así de las caderas y me estrechase contra su cuerpo, me mirase con esa expresión hambrienta e hiciese esos comentarios sobre el olor de mi piel.

Parciales

*M*ozart en mis oídos; mi escritorio despejado; el atlas de neuroanatomía en el atril a mi derecha; el tomo del Testut-Latarjet abierto a mi izquierda, ya subrayado y con mis notas de apoyo, y mi preciado cuaderno de apuntes en el centro, guía imprescindible para dirigir el estudio. Cinco de la mañana y primer café, con dos de azúcar, cargado en el sistema. Comenzaba mi jornada. No pararía hasta las ocho, momento en el que me levantaría al cuarto de baño y a hacer una rutina de yoga de veinte minutos.

El monstruo de aquel segundo semestre se nos había atragantado a todos y yo no era una excepción. Aquel notable de mierda significaba que tenía que esforzarme al máximo si quería la calificación más alta, así que me espoleé como nunca a grabar en mi cerebro cada minúsculo detalle de los sistemas nerviosos central y periférico.

Cuando terminé la rutina de yoga, me di cuenta de que bostezaba. Necesitaba más cafeína. Utilicé mi bloque de reserva de media hora para prepararme otro café y, de paso, comer algo. A las cinco de la mañana no había tomado más que un par de onzas de chocolate, porque a esa hora no era capaz de ingerir nada. A duras penas lograba no vomitar el café.

—¿Me sirves una taza? —El pelo desordenado y el rostro soñoliento de Magne me hicieron reír—. Me pongo ahora con neuro. ¿Tú desde cuándo llevas?

—Desde las cinco. —Le alargué el café con mis galletas especiales de avena, chocolate para la glucosa, pasas para la memoria y nueces para la energía a largo plazo.

—Joder... ¿tan temprano?

Creo que lo agobié. Se puso a revolver hojas y fotocopias junto a su ejemplar de anatomía. Era muy errático para estudiar. A cambio, poseía una memoria fotográfica que hasta yo envidiaba.

Me tomé con calma mi media hora de descanso. Era importante despejar la mente después de tres horas de estudio, y antes de enfrentar otras tres. Me quedaban siete minutos y comencé a sentir el nudo de ansiedad en el estómago que me empujaba a sentarme en el escritorio y ponerme manos a la obra otra vez, así que lavé la taza y me dispuse a subir. Me quedó el tiempo justo para lavarme los dientes.

Estaba ya sentada frente a mis libros, con mi lista de Spotify de tres horas de Mozart para estudiar. Segunda tanda. Le di al «Play» y me incliné sobre los apuntes.

—Martina, ¿puedes prestarme los apuntes un rato? Voy a bajar a la copistería a hacerle unas fotocopias a un par de clases que me faltan —me preguntó Magnus desde el piso de abajo. Cerré los ojos un par de segundos. Todavía no había entrado en fase de concentración profunda.

—No, Magnus. Ahora no. Estoy estudiando —contesté del modo más asertivo que pude si tenía en cuenta que quería estrangularlo—. A las doce termino este bloque y te los paso.

Ya me conocía, así que no insistió. De todas maneras, me costó volver a concentrarme. ¿Por qué demonios lo dejaba todo para última hora? Estaba cansada de su nula gestión de tiempo y recursos para estudiar.

Durante dos horas no se oyó volar ni una mosca. Era el paraíso. Notaba cómo los conocimientos fluían y permeaban en mi subconsciente. Era la maldita reina del cerebelo y todas sus estructuras. Pero la última hora empecé a flaquear y cambié de estrategia. Cogí los tests de otros años y me puse a contestarlos. Ni un solo fallo. Perfecto. Llegué a las doce de la mañana con los objetivos de neuroanatomía cumplidos.

—¿Me dejas los apuntes ahora? —pidió Magnus con educación

cortante cinco minutos después. Lo miré mal porque había subido hasta mi habitación, pero respiré hondo y acabé por pasarle el cuaderno de mala gana—. Martina, suéltalo. Son solo unos apuntes.

—Diles que tengan cuidado al meterlo a la fotocopiadora —contesté, un poco aprensiva. Ya sabía que era solo un cuaderno, pero, desde que me los habían robado, no los prestaba. Decidí hacerles una fotocopia a mis propios apuntes y prestar ese ejemplar... pero Magnus era mi hermano.

—Lo haré. Te lo prometo. ¿Tú qué vas a hacer?

—He acabado el bloque de seis horas de la mañana. Voy a correr mis diez kilómetros, a darme una ducha, comer, dormir la siesta y prepararme para el bloque de la tarde —solté mientras me metía en el vestidor para coger mi ropa de *running*. Cerré los ojos un segundo y repasé el horario de la tarde. Sí. Todo perfecto—. Si vas a comer conmigo, te advierto que a las dos de la tarde estaré sentada a la mesa, estés aquí o no.

Mi hermano me miró con expresión asustada.

—¿Estás segura de que no eres una replicante?, ¿o un ciborg? —Me pellizcó en el hueco sobre la cadera y yo me encogí de las cosquillas—. Ah, no. Eres humana. ¡Tienes cosquillas!

—¡Magnus, no!

Me tiró sobre la cama y comencé a chillar y a patalear mientras atacaba todos los puntos débiles descubiertos durante años de peleas de hermanos: sobre las rodillas, en la cintura, en el cuello, en las axilas. Estallé en carcajadas y jadeos; me saltaban las lágrimas y, si no me soltaba, se me iba a escapar el pis.

—¡Eres humana y todavía puedo contigo, enana! Por mucho que hayas crecido y tengas dieciocho años, sigo siendo tu hermano mayor —dijo con voz grave y adulta, con seriedad fingida. Mi vejiga estaba a punto de explotar—. ¿Por qué tienes que ser tan insoportable a veces? Esta noche voy a chuparte el cerebro y extraer todos tus conocimientos...

—No, Magnus, ¡no hagas eso, que me da mucho asco! ¡Argh! —Puso su boca como si fuera una ventosa en mi frente y se puso a succionar—. ¡Me voy a mear encima! ¡Suéltame, Magne! ¡No seas asqueroso!

A los dos nos dio un ataque de risa infantil, incontenible, imposible de parar. Terminamos ambos tumbados en mi cama y, cuando parábamos un segundo, alguno de los dos volvía a empezar, contagiaba al otro, y acabábamos de nuevo a carcajada limpia. Estuvimos más de un cuarto de hora llorando de la risa y sentí que se me reseteaba el cerebro. La mejor terapia del mundo: reír con él.

—Joder, enana. Me encanta cuando te relajas y te dejas llevar —dijo en un arrebato de sinceridad. Me tendió la mano y me ayudó a levantarme. Me dolían los abdominales y la cara, y me sentía como si pesase diez kilos menos—. ¿Por qué no nos reímos así ahora, como antes?

Nos abrazamos con fuerza un buen rato. Mi hermano era la persona más importante de mi vida, junto con mis padres, y era cierto que en los últimos meses nos habíamos alejado un poco.

—Nos lo advirtieron, Magne. Todos lo hicieron: la carrera de Medicina te pasa factura. El primer año se come tu vida. Pensamos que a nosotros no nos pasaría. —Él me miró con seriedad y asintió en silencio. Era verdad. Mis padres, otros colegas, Dana y Many que ya estaban en segundo, nos habían advertido—. No les creímos y ahora lo sufrimos en carne propia. No dejemos que nos coma también a nosotros.

* * *

Pero nos comió. Nos devoró. Nos arrancó la carne, la dignidad y se llevó parte de nuestra esencia. Escupió los huesos con displicencia y después eructó.

Aguantamos más o menos hasta el jueves sin arrancarnos los ojos. El hecho de que Magnus y yo no tuviésemos que estudiar para el examen de inglés gracias a nuestro excelente nivel nos dio un respiro a mitad de semana. Yo pretendía ensayar un par de veces y luego acostarme pronto para estar fresca para la presentación de Orientación.

—¿Has hecho ya el trabajo para Gorka? ¿Cómo lo has enfocado? —me dijo cuando yo me disponía, pijama puesto, antifaz en la frente incluido, a meterme en la cama a las ocho de la tarde. Pondría Netflix de fondo como ruido gris.

Lo miré, desconcertada.

—¿No tienes el trabajo listo? Se supone que hay que entregar una memoria y hacer una exposición de veinte minutos, Magne —dije sin entender.

—Sí, sí. Me da tiempo esta tarde. Solo dame una pista de cómo lo has orientado tú para empezar. —Estaba muy nervioso. Yo eché un vistazo al reloj—. Luego sigo yo.

No era la primera vez que lo hacía, y a mí, en general, no me importaba demasiado. Yo hacía el trabajo, se lo pasaba a Magnus y él hacía su propia interpretación de tal manera que entregaba algo totalmente distinto. Sin embargo, esa vez no sería posible.

—Magne, yo lo he orientado a mi voluntariado en el Hogar de Cristo... a las idas al consultorio y a la sala cuna. Tú no has ido ni una sola vez —dije consternada. Me devané los sesos para encontrar una manera de ayudarlo—. ¿No se te ha ocurrido nada?

—*Svarte helvete*... no. No tengo ni idea. Llevo desde que llegué a casa dándole vueltas —respondió con expresión desconcertada. Se pasó las manos por la cara y resopló—. ¿Tú no podrías...?

Lo miré, suspicaz. Amusgué los ojos. Mi tono de voz era advertencia suficiente para que se anduviera con mucho cuidado.

—Podría, ¿qué, Magnus?

—Joder, Martina. Ya sabes. Ayudarme. —Se frotó el pelo y abrió los brazos en gesto de derrota—. Tú siempre tienes buenas ideas. Se te ocurren cosas. Seguro que, si te pones a trabajar conmigo, algo inventaremos entre los dos.

Sonrió con complicidad y ladeó la cabeza con gesto travieso.

A mí no me hizo ninguna gracia.

—¿Sabes qué, hermanito? Por primera vez en mi vida, voy a decirte que no. ¡No! —repetí, enfadada, ante su expresión incrédula—. Has tenido semanas para hacer esto, Gorka ni siquiera nos hace estudiar, nos manda un trabajo para aliviar la carga de los parciales. Y no lo has hecho porque has preferido pasar el tiempo con Dana o haciendo otras cosas. ¡Perfecto! Pero ahora asume las consecuencias. —Apagué la luz, encendí la televisión y me recosté en las almohadas—. Estoy harta de salvarte el culo con estas cosas. ¡Estoy agotada! Yo tengo mi ponencia lista no porque sea más inteligente que tú, sino porque he trabajado como una enferma para que no me pasara esto. ¡Y te lo dije! —estallé al ver que no se marchaba. Él me miraba con expresión acusadora y victimista, pero me dio igual—. Y el fin de semana me marcharé con papá y mamá para poder estudiar tranquila. ¡Contigo aquí es imposible concentrarse! ¡No haces más que interrumpir!

—Genial. Ha vuelto Martina Frozen —soltó con toda la amargura que mi negativa había destilado mientras bajaba por las escaleras.

—¡No! ¡No te atrevas a llamarme así! —grité, cabreada. Me dolió que utilizara aquel insulto que quería a toda costa dejar atrás—. Esto es única y exclusivamente responsabilidad tuya. ¡Pon tus neuronas a funcionar!

* * *

No pegué ojo aquella noche haciendo el trabajo y la presentación. Era un puto desastre y no era la primera vez. Sin ideas, acabé por llamar a Adriana y fue ella quien me dio la chispa de inspiración.

—¿No tenías tantas dudas de tu vocación como médico? ¿Por qué no lo orientas por ahí? —sugirió cuando eché pestes por teléfono contra mi hermana, su nula solidaridad y mi estupidez por dejar las cosas para última hora—. Seguro que te queda algo interesante.

No era mala idea. Gorka quería un trabajo sobre cómo podía ayudarnos su asignatura y cuáles estaban siendo nuestras sensaciones en ese primer año. Me costó darle forma. Escribí sobre la inmadurez con la que nos enfrentábamos a tomar una decisión que definiría gran parte de nuestras vidas; que dos compañeros habían abandonado ya la carrera en el primer semestre, y uno más en el segundo. Busqué la tasa de abandono, en torno a un diez por ciento en los siete años que duraba la carrera.

Gorka no nos evaluaba con un examen, pero no era estúpido,

y sí muy exigente. Teníamos que incluir lo que nos explicaba en clase y, aunque yo tenía buena memoria, mis apuntes eran una mierda. Luego, montar la presentación decente me llevó casi tres horas más.

—Anda, toma. —Mi hermana me traía un café, junto con un cuenco de arándanos, al sofá en el que había dormitado una hora escasa—. ¿Has acabado?

—Sí. Está listo. Solo me queda imprimirlo. —Me estiré, medio atontado, y vacié la taza de dos tragos. Me metí un puñado de fruta en la boca y me incliné de nuevo sobre el portátil.

—Vete a la ducha. ¿Cómo se llama el archivo? Yo te lo imprimo —se apiadó mientras me empujaba para ocupar mi sitio—. ¿Es este? ¿Trabajo de Orientación versión Final-Final?

Me eché a reír. Siempre guardaba varios archivos, por si acaso al ordenador le daba por hacer cosas raras.

—Sí, es ese. ¿De verdad? ¿Seguro? —Preferí cerciorarme antes de irme, no fuera a ser que le diera un ataque y me borrara el archivo en venganza—. Ayer fui un gilipollas. Lo siento. Tienes razón.

Me miró con sus ojos grises de extraterrestre y asintió.

—Seguro. A la ducha. Y ponte el colirio de la resaca, que parece que vienes directo de Magaluf.

No solo lo imprimió. Cuando presenté el trabajo por la tarde en Orientación, lo hice en un dosier de cartón reciclado ecológico que Martina tenía de reserva, por si acaso. El suyo era de color verde; el mío, de color marrón claro. Era cierto que a veces daban ganas de estrangularla, pero nadie tenía una hermana mejor que la mía.

Salí airoso, a Gorka le flipó mi enfoque, aunque le hubiese gustado que profundizara más con los contenidos pasados en clase. Si él supiera... Me puso un sobresaliente. Martina me miró y susurró en noruego «Men hvor heldig du er!», ¡Pero qué suerte tienes!

Las otras cuatro presentaciones también tuvieron buenas notas, entre notable y sobresaliente, pero, cuando Martina expuso la suya, todos supimos por qué era la única que sacaría matrícula de honor. No fueron solo los contenidos. Había mostrado cómo había cambiado su visión del Hogar, de repulsión a amor; de desconcierto a confianza; de dudas e inseguridad a verdadera vocación. Me encantaron las fotos de ella con Lena y un montón de bebés, no las había visto. Nos quedamos unos segundos en silencio y después rompimos a aplaudir.

—Espectacular, Martina. Una presentación preciosa. Has demostrado una sensibilidad fuera de serie para tu edad —comentó Gorka, impresionado tras su exposición. Martina sonrió. Sus ojos brillaban. Yo miré a nuestro querido profesor un poco suspicaz. La manera que tenía de mirar a mi hermana no era muy pura que digamos. Había admiración, pero también otra cosa... algo que no sabía muy bien cómo definir. Me revolví, incómodo, y Gorka apartó la mirada de Martina al darse cuenta—. Enhorabuena, grupo. Lo habéis hecho bien. Pero podéis hacerlo mejor. Espero veros más en el Hogar, y no solo a Martina y a Rodrigo. Podéis iros. Habéis trabajado duro y sé que aún tenéis un largo fin de semana por delante.

La estampida que hicimos hacia la salida fue espectacular. Martina estaba feliz con su valoración y esperaba que el buen humor la hubiese hecho cambiar de opinión.

—¿En serio te vas a marchar con papá y mamá el fin de semana? —Compuse un puchero de pena e intenté imitar sus ojos de Bambi, pestañeo incluido. Ella soltó una carcajada.

—Buen intento, hermanito, pero lo dije en serio. Necesito mimos. Necesito tranquilidad. Y en serio necesito estudiar —dijo con tono ominoso. Martina era un hacha de las matemáticas, pero, por algún motivo, no terminaba de entender del todo la bioestadística y le costaba asimilar algunos conceptos que le parecían mal definidos—. Quedas con el reino para ti solo, a tus anchas. Me llevo el coche, eso sí.

Me quedé más tirado que un calcetín viejo.

El significado de la libertad

Puse el despertador a las ocho y me levanté a las nueve. Razonable. Dana llegaría a las diez, habíamos quedado para estudiar juntos. Desayuné con calma y lo preparé todo. Aluciné cuando entró en casa seguida de Lena.

—¡Hola! —saludé, encantado de verlas a las dos—. ¿Y esta sorpresa?

Adriana puso los ojos en blanco y arrastró a su hermana pequeña hasta el interior del salón. Me dio un beso en los labios con ganas, con humedad y malas intenciones, hasta que borró todos mis buenos propósitos. Solo entonces me apartó.

—No ha parado de darme la lata. No quería quedarse sola, mis padres no están —dijo, fastidiada. Le dio un empujón a la pobre Lena, que sonrió con cara de circunstancias—. Supongo que pasará el día con Martina.

—Hola, Lena. No pasa nada. —Le di un beso en la mejilla y un abrazo rápido. Ella apenas registró mi presencia con una mirada de sus ojos gatunos y un roce casi imperceptible de sus labios—. Lo único es que Martina no está. Anda muy nerviosa con los exámenes y se ha ido a casa de mis padres.

—¿Qué? ¡No me lo puedo creer! —exclamó Adriana, furiosa. Dejó los libros en la mesa con un golpe desproporcionado que nos hizo saltar a Lena y a mí—. ¿Ves, Lena? ¡Te dije que no era una buena idea que vinieras!

—A mí no me importa que no esté —replicó ella, con su aspecto etéreo y despreocupado de siempre. Agitó su melena corta de color caramelo, se sentó en el sofá, lejos de donde intuyó estaríamos nosotros en la mesa, y empezó a sacar libros de su mochila para estudiar—. Por mí ni os preocupéis. Tengo un montón de cosas que hacer.

—Dana, ¿todo bien? —pregunté en voz baja y acercándome a ella. No entendía cuál era el problema. Acaricié su espalda para aplacarla un poco y la besé en el cuello.

—Sí, sí. Es solo que quería estar a solas contigo, no hacer de niñera —contestó con un suspiro dramático—. Espero que podamos estar un ratito tranquilos después. Tenemos que ponernos al día, que esta semana no hemos estado juntos ni una sola vez.

Me rodeó el cuello con los brazos y se pegó a mi cuerpo con un movimiento sinuoso. Yo sonreí, feliz de sentir por fin su piel. Comenzaba a hacer calor y eso significaba menos ropa. Y su vestido era de algodón muy fino. Percibía la calidez que emanaba de ella con claridad. Me incliné para besarla de nuevo, pero estaba más pendiente de si su hermana nos miraba que de atenderme a mí.

—Eh, oye —solté, algo fastidiado. Sobre todo porque Lena se había puesto los cascos y no nos hacía ningún caso, enfrascada en un libro—. Déjala. ¿Qué más te da que esté ahí? Vamos a tener la fiesta en paz, ¿de acuerdo?

Soltó un suspiro y asintió. Por fin pudimos besarnos con calma. Antes de que la cosa se nos fuera de las manos, puso un poco de sentido común.

—Vamos a estudiar. No quiero ser la responsable de que tu padre te desherede de Industrias Thoresen —dijo tras empujarme sin miramientos. Señaló mi sitio habitual y se sentó junto a mí. Yo la miré con cara de interrogación—. Me lo ha dicho tu hermana... que tu padre la nombrará heredera universal si hundes a la familia en la vergüenza. Vamos.

Lo peor era que al doctor Erik Magnus Thoresen lo creía capaz de hacer algo así.

Una hora de retraso. Eran más de las once de la mañana cuando empezamos a estudiar de verdad. Dana me explicaba los conceptos que yo no tenía claros, repasábamos los exámenes anteriores y volvíamos sobre mis errores en los ejercicios una y otra vez. Memoricé las definiciones y las recité en voz alta mientras paseaba alrededor de la mesa del comedor, y Adriana me interrumpía, siempre atenta, cuando me equivocaba.

—¿Es que no pensáis comer? ¡Son casi las tres! —se quejó Lena en un momento en el que yo repetía y repetía en bucle las definiciones de «falta de evidencia de efecto» y de «evidencia de ausencia de efecto», intentando comprenderlas de verdad para no confundirlas y cagarla en el examen.

Con la sola mención de la palabra *comer*, mis tripas rugieron.

—Sí, por favor —gimió Dana. Tenía el moño desecho y ojeras, y todavía no habíamos llegado ni a la mitad del temario—. Necesito un descanso.

Pedimos una *pizza* gigante para los tres y nos abalanzamos sobre la caja con desesperación cuando llegó.

—¡Eh! ¡Esta mitad es mía! —protesté al ver que Lena cogía una porción de carne, pepperoni y beicon con salsa barbacoa—. ¡La vuestra es la vegetariana!

—¿Tú estás loco? ¿Quién pide una *pizza* para vacas? ¡La mitad de esa cowboy es para mí! —dijo con cara de defenderla con uñas y dientes. La miré, sorprendido. Había dado por hecho que las dos hermanas compartían los mismos gustos a la hora de comer—. Es Dana la de la dieta de conejo, libre de grasas trans y tonterías por el estilo. ¡A mí dame carnaza, que me muero de hambre!

Solté una carcajada, divertido. Dana puso los ojos en blanco y comenzó a comer con mordiscos muy pequeños su trozo de *pizza* veggie multicolor.

Me sorprendí estudiando a Lena. Como siempre, andaba a su aire, sin prestarnos atención ni a su hermana ni a mí. Devoraba con ganas su trozo de *pizza*. La disfrutaba, con los ojos cerrados, relamiéndose. Cuando se chupó los dedos uno por uno, me quedé como un imbécil, atontado, mirando cómo cada dedito desaparecía en el interior de su boca y succionaba hasta la punta con un ruido como de beso al final. ¡Chup! ¡Chup! ¡Chup! El que se quedó con la boca abierta fui yo y se generó un momento muy muy tenso, porque Lena abrió los ojos y me pilló. Y se dio perfecta cuenta de lo que estaba pasando. Las comisuras de sus labios se levantaron tan solo un par de milímetros.

Lo malo fue que Adriana también se percató. No movió ni un solo músculo; yo tampoco. Se hizo la tonta; yo también.

Retomamos el estudio. Al principio todo fue sobre ruedas. Cuando quiero, soy un alumno muy aplicado. Seguimos con las definiciones y yo repetía como un loro, Adriana me corregía. Daba vueltas y vueltas alrededor de la mesa. Hasta ahí todo bien. Después me senté para hacer los ejercicios mientras ella repasaba. Pan comido. Adriana me pidió que le preguntase lo suyo y se lo sabía a la perfección.

Pero, cuando empezaron a pasar las horas, yo estaba más pendiente de lo que ocurría en el sofá que de mis problemas de bioestadística y de Dana. Lena se había tumbado y sus piernas se apoyaban, desnudas y morenas, sobre el respaldo. Movía los dedos de los pies, pintados de rosa chillón. Llevaba unas pulseras de hilos de colores en el tobillo derecho.

—¿Alguna duda con los ejercicios? —Adriana me trajo de vuelta a la realidad.

—No, voy bien... pero empiezo a estar un poco harto. —Eché un vistazo al reloj. Eran las siete de la tarde—. ¿Cuándo vamos a parar?

—Dijimos que a las nueve. Venga. Un poquito más —me animó ella, con voz melosa—. ¿Qué te queda?

—En principio, nada.

—Entonces, definiciones. Es lo que más cae, lo que da más nota, y lo llevas casi perfecto. ¡Vamos! —Encerró mi rostro entre las manos. Se me habían vuelto a ir los ojos hacia el sofá—. Venga, Magne. Solo una hora y nos iremos a la habitación. Yo también quiero terminar con esto.

Asentí, culpable. Adriana me había dedicado mucho tiempo. No se merecía aquello. El silencio me estaba matando. Quizá un poco de música ayudase.

—¿Os importa que ponga algo de fondo? ¿Algo suave? Mozart... o Bach.

—Pon mejor algo más actual —sugirió Lena—. Yo ya no soy capaz de estudiar más.

Adriana asintió. Programé mi lista viejuna, como ella la llamaba: los Rolling, Bruce, Queen, Depeche Mode... un poco de todo. No era tan serio y formal como los grandes clásicos, pero no tan invasivo como la música actual. Empezó a sonar uno de mis temas favoritos, *Angie*, e intenté apretar un poco más.

Siete y media. Comencé a mirar a Dana con hambre. Estaba muy guapa con el pelo recogido. Unos pequeños rizos escapaban por su cuello y no pude resistirlo. La besé.

—Magne, sé bueno —dijo, riendo. Me apartó con delicadeza y un chispazo de deseo destelló en sus ojos—. Estoy a punto de acabar.

—Estoy hasta los cojones, Adriana —dije sin rodeos. La abracé por la cintura y le cerré el libro. Ella suspiró—. Dime que quieres seguir estudiando y te dejo en paz.

Clavé mis ojos en ella. Por toda respuesta, me besó. ¡Y qué bien me supieron sus labios!, dulces, picantes... Los labios con sabor a libertad. Tiré de ella para que se levantara de su silla y se acomodara sobre mis piernas.

—¿Vamos a mi habitación? —la invité, con una mirada significativa hacia su hermana, ajena por completo a nuestro calentón.

—No, todavía no. Quedémonos aquí. ¿Qué más nos da?

Considerando lo que pasó después, le di muchas vueltas a esa pregunta de Adriana, aunque en aquel momento no le di importancia. Cogí mi móvil, programé a Nina Simone, y me eché a reír cuando comenzó a sonar *I wish I knew how It would feel to be free.* Qué buen rollo me daba esa canción.

—¿Por qué te ríes?

—Por el título de la canción, algo así como «quisiera saber cómo se siente uno al ser libre». Ven. Vamos a bailar. —Tiré de ella y la obligué a ponerse de pie—. ¿Es que no has escuchado nunca la letra?

—Magnus, sabes que odio tus canciones viejunas, y esta es todavía más vieja que las demás —se quejó Adriana, entre risas, mientras se dejaba llevar entre mis brazos.

—¡Sacrílega! ¡Es Nina Simone! ¡Una de las grandes! —Mientras nos movíamos por el salón abrazados, traduje junto a su oído la melodía adictiva y sensual.

Comenzamos a besarnos de nuevo, y el baile subió de tono. Mis manos ascendieron por sus muslos y el vestido lo hizo con ellas. Mis dedos buscaron piel por debajo de sus bragas. Los de ella hicieron lo mismo bajo mi camiseta mientras nos movíamos al ritmo del *jazz* vocal de la diosa negra.

—Oye, yo también quiero bailar —dijo de pronto Lena junto a nosotros.

Adriana chasqueó la lengua y miró al techo, en busca de paciencia.

—Lena, ¿no ves que estamos ocupados? Vete a la habitación de Martina un ratito, anda, y déjanos solos. —Intentó ser amable, hasta yo lo noté—. Magnus y yo queremos estar solos.

—No voy a marcharme a ninguna parte —replicó ella, obstinada. Me sentí un poco culpable, porque clavó los ojos en mí y yo no dije nada, lo dejé en manos de su hermana.

—Tú misma.

Adriana volvió a abrazarse a mí. Se contoneó contra mi cuerpo y seguimos bailando... pero entonces sentí que Lena se acercaba a mí por detrás. Apoyó las manos en mis hombros con timidez y comenzó a balancearse junto a nosotros.

—Lenucha, ¿qué haces? —pregunté con suavidad, despegándome de los labios de Adriana. No quería ser brusco.

Dana se echó a reír, no burlona, pero sí un poco condescendiente.

—Solo quiero bailar. ¿Qué hay de malo en eso? —soltó a la defensiva.

Yo miré a Dana sin saber muy bien qué hacer, pero ella se encogió de hombros, así que seguimos como estábamos... y todo fue bien por un rato. El problema llegó cuando Lena se pegó a mi trasero. Sus pechos se aplastaron contra mi espalda, apoyó la cabeza entre mis omóplatos y nos rodeó con sus brazos a su hermana y a mí por la cintura.

—Lena, ¿qué haces? ¿A qué estás jugando? —dijo Adriana, bastante fastidiada.

Yo me tensé entre las dos, pero me estaba poniendo a cien. Podía percibir las diferencias de los cuerpos de las dos hermanas. Adriana, alta, estilizada, huesuda, con sus aristas y su sensualidad dura y agresiva; sus pechos pequeños sobre mi tórax; su hueso púbico sobre mi erección; sus manos sobre mi cuello. Y Lena, más suave, blanda y cálida. Podía notar la redondez de sus pechos en mi espalda y me pregunté si, con ese tamaño, me cabrían cada uno en una mano. Eran enormes.

Tenía que parar aquello o iba a acabar muy mal. Estaba con Adriana. Tenía que centrarme en Adriana.

—Dana —la llamé en voz alta, en una advertencia velada.

—Dime, Magne.

Le hice un gesto con la cabeza hacia el piso de arriba y fruncí el ceño. Lo entendió perfectamente. «Dile que se vaya», articulé sin voz.

—Lena, tienes que irte —dijo con voz tensa. Ella también estaba muy excitada. Notaba su aroma almizclado ascender de entre sus muslos. Me estaba volviendo loco. La besé otra vez. Un beso profundo, que buscaba sexo. Le arranqué un gemido y Lena también gimió.

Me volví hacia ella para decirle que se marchara, y pienso que me malinterpretó. Posó sus labios en los míos y me besó. Y no me hizo falta tocar sus pechos, porque al sentir su boca supe cómo sería hacerlo. Eran suaves, jugosos, suculentos. Mi polla vibró, enardecida, dentro del pantalón. Su lengua era creativa y, en los pocos segundos de desconcierto en que logró dejarme desarmado y fuera de combate, provocó que una corriente erizara toda mi piel y me encendiera en llamas. Abrí los ojos, desorbitados, cuando Adriana tiró de mí y nos arrancó de la boca del otro.

—¿¡Qué demonios estás haciendo, Magnus Thoresen Morán!? —gritó, furiosa. Yo solo parpadeé con desconcierto—. ¿No ves que es mi hermana pequeña? ¿Qué pretendes, montarte un trío con las dos?

—¡Pero si ha sido ella! —me defendí, atontado por la reacción de Lena, que aún tenía los labios fruncidos en forma de beso hacia mí y los ojos cerrados—. ¡Te lo juro!

—¡Y luego dicen que Martina es cruel! ¡Yo sé muy bien quién es el cruel de los hermanos aquí! —Agarró a Lena del brazo y la arrastró lejos de mí—. ¡Recoge ahora mismo tus cosas! Nos vamos inmediatamente de aquí.

—Pero, Dana, ¡no puedes marcharte así! —dije, estupefacto. ¿Y resultaba que era culpa mía? Intenté retenerla por todos los medios mientras metía sus apuntes en la mochila, cabreada como una mona mientras yo procuraba entender lo que acababa de pasar—. ¡Ha sido ella! ¡Lena, díselo! ¡Lena!

Pero ella apretó los labios y se quedó callada.

—Ya hablaremos tú y yo más adelante. ¡No me lo puedo creer!

La arrastró por la puerta de servicio porque ni siquiera quiso esperar al ascensor. Justo antes de que se cerrara, me dio tiempo a ver la sonrisa perversa de Lena y sus ojos felinos mientras su pequeña mano me decía adiós.

Conversaciones con retraso

Había sido una buena idea volver a casa y refugiarme con papá y mamá. Cuando terminé mi primer bloque de estudio a las ocho, me esperaban los dos con el desayuno listo.

—¿Cómo vas? —Mi padre me alargó la taza de café y me pasó el escáner para comprobar mi estado. Y pensar que, hasta aquel año, odiaba aquel brebaje negro. Ahora era una maldita adicta.

—Bien. Según el horario. Bioestadística es complicada, las definiciones no siempre son lógicas —dije con fastidio. Algunas, de hecho, no tenían ningún sentido—. Pero, a base de repetir y repetir, he conseguido grabarlas en mi cerebro.

—¿Retomas después del desayuno?

—No. Necesito estirar. Haré mi rutina de yoga y seguiré a las nueve en punto.

Había creado aquella rutina durante el bachillerato, pero terminé de perfeccionarla en los últimos meses. Por eso, cuando oí el timbre del portalón de entrada, empecé a hiperventilar con ansiedad. Las interrupciones no estaban contempladas.

—Qué raro —comentó mi madre—. ¿Quién puede ser a estas horas?

—Voy a ver —gruñó mi padre, todavía en pijama y con el periódico abierto en la pantalla del ordenador, momento que le fastidiaba en grado máximo que lo molestasen. Nos parecíamos mucho.

Mi madre y yo nos inclinamos sobre la cámara del videoportero con curiosidad.

—Vaya, ¡pero si es el viejo Polo de Nacha!

Fruncí el ceño. ¿Serían Adriana y Magnus? No. Demasiado temprano. No creía que madrugasen tanto un sábado. Tenía que ser Lena.

Salí a la entrada a recibirla, un poco preocupada porque se acercaba la hora de mi tabla de ejercicio.

—¡Hola! ¿Puedo estudiar hoy contigo? —preguntó tras cerrar el coche con un portazo—. Mis padres no están y Dana se ha ido con Magnus.

Dudé unos segundos. Lo reconozco.

—Claro. ¿Por qué no me avisaste ayer de que venías? —La agarré de la muñeca y casi la arrastré dentro de casa—. Quítate los zapatos. Llevas *leggins*. Servirá.

—Porque... Servirá, ¿para qué?

—Yoga. Vamos.

Lo normal era que me dejase llevar por el sonido de los cuencos tibetanos o alguna música relajante, pero tenía demasiada curiosidad. Terminamos con el saludo al sol y comenzamos la postura del perro.

—¿Me vas a decir por qué estás aquí en realidad?

Me puso mala cara. Incluso en la posición de uve invertida me di cuenta.

—Porque no me apetece hacer de carabina, como dices tú.

—Ya. Te lo voy a preguntar otra vez, y no me mientas. ¿De qué has venido a esconderte? —Arqueamos la espalda en la posición de la cobra. Miré a las montañas, no quería intimidarla, pero a mí no me venía con cuentos—. ¿Estudiar conmigo? ¡Mentira! La última vez que hablamos me dejaste bien claro que yo te pongo nerviosa y que te bloqueo, que prefieres mil veces hacerlo con Tony.

—Con Tony tampoco quiero estar —dijo con voz temblorosa.

—Lenucha, ¿qué pasa?

Las dos dejamos de contorsionarnos sobre el césped y yo levanté su rostro para que me mirase. Tenía los ojos llenos de lágrimas.

—Creo que ayer la cagué. Forcé una situación y enseñé unas cartas que debí mantener ocultas. —Se limpió la cara con las manos en un gesto infantil que me conmovió y la abracé—. Ahora Dana va a ir a por todas, lo sé. Y yo no tendré ninguna posibilidad, si es que alguna vez tuve alguna. Soy una estúpida.

—¿Qué cartas? ¿De qué estás hablando? ¿Qué ha pasado? —pregunté, desconcertada. Se echó a llorar en mis brazos y, entre sollozos e hipidos, y con mucha dificultad, logré desgranar la historia inconexa de un baile sensual entre Adriana, ella y Magnus, con el resultado de un beso entre Adriana y Magnus, que había terminado en un beso entre Magnus y ella—. A ver, Lenucha... no lo entiendo. ¿Magnus te besó delante de Adriana? —No daba crédito a lo que acababa de oír.

—¡No! —sollozó todavía más fuerte—. ¡Fui yo quien lo besó a él!

—Pero ¿delante de Dana? —No entendía nada.

Lena levantó los brazos en el aire en un gesto cargado de impotencia.

—Delante de Dana, no. ¡Con Dana abrazada por delante y conmigo abrazándolo por detrás! ¡Sé que es complicado! —Cogió mis manos e intentó explicarme la escena con ellas—. Aquí estaban Dana y Magnus, bailando juntos... así. Y yo me acerqué a él por detrás, así. ¿Entiendes? —Pegó una de sus manos a las mías—. Dana empezó a morrearse con Magnus, ¡sé que lo hizo a propósito! ¡Para provocarme!

—No te enfades. Sigue. ¿Y entonces?

—Querían que me fuera. ¡Querían echarme de allí! —Lena bajó los ojos y se mordió el labio inferior, histérica perdida—. Magnus se dio la vuelta, supongo que para decirme que los dejase tranquilos... y yo aproveché la ocasión.

—Ay, Lenucha. ¿Qué hiciste?

—Algo que tenía ganas de hacer desde hace años. Lo besé, Martina. En la boca. —Clavó sus ojos verdosos en mí y levantó una comisura de los labios, traviesa—. Y me encargué de que no se le olvide en una buena temporada. Lo sé...

Estaba loca. Todos estaban locos. ¿Qué demonios tenían en la cabeza?

—Pero ¿por qué? ¿Y tu hermana? —balbuceé, desconcertada. Me puse de pie y comencé a caminar en círculos por la terraza para intentar entender.

—Porque a Magnus le tengo ganas desde siempre, aunque nunca le haya dicho nada a nadie. ¡Y menos a mi hermana! Porque, si lo sabe, entonces sé que no tendré ninguna posibilidad —contestó con un tono tan cargado de obviedad que me dio pena—. Ahora he desvelado que Magne me gusta. A eso me refería con lo de que no debí mostrar mis cartas. Si antes lo tenía acaparado, ahora le va a sorber los sesos.

Me eché a reír cuando puso cara de zombi desesperado sorbiéndole la vida a su propia mano. La abracé.

—Ay, Lenucha. ¡Nunca me lo dijiste!

—Nunca se lo he dicho a nadie. ¡Y te lo estoy diciendo ahora!

—No te enfades conmigo.

—No me enfado. Pero, si me dices que son las nueve y que tenemos que irnos a estudiar, ¡te doy una paliza! —soltó, enfurruñada, con los brazos cruzados y toda la pinta de querer ponerse a llorar.

—No, no. ¿Qué quieres hacer? ¿Vamos a dar un paseo?

Lena asintió.

Caminar por la parcela, en plena efervescencia primaveral, nos sirvió a las dos para calmar los nervios. Después estudiamos o, al menos, lo intentamos. Lena volvió a casa más tranquila con la caída de la noche.

Decidí quedarme con papá y mamá también entre semana, solo mientras durasen los exámenes. Tener todos los días tres comidas hechas, no ocuparme de hacer camas o poner lavadoras y recibir los mimos de mis padres era una auténtica maravilla.

* * *

—¿Cómo te ha ido? —preguntó mi padre cuando subí con ellos en el coche al acabar la jornada en la universidad; así Magnus quedaba motorizado y podía llevar a Pirque a Adriana en caso de que se quedara a «estudiar»—. Le has metido muchas horas el fin de semana, pese al imprevisto de Lena.

Me eché a reír. Mi padre me conocía bien. A veces me preguntaba si no me conocía demasiado bien para mi propio interés.

—Perfecto. He comprobado las respuestas y espero la matrícula. Magnus está cabreado porque ha fallado un par de definiciones tontas —dije, preocupada; lo había notado de muy mal humor y me pregunté si no tendría que ver con lo que Lenucha me había revelado—. Tenemos unos días de respiro, pero el viernes hay examen de Biología Molecular, así que hay que ponerse las pilas.

Decidí darme una tarde libre. Ayudé a mi madre a cocinar buñuelos de bacalao, que a mi padre le encantaban. Intuía que se estaba avecinando una tragedia en el núcleo.

Menos mal que yo parecía mantenerme al margen de todo.

* * *

En clase se respiraba un ambiente tenso. El buen rollo logrado con mis compañeros al no presentarme al examen de Neuroanatomía había desaparecido y volvían a mirarme como si fuera el enemigo público número uno. Según ellos, todas las escalas volverían a subir por mi culpa.

Me puse a estudiar triste y desanimada. ¿Qué iba a hacer? ¿Contestar mal un par de preguntas a propósito para que las notas de los demás subieran? No. Me negaba en redondo.

—¿Quieres un bollo de canela? Están recién hechos. —Mi padre me tentó con un plato con un delicioso olor a azúcar caliente.

Cerré los ojos e inspiré el aroma que me transportaba directa a la cocina de mi abuela Jana en Tromsø. Sonreí.

—Eso es chantaje. Sabes que no puedo resistirme, aunque no debería —respondí, preocupada. Me palpé la barriga. Con tantas horas de inmovilidad, comenzaba a subir de peso—. Tengo que empezar a hacer más ejercicio y a modificar la dieta.

—Necesitas glucosa. —Entró con un respeto casi ceremonial en mi habitación. Todos excepto mi madre, que era la emperatriz indiscutible de la casa, consideraban sagrados mis espacios—. Tú y yo tenemos una conversación pendiente.

Empujé la silla hacia atrás con un suspiro. Estaba hasta el moño del ciclo de Krebs, que podía dibujar en mi cabeza hacia atrás, hacia delante y en escritura espejo si era necesario.

—*Ja, pappa.* —Me senté a su lado encima de la cama y le hinqué el diente al bollo de canela. Ya que íbamos a abordar el tema, por lo menos pasar el mal trago con un poco de dulce.

—¿Qué pasó aquella noche en Alcudia, Martina? Sé que tu madre lo suavizó.

Solté una risita, aunque no era mi intención, lo juro, pero es que mi padre era transparente como el agua.

—Pasó que a veces soy idiota, papá, y que ocurren las cosas y no sé interpretarlas. Tenía una situación de peligro delante de mis narices y no supe protegerme —contesté sin rodeos, porque era la verdad. Aproveché para darle un buen mordisco al bollo y así ordenar mis ideas. Quería escoger bien mis palabras. No para mentir, a mi padre no podía hacerle eso, pero sí para dejarle claro lo que había pasado y dejar zanjado el tema de una vez por todas—. Tenía ganas de juerga y se me fue de las manos. Me bebí unos cuantos chupitos de tequila de más. Fui al baño y no me di cuenta de que un tipo me seguía, y acabó entrando conmigo. —Me detuve, insegura al ver la mirada letal de sus ojos azules y el rictus endurecido de su rostro, pero no dijo nada—. Empecé a encontrarme fatal.

—Tú nunca bebes demasiado. ¿Por qué esa noche? ¿Qué pasó?

Evité su mirada inquisitorial. A mi padre era difícil no contestarle una pregunta directa. No solo porque utilizaba un tono como si lo hubiesen entrenado la Gestapo, el KGB y el MI6 juntos, sino porque, además, utilizaba su encanto paternal. Me cogió los dedos con delicadeza y los apretó dentro de su manaza enorme de cirujano. Era irresistible.

—Papá, ¿por qué va a ser? ¡Porque quería pasármelo bien! Era mi último fin de semana en Mallorca antes de volver a Chile —dije, reacia. Él dejó caer una sonrisa burlona. No me creía ni una sola palabra y alzó las cejas en un gesto suyo muy personal, esperando. Me puse nerviosa—. Quería soltarme un poco. ¡Ya sabes! Dejar de ser tan estirada, tan contenida, tan... yo.

—Entiendo. Sigue.

—El tipo se me echó encima, intentó besarme, y yo lo empujé. Le dije que me encontraba mal y que me dejara tranquila. —No movió ni un solo músculo. Decía que me entendía, pero no tenía mucha pinta de empatizar. Intenté interpretar en sus ojos, su rasgo más expresivo, alguna emoción que me diera una pista, pero era un bloque de hielo—. Tenía ganas de vomitar y estaba muy mareada. Él me dijo que tenía que agradecerle los chupitos, o pagarle los chupitos o algo así, ¡no lo recuerdo bien! Se abrió la bragueta y se sacó los genitales.

—¡¿Qué?!

Vaya. Por fin una emoción. Los ojos de mi padre se abrieron como platos y su mandíbula se descolgó. Yo solté otra risita estúpida.

—No te preocupes. No fue nada impresionante ni amenazador. Él también estaba muy borracho. Me preguntó que qué me parecía y yo creo que ese fue el problema. —Viéndolo con perspectiva, fue en ese preciso instante en el que debí marcharme, pararlo en seco, ponerme a gritar, ¡qué se yo!—. Pensé que me pedía una valoración seria y le contesté que parecía una salchicha Bratwurst, que la tenía pequeña, que tenía problemas para conseguir una erección y que me dejara en paz porque me encontraba fatal.

—*Svarte helvete, Martina*... —Mi padre negó con la cabeza y se frotó la cara con las dos manos en un gesto cargado de desesperación.

—Ya. Ahora lo sé. No le gustó mucho mi apreciación —dije con una sonrisa forzada. Se me puso la piel de gallina al recordarlo—. Recuerdo que me incliné a beber agua y mojarme la cara para ver si me recuperaba un poco y el tipo me embistió por detrás. Me puse a gritar. —Me estremecí y mi padre me estrechó entre sus brazos. Mierda. Las lágrimas empezaron a rodar por mis mejillas—. Fue asqueroso, papá. Me sentí tan sucia... y yo no había hecho nada para provocarlo. Solo pasármelo bien. Igual que todos los que estábamos allí.

Me dejé contener mientras mi cuerpo convulsionaba por los sollozos. Él me acunó como si fuera un bebé, con sus labios apoyados en mi frente. Había evitado aquella conversación desde hacía casi tres meses, porque sabía que eso pasaría, pero en ese momento era una verdadera liberación. Pasaron varios minutos. Sentí que la puerta se abría y mi madre asomó la nariz, pero al vernos respetó nuestro momento padre e hija y se marchó. Agradecí que lo hiciera, en ese instante no soportaría su intensidad maternal. Mi padre me abrazaba, pero no hablaba, y era justo lo que necesitaba entonces... o eso creía yo.

—Martina, hay algo que no entiendo.

—¿Qué cosa?

—¿Por qué vas a querer dejar de ser tú? —Me miró con expresión desconcertada. No lo entendía.

—Venga ya, papá. ¿Sabes cómo me llaman? Martina Frozen. Martina Psycho Terminator. —Le evité lo de Virgen del Hielo, no quería preocuparlo más—. Quería sentir por unas horas lo que sienten los demás, demostrar que no era una cerebrito friki, que podía ser una chica normal, deseable. ¡Yo qué sé! Me salió fatal...

—Martina, eres una chica preciosa con una inteligencia fuera de lo común. Eso no es fácil para ningún hombre —dijo tras unos minutos en los que, como comentaba mi madre, casi se podían oír funcionar los engranajes de su cerebro—. Te lo digo yo, que estoy casado con una. Tu madre es como tú... una mujer difícil, un reto. Pero, a la vez, es el mayor tesoro de mi vida y lo más importante para mí. Ya lo sabéis.

Asentí. Lo teníamos muy claro. Eso me dio algo parecido a la esperanza.

—¿Quieres decirme que yo también conseguiré algún día un hombre como tú?

Soltó una carcajada gutural y ronca que me hizo reír. Me abrazó.

—Lo que quiero decirte es que todo llega. ¿Por qué tienes tanta prisa? Acabas de cumplir dieciocho años, estás recién despertando a la vida —dijo con una sonrisa triste—. No tienes que dejar de ser tú, ni amoldarte a lo que los demás piensen para cumplir unos cánones en los que no crees, hija. —Estaba indignado. Encerró mi rostro entre sus manos y me miró con seriedad—. Si vas a emborracharte, que sea porque te apetezca. Si vas a tener sexo con un hombre, que sea porque tú lo quieres así. Llevo años oyéndote decir que el alcohol mata tus preciadas neuronas y que no piensas acostarte con el primero que pase. —Aparté mis ojos de él, un poco avergonzada, porque tenía toda la razón, pero él me obligó a mirarlo de nuevo—. ¿Quieres cambiar? Perfecto. Pero que sea porque tú lo decidas, hija, no porque te empujen a ello los demás. No lo hagas por las razones equivocadas. ¿De acuerdo?

Asentí con un gesto débil.

—¿De acuerdo? —insistió, endureciendo el tono de voz.

—De acuerdo, papá.

—Fuiste muy valiente al hacer la denuncia, pero me hubiera gustado que nos hubieses llamado a tu madre y a mí —dijo tras un rato en el que volvimos a quedarnos en silencio, abrazados, yo bastante incómoda y él, todavía más.

—Estaba con Dana, con Magnus y Many. Y en ese momento no podía pensar con claridad —repliqué un poco a la defensiva—. Deja de meterme caña, papá. Ya es suficiente por hoy. Dame un respiro. Además, tengo que seguir con el siguiente bloque de estudio.

Se echó a reír y me dio un último beso en la frente antes de levantarse. Cogió el plato lleno de azúcar, migas y canela.

—De acuerdo, pero si llega a ocurrirte algo así de nuevo...

—Lo prometo. Lo primero, llamaros a mamá o a ti —afirmé con el saludo *scout*, con la mano derecha a modo de juramento solemne—. Ahora, déjame estudiar.

Se marchó de allí a regañadientes mientras mascullaba insultos en noruego. Sin embargo, yo me sentía más ligera. Sonreía. Me costó menos concentrarme para estudiar.

Electra

Miércoles. Mitad de semana. No sabía nada de Adriana desde el numerito del sábado con Lena y Nina Simone de fondo. Había intentado llamarla cien veces y me colgaba. Le había enviado varios wasaps y recibí una única y muy frustrante respuesta.

> Deja que se me pase el cabreo,
> porque estoy muy cabreada contigo.
> Y, además, tengo que estudiar.
> Déjame en paz.

Joder. Vale. La dejaría en paz, pero ¿cabreada conmigo? ¿Por qué? Había sido Lena la que se me había tirado encima. ¡Había sido Dana la que se había puesto a provocar! Tenía un lío de cojones en la cabeza, no podía concentrarme en el maldito examen de Biología y me sentía solo. A todos nos pasaban factura las dos semanas de estudio intenso y el semestre y medio de carrera. A la mierda.

Cuando aparecí a última hora de la tarde en casa de mis padres, a ninguno de los dos les extrañó. Por la mirada que los vi intercambiar, se lo esperaban. Me dio un poco de rabia, pero, al olfatear la lasaña de carne y verduras que se calentaba en el horno para la cena, se me pasó.

—El hijo pródigo vuelve a casa —dijo mi padre al verme entrar en la cocina con el rostro demacrado y la mochila a rastras—. ¿Un plato de comida caliente?

—Erik, no seas así. —Mi madre me abrazó y me revolvió el pelo. Me dejé caer en su contacto. Si hubiera dicho «Erik, no seas cabrón», no me habría extrañado en absoluto. A veces, mi padre podía serlo, y mucho—. ¿Y esta sorpresa?

—No puedo más. Me rindo. ¿Por qué no habré escogido estudiar... no sé... pedagogía en danza? —Tiré la mochila en la isleta y Martina me miró con esa sonrisa dulce que adoraba—. Hola, enana. Te he echado de menos en casa.

Se lanzó a mi pecho en modo Sputnik y casi me tiró al suelo. De hecho, me dio un cabezazo en la mandíbula y me arrancó un gemido de dolor; luego una carcajada. Hacía mucho que no pasábamos tanto tiempo separados. Mis padres se acercaron a nosotros y nos rodearon.

—¡Abrazo familiar! —propuso mi padre con entusiasmo infantil.

—Para que luego les eches en cara que vengan a vernos —murmuró mi madre con los labios sobre mi pelo—. Si es que no deberíais haberos marchado de casa, para empezar.

—Eso ni de broma. —Mi padre nos apretó con fuerza a los tres—. Yo os adoro, pero, en cuanto se acaben los exámenes, ¡fuera de aquí!

Me eché a reír. Papá en su más pura esencia.

La casa se sumió en el silencio después de comer algo juntos y ponernos al día, pero Martina nos hizo volver a la realidad. Envidiaba su capacidad de meterse en los libros. Yo seguía incapaz de concentrarme, haciendo esfuerzos por no volver a contactar con Dana mientras le daba vueltas a qué era lo que yo había hecho mal. Unos golpes en la puerta me salvaron de volverme loco. Cuando vi que era mi hermana, la saludé como si fuera una aparición celestial.

—¡Martina! Qué bien que hayas venido. Estaba a punto de tirarme por la ventana. —Tardé una milésima de segundo en cerrar el libro y alejarlo como si quemara—. ¿Tú cómo vas?

—Bien. Aún me queda el repaso final, pero tengo algunas cosas en la cabeza y necesito sacarlas —respondió con una sonrisa que no iluminó sus ojos. Se sentó en mi cama como los indios y señaló el espacio libre frente a ella—. Hace tiempo que no hablamos.

Me acomodé donde me indicaba, dispuesto a una conversación sincera. La echaba de menos. Aquellos días en casa sin ella me había sentido más tirado que un calcetín.

—Es cierto. Antes nos lo contábamos todo. Siempre. —Adopté la misma postura que ella; éramos como un espejo, masculino y femenino, sentados en cada mitad de la cama.

—Lena estuvo aquí el otro día. Me contó que os besasteis delante de Adriana —soltó sin rodeos. Joder. Esto sí que no me lo esperaba. El mero nombre de nuestra amiga me hizo palidecer—. Me ha explicado su versión y me gustaría conocer la tuya... porque todavía estoy en proceso de entender lo que pasó.

No moví ni un músculo. No quería demostrar lo poco que me había gustado que me abordara así. Sus palabras me sentaron como una patada en el estómago.

—No te estoy pidiendo explicaciones —dijo con suavidad. Me apretó los dedos en son de paz y tuve que hacer un esfuerzo para no retirar la mano—. Solo quiero entenderlo. Lenucha estaba hecha polvo. No tenías ni idea de que le gustas, ¿verdad?

—Joder, Martina... me cago en todo... —Me apreté el puente de la nariz y cerré los ojos con fuerza. ¿No quería aclararme? Pues toma. En la cara—. Para empezar, fue ella quien me besó a mí. De hecho, me giré para decirle que se largara. Adriana y yo estábamos en precalentamiento, ya sabes. Bailando, cachondos, besándonos.

—Sí, eso me dijo ella, que empezasteis un numerito, que tú le dijiste que se fuera, ella dijo que no quería marcharse y Adriana que le daba igual —pareció recordarlo con extrañeza—. Lena pensaba que Adriana lo había hecho a propósito, para restregarle vuestra relación. La verdad es que la manera en que se llevan como hermanas es muy rara.

—Yo no le di importancia en ese momento, Lena es muy terca también, ¿eh? —dije, en defensa de Adriana. Me parecía un poco injusto que pensara que ella lo había alentado. No quería darle demasiadas vueltas, la verdad—. Insistimos en que nos dejase solos, pero ella no paraba de mirarnos. Yo creo que Adriana se cansó y ya está. Cuando empezamos a bailar y a besarnos con una canción de Nina Simone, Lena decidió que también quería bailar y se me pegó por detrás.

—Magnus, pero en ese momento debiste pararla, no sé.

Aparté los ojos de mi hermana. No podía admitirlo ante ella. No podía. No quería confesar que estaba encantado con la situación. ¿Qué hombre no lo hubiese estado? Dos mujeres, hermanas, preciosas, haciéndote un sándwich y frotándose contra ti. Una puta fantasía erótica. Me escapé por la tangente.

—¿Y qué iba a hacer? ¡No me pareció que estuviésemos haciendo nada malo! Solo bailábamos. Adriana no dijo nada y yo solo le pregunté a Lena que qué pretendía. —Me cabreé, porque empecé a intuir que no solo yo me sentía culpable. Mi hermana también me culpaba un poco—. Me volví para decirle que se fuera, ¡y me metió la lengua hasta la campanilla!

—Magnus, fueron varios segundos.

—¡Me pilló por sorpresa, joder!

—Lena dice que te gustó.

—¡Claro que me gustó! ¡Fue un beso increíble!

—Ay, Magne...

—Y hubiera seguido, y no sé hasta dónde hubiésemos llegado, si no fuera porque Adriana me arrancó de su boca, me acusó de querer montarme un trío con su hermana —solté con amargura, aliviado en cierto modo de confesarlo por fin— y se la llevó de allí a rastras como si yo fuera una especie de depredador sexual. ¡Adriana!

—No, si capto la ironía —dijo con tono circunspecto.

—Entonces, ¿por qué demonios me da la impresión de que tú también me culpas a mí? ¡Joder! —grité, envuelto en frustración.

—No digo que sea culpa tuya, pero dos no se besan si uno no quiere, Magne. —Cerró los ojos un segundo y me cogió de las manos—. ¿Has pensado en las consecuencias de esto para Lena? Le has dado esperanzas. Y tú le gustas de verdad.

—Es una niña —solté, disgustado. Me había gustado aquel beso, me había descubierto una Lena que no conocía, pero yo no quería nada de ella... o al menos eso me repetía una y otra vez. No quería pensarlo demasiado.

—Pues ella ahora quiere elaborar un plan de ataque contigo. Y yo me siento fatal, porque es mi amiga, y no sé si debería estar contándote esto. —Martina chasqueó la lengua con fastidio—. Pero tú eres mi hermano, y creo que te has equivocado.

—Yo no he hecho nada —insistí. Estaba harto de tener que hacerme cargo de las cagadas de otras personas—. Empezó Adriana y terminó Lena.

—Y tú las seguiste. Y ahora Lena piensa que puede tener una posibilidad contigo —sentenció mi hermana, en un análisis letal. Joder. No lo había pensado—. A ti te parece solo un beso, pero esto va a tener muchos daños colaterales. Y no hemos hablado de Adriana.

—A ver, a ver, a ver —la frené, con una risita irónica. Empezaba a estar un poco harto—. ¿Es que te has sacado un máster en terapia de parejas y yo no me he enterado?

—Magnus, solo intento poner las cosas en perspectiva.

—No. Me estás echando la culpa de todo, que es muy diferente —me defendí, dolido por no encontrar apoyo en la persona de la que más lo necesitaba—. Y no tienes peso para ello, hermanita.

—¿Qué quieres decir? ¡Precisamente por eso! ¡Soy tu hermana! —replicó, indignada.

—Ya, pero no tienes ninguna experiencia. ¿Te las das ahora de gran conocedora de mis problemas cuando no eres capaz de resolver los tuyos? —Volví las tornas y cambié el foco hacia ella. Se encogió ante el ataque, sorprendida con mi contestación—. ¡Venga ya!

—Magne, solo quiero darte una visión desde fuera, ¡no me las doy de nada! —me rebatió, desconcertada—. Un punto de vista de alguien que os conoce bien a todos, y que sabe lo que Lena piensa. ¡Nada más!

—Ya, ya... pero entenderás que, al no haber tenido ninguna relación, ni sexual ni de ningún tipo, tu opinión me valga más bien de poco. —Sé que estaba siendo cruel, pero quería que se callara, que dejara de analizar. ¿De verdad Lena quería algo conmigo? No pude evitarlo. La idea, por un momento, me encantó—. Agradezco tu aportación, pero vamos a dejar el tema ya.

—No, no. Un momento. Esto me interesa. —Martina se puso muy nerviosa de repente—. ¿Me vas a decir que no haber vivido una relación me invalida para tener una opinión sobre el tema?

—No. Solo he dicho que a mí tu opinión no me sirve.

—Pues a mí me parece que tengo razón y que por eso te ha dolido tanto —¡Zas! En toda la boca. Dios, ¡cómo la odiaba a veces! Era como el maldito oráculo de Delfos—, tenga experiencia o no. Porque debiste pararlo. Debiste dejarle las cosas claras a Lena. Te dejas manejar por Adriana y a ella tampoco sabes pararle los pies. ¡Te manipula como quiere! Además...

Sentí que la rabia me carcomía por dentro. Mi hermana pequeña dándome lecciones. ¡A mí!, que había tenido más parejas de las que podía recordar, que me había ganado ya una cierta reputación de buen amante. Y no paraba. No paraba. Me levanté de la cama y la señalé con un dedo acusador.

—¿Sabes por qué no has follado todavía, Martina? ¿Sabes por qué ningún chico se te acerca a menos de dos metros de distancia? —solté con todo el veneno que fui capaz. Ella frenó en seco su verborrea y cerró la boca de golpe—. Por esto mismo. Porque juzgas a todo el mundo, en especial a los hombres, por una altísima vara de ética y perfección. Porque tienes un complejo de Electra que no superas desde los cuatro años. Porque estás enamorada de un ideal de hombre, tu padre, el gran doctor Erik Thoresen, que no existe, porque papá puede llegar a ser un cabrón integral. Si no me crees, le preguntas al tío Boris o al tío Kurt, y te podrán contar cómo fue en realidad en su juventud, hasta que conoció a mamá. —Qué bien sentaba poner en su sitio a aquella mocosa malcriada y sabelotodo. ¿Quería soltarme verdades? Pues ahí le iban a ella unas cuantas también—. ¡Porque tengo diecinueve años, y tengo derecho a hacer lo que me dé la gana! Y porque el hecho de que tú quieras ser la Virgen del Hielo, eternamente enamorada de su padre, ¡no quiere decir que yo tenga por qué seguir tus mismas normas rígidas de ética y moral! ¡Déjame vivir mi vida! ¡Y déjame en paz! ¿Entendido?

Me di cuenta de que le gritaba, de pie, encorvado sobre ella, desencajado. Martina estaba encogida, todavía sentada sobre la cama, con los ojos muy abiertos y llenos de lágrimas. Temblaba.

—Entendido.

Se levantó, salió de mi habitación, cerró la puerta con suavidad y se fue.

* * *

Último examen. Me aferré con desesperación a aquella pequeña muestra de que mi mundo seguía igual. Adriana estaba desaparecida, Magnus no me hablaba desde nuestra pelea y Lena también estaba muy agobiada por los parciales. Mi cabeza procesaba en bucle en otra parte; en concreto, en ese complejo de Electra que mi hermano, la persona más importante para mí, me acusaba de no superar.

—Mamá, he leído que el complejo de Electra es una teoría freudiana que consiste en el enamoramiento patológico de las niñas hacia sus padres, y que se supera alrededor de los cuatro o cinco años. —No podía concentrarme en estudiar, así que acabé por abordar a mi madre en su despacho de casa. Magnus no apareció. Mejor. Mi padre seguía en el hospital, mejor también. No era una conversación con la que me sintiese muy cómoda en su presencia—. ¿Yo sufro de un complejo de Electra no superado?

Mi madre levantó la cabeza del ordenador con brusquedad.

—Pero, hija, ¿de dónde sacas semejante idea? —preguntó, preocupada.

—Eso da igual. ¿Qué opinas tú? —Si me ponía a explicar mi discusión con Magnus, no terminaríamos en toda la tarde y tenía que estudiar—. Mamá, es importante.

Ella suspiró. Cerró la tapa del portátil y apoyó el mentón sobre las manos con gesto pensativo.

—No. Yo creo que no. Para empezar, porque tú y yo nos llevamos muy bien —dijo con un guiño cómplice que me hizo sonreír—. En el complejo de Electra, la hija ve a la madre como su enemiga, como su competidora. ¿Tú me odias a muerte?

Solté una carcajada, divertida.

—¡Claro que no!

—Entonces eso no se cumple. Además, yo no veo que andes seduciendo a tu padre... a menos que tu reciente mudanza provisional sea con esa intención. —Entornó los ojos y fingió una terrible mirada suspicaz—. ¿Has venido aquí a seducir a mi marido, pequeña arpía? —dijo con tono acusador.

—¡Puaj! ¡Mamá! —exclamé, muerta de la risa—. ¡Pero qué cosas dices!

—Martina, no sé de dónde sacas esas ideas, pero tienes que dejar de lado los tratados de psicología —dijo mi madre entre gestos de negación. Volvió a abrir el portátil y se puso las gafas—. Creo que no te hace bien leer según qué cosas. ¿A quién se le ocurre? ¡Complejo de Electra! —Se echó a reír.

Pero yo no terminaba de estar conforme con su explicación. Eché un vistazo al reloj. Total, el primer bloque de la tarde ya se había ido al traste, así que podía quedarme un rato más de charla.

—Magnus dice que tengo a papá tan endiosado que, al comparar a los chicos con él, los desecho como si fueran despojos —comenté, reacia a soltar su nombre. Pero todo aquel tema me afectaba demasiado—. Que, si sigo así, me voy a quedar sola toda la vida.

Mi madre volvió a cerrar el ordenador de golpe.

—¿Así que esto es cosa de tu hermano? —Cogió aire muy despacio, sus fosas nasales se abrieron y cerraron un par de veces. Parecía una bomba a punto de estallar—. ¿Qué pasa últimamente entre vosotros? En el núcleo duro, me refiero. ¿Eres la única que no se ha vuelto loca?

—Eso quisiera saber yo, mamá. Pero ¿me puedes contestar?

Soltó el aire de golpe y clavó los ojos en mí.

—Mira, Martina, no hay nada de malo en tener aspiraciones elevadas. A mí me parece perfecto que tengas como tipo de hombre ideal a tu padre, ¿cómo no voy a opinar así? —Se echó a reír—. Es el que he escogido como compañero de vida; si te dijera lo contrario, me estaría contradiciendo, ¿no crees? No te conformas con cualquiera y eso está bien. Eres exigente, sabes lo que quieres y, lo más importante, no te vas con el primer gilipollas que se atraviesa en tu camino. Eso está genial. Te valoras a ti misma, Martina. Muchas mujeres no hacen lo mismo. No te preocupes. Tu momento llegará.

Solté una carcajada, me encantaba cuando mi madre se ponía en plan soez.

—Pero tengo la sensación de que eso no ocurrirá nunca —me quejé con amargura. Pensé en mi lista. Había cumplido dieciocho años y ahí seguía, entera y virginal.

—Bueno. Que tengas elevadas aspiraciones no quiere decir que no te diviertas por el camino —añadió con una sonrisa pícara. Se encogió de hombros y me guiñó un ojo—. ¿Qué es lo que buscas ahora, Martina? ¿Un hombre para toda la vida? ¿O quieres experimentar y pasarlo bien? Piénsalo. Cada cosa tiene su momento.

—Adriana dice que ella y Magnus lo pasan bien, y que el sexo es muy bueno, pero que no es para toda la vida —comenté, pensativa. Quizá mi amiga tenía razón, pese a lo poco que me gustaba su indefinición—; que no quieren ponerle nombre porque no tienen ni idea de lo que es.

—Adriana es muy inteligente. Y no me parece mal. ¡Sois muy jóvenes! —Mi madre me miró con una ternura inexplicable para el tema que tratábamos en ese momento. Sexo. Hombres. ¿Le parecía tierno?—. Antes de dar con el definitivo, ¿no prefieres tener algunas pruebas de campo? ¿Un par de borradores? ¿Unos ensayitos?

—¡Mamá! —grité escandalizada y muerta de la risa. La abracé y le di un beso.

Después de hablar con ella me sentía más tranquila. Mientras estudiaba, recordaba retazos de la conversación y me reía sola.

* * *

Cuando enfrenté el último examen de aquellas dos semanas de mierda lo hice relajada, segura de mí misma, con superávit de horas de sueño y un par de kilos de más.

Se acababa por fin la evaluación de mitad de semestre y todos estábamos eufóricos. Tocaba liberarse. Nos quedamos después de clase, bloqueamos las puertas y dejamos a dos compañeros vigilando fuera. Se conocían casos de espionaje de unos cursos a otros y eso no se podía permitir. La competición era a muerte. La rivalidad, feroz.

Comenzaba la Semana de San Lucas.

La Semana de San Lucas

El 18 de octubre se celebraba san Lucas, patrón de los médicos y protector de nuestro hospital. Tocaba cultivar el espíritu universitario, porque a lo largo de la semana la Facultad de Medicina se volcaba en las actividades y competiciones más variopintas que uno pudiera imaginar. Era curioso. Toda la rivalidad académica desapareció y se transformó en un trabajo en equipo brutal para derrotar a los demás cursos. Los novatos jamás habían ganado y ese año estábamos dispuestos a poner toda la carne en el asador.

Las pruebas que más puntos daban en el cómputo final y en las que queríamos centrarnos eran:

1. Rey y reina de la semana
2. Kilo solidario
3. Coreografía
4. Bicicletada
5. Yincana
6. Concurso de disfraces

Se suponía que Magnus y yo, como reyes novatos, debíamos representar a primero, pero declinamos con gentileza. Después del escándalo del beso en la boca, a ninguno de los dos nos quedaron ganas de subirnos juntos a un escenario. Lo cierto era que yo prefería huir de todas aquellas actividades ruidosas y masificadas.

En vez de eso, Magnus se erigió en el gladiador de las causas deportivas. Yo me volqué en el Kilo solidario. ¿Y a quién me encontré coordinándolo todo?

Al páter Gorostiza, cómo no.

—¡Martina! ¿Vienes a ayudar? —Ya estaba en mangas de camisa, montando unas cajas de cartón—. Ven, échame una mano con esto.

Me dio un par de indicaciones y enseguida me hice experta en armar las grandes cajas junto a dos compañeros más. No éramos muchos.

—En las demás actividades se ha apuntado un montón de gente. ¿Solo estamos nosotros? —pregunté, preocupada. Allí había mucho trabajo que hacer. Gorka sonrió, resignado.

—No es tan divertido como la presentación de reyes o como la yincana, pero lo haremos lo mejor que podamos. ¡El año pasado llenaron la despensa del Hogar de Cristo por un par de meses! —dijo, convencido. Hasta hinchó el pecho en un gesto de orgullo—. ¡Seguro que este año lo hacemos mejor y ganamos!

No había mucho más que hacer el primer día, así que volvimos a clase. Era difícil concentrarse cuando todos cuchicheaban con sus nuevas misiones. Magnus había desaparecido junto con su grupo recién reclutado de ciclistas para empezar a acumular kilómetros. Yo comencé a pasar papelitos con nombre y apellidos para recordar a mis compañeros que colaborasen con alimentos no perecederos.

—¡Pero, Martina, es el primer día! —protestó Rodrigo al leer que tenían que cumplir con una entrega diaria—. ¡Yo no sabía que tenía que traer nada!

—¡No importa! —dije sin contemplaciones—. En el supermercado podéis comprar fideos, arroz, harina... ¡Vamos!

—Dios mío, Martina Psycho encargada del Kilo solidario. ¡Vamos a ganar! —comentó alguien con voz de triunfo absoluto. Toda la clase se echó a reír y la emprendieron a vítores con mi nombre. Podrían haberse ahorrado lo de «Psycho», pero, bueno, algo era algo.

—¡Venga, que aún hay tiempo entre clase y clase! —grité, enardecida por los ánimos.

Ese primer día llenamos tres cajas mientras el resto de nuestros compañeros se dedicaban a preparar escenarios y murales, disfraces vistosos, coreografías. Yo prefería estar de espectadora... o irme a casa a dormir.

A la hora de comer se organizaron varios concursos de míster y miss. Participé en el del pelo más bonito y quedé segunda. Magnus ganó el de míster tableta de chocolate, con sus abdominales esculpidos en mármol. Iba a estar inaguantable toda la semana. Después continuaron las clases de nuevo. El profesor terminó veinte minutos antes de lo habitual y yo, de los nervios con los cuchicheos y las risas.

—¿No te quedas a la inauguración de la Semana? ¡Es la competición de los reyes! —me preguntó Rodrigo, sorprendido al ver que me alejaba del grupo con la mochila al hombro. Sonreí, con cara de circunstancias.

—No. Ya he recogido todos los alimentos del Kilo solidario, no creo que pueda exprimir nada más por hoy. —Se echó a reír y yo con él. Me había pasado el día persiguiendo a mis compañeros con un carrito de supermercado—. Y todavía me dura el agotamiento de los exámenes. Mañana me contáis. Me voy a casa.

No insistió. Ya me conocían lo suficiente como para saber que era un caso perdido. Además, llevaba una semana entera sin estar en mi habitación, con mis cosas, tranquila y sola, así que no era un mal plan. Tenía la idea de hablar con Magnus. Me sentía rara. Ya no estaba enfadada con él, pese a su arranque de rabia y sinceridad mal entendida. Él seguía sin hablarme y yo no entendía muy bien por qué.

Llegó de su bicicletada cubierto de sudor y barro. Yo estaba tirada en el sofá, con un documental sobre la deforestación del Amazonas, que alcanzaba su punto crítico.

—Hola, ¿cuántos kilómetros habéis hecho? —pregunté con curiosidad.

—Ochenta. Hemos acumulado una bonita cantidad para ser el primer día —respondió, orgulloso. Dejó la mochila y la botella de agua sobre la barra americana de la cocina—. ¿Tienes el ordenador a mano? ¿Puedes meterte en la aplicación y ver cómo vamos?

Vaya. Al parecer sí que nos hablábamos. Me entraron ganas de hacer algún comentario al respecto, pero sabía que no valía la pena. Era eso o volver a engancharnos en una discusión que no nos llevaría a ninguna parte.

—Sí. ¡Guau! ¡Aquí dice mil seiscientos diecisiete kilómetros! —dije, riendo. Era una barbaridad

—¡Bien! Y porque tuve poco tiempo para organizarlo. Mañana seremos muchos más.

Los dos nos miramos a los ojos y sonreímos con suficiencia. Ese año sería de los novatos. Los de primero nunca habían ganado la Semana de San Lucas.

—Oye, Martina... respecto a lo que pasó el otro día, lo del complejo de Electra y todo lo que te dije... —Apartó la mirada hacia el suelo, avergonzado, y se puso serio de repente—. Lo siento. Se me fue la olla. Me sentía culpable por lo que había pasado y supongo que me jodió que me dijeras la verdad a la cara. Lo siento.

—Me dolió lo que me dijiste.

—Lo sé. A veces digo las cosas a matar.

—Que tenga unas expectativas altas no es malo, Magnus. ¿Quieres que me líe con cualquiera? —le pregunté con curiosidad al recordar la conversación con mi madre.

—No. Claro que no. Solo creo que deberías ampliar tu criterio, nada más —contestó con una sonrisa algo triste—. Hay mundo masculino más allá del canon de papá.

—Eso es verdad.

—¿Me perdonas?

Puse cara de pensármelo y me tiró de la coleta. Yo me eché a reír.

—Te perdono. Ya te había perdonado antes de que me pidieras perdón, tonto —dije con tono de obviedad—. ¿Has arreglado las cosas con Adriana?

—No. Todavía no hemos hablado. La semana pasada estuvo a tope con los exámenes y ahora dice que tiene mucho que hacer con la Semana —contestó, disgustado. Me sorprendió verlo así, triste y cabreado—. Creo que Adriana me gusta más de lo que quiero reconocer. Y este tiempo separados me ha hecho pensar.

—No hagas tonterías, Magne. ¿En qué estás pensando? —planteé con cara de susto.

—Aún no lo sé. Todavía estoy dándole vueltas y tengo que hablar con ella primero. Voy a darme una ducha. —Se levantó de mi lado y yo lo agradecí. Olía a tigre apestoso—. ¿Vas a la inauguración de la Semana?

—No. Me quedaré tranquilamente en casa. Ya me contarás tú qué tal.

El día siguiente fue más de lo mismo. Mi persecución y la de mis compañeros comenzaba a fructificar y tuvimos que hacer varios viajes para llevar los alimentos a la sala de seminario. Teníamos que rotular lo que llevaba cada caja y clasificarlo, era un trabajo pesado. Mis compañeros tenían prisa por volver a las actividades lúdicas de correr con un huevo en una cuchara, conseguir el máximo número de sujetadores y cosas así. Yo no tenía ningún interés, así que me quedé haciendo el trabajo.

Gorka llegó al poco rato, con más cajas y cinta de embalar.

—¡Martina! ¿Qué haces aquí?

—Estudio aquí —contesté, lacónica. A veces la gente era más tonta de lo que parecía.

—Me refiero a por qué estás aquí y no con tus compañeros disfrutando de la Semana —dijo él con paciencia. Se arrodilló junto a mí y cerré los ojos un instante al percibir su aroma—. Deja eso, ya me ocupo yo. Está a punto de empezar la yincana, ¿no quieres participar?

Negué con la cabeza, como si me estuviera invitando a saltar de un barranco, y seguí contabilizando paquetes de tallarines, arroz, lentejas y alubias.

—No. No. No me gustan estos rollos. Además, soy muy patosa. Puedo provocar una debacle en cadena. —Era verdad. Se me daban bien algunos deportes y bailar, pero para otros era un peligro público —. Prefiero quedarme aquí.

—Como quieras. —Gorka se puso a mi lado y trabajamos con rapidez y en silencio. Me gustaba eso de él. No te molestaba con conversaciones superfluas. Te dejaba a tu aire... salvo cuando le daba por predicar, claro.

Seguimos hasta que acabamos de clasificar y empaquetar todos los alimentos. Para ser el segundo día, ya teníamos una bonita torre de cajas apilada en el rincón.

—Hasta mañana, Gorka —me despedí cuando salimos. Yo tenía la llave, así que cerré con cuidado la sala, con dos vueltas de la cerradura.

—*Agur*, Martina. Buen trabajo. Mañana más y mejor. —Me miró con extrañeza cuando me vio alejarme hacia la calle en vez de volver hacia donde todos los estudiantes se agolpaban en el momento álgido de la inauguración—. ¿No te quedas para el concurso de talentos musicales?

Puse cara de horror.

—¿Cantar? ¿Yo? ¿Quieres que llueva de aquí hasta el día del juicio final?

Soltó una carcajada, divertido.

—De acuerdo, hasta mañana entonces.

Eché un vistazo hacia el escenario montado en mitad del patio principal del campus. Sentí cierto poder de atracción, todos estaban allí, pero ¿qué pintaba yo? No caí en la tentación. Sabía que me sentiría fuera de lugar.

Además, tenía una misión. Llevábamos dos días dándole vueltas a ver de qué demonios íbamos a disfrazarnos y no nos poníamos de acuerdo. Nuestros espías habían averiguado que los de segundo y quinto coincidían en «La cosmonauta», la serie del momento, así que quedaba descartada. Tenía que ser algo grande, algo apoteósico, y original.

Me devané los sesos mientras caminaba, muerta de calor, hacia Isidora Goyenechea. La primavera había durado tan solo un par de semanas y el asfalto parecía derretirse bajo mis Converse. También se habían descartado los ganadores de los últimos años por razones obvias, así que nada de Adán y Eva, ni de años veinte, ni de la corte de María Antonieta. Y, por supuesto, nada era más atractivo que justamente esos temas.

Acabé por llamar por teléfono a mi madre.

—¡Hola, Martina! ¿Nos echas de menos? ¿Quieres venirte otra vez a casa de papá y mamá? —Creí intuir cierta esperanza en su tono de voz.

—Hola, mamá. Un poco —reconocí. Acababa de llegar al piso y lo encontré sucio y desordenado. Magnus no se había esmerado demasiado en mi ausencia—, pero también tenía ganas de volver.

—¿Qué tal la Semana de San Lucas? ¿Alguna novedad?

—Gané el segundo premio de Miss pelo maravilloso y soy la encargada del Kilo solidario —dije sin informar sobre mi evasión sistemática por las tardes de la que se suponía era la fiesta universitaria por excelencia—. Pero tengo un problema. Quizá tú me puedas ayudar.

Le hice un resumen pormenorizado de nuestra situación y de nuestra falta de creatividad. Me lanzó un par de ideas a lo loco, que deseché de inmediato: ni hablar de los *hippies*, y ni hablar del carnaval de Brasil.

—¿Y si os disfrazáis de «Vikingos»? Recuerdo que esa serie fue la bomba en mi época. Travis Fimmel estaba magnífico como Ragnar Lothbrok —dijo con voz de fan enardecida que me hizo soltar una carcajada—. ¡Échale un vistazo en internet! Seguro que podéis inventar algo... y los disfraces serán fáciles de hacer.

Vaya. No estaba nada mal. Me encantaron los peinados, el maquillaje y la estética general de la serie. Me puse en contacto con los encargados de la fiesta de disfraces y les mandé un millón de fotos por WhatsApp. Tardaron más de una hora en contestar, deduje que era el momento álgido de la fiesta. Pero, una vez que vieron las fotos y recibí su respuesta, supe que teníamos temática.

> BRUTAL. ¡Buenísima idea, Martina! Avisa a todos los que puedas: Novatos vikingos a la conquista de la Semana de San Lucas.

Vikingos

Teníamos poco tiempo para prepararnos. Los móviles echaban humo con mensajes y llamadas mientras los profesores intentaban dar clase por encima del murmullo de los planes. Todos habíamos hecho un juramento de mantener el más hermético de los silencios. Sabíamos que teníamos una carta ganadora e íbamos a dejarnos la piel. Hasta Rodrigo y Diego se pusieron a coser en las horas previas a la fiesta los últimos detalles en sus disfraces de polipiel.

Magnus y yo encargamos los nuestros por internet y añadimos algunas prendas que teníamos por casa. Él se rapó el pelo por los laterales y me hizo hacerle una trenza de raíz en el pelo del medio. Yo me pasé cuatro horas en la peluquería del Hotel W. La estilista me miró con cara de que me había vuelto loca cuando le enseñé las fotos de Lagertha en Pinterest y le dije «Quiero el pelo exactamente así».

Luego me pasé otra hora dibujando runas vikingas con pintura negra por todo el cuerpo y marcas de guerra en la cara de color azul tanto en Magnus como en mí.

Cuando llegamos a la mítica discoteca Blondie, puntuales a las once de la noche, supe que ganaríamos. El conjunto de todos los compañeros disfrazados, con mayor o menor acierto y esfuerzo, era espectacular. Algunos de guerreros, otros de nobles vikingos, todos con armas y escudos de madera, plástico o incluso cartón.

—¡Vamos, los demás están entrando! —nos avisaron los anfitriones de la fiesta.

El tema central de la serie, *If I had a heart*, cantada por Fever

Ray, sonó a toda potencia por los altavoces cuando nos tocó desfilar.

—Esperad —dijo Magnus, rey del momento perfecto. Sujetó a los primeros, que se revolvían nerviosos en sus trajes con pieles, correas, hachas y espadas, mientras sonaban los primeros acordes de guitarra eléctrica—. Ahora. Salid, despacio, como si estuvierais acechando al enemigo.

Yo solté una risita, pero ellos asintieron muy serios. Estaban totalmente metidos en el papel. Avanzaron por el escenario y comenzaron los gritos... y los aplausos. ¡Les gustaba! Salieron el rey y la reina, y los rodeamos en la sencilla coreografía de presentación. La gente entró en éxtasis. Creí que íbamos a ganar. Empezó la batalla fingida y golpeamos los escudos y las armas. Los compañeros comenzaron a caer al suelo.

—Vamos, Martina. ¡El turno de las valquirias! —gritó Magnus desde el escenario.

Salí del trance. Era espectacular incluso desde allí. Salimos el grupo vestidas de vikingas y empezamos a recoger a los guerreros con un beso, en una alegoría del viaje al Valhalla. Mi hermano y yo nos abrazamos por la cintura, levantamos nuestras hachas y avanzamos hasta el borde del escenario. Esperamos hasta que la música acabara y contamos en un susurro «Uno, dos, tres».

—*Skal!* —gritamos con toda la fuerza de nuestros pulmones. A partir de ahí, nos siguieron los demás—. ¡Somos los novatos de Medicina, y venimos a conquistar el San Lucas! ¡Valhalla nos espera!

Saltamos del escenario para mezclarnos con los demás. Estábamos exultantes, y fuimos recibidos como auténticos vikingos victoriosos en combate.

Sentí que unas manos me rodeaban por la cintura y me di la vuelta, sorprendida por las confianzas.

—¡Hola, Martina! Vaya *performance* que os habéis marcado. Estás espectacular. —Era Many, vestido de cosmonauta con un traje plateado, bastante hortera por cierto—. Te queda perfecto el papel de vikinga guerrera, aunque no creo que fuesen a pelear con tan poca ropa.

Me pellizcó en la barriga y se echó a reír. Yo con él. Había pensado lo mismo al ver el disfraz, pero, bueno, había cumplido su cometido.

—Ya ves. En realidad soy una valquiria, diosa del Valhalla, y vengo a recoger a los guerreros caídos en batalla y a darles su premio, así que supongo que está justificado —dije con tono divertido—. Además de guerrera, claro. Las vikingas eran muy polifacéticas.

—¿Bailamos?

—¿Y Anita?

Nuestras preguntas se atropellaron a la vez y los dos volvimos a reír. Many me cogió de la mano y me llevó hacia la pista. Se inclinó hacia mí; estaba lleno de gente y la música, a todo volumen.

—No ha venido conmigo. Quiero decir que... ya no estamos juntos —me aclaró con una sonrisa algo triste—. Supongo que empezamos regular y no aguantamos la presión de los exámenes.

—Vaya. Lo siento. —Lo dije con sinceridad. Por mucho que no fuese demasiado fan de Anita, no me gustaba que Many lo estuviera pasando mal.

—¡Martina, ven a sacarte unas fotos con el grupo! —me llamó a gritos Graciela. Tiró de mí y me arrastró hacia el escenario, donde se habían reunido de nuevo todos los vikingos.

—¡Hasta luego, Martina Vikinga! Nos vemos después.

—¡Adiós, Many Cosmonauta!

* * *

Me bajé del escenario de un salto. Había divisado a Adriana y esa vez no se me iba a escapar. «Estoy liada, Magnus.» «Tengo que estudiar.» «Soy reina este año, tengo mucho que hacer.» «Ahora no me apetece hablar.» Llevaba dándome largas desde hacía casi dos semanas. Decía que no estaba enfadada, pero, desde aquel beso estúpido con Lena, había tomado una actitud pasivo-agresiva que me estaba volviendo loco y estaba decidido a acabar con ello como fuese. Si era posible, aquella misma noche.

—¡Hola, Adriana! ¿Quieres tomar algo? Veo que ahora tienes

un momento. —La intercepté sola, en la pista. Dos amigas se habían alejado, no tenía ni idea de a hacer qué. En todo caso, no tenía escapatoria.

Ella me miró con aprensión durante un par de segundos en que aún tenía la guardia baja. En cuanto se repuso, sonrió.

—¡Oh, hola, Magnus! ¡Enhorabuena! Los novatos, ganadores del concurso de disfraces —dijo con alegría más que fingida... como si no la conociera desde que nací—. Eso no ha pasado nunca. Quedará para los anales de la historia de la Semana de San Lucas.

—Sí, sí. Hemos batido un récord. ¿Vamos a la barra a tomar algo y charlamos? Aquí hay mucho barullo —dije un poco impaciente con tanta cháchara. Adriana no paraba de mirar en la dirección que se habían ido sus amigas, así que suponía que no tardarían en volver—. Tenemos que hablar.

No sé si fue mi cara, o el tono de voz, pero algo debió de leer Adriana entre líneas, porque, después de tanto tiempo, por fin cedió. Aceptó mi mano extendida y se dejó conducir hasta la barra de mala gana.

—Una piscola.* ¿Tú qué quieres? —Me puso morritos y chasqueé la lengua en señal de disgusto—. Una piscola y un daiquiri de fresa.

—Pensaba que te habías olvidado de mi bebida favorita en estas dos semanas —dijo, mimosa. Se pegó a mí y me rodeó el cuello con las manos. Me rozó la mandíbula con los labios y luego me mordisqueó el lóbulo de la oreja. La entrepierna me dio un tirón.

—No me he olvidado, pero ¿me puedes explicar qué te pasa? —La aparté un poco, cabreado—. Dos semanas casi sin hablarme, ¿y ahora te pones cariñosa?

—¿Algún problema? —Se frotó contra mi cuerpo. Llevaba una especie de bikini plateado con unas tiras que envolvían todo su cuerpo y una faldita. Su piel estaba cubierta de brillantina también plateada—. He estado liada. He tenido mucho que estudiar. Yo también he tenido exámenes parciales, ¿recuerdas? Me han escogido reina de la Semana, y no he parado de asistir a todos los even-

* Popular cóctel chileno, mezcla de pisco con un refresco de cola.

tos. Queremos ganar, y vosotros, novatos de mierda, no nos lo estáis poniendo nada fácil.

—¿Seguro? —pregunté, suspicaz. No me lo creí ni por un segundo, pero algo en mi cerebro empezaba a flaquear. ¿Y si yo exageraba? ¿Y si Adriana tenía razón? La presión me había jugado malas pasadas antes, para empezar con Martina.

—Seguro, tontito. Ven, dame un beso.

Me agarró de la nuca y posó sus labios en los míos. Joder, ¡cómo la había echado de menos! El contacto de su boca encendió mi sangre en una deflagración súbita. La abracé y le hice saber lo contento que estaba de tenerla de vuelta y ella se frotó contra mi erección.

Sonrió sin retirar el contacto y me acarició con la punta de la lengua.

—Habrá que buscar la manera de ponernos al día.

—Estás loca, Dana. Esto está lleno de compañeros de la universidad —dije, incrédulo, pero sin poder evitar que se me escapara una sonrisa—. Esto no es la discoteca de Alcudia.

—Déjamelo a mí. Ya se me ocurrirá algo. —Se acabó el daiquiri en un par de tragos, se limpió el resto de bebida con un gesto lascivo de la punta de los dedos y me cogió de la mano—. Por el momento, vamos a bailar.

* * *

Me daba igual quién bailase a mi lado, si era de la clase o no. De hecho, había más cosmonautas que vikingos, a juzgar por la cantidad de papel plateado y dorado a mi alrededor, pero era mi oportunidad de desconectar sin que nadie me molestase. Así que bailaba, a mi aire, como a mí me gustaba. Con los ojos cerrados y los brazos en alto mientras mecía mi cuerpo al ritmo de una canción, y otra y otra... y dejaba que la percusión, los acordes electrónicos, las luces estroboscópicas y la energía de la gente a mi alrededor arrastrara el estrés, la tensión y la ansiedad.

Casi me molestó ver a Many junto a mí de nuevo, con su sonrisa de niño pequeño con hoyuelos.

—¡Hola, volvemos a encontrarnos!

—¡Hola, Many! —Ya no podía preguntarle por Anita, y no se me ocurría otra excusa. Antes de que entablara conversación, lo dirigí hacia lo que yo quería—. ¿Bailas conmigo?

—Claro. —Su sonrisa se ensanchó todavía más.

Yo volví a lo mío... a perderme en la música, a contonearme con los ojos cerrados y seguir la letra de las canciones si me las sabía. La fiesta estaba en su punto álgido y la pista, a rebosar. Many se acercó a mí y comenzamos a bailar muy cerca.

—Lo siento —dijo con tono contrito. Sus labios, en mi mejilla. Su aroma, ya familiar, me hacía cosquillas en la nariz—. Hay mucha gente.

—No pasa nada. Solo bailamos, ¿no? —Sonreí y no le di importancia. Él tampoco hizo nada por apartarse. Una sensación de alerta, de cierto riesgo, como cuando estás a punto de cruzar una carretera peligrosa con el semáforo en rojo, o cuando vas a lanzarte por una pista negra por primera vez, se instaló en la boca de mi estómago.

Lo vi venir, pero no lo paré a tiempo. No sé por qué. Primero enroscó un brazo en mi cintura y me estrechó contra su cuerpo. Nuestras piernas se entrelazaron en un baile sensual. Podía ser. Sonaba un reguetón de los antiguos, ¿por qué no? Toda la universidad bailaba así. Toda mi generación lo hacía así. Luego la otra mano ascendió por mi espalda y me generó una corriente de frío y luego un intenso calor.

—¿Esto está bien? —me preguntó en un segundo de duda. Yo todavía estaba procesando, pero supongo que tomó mi falta de respuesta como una afirmación.

Continuó el recorrido hasta mi cuello, sostuvo mi nuca entre los dedos y me besó; como en Mallorca, pero más. Yo me puse tensa y él me sujetó con más fuerza. Y eso me gustó, obedecer una orden sin palabras. La mano de la cintura bajó hasta mi culo y me apretó contra su erección. La de la nuca profundizó el beso. Mis brazos cayeron lánguidos a ambos lados de mi cuerpo. Solo me dejaba hacer por él, que movía sus labios contra los míos en un baile suave, mullido, mojado, que me hizo ser consciente de una humedad muy distinta dentro de mí.

—Many —susurré, desconcertada, cuando se apartó tan solo unos milímetros.

—También puedes tocarme... si tú quieres —dijo con una sonrisa traviesa. Me soltó y yo quise gritar, porque quería que volviera a agarrarme como antes. En vez de eso, dirigió mis manos, primero una y después la otra, en torno a su cuello—. ¿Ves? A mí también me gusta. Justo ahí.

Hundí las yemas de mis dedos en su cuero cabelludo. Tenía otra vez el pelo corto y duro. Dibujé el ángulo de sus mandíbulas con los pulgares, acaricié sus orejas.

—Despacio, Martina —dijo con tono de advertencia—. No puedes pasar de cero a cien así. Ve despacio.

Y me asusté... por dos motivos; bueno, por tres. Uno, porque tenía un nudo en la garganta. Dos, porque me dolían los pezones y me sobraba la ropa y de pronto estaba muerta de calor. Y tres, porque el vacío en el interior de mi sexo comenzó a hacerse insoportable. La erección de Many presionando sobre mi abdomen desnudo era demasiado evidente y me pareció perfecta para completarlo.

—Lo siento. Tengo que irme —dije con una sonrisa forzada. Me zafé de su abrazo y cada centímetro de mi piel aulló por la ausencia de su contacto—. Nos vemos después. Adiós.

—Pero, Martina, ¿a dónde vas? —preguntó, confuso. Intentó retenerme, pero yo me escurrí entre sus dedos.

—¡Luego nos vemos! —Me escabullí entre astronautas, vikingos y otros especímenes mientras Many me miraba con cara de no entender nada.

* * *

Adriana me estaba poniendo frenético.

Yo odiaba el reguetón, pero ella era la reina de la fiesta. No bailaba, follaba sobre la pista, y le daba igual que estuvieran todos nuestros compañeros alrededor. Si el cantante de turno decía «abajo», ella rozaba el suelo con su faldita. Si decía «arriba», alzaba las manos y se estiraba como una gimnasta. En ese mismo momento decía «mueve la cintura», y yo seguía el ondular de su ombligo, idiotizado por completo.

Intenté mantener el tipo sin hacer demasiado el ridículo con mi metro noventa y mis ochenta y cinco kilos de peso, pero ella era inmune al desaliento.

—Vamos, Magnus. Dame el capricho. ¡Baila conmigo un ratito! —me pidió, mimosa. Frunció los labios y pegó sus pechos a mi torso. Metió las manos por debajo de la camisa medio rasgada por la lucha vikinga y me acarició la espalda con malas intenciones—. Tendrás premio. Te lo aseguro. —Dejó caer la prenda. El faldón, bastante largo, cubría mi trasero y ella aprovechó la cobertura para meter la mano por dentro del pantalón.

—Adriana...

—¿Qué? —preguntó con inocencia fingida. Se pegó aún más a mí y yo di un respingo cuando deslizó los dedos entre mis nalgas.

—Joder, Dana. ¡Está toda la puta universidad metida aquí dentro! —La voz me salió más aflautada de lo que pretendía, porque alcanzó mis testículos desde atrás. Ella se echó a reír—. ¿Qué pretendes?

Ella soltó una risita. Yo me envaré. La mezcla entre cabreado y excitado no era buena idea en una discoteca llena a rebosar de compañeros, así que me encorvé sobre Adriana y la abracé para ocultar lo que hacía. Metió la otra mano por delante y empezó a masturbarme. Por detrás, acariciaba mis testículos y me rodeaba el ano. Cabrona. Me puso a mil. Alzó la mirada, muy seria, y posó los labios en mi boca.

—Pretendo hacerte entender que solo conmigo tendrás esto —dijo mientras deslizaba sus dedos perversos a lo largo de mi envergadura. Me dio un beso lascivo y sonrió—. Solo conmigo perderás así la cabeza, tendrás estas aventuras, vivirás así el sexo. —Cerré los ojos y envié una plegaria silenciosa al universo—. Solo conmigo, Magnus. ¿Entiendes lo que te digo?

Asentí como un autómata. Clavé mis ojos en ella, veía borroso. Dana tenía el pleno control de la situación. Con el pulgar, presionaba el glande y me tanteaba. Me tenía a punto de caramelo. Estaba a punto de correrme y gruñí sobre sus labios.

—Eso es, mi chiquitín —dijo con una sonrisa que destilaba maldad. Retiró ambas manos y me rodeó el cuello con ellas. Sonrió con dulzura—. En fin, Magnus... ¿qué quieres hacer?

—Vamos a mi casa. Ahora. —La discoteca estaba en la otra punta de Santiago. Podía considerarse afortunada si la dejaba llegar indemne hasta el coche—. No más tonterías, Adriana.

—No, Magne. No más tonterías, tú —me devolvió ella, no tan dulce esa vez. Se apartó y cruzó los brazos—. Y no me refiero a lo que vamos a hacer en este momento puntual. Espero que te lo hayas pensado bien estas dos semanas. Te lo voy a preguntar solo una vez más. ¿Qué quieres hacer?

Creo que la erección desapareció como por arte de magia. Las cejas de Adriana, como alas perfectas de golondrina, se alzaron en interrogación. Ya no estaba juguetona, ni excitada, ni mimosa. Tenía cara y voz de ultimátum.

—Vamos al coche. Hablamos de camino a casa. Lo tengo claro y creo que tú también. —Saqué mi móvil, el único anacronismo junto con las llaves y la cartera de mi vestimenta vikinga de aquella noche. Escribí el mensaje con rapidez—. Solo déjame mandarle un wasap a Martina para avisar de que nos vamos. —Lo envié—. Muy bien. Vámonos ya.

* * *

—No. ¡No! ¡No, no, no y no! —protesté, cabreada, al ver el wasap de Magnus en el móvil. Estaba ya en la fila del guardarropas, solo faltaban tres personas para mi turno. Pese al follón de música, gente que gritaba y reía ya bastante borracha, y los empujones para ir al baño y volver, llamé a mi hermano—. ¡No te vayas sin mí! ¡Estoy en la puerta! —mentí como una bellaca. Estaba dispuesta a abandonar mi cazadora vaquera si eso significaba salir en coche de allí.

—Lo siento, enana. Ya vamos de camino —dijo en tono contrito. Se oía el ronroneo del motor por el manos libres y suspiré—. Voy a llevar a Dana a casa.

Me detuve a procesar un par de segundos la información y sonreí.

—Me alegro de que hayáis arreglado las cosas. ¡Hola, Adriana!

—Hola, princesa vikinga. ¡Lo habéis bordado esta noche!

—Sí, sí, ¡todo un éxito! ¡Pero a ver cómo vuelvo yo ahora! —lloriqueé. Estaba cansada, eran más de las cuatro y la fiesta moría de su propio éxito. Lo habíamos dado todo desde primera hora de la noche y ya estábamos reventados—. ¡Si me voy en taxi desde aquí, me va a salir por un ojo de la cara!

—Si vuelves en taxi, te daré la mitad de lo que cueste —dijo Magnus con generosidad—. Pero estamos ya a más de medio camino, no vamos a dar la vuelta. Por favor, Martina. Por favor.

Algo quería decirme con ese ruego insistente. Me costaba leer entre líneas, pero no era estúpida. Solté un suspiro, resignada.

—De acuerdo. Me las arreglaré.

Recogí mis cosas y volví a la pista en busca de alguien que pudiese acercarme al menos hasta Providencia, pero solo había gente de tercero y de cuarto a los que conocía de vista nada más. Preferí no arriesgarme. Me entraron ganas de llorar.

Many bailaba con un grupo de compañeros y, al verme, se acercó con rapidez. A mí me pareció que era un ángel celestial.

—Martina, ¿ya te vas? —Señaló mi cazadora y mi mochila—. ¿Qué haces aquí sola?

—Magnus me ha dejado tirada. Se ha ido con Adriana y se ha llevado el coche. —Lo miré como si fuera Papá Noel, los Reyes Magos y el Hada de los dientes, todo a la vez—. ¿Puedes acercarme hasta Providencia?

—No, te llevo a casa, que me pilla de camino. Dame solo un segundo —dijo con gesto serio. Reprimió un bostezo y se acercó a despedirse de sus compañeros—. Ya está. Vámonos.

—Many, de verdad, no hace falta que nos vayamos tan pronto. Puedo esperar si a ti te apetece quedarte. —Me entró un poco de cargo de conciencia al ver que él me cogía de la mano y me conducía hacia la salida—. Cuando he llegado, bailabas con esa chica...

—¿Estás loca? Quiero irme desde hace más de una hora. Me has dado la excusa perfecta. —Puso cara de alivio y se echó a reír—. Vamos. El coche está cerca de aquí.

Por el día hacía calor, pero a las cuatro de la mañana, en octubre, todavía hacía frío y me estremecí bajo la tela de la cazadora vaquera. La falda corta y el corpiño de imitación gamuza no abrigaban demasiado, y me pegué a Many. Él me cobijó bajo su brazo.

—Vaya nochecita —dijo en voz baja.

—Y que lo digas. —Había sido divertido. Yo me lo había pasado genial, después de unos días ambivalentes en los que no conseguía encontrar mi sitio en aquel clima de euforia universitaria—. Pero ahora solo quiero meterme en la cama a dormir. ¡Estoy congelada!

—Ven aquí.

Me estrechó contra su cuerpo y me frotó con ambos brazos. Me metió dentro de su chaqueta como si fuera un koala bebé. Así entorpecíamos nuestra andadura, pero su calor era agradable. Y a mí me encantaba su olor.

—Dime una cosa. ¿Qué pasó con Anita en realidad? —pregunté, intrigada. Me mataba la curiosidad—. Creía que os iba bien. Se os veía muy compenetrados. Explícamelo bien. ¿Qué os pasó?

Él soltó un gruñido incómodo. Se notaba a años luz que no le gustaba nada mi pregunta, pero aquella misma noche se había enrollado conmigo y en ese momento yo estaba entre sus brazos... y algo me decía que la cosa no se iba a quedar ahí.

—Pasó que me harté; que era como estar con una niña de seis años; que no teníamos nada en común —soltó a disgusto, como si no quisiera escuchar sus propias palabras—. Cada vez que yo hacía algo que le gustaba, daba palmaditas. ¡Palmaditas! —Soltó un ronquido indignado entre gestos de negación—. Era fácil estar con ella, es cierto. Pero me cansé tras las dos primeras semanas; a la tercera se me hizo insoportable. —Me miró de reojo con aspecto culpable—. Y al mes tuvimos que romper.

—Vaya. Lo siento.

—No lo sientas. Más lo siento yo, créeme —dijo con amargura.

Me soltó y lo miré con extrañeza.

—¿Por qué vas a sentirlo? Todos nos equivocamos. —Me encogí de hombros y esperé a que abriese la puerta del coche. Ya habíamos llegado a su Golf, pero él daba vueltas a la llave entre las manos.

—Lo siento. Vaya si lo siento. Porque tú y yo empezamos algo en Mallorca, algo que pudo haber seguido a la vuelta de vacaciones, y yo me acojoné. —Clavó la vista en el suelo, la llave giraba a toda velocidad—. Preferí darle largas a Ana y prolongar una situación absurda en vez de cortar por lo sano. Y preferí esconderme de ti en vez de confesarte el pánico que me daba no estar a tu altura. Así que ya ves... —Alzó los ojos castaños salpicados de vetas doradas y verdes, y dejó caer una sonrisa ladeada—. Lo siento. Y mucho.

Vaya. Me quedé unos segundos sin palabras.

—Pero si tú eres mucho más alto que yo —solté, nerviosa. Por supuesto, me di cuenta de a qué se refería en cuanto lo dije. A veces soy de efecto retardado.

Con torpeza digna de Goofy, otro personaje de Disney, porque hiciera lo que hiciese estaba condenada, me abalancé hacia él. Lo abracé. Pero de verdad que era más alto y no llegaba a sus labios. Tuve que ponerme de puntillas y tirar de su nuca para besarlo. Ahí sí que lo entendió. Correspondió a mi intento y me cogió por la cintura. Yo reprimí una exclamación, porque me levantó del suelo. Y fue genial. Sus labios gruesos, suaves, blanditos y esponjosos me encantaban. Ya los conocía y me atreví a más. Quise saber cómo era morderlos y atrapé el inferior con delicadeza. Luego apreté.

Many gruñó y fue muy extraño. El sonido de su garganta resonó directamente entre mis piernas. Gemí yo también.

—Martina, no empieces con tus cosas raras —rogó, con la voz grave, muy ronca. Me hizo girar y me apoyó sobre el coche—. Tengo un límite de cosas raras que puedo manejar contigo.

—Tienes los labios sabrosos. ¡Yo no tengo la culpa! Solo quería morderte —dije, ofendida. Era cierto. Cuando miraba su boca, como en ese instante, me entraba un hambre muy rara... y calor en la punta de los dedos. Los hundí en su cuero cabelludo y masajeé su nuca con fuerza. Necesitaba calmar ese ardor.

La reacción que obtuve fue inesperada. Many se puso a mil. Me levantó del culo y me hizo rodearlo con las piernas en torno a la cintura. Buscó uno de mis pechos por encima del corpiño y apretó. Un latigazo de placer imprevisto arqueó mi espalda y Many quiso separarse de mis labios, pero yo se lo impedí. Quería más de esa boca suculenta... más mordiscos; más de su lengua carnosa; más de su saliva. Su pulgar comenzó a rodear sin dar tregua mi pezón y me puse a gemir. Eso solo lo había hecho Gorka una vez, y tan solo unos segundos. Yo seguía aferrada a su nuca, acariciando su cuello, su espalda, sus orejas. Él me placaba contra el coche. Cambió su posición y apoyó su erección justo sobre mi sexo.

—¡Ah! ¡Joder! —jadeé. Me pilló por sorpresa la dureza caliente sobre la humedad de mis bragas. Me aferré a sus hombros.

—Martina, solo tengo que bajarme los pantalones unos centímetros y apartar un poco tus bragas para entrar en ti —dijo en un tono amenazador que nunca le había oído. El dolor en el interior de mi sexo era insoportable y me froté contra él para intentar aliviarlo un poco. Fue peor. Él gruñó. Yo gemí—. En Mallorca me lo pediste tú. Te lo estoy ofreciendo yo ahora. Dime que sí.

Abrí los ojos. Estábamos en plena calle. No había ni un alma, pero no estaba tan loca. Podía pasar cualquiera. La luz de las farolas era tenue, aunque iluminaba la noche con claridad. Nuestras respiraciones emanaban vapor de agua y me pareció que nuestros cuerpos echaban humo.

—No. No, Many. Aquí no, no en la calle —dije con un tono que rayaba en la desesperación.

—Vamos, Martina. Te noto. Te siento. —Comenzó a moverse de manera rítmica y me arrancó un sollozo. Un chispazo de placer me hizo sacudir las caderas de manera involuntaria y él esbozó una sonrisa cálida—. Quiero hacerte caer. Sé que puedo, pero quiero hacerlo dentro de ti. Quiero sentirte cuando te corras por primera vez.

—Many, ¡no! —exclamé en un quejido. Joder. Notaba mi sexo contraerse, espasmódico. Quería rodear su pene erecto. Besarlo con mi carne, enterrarlo dentro de mí—. ¡Quiero hacerlo! ¡De verdad! Pero no aquí.

—¿Y un dedo? En Mallorca también me pediste un dedo. —Me besó de nuevo. Su boca hizo tambalear mi fuerza de voluntad. Era tan suave y blandita... Por un momento se me pasó por la cabeza la idea loca de cómo se sentiría sobre mi sexo y volví a gemir—. ¿Eso te gustaría?

Deslizó una mano entre nuestros cuerpos y me tocó por encima de las bragas.

Yo reprimí un grito.

—¡Many, joder!

Creo que lo asustó mi reacción. Retiró la mano. Yo sentí como si me hubiera quemado con un tizón. Cerré los ojos con fuerza, porque mi clítoris palpitó, a punto de explotar en un maldito orgasmo.

—Suéltame, por favor —supliqué.

—Lo siento. Lo siento, joder. Perdóname, Martina —dijo, desconcertado.

Me soltó y yo estiré las piernas y me puse de pie. Aquello frenó la carrera al clímax y pude retomar el control de mi cuerpo. Me cobijé en su pecho, y él me abrazó. Nos quedamos de pie, con la respiración agitada. Me sosegó su cercanía y el latido de su corazón.

—Many, me dijiste en Mallorca que si tú y yo teníamos sexo alguna vez sería porque tú y yo así lo deseábamos, porque el momento surgiera y el cuerpo nos lo pidiera —susurré, más calmada, con los ojos aún cerrados. Hum, su olor. Hundí la nariz entre sus pectorales. Olía a piel caliente, un poco a sudor, un poco a alcohol... a su colonia, a mi colonia también. Me gustó sentir mi aroma en su piel. Sonreí—. Quiero hacerlo. Pero no ahora. Y no aquí.

—Martina...

—¿Qué? —pregunté en un hilo de voz.

—Me estás clavando las uñas —dijo con suavidad.

—Oh. Perdón.

Aflojé mis dedos en torno a sus bíceps y dejamos pasar unos minutos hasta que nuestros cuerpos se serenaron.

—Tienes razón. No es el momento ni el lugar. Me conformo con saber que los dos queríamos esta vez. —Me dio un beso breve en los labios—. Vamos. Te llevo a casa.

Sé que, cuando llegamos al 3000 de Isidora Goyenechea, Many esperaba que lo invitase a subir, pero yo necesitaba procesar lo que habíamos dicho. Y, sobre todo, lo que habíamos hecho. Él no me pidió explicaciones. Yo tampoco se las di.

—Buenas noches, Bambi. Perdón —se corrigió con rapidez—. Martina.

—No me importa si me lo llamas tú. Cuando estemos solos, me refiero —dije con una sonrisa. Salí del coche y él bajó la ventanilla; yo me asomé. Me arrepentí de no haberle dado un beso de despedida—. Gracias por traerme.

—Gracias a ti.

No sé por qué me dio las gracias a mí, pero, cuando se incorporó al tráfico y yo entré en el edificio por fin, no podía borrar de mi cara una sonrisa gigante. Ya eran las seis de la mañana. Saludé a la recepcionista, que me miró con cara de sueño. Entré en casa y me acerqué a la puerta de la habitación de mi hermano. Cerrada y tras la que se oían sonidos rítmicos, jadeos y gruñidos. Me alegré por ellos. Teníamos reconciliación por fin.

Yo me metí en la cama y me estiré, agotada. Se presentaba un final de semestre de lo más interesante.

Me pregunté qué pasaría en adelante entre Many y yo.

Venganza

Todo el profesorado se vengó de nosotros las semanas siguientes, con saña. Nos hicieron pagar aquel conato de liberación y nos metieron en vereda sin piedad. Alegaron que habíamos perdido mucho tiempo y nos espolearon con un ritmo infernal. Prolongaron las clases, hicieron evaluaciones sorpresa, nos apretaron hasta la asfixia. Cuando llegó noviembre, el que los novatos ganasen por primera vez en la historia de la Universidad Internacional la Semana de San Lucas había caído en el olvido.

Llegó el viernes por la tarde y me senté, derrengada, en la silla del aula de Orientación. Contemplé, un poco culpable, las cajas con los alimentos recogidos del Kilo solidario. Teníamos que llevarlos al Hogar de Cristo. Gorka me había pedido ayuda, pero no había tenido tiempo. De ese fin de semana no podía pasar. Mis otros compañeros también habían escurrido el bulto.

—*Kaixo*, chicos —saludó Gorka al llegar. También parecía agobiado. Además, hacía un calor asqueroso, pegajoso, que se unía a la contaminación del Santiago más hostil. Vio las cajas—. Joder, esto aún sigue aquí. Vamos, sentaos. Sé que estamos con la cabeza en el fin de semana. Yo también, pero tenemos que terminar.

Todos emitimos quejas más o menos sonoras mientras colocábamos las sillas en círculo en torno a él.

Se arrancó la mascarilla que le colgaba del cuello. Venía directo del quirófano; de hecho, llevaba aún el uniforme azul marino del hospital. Movió el cuello a un lado y a otro, como si le doliese la espalda, y cerró los ojos un par de segundos. Me fijé en que hacía ese gesto, tan suyo, de aferrar en su mano la pequeña cruz de oro, como para extraer fuerzas de ella. Luego sonrió.

—Vamos a dejar de lado lo que tenía pensado contaros. ¿De qué queréis hablar? Excepto de la Semana de San Lucas, podemos charlar de lo que queráis —dijo con las manos alzadas para frenar a un par de entusiasmados que abrieron la boca y la cerraron de inmediato—. ¿Magnus? ¿Quieres decir algo?

Mi hermano asintió. Estaba muy serio y lo miré con interés. No solía tomarse Orientación como algo demasiado importante, al ser una asignatura con pocos créditos, pero siempre participaba e intentaba aportar.

—Sí. Yo quiero saber algo. ¿Cómo demonios compatibilizar una relación de pareja con esta maldita carrera? —Su voz sonó amarga y frustrada. Se frotó la cara con la mano y luego la hundió en su pelo. Se veía divertido con ese corte vikingo rapado por los lados y largo en el centro, que en ese momento llevaba sujeto en una coleta—. Llevo dos semanas con Adriana, en serio, y nos hemos visto menos que nunca. Hacemos el esfuerzo, pero, si yo estoy libre, tiene que estudiar ella o al revés. Estamos nerviosos. Peleamos. ¡Es una mierda!

—Joder —dijo Rodrigo, sorprendido—. Si Magnus Thoresen necesita terapia de pareja con Adriana Bold, ¿qué nos queda a los demás? Vámonos todos a un puto convento.

El grupo entero se echó a reír, incluido Magnus, que le dio un puñetazo en broma. Me alegré de que sacara el tema. Magnus manejaba mal el estrés. Yo estaba acostumbrada a canalizarlo, porque llevaba sufriendo angustia toda mi vida. Él, no. Él había chocado contra la realidad allí, en la universidad, y no estaba preparado para lidiar con ello. Para mí, era lo de todos los días.

Gorka nos mandó callar y asintió. Lo miramos, expectantes, porque sabíamos que lo que diría valdría la pena. Se tomó un momento y esbozó una sonrisa.

—No es fácil. Ni ahora de estudiantes, ni después, cuando seáis médicos —dijo con tono resignado—. ¿Sabíais que el sector sanitario es de los que ostenta una mayor tasa de divorcio? Así es. También de infidelidades. —Se encogió de hombros ante nuestras miradas de asombro—. Muchas horas en el hospital, un trabajo de alta exigencia y estrés, congresos y cursos fuera de casa, y si la pareja no pertenece al gremio, no siempre se entiende la dedicación a veces enfermiza que se le da a la medicina.

—Vaya panorama —dije yo. Me dio por pensar en Many. Casi no nos habíamos visto desde la fiesta de disfraces. Un par de besos furtivos en cruces por los pasillos. Muchos wasaps tontos intercambiados sin ninguna intención. Yo quería verlo pero tampoco quería. Sentía un cosquilleo extraño por todo el cuerpo al pensar en él.

—Por otro lado, la mayoría de los estudiantes prefieren dejar de lado las relaciones esporádicas y consolidarse con una sola —siguió Gorka. Miró a Magnus con una sonrisa significativa y mi hermano se puso rojo—. Tener a alguien al lado que te comprende y sabe de qué va esto, ayuda. Hace las cosas más fáciles. Es un apoyo importante, aunque haya que pelear con uñas y dientes por momentos de calidad para cuidar la pareja.

—Ya. Pero ese es el problema. Llevamos unas semanas de locos —dijo Magnus casi con desesperación. Yo reprimí una risita. Creo que le pasaba factura no follar. Ese era el resumen, pero, claro, eso no lo iba a soltar en clase—. Cuesta encontrar tiempo para comer, para dormir... ¿Cómo vas a encontrar tiempo para la intimidad?

Vaya. Qué elegante. ¡Bien por él!

—Hay que priorizar. Es parte de hacerse adultos, Magnus. —Gorka se levantó y miró el reloj—. Por ejemplo, sabéis que mis clases no son obligatorias, pero que yo solo pongo la máxima nota a quienes tienen el cien por cien de asistencia. Por eso estáis aquí. —Cogió unas hojas grapadas y las repartió—. Pero quizá la próxima semana consideres que pasar tiempo con Adriana sea más importante que venir aquí, y que sacrificar la nota máxima por tener, como dices, intimidad con tu pareja, vale la pena. Eso es crecer. Y esas disyuntivas las tendréis continuamente, no solo en la carrera, también en la vida.

Se hizo un silencio. Magnus estaba con el móvil en la mano y podía apostar el dinero de mi saldo a que le estaba escribiendo a Adriana.

—¿Qué es esto, Gorka? —pregunté, intrigada. Era un buen tocho.

—El material de la clase de hoy y de la semana que viene, por si decidís no venir —aclaró con una sonrisa—. Que charle de buen rollo con vosotros no quiere decir que Orientación no sea importante, pero podéis iros. Tenéis media hora de margen para relajaros un poco y pensar en lo que hemos hablado.

Todos se dispersaron en estampida entre gritos de «¡gracias, Gorka!».

—¿Tú no te vas, Martina? —preguntó mientras recogía sus cosas.

Señalé las cajas con la barbilla. Era un buen momento y así ya no tendría más cargo de conciencia.

—Me persiguen por las noches. ¿Las llevamos ahora y lo dejamos hecho?

Dejó caer la cabeza en un gesto de derrota, y entonces me di cuenta.

—Vale. No nos has dejado tiempo de relax. Eres tú el que está hecho polvo y necesita descansar. —Tenía unas ojeras violáceas horrorosas y su piel morena estaba más cetrina de lo habitual—. Lo dejamos para otro día. No pasa nada.

—No, no. Deja solo que me dé una ducha y me cambie. ¿Nos vemos aquí en media hora?

—Perfecto.

Me daba tiempo de ir a casa, comer algo y volver en coche. Me encontré con Adriana y Magnus cuando llegué.

—¡Hola! Está bien saber que hacéis algo más que follar —comenté con malicia al verlos abrazados en el sofá frente a la televisión. Veían una película—. Me llevo el coche, pero volveré antes de la noche por si tienes que llevar a Adriana.

—Muy graciosa —dijo mi hermano. Dana soltó una risita y me tiró un beso por el aire—. Tienes cruasanes con chocolate en la cocina y zumo de naranja para merendar si quieres.

—¡Genial! Me gusta este nuevo Magnus. No sé lo que le has hecho, Dana, pero sigue, sigue. —Él gruñó, fastidiado, y ella lo cubrió de besos mimosos. Eran tal para cual, por mucho que una punzada de cierta tristeza me sorprendiera al pensar en Lena.

Tenía que darme prisa. Cogí la bolsa de papel con los cruasanes de chocolate y me bebí un vaso enorme de zumo.

Aparqué en una zona de carga y descarga y puse una nota bajo el limpiaparabrisas. «Voy a cargar el coche. No me pongan una multa.» Cuando llegué a la sala, Gorka ya estaba allí. Le di la bolsa con los cruasanes.

—Toma. Seguro que estás muerto de hambre.

—¿Qué es? —Su cara se iluminó cuando vio el contenido y sonrió con sinceridad, con esa sonrisa reservada que costaba arrancar de sus labios, como si le costara pedir permiso a la vida para reír—. Gracias. No como nada desde que he entrado a la última cirugía a la una de la tarde.

Eran casi las seis. Pobre. Debería de haberle traído un poco de zumo también.

—Toma. Aquí tengo agua. Está sin tocar —dije por si era tan escrupuloso como yo. No me gustaba beber de una botella si alguien lo había hecho antes—. Por si tienes sed.

No contestó. Cogió la botella de acero inoxidable rosa con florecitas doradas y la vació como si no hubiera un mañana. Lo miré, desconcertada.

—¿Un día duro?

—No lo sabes tú bien —suspiró, sin añadir nada más.

Cargamos los dos coches y, cuando acabamos, me dolían los brazos y estaba exhausta, pero nos quedaba todavía la mitad del trabajo. Los cruasanes estaban más que metabolizados. Me hubiera comido otros diez.

—Vamos, Martina. Un esfuercito más. ¿Me sigues detrás?

Asentí, un poco deprimida. Adiós a mi bloque de estudio del viernes. Al menos podría tachar aquel maldito tema pendiente que me provocaba pesadillas.

A las ocho de la tarde el tráfico por la Alameda era infernal. Estaba nerviosa, desazonada. Nunca lo hacía, pero miré varias veces los wasaps del móvil mientras conducía, hasta que tuve que pegar un frenazo porque casi me comí el coche de Gorka. Solté un suspiro de alivio cuando llegamos al Hogar. Al menos pudimos aparcar justo al lado del almacén. Lolo llegó corriendo a ayudar.

Entre los tres, fue todo más rápido. Pero no contaba con que había que sacar el contenido y colocarlo en las estanterías. Lolo tuvo que volver a la garita de conserjería y a mí me entraron ganas de tirarme al suelo a dormir... o de ponerme a llorar. Ese era el nivel.

—Martina, vete a casa. Estás agotada —dijo Gorka al cabo de una hora de trabajo.

—Anda que tú, que pareces un muerto viviente —repliqué con una risita. Cogí las tijeras y rasgué la cinta de embalar de otra caja—. Vamos. Terminemos con esto de una vez.

—Te invito a cenar después. Aquí cerca hay un sitio donde se come una cazuela espectacular. Todo natural, recién traído de la Vega —intentó animarme con una descripción deliciosa de la sopa de verduras con carne típica chilena—. Vale la pena. Ya verás.

—Hum. ¿Cazuela? No te ofendas, Gorka, pero casi mejor que te invite yo a ti —dije con tono de duda. No estaba para sopa de verduras—. Con el hambre que tengo, mejor al Happening, que te ponen un bife argentino de un kilo para morirse del gusto. La sopita para cuando esté a dieta, ¿vale?

Soltó una carcajada... atronadora, sincera, desde lo más profundo de su pecho. Nunca lo había escuchado reír así. Se apoyó en las cajas y se dejó ir, con el cuerpo convulsionado por el esfuerzo. Las lágrimas rodaban por sus mejillas.

—Joder con la vikinga, pues. —Reía y reía—. Nada de sopitas.

—¡Tengo hambre! —protesté, enfurruñada—. ¡Un buen chuletón con patatas fritas es mucho mejor ahora!

Se rio más fuerte todavía al ver que yo me enfadaba. Me dio un abrazo espontáneo. Sentí retumbar en mi propio cuerpo los estertores de su risa. Gorka era enorme, contundente, hecho de granito, y me abracé a él. Me besó en la frente.

—Ay, Martina, Tina, chiquitina...

Hacía meses que no me llamaba así.

Y me besó en los labios.

Todo desapareció.

El ambiente húmedo y oscuro, las risas que aún rebotaban entre las paredes de la despensa, el agotamiento y el hambre.

Solo quedó espacio para su cuerpo ceñido al mío, sus brazos en torno a mi espalda, mis pechos apretados con desesperación contra su torso y mi boca ya no tan inocente buscando sensaciones recién aprendidas.

Noté que su piel se encendía... y la mía también.

Mis labios respondieron y se declaró una batalla sensual. Nuestros cuerpos se engarzaban a la perfección y, sin darme cuenta, mis dedos se perdieron entre los rizos negros de Gorka, mis piernas se enroscaron en su cintura y mi lengua se hundió en su interior. Él me sujetaba por el culo y por el cuello, creando con los antebrazos el trono perfecto para su niña.

Hasta que en mi mente destelló el recuerdo de la sonrisa sincera de Laia.

Lo aparté de un empujón y mis rodillas flaquearon al caer al suelo. ¿Qué estábamos haciendo? ¿Y Many? Retrocedí unos pasos, confundida.

—Perdona, pequeña. No sé qué me pasa cuando estoy contigo. —El momento se rompió. Gorka levantó sus defensas. La mirada cargada de deseo desapareció y volvió la del hermano mayor que se ha equivocado—. Será mejor que te vayas. Yo seguiré con esto.

Yo solté un ronquido de incredulidad.

—¿Otra vez me echas? ¿Otra vez soy yo la que tiene que irse? No. ¡Ni hablar! Esta vez no. —Me planté frente a él con los brazos cruzados. No pensaba irme a ningún sitio—. Yo no he hecho nada malo. ¡Yo no tengo pareja! ¿Qué me dices de ti? ¿Qué pasa con Laia? —Esperé su contestación. Se puso rojo como la grana y asentí con malicia—. Ya. Me lo figuraba. Muy bien, páter Gorostiza. ¿Sabes lo que te digo? ¡Que te vayas tú! ¡A confesar tus pecados! ¡Con tu sacerdote o con tu novia o a donde te dé la real gana! —Me puse a gritar como una loca, lo sé, pero estaba harta de ponerle las cosas fáciles a todo el mundo y, en especial, a él—. ¡Voy a terminar con esto, porque me comprometí, y yo termino SIEMPRE lo que empiezo! ¡No como tú!

Empecé a sacar los paquetes de la caja y me puse a ordenarlos en modo Martina Psycho. Me daba igual lo que hiciera. Se me escaparon unas lágrimas furtivas. Las ignoré. Cogí un *pack* de cinco tabletas de chocolate y mi estómago rugió. Me condenaría al infierno por robarle a los necesitados, pero me dio igual. Abrí una y le di un mordisco. Me supo a gloria y me ayudó a sobrevivir durante la siguiente hora.

Trabajamos en silencio, él en un extremo de la despensa y yo en otro, hasta que ya no quedó más que una caja por abrir. Ahí sí que decidí que podía marcharme, más que nada porque yo había trabajado al triple de velocidad que él. Ni me despedí. La semana siguiente tenía revisiones de pediatría en la sala cuna con Laia. ¿Cómo demonios iba a mirarla a la cara? Odié a Gorka, con todas mis fuerzas. Lo odié.

No le conté nada a nadie.

Ni siquiera a Magnus.

Ni a Lena. Ni a Adriana.

Fabriqué una cápsula con lo que había pasado y la sumergí al fondo de mi cerebro. Solo que yo no tenía experiencia para manejarla el día que tuviera que emerger.

Melisofobia

Mi vida social era inexistente, así que, cuando me invitaban a algo, lo que fuera, solía aceptar, pero, en ese caso, todavía me lo estaba pensando. El cumpleaños de Adriana era aquel mismo día y no tenía demasiadas ganas de ir. Tenía un regalo precioso para ella, unas gafas de sol carísimas y sofisticadas que había comprado a medias con Lena... pero de ahí a meterme en su casa con todos los de segundo...

—Vamos. Anímate —dijo Magnus, que preparaba una pequeña mochila para pasar la noche allí—. Sus padres no estarán, tendremos la casa para nosotros solos. Toda la tropa estará allí. ¡Lo pasaremos bien!

—Toda la tropa y todo el segundo curso —repliqué, nada convencida—. Te recuerdo que los cariñosos apelativos de Martina Psycho y Terminator se los debo a ellos, y ni siquiera me conocen.

—Pero Many y Adriana son de segundo. ¡Venga! Dana es tu mejor amiga. ¿En serio te planteas no ir? —Me cogió de la mano y me obligó a sentarme sobre la cama—. Está dolida porque todavía no le has dicho nada.

—Ya. Tengo pendientes varios wasaps —comenté en voz baja; de ella, de Lena, de Many... incluso de Tony. Todos trataban de convencerme, pero yo no iba a dar una respuesta si no estaba segura—. Creo que voy a subir a Farellones con papá y mamá. Lena tiene el regalo de parte de las dos. Dana lo entenderá.

No, no lo entendió. Porque una hora después, hecha un basilisco, entraba con Lena de refuerzo en nuestra casa.

—Tenemos que dejar de darle la clave del ático a todo el mundo —alcancé a decirle a Magnus, que me miró, preocupado. Estaba claro que no sabía nada de aquella visita.

—¡A ver, tú! ¡Mala amiga! ¿Todavía estás en pijama? —Adriana estaba preciosa, con un vestidito rosa y un moño suelto. Lena me miró con cara de susto detrás de su hermana—. ¿Qué día es hoy? Recuérdamelo, que a mí se me ha olvidado.

—Adriana, ¿qué haces aquí? ¡Es tu cumpleaños! —dije con voz cansada. Por mucho que quisiera, no podía ignorarla. Intenté concentrarme en mi taza de café.

—¡Exacto! Y en vez de estar preparándolo todo, ¿dónde estoy? ¿Dónde estoy? ¿Eh? —Puso los brazos en jarras y me fulminó con la mirada—. En casa de mi mejor amiga, que ni siquiera se digna decirme si va a aparecer o no en mi fiesta. ¿Qué te parece, hermanita? —Se volvió hacia Lena, que avanzó hasta ponerse a su lado.

—Adriana, sabes que en tu curso no soy muy popular...

—¡Mira, Martina Thoresen Morán! ¡No seas infantil! —Me agarró de la coleta y me arrastró escaleras arriba—. Esto no se trata de ti. ¡Voy a cumplir veinte años y tienes que estar conmigo!

—¡Ay, ay, ay! —grité, sorprendida. Subí detrás de ella y tuve que ayudarme con las manos para mantener el equilibrio—. ¡Loca sádica de mierda! ¡Suéltame!

—¡Dana! ¡Relájate! —dijo Lena entre muerta de la risa y un poco preocupada—. Creo que ha entendido el mensaje.

—Ah, ¿sí? No lo parece. ¿Dónde está tu mochila?

—¡No! ¡La mochila de los libros, no! —exclamé al ver que pretendía vaciar mis preciadas posesiones académicas encima del escritorio de cualquier manera. Corrí al vestidor y saqué la Kånken de color rosa—. Esta. Usaré esta. Por favor, ¡déjame a mí! —supliqué con las manos juntas. Me faltó poco para ponerme de rodillas.

—No te creo. —Abrió la cajonera y empezó a tirar ropa sobre mi cama—. Bragas. Dos. Por si acaso. Sujetador. Camisetas. Dos. Este vestido es muy mono. Bikinis. Dos...

—Adriana, ¡por favor! —solté un gemido al ver el estado en el que quedaban los cajones—. ¡Estás dejándolo todo desordenado!

Lena nos perseguía en un intento de templar los ánimos. Nos

metimos las tres en el vestidor. Dana empezó a pasar las perchas a toda velocidad mientras despotricaba.

—Este no. Este no. ¿En serio te pones esto? —Sacó uno de mis vestidos vaqueros y lo miró con aire crítico—. Este. Con los collares de plata... y las Converse blancas. Ahora.

—Tengo que ducharme —dije con la boca pequeña.

—¡Te vas a meter en la piscina en cuanto llegues a casa! ¡Te duchas después! —gritó con cara de psicópata. Lena salió corriendo hacia el cuarto de baño y cogió mi neceser. Magnus se reía a carcajada limpia desde el piso de abajo—. Nos vamos. ¡Ahora!

Nos metimos todos en el viejo Polo de la tía Nacha. Yo protesté.

—¿Y cómo nos vamos mañana? Tu casa queda en el quinto coño —protesté, enfurruñada. Era cierto. Más de una hora en transporte público; tres cuartos si tenías suerte y te llevaban en coche.

—No voy a arriesgarme a que desaparezcas. Te conozco, pequeña zorra. ¡Es mi cumpleaños número veinte y vas a estar ahí! —Aferró el volante con una sonrisa cargada de suficiencia y aceleró hacia Pirque—. Aunque sea a la fuerza.

A la fuerza.

Así me sentía cuando me paseé por el jardín entre los parterres de flores y los grupitos de gente que charlaba y bebía cerveza. Magnus y Dana estaban en el centro de la fiesta, como si fueran unos monarcas, imbuidos en sus papeles de anfitriona y consorte. Solté una risita y me miraron raro.

—¿Qué? —Abrí mucho los ojos y utilicé mi tono de voz más borde. Total, ya le caía mal a todo el mundo.

—Nada, nada.

Cuando me alejé, oí bien claro:

—¡Psycho!

Me daba igual. Identifiqué a Many, que me hizo señas para que me acercara, pero el grupo con el que estaba era demasiado grande. En esas condiciones, en las que me sentía amenazada, más de cinco personas eran mucho para mí. Le devolví el saludo con una sonrisa y cambié de dirección. En realidad, buscaba a Lena. Me faltaban entre tres y cinco minutos para sacar el libro que llevaba en la mochila y ponerme a leer escondida por ahí.

—¡Tina! ¡Ven con nosotros!

Estaba con Tony en los columpios. Sonreí y apreté el paso hacia allí. La parcela de los padres de Lena y Adriana en Pirque constaba de dos hectáreas, una casa de campo de verdad, con su gallinero, su perrera y una amplia zona destinada a la recuperación de animales. Juan trabajaba como veterinario en el Club hípico, y además tenía una clínica en Pirque, así que por la casa de mis amigas desfilaban toda clase de perritos y gatitos que fueron la envidia de todos nosotros cuando éramos pequeños.

Había un columpio libre y me senté junto a ellos, feliz.

—¿Aburrida? —dijo Lena con tono compasivo.

—Buff. Todos los de segundo, con la excepción de vuestros hermanos, son... —Cerré la boca. No sabía si, al estar sus hermanos en el curso, tenían amigos o conocidos que apreciaban.

—Ya sigo yo por ti: son unos creídos, estirados e insoportables. Y lo de que se salven nuestros hermanos lo pongo en duda, ¿eh? —comentó Lena, con la sonrisa pícara oculta tras los mechones de su melena corta—. En especial, Adriana, que se cree la reina de Saba con esto de que cumple veinte... y porque ahora ella y Magnus son pareja formal.

Intercambiamos una mirada que me rompió el corazón. Tony no se enteraba de nada. Le daba la razón con lealtad mientras se balanceaba sin darse cuenta del dolor que sus ojos verdes de pantera destilaban.

—Tony, ¿te importaría ir a buscarme un agua? —A veces soy lo peor de este mundo, lo sé. Utilicé mi mirada de Bambi, batir de pestañas incluido—. Me muero de sed.

Saltó de inmediato con una sonrisa. Me sentí una maldita arpía, pero necesitaba alejarlo de allí.

—Claro. Iba a por una cerveza para mí. Lenucha, ¿tú qué quieres?

—Otra cerveza. ¡A ver si puedes agenciarte algo de comer también! —pidió cuando ya se alejaba en un trote diligente hacia donde estaba el centro neurálgico de la fiesta. Él levanto el pulgar en señal de que cumpliría la misión—. Es un cielo. Es perfecto. ¿Por qué soy incapaz de olvidarme de Magnus y fijarme en él? Sé que sigue interesado en mí —dijo Lena tras un suspiro cargado de frustración.

—Llevo semanas queriendo hablar contigo. Lo de Magnus, ¿qué? —No necesitaba más a modo de introducción. Ella se encogió de hombros y sonrió, apocada.

—Nada. He perdido mi oportunidad. Te lo dije, enseñé mis cartas demasiado pronto y Adriana se tiró un farol. Magnus se asustó y este es el resultado.

La miré sin moverme. No había entendido ni una sola palabra.

—Lena, explícamelo bien. ¿Qué quieres decir? —Distinguí que Tony reunía vasos en una bandeja. Qué eficiencia—. Y date prisa, que tenemos poco tiempo.

—Que Adriana se dio cuenta de que Magnus me gusta. Lo ignoró durante dos semanas, y me consta que fueron duras para ella. No hacía más que mirar el teléfono y preguntarle a Many por él —me contó con amargura. Se encogió de hombros y le quitó importancia a sus palabras con un gesto displicente—. De algún modo, lo puso entre la espada y la pared. Le dio un ultimátum. No sé muy bien cómo fue, pero le dio a entender que o formalizaban de algún modo su relación o esta se acababa.

—Sí, algo así me contó Magnus... aunque para él fue más bien una decisión tomada entre los dos. —Nos echamos a reír cuando entrecomillé con los dedos la frase—. Me encanta cuando los hombres se convencen a sí mismos de una realidad paralela para no aceptar la verdad.

—No importa. Ya llegará mi momento. —Tony caminaba hacia nosotras con una bandeja llena de nachos con guacamole, cervezas, agua, una Coca-Cola y algunas cosas más de picar—. ¡Tony, eres un cielo! ¿Nos sentamos? ¡Me muero de hambre!

Me dio un poco de pena su sonrisa embobada ante el cumplido de Lena, pero tampoco creía que Tony fuera idiota, aunque me hubiera gustado saber qué pasaba por aquella cabeza de peinado de futbolista famoso sobre aquella espalda de trapecios hipertrofiados por el ejercicio.

Mientras comíamos y bebíamos, lo pasamos bien los tres. Después, intenté leer un poco, pero hacía demasiado calor. Por mucho que intentara concentrarme en mi libro, me resultaba imposible.

—Me voy a la piscina, chicos. Nos vemos después.

Pasaron de mí, estaban demasiado entretenidos hablando de sus cosas.

Lo malo era que en la piscina estaba el centro de la fiesta. La terraza era una pista improvisada, llena de parejas que bailaban en bañador. Las mesas con la comida y las bebidas estaban dispuestas alrededor también. En las tumbonas sobre el césped charlaban y reían grupitos al sol. Dana me había cedido generosamente su habitación para dejar mi mochila. Si las cosas se ponían feas, al menos tenía un lugar a donde ir.

Dejé mi bolsa de red con el libro, las gafas de sol, el neceser con las cremas y el pareo en el bordillo. Me quité el vestido por encima de la cabeza y alguien soltó un silbido de admiración. Lo ignoré. La música y las risas pronto diluyeron el sonido.

El agua estaba congelada. Noviembre todavía estaba lejos del verano y la piscina era enorme. Me estremecí. De pronto entendí por qué nadie se bañaba. Bajé hasta que me llegó a la cintura y me detuve. No me molestaba. En Noruega había una costumbre un poco bárbara de lanzarse al agua al punto de la congelación como reto y yo lo había hecho más de una vez, aunque en ese momento tenía la piel de gallina.

—¿Qué, vikinga? ¿Está fresquita el agua? —dijo una voz con malicia. También la ignoré. Desde la fiesta de disfraces, muchos en la universidad nos llamaban vikingos a Magnus y a mí. Ya lo hacían antes a nuestras espaldas, como se lo llamaban a mi padre, pero ahora lo hacían sin esconderse y, la verdad, me daba igual.

Además, había algo que me preocupaba más que el agua fría. Un zumbido molesto empezó a sonar cerca de mi cabeza, detrás de mí. Mi corazón se aceleró y cerré los ojos. Me quedé quieta, muy quieta. Sabía que, si no le hacía caso, se marcharía.

—¿Qué pasa, Martina Frozen? ¿Te has quedado helada? —Unas carcajadas siguieron a la broma, pero yo no podía moverme. Sentía el zumbido cada vez más cerca de mí.

En aquel instante volaba en mi visión periférica. Era una avispa, una chaqueta amarilla. Comencé a hiperventilar. Ignoré las risas. Mi cerebro hizo emerger los recuerdos de aquel verano en Mallorca, en el que tenía siete años y jugaba en la parte del jardín que más me gustaba, entre las flores. Mi madre me dijo entonces que a la avispa le había gustado mi pelito dorado y supongo que también le gustaba en este caso, porque no se apartaba de mi cabeza. Cerré los ojos. Recordé el dolor del aguijonazo en mi cuello con tanta claridad que casi pensé que me había picado, pero, no, no lo había hecho. Lo sabía porque todavía podía respirar. Si me hubiera picado, mi garganta se habría hinchado por la reacción anafiláctica, mi tensión arterial se habría hundido y habría caído en *shock*. Mis manos se crisparon en un espasmo. Un hormigueo por la hiperventilación recorría mis labios.

—¿Qué le pasa? Esta chica no está bien de la cabeza —dijo alguien con tono preocupado.

—*Veps! Veps! Pass på!** —susurré. No podía articular ninguna otra palabra. Estaba bloqueada por la fobia que le tenía a las avispas desde entonces. Intenté controlar la angustia visceral que me invadió.

En algún sitio había leído que no podías hacer aspavientos. Nada de ademanes bruscos. Tenías que intentar alejarlas, si no quedaba más remedio, con un movimiento suave, como si fuera la cola de un caballo. Moví mi brazo en un gesto tembloroso y desganado. ¡Funcionaba! El zumbido se alejó.

—¿Qué haces, Terminator? ¿Te vas a poner a bailar? —Más risas. Al menos se me pasaron los espasmos de las manos, pero la avispa se acercó de nuevo y mi respiración se volvió a acelerar. Me impacienté. Me puse nerviosa. Y di un manotazo. La avispa se enredó en mi pelo y yo quise morir.

Entré en pánico. No pude mantener por más tiempo a raya el ataque de ansiedad. Recordé los destellos de mi padre corriendo conmigo en brazos hasta el puesto de socorrista de la playa. Los ojos preocupados de mi madre. La sensación de asfixia y muerte inminente porque no era capaz de respirar. Me iba desmayar. El zumbido ya no venía de la avispa, sino del interior de mis oídos.

Unos brazos me sujetaron con fuerza y distinguí un aroma conocido que me ancló por un instante a la realidad.

* «¡Avispa! ¡Avispa! ¡Ten cuidado!», en noruego.

—Many —dije en un graznido ahogado—. Avispa. Avispa. Avispa. Avispa. Avispa.

Repetí la palabra, aterrorizada, mientras me contenía. Las rodillas me flaquearon, pero unos brazos me sujetaron con fuerza y distinguí un aroma conocido que me ancló por un instante a la realidad.

—Many —dije en un graznido ahogado.

—¿Te ha picado? ¿Dónde tienes la adrenalina? ¡Te falta el aire! ¿Puedes respirar? —preguntó, preocupado al ver que boqueaba. Abrí los ojos y mi terror se reflejó en los suyos. Negué con la cabeza.

—No. No. Avispa. Pelo. Pelo. Avispa. Pelo. —Sentía el maldito insecto, enredado en mi melena justo junto a mi oreja, zumbar enardecido. Many me giró la cabeza con cuidado. Yo no respiraba, jadeaba. Las piernas ya no me sujetaban. El peso a plomo de mi cuerpo lo sostenía él en uno de sus antebrazos mientras que con la mano me sujetó la cara y luego me acarició la mejilla.

—Martina, ya la veo. Quieta, no te muevas. Tranquila. —Oí un crujido y me entraron ganas de vomitar. Había aplastado la avispa entre sus dedos y la arrastró de entre mi pelo—. ¿La ves? Está muerta. Mira. —Abrí los ojos, incrédula. Ahí estaba el cadáver, espachurrado e indefenso. Me pareció una hazaña que se hubiese atrevido a hacerlo con las manos desnudas—. Ya no te va a picar. No pasa nada. Ya está.

Me abrazó. Yo me aferré a él e intenté controlarme, pero todo mi cuerpo temblaba. Llegaba el bajón después del ataque de ansiedad y sabía que, pese a la música, reinaba el silencio. Todo el puñetero segundo curso me miraba.

—¿Se te desintegran los huesitos? —dijo en voz baja. Me conocía desde que nací. Me había visto así muchas veces. Cuando era más pequeña y me preguntaban lo que me pasaba cuando me ocurrían las crisis de pánico, era así cómo lo describía. Que se acordara me enterneció.

Asentí. No tenía fuerzas más que para sujetarme a él.

—Estás helada. ¿Puedes salir de la piscina?

Negué. Mis piernas eran gelatina.

—Haz un esfuerzo, Bambi. Estás temblando de frío. Déjame llevarte a la habitación de Adriana —rogó, preocupado. Me alzó el mentón y me obligó a mirarlo a los ojos—. Solo tienes que aguantar unos metros, hasta la puerta de la casa. Después me ocupo yo.

Aquellos pocos metros hasta la entrada trasera se me hicieron eternos. Many casi me arrastró. Mi visión consistía en un punto blanco de luz frente a mí. Los oídos todavía me pitaban. Me hizo pasar un brazo por su cuello y me rodeó por la cintura.

—Vamos, Martina. Un pasito detrás de otro. Vamos. Ya casi estamos.

Era andar con macarrones pasados en vez de con piernas. Al menos les daba la espalda a todos cuando rompí a llorar. En cuanto traspasamos el dintel de la puerta, me derrumbé y Many tuvo que cogerme en brazos.

—Lo siento. Lo siento —solté en un sollozo ahogado. Ya no podía más.

—Me rompes el corazón, Bambi —dijo Many con la voz angustiada. Me sentía como una ramita a punto de quebrarse entre sus brazos. Entramos a la habitación de Adriana y cerró la puerta con llave tras de sí—. Estás helada. ¿Dónde está tu ropa?

Señalé la mochila, pero, cuando quiso dejarme sobre la cama, me aferré a él como un koala.

—No. Por favor. No me sueltes. No me dejes sola. —Sé que resultaba patética, pero no podía quedarme sola. Todavía estaba en esa fase en la que piensas que te va a pasar algo malo; en la que estás tan aterrorizada y muerta de miedo; en la que necesitas agarrarte a algo real, algo vivo, con todas tus fuerzas—. Por favor.

—No pienso dejarte sola.

Se quedó de pie, conmigo en brazos, un largo rato. Tenía que estar cansado y me entró cargo de conciencia, aunque yo estaba en la gloria. Comenzaba a entrar en calor, con los labios apoyados en su cuello al tiempo que inhalaba su olor.

—¿Quieres sentarte en la cama? —dije en un hilo de voz.

—No. Tengo el bañador empapado y tú también. ¿Estás un poco mejor?

Me serené. Claro que estaba mejor. Y Many tenía razón. Estábamos los dos mojados, necesitábamos secarnos. Lo peor ya había pasado... y le estaba aguando la fiesta. Hice de tripas corazón, aunque todavía temblaba.

—Estoy bien. Solo tengo un poco de frío. Voy a darme una ducha caliente, pero no creo que vuelva ahí fuera —dije con una sonrisa que intentó ser divertida, pero que quedó en una mueca amarga—. Voy a leer un rato, robaré comida en la cocina y me meteré en la cama.

Many me miró y negó con la cabeza. No parecía gustarle demasiado la idea.

—¿Estás segura de que puedes meterte en la ducha sola? Hace un rato no podías tenerte en pie.

—Estoy segura. Una ducha caliente me sentará bien. De verdad. —Lo abracé y le di un beso en el mentón, que era donde alcanzaban mis labios—. Gracias por rescatarme. Tengo fobia a las avispas, desde... bueno, ya sabes, desde que acabé en la UCI con el *shock* anafiláctico y casi me muero —intenté bromear. Él me miró, asustado, y me frotó los brazos porque mi cuerpo no paraba de temblar—. En realidad ningún bicho me hace demasiada gracia, pero las avispas me dan pánico.

—Ya veo, ya. Entonces, te vas a la ducha.

Asentí con seguridad. Bien. Aparenté más firmeza de la que en realidad sentía, pero fui capaz de sonreír.

—Sí. Ya sabes. Una ducha te vuelve medio humana. Y un café te devuelve por completo la humanidad.

Sonrió antes de salir por la puerta.

Y yo por fin pude desmoronarme y llorar tranquila y en paz.

El miedo es relativo

Me quedé mucho rato bajo el agua caliente. Solo salí de la ducha porque me dio cargo de conciencia ecológico al pensar en los litros y litros desperdiciados por placer. Tenía que darle las gracias a Lena por haber cogido mi neceser grande, el que llevaba champú, acondicionador y crema para el cuerpo. Cuando salí del baño, me sentía nueva después de llevar a cabo mi rutina completa de embellecimiento especial.

—Joder, Bambi. El café ya está frío —dijo Many, enfurruñado. Casi me dio un infarto del susto.

—Pero ¿qué haces aquí?

—Dijiste que la humanidad entera la recuperabas con un café, y eso te he traído. Ducha y café. Humanidad entera. —Levantó dos tazas y sonrió, un poco culpable—. La mía ya está vacía, eso sí.

Sentí algo raro en el pecho; algo que había sentido antes. Un óvalo caliente y de color rosa. Me derretí un poco por dentro también.

—Me da igual que esté frío. Dame. Hum, ¡está rico! —dije, sorprendida. Además, estaba tibio. De todas maneras, aunque estuviese hecho con aguarrás y cianuro, me lo habría bebido igual—. Pero no me has dicho por qué te has quedado.

Esperé la respuesta parapetada tras la taza de café. Me sentí un poco incómoda, porque solo llevaba la toalla del pelo y la que envolvía mi cuerpo, lo que era una tontería, porque un bikini tapaba una porción mucho menor de piel. Él estaba tranquilo y sonrió.

—Tú me lo pediste, que no te dejara sola. Y no voy a hacerlo. —Abrió los brazos en un gesto cargado de obviedad—. Solo he salido para cambiarme de ropa y hacer el café. Bueno, y comer. Te he traído algo, por si tienes hambre. ¿Quieres?

Señaló un plato con un sándwich de jamón y queso, pero yo todavía tenía el estómago apretado en un nudo.

—No. Mejor que no.

—Deberías comer algo. Estás un poco pálida.

—Es por el bajón de tensión. El café ayudará —dije con una sonrisa débil.

—¿Quieres que salga para que te vistas?

—No. Primero voy a secarme el pelo. Además, ¿qué más da? —Le quité importancia con un gesto—. Me has visto mil veces peor que esto y no hace mucho. En Mallorca, por ejemplo.

—No me lo recuerdes —gruñó, fastidiado. Nos reímos los dos.

Enchufé el secador de Adriana y me senté en la cama. Many estaba detrás de mí. Pese al ruido del aparato, conversábamos a gritos.

—¿Qué tal te ha ido en los parciales? —pregunté con curiosidad. Era el tema que estaba en boca de todos.

—Regular. Solo me ha ido bien en Inmunología. Para el resto tendré que ir a los finales si quiero salvar mi dignidad —dijo, preocupado—. Al menos no he suspendido ninguna. ¿Y tú? ¿Cuántas matrículas?

—Cinco de siete. A Bioestadística no termino de pillarle el punto. —Era cierto. Confundía algunas definiciones con otras, porque, para mí, no tenían ningún sentido—. Y Neuroanatomía... no me presenté al examen para subir nota y tengo un notable. Así que imposible. Tendré que ir al examen final.

Me pesaba el secador. Era enorme, uno de esos profesionales de peluquería. Tuve que apagarlo y dejarlo encima de la cama unos minutos.

—¿Ya has terminado? —preguntó Many con extrañeza.

—No, pero tengo que descansar el brazo. ¡Tienes que hacer halterofilia para levantar este trasto! —solté con gesto exagerado. Me cepillé el pelo y sonreí al ver que Many observaba mis movimientos con interés—. Quería eximirme de todo para marcharme con mis abuelos lo antes posible a Ranco estas Navidades, pero...

—Esto de estudiar Medicina no es como esperabas, ¿verdad?

Negué con la cabeza, abatida. Él sonrió con complicidad. Al menos no estaba sola en aquel sentimiento de estafa, de que me habían vendido humo. Cogí el secador y lo encendí. Volví a la tarea imposible de intentar peinarme al tiempo que dirigía el chorro de aire caliente hacia mi pelo mojado. Many soltó una carcajada al ver mis esfuerzos.

—Dame. Yo te ayudo.

Comencé a desenredar los nudos mientras él sostenía el secador; así era muy fácil. Los movimientos mecánicos y repetitivos nos dirigieron hacia un silencio cómodo hasta que mi melena se convirtió en un halo dorado y brillante a mi alrededor. Yo dejé el cepillo a un lado y Many apagó el aparato.

—Tienes un pelo muy bonito. —Deslizó los dedos por los haces desde la nuca hasta las puntas y luego lo apartó sobre uno de mis hombros.

—Es lo que más me gusta de mí.

—Y el tatuaje, ¿qué significa? Nunca te lo he preguntado —dijo con curiosidad.

Yo me eché a reír. No sería porque no me lo había visto un montón de veces.

—Pues fuiste de los primeros en verlo. Mis padres, Magnus, Adriana y tú. Me lo hice en la escapada a Noruega en vacaciones —comenté entre risas—. Hacía tiempo que quería algo que significase libertad; vivir el momento.

—¿No te valía con un carpe diem? —preguntó con cierta ironía en el tono de voz. Recorrió con la punta del dedo las letras sobre mi columna vertebral y llegó hasta donde me cubría la toalla—. ¿Qué significa?

—Mejor guerrera libre que princesa encadenada. Es un proverbio vikingo. —Me di la vuelta y lo miré a los ojos—. ¿Qué te parece?

—Joder, Bambi. Esta es la clase de cosas que dan miedo de ti. ¿Recuerdas la conversación de Mallorca? —Asentí en silencio—. Das miedo porque pareces inaccesible. Inalcanzable. Una guerrera libre. ¿Entiendes lo que quiero decirte?

—Es irónico. —Solté un risita divertida.

—¿Por qué?

—Es irónico si tienes en cuenta que la que está muerta de miedo casi todo el tiempo soy yo. Acabas de verlo. En vivo y en directo. —Bajé la vista hacia el borde de la toalla y empecé a deshilachar los rizos—. Tengo que hacer esfuerzos para controlar la ansiedad. Si no mantengo mis rutinas o me veo con mucha gente en un sitio pequeño y cerrado, me dan ataques de pánico. —Solté una risita, divertida. En realidad era bastante patético—. Cuando cumplí dieciocho años, mis padres decidieron que era el momento de desvelarme mi historial de psicología infantil, ¿sabes que siempre dudaron de si tenía un TEA, trastorno del espectro autista? Estaba siempre en el límite de la definición. Antes lo clasificaban como síndrome de Asperger. Yo me lo diagnostiqué a mí misma en cuanto tuve entre las manos un tratado de psiquiatría.

—¿En serio? ¿Estás segura? —Many me miró, intrigado, pero no vi rechazo ni lástima en sus ojos y lo agradecí. Era mi amigo, con independencia de la intimidad que habíamos compartido—. ¿Por qué tenía dudas la psicóloga?

—Porque, al parecer, soy tan sumamente inteligente que me mimetizo y me camuflo en las situaciones para adaptarme. Soy capaz de compensar mi dificultad —expliqué según lo que había leído en los cursos clínicos y lo que mis padres me habían explicado—. Acabó por darme el alta. Mis padres entendieron que tendría que encontrar por mí misma los recursos para salir adelante, o proporcionármelos ellos si algún día los necesitaba. A veces creo que voy bien... y otras, como hoy... —No pude seguir. La voz me tembló. Many me abrazó y yo me aferré de nuevo a la seguridad que me daba su contacto.

—Martina, el miedo es relativo. Tú dices que tienes miedo de las avispas; de las multitudes; de perder el control. —Posó los labios en mi pelo y me besó. Yo cerré los ojos. La calidez de su boca era un consuelo incomparable—. Pues yo tengo miedo al fracaso, a no estar a la altura de mis padres, de Magnus, incluso de ti. Pero no podemos vivir con miedo.

—No. No podemos. Eso es cierto —dije en un hilo de voz. Me giré hacia él y sonreí.

—Te he visto recorrer el campus empujando un carrito de supermercado para recoger los alimentos del Kilo solidario. Has participado en un concurso de disfraces con doscientos compañeros vestida de vikinga. Te has recuperado de una crisis de ansiedad por una avispa cuando estuviste a punto de morir por una picadura una vez. —Me besó en los labios con dulzura—. A mí me parece que no tienes miedo.

Lo abracé. Me dio igual que la toalla se abriera y quedar desnuda entre sus brazos. Mejor. Algo menos en lo que pensar. El secador de pelo cayó al suelo con estruendo; el cepillo también. Me sentí valiente, porque sus palabras me dieron coraje, porque tenía razón. En ese momento no tenía miedo. Porque las veces que lo había necesitado, a lo largo de todos esos años en los que habíamos sido amigos, siempre estuvo ahí. Y jamás me dejó sola; aun con mis cosas raras, como él decía.

—¿Estás segura de esto? —dijo con la voz atenazada por el temor. No pude evitar la broma. Clavé mis ojos en él y sonreí.

—No me digas que el que tiene miedo ahora eres tú...

Soltó un gruñido de fastidio. Me apartó la melena de la cara y me besó. Empezábamos a ser buenos, muy buenos en ello, así que me apliqué. Nos tanteamos primero con los labios, me pidió paso muy pronto con la lengua y yo me abrí para él. Las engarzamos en un baile sensual hasta que la humedad de mi boca la sentía también entre mis piernas. Gemí. Seguía entre sus brazos, colgada de su cuello, y mis pezones rozaron su torso. Sentí un anhelo intenso por tocarlo y me aparté unos milímetros. Él me retuvo por las caderas.

—¿Qué ocurre? —preguntó, preocupado.

—Nada. Es solo que quiero sentirte. —Deslicé mis manos, inseguras, bajo su camiseta—. Quítate esto.

Sus ojos se iluminaron y sonrió. Cogió la prenda por la espalda y se la quitó de un solo gesto. Yo jadeé ante la vista de sus pectorales, de su abdomen fibroso, y me apreté contra él, fascinada de sentir por primera vez el contacto de su piel caliente contra la mía sin barreras. Ardía.

—Un momento, Bambi. Ve despacio. —Volvió a besarme. Besos pequeños sobre los pómulos, sobre la nariz, los labios, la mandíbula. Bajó al cuello y eso me distrajo del camino que sus manos recorrían desde mi cintura hacia el lateral de mis pechos.

Los rodeó con las manos en un acercamiento indirecto, para no asustarme, de lado. Dejé de mover los labios y me quedé inmóvil. Su contacto dejaba estelas de fuego sobre la superficie de mi piel, pero él volvió a reclamar la atención de mi boca y su lengua era persuasiva. Gemí cuando los pulgares rozaron mis pezones por fin.

—¡Manuel! —llamé. El contacto me generó un placer insoportable. El vacío que ansiaba ser repletado en mi sexo se abrió con un dolor intenso. Me aferré a su espalda porque no sabía qué otra cosa hacer con mis manos. Era delicioso. Sus dedos recorrían y jugaban con mis pezones y mi boca se hacía agua. Sus besos, suculentos y jugosos, se deslizaban de mi boca a mi cuello y me impedían pensar, no podía concentrarme ni analizar lo que me pasaba. Me di cuenta de que la toalla había caído al suelo y de que ya estaba desnuda por completo.

—Ven aquí, a mi lado. —Se tumbó en la cama y tiró de mí. Su voz enronquecida y su mirada vidriosa me intimidaron—. Vamos, Martina.

Me incliné sobre él, quizá porque necesitaba tener el control por un momento. Many estiró los dedos y me colocó la melena tras la oreja, luego dibujó la línea de mi rostro y descendió con un trazo lento hacia uno de mis pechos.

—Oye, Many...

—¿Qué ocurre?

—Yo también quiero tocarte. ¿Puedo?

—Claro. Soy todo tuyo.

Nos miramos a los ojos. Yo empecé por la cabeza. Sabía que le gustaba, por mucho que él dijese que eran cosas raras de las mías. Hundí las yemas en su cuero cabelludo y masajeé con firmeza.

—Hum. Me encanta que hagas eso —ronroneó. Yo sonreí. Lo sabía.

Seguí con las orejas. Descendí por el cuello y los hombros y se tensó. Cuando posé las palmas sobre sus pectorales, me pregunté si los pezones de los chicos tendrían la misma sensibilidad de los nuestros. Suponía que sí. Los acaricié con suavidad y solo obtuve una leve sonrisa. Los pellizqué. Lo mismo. Los retorcí y arranqué un gruñido de su garganta. Vaya. Eso estaba mejor.

—No pares —me ordenó con esa voz que me excitaba y a la vez me daba un poco de miedo.

Volví a apretarlos con fuerza entre mis dedos y él se retorció. Tenía los ojos cerrados y el ceño fruncido. ¿Y si...?

Me incliné sobre su pecho y le besé un pezón.

—Hum, Bambi. Te lo advierto. Todo lo que me hagas te lo haré yo después a ti, pero peor —me amenazó. Sus palabras provocaron un tirón en el interior de mi sexo—. Haz lo que quieras, pero ten eso en mente, ¿vale?

—Me parece justo —contesté con una sonrisa traviesa. Quería probar a qué sabían. Toda su piel era exquisita... caliente, algo amarga y salada. Pasé la lengua por encima de la pequeña protuberancia con curiosidad y me gustó sentir le elevación, pero más aún la manera en que su cuerpo reaccionó con mis caricias. Estaba inmóvil. Tenso. Llevó su mano a mi melena y me sujetó la cabeza, pero no para apartarme. Me movió hacia el otro pezón.

—¿Dónde... dónde has aprendido a hacer eso?

Lo miré sin entender.

—Sabes que yo no tengo ni idea. Solo quiero experimentar. Me gusta tu piel. ¿No... no te gusta? —Me incorporé un poco, preocupada. No quería meter la pata.

—Me gusta demasiado. De hecho, me gusta tanto que vamos a parar un poco. Ahora te lo voy a hacer yo a ti. —Se incorporó y me empujó hasta tumbarme justo donde él había estado antes—. Ya te lo he dicho. Todo lo que me hagas, te lo haré yo a ti.

Se tendió de lado junto a mí. Había una pequeña gran diferencia, que yo estaba totalmente desnuda y él no. Froté mis muslos uno contra otro y flexioné las piernas, era la única manera de ocultar mi sexo de algún modo. Many posó la palma de la mano sobre mi abdomen y la dejó ahí, sin moverla. Me puse nerviosa al sentir que se inclinaba hacia mis labios.

—Solo voy a besarte, ¿de acuerdo? Tienes que dejarte llevar un poco. No podemos detenernos en explicaciones a cada paso del camino —dijo con una sonrisa. Dejó caer un beso sobre la punta de mi nariz—. Si es lo que necesitas, lo haremos, pero pierde parte de la diversión. Tiene que ser espontáneo. ¿Recuerdas?

Asentí.

Beso en los labios; en el mentón; en el cuello; en el punto de unión entre mis clavículas; en el centro del esternón; en el valle entre mis pechos, y sobre el pezón derecho... muy suave. Me hizo cosquillas y me reí, pero luego comenzó a hacerme lo que yo le había hecho; a lamerme, muy despacio. Y se transformó en un nudo doloroso de placer. Gemí. Porque Many no se conformó con pasar su lengua, no. Lo rodeó, jugueteó con él. Con la punta dura lo tanteó y lo hizo girar. Lo chupó con los labios y lo succionó. Sé que en algún momento dejé escapar un grito, porque me tapó la boca con delicadeza.

—¿Quieres que vengan a ver lo que está pasando? —preguntó, divertido. Yo negué con la cabeza—. Entonces, no vale gritar.

—Pero es que... me duele. Y me gusta —intenté describir sin saber cómo. Odiaba las indefiniciones, pero aquello era imposible de describir.

—¿Sí? ¿Quieres más?

Asentí con timidez y Many sonrió de un modo perverso. Era su sonrisa, pero se hacía más depredadora, más sensual. Se inclinó sobre el otro pecho y yo arqueé la espalda cuando, sin previo aviso, me mordió con delicadeza. Reprimí un grito.

—¡Many! —jadeé.

—Perdón. Es demasiado rico. Tienes unas tetas deliciosas, Bambi. —Las apretó y las juntó en el centro y abarcó los dos pezones en su boca. Los chupó los dos a la vez y yo no sabía qué hacer para amortiguar los gemidos. Me mordí el antebrazo para no gritar de nuevo—. Ahora paramos un poco, ¿vale?

Asentí. No podía hablar. Tenía el cuerpo tenso y el vacío de mi sexo me dolía cada vez más.

—Ahora te toca a ti. ¿Algo que quieras hacer?

Many era muy inteligente. Se dejaba guiar a través de su propio cuerpo. Me preguntaba de manera indirecta para no intimidarme.

Muy bien. Si quería información, se la daría. Agarré con torpeza su erección por encima del pantalón.

—Quiero esto. Quiero sentirla. Quiero saber cómo es —dije un poco atropellada. En la mano parecía enorme, durísima. No creía que aquello fuese a caber en mi interior—. Si tú quieres, claro —dije al ver el respingo que dio.

—Por supuesto que quiero, pero necesito que vayas con calma o no duraré mucho —respondió con la voz aún más ronca—. Ayúdame a quitarme esto.

Se desabrochó el pantalón. Yo le bajé la cremallera. El bulto se sentía palpitar debajo y la rocé con los dedos con curiosidad. Se movió como con vida propia y me atrajo su calor. Quise seguir, pero Many me conminó a quitarle los pantalones.

—Me estás volviendo loco, Bambi —susurró. Acabó de quitarse las bermudas a patadas.

—Tú a mí también. No me puedo concentrar en lo que hago si no dejas de tocarme las tetas —protesté. Era cierto. No me quitaba las manos de encima—. Déjame besarte.

Yo quería conocer su cuerpo, saciar mi curiosidad; distinguir los sabores de los diferentes rincones... más salado en su cuello y en sus axilas, más dulce en su pecho y en sus labios, más amargo según me acercaba hacia su sexo. Pero él me sujetó del pelo cuando quise seguir por debajo de su ombligo.

—No. Espera. Primero con las manos. Contigo es todo de cero a mil, ¿eh? —Gimió cuando lamí la piel por encima del elástico de su bóxer—. Todo o nada. Como conducir un Fórmula 1. ¿Cómo no vas a dar miedo?

Me incorporé y me quedé inmóvil sin saber qué hacer. Estaba excitada; nerviosa. Me ardían las yemas de los dedos y respiraba entrecortado, pero no con ansiedad, sino con un anhelo inexplicable.

—Mi turno —amenazó él.

—¿Qué me vas a hacer? —pregunté, suspicaz, al ver que se inclinaba sobre mí.

—Ya te lo he dicho. Lo mismo que tú me hagas. Déjate llevar.

—Oh.

Cerré los ojos. Many tenía unos labios gruesos, plenos, suaves. En la boca los sentía cálidos y húmedos. En los pezones hicieron que me retorciera de placer. Cuando empezó a besar y lamerme el abdomen, entendí por qué me había frenado. Yo ya no respiraba, jadeaba. Y además sus dedos no se detenían. Marcaban el camino a seguir primero, me advertían de lo que iba a pasar. Cuando se abrieron paso entre los rizos de mi sexo, gemí sin control.

—Ay. Espera. *Stop*. Te toca a ti. ¡Te toca a ti! —dije, asustada. Me incorporé sobre los codos, alarmada, porque notaba mi sexo empapado, los muslos húmedos. ¿De verdad iba a meter sus dedos y su boca ahí?

Se echó a reír con mi reacción y frotó con delicadeza mi monte de Venus.

—Eso no vale. Me dejas en lo mejor. Tú ya me has tocado todo. —No quitaba la mano y mis caderas comenzaron a moverse en contra de mi voluntad. Comenzó un movimiento circular, justo sobre el clítoris, y me mordí los labios para no gemir otra vez—. El trato era lo mismo que tú me hicieras a mí.

—¡Pero yo estoy desnuda y tú no! ¿Qué es lo que tienes que esconder? —protesté de nuevo. Era la segunda vez que se lo decía. Le aparté la mano, enfadada, porque la corriente que unía mis pezones, mi ano y mi sexo se aceleraba y comenzaba a escapar de mi control.

—Eh, no te cabrees. Ya me lo quito, ¿ves? —Se deslizó el bóxer por las caderas y esbozó una sonrisa torcida—. Normal y corriente. Nada que esconder.

Yo ladeé la cabeza y lo estudié con interés. Nunca había tenido a un hombre desnudo tan cerca, al alcance de la mano... y excitado. Y eso me puso a cien a mí.

—A mí me parece bonito. Aerodinámico —dije, rozándolo con los dedos. Retiré la mano porque vibró en un espasmo violento—. Perdón.

—Joder, Bambi. Me vas a matar. Dame. —Me cerró los dedos en torno a su erección con fuerza y noté que se engrosaba y crecía, caliente—. Mejor así. Si me haces cosquillas es incómodo.

—¿Así? —Comencé a mover la mano, por instinto. Lo miré a los ojos para saber, pero él los tenía vidriosos, con los párpados entornados. Hum. Sí que le gustaba. Sus labios, que me encantaban, estaban entreabiertos y humedecidos. Me estiré hasta alcanzarlos con mi boca y morderlos. Es que era irresistible—. ¿Así? Explícamelo bien. Yo no sé —insistí. Intuía que iba bien, pero prefería que me lo dijera. Sentí una humedad en la mano y observé mis dedos con curiosidad. Quise probar su sabor y me los llevé a la boca. Era sabroso—. Hum. Sabe rico. ¿Puedo?

—Haz lo que te dé la gana, Martina. Lo haces perfectamente. Pero recuerda... —tragó saliva y me clavó una mirada salvaje. Descendió sus manos desde mi rostro hasta abarcar ambos pechos y rodeó los pezones en un nudo de placer. Gemí—... todo lo que me hagas, te lo devolveré.

—Me parece bien.

En ese momento no pensé demasiado en las consecuencias. Solo quería saber. Quería sentir. Si hubiera tenido un cuchillo y un tenedor, me lo habría comido a pedacitos y no sé si en sentido figurado. Era delicioso notar cómo reaccionaba ante mis besos; cómo se erizaba su piel con mis caricias; el sabor de su pene cuando lo lamí por primera vez y el sonido de su voz gutural, en un quejido ronco; el tacto de sus manos al sujetarme del pelo, con firmeza y, a la vez, suavidad.

—Cuidado —gruñó cuando me atreví a morder la punta suave y tersa. Jadeó una y otra vez cuando succioné, sin introducirlo demasiado en el interior de mi boca, porque me daban ganas de vomitar. Los testículos eran pesados, calientes. Su culo, duro como una roca. Hubo un momento en el que se le escapó un sollozo—. ¡Para, Martina! ¡Para! —suplicó. Me atrapó la cara entre las manos y me incorporé, sorprendida. Su expresión desencajada, contraída por el sufrimiento, me alarmó.

—Perdón, pensaba que te estaba gustando. —Me relamí los labios, los sentía hinchados. Los pezones me ardían. Un latido violento golpeaba en el interior de mi sexo y el vacío era ya dolor. Cada roce con su piel dejaba una estela de fuego en la mía.

—¿No lo ves? —Yo negué con la cabeza y él se echó a reír—. Me gusta demasiado. Si seguías, me iba a correr, y estamos solo a mitad de camino. Ahora te toca. Vamos. Déjame a mí.

—Vale. De acuerdo. ¿Lo mismo? —pregunté, insegura. Ya no me parecía tan buena idea.

—Lo mismo. Ya te lo he advertido, y ha sido tu decisión —dijo muy serio. Se giró y me tumbó sobre mi espalda donde antes había estado él—. Ahora no vale hacer trampas.

—Vale —dije no muy convencida.

Cerré las rodillas y me puse un poco nerviosa, pero Many no parecía estar interesado en tocarme entre las piernas. En vez de eso, me apartó el pelo de la cara, se estrechó contra mi costado y apoyó la palma abierta sobre mi abdomen.

—Tranquila. Estás muy tensa. ¿Acaso te ha parecido que lo que me hacías no me gustaba?

Yo me enfurruñé un poco.

—Ya. Pero tú juegas con ventaja. Apuesto a que nada te pilla por sorpresa.

—Pues estás muy equivocada. Eso de que me pasaran la lengua por el cuerpo como si fuera un sorbete de helado no me había ocurrido nunca —reconoció, con las cejas elevadas en un gesto de sorpresa—. Ahí me has pillado. Y, dime la verdad, tú tienes algo de experiencia.

No movió las manos. Una de ellas seguía en mi vientre. Sobre la otra apoyaba la cabeza. Pero en un movimiento lento metió su pierna entre las mías y me las separó con suavidad. Me distrajo unos segundos de mi respuesta, pero era demasiado importante, tenía que defenderme.

—Mentira. Nada de eso. Yo no sé nada. —Me tensé de nuevo al sentir su muslo abrir los míos y apoyarse sobre mi sexo. Mi respiración se aceleró.

—Entonces será que la inteligencia también te da ventaja en esto. Qué suerte tengo —susurró sobre mis labios. La dureza de su erección se clavaba en mi cadera, su cuerpo ladeado se recostaba sobre mí. Me di cuenta de que, con el muslo, había inmovilizado una de mis piernas.

—¡Eh! ¡No puedo moverme! —protesté cuando la mano sobre mi vientre comenzó a descender.

—Esa es la idea. Llevo leyendo en tus ojos que quieres escapar de mí desde que cambiamos de posición, y no lo voy a permitir. Déjame al menos intentarlo —susurró entre besos breves sobre mis labios.

Yo no podía soltarme. Eché de menos la fase en la que yo llevaba las riendas y él se dejaba hacer. En ese momento acariciaba mis rizos púbicos. Pensé en si le gustarían. Tenía un buen matojo... Adriana se lo depilaba por completo, pero yo había leído que podía ser perjudicial. Ah. Sus dedos se abrieron hacia ambos lados de mi sexo y presionaron, generando una corriente de placer. Estaba muy mojada. Noté mi aroma, intenso, punzante, almizclado.

—Si en el mundo hubiera justicia, mi boca ahora estaría aquí —dijo, y presionó con la palma justo sobre mi entrada. Yo reprimí un grito cuando comenzó un masaje circular—. ¿Por qué yo no y tú sí? ¿Sabes lo rico que se siente?

—Eso... todavía no, Many —gemí. Me aferré a sus hombros mientras me masturbaba. Jamás me habían tocado así. Separé más las rodillas para dejarle espacio y empujé su mano con la mía—. Más —le pedí, ya sin contenciones. Se me olvidó qué era lo que me preocupaba. Mi columna se arqueó hasta el punto de que pensé que me quebraría en dos.

—Eres increíble —murmuró él sobre mis labios. No paraba de besarme, de morderme, de tentarme con la lengua.

No me hizo falta pedírselo. De algún modo, supo lo que yo necesitaba. Insinuó la punta de su índice en mi interior y mis gemidos lo incitaron a profundizar más... un poco más, y un poco más. Cerré los ojos y clavé las uñas en su espalda.

—Voy a morir —susurré. Mi interior apretó su dedo con avidez.

—No. El que voy a morir voy a ser yo cuando por fin me hunda dentro de ti —gruñó él. Metió otro dedo, con delicadeza. Yo me retorcí, envuelta en placer. Boqueé, en busca de aire. No podía haber nada mejor que eso, sus dedos en mi interior mientras sus labios y su lengua llenaban mi boca. Nuestros gemidos se entrelazaban. Sentía que mis nervios estaban a punto de estallar.

—Ahora, Martina. Quiero entrar en ti. Estás a punto de caramelo, te siento en mi mano —murmuró. Sus dedos ondulaban en el interior de mi carne. Su pulgar presionó con delicadeza mi clítoris y yo dejé escapar un pequeño grito.

—Pero es muy grande. ¡No va a caber! —Sentía la dureza de su erección presionar contra mi cadera, palpitante, gruesa. La encerré en mi mano con torpeza, percibí las venas hinchadas, de un color violáceo. Me dio un poco de miedo.

—Iré despacio... muy despacio, pero déjame entrar —gimió. Apretó los párpados en un rictus de dolor—. No creo que logre llegar muy lejos.

—Vale. De acuerdo. Sí —acepté entre jadeos. Nos separamos un poco. Cada centímetro de mi piel se puso a gritar. Yo estiré los dedos hacia sus hombros mientras él cogía un preservativo del bolsillo de sus pantalones, tirados en el suelo. Hice una mueca, ofendida—. Vaya. Sí que venías preparado.

—Martina. Llevo de estos en el bolsillo desde la fiesta de disfraces. Sabes que esto iba a pasar. —Me levantó la cara y me miró a los ojos—. Dime que no, y te juro que me levanto y me voy —añadió, en tensión.

Rehuí su mirada. Era cierto. Yo, de hecho, lo esperaba desde antes... quizá desde Mallorca, pero no se lo diría jamás. Solo asentí.

Rompió el paquetito con los dientes y se lo puso con destreza. No me dio tiempo ni a ver cómo lo había hecho cuando él me tendió de espaldas y se acomodó entre mis piernas. Yo me había enfriado un poco y volví a sentir cierto temor.

—Espera. Espera un momento —pedí al notar su peso sobre mí. Me hundí en el colchón y me dio por reír—. ¡Pesas una tonelada!

—¿Quieres ponerte tú encima? —preguntó, intrigado.

Me lo pensé. Quizá así podría mantener el control. El problema fue que el análisis de la respuesta me distrajo y Many aprovechó para besarme en el cuello y mil anguilas eléctricas descendieron hasta el centro de mi cuerpo para morir en un estallido de placer. Tenía un rastro tenue de barba que raspaba mi piel y multiplicaba las sensaciones. No supe qué decir. Sus dedos encontraron cobijo de nuevo en mi sexo y yo aprendía muy rápido. Me acompasé de inmediato al ritmo de su mano y todo volvió a desaparecer.

—Abre los ojos, Martina. Escúchame un segundo —dijo Many

en un susurro. El modo en el que la yema de su pulgar presionaba mi clítoris hacía muy difícil prestarle atención, pero fui buena y asentí—. ¿Sientes mis dedos?

¿Cómo no iba a hacerlo? Su índice y su dedo medio masajeaban sin tregua mi interior y yo tenía dudas de si me había corrido, de si estaba teniendo un orgasmo infinito desde hacía varios minutos o de si en cualquier momento iba a caer en un clímax abrasador, porque mi cuerpo era arcilla caliente y miel.

—Sí. No pares, por favor —supliqué. Hice trampa. Sabía lo mucho que le afectaba que hundiese mis dedos en su cuero cabelludo y lo ataqué sin piedad justo en la nuca.

—Tengo que hacerlo, pero te prometo que será mejor. Quizá duela un poquito al principio, pero será mejor, ya lo verás —dijo con voz persuasiva.

Yo rezongué. No quería que se detuviera y, cuando sacó su mano, dejé escapar un gemido de desilusión. Pero a cambio sentí una presión distinta, más firme y gruesa, a la vez más suave y contundente, que se abrió paso en mi carne centímetro a centímetro.

—Ah... Many, por favor... despacito —pedí al sentir que me desgarraba en puro placer. Mi sexo lo engulló con avidez y el vacío, el agujero negro que buscaba ser saciado, aulló con hambre. Mi espalda se arqueó y su pelvis presionó mi clítoris. Grité.

—Ssssshhhh... tranquila —me apaciguó, con la mano sobre mi boca. Que me amordazara así me puso a mil—. ¿No querrás que nos interrumpan justo ahora, verdad?

Cerré los ojos. Solo podía concentrarme en la sensación de cómo mi sexo se acomodaba un poco más para acogerlo a él y el deleite infinito de sentir que encajábamos a la perfección. Por un momento pensé en que no podía ir más allá, en que ya estaba repleta, y moví mis caderas para acomodarme. Él retiró su mano de mi boca y me besó.

Many me besó. Durante un instante, su lengua y su polla descansaron en el interior de mi cuerpo, sin moverse, y yo sentí que no podía existir nada mejor. Pero había más.

—Qué rico... —suspiré.

—Aún falta —soltó en un jadeo ronco. Estaba haciendo un esfuerzo por controlarse, podía verlo en su rostro desencajado, en la tensión de su mandíbula, en la cuadratura de sus hombros—. Rodea mi cintura con tus piernas. Necesito profundidad, Martina. Esto quizá te duela un poco, pero necesito entrar un poco más.

No quería verlo sufrir así. Lo besé con devoción e hice lo que me pedía. Alcé las piernas y las crucé sobre su cintura. Y entonces lo sentí.

—Oh. ¡Oh! —grité. Llegó el dolor y el intenso latigazo de placer cuando se deslizó de golpe los últimos centímetros dentro de mí.

—Hum, Bambi. Eso es. Ahora voy a moverme. Dime si te gusta así.

Yo todavía estaba reuniendo los trocitos de cerebro repartidos por mi cráneo después de aquella primera embestida. Lo único que me quedó claro fue que el vacío desapareció. Acogía en mi interior un leño duro y ardiente que me pedía prenderle fuego.

Comenzamos a movernos los dos. Al principio, descoordinados, pero después encontramos el ritmo. Y cada roce elevaba la cuota de placer. Cada golpe de tambor de su pelvis sobre la mía arrancaba un gemido de puro deleite. Antes tenía dudas. Entonces no, porque mi cuerpo estalló en llamas.

—¡Me voy a morir! —sollocé.

—Agárrate fuerte a mí —dijo él.

Y se desató entre mis piernas. No pude acompasarme y solo me dejé llevar. Una súbita deflagración dispersó en el espacio las moléculas de mi cuerpo y las contracciones de mi sexo se transformaron en un agujero de gusano, porque todo desapareció. Creo que morí de verdad durante unos segundos. Entendí a la perfección por qué los franceses lo llaman la *petite mort*. Volví a la vida porque él exhaló un gruñido agónico, primitivo, que resonó directamente entre mis piernas cuando alcanzó el orgasmo. Lo supe porque percibí la oleada caliente de su semen. Él me abrazó con fuerza y yo aflojé un poco mis uñas sobre su piel cuando caímos desplomados sobre la cama. El silencio se llenó con nuestras respiraciones erráticas y la música lejana de la fiesta, que yo no había percibido hasta ese momento. Unas lágrimas se deslizaron por mis sienes. Pero solo sentía una inmensa serenidad.

—¿Estás bien? ¿Está todo bien, Martina? —jadeó, preocupado. Se incorporó sobre los codos, pero yo volví a reclamarlo sobre mi pecho. Me dio mucho frío cuando se alejó.

—Todo bien. Todo perfecto, Many. —Sonreí, lánguida. Los párpados me pesaban y sentir su cuerpo sobre el mío era en ese instante la definición exacta de felicidad—. Ni se te ocurra marcharte. Ahora vamos a dormir.

Y como siempre, cumplió.

Sé que se levantó al baño en algún momento.

Sé que sobre las dos de la mañana se abrió la puerta; me desperté y me hice la dormida, porque no me sentía preparada para esa conversación, Adriana y Magnus entraron a la habitación y bromearon un poco al verlo en la cama conmigo. Él los mandó callar y los echó de allí sin miramientos. Lo único que dijo fue que al día siguiente hablaríamos y me tapó la espalda desnuda. Creo que me vio sonreír.

Definición exacta

Me desperté con el ruido de la ducha. La luz de la mañana entraba a raudales por la ventana abierta. Me estiré sobre la cama, con los músculos entumecidos, y sonreí al acordarme del porqué. Hundí la nariz en la almohada y la piel me hormigueó al percibir el aroma de Many. No soporté estar lejos de él ni un segundo más y salté hacia el baño.

—Déjame sitio. —Me metí con él en la ducha—. ¡Qué caliente pones el agua!

Se giró, sorprendido de verme ahí.

—Buenos días. ¿Te vas a duchar conmigo? ¿Así, sin más? —Me dio un beso en los labios y negó con la cabeza en un gesto extrañado—. Eres increíble, Martina. Esperaba que estuvieses más tímida después de anoche, y de esta mañana. No sé. Contigo todo es impredecible.

Me pegué a su espalda y suspiré. ¿Era malo que quisiera estar con él todo el rato, a todas horas?

—Bueno... he tenido mi culo en tu cara hace menos de media hora. Y ya me has visto desnuda. No me queda mucho por esconder, ¿no? —Me encogí de hombros y lo miré con cara de interrogación.

Él se echó a reír y me abrazó bajo la cascada caliente. Su risa era contagiosa y acabé por desarmarme yo también. Lo del culo en la cara no había sido muy elegante, pero era cierto.

—Tienes toda la razón, Bambi. Creo que tú y yo lo vamos a pasar bien.

Nos besamos bajo el agua. No nos dejamos llevar porque no teníamos más condones, pero guardamos las ganas para más tarde. A cambio, nos enjabonamos el uno al otro y yo me grabé los relieves y recovecos de su cuerpo. Me gustó una constelación de lunares sobre su hombro derecho y una pequeña cicatriz en el brazo que seguro que tenía una historia que contar.

Nos secamos y arreglamos mientras charlábamos. Me di cuenta de que no era muy diferente a cuando habíamos ido de acampada, o en un viaje con las familias... salvo el pequeño gran detalle del sexo, claro. Solté una risita, divertida, y lo besé en la nariz, pero él estaba introspectivo. Me pregunté por qué.

—Oye, Martina —dijo con voz seria cuando ya terminábamos de vestirnos—. ¿Qué quieres que pase cuando salgamos por esa puerta?

Se me reventó el globo rosa de golpe. Vaya. No lo había pensado. Retorcí entre las manos el jersey que estaba a punto de ponerme.

—¿Qué quieres decir?

Él cerró los ojos un par de segundos y al abrirlos me pareció que hablaba con un hombre, no con mi amigo Many. Frunció el ceño y se pasó la mano por el pelo corto.

—Quiero decir que ahí fuera, en la cocina, cuando vayamos a tomar el café, van a estar todos —contestó con una sonrisa. Abrió las manos en gesto de aquiescencia—. Tenemos que ponernos de acuerdo en qué vamos a contarles. Me da la impresión de que no nos van a creer si les decimos que hemos pasado la noche jugando a las cartas.

Se me escapó una risa tonta.

—Ya sé lo que quieres decir. ¿Tú qué opinas?

—No, Martina. Yo lo tengo muy claro, pero te he preguntado primero. No seas caradura —replicó sin piedad. Se cruzó de brazos y esperó mi respuesta—. Dime la verdad. Sea lo que sea, lo respetaré.

—Creo que no es necesario dar explicaciones ni definir nada, ¿no? —intenté escapar por la tangente. Me sentí presionada y aquello no me gustó.

—Lo malo y lo bueno de conocernos desde que llevamos pañales es eso, que nos conocemos. —Se acercó y me atrapó entre sus brazos—. Eres la reina de las definiciones precisas, de llamar a cada cosa por su nombre exacto. Martina, somos adultos. Si quieres que esto se quede en un polvo de una noche, no tienes más que decirlo. Respetaré tus deseos.

Se quedó inmóvil. Sus ojos castaños, salpicados de ámbar y jade, se clavaron en los míos. ¿Era eso lo que él quería? Mi corazón comenzó a latir a toda velocidad. Empecé a hiperventilar. No quería que me diese un ataque de angustia, así que opté por la verdad.

—No. Yo no quiero eso —solté en un hilo de voz.

—Joder, menos mal. —Dejó caer la fachada de tipo duro que no sabía que mantenía y apoyó su frente en la mía—. Cualquier cosa menos eso. Estaba preparado para salir de la habitación e irme al coche a llorar si me dabas la patada.

—¡Idiota! —Le di un golpe en el pecho, con fuerza—. ¿Y por qué no has dicho nada tú?

—Porque no quería influir en tu decisión. Yo sé lo que quiero. —No remató su idea, pero me estrechó contra su cuerpo—. ¿Qué quieres tú?

—No lo sé. Tengo que procesar. Ya sabes que me gusta pensar bien las cosas —contesté con sinceridad. Rodeé su cuello con los brazos y lo miré a los ojos—. Pero sí tengo claro que no eres un polvo de una noche, Many. Quiero ver a dónde llega esto. Me gusta estar contigo.

—Me vale con eso. Yo también quiero ver a dónde va. Entonces, ¿qué les decimos a la tropa? —Me besó en los labios y eso me hizo un poco difícil hilar una respuesta coherente—. ¿Que estamos saliendo juntos? ¿Que nos acostamos? ¿Amigos con derecho?

—No. Odio todo eso —dije con un gesto de negación. Pensé en Magnus y Dana, en todos esos rodeos estúpidos que habían dado para llegar donde estaban en ese momento—. Tú y yo somos pareja, aunque nada de novios y esas tonterías. Nada formal. Pero estamos juntos y en exclusiva. —Quizá fui un poco contundente, porque Many se me quedó mirando con la boca abierta y sus ojos se iluminaron—. Si te parece bien, claro.

—¿Si me parece bien? Me parece estupendo, Bambi. Me parece genial —dijo con una sonrisa enorme, y encerró mi rostro entre sus manos—. Antes me has preguntado qué era lo que yo quería. Pues esto es exactamente lo que quiero yo.

—¡Perfecto!

Sellamos el pacto con un beso que nos costó un buen rato frenar.

Abrió la puerta por fin y salimos al pasillo. Estaba contenta de haber aclarado la situación. De pronto, recordé algo y lo sujeté por la camiseta antes de que entrase en la cocina.

—Una cosa.

—¿Qué pasa?

—Nada de Bambi si no estamos solos, ¿entendido? —dije muy seria.

—Entendido.

La puerta blanca y rústica de la cocina se me hizo de pronto gigante; enorme y pesada. Oía las voces y risas conocidas detrás.

—Tú primero —me acobardé.

De hecho, me escondí detrás de su espalda cuando la empujó por fin. Entramos como quien no quiere la cosa mientras que todos se movían alrededor de la isleta central con el café, las tostadas o la fruta, comentando sobre la fiesta del día anterior o la resaca del siguiente. Hasta que Magnus se giró y clavó sus ojos azules en mí.

—Buenos días. Nos hemos levantado un poco tarde hoy, ¿no? —soltó con tono burlón. Quiso ser serio, pero la cara se le transfiguró en una enorme sonrisa cargada de segundas intenciones.

Adriana chasqueó la lengua y le dio un codazo.

—Magne, deja a tu hermana en paz. —Bien. Al menos mi amiga me defendía—. ¿No ves que está agotada de tanto sexo?

—¡Adriana! —gemí, escandalizada. Me escondí aún más detrás de Many y todos estallaron en carcajadas. Ya sabía yo que me había adelantado al pensar bien de ella.

—Chicos, ¡ya está bien! —pidió Many, fastidiado con tanta risa, pero entonces Tony, que se había mantenido más o menos en un plano discreto, se acercó a él.

—Joder, Many... pero es que esto hay que celebrarlo por todo lo alto. Ya es hora de que Martina lo sepa, ¿no? —Se asomó por debajo del brazo de su hermano y tiró de mí para sacarme de mi escondite—. ¿Qué opinas, Magnus? ¿Niñas? ¿Se lo contamos o no?

Todos parecían compartir un secreto del que solo yo estaba excluida. Los miré, sorprendida.

—¿Qué tengo que saber?

—Tropa, ¡venga ya! —Many se puso nervioso, muy nervioso. Lo sé porque empezó a frotarse el pelo de la nuca a toda velocidad—. ¡Ya se lo diré yo a su debido tiempo! ¡Callaos ya!

—No, no. ¡Esto me corresponde a mí, porque soy tu hermano pequeño y llevo aguantándote años de desahogos y penas! —insistió Tony.

—De eso nada. ¡Esto es trabajo de Lena y mío! —se adelantó Adriana. Empujó a Tony a un lado y se plantó frente a mí—. Créeme, hemos estado mil veces a punto de soltártelo, pero Many y Magnus nos hicieron jurar que no te diríamos nada.

—Que no me diríais, ¿qué? ¡¿Se puede saber de qué habláis?! —pregunté, desconcertada.

—Martina, Many lleva loco por ti desde... digamos que desde que él tenía quince años y tú, trece —acabó por soltar Magnus. Many le pegó un puñetazo en el hombro con todas sus fuerzas y expresión de fastidio—. ¡Ay! ¡Soy su hermano mayor y tú...! ¡Tú la has profanado! ¡Es mi hermanita pequeña, joder! ¡Debería matarte! —De hecho, puso una cara y lo dijo con un tono que nos hizo retroceder a todos un paso—. Esta te la voy a devolver, pero te la perdono por ahora. ¡Qué daño! —Se sobó el hombro—. Tina, tú todavía llevabas trenzas y jugabas con los pequeños ponis. No le hacías ni caso, así que suspiraba por ti por las esquinas, pero las hormonas eran las hormonas y en algo tenía que entretenerse. Ha sabido esperar a que llegara su momento, con algunas meteduras de pata —dijo con una mirada significativa, que hizo que Many se pusiera rojo y, a mí, preguntarme qué había querido decir—, pero ahora por fin estáis juntos.

Me volví hacia Many mientras los demás nos felicitaban. No podía creerlo.

—¿Es cierto? ¡No tenía ni idea! —susurré junto a su cuello. Lo besé—. ¿En serio estabas loco por mí?

—Ya hablaremos de esto. Me han hecho una encerrona. Pero sí, es verdad. —Dejó caer una sonrisa un poco triste—. Tú no me veías. Creo que te fijaste en mí por primera vez este verano en Mallorca. ¿Tengo razón?

No contesté, pero tuve que morderme los labios y creo que se dio cuenta, porque sus ojos brillaron.

Magnus seguía con su discurso de bendición de hermano mayor y volvimos a prestarle atención.

—Y, ¿qué queréis que os diga?, después de tantos años... —nos abrazó a los dos por los hombros y sonrió—, no puedo estar más feliz.

Many soltó un suspiro de alivio exagerado y yo me eché a reír, despectiva.

—Ni que necesitara tu permiso, vamos.

—Oh, no, el mío no... pero esperemos a ver qué opina papá de todo esto —replicó en un tono más jocoso del que debía. Se lo estaba pasando en grande.

Many tragó saliva y todo el resto rompió en carcajadas. Yo miré al techo en busca de paciencia. Nos esperaban unos días interminables de bromitas y tomaduras de pelo parentales. No nos quedaba otra que el camino de la resignación.

Decidimos contárselo nosotros, aquel mismo día. Mis padres estaban en la casa de Farellones y habían quedado con los padres de Many para comer.

—¡Es perfecto! Así se lo decimos a todos a la vez —dije entusiasmada, en el coche. Many no estaba tan convencido y trazaba las curvas de ascenso de la carretera de montaña con menos energía de la habitual—. Voy a mandarle un wasap ahora mismo a mi madre anunciándole que tengo algo importante que contarle.

—No adelantes nada. No le digas nada. —Many parecía inseguro y eso me sorprendió—. No entiendo por qué quieres apresurar tanto las cosas.

Lo miré, extrañada. Acaricié su nuca en un intento de apaciguarlo.

—¿Estás disgustado? Solo quiero que se enteren por mí, por nosotros, en vez de por Magnus o por el resto. —Me entraron escalofríos de solo pensar en cómo mi hermano podía distorsionar la realidad solo por fastidiar—. Si te molesta tanto, podemos dejarlo para otro momento. La verdad es que a mí me hacía ilusión —confesé en voz baja. No acababa de entender su reticencia.

Él hizo un gesto de impotencia. Atrapó mi mano y se la llevó a los labios. Suspiró.

—No estoy disgustado, Martina. No me molesta en absoluto, y también me hace ilusión —dijo con seriedad—, pero reconozco que me da un poco de respeto la reacción de tu padre. Todos le tenemos un poco de miedo, ¿sabes? Impone. Bastante.

Me eché a reír. El gran cardiocirujano, el doctor Erik Magnus Thoresen. Así que ahí estaba el problema. Era comprensible. Mi padre podía ser un osito de peluche o un auténtico cabrón. Yo lo sabía muy bien.

—Te entiendo, pero yo he oído de su boca decir que tú y Tony sois como sus propios hijos. —Era verdad. Todos los del núcleo lo eran—. Se preocupa por vosotros, en especial por ti, que estudias Medicina. Le pregunta a Magnus por tus notas, por cómo te va.

—¿En serio? —inquirió, incrédulo. Me miró un par de segundos y yo asentí, pero le señalé la carretera. Aunque ya no hubiese hielo, todavía era peligrosa.

—En serio. Tu padre es muy especial para él. Son como hermanos —insistí, porque todavía percibía sus reticencias y eso era injusto con mi padre—. Y siempre tendremos a mi madre de aliada para suavizarnos el camino. Si quieres, podemos decírselo a ella antes y que nos eche una mano.

Él negó con la cabeza.

—No. Si soltamos la bomba, mejor hacerlo de una vez.

Llamé a papá al móvil para que nos abriera desde dentro. Cuando me preguntó por qué no lo hacía con mi propio mando, no contesté. Por supuesto, cuando la puerta corredera se deslizó, ahí estaba él, plantado de pie en el jardín, para identificar aquella anomalía. Frunció el ceño al ver el Golf negro de Many en vez del Volvo gris metalizado que usábamos Magnus y yo.

—¡Hola, papá! —Me estiré para darle un beso y me adelanté a todas las preguntas que vi que se agolpaban tras sus ojos. Era la mejor estrategia—. Me ha traído Many. El coche se lo ha quedado Magnus. ¿Llegamos a tiempo para comer?

—Hola, hija. Hola, Manuel. —Le dio un apretón de manos y una palmada en la espalda. Many era tan alto como mi padre, no tan corpulento, pero no tenía que mirarlo hacia arriba y, no sé por qué, eso me gustó—. Llegáis justo a tiempo. Tus padres ya están aquí. ¿Qué tal esos exámenes parciales?

Por una vez pude ver que Many soltaba el aire, aliviado de abordar el tema de las notas con alegría. ¡Vivir para ver!

Todos estaban sentados a la mesa. Mi madre ya tenía preparados dos sitios más, y Many se sentó, encantado, frente a su ración de carne con arándanos mientras ponía al día a todos acerca de la fiesta de celebración de Dana. Yo contestaba con respuestas envasadas, porque no era que hubiese participado mucho, mientras picoteaba sin hambre la comida. Al final la que estaba nerviosa era yo, porque Many comía como un león.

—Martina, ¿me ayudas con el postre? —Mi madre me hizo una seña cuando todos estaban enfrascados en un interesante debate quirúrgico y aproveché el viaje para llevarme los platos a la cocina.

—¿Y bien? ¿Qué es lo que tienes que contarme?

Esperó a que la puerta batiente que nos separaba del comedor se cerrara para encararse conmigo, ni un segundo más.

—¿Tanto se me nota?

—Teniendo en cuenta que tú resplandeces y que Many se ahoga, imagino por dónde van los tiros —dijo mi madre con una sonrisa. Se cruzó de brazos y sonrió—. ¿Me equivoco?

—¡No le digas nada a papá! Queremos contarlo nosotros, ahora, en el postre —dije, alarmada. No podía creer que fuese tan evidente—. ¿Cómo te has dado cuenta?

—Hija, lo he sabido en cuanto os he visto entrar a los dos por la puerta. Y no pienses ni por un segundo que tu padre no se ha dado cuenta también. Porque lo sabe. No pongas esa cara. —Cerré la boca, porque me había quedado blanca—. Ya me lo ha dicho, con la mirada y cuando he ido a retirarle el plato. Imagino que Dan y Alma lo saben o lo intuyen también.

—No. ¡No puede ser! —exclamé, incrédula. ¿Nos habíamos dado el viaje para nada? Ella se echó a reír.

—Somos tus padres, y a Many lo conocemos desde que era un bebé. En cierto modo, lo estábamos esperando. —Mi madre sonrió—. Esto iba a pasar antes o después. Solo deseamos que vuestra amistad, la de todos vosotros, sea lo bastante fuerte para resistir si no funciona.

—Yo creo que sí —dije con convicción—. Son muchos años. ¡Mira el tío Dan y tú! ¡O el tío Miguel y la tía Nacha!

Mi madre asintió, pensativa. Me pregunté qué pasaría por su cabeza... qué recuerdos de juventud la hacían sonreír con esa nostalgia.

—Anda, vuelve al comedor y lleva los helados. Yo te recomendaría que esperaseis a los whiskies después del café —sugirió al tiempo que reunía tazas, platos y cucharillas mientras la cafetera italiana rompía a hervir encima de la placa de inducción—. Así los ánimos estarán más receptivos.

Mi madre era vidente. Cuando vimos que las risas comenzaban a fluir tras la primera ronda de copas, Many y yo nos miramos y asentimos en silencio. Era el momento perfecto. Como estábamos en mi casa, y porque mi padre le imponía demasiado, acordamos que primero hablaría yo. Esperé a que se hiciera un silencio y me aclaré la voz al tiempo que me ponía de pie.

—Papá, mamá, tío Dan, tía Alma... Many y yo queremos contaros algo. —Se miraron unos a otros y soltaron unas risitas. Mierda. El padre de Many a veces tenía unas salidas chistosas un poco fuera de lugar y entré en pánico. Me quedé en blanco. Sentí una mano cálida rodear mis dedos y unos ojos de café, miel y hierbabuena darme coraje. Modo noruego de hacer las cosas. Pese a los últimos cambios, seguía siendo yo—. Manuel y yo somos pareja. Estamos saliendo juntos. Que lo sepáis. Eso.

—Muy sutil, Martina —rio Many a mi lado. Tiró de mí para que me sentara.

Se instaló en la mesa un desconcierto general, y después mi padre inició un aplauso, y todos lo siguieron. Los cuatro se pusieron a aplaudir.

—¡Bravo! —exclamó Alma, con una enorme sonrisa.

—¡Es increíble! —dijo Dan, con un suspiro resignado—. Te debo cincuenta dólares, Erik. ¡Y pensar que aposté en contra de mi propio hijo! No lo tomes como algo personal, Many, pero tantos años enamorado de Martina y sin hacer nada al respecto...

—¡No, papá! —Many se cubrió la cara con las manos—. ¿Tú también? ¿Por qué no me voy fuera, cavo mi propia tumba y me entierro vivo?

—A mí me parece muy tierno. —Lo obligué a mirarme y sonreí. ¿Cuánto me había perdido de hablar con él a solas? ¿De disfrutar con él y su cariño por no saber verlo?—. Me parece que tenemos que recuperar mucho tiempo. —Me puse de puntillas y lo besé con ternura en los labios. Nuestros padres nos vitorearon con silbiditos y gritos de entusiasmo. Al final eran ellos los peores.

—¡Paga! —oí que le decía mi padre al tío Dan.

Nos alejamos de aquella panda de adolescentes tardíos que se hacían llamar a sí mismos nuestros padres. Me di cuenta de que gestos antes impensables se me hacían de pronto naturales. No había soltado en ningún momento sus dedos. Caminamos por el jardín entre los árboles frutales en flor. Había algunas abejas revoloteando entre ellas.

—Cuidado. Mejor damos un rodeo.

—No pasa nada. Si hay flores no van a interesarse en mí —dije con una sonrisa—. Además, tengo a mi apicultor y asesino profesional de avispas favorito a mi lado.

Soltó una carcajada y me rodeó los hombros con gesto protector.

—Si no me da resultado esto de la medicina, ya sé a lo que puedo dedicarme. Pero lo digo en serio. —Me dirigió hacia la parte del jardín donde estaban los sauces—. Nada de abejas ni avispas. No quiero crisis de ansiedad. Y menos un *shock* anafiláctico.

—Creo que se me ha quitado la melisofobia —dije, extrañada. Había unas cuantas y nada... ni una pequeña elevación de la frecuencia cardiaca, nada de temor—. Ahora, cuando vea una avispa, no será lo mismo.

—¿Y eso? —Apartó las ramas de los sauces. Dentro se creó un espacio mágico. Las hojas lanceoladas teñían la sombra de amarillo y verde. Cerré los ojos e inspiré el aroma a hierba recién cortada, a tierra mojada, a infancia. Many me abrazó y afiancé el olor de su piel como otro de mis favoritos.

—Porque ahora lo asocio con hacer el amor contigo. ¿Cómo voy a tenerles fobia? —comenté con una sonrisa. Posé mis manos sobre sus antebrazos y deslicé mis dedos hasta entrelazarlos con los suyos—. Es imposible, mira: avispa, Many, sexo. Mi cerebro hace asociaciones.

—Eres increíble, Martina. Tú y tus cosas raras.

Me volví hacia él y lo miré, sorprendida.

—¿Qué he dicho ahora? ¡Es verdad! Mi cabeza funciona así —me defendí.

—No es por eso. ¿Cómo puedes decir que tienes miedo todo el tiempo y luego soltar cosas como esta? Me dejas fuera de combate. —Me obligó a girar entre sus brazos y apartó el pelo de mi rostro. Lo encerró entre sus manos—. Qué serias suenan esas palabras en tu boca: «hacer el amor contigo».

Me quedé en silencio. Supe a lo que se refería. Todos bromeaban y hablaban de follar, echar un polvo, enrollarse, acostarse... Lo miré a los ojos.

—Sé que tú y yo solo lo hemos hecho dos veces, pero para mí ha sido más que follar.

—Lo voy a pasar mal contigo, ¿verdad?

—¿Por qué dices eso? —pregunté, asustada.

No me contestó. Solo me estrechó contra su cuerpo y selló mis labios con los suyos, con la confianza de saber que ya no necesitaba permiso, que tenía plena potestad, pero a la vez como si tuviera miedo de apretar demasiado fuerte. Pude percibir su inseguridad y me dolió.

—Many, ¿qué ocurre? —presioné. Quería que me lo dijera, que fuese sincero conmigo desde el minuto cero—. ¿Es por lo que han dicho esta mañana los de la tropa? ¿Por lo que ha dicho tu padre? ¿Eso de que llevas años enamorado de mí?

Él apartó la mirada y sonrió con timidez. Bingo. Había dado en el clavo. Sentí sus manos descender por mi espalda en una caricia ya familiar. Recorría mi tatuaje con los dedos.

—En cierto modo, sí. Me siento en desventaja. Yo no sé lo que tú sientes —confesó al fin. Respiré aliviada. Si éramos capaces de decir lo que pensábamos, todo iría bien—. Es difícil saber lo que pasa por tu cabeza, Bambi. Eres muy imprevisible, por mucho que te conozca bien.

—¿Quieres que te diga lo que siento por ti?

—Preferiría que sí —confesó, con la cabeza gacha y la mirada insegura.

Ladeé la cabeza y valoré la situación. Se suponía que debíamos mantener la emoción de los inicios; la intriga; las mariposas de la incertidumbre en el estómago. ¿Me quiere? ¿No me quiere? La expectación del primer amor y todo el cuento, ¿no? El tema ahí estaba en que Many y yo nos conocíamos desde siempre. Nuestros padres se conocían desde antes de nacer nosotros. Pese a haber pasado algunos años separados por momentos vitales, como cuando mis padres montaron la Norsk Klinikk de Mallorca, o cuando Tony y él se fueron a hacer parte del bachillerato a Estados Unidos, siempre habíamos estado juntos.

—Eres una de las personas más importantes de mi vida, eso ya lo sabes —dije con tono serio.

—No me digas que me quieres como amigo, porque me hundes en la miseria —se adelantó, con tono de advertencia.

Yo me eché a reír.

—Pero es verdad. ¿Y qué es la amistad sino un tipo de amor? Te quiero como amigo, porque eres mi amigo. Eres el mejor amigo que alguien pueda tener. —Él soltó un ronquido y puso los ojos en blanco. Yo lo agarré del mentón y lo obligué a mirarme a los ojos—. El problema está en que, desde hace ya varios meses, y tú lo detectaste perfectamente, creo que desde Mallorca, ya no me interesa tanto que seamos amigos.

—Ah, ¿no? —preguntó con curiosidad. Un chispazo de deseo atravesó sus ojos preciosos.

—Al menos, no solo me interesa eso. Y menos después de lo de anoche... y lo de esta mañana. —Me mordí los labios y él esbozó una sonrisa perversa—. Ese beso que me diste en Mallorca me volvió del revés.

—Y a mí me dejó hecho un lío —murmuró él sobre mis labios. Era adictivo. Primero un toque leve. Luego aumentar la presión. Después sentir que todo mi cuerpo se fundía como lava caliente cuando la lengua entraba en juego y se abría paso en el interior de mi boca. Me hacía pensar en su erección horadando en mi carne y dejé escapar un gemido desgarrador.

Se dejó caer en la hierba y tiró de mí. Me senté a horcajadas sobre él y me sorprendí porque mis rodillas cayeron sobre una superficie suave y mullida, que solo picaba un poco. Me acomodé sobre su abdomen y me quité las bailarinas. Luego me apoyé sobre su pecho. Me gustaba esa postura. Me hizo sentir poderosa.

—Este sauce tiene las ramas muy tupidas —dijo Many, que deslizó sus manos sobre mis muslos. Se llevó la tela del vestido en su camino y lo alzó hasta mis caderas.

—Papá cuida mucho el jardín. Más ahora que no hace guardias. ¿Qué pretendes hacer? —Sujeté sus dedos, que acariciaban el elástico de mis bragas—. Te recuerdo que mis padres y los tuyos están a menos de doscientos metros de aquí.

—Mis padres y los tuyos van a disfrutar de una larga larga sobremesa. Por la cantidad de chocolates belgas y lo llena que estaba esa botella de Macallan, dudo que se levanten hasta bien entrada la noche —dijo él, relajado pese a mi advertencia. Me empujó de las caderas hasta que sentí bajo mi sexo el bulto de su erección—. Y, como he dicho, este sauce es un escondite perfecto.

—Y esta parte del jardín no se ve desde el salón —recordé.

Estábamos al fondo de la parcela, en la zona donde en invierno se llegaba directamente desde las pistas de esquí. Me moví un poco para acomodarme; no habíamos probado esa postura todavía y el roce de la cremallera de sus vaqueros me resultaba incómoda.

—Quítate el pantalón.

—Por favor, ¿no? —dijo, sorprendido de mi brusquedad. Yo me eché a reír. A veces me pasaba. Se me olvidaban en confianza las fórmulas de cortesía; no era por mala educación, era que me parecían superfluas.

—Por favor. Es que me molesta la cremallera, ¡me hace daño! —protesté.

—Entonces, todo tuyo.

Cruzó las manos por detrás de la cabeza y se recostó en la hierba. ¿Cómo podía estar tan tranquilo? Yo eché una mirada hacia donde estaba la casa, pero era cierto que las ramas de los sauces impedían ver nada. Solo dejaban pasar haces de luz que incidían sobre la piel como lanzas doradas y generaban una atmósfera onírica.

—Es como estar en una de las películas de *Avatar*.

Alcé los brazos y dejé que los rayos de sol dibujaran en ellos. Los moví y sonreí al ver la danza de luces y sombras que se generaba. Un carraspeo educado me sacó de mi ensoñación.

—¿Has terminado tu baile? —dijo Many con tono divertido—. No quería interrumpirte.

—¿Qué baile? ¿Esto? ¡Oh, no! —Bajé los brazos y me eché a reír, mortificada. Me había olvidado un poco de él—. Puedes sentirte halagado. Me siento tan cómoda contigo que se me va la olla como cuando estoy sola. Mis cosas raras se descontrolan cuando estoy sola —añadí con expresión un poco culpable—. Tendrás que acostumbrarte.

—Tus cosas raras me han fascinado siempre, aunque a veces me den miedo —dijo en un susurro. Acarició mis brazos y llevó las manos a los pequeños botones que cerraban mi vestido—. Pero ¿no decías algo de un pantalón?

Movió su pelvis para recordármelo. Su erección no había perdido ni un ápice de dureza y me recordó en una milésima de segundo por qué estábamos allí. Me aparté un poco para desabrochar y deslizar sus vaqueros lo justo para liberar el bulto que me interesaba. Volví a cubrirlo con mi sexo y me froté contra él.

—Hummm —murmuré. Contoneé mis caderas y cerré los ojos—. Mucho mejor. Así es perfecto.

Me incliné sobre él para besarlo. Me acarició los pechos por encima de la ropa y me gustó. Las sensaciones eran distintas, como la promesa de lo que vendría cuando fuera piel con piel. Tiré del borde de su camiseta para tocarlo y noté la contracción de sus abdominales cuando se tensó, el espasmo de su erección cuando pellizqué y retorcí sus pezones, el cambio de su tono de voz, que me volvía loca, cuando me habló.

—¿Sabes qué sería perfecto? Que me bajaras también el bóxer y te quitaras las bragas.

Clavó su mirada en mí. Yo abrí los labios, excitada. Reprimí las ganas de volver a chupársela porque sabía que querría hacer lo mismo conmigo y no me atrevía allí en el jardín. El deseo otorgaba a sus ojos una cualidad líquida y pensé en lamerle las córneas también, pero me dije que por el momento ya había excedido su límite de cosas raras.

—De acuerdo. Me parece bien.

Descabalgué de su cuerpo. Me sorprendí al ver que mi humedad había traspasado mi ropa interior y había mojado su bóxer. Estaba empapado. Él lo vio también.

—Joder. ¿Hay algo que hagas que no me ponga como una puta moto? —dijo en un tono que me pareció violento. Y también me puso a mil.

Me quité las bragas y me quedé con ellas en la mano.

—¿Y qué hago con ellas? —dije, insegura.

—Dámelas a mí. Yo te las guardo.

—Vale.

Estiré la mano para dárselas y me agarró de la muñeca. El gesto me cogió por sorpresa.

—¡Eh!

—Ya no puedo más, Bambi. Ven aquí —gruñó.

Volvió a tumbarse en el suelo y me arrastró con él. No sé cómo, pero tenía buena puntería y me hizo caer justo en la diana. Gemí. Envolví con los labios de mi sexo la envergadura de su erección y comenzó a moverme con sus manos sobre mis caderas, adelante y atrás, en un balanceo frenético, sin penetración.

—Many, ¡ponte condón! —protesté. Noté que el vacío buscaba llenarse con avaricia, que iniciaba unos movimientos involuntarios de succión y mi espalda se arqueó—. ¡Te necesito dentro!

—En el bolsillo, sácalo tú. Lo tienes más fácil —jadeó él, pero sin dejar de moverse. Así que, de fácil, nada.

Me incliné para cogerlo. Eso hizo que el roce en mi clítoris fuera brutal y gemí. Me apoyé sobre la hierba y aproveché para buscar el roce con la punta de su pene a la vez que mordía sus labios. Era una locura. ¿Qué condón ni qué mierda? Aquello era mucho mejor. Entendí el porqué de los altos índices de embarazo adolescente.

—Bambi, estamos haciendo el tonto —dijo sobre mis labios.

—Solo un poquito —susurré. Era una delicia sentirlo así, tan suave y firme. Un millón de veces mejor que sus dedos. Pero él me sujetó por las caderas y me apartó.

—No. Coge el condón. Vamos.

Asentí. Sería un momento. No sabía qué me había pasado. Bueno, sí. Me había dado un calentón. Cogí el paquetito azul metalizado y no supe qué hacer con él, así que mejor se lo di.

—¿No quieres ponérmelo tú?

Me sentí un poco tonta.

—Me sé la teoría. Y si un plátano cuenta como práctica...

Soltó una carcajada y se puso el condón con destreza. Eso me desmoralizó un poco. Tenía mucho que aprender.

—Ya lo harás la próxima vez. Ven aquí. Solo falta una cosa. —Abrió el último de los botones de mi vestido y bajó las copas del sujetador por debajo de mis pechos. Mis pezones se endurecieron al contacto con el aire—. Oh, perfecto. Ahora sí.

Se incorporó un poco y llevó su rostro entre mis tetas. Yo lo abracé. Quise besarlo de nuevo, pero, tras un roce tenue de la lengua en mi boca, él se abalanzó sobre mis pezones y yo cambié de idea. Le di toda la razón. Rodeó mis nalgas con sus manos y me dirigió de nuevo contra su pene. Volví a tener dificultades para entender lo que me pasaba. Eran demasiadas sensaciones a la vez. Mi boca, que besaba su cabeza. La suya, mordiendo y lamiendo mis pezones. Mis dedos, que se hundían en su nuca. Los suyos, que se clavaban en mi trasero y abrían mis nalgas, generando una sensación muy extraña en mi ano y mi sexo. Su erección al presionar contra mi clítoris y los labios de mi entrada femenina. Reprimí un grito al sentir que me precipitaba hacia el vacío.

—¿Ya, Martina? ¿Tan cerca estás? —jadeó Many. Levantó su

rostro de mis pechos para cerciorarse. Yo asentí. En aquella postura era todo mucho más rápido—. De acuerdo. Déjame entrar.

Me indicó con las manos que elevase un poco el trasero, y guio con una de ellas su erección hacia mi interior.

—Déjate caer —susurró, perdido en el éxtasis—. Hazlo como tú quieras.

—Sí. Te siento. Y es... —No pude seguir. Cerré los ojos y arqueé la espalda. Me apoyé en sus pectorales mientras él me agarraba del trasero, dirigiendo la penetración con suavidad al tiempo que yo me dejaba caer. Era delicioso.

—Lo es, Martina. Todo contigo es así. Mágico, imprevisible, un poco terrible también. —Rio despacio, con una risa tenue y ronca al continuar con lo que yo no había sido capaz de definir—. Eres todo lo que había soñado y más. El día que despierte, la bofetada va a ser épica.

No entendí mucho a qué se refería. Estaba demasiado perdida en el placer. Ondulé mis caderas, aceleré el ritmo, me incliné para tomar más de su boca adictiva y gemí despacito, muy despacito, cuando las olas del orgasmo me alcanzaron entre los gorjeos de los pájaros y el ruido de las ramas del sauce mecidas por la brisa. Él soltó un gruñido ronco un poco después, y volví a sentir esos espasmos en mi interior junto con la humedad caliente. Me derrumbé en su pecho, agotada, saciada y plena. Feliz.

—¿Esto va a ser siempre así? —pregunté, alucinada de ser capaz de sentir todo aquello. Many me besó en la frente y deslizó su mano por mi espalda. Nos abrazamos, desesperados.

—Lo será mientras nosotros lo queramos así.

Temas pendientes

—No. Esta tarde no puedes quedarte. —Me crucé de brazos, inmune al puchero de su boca sensual. Llevábamos una semana de tardes de sexo tórrido sin tocar un libro. Y había valido la pena cada hora, cada minuto y cada segundo, pero todo tenía un límite—. Se acabó, Manuel Suárez. Esta tarde tengo que ir a la sala cuna de La Pintana. ¡Y tú tienes que estudiar!

—¡Pero necesito tus refuerzos positivos! —protestó con una sonrisa perversa.

Eché a andar hacia la salida del campus. Esa vez no iba a caer. Siempre tenía un subterfugio: besitos en el cuello, susurrarme obscenidades al oído o recordarme algo que habíamos hecho en medio de la cafetería u otro lugar lleno de gente. Era malvado. Pero en esa ocasión me mantuve a un metro de distancia en todo momento y lo amenacé con el tratado de neuroanatomía.

—No, Many. Lo digo en serio. He quedado con Laia y tengo que ir. —Tenía cargo de conciencia, porque ya la había dejado plantada la última vez. Entre el mes de noviembre horroroso tras la Semana de San Lucas, y el pequeño *impasse* con Gorka, no me había hecho el ánimo de enfrentar la situación con ella. Many me había tenido una semana entera en exclusiva y odiaba alterar mis rutinas, aunque fuera por él—. Queda menos de un mes para acabar el curso, ¡no sé si voy a poder volver! ¡He adquirido un compromiso! ¡Tengo que llevar el maletín con la medicación! ¡Es mi responsabilidad y ya he faltado la vez anterior!

Empecé a hiperventilar. Me quedé clavada en el sitio y se me cayó el libro al suelo. Estaba muy cerca de entrar en un ataque de ansiedad y se dio cuenta. Se puso serio y dejó de insistir. Recogió el libro y esperó a que me calmase.

—Lo siento. Lo siento, Bambi. Toma, vete a casa. —Respetó mi espacio vital y caminó a mi lado sin tocarme. Lo agradecí, todavía no recuperaba el ritmo normal de mi latido cardiaco y estaba angustiada y dolida—. Cuando llegues... cuando quieras, me mandas un mensaje o me llamas, ¿de acuerdo? —rectificó sobre la marcha su petición de señales de vida. Solíamos comunicarnos en cuanto llegábamos a casa, pero intuyó que necesitaba espacio, e hizo bien.

Conducir hasta La Pintana me sosegó. Había poco tráfico a las cinco de la tarde y la brisa cálida de diciembre templó mis nervios. Oír los gritos y las risas de los niños aceleró mis pasos y curvó mi sonrisa. Los echaba de menos. Laia y dos enfermeras ya estaban allí. Dejé la enorme bolsa con los medicamentos sobre la mesa y me puse el fonendoscopio al cuello.

—¡Pensaba que no vendrías! —Laia estampó un beso en mi mejilla y la muestra de cariño me hizo sentir aún peor. El cuerpo cálido de Gorka y el recuerdo de sus labios emergieron de donde los tenía enterrados—. Vamos. Manos a la obra. Con el buen tiempo siempre llegan las gastroenteritis.

Me refugié en el trabajo; en las sonrisas llenas de hoyuelos de los bebés; en las muestras de agradecimiento de las madres cansadas. Me dio la impresión de que el calor, lo pesado de la jornada o mi propia preocupación deslavazaban el entusiasmo habitual de Laia.

—¿Estás bien? —me animé a preguntar cuando ya recogíamos la balanza, el tallímetro y el otoscopio, pese a que había evitado hablar demasiado con ella durante toda la tarde—. Tienes cara de cansada. ¿Sales de guardia? —Era la explicación habitual al aspecto demacrado de internos y residentes el noventa y cinco por ciento de las veces, así que me arriesgué a aventurar la hipótesis. Ella sonrió, apocada.

—Estoy bien. Ando un poco tristona. Gorka y yo rompimos hace unos días. Todavía estoy de duelo.

Menuda bomba nuclear.

Me quedé muda; inmóvil; bloqueada.

—*Svarte helvete* —barboté en noruego, en un intento de salir del estado de *shock* en el que me sumió su declaración. Pero tenía que reaccionar de alguna manera. Mi cerebro comenzó a trabajar a toda velocidad. Del beso que Gorka me plantó habían pasado semanas, así que no tenía nada que ver, ¿o sí? Un nudo de ansiedad se instaló en la boca de mi estómago—. Pero ¿por qué? ¡Se os veía tan bien juntos! ¡Hacíais tan buena pareja! ¡Estabais tan compenetrados! —solté todo seguido, porque no quería ser culpable de su ruptura; porque adoraba a Laia, y porque Gorka me pareció un ser todavía más despreciable por hacerle daño a ella, y, ¡qué demonios!, también por hacerme daño a mí.

Laia se echó a reír y me abrazó. Agitó la mano para diluir la importancia de sus palabras y las mías. Salimos al pequeño patio de tierra donde el sol pegaba sin piedad y aprovechamos para recibir la poca vitamina D que las horas de estudio y trabajo nos permitían.

—No pasa nada, Martina. Es mejor así. Gorka tiene muchos temas pendientes en su vida, muchas cosas no resueltas —dijo entre gestos de negación. Se arrancó el esmalte de una de sus uñas de colores en un gesto nervioso. Cada cual tenía sus maneras de disipar la angustia—. Mientras sea así, es mejor que esté solo y tenga tiempo y espacio para resolverlas. Es un hombre bueno. No —se corrigió, con una sonrisa triste que me encogió el corazón—, es un hombre maravilloso, pero tiene muchas cosas que perdonarle a Dios, a la vida y, sobre todo, perdonarse a sí mismo.

Pude dejarlo correr, solo asentir y confortarla, pero no era mi naturaleza. Sabía que mi inteligencia, mi capacidad de manipular a los demás y mi manera de manejar la poca información que poseía en mi propio beneficio me hacían jugar con ventaja, así que la aproveché.

Compuse mi mejor expresión contrita y miré hacia el suelo. Modulé mi voz hasta hacerla casi un susurro. Escogí muy bien las palabras antes de articularlas.

—Sufrió mucho con la muerte de su madre, y mucho más con la de su hermana.

Y así, un faro minúsculo en medio de la nada habría evitado que un transatlántico como el *Titanic* chocara con el iceberg y se fuera a pique. Eureka. Laia soltó un suspiro y abrió sus compuertas.

—El suicidio de su hermana lo destrozó. Nadie en su familia se lo esperaba. Imagínate, ¡la única niña, la pequeña! —exclamó, con un dolor profundo. Yo inspiré con fuerza y permanecí inmóvil. ¿La hermana de Gorka se había suicidado? Comencé a hiperventilar e hice todo lo que pude para mantener la fachada. En ese momento no podía derrumbarme, aunque la revelación fue un mazazo sobre mi alma—. Y con tan poco tiempo de diferencia después de la muerte de su madre... no me extraña que la familia se viniera abajo.

—Gorka adoraba a su hermana... y se suicidó —susurré. Casi no me salió la voz. Las piezas del puzle de Gorka, todos esos pequeños detalles que no entendía, empezaron a encajar... la manera en la que parecía pedirle permiso a la vida para disfrutar; la tristeza amarga que a veces leía en sus ojos; las fuerzas que buscaba en aquella pequeña cruz de oro; lo sagrada que era la mera mención de su hermana para él.

—Se culpa de no haberlo visto a tiempo, de no intuir su depresión, de haber estado tan inmerso en la residencia de cirugía que no le prestó atención suficiente. —Las lágrimas caían por las mejillas de Laia y yo la abracé con fuerza—. Pero Gorka se refugió en la medicina, ¡se escondió, más bien!, desde el diagnóstico de su madre. Y al ser el hermano más cercano a ella, se culpa sin más.

—Una enfermedad terrible —murmuré, tendiendo otra pequeña trampa. Me sentí miserable. ¿Algo neurológico? ¿Una enfermedad autoinmune? ¿Cáncer? Qué poco sabía de Gorka, que había compartido tiempo con mi familia de manera tan estrecha. Me enamoré de él como una tonta, pero no me preocupé de conocerlo de verdad. Tuve la certeza de que lo que había amado era una ilusión infantil, inventada en mi cabeza, y que nada tenía que ver con la realidad.

—El cáncer de ovario es un cabrón, te come por dentro y, cuando te das cuenta, ya es demasiado tarde. —Se secó las lágrimas de la cara y sonrió—. Siento el desahogo, te estoy dando la lata, ¿verdad? —dijo con expresión culpable. Nos sentamos en las raíces del viejo árbol que reinaba en el centro del patio. La brisa fresca de la caída de la noche nos confortó.

—Para nada. Yo también necesitaba hablar de esto con alguien. Siempre quise hacerlo, pero en mi casa el tema de la familia de Gorka es tabú —dije por primera vez con sinceridad. Era cierto. Mi padre nos lo había prohibido expresamente a su llegada. Sabíamos del fallecimiento de su madre y de su hermana, pero jamás se me pasó por la cabeza que hubieran sido en condiciones tan trágicas—. Sabía que lo había pasado mal, lo importantes que eran su madre y su hermana para él, pero... no tenía ni idea de toda esa carga, de toda esa culpa...

Tuve que dejar de hablar. El nudo en mi garganta me impidió seguir.

—Dos tontas enamoradas del mismo hombre y sufriendo de la misma manera, ¿eh? —dijo Laia con tono a medias en broma, pero con nuevas lágrimas que brillaban en sus ojos. Yo la miré, escandalizada—. Vamos, Martina. A mí no me engañas. He visto cómo os mirabais. No sé qué ha pasado entre vosotros, pero algo hay.

—Cuando llegó a mi casa fue, durante un tiempo, mi amor platónico —aseguré con firmeza. Fijé en mi mente los labios carnosos de Many, las noches compartidas, el sexo recién descubierto. Gorka quedaba enterrado muy pero que muy en el fondo de mi subconsciente—. Te aseguro que no llegó a pasar nada entre nosotros, y, además, tengo tres problemas graves con él.

Abrió los ojos como platos y me miró, alucinada.

—¿Problemas? ¿Graves? ¿Con Gorka?

Yo asentí, aunque quizá no era ni el momento ni la persona idónea para hablar de ello, si tenía en cuenta que Laia idolatraba al páter Gorostiza. Además de que, después de los últimos datos incorporados a mi sistema, quizá tenía que procesar lo que sabía a la luz de la nueva información. Me sentí más marciana que nunca, como una supercomputadora de Silicon Valley en pleno análisis.

—Primero, asunto religión. En mi casa somos agnósticos acérrimos y me chocan todas sus monsergas eclesiásticas. Cada vez que habla, parece que me está echando un sermón —dije sin ninguna malicia, pero ella soltó una carcajada, divertida—. ¡Es verdad!

—No, no... si tienes toda la razón. Me han dicho que en la universidad lo llaman páter Gorostiza, ¿es cierto?

No dije ni que sí ni que no; que ella sacara sus propias conclusiones.

—Segundo, se porta conmigo como si fuera mi hermano mayor o mi padre, con lo que jamás podría ser mi pareja. —Me parecía una obviedad que no necesitaba mayor explicación—. Además de que me saca más de diez años.

—Tienes toda la razón —dijo Laia, que me observaba con un interés total y absoluto.

—Y lo más importante... es un machista de libro, Laia, y eso lo llevo fatal. —Me arrepentí de soltar palabras tan crudas, pero todos y cada uno de los juicios de valor que Gorka había soltado sobre mí, esos «furcia», «no eres tú», «prostituta», me habían dolido en el alma—. Ha tenido una educación muy muy diferente a la mía y eso nos hace estar en planos vitales incompatibles.

—Coincido contigo. Hemos discutido por eso nosotros también, y eso que mi familia es católica y bastante tradicional —comentó ella, pensativa. Se levantó de la raíz del árbol donde estaba apoyada y se sacudió la tierra del vestido—. El caso es que nosotros no podíamos seguir adelante con una relación en la que el fantasma del pasado, de su madre y de su hermana, pesaba más que un posible futuro juntos. Yo estaba dispuesta a ayudarlo, pero Gorka no se deja ayudar, así que tendrá que sanar por sí solo... si es que algún día sana de esas heridas.

—¿Tan profundas crees que son? —pregunté con curiosidad.

—Lo son, Martina. Tanto que creo que necesita ayuda de otro tipo. Ayuda profesional —dijo con una tristeza derrotada—. Creo que el dolor de Gorka, su duelo, no es tal. Es depresión. Le está pasando lo mismo que a su hermana.

—Pero ¿se lo has dicho? Quizá a ti te haga caso. Tú eres muy especial para él —dije, esperanzada. Si había alguien que pódía conseguirlo todo, esa era Laia. La veía trabajar en la sala cuna y me parecía omnipotente. Sin embargo, ella se echó a reír con amargura.

—¿Por qué crees que se terminó la relación, pequeña? Insistí e insistí hasta la saciedad para que se abriera conmigo. Y lo conseguí. —No me pareció que se sintiera ni mucho menos triunfante. Al revés, parecía arrepentida—. Pero después presioné para que fuera al psicólogo.

—¿Y qué pasó?

—Rompimos. Presioné demasiado. Le di un ultimátum y la relación se rompió. —Al igual que su voz cuando reconoció lo que había hecho. Volví a abrazarla—. Quise arreglarlo, pero no se pueden recomponer los pedazos de algo que se ha quebrado tanto. Gorka ya no confía en mí.

—Vaya. Lo siento, Laia.

—No pasa nada. Así es mejor —repitió.

—¿Necesitas que te lleve a casa?

—No, gracias, Martina. Esta vez he venido en coche yo también.

Cuando nos despedimos me di cuenta de que, aunque la estimaba muchísimo, no podríamos ser buenas amigas. No solo por la diferencia de edad. Le había mentido. Y la había manipulado para obtener información de una manera que me hacía sentir despreciable, por mucho que hubiese cumplido mi objetivo: ya sabía sobre Gorka todo lo que quería saber. Y ella se había abierto conmigo, con sinceridad, con transparencia. A veces me sentía como si la adulta, como si la persona hábil y con experiencia, fuera yo.

Llegué a casa y me alivió estar sola. Sabía que Many esperaba noticias mías. Sabía que le haría ilusión verme. Pero le mandé un mensaje un poco frío con la excusa de que estaba cansada, conecté mis neuronas a una serie estúpida de Netflix y dejé que mi mente vagara mientras los wasaps y las llamadas se acumulaban en mi móvil silenciado.

Cuando Magnus llegó a las once de la noche y asomó la cabeza en lo alto de la escalera, yo ya estaba un poco más preparada para reencontrarme con el mundo.

—Hola. ¿Puedo? —preguntó con precaución.

Asentí y apagué la televisión. Total, hacía horas que la miraba sin verla. Me senté en la cama, un poco abotargada, y traté de desprenderme del desasosiego que me atenazaba desde mi encuentro con Laia.

—Sí, pasa. Solo estaba descansando un poco. Estoy agotada.

—¿Ya habéis acabado Many y tú la caja de condones que os regalé? Mira que eran doscientas unidades —soltó con un brillo perverso en sus ojos azules.

Le di una palmada en el pecho. Cuando volví de Farellones el domingo después del anuncio a mis padres, me encontré encima de la cama una caja de tamaño industrial de preservativos, cortesía de mi querido hermano. La nota decía «Disfruta de la nueva etapa, pero no me hagas tío muy pronto».

—¡Serás imbécil! No es por eso —dije, indignada. Me eché a un lado y le dejé sitio en mi cama. Hacía semanas que no hablábamos—. ¿Sabías que la hermana de Gorka se suicidó? —Él negó, con los ojos muy abiertos, estupefacto. Tampoco sabía nada—. Poco después de la muerte de su madre, tras un cáncer de ovario muy largo y agresivo. La familia entera se desmoronó.

—Joder. No tenía ni idea. ¿Te lo ha contado él? —Se había tumbado, pero se incorporó y me miró, consternado. Yo también me senté.

—No. Me lo ha dicho Laia, su novia. Bueno, su ex. —Qué raro se me hacía todo. Chasqueé la lengua y agité la cabeza en un intento físico de acomodar las ideas—. ¿Te acuerdas de mi cumpleaños? Estuvieron los dos allí.

—Vaya con Gorka, no pierde tiempo, ¿eh? —dijo entre dientes, sin poder evitar cierta malicia en su comentario.

—Dímelo a mí. ¿Sabes que no hace mucho nos besamos otra vez? —A mi hermano le faltó poco para que se le cayera la mandíbula al suelo—. Ya ves. ¿Me puedes explicar qué pasa por vuestras mentes calenturientas cuando os tiráis encima de las chicas sin pensar en las consecuencias?

—Sí, te lo puedo explicar, pero, antes, coge el teléfono y dale un toque a Many, que está preocupado por cómo os despedisteis. —Pilló mi móvil y me lo tendió—. Llámalo, Martina.

Solté un gruñido que no me comprometía a nada.

—Ya le he escrito un wasap cuando he llegado a casa —rezongué. No tenía fuerzas para conectarme con mis propias emociones. ¿Cómo iba a hacerlo con las de los demás y, sobre todo, con alguien tan apasionado como Many?

—El nivel de crueldad empieza a salirse de la escala, Martina —replicó Magnus, esta vez en serio—. Solo dile que estás bien, que mañana os veréis y que lo echas de menos.

—¡Pero es que eso es mentira! Hoy necesito estar sola. —Me entraron instintos asesinos y ganas de lanzar el móvil desde el piso veintinueve. En vez de eso, lo cogí y lo dejé sobre la cama... lejos.

—Te voy a mandar a un puto curso de programación neurolingüística, enana. No se dice «eso es mentira» como una maldita psicópata. Se dice «eso no es cierto». Fuiste tú la que le dijiste a Manuel que erais pareja. —Empujó el móvil por encima del cobertor hasta ponerlo frente a mí—. Eso significa algunas cosas: que tienes que cultivar la puta comunicación, que no puedes aislarte de dicha pareja y que no puedes dejarlo en el limbo sin saber qué pensar. ¡Llámalo, joder!

—¡Está bien! Pero ¿esto qué es? ¿El club de corporativismo masculino de estudiantes de Medicina o qué? —Levanté las manos para defenderme, porque pensé que Magnus iba a soltarme un guantazo, pero se contuvo.

Pulsé el contacto de Many. Me encantaba la foto que había puesto de fondo de pantalla, los dos abrazados bajo la sombra del sauce. Verla me puso de mejor humor.

—Hola, Martina —contestó en tono circunspecto.

—Hola, Many. ¿Todo bien? Sé que es un poco tarde —me excusé al ver la hora—. Quería darte un beso de buenas noches antes de irme a dormir.

—Dulces sueños, Bambi. —El cambio en su tono de voz fue tan evidente que me dio cargo de conciencia no haberlo llamado antes. No insistió. No me dio la lata como hacía Adriana con Magnus, que ponía voz mimosa y decía cosas como «anda, me aburro, cuéntame algo»—. Todo está bien. ¿Tú estás mejor?

Examiné cómo me sentía, y me di cuenta de que con él era fácil decir la verdad.

—Estoy tranquila, porque he cumplido con lo que tenía que hacer, pero también cansada, ha sido una tarde agotadora —respondí con un suspiro. Se me escapó un bostezo entre los dedos y él se echó a reír—. Un poco triste, porque Laia me ha contado que ella y Gorka han roto. Mañana a la hora de comer te cuento. ¿Has estudiado?

—Hum, poco. Mañana me aplicaré más. Hasta la hora de comer, entonces. —Bostezó también y me quejé porque me contagió el bostezo. Los dos nos reímos otra vez—. Dulces sueños, Martina —volvió a decir—. Un beso.

—Un beso para ti también.

Colgué y sonreí. Me sentí bien.

—No ha sido tan difícil, ¿no? —soltó mi hermano con tono de sorna.

—Tienes razón —reconocí, sorprendida—. No sé por qué estaba tan reacia a llamarlo. Creo que es porque a veces siento que invade mi espacio, que desordena mis prioridades —dije en un intento débil de excusarme—. Ya sabes lo estructurada que soy.

—Ya, pero en pareja tienes que hacer concesiones. A mí también me cuesta, no creas —gruñó con expresión fastidiada—. Adriana ocupa mucho tiempo y mucho espacio. Te entiendo más de lo que puedes imaginar.

Solté una risita un poco sarcástica.

—Adriana ocupa todas las dimensiones cósmicas de la Teoría de las supercuerdas, las nueve espaciales y la temporal. ¿Comemos algo? —Era tardísimo, pero, pese a que tenía sueño, mi estómago rugía de hambre—. Con lo independiente que eres, me sorprendió mucho cuando formalizasteis de manera tan abrupta vuestra relación, sobre todo... —lo miré de reojo mientras bajaba detrás de mí por la escalera de caracol—, sobre todo después del numerito con Lena.

Nos metimos en la cocina. Era fácil recuperar los viejos hábitos. Yo me ocupé de la ensalada. Él puso la mesa y cortó el pan negro y el salmón. En menos de diez minutos estábamos cenando.

—Dana forzó la mano, es cierto, pero es algo a lo que venía dándole vueltas desde que me acosté con ella por primera vez. ¿Qué era lo que quería cuando la traje a casa aquella noche? —Se metió en la boca una buena porción de ensalada y masticó con energía. Me señaló con el tenedor y tragó—. No lo tenía del todo claro, pero no era solo meter un gol. Supongo que era abrir la veda, ver qué pasaba. Y nos gustó lo que pasó. —Sonrió y se le puso esa cara de Magnus enamorado que me daba tanta risa—. Estar con ella es divertido, me vuelve loco, las horas vuelan... ¿Por qué no darnos una oportunidad?

—¿Y Lena? —Tenía curiosidad, no pude evitarlo.

—Lena es una niña. Aquella tarde me equivoqué, malinterpreté las señales. Pensé que estábamos jugando —reconoció. Se encogió de hombros y asumió su culpa—. Debí pararlo y, en vez de eso, lo alenté. Asumo la parte que me toca, pero solo la que me toca —dejó bien claro. Negó con la cabeza y contrajo la cara en un rictus disgustado. En aquel momento, en que habíamos abierto la veda de las confidencias, parecía necesitar desahogarse tanto como yo—. Dana tiene ese punto perverso que muchas veces no entiendo, de provocar cuando no debe, y Lena buscaba algo que yo no le puedo dar.

Asentí. Magnus había entendido mucho más de lo que yo había pensado en un principio. O tal vez su conversación conmigo, pese a tildarme de no tener experiencia, había tenido más peso para él del que quiso reconocer.

—Supongo que, en el calor del momento, te dejaste llevar —dije sin querer culparlo, tan solo como análisis de la situación.

—¿Y qué hombre no lo haría? Dos hermanas, dos chicas preciosas, que te tocan, te besan, te desean... Fue una locura, Martina —confesó con expresión traviesa. No parecía muy arrepentido de lo que había pasado—. En aquel instante se me pasaron las películas pornográficas más increíbles por la cabeza. Luego Adriana entró en modo hermana mayor protectora, me echó el cubo de agua fría y adiós al calentón. Pero en el momento...

Hice un gesto con las manos para detenerlo.

—Ya, ya, ya. Suficiente. Puedo imaginármelo. No hace falta que me cuentes más —lo corté entre risas. Magnus podía llegar a ser muy explícito. No necesitaba detalles.

—¿Y lo de Gorka? —Volvió al tema inicial después del descarrilamiento de la conversación.

—No sé. ¡No sé qué le pasa conmigo! Dice que se le va la cabeza, que pierde el control, ¡qué sé yo! —exclamé, enfadada. Toda la frustración, la maraña de emociones, esa culpa que sentía y que, sin embargo, tenía muy claro que no me pertenecía, me provocaba odiarlo... pese a la tristeza que me generaba saber lo que había sufrido por la muerte de su madre y su hermana; pese al bagaje emocional que sabía que cargaba; pese a la lucha interna que intuía que se cebaba en él—. Te lo juro, Magne. Lo habría estrangulado. Pasé meses enamorada de él. ¡Me destrozó el corazón cuando me dejó a medias el día de la cena! Y ahora que no me interesa, parece el perro del hortelano: ni come ni deja comer.

Mi hermano apoyó la barbilla en sus rodillas, pensativo. Se tomó su tiempo antes de contestar. Hacía tiempo que no compartíamos una conversación así, juntos, con complicidad, sin Adriana metiendo sus narices siempre en medio, y relajados. Me apoyé en su espalda y fui otra vez su enana, su Tina, su hermanita pequeña.

—No te queda otra que preguntárselo. Es lo que siempre has hecho, ¿no? Dile que te lo explique bien, como dices tú —me aconsejó tras unos minutos de darle vueltas al asunto—. Gorka es como de la familia y lo que pasó entre vosotros ha acabado por alejarlo. Me da la sensación de que está muy solo.

—Eso es cierto —corroboré. Y me daba un poco de pena. Sabía que echaba de menos a mis padres fuera del hospital, por lo mucho que me preguntaba por ellos cuando nos veíamos en el Hogar. Pero, desde la cena fatídica, no había vuelto por Farellones—. Le diré a papá y a mamá que vuelvan a invitarlo. Mamá sabe lo que pasó, y supongo que, aunque se lo haya censurado, se lo habrá contado a papá. Ahora que sé lo de su madre y su hermana, no puedo dejar las cosas así. —Recordé las palabras de Laia—. Si podemos ayudarlo a que sane de algún modo, lo ayudaremos a sanar.

Valores y prioridades

Al día siguiente, busqué a Many en cuanto salimos de clase a mediodía. Habíamos quedado en la cafetería y, cuando nos encontramos, me abalancé sobre él y pegué mis labios a los suyos.

—¿Y esto?

—Tenemos poco tiempo —dije sobre su boca. Lo besé. No había mucha gente, así que lo mordí también—. Perdona por lo de ayer. Tú y yo nos vamos a mi casa.

Quería compensarlo por mi frialdad. Porque tenía la sensación de que mi orden de prioridades le generaba inseguridad. Y porque, después de la sesión de sexo intensivo, tendríamos una charla.

Caminamos de la mano a paso rápido, sin hablar, presos de la expectación por lo que pasaría cuando llegásemos por fin.

—Vamos. Quinientos metros y estamos —dije mientras tiraba de él hacia Isidora Goyenechea.

Él no contestó. Notaba su cuerpo tenso; las palmas de nuestras manos sudaban y no solo era por el calor infernal de diciembre sobre el asfalto. Ni siquiera el chorro del aire acondicionado al entrar en la recepción del hotel nos enfrió. Nos enroscamos el uno en el otro en cuanto entramos en el ascensor.

Las mochilas cayeron al suelo. Me levantó el vestido sobre los pechos y yo hice lo mismo con su camiseta.

—Las uñas, Martina —gruñó sobre mi boca, pero de alguna manera tenía que defenderme. Me placó contra los espejos y yo me ensañé con la piel de su espalda—. Me tienes como un cuadro de arte moderno.

—Es que soy fan de Kandinsky —susurré yo.

Las puertas de acero se abrieron y no salimos de inmediato, nuestras bocas aún en liza. Cuando estaban a punto de cerrarse, salimos a trompicones y Many tiró de su mochila atascada entre ellas.

Fue él quien me arrastró escaleras arriba. Subimos mientras nos despojábamos entre risas de las prendas de ropa y alcanzamos a oír la voz de mi hermano con tono divertido.

—¡Decid «hola» por lo menos, ¿no?!

—Ups. No sabía que iban a estar aquí —dije, sorprendida, con el cuerpo desnudo de Many ya entre mis muslos.

—No me gusta esto de que no haya una maldita puerta para cerrar el acceso a tu habitación —replicó él con tono fastidiado.

Yo agarré sus nalgas con cada una de mis manos, alcé las cejas en un gesto divertido y me reí al ver que se le iban los ojos al hueco que conducía al piso inferior.

—Many, hum, ¿en serio estás pensando en eso ahora? —Solté una risita y fruncí los labios en un mohín pensativo—. Si quieres, podemos ir a esa tienda de bricolaje en Las Condes, comprar una puerta y montarla, pero... vamos... yo creo que esto es mejor.

Moví las caderas para que su erección se acunara justo sobre mi sexo y conseguí centrar su atención. Él me compensó con su boca sobre la mía y nos besamos de nuevo, recuperando el tiempo perdido. Tener un límite tan estrecho lo hacía peor y mejor a la vez, nos espoleaba a aprovechar cada segundo con angustia y a no perder ni un instante. Solté un pequeño grito cuando se hundió en mi interior con brusquedad en cuanto se puso el preservativo.

—Ssshhh, lo siento —susurró sobre mis labios. Yo aproveché para lamerlo y morderlo. Era un vicio—. Apuesto a que tu hermano y Dana están encantados ahí abajo, con la oreja puesta, escuchando.

—Me da igual. Además, no creo que vayan a escandalizarse de nada de lo que oigan —jadeé cuando empezó a moverse en una cadencia lenta, que buscaba abrirse paso en mi interior, todavía estrecho y acomodándose a su envergadura—. Si es que no están ya en la cama, ocupados en sus propios asuntos. ¡Ah, joder! —grité cuando me embistió con fuerza, excitado, al aumentar el tempo de sus acometidas.

—¿Sí? ¿Crees que están en ello también? —Sonrió, perverso. Me contagié de la mirada traviesa y entorné los párpados, suspicaz.

—¿En qué estás pensando, Many? ¡Oh! Ahí, justo ahí —rogué. Cuando movía así las caderas, con ese movimiento circular al mismo tiempo que profundizaba la penetración, el hueso de su pelvis transformaba en arcilla ardiente mi clítoris—. Oh, Manuel. Otra vez, por favor, por favor, por favor, ¡más!

—Hum, Bambi... si me lo pides así... —Soltó una risa tenue, ronca y grave y repitió la jugada, muy muy lento, una... otra... y otra vez. Se alejó de mi rostro para mirarme, porque sabía lo que iba a pasar. Mis músculos se tensaron. Separé mis manos de sus hombros y me aferré a las sábanas en busca de un asidero. Cerré los ojos y me mordí los labios. Gemí. Y me corrí sin poder hacer nada por evitarlo—. Muy bien, pequeña. Así, así.

Yo intenté contener los gemidos, pero Many hizo algo que no esperaba. No se detuvo. No me dio tregua. No paró.

—Un momento —jadeé, exhausta, aún perdida entre los estertores del orgasmo.

—No, Martina —susurró él. Había disminuido tan solo un poco el ritmo de sus embestidas. Me dio un beso breve en la frente, en la nariz y en los labios—. Ahora voy yo. Y no aguanto más. No puedo —gimió.

Lo abracé, entendiendo lo que ocurría. Me necesitaba. Necesitaba de mi calor. Me amarré a su cintura con las piernas, apreté mis glúteos y encerré con avaricia su erección en el interior de mi carne, con saña.

—¡Ah! ¡Joder! —gritó. Se liberó entre mis muslos a un ritmo brutal, como un martillo neumático, golpeándome con todo lo que tenía, y se corrió sin remedio, empujándome de nuevo al abismo otra vez. El orgasmo me abrasó con furia, con sudor, con lágrimas en las sienes y saliva en nuestras lenguas, que batallaban en un beso demoledor.

Nos abrazamos sobre la cama, asustados de la intensidad con la que nuestros cuerpos se buscaban en cada encuentro. En vez de disminuir, era un *crescendo* de sensaciones y emociones que escapaban de nuestro control.

Por eso era tan importante la conversación que íbamos a tener.

Por eso me odiaba por ello.

Por eso iba a posponerlo un poco más. Porque ese momento, mientras los jadeos se transformaban poco a poco en una respiración acompasada y el galope del corazón volvía a un latido normal, era precioso. Único. Pero no era mi prioridad.

Dormité unos minutos en su pecho. La realidad nos aterrizó muy pronto en forma de alarma. La había programado veinte minutos antes de que empezase la primera clase de la tarde, con varios objetivos. El primero, no quedarnos dormidos.

—¿En serio? —rezongó Many, también fuera de combate en la penumbra sobre las sábanas.

—En serio —dije en medio de un bostezo. Me sacudí la pereza y lo remecí de los hombros sin piedad—. Vamos. Ducha rápida y comemos algo mientras hablamos por el camino.

Me recogí el pelo en una coleta alta, con eso bastaría. No esperé a que el agua se templase, así terminaría de espabilar. Me enjaboné en tiempo récord y salí del baño cuando Many todavía se estiraba sobre la cama.

—¡Venga! —exclamé, escandalizada—. ¡Vamos a llegar tarde!

Me interceptó, me quitó la toalla y me abrazó, aunque todavía estaba empapada.

—No sé si me ha gustado la parte de «hablamos por el camino» —dijo mientras clavaba sus ojos en los míos con una sonrisa torcida.

Vaya.

Las cazaba al vuelo.

Como él decía, era lo malo y lo bueno de conocernos tan bien.

—No es para tanto, Many. Después de lo de ayer, supongo que sabes más o menos de qué se trata.

Lo empujé a la ducha y no le di opción a más rodeos. Me vestí y él se unió a mí en la cocina pocos minutos después.

—¡Qué idiotas! —Rio entre dientes al ver el regalito que nos habían dejado Magnus y Dana en la barra. Unos sándwiches de jamón y queso, un par de Coca-Colas y una notita amarilla que decía:

> ¡Parad el escándalo, joder!
> Sois peores que nosotros.
> Para reponer fuerzas,
>
> Magnus y Dana

Reímos como tontos, cogimos el almuerzo, que nos venía de perlas, y emprendimos el camino de regreso al campus.

No hizo falta que sacara el tema. En cuanto Many acabó de comer en un par de bocados, le pegó un trago a la lata de refresco y abordó la incómoda conversación pendiente. Me gustó su madurez, y me ahorró un mal rato. Lo adoré un poco más por eso.

—Creo que sé por qué quieres hablar de lo de ayer —dijo sin mirarme. Retiró la coleta de mi hombro y me lo apretó con suavidad—. Fui un pesado. Te pido perdón.

Posé mis dedos sobre los de él y los entrelazamos. Suspiré. Se abría la veda y tenía que ser sincera, aunque doliese.

—Many, no se trata de que seas un pesado. A mí me gusta estar contigo, ¡ya lo sabes! Creo que acabo de demostrártelo —dije con tono juguetón. Nos dimos un beso con sabor a Coca-Cola, un poco pegajoso—. Pero estudiar tiene que ser nuestra prioridad. No solo para mí. También para ti.

Él dejó caer de sus labios una sonrisa triste; seguía sin mirarme.

—Bambi, puede que para ti lo sea. Eres una fotocopia en femenino de tu padre. Y lo entiendo. —Me detuvo en mitad de la calle, clavó por fin sus ojos fieros en los míos y apoyó las manos en mis hombros—. Ya sabes que llevo enamorado de ti desde hace años... ¿Realmente crees que la medicina viene antes que tú en mi escala de prioridades?

—No puedes decirme eso. No es justo —contesté en un hilo de voz. Me sentí culpable. Rehuí su mirada y me miré la punta de los pies. De pronto, mis uñas pintadas de rosa me parecieron de lo más interesantes.

Él se encogió de hombros, me tomó de la mano y seguimos el camino. Íbamos a llegar tarde. Él no añadió nada más y yo no supe qué decir. Me sentía una ingrata por no corresponder su generosidad en cuanto a lo que sentíamos, pero tenía que ser sincera.

Llegamos a las puertas del aula magna.

—Tengo que irme —dije en voz baja. Estaba cerrado. Diez minutos de retraso.

—Vete. Ya nos veremos más tarde —dijo Many con una sonrisa resignada. Me acarició el pelo, me besó en la frente y deslizó los dedos por mis mejillas, el mentón y el esternón. Me estremecí. Mi mente viajó a los orgasmos compartidos a mediodía y sonreímos juntos en un instante cómplice. Pero, al mismo tiempo, la ansiedad por entrar en clase y alejarme crecía por momentos.

—Nos vemos, Many.

Nos despedimos al fin con otro beso rápido. El roce de los dedos mientras nos alejábamos fue un recordatorio constante del calor de su piel.

¿Por qué? ¿Por qué no podía aceptarlo sin más?, ¿haber dicho simplemente «de acuerdo, Martina. Eres así, esas son tus prioridades»? En vez de eso, tenía su propio criterio y daba su punto de vista. ¡Y me encantaba! Lo admiraba por ello. Pero lo hacía todo mucho más difícil. Y en mi estómago, un vacío incómodo y a la vez lleno de una ilusión extraña se cebaba en mi interior, como una centrifugadora industrial, cada vez que Many aseguraba con esa maldita naturalidad que llevaba años enamorado de mí.

El profesor aún sacaba su portátil del maletín con gesto ausente. Me acomodé en mi sitio y Magnus me miró con expresión burlona, pero algo debió intuir gracias a esa comunicación silenciosa entre hermanos, porque no dijo nada. Me refugié en la seguridad de la clase mientras en un segundo plano de mi cerebro aparecía una incómoda pregunta: ¿no me habría precipitado al definir la relación con Many tan rápido?

Incomodidad

El escueto mensaje a mi madre surtió efecto. Aquel fin de semana venía toda la tropa a comer. Magnus había invitado a Dana, yo había invitado a Many, se habían unido Tony y Lena, a los que no veíamos desde hacía semanas, y mis padres habían llamado a Gorka también.

Diciembre había llegado con ganas de verano. El sol hacía retroceder el manto blanco sobre la roca negra y gris de la cordillera, y regalaba días de casi treinta grados pese a estar a dos mil quinientos metros de altitud. Yo estaba tranquila, pero todos los demás estaban eufóricos y agradecían escapar a la montaña y a la piscina del estrés de la traca final en la universidad. Reían a carcajadas, bromeaban, se salpicaban. Yo huía de su bullicio leyendo a Siri Hustvedt y con la música de Chopin.

Una sombra me tapó el calor y la luz del sol y bajé mi libro, ultrajada. La sonrisa tenue de Gorka frenó las revoluciones de mi cabreo y me incorporé de la toalla para saludarlo.

—Hola, Martina. Tus padres me han dicho que estabais aquí —me saludó con su sonrisa apenas esbozada. Venía con camisa y pantalón largo de tela.

—¿Vienes de pasar visita en el hospital? —pregunté, intrigada.

—Sí, prerrogativas de ser residente de primer año de cirugía cardiaca. —Se encogió de hombros y se sentó en la hamaca de al lado. Se veía muy guapo con aquellas gafas de sol de estilo aviador—. Tu padre me pidió que, ya que venía, pasara visita a sus pacientes también, así le evitaba tener que bajar a Santiago.

—¡Pero qué caradura! No dejes que te explote. Estos cardiocirujanos veteranos abusan siempre de su posición de poder, y mi padre el primero —solté, indignada. Desde luego, tanto mi padre como el tío Dan descargaban las labores más ingratas en los internos y residentes. No era nada personal, decían, era cosa de jerarquías. Me ponían muy nerviosa con sus discursos corporativistas.

—No te preocupes. Estoy encantado de ayudar. Y los pacientes de tu padre siempre son muy complejos e interesantes. —Ensanchó su sonrisa y me guiñó un ojo en un gesto cómplice—. Además, eso me da puntos para entrar en el quirófano con él.

—Pelota... —lo acusé sin piedad.

Many salió de la piscina empapado y sacudió el agua de su pelo, regándonos a los dos.

—¡Many! —exclamé, y levanté las manos para defenderme de su abrazo—. ¡Estás helado!

—Y tú, muy calentita. —Se pegó a mí y se tendió sobre mi cuerpo encima de la tumbona entre risas. Saludó al recién llegado con un gesto de la mano no demasiado cordial—. ¡Hola, Gorka! Deberíais venir a la piscina y relajaros un poco, se está genial.

Le mostré mi libro, que había rescatado a duras penas del diluvio de agua con cloro y lo puse a buen recaudo en el suelo.

—No, no. ¡Ya me relajo yo a mi manera, panda de brutos! Además, vamos a comer en cualquier momento —dije al ver que mi reloj marcaba casi las dos de la tarde—. Sería bueno que fueses a cambiarte ese bañador mojado. Mira, los demás entran en casa ya.

Le señalé las figuras de mi hermano y de Dana de la mano, subiendo por la escalera de piedra que daba acceso a la casa. Lena y Tony se secaban con las toallas de camino también. Many me dio un beso en la boca y asintió.

—¡Nos vemos dentro!

Eso me daba a mí una media hora de lectura y paz, y me puse los cascos de nuevo sobre la cabeza... pero Gorka no se iba. De verdad, había comprado esos auriculares carísimos y exagerados de pinchadiscos profesional en color fucsia fosforescente y tamaño gigante con un objetivo bien claro, pero no me funcionaba. La gente no entendía mi indirecta de aislamiento. Me los quité y lo miré con intención.

—¿Qué?

Él soltó una risita irónica.

—¿Con Manuel Suárez? ¿En serio?

Lo miré sin entender. Parpadeé un par de veces para ver si añadía algo más.

—Perdona, no te comprendo. ¿Qué quieres decir?

—¿Tú y Many estáis saliendo juntos? ¡Vaya sorpresa! —Aflojó un poco el rictus mordaz y me pareció que mostraba interés—. ¿Desde cuándo?

—¡Ah, te refieres a eso! —contesté con alivio. Me eché a reír, divertida, porque por un momento me había parecido percibir cierta hostilidad—. Sí, sí. Many y yo estamos saliendo desde hace unas semanas. Más o menos yo diría que desde la Semana de San Lucas, por ahí. —Me puse a pensarlo con un poco más de detenimiento—. Desde el cumpleaños de Adriana, más bien.

—Así, pues...

Gorka se quedó inmóvil. Me observó en silencio. Fue de esas veces que tuve que apelar a todos mis conocimientos sobre descifrar lenguaje corporal, leer entre líneas e interpretar a las personas, porque no supe qué pensar. ¿Estaba decepcionado?

—¿Qué pasa? ¿Te parece mal?

—Pues, ¿qué me va a parecer, Martina? —dijo con una dureza inusitada en su tono de voz—. ¿Por qué Manuel? Es un niño. No lo veo contigo. Eso es lo que me parece.

Y lo soltó así, sin más.

Una bocanada de bilis ascendió por mi garganta. Se me ocurrieron más de un par de cosas que decirle al páter Gorostiza, empezando por dónde podía meterse su maldita opinión. Y entonces recordé las palabras de Laia. ¿Para qué meterme en un jardín cuando las cosas empezaban a ir bien? Era el primer fin de semana que Gorka volvía a compartir con nuestra familia desde hacía meses.

Me puse de pie, recogí mi libro y esbocé algo parecido a una mueca que quería ser sonrisa.

—Vaya. Siento mucho que pienses así.

La voz fuerte y dulce de mi madre que nos llamaba a comer fue la excusa perfecta para desaparecer a toda prisa de allí.

Entre todos pusimos la mesa en el comedor, hacía demasiado calor para comer fuera y se agradecía el fresco entre las paredes de ladrillo y piedra. Preparamos las ensaladas y los entremeses, había rosbif frío del día anterior. En realidad, comimos más postre que otra cosa: fruta y helados. Mi padre acaparó a Gorka para saber detalles de los pacientes de la visita y nosotros prolongamos la sobremesa con una partida de Monopoly hasta que bajase un poco el sol.

Por supuesto, ganó Magnus, que era un avaricioso sin escrúpulos y nos desplumó a todos. Ya eran más de las seis de la tarde. O nos movíamos o terminaríamos por apalancarnos en la mesa hasta la noche.

—¿Salimos un rato a la piscina o qué? —propuso Many, que se estiró sin pudor sobre la silla. Aproveché para hacerle cosquillas y se encogió con un quejido.

Mi padre y mi madre habían subido a dormir la siesta y Gorka leía un artículo sentado en el sofá. Poco a poco reunimos fuerzas para despegar los traseros de las sillas y salimos a la terraza. El aire tibio de la tarde era agradable; la temperatura había descendido varios grados y al menos ya se podía respirar.

—¡Vamos a la piscina! —chilló Adriana, que arrastró a Magnus de la mano escaleras abajo. Tony y Lena se unieron al bullicio también. Nosotros los seguimos sin prisa. Yo no estaba muy segura de querer mojarme y volví a acomodarme en las tumbonas con Many. Me generó cierta incomodidad ver que Gorka se unía a nosotros de nuevo.

—Martina me ha contado que salís juntos —dijo tras sentarse en la tumbona. ¿Qué pretendía? Lo miré con suspicacia, pero parecía una pregunta casual.

Many sonrió y depositó un beso breve en mi hombro.

—Sí. En eso estamos. Tengo suerte, ¿verdad? —Tenía los ojos brillantes y una sonrisa franca al mirarme. Yo correspondí. En momentos como aquel sentía que la que tenía una suerte inmerecida era yo.

Pero Gorka volvió a la carga.

—No sé yo. Mira que la vikinga es complicada, ¿eh? —soltó con un tono burlón que me molestó.

Respiré hondo y forcé una sonrisa. Many emitió una carcajada llana, sincera, que nos protegió como un escudo de su mala intención. Me pegué a él como una lapa y entrelacé mi mano con la suya. Me di cuenta de que su manera espontánea era mejor estrategia que mi cabreo, por el modo en que Gorka reaccionó.

—¡Y tanto que lo es! Me vuelve loco desde que era una niña con trenzas y aparatos en los dientes. Imagina lo que es estar con ella ahora, con dieciocho años y hecha toda una mujer. —Me lanzó una mirada cargada de segundas intenciones y yo me puse roja, fucsia, morada y de todos los colores—. Tengo mucha suerte, joder.

Encerró mi rostro entre las manos, recorrió mis pómulos con la yema de sus pulgares y me besó de esa manera suya que hacía que sintiera la suavidad de sus labios y la humedad de su lengua en el centro mismo de mi sexo.

—Many, estate quieto —susurré con un hilo de voz, porque mis pezones se anudaron en dolor y placer; porque se abrió el vacío insoportable en el interior de mi carne; porque estaba que lo cogía de la mano y me lo llevaba a rastras a mi habitación. Y porque Gorka puso una cara y me dirigió una mirada de desprecio que me quitó el calentón de golpe.

—Así estamos, entonces. ¿Y decís que lleváis unas pocas semanas? —preguntó con hielo en el tono de voz. Many no se enteraba de nada, pero los ojos negros de Gorka se clavaron en mí y yo me estremecí ante su frialdad—. ¿No vais muy rápido, pues?

Yo me había quedado sin habla. ¿Cómo se atrevía? ¿Quién era él para juzgar? Me temblaron los labios y abrí la boca para decir algo, pero Many, de nuevo, se me adelantó.

—Llevo años enamorado de Martina. No me importa reconocerlo. ¿Por qué íbamos a tener que esperar? —Hizo un gesto que barrió como si de una mosca molesta se tratara el juicio de valor de Gorka sobre nuestra situación—. Nos conocemos desde siempre, somos amigos desde que nacimos. No tenemos nada a qué esperar.

Gorka se dispuso a replicar algo, pero la figura imponente de mi padre llenó con su presencia la terraza de la piscina. La percibí antes de que llamara nuestra atención con su vozarrón. Que estuviera allí terminó por calmarme, al igual que lo hacía Many a mi lado, o el que Magnus estuviese en la piscina e incluso las risas de Dana, Lena y Tony jugando al voleibol con él. Era Gorka el único que me desajustaba en aquella ecuación de bienestar de fin de semana. El único que me sobraba allí.

—Se ha trabado la cadena de la puerta del garaje, necesito ayuda para desmontar el motor. ¿Algún voluntario? —pidió con voz de perdedor antes de empezar la batalla, al vernos a todos en bañador sobre las tumbonas o en la piscina, sin ninguna intención de cambiar de posición.

—Yo. Yo te echo una mano —se ofreció Gorka.

Y se fue detrás de mi padre, todo contento de encontrar un voluntario para su tarde de bricolaje de sábado.

—Menos mal —suspiré. Me abracé a Many y dejé que el contacto con su cuerpo diluyera la tensión. Él apartó el pelo de mi cara y me miró con extrañeza.

—¿Qué mosca le ha picado con nosotros?

—Ni idea. Querrá que nos casemos por la Iglesia antes de follar o algo así —solté con toda la maldad del mundo.

—Pero ¡Bambi! —dijo Many, escandalizado solo a medias en broma.

Me besó y yo me aferré a él como un koala. Necesitaba reafirmarme. ¿Por qué el hecho de que Gorka me hubiera mirado así, casi como con asco, me había hecho sentir tan mal? Cerré los ojos y dejé que me confortara, sus brazos fuertes, el pecho amplio, el sonido de su corazón, el aroma a piel caliente y colonia cítrica y el sabor de sus labios. En cinco minutos estaba nueva.

—¿Vamos al agua? —propuse al ver que los demás no paraban de reír. A lo mejor era eso lo que necesitaba. Un poco menos de lecturas profundas y Chopin, y un poco más de risas y juegos en el agua. Asentí.

Many me cogió en brazos, echó a correr hacia la piscina conmigo en volandas, pegó un grito que eclipsó al mío de «¡Pero ¿qué haces?!», con un «¡Jerónimooooo!», y se tiró conmigo a cuestas al agua.

Furia berserker

Sobre las ocho, salimos de la piscina. Me encantaba diciembre, entre otras razones porque las horas de luz eran interminables y los días se alargaban hasta dar la sensación de un falso sol de medianoche. Me dolían las mandíbulas de tanto reírme, tenía una molestia insistente en el pulgar izquierdo por un balonazo con la pelota de voleibol y me habría comido una vaca entera por el hambre que tenía, pero lo habíamos pasado genial.

—Te quedas, ¿verdad? —dije al ver que Many echaba un vistazo a su reloj, algo preocupado—. Anda, quédate... —insistí cuando negó con expresión reacia. Magnus y Adriana se volvieron hacia nosotros con expectación.

—No, no. Mañana nos vemos otra vez, ¿de acuerdo? Mis padres y mis abuelos cuentan con nosotros para esta noche y no quiero dejarlos plantados —respondió con voz contrita. Se acercó a mí y me rodeó con sus brazos—. Después de desayunar estaré aquí. Ahora iré a casa, estaré un rato con los viejos y estudiaré unas horas, ¿de acuerdo?

Asentí de mala gana. No sé por qué, pero había dado por sentado que pasaríamos la noche juntos y me llevé una decepción. Me di cuenta de que con Many reaccionaba a veces como una niña pequeña cuando no me salía con la mía. Tenía que cambiar de actitud, estaba claro, pero ¡cómo me costaba!

—Vale, de acuerdo. ¡Pero estudia de verdad! —exclamé con fastidio al ver que comenzaba a recoger sus cosas, desperdigadas por el suelo de la terraza y por la hamaca.

Magnus acompañó a Dana y a Lena hasta su coche, y yo me despedí de ellas con un abrazo y un beso, pero volví enseguida junto a Manuel, sin acabar de resignarme a que se marchara. Nos despedimos con un beso a través de la ventanilla cuando el portalón de entrada ya esperaba abierto a que saliera. Tony se reía en el asiento del copiloto y me mandó un beso por el aire.

—Hasta mañana —dijo, divertido. Yo no lo soltaba del cuello.

—Hasta mañana —acabé por decir yo, y lo dejé ir de mala gana.

Agité la mano mientras veía el Golf transformarse en un punto negro y cerré la puerta con el mando electrónico. Vaya desperdicio de atardecer. El cielo se fundía en violetas, naranjas, azules y magentas y todavía hacía bastante calor. Podríamos haberlo disfrutado juntos.

Me acerqué hasta la puerta del garaje para ver cómo iban los mecánicos improvisados y estuve a punto de darme la vuelta, porque lo primero que oí fueron una sarta de palabrota en noruego de boca de mi padre. Se respiraba tensión.

—*Svarte helvete! Dritt in helvete!* Encaja ahí la cadena, Gorka. Esto no nos la va a ganar. —Un sonido metálico y muy desagradable, de algo atascado y que a todas luces no funcionaba bien, me hizo encogerme al llegar—. ¡Para! No. No marcha. ¿Qué hemos hecho mal esta vez? Hace un minuto funcionaba.

—¿Todo bien, papá? —pregunté con precaución. Me asomé con cuidado al interior del garaje, donde mi padre, en camiseta, bañador y unas chanclas de Mallorca de color rosa que me provocaron unas inmensas ganas de reír, manipulaba una cadena de aspecto amenazador con las manos llenas de grasa—. ¿Puedo ayudar?

—No, *liten jente*. Mejor no metas las manos aquí. Gorka ya se ha hecho un corte en el dedo y no quiero accidentes —dijo con fastidio mientras forcejeaba con un engranaje. No le gustaba cuando un desafío ofendía su pundonor; sabía que estaría allí hasta que lo arreglase o mi madre llamara al técnico sin decirle nada.

—Vaya. Gorka, ¿estás bien? —pregunté, preocupada, aunque no se lo mereciera.

—No ha sido nada. Se me ha resbalado un destornillador. Martina, ¿nos traes unas cervezas? Estoy muerto de sed.

Sé que lo dijo sin mala intención. Sé que, si me lo hubiera pedido mi padre, esa línea de pensamiento no habría ni siquiera atravesado mi cabeza. Pero fue él, lo pidió sin un «por favor», y con un tono perentorio y exigente que me sacó de mis casillas.

Lo fulminé con la mirada.

—¿Quieres que vaya a fregarte la casa también? —solté sin pensar, casi sin despegar los dientes.

Dejó de hacer lo que estaba haciendo y me miró también. Mi padre no debió de oírme, porque seguía peleando entre gruñidos con la llave inglesa, el trapo lleno de grasa y la maldita cadena industrial. Pasaron tres segundos en los que decidí dibujar una sonrisa de plástico y dije, con voz cantarina:

—¡Ahora mismo estoy aquí!

Me encontré con mi madre en el salón, trabajando en asuntos pendientes de la dirección médica, a juzgar por la cantidad de papeles sobre la mesa y la cara de concentración con la que miraba la pantalla del ordenador.

—¿Vas a cenar algo? ¿Quieres que te acompañe? —preguntó con calidez mientras apartaba sus gafas de montura de carey, sofisticadas y femeninas, y se frotaba los ojos cansados. Me encantaría ser como ella, tener su sensualidad y su naturalidad.

—No, no te preocupes. Todavía es temprano. Solo voy a llevarles un par de cervezas a Gorka y a papá. Aprovecharé el último ratito en la piscina. —Me acerqué para darle un beso, dejé que me achuchara sin defenderme de su abrazo maternal que siempre duraba más de la cuenta y sonreí al descubrir una tableta de Toblerone junto a su Mac—. Creo que me queda una hora de claridad y quiero escuchar un poco de música tranquila aprovechando que se han ido todos.

Sonrió y se levantó para acompañarme a la cocina.

—Vete. Ya les llevo yo las cervezas a Gorka y a papá. Magnus está en sesión de cine, así que no te molestará tampoco. —Me regaló el resto del Toblerone y yo volví a besarla y abrazarla. No había nada mejor en este mundo que mi madre—. Disfruta de tu horita de tranquilidad. Cenaremos sobre las diez o diez y media.

Bajé con mi tesoro de cacao y leche, dispuesta a tumbarme en la hamaca por tercera vez. Mis cascos me esperaban y, aunque la luz no era suficiente para leer, no me importó. Una única cosa me molestaba y era que todavía tenía el bañador mojado. Me encogí de hombros y me lo quité. Desnuda, me estiré como un gato sobre la toalla, agradecida porque la brisa cálida era una caricia más que bienvenida sobre mi piel. Programé mi lista favorita de Spotify, empezó a sonar Annie Lennox con su *Why*, y dejé que un triángulo se derritiera en mi boca de cuando en cuando. Mi pelo se secó al aire y empecé a pensar que quizá debería entrar, aunque aún no estaba oscuro.

—*Kaixo*, Martina. Quería hablar contigo antes de irme —me sorprendió la voz de Gorka a mi lado.

—*Svarte helvete!* ¡Qué susto, Gorka, joder!

Me incorporé de golpe, se me cayeron los auriculares de la cabeza. La cancelación de ruido era tan buena que no me había dado ni cuenta de que Gorka estaba ahí. No suelo decir palabrotas, pero casi me dio un infarto de la impresión.

—Perdona, no me he fijado en que estabas con los cascos. —Me echó una mirada muy extraña. Claro. Acababa de descubrir mi desnudo integral—. Coño, Martina... ¡tápate!

—Oye, Gorka, te recuerdo que estoy en mi casa —dije cabreada. Y no escondí mis pechos, porque en realidad no se veía nada más. No era la petición en sí, era la manera... haciéndome sentir mal. Sucia—. Si te sientes incómodo, puedes irte cuando quieras. Yo estaba aquí tan tranquila, sin molestar a nadie. Eres tú el que ha venido a fastidiar.

—¿Qué te pasa que estás tan empoderada? —preguntó con bastante mala leche.

Me hizo gracia, porque hacía esfuerzos para no mirar, pero se le iban los ojos hacia mis tetas, veladas por la largura de mi melena. Me eché a reír.

—¿Empoderada? Para nada. El cuerpo desnudo nunca ha sido un problema para mí ni para mi familia, porque me han educado así —repliqué con franqueza. Era cierto. Mis padres se mostraban con naturalidad en casa y nos lo habían inculcado desde pequeños; por lo tanto, Magnus y yo lo vivíamos así también, de manera abierta—. Tenía el bañador mojado y me lo he quitado. Nada de liberación femenina. Pura comodidad.

Gorka se quedó cortado ante la simpleza de mi explicación. Tenía un pequeño paquete en la mano, pero no se decidía a dármelo, si es que era para mí, ni tampoco a decirme nada más, así que fui yo quien se lanzó a preguntar.

—Oye, Gorka, ¿puedo preguntarte algo? —No esperé a su permiso por si me decía que no—. ¿Por qué no eres cura? No me digas que es por la medicina, porque son compatibles, que eso lo sé. Es que te pega totalmente.

Me quedé inmóvil en espera de su respuesta. Él se revolvió, incómodo, y acabó por sentarse en la tumbona junto a la mía.

—Bueno, esa es una pregunta muy personal. Lo pensé en algún momento —dijo, reacio a dar un respuesta concreta—. Mi hermano Iñaki lo es, y pensé en seguir sus pasos... pero se me hacía muy difícil, es un camino muy arduo.

—Claro. Lo entiendo. Sobre todo, por el voto de castidad —dije sin mala intención. De verdad. Lo dije porque, tal y como conocía a Gorka, suponía que era eso a lo que se refería.

Pero se puso hecho una fiera.

—¿Qué tendrá que ver la castidad en el camino de entregarse a Dios? Te aseguro que hay escollos mucho más importantes que el sucumbir o no a las posibilidades del sexo —estalló, cabreado. Me señaló con el índice, acusador, y soltó una carcajada ácida—. ¿Y qué vas a saber tú, que no eres más que una niña?

—¡Seré una niña, pero al menos lo reconozco! ¿Y por qué todo el mundo da por sentado que no puedo opinar sobre el sexo por no tener experiencia? —lo rebatí, más cabreada aún—. Han pasado muchas cosas desde que me dejaste a medias aquella noche, Gorka. Y la única razón por la que he dicho lo de la castidad es porque sé perfectamente que no eres un santo —solté de golpe. Necesitaba liberar la frustración acumulada de todo el día aguantando sus estupideces—. ¿Cómo decías tú? ¡Ah, sí! «No soy de piedra.»

—¿Por qué? ¿Qué ha pasado desde aquella noche, Martina? —preguntó con tono letal.

—¡No cambies de tema ahora! —Vi por dónde iba, y no estaba

dispuesta a permitirlo. No pensaba decir ni una palabra más—. Solo aclárame una cosa. Quiero resolver una duda antes de dar por zanjado todo el asunto de nuestro... *coitus interruptus* para siempre. ¿Estabas ya con Laia cuando estuviste a punto de follar conmigo? Porque para besarme no tuviste ningún reparo y sí sé que estabas con ella.

Lo miré a los ojos en silencio. Tardó un par de segundos y se puso rojo.

—Lo sabía. ¡Lo sabía! —La cara se me contrajo en un rictus de auténtico asco. ¿Cómo podía ser tan hipócrita?—. No te mereces a una chica como Laia. ¡Me alegro de que hayáis roto, porque eres un maldito cabrón! ¡Te acostaste con Adriana al llegar a Chile! ¡Te faltó poco para hacerlo conmigo! ¡Me besaste de nuevo estando con ella! ¡Cabrón!

Intenté ponerme de pie, pero Gorka me agarró de la muñeca y me sentó de vuelta en la hamaca de un tirón. Estar desnuda no me pareció tan buena idea en ese momento, me hizo sentir vulnerable. Los pechos me rebotaron. Hacía un poco de fresco y mis pezones se endurecieron. Su mirada se clavó en ellos, y a propósito, porque después la desplazó a mis ojos como una acusación, y no la apartó.

—¿Y qué me dices de ti? ¿Estás tonteando con Many? ¿Con el primer niñato que te hace un poco de caso? ¿Hasta dónde habéis llegado, pues? —preguntó con un tono cargado de desdén. Me dio rabia. Él no tenía ni idea de cómo era. Se me quitó la vulnerabilidad de golpe, sustituida por la rabia.

—¿Se puede saber qué problema tienes con Manuel? ¡No lo conoces de nada! ¡No creo que hayas cruzado ni siquiera cuatro frases con él! —Me puse de pie. Gorka quiso volver a sentarme, pero lo aparté de un manotazo—. ¿Me lo puedes explicar?

—No es para ti, Martina. ¡No está a tu altura! ¡Es un niño! —Se levantó también.

Yo solté una carcajada. No podía creer lo que acababa de escuchar.

—¿Y qué necesito, según tú? ¿Un hombre? ¿Como tú, tal vez? Porque ese niño ha sido mi amigo desde siempre, me ha cuidado desde siempre. Me ha protegido cuando lo he pasado muy mal este curso. —Mi tono de voz subió en potencia con cada palabra. Gorka retrocedió un paso. Hizo bien—. Jamás ha pensado que soy una virgen sin experiencia, y menos que soy una furcia, o una puta, o que no soy yo, ni todas las mierdas que me has llamado o que has insinuado que soy a lo largo de este año.

—Martina, un amigo no es un amante, ni la amistad es amor. Son cosas muy diferentes —dijo con un tono condescendiente que me sacó todavía más de mis casillas—. Es normal que las confundas, tienes que darte tiempo a vivirlas, ¡no apresurarte! Yo puedo enseñarte...

Lo frené en seco con un grito. Apreté los puños. ¿Estaba en pelotas delante de él? Mejor. Así veía que no tenía nada que esconder.

—¡Que no! ¡Te digo que no! ¿Qué me vas a dar ahora, una sesión de *mansplaining?* —Me dio un ataque de risa nerviosa y vi que mi padre, mi madre y Magnus se acercaban con precaución desde la escalera de casa.

—Martina, vamos a dejarlo —dijo Gorka en tono conciliador al verlos llegar también—. Solo venía a traerte esto. Lo dejo aquí, sobre la tumbona. ¿Vale?

Dejó el paquetito blanco con una cinta azul marino y alzó las manos en un gesto pacificador.

—No. No vale. ¡Esta discusión no se acaba aquí! Y me parece muy bien que esté mi familia de testigo, porque ellos conocen a Many —dije, fuera de control. No iba a salirse con la suya. Que todos vieran cómo era, que cayera su fachada de santurrón—. ¿Y sabes qué? Cuando ha estado conmigo, ¡se ha portado como un hombre! Cuando ha tenido que llegar hasta el final lo ha hecho con cariño, con cuidado, con esmero, esperando el momento preciso, superando mis miedos y los suyos, ¡no como tú! ¡Que al saber que no tenía experiencia me dejaste tirada, vulnerable y humillada, me echaste de tu casa como si hubiera hecho algo malo, sin siquiera explicarme qué era lo que había hecho mal!

—Martina, *liten jente* —la voz grave y preocupada de mi padre intentó sacarme del bucle, pero yo estaba fuera de mí.

Gorka retrocedió un par de pasos más.

—O sea, que sí te has acostado con él, pues. Martina, Tina, chiquitina... ¿Por qué tanta prisa? ¿Por qué quieres vivir tan rápido? ¿Por qué no esperaste? —dijo en voz muy baja, más para sí mismo que hablando conmigo—. ¿Es que no entiendes nada?

Pero yo lo escuché.

Y me quedé estupefacta.

No. No podía ser.

—¿Que qué? ¿Quién tenía que esperar? ¿Yo? —Me miró con los dientes apretados, sin decir ni una sola palabra, pero leí en sus ojos una afirmación. Mi cerebro hizo cortocircuito por lo surrealista de la situación y parpadeé, desconcertada, cuando asintió—. A ver si te he entendido. Mientras tú te follabas a Dana, a Laia y a vete a saber a cuántas más, se suponía que yo tenía que... ¿guardarme para ti? ¿Ese era tu brillante plan?

Lo vi todo rojo.

Brunilda, Aslaug, Gunhild y todas las guerreras vikingas de las sagas habrían estado orgullosas de mí. Furia berserker se quedó escaso como término para describir la ira que me poseyó al conocer sus intenciones. Me lancé sobre Gorka y la emprendí a bofetadas con él.

—¡Meapilas, beato imbécil! ¡Cretino estúpido! ¡Maldito páter Gorostiza! —Intentó escapar de la lluvia de tortas, pero estaba tan sorprendido que no fue capaz. Yo percibí movimiento por el rabillo del ojo y recrudecí mi ataque porque sabía que me quedaba poco tiempo—. ¡No quiero volver a verte en mi vida!, ¿me has oído?

Mi madre dijo algo con su voz serena a mi lado e intentó apartarme. No pudo conmigo.

—Martina. No. No es eso... No lo entiendes... —balbuceó él mientras intentaba defenderse de mis golpes... y después de mis patadas, porque entre mi madre y Magnus consiguieron alejarme a duras penas.

—¿Y qué es?, ¿eh? ¡Explícamelo bien! Porque soy un poco Asperger y me cuesta entender según qué cosas. ¿Por eso ese acoso, por eso esa vigilancia de mi Instagram, por eso esa actitud patética de perro del hortelano, que ni come ni deja comer? —grité con todas mis fuerzas. Le tiré un salivazo de la rabia y mi padre tuvo que intervenir. Sustituyó a mi madre y a Magnus y me contuvo con todas sus fuerzas. Yo creí que me volvía loca de la ira. Se me caían las lágrimas—. ¡Machista de mierda! ¡Eso es lo que eres! ¡Les haces daño a todas las mujeres que están a tu alrededor! ¡Empezando por Laia, y terminando por tu hermana, que a saber por qué se suicidó!

Y entonces la bofetada me la llevé yo.

Y la vi venir y no pude hacer nada porque mi padre me tenía inmovilizada por completo.

Vi describir el arco perfecto de la mano de Gorka desde lejos, oí el silbido cortante en el aire, el impacto violento en mi cara. Sentí el ardor en mi mejilla, el latigazo en mi cuello, el jadeo saliendo de mis pulmones... el silencio ominoso que se instaló durante el segundo antes de que me pusiera a chillar como una hidra, a manotear y a patalear en pleno ataque de ira. Nunca me había pasado. Mil veces más potente que un ataque de ansiedad, y un millón de veces peor.

Quería morir.

Pero también quería matar.

Mi madre estaba en *shock*. Paralizada. Por eso no intervino. Estaba con la boca abierta y no fue capaz de reaccionar.

Creo que, si mi padre no llega a tenerme sujeta entre sus brazos, habría pasado algo gordo. Me tenía agarrada como si fuera una camisa de fuerza humana. Magnus después me contó que su rostro estaba congestionado, sus ojos enrojecidos por la rabia, y que parecía que las venas de su cuello iban a estallar. Su voz sonó letal, acerada.

—Gorka, será mejor que te vayas. Ahora.

A un lado, de pie y solo, Gorka.

Ante él, junto a mí, por si no le quedaba claro que éramos un frente unido y que yo contaba con su apoyo incondicional, absoluto y cerrado, mi familia, por mucho que supiera que me esperaba una larga y extensa charla con mis padres. Mi madre, en especial, estaba horrorizada con todo lo que había pasado.

—Sí. Será lo mejor. Perdóname, Martina. No quería que todo esto acabara así.

—¿Y qué querías? —Rompí a llorar y a gritar a la vez, pese a que el contacto de mi padre me había calmado—. ¿Que acabara conmigo virgen santificada en un altar? ¡Gilipollas!

Volvía a entrar en barrena y papá tuvo que volver a sujetarme. Magnus acabó por coger a Gorka del brazo y sacarlo de allí de malos modos para que se fuera.

—Creo que ninguno de los que estamos aquí pensaba que esto terminaría así —dijo mi madre en un hilo de voz—. Vamos dentro. Comamos algo. Necesitamos templar un poco los ánimos.

—¿Comer algo? —Mi padre me tenía abrazada tanto para calmarme a mí como para serenarse él mismo—. No sé qué queréis vosotros, pero a mí ponme un whisky doble, y a Martina también.

La nueva Martina

Me di cuenta de verdad de lo marciana que les parecía a todos cuando llegaron los exámenes finales. Yo me paseaba tan tranquila por el campus mientras los demás vivían con los nervios de punta. Me había eximido con matrícula de honor en todas las asignaturas salvo Neuroanatomía, pero no pensaba presentarme a subir nota. Cosas de la nueva Martina.

En vez de eso, me marcharía a casa de mis abuelos a Ranco en breve, en un pequeño anticipo de lo que serían las Navidades. Un año las pasábamos en Noruega y otro año, en Chile. En secreto, marcharme a Tromsø y a Oslo siempre habían sido mis viajes favoritos, aunque jamás lo reconocería ante mis abuelos chilenos. Pero esa vez, la idea de tener a Many a mi lado, de hacer un viaje con la tropa y vivir un verano como nunca había soñado se me antojaba especial. Y necesitaba recargar pilas. Aunque para mí lo académico no hubiese sido un problema, primero de Medicina sí que había supuesto mucha angustia y ansiedad en lo emocional.

—Señorita Thoresen, ¿puedo hablar con usted un momento?

Me detuve, sorprendida. El profesor de Neuroanatomía me hizo señas a la salida del pabellón, cuando ya nos marchábamos.

—Dígame, doctor.

—Me ha llegado que no va a presentarse usted al examen final. ¿Entiendo que no está interesada en obtener la matrícula de honor? —Me miró sobre sus gafas de montura metálica, apoyadas sobre su nariz afilada y severa, pero yo sabía que tenía alma de abuelito y que era un pedazo de pan—. Debe saber que lo máximo a lo que podrá aspirar será al notable.

—Lo entiendo, doctor. Tendré que conformarme con ello. Pero llevo sin ver a mis abuelos en Ranco desde hace más de seis meses y me están esperando. —Adopté un aspecto un poco culpable y sonreí con resignación—. El examen de Neuroanatomía es el último del año, muy cerca de las Navidades, y eso retrasaría mi viaje hasta el día 23. Me entiende usted a mí, ¿verdad, doctor?

El viejo profesor me sopesó con la mirada. Pareció que iba a decir algo y se calló. Acabó por asentir.

—Lo comprendo, lo comprendo. Es difícil estar lejos de los nuestros cuando estudiamos la carrera —dijo con una sonrisa un poco triste—. Disfrute de sus abuelos. Sepa usted que ha sido una de las mejores alumnas que ha atravesado el pabellón de Anatomía en los últimos años: buena memoria, gran capacidad de estudio, constancia y tesón. Siento que no se vea reflejado en sus calificaciones.

Me dolió, pero solo un poco. Esbocé una sonrisa resignada.

—Para mí es suficiente el notable y las frases que me acaba de dedicar —respondí, haciendo de tripas corazón—. Me ha encantado estudiar su asignatura, aunque los exámenes hayan sido dignos de... —iba a decir una atrocidad sobre los nazis, la extorsión y la tortura, pero me detuve a tiempo—... una mente privilegiada. Lo que he aprendido, no lo olvidaré.

—¡Oh! ¿Tendremos quizá una futura neurocirujana? —preguntó con curiosidad.

Me eché a reír, ¿qué no me había gustado aquel año? Solo tenía claro que a la bioestadística no me iba a consagrar.

—¿Quién sabe? Muchas gracias por su dedicación este año, doctor.

Me despedí con un gesto de la mano y me alejé hacia la cafetería. Many me esperaba allí, empantanado entre libros y cuadernos. Deseché de inmediato la idea de invitarlo a casa con pérfidas intenciones. Estaba estresado y preferí ayudarlo a estudiar.

—¿Inmunología?

Asintió, acongojado. Era en la que más flaqueaba. Lo besé en los labios, acaricié su pelo corto y duro y lo abracé con fuerza para infundirle ánimos.

—Venga. Esto ya me lo sé de haberlo leído contigo. ¿Repasamos respuesta inmune de los linfocitos B y T? ¿Tienes el esquema que hicimos juntos?

No me importaba estudiar con él. Después de todo, era inversión de futuro para mí también. Pedimos una ensalada y un par de aguas y picoteamos mientras repasábamos cascadas de citoquinas, programaciones celulares y la maravilla de la inmunidad. Many rezongaba y protestaba. Yo revisaba con fascinación las páginas siguientes porque quería saber más. No le había dicho a nadie, ni siquiera a él, que ya me había leído el libro entero, y no solo por echarle una mano. Yo era así. Necesitaba saber la explicación de las cosas. Me gustaba aprender.

Dana y Magnus se unieron a nosotros en la mesa, con cara de agotamiento.

—¿Cómo lo haces, Martina? ¡Estás bronceada! —dijo Adriana con tono suspicaz—. ¿Es que acaso estudias al aire libre? Yo no soy capaz, no me concentro. Mira, ¡estoy más blanca que las paredes de la cafetería! —Mostró sus brazos desnudos en lo que era una clara exageración, porque su piel tenía un tono oliváceo muy bonito—. ¡Qué ganas tengo de que nos vayamos a la Carretera Austral!* Tendremos que juntarnos en estos días a ultimar los detalles.

—Eso si hay viaje —dijo Magnus con tono ominoso—. Primero hay que superar los finales. Y Martina está morena porque se ha eximido de todo, porque tiene un cerebro privilegiado.

—Y porque estudia entre cuatro y ocho horas al día con constancia —intervino Many, que levantó la nariz del libro por primera vez desde que llegaron—, cosa que no hacemos ninguno de nosotros tres.

—Exacto.

Pese a toda mi ayuda, Many prefería estudiar solo. Decía que se desconcentraba demasiado conmigo en pantalones y camiseta de

* También conocida como Ruta 7 o Ruta Austral, es una carrera de 1.240 kilómetros que atraviesa el tramo norte de la Patagonia chilena.

tirantes o vestiditos de verano, así que nos veíamos un rato después de clase y cada uno se iba a casa. Pero yo me aburría. Todo el mundo tenía que estudiar. Tampoco tenía sentido ir al Hogar de Cristo, porque no podía hacerlo sin supervisión. Laia no se había vuelto a poner en contacto conmigo y yo no tuve el ánimo de tomar la iniciativa. Gorka ya se había ido a España a pasar las Navidades con su familia, y Orientación terminó para todos con matrícula de honor. Me pregunté durante varios días cuál sería mi nota después de la batalla campal ocurrida entre nosotros.

Él se portó como un energúmeno, pero creo que yo lo hice aún peor.

En un arranque, lo había bloqueado de todas mis redes sociales, incluido el WhatsApp, aunque sabía que en algún momento tendríamos que hablar de lo que había pasado, y hacerlo cara a cara. Los dos habíamos dicho cosas que necesitaban ser aclaradas en persona y una pantalla supondría un peligro demasiado elevado de malinterpretación. Lo mejor que podíamos hacer era dejar pasar el tiempo y que las cosas se enfriaran un poco entre nosotros. Ya tendríamos ocasión de hablar.

Como me aburría como una ostra con todos estudiando, acabé por irme a casa de mis padres a Lo Barnechea. Me encontré con que papá todavía no había vuelto del hospital y me dio un poco de bajón.

—A lo mejor he hecho mal en decidir no hacer el examen de Neuroanatomía —le dije a mi madre, mientras tomábamos el sol en el jardín—. Tengo la sensación de ser la única que no hace nada productivo con su vida.

—¿Y qué más da, Martina? ¿Acaso todo en esta vida es producir? Relájate, ¡acabas de terminar primero de Medicina con unas notas impecables! —dijo con una sonrisa ante mi preocupación y mi angustia—. Prepara excursiones para vuestro viaje al sur, ponte al día con llamadas a los de Noruega, que te echan de menos... Tienes mucho que hacer.

—Tienes razón —dije con cargo de conciencia. Tenía a los míos de Noruega un poco olvidados—. ¿Te apuntas a un par de videollamadas por Skype con el tío Kurt, la tía Maia y los primos? Voy a buscar el ordenador.

Mi madre sonrió.

—A eso siempre me apunto. Oye, Martina, antes de que te vayas —dijo con un tono serio que me sorprendió—, ¿te acuerdas del día de... de tu discusión con Gorka?

Vaya. Volví a sentarme junto a ella y la miré con atención. No me lo esperaba, la verdad. Pensé que me libraba de la charla, o que me sentarían ella y papá, juntos, para leerme la cartilla en frente parental común.

—Cómo no me voy a acordar —contesté en voz baja.

Se inclinó para coger su bolso de tela, el que siempre llevaba a la piscina y a la playa, y sacó un paquetito maltrecho con una cinta de color azul que ya estaba medio desprendida.

—¿Sabes que en realidad aquel día vino a traerte esto? Ni siquiera quería quedarse a comer —comentó como de pasada. Dio vueltas entre sus dedos a la cajita, reacia a dármela—. Tu padre y yo lo hablamos... el tema de invitarlo de nuevo. Nos pareció que lo que había pasado entre vosotros fue lo bastante importante como para que no volviese más a casa. Tú estabas muy afectada.

—Mamá, pero ¿a qué viene esto? ¿Por qué me dices todo esto ahora? —No entendía muy bien su aspecto culpable y sus palabras sonaban a excusa, pero yo no necesitaba nada de eso.

—Cuando Erik decidió acoger a Gorka en casa, no calculamos el impacto que llegaría a causar en ti. Primero nos hizo gracia que te diera tan fuerte, pero después supimos que podría llegar a ser un problema, por tu forma de ser —dijo mi madre. Me miró a los ojos con sinceridad y empecé a entender un poco a qué se refería—. Hasta ahora, siempre te hemos protegido, Martina... de malas influencias, de malas amistades, incluso de posibles depredadores. ¡No pienso que sea el caso de Gorka! —se defendió ante la mirada incrédula y el ronquido que se me escapó—. Solo creo que se le fue de las manos y que no pensó que tenías tan poca experiencia. Pero tu padre y yo lo vimos venir, así como vimos venir lo de Many desde hace tiempo. —Me dedicó una sonrisa tierna y me abrazó—. Y no sabes lo felices que estamos por vosotros dos.

—Mamá, si es así, entonces ya iba siendo hora de que dejaseis de protegerme. ¡Tengo dieciocho años, por favor! —protesté, un poco enfadada. Me sentí amada, querida por mis padres, pero también un poco tonta—. ¿Has pensado que, si hubieseis dejado que me pegara algunos batacazos unos años antes, ahora podría lidiar con las bofetadas que me da la vida un poquito mejor?

Mi madre soltó una carcajada franca y cristalina que provocó que me riese yo también.

—Pues puede que tengas razón, mi niña, pero creo que tu padre y yo te soltamos cuando teníamos que hacerlo, y que antes no podía ser. —Negó con la cabeza y sonrió—. ¿Recuerdas el primer día de universidad? Te recuerdo que ibas con tu gorrito de lana celeste con nubes blancas en la cabeza en pleno verano y que le pediste a tu hermano que transformara en un llavero gigante a tu Unicornio Bebé. ¡Vamos! ¡Pero si te dio una crisis de pánico por la mañana porque no encontrabas tu goma del pelo de la suerte!

Me puse roja al rememorar los primeros días. Esos primeros días en los que me sentaba, angustiada, al lado de la puerta de entrada o de la salida de emergencia porque más de cinco personas eran multitud, el escándalo del beso en la boca con Magnus en la semana de los novatos, cuando mi popularidad terminó por hundirse en la miseria cuando resolví la ecuación de tercer grado en clase de Cálculo y la clase entera me abucheó o lo que lloré cuando me enteré de que me llamaban Martina Frozen a mis espaldas tras el vídeo que se hizo viral en Instagram.

—Es cierto, mamá. La que tiene razón eres tú. Y, por lo que veo, por favor, ¡no me soltéis nunca! —exclamé en una confesión espontánea. Porque me di cuenta de que, pese a todo lo que había crecido aquel año, en sus brazos y en los de mi padre, todavía me sentía como un bebé.

—No lo haremos, mi niña. Siempre nos tendrás a tu padre y a mí. Pero ¿te das cuenta de lo mucho que has crecido este año, hija? Has cambiado, Martina. Has tomado las riendas de tus miedos y has empezado a sentir.

—Es verdad, mamá. —Sonreí al mirar hacia atrás y paladeé con una sensación de triunfo lo mucho que había conseguido—. ¡Ya ni siquiera le tengo miedo a las avispas!

Solté una carcajada y mis pensamientos se desviaron hacia Many. Reprimí el deseo inmediato de llamarlo; tenía que estudiar.

—Este año has logrado mucho más que superar el primer año de Medicina, hija.

Nos abrazamos y un silencio cómodo se instaló entre nosotras mientras yo saboreaba esos triunfos conseguidos a lo largo de aquel curso.

—Voy a por el ordenador y hablemos con los de Noruega —dije al fin, cuando la inactividad me empujó a hacer algo productivo.

—Espera. Toma, ábrelo. —Me dio el paquetito de Gorka y se levantó envuelta entre gasas de su vestido ibicenco—. Ya voy yo. Vengo enseguida.

Esperé a que se alejara y entrase en el interior de la casa para abrirlo. No quería que viese mi reacción, porque, estaba convencida, lo iba a odiar. Lo agité y percibí algo pequeño dentro.

—Martina, no seas infantil —me arengué en voz baja.

Y lo abrí.

Una cadenita de oro se deslizó hecha un galimatías entre mis dedos. Al principio pensé que era un denario, uno de esos rosarios con diez bolitas y una cruz, pero, al desenredarlo, mis ojos se llenaron de lágrimas, porque no eran bolitas.

Eran pequeñas lunas.

Una tarjeta blanca doblada, con la letra inclinada y apretada de Gorka, con unas frases, acabó por liberar en mí un llanto desconsolado.

He encontrado esta pulsera por fin. Creo que es idéntica a la que perdiste en Mallorca. Una vez me dijiste que era importante para ti. Siempre hay que preservar y guardar las cosas que son importantes para nosotros. Txikitina, espero que con esto sepas lo importante que tú eres para mí.

Gorka

Agradecimientos

Termino esta historia con una sonrisa en los labios y lágrimas en los ojos, porque no quería abandonarla; me ha acompañado durante gran parte del confinamiento y ha sido un motivo constante de alegría e ilusión.

Alegría, por recordar esos tiempos universitarios en los que despertabas a la vida. No tenías ni idea, pero sentías que te ibas a comer el mundo, que todo estaba bajo control. Y la carrera te vapuleaba para ponerte en tu sitio y hacerte recordar que eras una pipiola.

Ilusión porque, durante la pandemia, no han sido pocas las veces que me he preguntado si las decisiones que me habían llevado a ser médica, con todo lo que significa, fueron en su día las correctas. Esta historia me ha hecho reencontrarme con los motivos por los que soy pediatra, por los que soy feliz trabajando en un hospital, con pandemia o sin ella.

Mil gracias a mi núcleo duro, Yolanda y Gaby, por sus ojos microscópicos para advertir el más mínimo error. Os debo unos margaritas libres de la Covid-19, ahora que las tres estamos vacunadas.

Mil gracias a mis lectoras de siempre, que me han apoyado en esta nueva aventura literaria, esta vez de la mano de Planeta, en su sello Esencia, con las más grandes de la romántica del panorama nacional.

Gracias también a Esther Escoriza, mi editora, por abrirme las puertas y aconsejarme dentro del mar de dudas que siempre supone publicar una novela. Estoy feliz de ponerme en sus manos, que sé que son las mejores.

Gracias a ti, que descubres esta historia, de carne y hueso, con personajes que te harán reír, llorar y sentir como nunca. Pronto habrá noticias con mucho más. ¡Estoy en ello a toda máquina para que lleguen a vosotros en poco tiempo! Mientras tanto, puedes conocer la historia de Carolina y Martín, con la trilogía «Fetiches», que estoy segura de que también te va a enamorar.

Y a mi familia, siempre al pie del cañón, al vikingo y mis hijos, que entienden que me sumerja durante horas en la escritura y me llevan un bocata de jamón con tomate o unas gominolas para sobrevivir. ¡No sé qué haría sin ellos!

Pronto, más y mejor.

Con amor,

JAVIERA

Referencias de las canciones

The chamber, ℗ 2014, Roxie Records, Inc., interpretada por Lenny Kravitz.

Born in the USA, ℗ 1984, Bruce Springsteen, interpretada por Bruce Springsteen.

Magic, ℗ 2014, Parlophone Records Limited, una empresa de Warner Music Group, interpretada por Coldplay.

I wish I knew how It would feel to be free, ℗ Grabado originalmente en 1967 y 1969. Todos los derechos reservados por Sony Music Entertainment; Compilación (P) 2006 Sony Music Entertainment, interpretada por Nina Simone.

If I had a heart, ℗ 2009, Rabid Records bajo la exclusiva licencia de Mute para Norteamérica, interpretada por Fever Ray.

Why, ℗ 1992, Sony BMG Music Entertainment (Reino Unido) Limited, interpretada por Annie Lennox.

Javiera Hurtado (Valencia, 1980) escribe bajo el seudónimo de Mimmi Kass. Tomó prestado el apelativo cariñoso de su abuela irlandesa, de quien heredó el amor por los libros, la pasión por viajar y por buscar la belleza oculta de las cosas. Médica pediatra de profesión, escribe desde que le regalaron el primer diario con candadito en su séptimo cumpleaños.

Ganó su primer concurso literario en bachillerato con «Una danza negra», un relato sobre el suicidio adolescente. Durante su época universitaria en Chile, donde cursó la carrera de Medicina, se matriculó también en varias asignaturas extracurriculares de literatura.

El amor se cruzó en su camino por culpa de un gallego y volvió a España, por lo que pese a vivir en varios países del mundo (España, Chile, Portugal, Irlanda y Estados Unidos), se considera pontevedresa, ciudad en la que han nacido sus dos hijos.

Al asentarse por fin, nació la necesidad de mostrar al mundo sus escritos y en 2016 publicó *Radiografía del deseo* de manera independiente, así como *Ardiendo*, con la editorial Harlequin. En 2019 se alzó con el XII Premio Terciopelo de Novela Romántica, otorgado por Roca Editorial, con la novela *Bajo la aurora boreal*.

En 2021 inició su camino en Editorial Planeta, bajo los sellos Zafiro y Booket, con la trilogía «Fetiches».

Encontrarás más información sobre la autora y su obra en:
Instagram: https://www.instagram.com/mimmi.kass/
Facebook perfil personal: https://www.facebook.com/MimmiKassAutora
Facebook página: https://www.facebook.com/mimmikassescritora/
Twitter: https://twitter.com/Mimmi_Kass
Página web: www.mimmikass.com